芳草志

刘醒龙 主编

刘富道 编撰

武汉大学出版社
WUHAN UNIVERSITY PRESS

图书在版编目(CIP)数据

芳草志/刘醒龙主编;刘富道编撰.—武汉:武汉大学出版社,2022.5
ISBN 978-7-307-22735-4

Ⅰ.芳…　Ⅱ.①刘…　②刘…　Ⅲ.文学—期刊—简介—中国
Ⅳ.I2-55

中国版本图书馆 CIP 数据核字(2021)第 239906 号

责任编辑:黄　殊　　　责任校对:汪欣怡　　　版式设计:韩闻锦

出版发行:**武汉大学出版社**　(430072　武昌　珞珈山)
　　　　(电子邮箱:cbs22@ whu.edu.cn　网址:www.wdp.com.cn)
印刷:武汉精一佳印刷有限公司
开本:720×1000　1/16　印张:34　字数:503 千字　插页:2
版次:2022 年 5 月第 1 版　　2022 年 5 月第 1 次印刷
ISBN 978-7-307-22735-4　　定价:98.00 元

凡　例

《芳草志》，即"《芳草》杂志之志"，本书以《芳草志》为书名。

《芳草志》分为九卷：沿革卷、编年卷（一）、编年卷（二）、编务卷、编辑人卷、文论卷、文学奖卷、名家足迹卷、读者卷。另有附录。

《芳草》杂志前身为《武汉文艺》双月刊，共发行 36 期。1980 年改刊名为《芳草》文学月刊。《芳草志》起始时间为 1980 年，本版截止时间为 2020 年。

《芳草志》编年卷·卷一，大体保留了每期杂志目录原貌，使每期杂志的编辑背景、编辑思路、作品主次皆可一目了然。如果使用电子版进行搜索，可以非常简便地查阅到每位作者在这片芳草地上留下的足迹。

《芳草志》编年卷所用年号期号，统一使用阿拉伯数字。年号书写不全者，则给予补全，不加编者说明文字。

本志所摘编的文稿，凡删节部分，均未用省略号填充，句末删节部分也未加省略号后缀。凡引用本志所选文稿者，务必查对原文，遵从原文。

2021 年 2 月

前　记

——《芳草》刊名释义

《芳草》杂志编辑部

"芳草"就字面解释就是香草。这个词最早似乎出自屈原的《离骚》："何昔日之芳草兮，今直为此萧艾也。"这里的"芳草"，除了香草之意，还比喻为"美德"。有两句名言想必你一定知道，一句是："天涯何处无芳草"，另一句是："百步之内，必有芳草"。前一句是说，不论天南海北，到处都有芳草。后一句是说，就在附近，在一个很短的距离内，必定有芳草生长着。我刊前身为《武汉文艺》，1980年元月改为《芳草》。当时正是十一届三中全会开过后一年，文艺战线出现了空前未有的繁荣局面。花草本属同类。我们不敢以"香花"自居，但愿以"芳草"的色香和品格出现在社会主义文艺的百花园。这些"芳草"，可以是来自千里之外，也可以是来自百步之内。这就是我们取名"芳草"的本意和希望。此外还有一层意思。我刊是武汉市文联主办的。唐代诗人崔颢的《黄鹤楼》诗云："晴川历历汉阳树，芳草萋萋鹦鹉洲。"人们看到"芳草"二字，当会想到武昌黄鹤楼，想到武汉三镇了。这也算是我们的刊名具有的一个地方特征吧！

（1985年第3期，答读者薛喜廷先生之问）

目录

沿革卷

一、版本、版权沿革

(一)刊名

《武汉文艺》双月刊,1974 年至 1979 年,出版 36 期。

《芳草》文学月刊,1980 年至 2004 年,出版 298 期。

《芳草·网络文学选刊》,2005 年至 2007 年,出版 36 期。

《芳草·小说月刊》(网络文学选刊),2008 年至 2010 年,出版 36 期。

《芳草·小说月刊》(网络文学选刊)上旬刊、下旬刊,2011 年至 2012 年,出版 48 期。

《芳草·经典阅读》(网络文学选刊)上旬刊、下旬刊,2013 年至 2015 年,出版 72 期。

《芳草·潮》(双月刊),2011 年至 2019 年,出版 54 期。

《芳草》原创版,2006 年为季刊,2007 年到 2020 年为双月刊,已出版 88 期。

(二)刊号

1981 年 1 月启用刊号:湖北省报刊登记证第 077 号,原《武汉文艺》刊号 38-33 改称邮政发行代号。

1991 年 1 月启用国内统一刊号:CN42-1039/1。

2006 年 1 月启用国际标准刊号:ISSN 1004-7107,国外代号 6022M。

(三)广告经营许可证

1991 年 1 月启用:武工商广字 01-10 号。

主管机构:武汉市文学艺术界联合会。

主办机构:《芳草》杂志社。

社址:武汉市解放公园路 44 号。

开本:16 开。

页码：

1980 年第 1 期至第 2 期为 72 页。

1980 年第 3 期至 1996 年第 8 期为 64 页。

1996 年第 9 期至 2004 年第 12 期为 80 页。

网络文学选刊版 2005 年第 1 期至 2015 年第 12 期为 64 页。

原创版 2006 年起为 208 页。

（四）定价

1980 年第 1 期至 1981 年第 6 期定价 0.20 元。

1981 年第 7 期至 1982 年第 12 期定价 0.25 元。

1983 年至 1984 年定价 0.30 元。

1985 年定价 0.35 元。

1986 年定价 0.52 元。

1987 年定价 0.55 元。

1988 年定价 0.62 元。

1989 年至 1992 年定价 1.24 元。

1993 年至 1995 年定价 2 元。

1996 年定价 3 元。

1997 年定价 5 元。

1998 年至 2004 年定价 5.80 元。

2005 年（网络文学选刊）定价 4 元。

2006 年原创版定价 6 元。

2009 年原创版定价 12 元。

（五）承印厂家

1974 年第 1 期至 1980 年第 4 期，湖北省新华印刷厂、武汉印刷厂。

1980 年第 5 期至 1980 年第 19 期，七二一八工厂、武汉印刷厂。

1980 年第 11 期至 1994 年第 12 期，七二一八工厂。

1995 年第 1 期至 1996 年第 8 期，武汉市委印刷厂。

1996 年第 9 期至 1996 年第 11 期，长江日报印刷厂。

1996 年第 12 期至 1999 年第 12 期，长江日报印刷厂承印内文、嘉亨印务(武汉)有限公司承接彩色制版印刷。

2000 年第 1 期至 2002 年第 6 期，七二一八厂。

2002 年第 7 期至 2004 年第 12 期，嘉亨印务(武汉)有限公司。

2005 年第 1 期至第 6 期，人民日报社武汉印务中心。

2006 年起，武汉市人大印刷厂。

2018 年起，武汉市仁达印刷厂。

二、机 构 沿 革

1980 年 1 月始

主编：武克仁

编辑部主任：刘烈诚

1985 年始

主编：李蕤

1988 年第 1 期

主编：杨书案

副主编：胡培卿　祁向东

1990 年第 1 期

主编：管用和

副主编：朱子昂　祁向东

1997 年第 1 期至 2000 年第 12 期

主编：管用和

执行副主编：钱鹏喜

副主编：刘宝玲

2001 年第 1 期至 2004 年第 12 期

执行副主编：钱鹏喜

副主编：刘宝玲

2005 年第 1 期

执行主编：钱鹏喜

副主编：刘宝玲

2005 年第 2 期

执行主编：钱鹏喜

副主编：刘宝玲

副社长：李俐

编审：胡良清

《芳草》原创版 2006 年第 1 期至 2015 年第 6 期

主编：刘醒龙

2016 年第 1 期至 2019 年第 6 期

主编：刘醒龙

副主编：张德华(行政)　哨兵　张好好

2020 年第 1 期至 2020 年第 6 期

主编：刘醒龙

执行主编：哨兵

副主编：张德华(行政)

首席编辑：张好好

总编室主任：张睿

总编室副主任：胡晴

一编室主任：郭海燕

二编室主任：王倩茜

新媒体主管：陈婉清

财务主管：晏慧

编务主管：雷江

发行主管：李娟

（其间，杜治洪、杨中标受聘为副主编，李鲁平、阿毛曾为副主编，李修文曾为特邀副主编；刘益善曾为《芳草·潮》特邀主编。）

编年卷（一）

一、1980 年 1 月—2005 年 12 月文稿

1980 年

第 1 期

改刊辞：本刊编辑部《还是为了战斗》。

小说：王建《月夜》，叶文玲《藤椅》，贾平凹、冯有源《癌症》，刘富道《分鱼》，李栋《在调工资的日子里》，[英]威尔斯著、陈海燕译《失去了的遗产》。

散文：楼适夷《武汉三宿记》，碧野《难忘的岁月》，曾卓《胜利者》，曾立慧《情如母子忆崔嵬——访吴茵》，党元春《致〈芳草〉》。

回忆录：吴奚如《鲁迅先生和党的关系》，任士舜口述、郭令炘整理《跟随周副主席奔赴宣化店》。

诗歌：严阵《太湖》(二首)，张执一《江汉行踪》(十五首)，徐刚《寸草小札》(九首)，丁力《咏怀古迹》(二首)。

童话/寓言/评论：管用和《露珠集》，吕纯良《如果听不见你的歌声》，刘章、王家新、文丙、曾仕让、赵国泰《春光辞》(五首)，周声华、殷树楷、羊羣、弘征、刘益善《红烛集》(五首)，杨永年、陈作丁等《诗配画》(三幅)，田香《真假太子》，黄瑞云《典型的鸟》，王蒙《悲剧二题》，西来《说"鉴"》，狄遏水《"夺权"·"长官意志"·文艺创作》，谢琼桓《作家与人民》，石戈《屈原(文学人物志)》，直言《拾叶补碎》(二则)。

第 2 期

小说：姚雪垠《项城战役》(长篇小说〈李自成〉第三卷选载)，严亭亭《心灵的春天》，母国政《一篇小说的命运》，[英]詹姆斯·亚历山大著、范治琛译《冬人》(科幻翻译小说)。

散文：吴伯箫《归来》，田野《见习水手》，赵海洲《桃花清溪寄情

思——怀念周立波同志》，朱述新《看不尽的画卷——访日琐记》。

童话：叶君健《巨人和小人》。

民间故事：范勤年《辛氏酒店——黄鹤楼的传说》。

诗歌：沙白《京华短句》，杨大矛《山村春讯》，正文、刘不朽、沙茵《江汉情思》，沈祖棻《词七首》，苗得雨《湖光美》，李德复《妻子》，韦其麟《魁星楼》(二首)，于波《老山和"云雀"》，胡广香《讽刺诗二首》，[黎巴嫩]哈里尔·纪伯伦著、人仆译《沙与沫》。

评论：朱子南《由心灵的历程所贯串——读〈两个除夕〉》，黄钢《两个除夕》，曾卓《安娜是怎样进门的?》，陈泽群《且说讽刺》，杨江柱、和穆熙《创新与取巧》，李元洛《"好花看在未开时"》，宏达《向生活索取情节》，蔡守湘《司马迁》(文学人物志)。

第 3 期

小说：姚雪垠《项城战役》(长篇小说〈李自成〉第三卷选载)，张开焱《在神台下》，唐明文《套子》，周良钧《范经理》，[英]C.K. 切斯特顿著、祖柏译《魔书》。

散文：巴金《小狗包弟》，田野《希望之舟》，光群《尼勒克山谷》，朱传雄《过三峡》，程大利《九华禅林漫笔》。

诗歌：梁志伟、田央、蒋金镛、荔铭鉴、祝注先、赵仁广、杨山、叶新谱、郑定友、桂向明、高近远《芳草小辑》(十六首)，萧军《题画像七绝十章并叙》，梁上泉《湘赣行》(六首)，沙鸥《荒唐的岁月》(六首)，丁力《快说吧，开封》，纪宇《五色草》(三首)，张万舒《夜过百花村》，于宗信《台湾诗情》(二首)，黄东成《归侨》(二首)，毛锜《桂林山水》(三首)，李冰《登鄂城西山有感》。

杂文：剑奇《"三寸金头"解》。

评论：李蕤、杨江柱、曾卓、姜弘《关于〈藤椅〉的评论》，西来《陀螺和陀螺文艺》，吴士余《偏见·慧眼·胆识》，万文武《读书随笔》二则，木镞《陶渊明》(文学人物志)。

第 4 期

小说：肖建森《小杜调到大机关》，李光亚《牛仔》，楚奇《摸底记》，聂华苓《高老太太的周末》，[苏]什·安托诺夫著、丁人译《林间谈话》。

报告文学：程云《温哥华奇遇》。

散文：武克仁《真理在说话了》，杨羽仪《美人鱼塑像》，曾立慧《访萧军同志》

诗歌：顾工《问星空》(三首)，公刘《无题》，雷抒雁《美的事业》，青勃《春风曲》，雷子明《三峡笑了》(三首)，莎蕻《闪光的剑》，刁永泉《在诗歌的园地里》，李声明《筛矿》(二首)，谢其规《珍珠吟》(三首)，田一文《幽思》，黎焕颐《太湖的启示》，贺捷《邯郸道假想》。

评论—笔谈《月夜》：陈泽群《嫦娥应悔偷灵药》，金宏达《思考、风格和现实主义》，何国瑞《要寓主题于形象》，林平、郝孚逸《典型与"多数"》，南于《李白》(文学人物志)。

第 5 期

小说：金石《白菊》，丰晓梅《半个满分的故事》，沈虹光《老师，你在哪里》，贾平凹《夏家老太》，张抗抗《鸡蛋里的哲学》，李兴叶《一个普通的星期天》。

散文：朱传雄《海滨纪事》。

诗歌：黄耀晖《怀念》(二首)，熊召政《竹娘》，高伐林《能源四题》，胡发云《性格》，汪泽鸿《依依别母校》(小叙事诗)，王慧骐、王慧骏《刀与鞘》(散文诗)，董宏猷《染血的奶头》，徐业安《两双手》，巴兰《追求》，李道林《大江之子》，王冬梅《眼睛》，樊娅莉《在黄昏》，邵文海《夜别》。

评论：李栋整理《我们需要什么样的文学作品——武汉师范学院汉口分部中文系部分学生座谈》，叶文玲《"殿堂"稚语》，严亭亭《荒野总会变绿的——我写〈心灵的春天〉》，何东《情一样深 梦一样美——小说〈心灵的春天〉读后随谈》，未名《杜甫》(文学人物志)。

第 6 期

小说：李翔凌《孙大圣自传》，侯桂柱《说媒》，刘梓钰《一篇冒名的小说引起的……》，效耘《一只小黄雀》，谢璞《一缕洁白的苎麻丝》，竹林《在菊花的舞会上》。

散文：王西彦《浩瀚的长江》，朱羽君《郭老家乡散记》，[哥伦比亚]阿方朔·罗梅罗著、周起凤译《信》。

诗歌：江全章、王怀让、徐焕云、李富祺、姚振起《献给儿童的诗》（九首），潘建国《进山》（二首），柴德森《泉》（二首），丘琴《在马雅可夫斯基讨论会上》，田丹《教鞭》（二首），李汝伦《岩下诗草》（五首），黄瑞云《七绝四首》，寒星《啊，泥土》，潘万提《大别山短笛》，赖松庭《姑娘的婚事》（二首），李幼容《锤声对唱》，李武兵《开山的钥匙》，余吾金《牡丹夜话》（寓言）。

评论：黄宗英《追踪同时代不知名作家的脚步》（作家书简），郁源《略论典型的个性化》，王若望《入了魔道的哈哈镜》，唐明《说惯性》，黄芥田《有了千里马之后》，方超《白居易》（文学人物志），索峰光、易原符《西子湖畔春意浓——记十四个城市文艺期刊座谈会》，本刊记者《诗要为四化鼓劲——武汉市文联和本刊召开诗歌座谈会》。

第 7 期

小说：陈立德《黄英姑》（长篇小说选载），邹志安《打赌》，张步真《渔人的中秋》，郑万隆《嫂子》，[苏]Ⅱ·连奇著、娄力译《大灾难》。

文学回忆录：姚雪垠《七十述略》（连载之一）。

散文：程云《你好，奈良鹿……》，菡子《千里绿林》，光群《悼念李季同志》，姜彬《雷公山之歌》。

诗歌：龙彼德《禾桶赞》，李华章《枇杷山诗情》，徐坚《马鞍上的麦种》，倪鹰《诗的赞美》，董宏量《啊，大海……》，左一兵《安源，听我唱一支歌》，秦敢《江城纪事》（四首），彭泉瀚《战后》，曾仕让《心声》，罗洛《昨天的花》（二首），陈有才《大别山行吟》（二首），江涛《三峡大庆》，孙友田《关于诗》，谢伯卿《早晨，我从渡口路过》，王庆和《碧池恋曲》。

评论：谢宏《评蒋子龙笔下的铁腕人物》，理由《愿当小小的媒介——〈她有多少孩子〉后记》，熊礼汇《韩愈》（文学人物志）。

第 8 期

小说：吴天慈、孙雄飞、东进生《恶梦》，潘志豪《诗人，你的七弦琴呢?》，李建纲《乍暖还寒天气》，冯有源《影子》，王安忆《啊，少年宫》，［日本］松本清张著、张国铮译《证词》。

散文：黄裳《过灌县·上青城》，林可、赫扬《早熟的莴苣》，马畏安《闲情偶记》，阎豫昌《我心中的白洋淀——访作家孙犁》。

革命回忆录：王盛荣《一个行动的回忆》。

诗歌：聂绀弩《漫与》（六首），顾工《静寂》（二首），沙白《写在都江堰》（三首），叶文福《九女墩》（二首），胡天风《孔雀与乌鸦》，喻选芳《大学旧居吟》（二首），肖川《塞上短句》（四首），西彤《庐山杂咏》（二首），王英《富山行》，张雅歌《竹沟石榴树》（小叙事诗），张雪杉《理想》（二首），王长富《解缆》，张良火《镌栏板》，虞文琴《今日洪湖曲》，徐广信《党费》，聂鑫森《山壁上的炮眼》，吴丈蜀《鹧鸪天》，王昌定《大江吟》（二首）。

评论：武克仁《简议“两百”方针》，杨江柱《彩笔写出民族魂——〈温哥华奇遇〉读后记》，金宏达《关于刘心武短篇小说的艺术评价》，丁永淮《诗，不是谜语》，赵捷《粗与细》。

第 9 期

报告文学：祖慰《啊，父老兄弟》。

小说：陈瑞晴《家庭喜剧》，陈默《现代人》。

散文：羊翚《峰影》，叶君健《一周间》，樊文烈、宫强《高贵的品德》，柳嘉《草堂诗话》，黄瑞云、孙传译《寓言二则》。

文学回忆录：姚雪垠《七十述略》（连载之二）。

诗歌：圣野、徐如麒、杨山、绿藜、沈晓、陈亨初、王野、时红军、叶簇、顾曲、徐康、马汝伟《芳草小辑》（二十三首），张志民《鞋》（二首），绿原《重读〈圣经〉》，谢克强《绿》(二首)，王尔碑《素描集》(三首)，郭宝臣《绿叶曲》，熊善初《我是一条被遗弃的小河》，陈雨门《青草集》，钟永华《珍贵的合影》。

评论：华弓《照镜与造镜》，甄非、余之《名家的风格》，袁符《也要相信自己》，古远清《论"违心之言不写"》，吴志达《陆游》(文学人物志)。本刊记者《活跃思想 繁荣创作》(通讯)，刘克治《欢快有益的聚会》(通讯)。

第 10 期
(短篇小说专号)

小说：母国政《愿生活像朵鲜花》，甘铁生《失望太多的姑娘》，谷应《他改了口……》，叶蔚林《难忘的南妮》，王振武《谁摘这朵"黑牡丹"》，余能蔚《雨露》，卢新华《知音》，勤耕《疯子》，关庚寅《失去了泥土味的芳草》，成平《雾》，吉学沛《醒悟》，彭城《外汇》，农弟《被埋葬了的爱情》。

评论：贾平凹《生活的感悟》(创作手札)，金宏达《真实性、时代和其他》，陈辽《倾向的流露——读〈李顺大造屋〉》，吴之《曹雪芹》(文学人物志)，直言《挥泪斩马谡》(杂文)。

第 11 期
(翻译作品专号)

小说：[美]约翰·斯坦贝克著、刘荣新译《逃亡》，[苏]尤利·范金著、许海燕译《告别德利尔》，[澳]詹姆斯·哈克斯顿著、石永礼译《父亲的出走》，[美]多萝西·帕克著、龙文森译《安娜蓓儿的梦》，[英]切斯特顿著、祖柏译《布朗少校遇险记》，[苏]图尔兄弟著、张德瑶等译《阿根廷式的足球赛》，[美]玛·金·罗林丝著、梁平译《妈妈在曼维尔》，[苏]尤·瓦·邦达列夫著、张德瑶等译《瞬间》，[苏]巴乌斯托夫斯基著、赵蔚青译《牧童》，[法]欧仁·萨维兹卡耶著、郑其行译《白费苦心》，[美]麦克·奎恩著、思平译《金色的喇叭》(寓言)。

诗歌：[美]卡尔·桑德堡著、邹荻帆译《诗三首》，[西]赫苏斯·洛别斯·巴琴柯著、丁人译《我歌唱我所见过的》(三首)，[西]马尔科斯·

安拉著、丁人译《狱中诗抄》。

评论：章其译《列夫·托尔斯泰谈创作》，杨江柱《现实主义并未死亡，现代主义方兴未艾》，编者《关于这一期》。

第 12 期

小说：陈瑞晴《家庭喜剧》（续篇），杨菁《莎草婶》，顾乡《失眠者》，刘向阳《提升之后》，李晴《心底的阳光》，郭彬《列席委员》。

回忆录：吴奚如《我所认识的胡风》。

散文：杨羽仪《羊城的彩翼》，冉淮舟《西宁风情》。

诗歌：胡风《读陶诗有感》（二首），廖公弦《东湖放舟》（二首），洪三泰《种子的希望》（二首），刘章《北山恋》（二首），崔合美《湖》（二首），巴南冈《屈乡颂橘》（二首），吴乙天《杂感录》（三首），王家新《鸟啊，鸟啊》（二首），沙茵《大树》，姜琍敏《桃花水》，吴烟痕《勘探者之家》，彭泉瀚《鲤鱼湖》，阳运森《峡江水》。

杂文：陈泽群《笔耕的文艺家们和他们的上司之间》，直言《骗子屏风》，卢今《由硬充书中的角色而引起的》。

评论：袁符《要大胆真实地反映青年一代》，吴志达《苏轼》（文学人物志）。

来稿摘登：程德培《颇有嚼头的短篇》，柯国外《"按照美的规律来造型"》。

1981 年

第 1 期

小说：刘小江《我和我的朋友》，李辅贵《后遗症》，朱有云《造谣研究》，韩少功《晨笛》，晋川《"天才"者的梦》，甘茂华《飘呀，爱情的绿叶》，王不天《赴宴》，［南］布拉尼斯拉夫·努希奇著、吕兴宗译《部长的小猪》。

散文：姚雪垠《大嫂》，周翼南《胡风同志访问记》，胡培卿《追踪野人的人》，胡天风《寓言二则》。

诗歌：戴安常《剪取滇西花一枝》（四首），管用和《藕湖吟》（外一首），青勃《安格尔的幽默》，胡风《诗二首》，高伐林《我摄下的钢城》（二首），纪宇《再思》，虞文琴《雪白的白纸》，鲍君实《菊展四首》。

评论：何西来《"诗祸"漫议》，曾卓《一首朴质的歌》，谢琼桓《创新需要宽容，创新需要勇气》，李栋等《读者之页》（五则），汤麟《提香·花神·异端》。

第 2 期

小说：伍元新《金支书建房》，李剑《女儿桥》，金为华《A 氏全集索引》，刘树华《死角》，晓剑《年终报道》，王瑞昌《牛贩子与农机推销人》，许世海《生前死后》，员淑华《是"6"不是"9"》，[苏]阿·阿列克辛著、阎华译《绝交书》。

散文：杨平《春天颂》，田野《第一次领到工资》，楚奇《追踪野人的人》（续篇）。

诗歌：毛锜、陈放、杨大矛、吴作望、李发模、志友、谢虹《芳草小辑》（十五首），顾城《青色的枯叶》（外一首），雷子明《开在我心中的桂花》（二首），鲁藜《命运》，刘晓滨《大海》。

评论：何西来《诗祸漫议》，狄遐水《手球场上的"白线"和文艺创作上的"禁区"》，曾卓《札记与偶感》，郑祥安《似淡实浓，似冷实热——高晓声小说的艺术风格》，古远清《芳草里的诗情——读〈芳草〉的咏物诗》，汤麟《光的诗人——莫奈和〈日本女郎〉》（名画欣赏）。

本期增页—十亿人民的历史判决：莎莱《写在林、江反革命集团判决之时》，武克仁《判决后的欢笑》，李冰《十亿人民的判决》，曾卓《早就期待这一天》，李蕤《向死者告慰》，莎蕻《正义之声》，王精忠《革命的镣铐》，管用和《女皇梦》，张善平《最后的表演》（组画），郭运雅、陈贻福《共享胜利》（组画），羊恂《历史的耻辱柱》（漫画），田子《不熄的火炬》（宣传画）。

第 3 期
（爱情·婚姻·家庭专号）

小说：王振武《最后一篓春茶》，周孜仁《春风暖融融》，李利克《我的女友》，白景晟《湖畔》，钮岱峰《金枣》，万昌言《小两口过年》，高尔品《因为她活着》，四海《徘徊的影子》，[危地马拉]特雷莎·费尔南德斯著、于凤川译《越轨的爱情》。

散文：严阵《长亭》，李德复《张良和他的妻子》(报告文学)。

诗歌：柯原《南国小夜曲》(外三首)，查代文《秋夜》，谢克强《梦》，赵爱民《心曲》，旭宇《背景》，莫少云《渔火》(外一首)。

评论：金宏达《从〈眼镜〉到〈南湖月〉——谈刘富道的小说创作》，汤麟《悒郁、压抑、创伤》(名画欣赏)，读者之页《芳草天下绿　四处有知音》。

第 4 期

小说：兀好民《刘二剃头》，叶文玲《卧铺》，张崇善《"心平过得海"》，夏腊初《石头浮水记》，冯黎明《中秋夜》，陈国屏《我的姐姐和杨房官的女儿》，[美]罗伯特·歇克莱著、顾源译《替身》。

报告文学：张晓敏《船上春秋》，李翔凌《基石》。

诗歌：殷树楷《峡口明珠》，王光明《炮工》，李华章《长江第一闸》，刘益善《"啃王"》，吴丈蜀《赞葛洲坝水利枢纽工程》(四首)，苗得雨《花叶集》，于浩成《鄂西怀古五首》，寒星《竹韵》。

评论/随笔：本刊评论员《努力塑造具有"心灵美"的艺术形象》，吴兰《两颗高洁的心——读短篇小说〈赴宴〉有感》，何西来《诗神缪司及其他——诗祸漫议之三》，邹贤敏《"写中心"与"写心中"——艺术规律漫谈》，黄芥田《"选择"，一个大考题》，汤麟《戈雅和他的〈德·波赛尔夫人〉》，读者之页(二则)。

第 5 期
(青年文学专号)

小说：沈虹光《美人儿》，兀好民《"黄面汤"叫穷》，董宏猷《阿鹏》，李锐锋《石头订婚记》，李木《弱者》，成平《迎浪礁》，金平《旋转花浪》，何永久《第五十一个表决者》。

散文：杨羽仪《神奇的画师》，罗时汉《华山天下险》。

诗歌：熊召政《在深山》，汤世杰《信号机呵，告诉我》(外二首)，夏天《三月坡歌赋》，李武兵《拾零集》(三首)，钟永华《火山奇观》(外一首)，董宏量《写在失物招领处》，肖创斌《新风礼赞》(二首)，李道林《特别托运》(外一首)。

评论：武克仁《文艺的春光》，王振武《生活是源泉》(创作谈)，古远清《要有理想的光芒》，朱璞《"生活的本来面目"与文艺的真实》，汤麟《蓬松柔媚，幽雅隽永》(名画欣赏)，读者之页(三则)。

第 6 期

小说：李翔凌《孙大圣新传》，贾平凹《美》，勤耕《来福儿》，克岐《白衣天使和"哥儿们"》，周开雾《敏敏和"小乌龟"》，周熠《红娘还没出场》，晓剑《打鱼摸虾的小伙子》，[美]埃瑟林·M.帕金森著、杨江柱译《大人物的来信》。

散文：未青《花好人美》，戈今《他为什么在地上打滚》，王业伟《狐狸救火》(寓言)。

诗歌：江全章《最美的画册》(外一首)，刘培青《湖乡孩子的歌》(三首)，曹树莹《路》，文丙《苹果》，楼适夷《猿人颂》，佟明光《大江行》，张嵩山《西望伊犁河》(外一首)，木斧《江汉桥畔》(外一首)。

评论：秦兆阳《看〈徐九经升官记〉有感》，徐怀中《作家书简》，江晖《美好的心灵 纯真的爱情——读小说〈最后一篓春茶〉》，杜书瀛《从平常中发现不平常》，关九成《外在与内在的辩证统一》，冉淮舟《海鸥》，读者之页《〈我的女友〉在青年读者中引起热烈反应》，汤麟《娇嫩的蓓蕾，初绽的小花》(名画欣赏)。

第 7 期

(热烈庆祝中国共产党成立六十周年)

小说/散文：郑绍文口述、郭令炘整理《炼》(革命回忆录)，邹志安《脚踏实地》，刘丕林《"辰沅"纪事》，光群《海》，李传锋《热血》，张英

《任尔东西南北风》，朱传雄《风沙小站》，皮礼夏、熊瑞隆《叶落归根》，卢锡铭《虎门情思》。

诗歌：商子秦《啊！延安》(三首)，叶圣华《大别山行吟》(三首)，李幼容《飞天村抒情》(二首)，洪源《礁石，海的子孙》，牛雅杰《桐柏树》。

评论：程云《英雄与文学》，汤麟《蒙娜丽莎的微笑》(名画欣赏)。

第 8 期

小说：张步真《拔牌记》，王安忆《年青的朋友们》，赵松泉《月照青杨》，彭少怀《芳邻》，羊羣《妹妹》，金为华《一分钟小说》，绍六《奇特的约会》，余启新《寒士怨》，[法]埃特蒙·阿布著、陆炳熊译《火灾》，[法]司汤达著、陆炳熊译《良心的呼唤》。

散文：胡青波《高山景行》，鄢国培《谈钓》。

诗歌：王文福《新星之歌》，叶延滨《长城的子孙》(四首)，王家新《从北方到南方》(三首)，杨牧《白帝城》，林希《火》，徐广信《欢送会》，杨人猛《山村喜雨》，金马《碧波吻》。

评论：曾卓《更高地飞吧——读〈美人儿〉》，汪洋《给沈虹光的一封信》，金宏达《文学的多样化、创新和读者群》，程德培等《读者之页》，汤麟《戈雅肖像画的里程碑》(名画欣赏)。

第 9 期

小说：曾果伟《告别》，王伟举《石拱桥头》，黄大荣《老人的歌》，陈卓乾《紫色的风筝》，丁永淮《弯弯蛾眉豆》，秦斌《王长河转运》，王石《我不是你的》，[美]理查德·康内尔著、狄蒂译《危险的猎奇》。

散文：柳嘉《翠亨凝想》，席星荃《哪儿去了？荷塘》

诗歌：梁上泉、李更、朱剑、贾志坚、杨山、何鹰、王维洲、李根红、桂向明、关登瀛、方晴《芳草小辑》(二十二首)，张雅歌《龙门吟》，蒋育德《长河之恋》。

评论：武克仁《鲁迅——真正的人》，李蕤《鲁迅对青年作者的哺育》，艾斐《大作家与小读者》，汤麟《雨丝中的紫罗兰》(名画欣赏)。

第 10 期

（短篇小说专号）

小说：金石《哀乐奏过之后》，刘小江《风雪纳连河》，杨威《当花儿开放的时候》，陈国屏《厂长的女儿》，胡忆肖《首义枪声》，舒升《爱，应从负数开始》，汪洋《剪不碎的心》，谷应《不期而遇》，杜为政《三个大学生》，王建武《一张万元存款单》，万文周《寸草心》，〔美〕亨利·斯莱萨著、杨江柱译《阻塞不通》。

评论：姜弘《青春是美丽的》，田中全《酌奇而不失其真》，吕万林、彦汝红《读者之页》，陈联光《七月的花束——武汉市建党六十周年美展作品观后》，汤麟《〈持小花的姑娘〉——日本画家小松崎邦雄作品简介》。

第 11 期

小说：罗石贤《渔家女的高跟鞋》，李尔钢《我的姑姑》，刘丕林《话说老鸢》，成平《虹》，董宏猷《相隔只一米》，甘铁生《等待》，吴绪久《夜香》，杨菁《米黄色衬衫》，辛昌辉《找鸡》，〔美〕威廉·卡勒斯·威廉斯著、冬妮译《暴力的用途》。

散文：陈明云《回声》，管用和《蚶》。

诗歌：范源《写在醒来的土地上》(三首)，刘不朽《山情》，文武斌《献给生活的情歌》(外一首)，左一兵《种子之歌》，高洪波《题"中国无忧树"》(外一首)，莎蕻《寄情浣花溪》，朱光天《搁浅的船》，张良火《酒》(外一首)。

评论：徐景熙、钱勤来《文艺批评三题》，胡宗健《始终不一致和始终一致》，查铁、王武《妻子笑了》，胡德培《紧紧追寻人物性格自然发展的轨迹》，汤麟《娴淑·单纯而骄傲》。

第 12 期

小说：金平《早茶》，王不天《澡堂里的笑声》，王继《赵师傅挑徒弟》，胡伯仁《接生》，李建纲《污垢》，李佩芝《新月》，郭宝臣《文化局长》，洪泉《俩主任》，王益山、王益河《"龙凤丸"失传记》，周友坤《香香退婚》，[美]约翰·契弗著、赵廉译《圣诞节是穷人忧愁的日子》。

散文：德咏《水都飞彩虹》，郭治澄《牢狱六月生活》（革命回忆录）。

诗歌：刘登翰《寄自三峡的情笺》（二首），顾工《心，还在摇篮中》（外一首），青勃《题车厢里的一幅照片》，钟永华《小溪》，王尔碑、苏敏、郭同旭、陈有才、李武兵、柴德森、赵国泰、肖川、周民、倩晴《芳草小辑》。

评论：米得《〈三千万〉的得失和创作思想之间》，阿今《"花嘴媒婆"走红运及其他》，古远清《说入迷》，汤麟《沉默的期待》（名画欣赏）。

1982 年

第 1 期

小说：木之《深深的峡谷》，王士美《我该怎样迎接他》，李廷楷《"邋遢鬼"纪事》，李深斌《对联絮语》，尹平《回头草》，孙玉章《雷雨，冲刷着山庄》，[俄]库普林著、康华译《错乱》。

散文：李传锋《太湖渡》，朱传雄《林区话熊》，史晓鸥《柳絮雪》。

诗歌：刘学琦《工地素描》（四首），田禾《板栗歌》（外一首），戴左航《葛洲坝诗简》（二首），成瑞文《钟之变》（外一首），于波《夜，在森林中》，瞿晓《送菜姑娘》，吕何生《信仰》，[南斯拉夫]热·达卡奇柴著、盛萱译《来自长江边的友谊》。

评论：周忠厚《"二为"和"二百"是新时期文艺的基本方针》，杨江柱《偶然玩笑和必然灾难——读〈错乱〉》，孙葳葳、马中行《艺术的含蓄》，芥子《文场一瞥》（杂文），李菲《巴尔扎克也丧失了勇气》，吴士余《诗林碎叶》，汤麟《蓝色的追寻》（名画欣赏）。

第 2 期

小说：喻杉《女大学生宿舍》，侯桂柱《一场官司》，杨武昌《我们都是老实人》，李承弘《干妈》，李荣根《三个朋友》，赵会兴《小憩》，[英]阿加莎·克里斯蒂著、杨江柱译《中年妻子的案件》。

散文：贾平凹《落叶》，胡天风《绿岛之恋》，田野《从台湾寄来的照片》。

诗歌：杨炼《春天》，刁永泉《古都诗草》(三首)，白榕《大街抒情》(三首)，雷子明《西双版纳速写》(组诗)，纪宇《诗人之死——李贺的传说》，杨世运《爱，弹着六弦琴》。

评论：吴正南《在生活中挖掘》，直言《春光·南风·批评》，孙天赦《浩歌传万古，正气壮山河》，罗守让《扑朔迷离的朦胧的美——评〈老人的歌〉》，余昌谷《因人写事　事中见人》，王德省《"热"与"冷"》，汤麟《阳光·成熟·丰收》。

第 3 期

小说：陈放《新星之恋》，杨鹏《枫林坳》，兀好民《宋老大吃烙饼》，张寿来《"刘和尚"娶亲》，刘富道《数字心理学》，陈卓乾《象牙少女像》，洪琼《"X2"行动方案》，[英]维克多·坎宁著、玛丽·雷特改写、艾湫译《永远别相信女人》

散文：钟子硕《"睛淑轩"前枫叶红——美籍华裔女作家阚家蓂散记》，管用和《为美而工作着的人们》。

诗歌：杨朔遗作《征途三绝》，阚家蓂《词二首》，李冰《胸怀异彩》，刘益善《前进的轮子》，虞文琴《春·冬》，舒月《铁锤和夜莺》，任海鹰《水兵之歌》(二首)，廖献祥《家乡的大榕树啊》(散文诗)，朱谷忠《青嫂的心事》，黄东成《云彩曲》(二首)。

评论：杨江柱《通过谁的眼睛？——谈小说的"视点"》，吴功正《略谈〈李自成〉(第三卷)》，朱璞《喜读〈女大学生宿舍〉》，广柱《平常中的不平常——读短篇小说〈渔家女的高跟鞋〉》，汤麟《期待黎明的夜莺》。

第 4 期

小说：金仕善《十五的月亮》，李辅贵《姑嫂》，天野《我和继母》，曾果伟《路，在自己脚下》，郭才明《石碴碑》，陈元《人，毕竟不是花》，

［法］戴维·欧克顿著、蔡攻译《分开的马衣》。

散文：郭令炘《劲草之歌——史沫特莱在武汉活动剪影》，杨平《把鲜花献给埃德加·斯诺》。

诗歌：高伐林《石油化工厂抒情》（三首），尔重《南冠诗草》，叶笛《长江可睡着》，崔合美《桃花渡》，阎振中、赖松廷、石太瑞、李根红、胡笳、吕琦、龙彼德、何昌正、程建强《芳草小辑》。

评论：米得《文艺风俗》，杨江柱《猪八戒与孙悟空》，卢今《小中见大——谈〈赴宴〉和〈澡堂里的笑声〉的艺术构思》，郑彬《奇中见平与平中见奇》，汤麟《爱的渴望与升华——委拉斯开兹的油画〈纺织女〉简介》。

第 5 期

学习《在延安文艺座谈会上的讲话》笔谈会：李冰《思想感情与群众打成一片》，莎蕻《五月，延河的歌》，王振武《了解人，熟悉人》，沈虹光《泉》，曾卓《一点感想》，李蕤《从头学起》，何国瑞《寓我于物》，郁源《论理论在"写真实"中的地位》，刘崇顺《齿轮、螺丝钉及文艺和政治的关系》，汤麟《心啊，沸腾着……》。

小说：尹又汉《"头块牌"》，陈学工《飘走的云》，勤耕《老明师傅的星期天》，张健人《爱，在"弄贵"》，李叔德《奇特的一夜》，余启新《三轮运载火箭》，［美］阿纳·庞特门斯著、汪海译《一个夏天的悲剧》。

报告文学：曹良栋、苗德生《心灵之桥》，钱五一《光荣》。

工业风景线诗辑：张永久《我们的工厂》（三首），郑定友《春满三峡》（三首），田绍桢《青年锤手的梦》（外一首），董宏量《总装线抒情》（外一首），吴烟痕《三峡船工》，寒星《大江东去》（三首），罗维扬《阳日湾》，李发模《旅途杂咏》。

第 6 期

小说：沈晨光《上官婉》，韩冬《小院人家》，母国政《寂寞的孩子》，王振武《培幺姑》，吴兰《心灵的呼唤》，金为华《名字》，顾乡《白海棠，红海棠》，［澳大利亚］万斯·帕尔默著、晓玲译《小马驹》。

散文：张英《看不够的浪花》，朱帆《消失了的市镇》，王维洲《雪》。

诗歌：张庆明《中国，有这样一个小山村》（四首），瞿钢《舟山情》（三首），江全章、潘仲龄、王宜振、陈官煊、朱晖、饶庆年、李富祺、姚振起、曹树莹《节日的花朵》（儿童诗辑），李道林《轮机长小憩》（外一首）。

评论：周迪荪《春的气息，春的脚步——〈芳草〉一九八一年小说评奖巡礼》，熊开国《真实、典型、文学幼稚病》，杨江柱《不死鸟的再生——谈三篇小说前后呼应的人物形象》，蒋逢轩《谐振》，汤麟《塞纳河畔的哀怨》（名画欣赏）。

第 7 期

小说：丰村《人为什么活着》，池莉《月儿好》，万文周《余热》，赵致真《陈巧姑》，宾东《小嫂子》，赵健《杀猪的喜剧》，杨荣福《老憨》，［日］星新一著、高伟建译《同不速之客的对谈》。

诗歌：管用和《细流集》，钟瑄《我是初来的》，钟永华《"翠花泉"的思念》（外一首），华继文《清泉水》，武克仁《游晋词草》（四首），叶圣华《春江随想录》，肖凌《黄羊树》。

散文：臧克家《一个倔强的人》。

评论：刘崇顺《也谈文艺和政治的"分"与"合"》，咏枫、朱曦《逆境与创作》，司马言《巨著与语丝》，徐剑君《从程砚秋的唱腔说起》，杨江柱《小说中的无意识世界——从宝钗刺绣、妙玉入魔谈起》，汤麟《冰河下缓缓的暖流——达维特〈荷加斯兄弟的宣誓〉简介》。

第 8 期

专辑：辛甫《在武汉作家协会成立大会上的讲话》，李冰《武汉作家协会成立大会开幕词》，李蕤《坚持和发展毛泽东文艺思想，促进文学更大的繁荣》，马国昌《武汉作家协会成立大会闭幕词》。

小说：杜为政《腾飞的龙》，高晓声《鱼的故事》，金石《曙神》，郭韶卿《冬夜，暖融融……》，林佛庭《追击》，金平《悼》，彭城《绿荫》，钟家茂《有一位代表》，［苏］谢·沃罗宁著、刘克彭译《关于爱情的询问》。

散文：许淇《雕刻家》(外一章)，冯复加《林荫道上》，和穆熙《死别已吞声》。

诗歌：王文福、马合省、徐广信、柳潭、鹿说之《军营新歌》，振扬、毛錡、田禾、洪源、陈晓光、韩嗣仪、关登瀛、陈新洲、夏天《芳草小辑》。

第 9 期

小说：楚良《石磙，滚向何方》，洪琼《辫子》，方方《珍珍》，游发华《柴副总下厂》，徐友俊《喜姑卖猪》，[美]海伦·凯勒著、赵千里译《假如给我三天光明》。

散文/报告文学：刘真《生活·人和文》(散文)，郭宝臣《这不是露水——记韦君宜同志》(报告文学)。

诗歌：吴丈蜀《荆宜旅诗》，李冰《春雨》(外一首)，杨大矛《忠贞》(外一首)，何帆《长江短章》，陈有才《小鸟礼赞》，叶晓山《采莲谣》(外一首)，胡发云《流水线》，查代文《故乡，我回来了》(外一首)，王璞《我年轻的朋友和兄弟》。

评论：陈传才《作品的境界与作家的世界观》，尹均生《文学的使命》，杨江柱《动静交错，张弛有度——谈小说的节奏》，艾友弼《记取小克利斯朵夫的教训》，汤麟《严峻啊，人世间——品佐恩的〈我们每天的面包〉》。

第 10 期

(小说专号)

小说：胡大楚《淘金》，李叔德《黄家老屋》，龚义成《杨柳湾的年轻人》，赵松泉《柳暗花明又一村》，余启新《一路飘香》，安危《黄河岸上》，张映泉《小城故事多》，贺志农《静夜的春风》，刘玲娅《烫发记》，江林《阔气》，罗戎《留给妈妈的录音带》。

评论：黄自华《真实自然，栩栩如生——评池莉的短篇小说〈月儿好〉》，古远清《美好心灵的赞歌——读〈月儿好〉》，吕万林《美·风情·小院春秋——喜读〈小院人家〉》，《〈女大学生宿舍〉在读者中引起强烈反响》，汤麟《山菊花·风暴·秋千》（名画欣赏——弗拉戈纳尔的〈秋千〉）。

第 11 期

小说：叶梅《"半边户"娘子》，兆光《断臂的维纳斯》，宾东《劳动模范和他的妻子》，楼成宏《浦教授的一天》，李佐《一幅别出心裁的照片》，李昂《街口》，[苏]谢·沃罗宁著、周克新译《巨大的伤心事》。

散文：光群《葛洲坝纪游》，王维洲《千佛洞夜话》。

报告文学：王声《一个外科医生的春夏秋冬》，楚奇《火，在燃烧……》。

诗歌：熊召政《车城赋》，柯愈勋《地下长廊》，李武兵《我思念故乡》（四首），张嵩山《绿色的伊犁》，张良火《生活与诗情》（三首），谢克强《花的阳台》（外一首），巴南冈《小三峡放歌》。

评论：李蕤《赶上时代的步伐》，杨小岩《作家的眼睛及其他》，米得《人物创造的可贵经验——对几个人物形象的一点探索》，江晖《滚动在社会主义轨道上——评短篇小说〈石磙，滚向何方〉》，汤麟《痛苦的十字，诺亚的方舟——谈艾涅瓦佐夫斯基的〈第九个浪头〉》。

第 12 期

小说：杜治洪《阿五大副》，王不天《焊缝》，罗武《裁判》，许世海《酒壶的今昔》，卢朝阳《丁工》，潘庭芳《家常话》，吕运斌《湖草青青》，李史《雪花飘呀飘》，周开雾《电话间里》，[美]弗兰克·斯托克顿著、李学经、王西敏译《名作的波澜》。

散文：许红《森林的歌及其他》（散文二章），杨平《匡庐消夏录》。

诗歌：陈梦、陈应松、戴安常、苏敏、宋曙光、肖用、吴西芬、鄢家发、杨柳《芳草小辑》，殷树楷《售相亭前》（外一首），彭天喜《种子的追求》（外一首）。

评论：易竹贤《写好社会主义新人》，袁符《文学创作的广阔领域》，杨江柱《次要人物形象的深远意境——话说〈红楼梦〉中的小红》，朱璞《给〈淘金〉作者的一封信》，汤麟《"晓雾前……"》。

1983 年

第 1 期

小说：曾果伟《我的指导老师》，王伟举《待到荆花流蜜时》，陈卓乾《再见吧，小巷》，冼济华《舞台和爱情》，彭兴国《路》，楚良《"土八路"校长》，王纪娟《来福巷里家常事》。

散文/报告文学：许德民、张真《山那边有什么——郭凯敏的故事》，岭南子《琴声》。

诗歌：潘大华《崛起》（外一首），李声明《地下的炮声》（外一首），严迪《大楼》，苗得雨《生活之镜》，蒲祖煦《水乡夜色》。

诗歌—芳草新绿：张泉河《采矿二题》，华阳《枫》，颖秀《青春的火焰》，陈定家《致老师》。

评论：《高晓声、苏叔阳、陆文夫谈创作》，田中全《深沉蕴藉，回味无穷——漫谈〈黄家老屋〉的思想》，舒波《愿芳草满天涯——读张泉河等同志的诗》，唐再兴《"博见为馈贫之粮"——漫谈积累》，沈泓《爱丝梅哈尔达的六次"扁嘴"》（小说欣赏促膝谈），赵初《小议关于创作题材的选取》（编辑随笔），汤麟《爱情·祭坛·郁金香》（世界名著插图欣赏）。

第 2 期

小说：段国三《军人之子》，金石《秋风萧瑟》，韩冬《我们走向明天》，陶三友《绊根子草》，王业腾《姐姐》，［美］H. 都威诺维斯著、唐若水译《神奇的警服》。

小说—芳草新绿：秦玉姗《汪元和狗》。

报告文学：赵致真《耕种在八十年代的土地上》。

散文：杨羽仪《灯海，大鹏的眼睛》，杨柄《捉蜻蜓》，刘占武《寓言二则》。

诗歌：叶圣华《追寻攀登者的脚步》（二首），晏明《故乡的栀子花》。

芳草小辑：彭兴国《木炭》，梁必文《放鱼苗的老伯》（外一首），沙菌《露》（外一首），李更《萤火虫》，董景黎《希望》，文丙《洞庭采茶女》（外一首），李根红《夜空》，未凡《终于有幸和你相见》（外一首），王挥《寒枝吟》。

评论：陈光贵、高进贤《刘富道小说散论》，杨江柱《寻找画面的中心》（小说欣赏促膝谈），徐剑君《"空白"的艺术》，聂成《不值得提倡》，亦青《作者的立足点与作品的境界》（编辑随笔），亦然《一篇朴实的，耐人寻味的作品》，汤麟《圣诞树下的泪花》（世界名著插图欣赏）。

第 3 期

（女作家专号）

散文：刘真《访越南难民营》。

小说：方方《在 O 形的跑道上》，沈虹光《黄昏的幸福》，宋致新《迟桂花》，杨菁《杏儿香》，池莉《大学毕业之后》，叶梅《哑姑画像》，成平《转动的魔方》，严亭亭《捡剩儿》，巴兰《晚霞》，余茝芳《同学之间》。

小说—芳草新绿：刘克勤《雨中，一只小船在飘荡》，三石《一棵待培植的幼苗》（新作短评）。

诗歌：虞文琴《橘红色的晚风》（外一首），舒月《荷》（外一首），郑玲《晨光·夕阳》，胡兰兰《唱给明天的歌》（四首），刘蒂《女儿》，张帆《云朵，飘呵飘》，鲁萌《心中的歌》（外一首）。

第 4 期

小说：喻杉《女大学生宿舍续篇》，苏剑《第九号"旋风"》，李叔德《花间异物》，徐万明《雨晨》，李名英《奔向瑶湖》。

小说—芳草新绿：王天海《村街里的货郎鼓》，江晖《感情真挚描写生动》（新作短评）

报告文学：张九经《冲破老框框的人》。

散文：刘富道《塔什库尔干散记》，莎蕻、楚奇《山村夜话》。

诗歌：董宏量《表·锤·旗》（三首），刘益善《北京诗情》（二首），孙静轩《致诗人》（二首），徐刚《飞鸟抒情诗》（三首），韦丘《求索者》，石太瑞《故乡情》（二首），尧山壁《乡风》（二首），李道林《我领到了住房证》，余以建《我迎着你们走》（外一首）。

评论：李鸿然《遵循美的原则》，熊开国《革命现实与革命理想》，和穆熙《略论报告文学中的几个问题》，冼佩《未必全抛一片心——谈小说中的人物语言》，袁符《要克服简单化》(编辑随笔)，汤麟《呻吟·遗弃·不安的灵魂》(名著插图欣赏)。

第 5 期

小说：刘谦《彩虹似的梦》，汪吉佑《谷物女神》，映泉《幸福的微笑》，叶明山《山风在呼唤》，洪琼《桃花泪》，张凤洪《饭市小巷》，魏雅华《茶摊》，[苏]符拉基米尔·列金著、阎国刚译《黑头鸥》。

诗歌：张永久《我和我的师傅》(外一首)，张雅歌《爱情的宣言》，叶延滨《朋友，我祝福您》(二首)，贺东久《普希金之死》(外一首)，胡笳《"姑娘追"》，李幼容《窗口情话》，苏敏《三八节有感》，叶松山、饶红《诗二首》，舒波《托物言志心灵美》(新作短评)。

评论：李德复《到生活中寻找"美"》，杨江柱《整个巴黎浓缩在一张餐桌周围》(小说欣赏谈)，甘茂华《在那遥远的地方——致叶梅》，亦然《创作·勇气·胆识》(编辑随笔)，汤麟《母性·尊严·爱抚和牺牲》(名著插图欣赏)。

第 6 期

小说：李叔德《长绿岛》，喻杉《先生的笔》，赵松泉《妯娌》，张道清《女兵宿舍的秘密》，胡大楚《提前退场》，陈福根《一根横梁》，李尔钢《"葫芦锅"小曲》，潘庭芳《蔗林里的笑声》，[苏]M.娜哈宾娜著、阎国刚译《留大胡子的外孙》。

小说—芳草新绿：陈和春《路，在她脚下延伸》，绍六《凝练、再凝练》(评点)。

报告文学：许春耘《"顽童"上了科技大》。

散文：慧心《二度访萧军》。

诗歌：陈牧、吴来生、丁慨然、田央、张扬、陶文鹏、王耀东、樊帆、崔笛扬、陈丽霞、郭良原、肖诗玉《芳草小辑》(十九首)。李尔重《诗三首》，朱祖延《盛会集群英》，武克仁《游蜀词草》（二首），饶庆年、徐鲁、彭心江、姚振起、江全章、陈官煊、曹树莹、龚午婴《节日的花朵》（儿童诗十二首）。

评论：杨江柱《时代的风和人物精神美——漫评武汉地区 1982 年得奖小说》，杨书案《六月，栀子花开的季节》，王昌定《"为创作写生活"——读〈诗与生活〉随笔》，汤麟《在堆满白色茶花的墓碑下》（名著插图欣赏）。

第 7 期

报告文学/散文特辑：周翼南、周昌岐《汪益基和"纠偏"》，羽翎《朱伯儒的故事》，马国昌《爱，赤诚无私的爱》，[美]埃德加·斯诺著、杨江柱译《战时的斯大林》，王西彦《地上的纽约》，碧野《泰国的"人的花朵"》。

小说：马凤超《社赛》，杜为政《大匠门风》，吴绪久《菊丛深处》，胡发云《未名》，张雄《哎，这小妞儿》，培青《直接描写和间接刻画》。

诗歌：海云《笑吧，张海迪》，廖秋妹《玲玲的"手抄本"》，钟永华《舒展的大山》（外一首），寒星《生在水底的眼睛》（外一首），蔡纯《夔门吟》（外一首），陈松叶《人生》（外一首），林希《我曾经这样地希望》，杨世运《月光下》，柴德森《我是螺栓》。

评论：冼佩《对比度》（小说欣赏促膝谈），古远清《诗，属于时代和人民》，和穆熙《数风流人物——评获武汉作协报告文学优秀作品奖的四篇作品》，冯捷《"三小"作品有感》（编辑随笔），《"老实"应该比"聪明"先出生——严文井同志给本刊编辑部的信》，汤麟《信念·反抗·不落的太阳》（名著插图欣赏）。

第 8 期

小说：王建琳《好一只"出头鸟"》，陈自谦《在友谊商店门口》，金平《佛光》，宋茨林《继父》，张蓼《途中》，钱五一《娇风》，李荣根《归燕》，洪泉《清风送爽》，杨海燕《一朵洁白的云》，亦然《一篇朴素感人的小说》，[美]凯瑟琳·布拉什著、朱光华译《他与她》。

散文：勤耕《夜宿鹿回头》（外一章），光群《家乡访旧》，黎笙《悄悄的离别》(外一章)。

诗歌：李冰《花生飞了》，杨山《巴山诗简》(二首)，熊召政《西南边境线》(四首)，查干《雨的诞生》，吕西凡《打油"三自"》，于波《希望的乳名》(二首)，徐广信《舟桥兵赞》，王新民《一幅闪光的画》，贾长厚《钱塘潮赋》(外一首)。

评论：罗守让《题材·审美理想·社会效果》，杨江柱《小说中的预兆》(小说欣赏促膝谈)，唐再兴《漫谈"角度"》，徐景熙《繁简相宜各尽其妙》，熊开国《彩照钩起的沉思——〈幸福的微笑〉读后》，聂成《重视"结尾"艺术》(编辑随笔)，汤麟《圣火·夜空·黎明》(插图欣赏)。

第 9 期

小说：吕敏尔《幸福者》，楚良《水战之后》，刘放《风搅雪儿》，潘志豪、张丽萍《球场奇事》，韩冬《槐花飘香时节》，字心《茅草地春秋》，陶继文《小街上的爱情篇》，效耘《在澡堂里》，玛纽埃尔·考姆洛夫著、金国嘉译《玻璃柜里的拿破仑帽子》。

小说—芳草新绿：李菲《站角的师傅》，绍六《生动具体地再现生活》(评点)。

散文：田一文《忆巴金写〈寒夜〉》，管用和《崂山画瀑》，席星荃《野草之思》

诗歌：王家新《沿着长江》，雷子明《陆水渡》(外一首)，荒芜《绝句三首》，李任夫《律诗五首》，崔合美《苗山写意》，郑定友、李根红、聂鑫森、陈有才、何火任、莫西芬、杨育基、罗绍书、徐业安、张良火《芳草小辑》(十五首)。

评论：尹均生《时代需要报告文学》，莎蕻《大江的浪花》，冼佩《小说中的闲笔》(小说欣赏促膝谈)，亦青《分寸·适度》(编辑随笔)，匡花坛、钟法等《读者之页》(三则)，汤麟《战斗·复仇和希望》(文学名著插图欣赏)。

第 10 期

(小说专号)

小说：姜天民《大路通向远方》，沈虹光《尼龙滑雪衫》(外一篇)，金石《好事者》，兀好民《大年三十》，陈祖国《鲁秀》，赵致真《大街上，白浪滔滔》，沈晨光《亚妮》，胡大楚《毕业文凭》，杜为政《追悔》，余启雄《"妹娃要过河"》。

小说—芳草新绿：蔡荷《小大姐和我们仨》，韦耘《读后记》。

评论：李蕤《社会主义文艺的前进纲领——学习〈邓小平文选〉札记》，杨江柱《东西方的"焚稿断痴情"》（小说欣赏促膝谈），汤麟《悒郁的诗情没落的命运》。

第 11 期

小说：吴鄂东《寂寞的草滩》，周元镐《襄河一片月》，王伟举《西去的运蜂车》，未名《悬崖上的早晨》，谢湘宁《荣誉的背后》，伯已《闹钟还没有响》。

小说—芳草新绿：草人《常委员》，培青《〈常委员〉读后》。

报告文学：李翔凌《超负荷运行的人》。

散文：杨羽仪《根妞儿》。

诗歌：陈应松《在江南》（三首），钟瑄《思念》（外一首），江柳《风歌》，李圣强、朱光天、顾工、黄东成、李武兵、蒋育德、夏天、谢克强《芳草小辑》。

评论：《进一步高举社会主义文艺的旗帜》，冼佩《小说的诗意》（小说欣赏促膝谈），罗守让《美与丑的辩证法——美学随想漫笔》，钟法《不写之写，无情之情》，江晖《表现传统美德一议》，汤麟《泥潭·死水·憧憬》。

第 12 期

纪念毛泽东同志 90 周年诞辰：何国瑞《这面旗帜仍在指引着我们》，李尔重《回忆毛主席二三事》，李蕤《几点闪光的记忆》，李冰《〈讲话〉指引我走上革命文学道路》，曾卓《巨人在大江上》（诗），莎蕻《延河畔的鼓声》（诗），蔡纯《长沙二题》（诗），叶圣华《在江边，我唱一支歌》（诗）。

小说：曾果伟《留在毕业照片里的记忆》，江水《麒麟山的兵哥哥》，周震亚《孙腊香和她的新班长》，丁永淮《话说"一把手"》，楚奇《捕猴记》，徐发俊《拦车》(小小说)，汪烈九《书台访贤》。

小说—芳草新绿：汤礼春《"垃圾千金"的自白》，绍六《没有性格，就没有区别》(评点)。

诗歌：王文福、梁如云、袁希安、阿拉坦托娅、傅根庆、蔡宗周、左一兵、张正雄《芳草小辑》。

评论：杨江柱《红楼百怒》(小说欣赏促膝谈)，朱璞《平凡、真实、不拘一格——〈幸福者〉形象塑造》，舒波《有感于"一字诗"之争》，汤麟《薇拉的第四个萝》。

1984 年

第 1 期

评论：本刊评论员《做一个称职的"灵魂工程师"》。

报告文学：赵致真《武术生涯六十年》。

小说：金石《等待》，肖矢《工棚里的姑娘》，兆光《"半转"》，彭明星《杨公子与陈三猫》，郎瑜林《"绝招"》。

散文：曾卓《莉里娅娜》，羊羣《风雪中的奇遇》，许淇《鄂温克桦哨》。

小说/散文—芳草新绿：青末《我再不是"瞄香赢"》，冯捷《平凡的工作，高尚的形象》(短评)。

诗歌：潘大华《地下的星星》(二首)，刘镇《写给自己和同伴》，张庆明《中国，有这样一个小山村》(二首)，徐鲁《献给祖国的歌》(外一首)，丁力《张北马》，吴丈蜀《洛阳旅诗》(二首)，李耕《草叶上的露》(散文诗四则)。

评论：江柳《再现、表现与诗美》，楚均《评〈离离原上草〉的思想倾向》，杨江柱《靴子的灵魂》，[英]高尔斯华绥著、沈长钺译《品质》，汤麟《历史的巨人——列宁》。

第 2 期

小说：杜为政《他们这一辈》，赵松泉《淡淡幽香豆角花》，王振武《晚景》，陈国屏《我的姐姐、我的女友》，倪中华《晴川阁下的小巷》，张立先《我们毕业班》，丰晓梅《包学》。

小说—芳草新绿：向网《何莲嫂》，培青《喜读新人新作〈何莲嫂〉》。

散文：管用和《"为江城流汗"》，王维洲《中州有瑶池》。

杂文：刘法绥《文坛说"风雨"》，周纳《蛇与草绳》，张宿宗《苦李与甜瓜》。

诗歌：张雅歌《连理柏》，陈志民《铿锵的事业》(外一首)，李冰《青年大道》，龙郁《采撷阳光的姑娘》，王卫平、任海鹰、叶青、瞿晓、张建华、程克夷、李深群《芳草小辑》。

评论：古远清《中国新诗不能走现代派道路》，刘富道《杂碎集》，熊开国《壮歌一曲唱人生——读〈大路通向远方〉》，青谷《给读者一个独特的进入角度》，汤麟《阳光·温暖·鲜花和大地》(名画欣赏)。

名作欣赏：冼佩《让人笑后深思的小说》，[日]芥川龙之介著、鲁迅译《鼻子》。

第 3 期

小说：林之《高高的天梯巷》，兀好民《正酿好蜜》，马凤超《审酒》，魏雅华《春夜喜雨》，祝恺《月光洒满船上》，黄建中《定盘星》，[日]户川幸夫著、田发宽译《鹰王》。

小说—芳草新绿：方元耕《一张王牌》，元复《〈一张王牌〉读后》。

报告文学：石渠《党员老耿》。

散文：沈虹光《新城一路》，杨平《远方在呼唤》。

诗歌：李冰《这面战旗》(外一首)，高伐林《美的历程》(外一首)，徐广信《春到治黄工地》，胡兰兰、张帆、姚淑青、舒月、刘敏、郑玲《女作者诗页》(八首)。

评论：孙党伯《楚天万里凤凰飞》(作家在武汉)，胡忆肖《〈风景谈〉赏析》，茅盾《风景谈》，苗得雨《诗艺赏析》，黄毓璜《艺术的"向心"》，汤麟《森林·繁星和希望》(名画欣赏)。

第 4 期

小说：钟如心《水乡的女儿》，周震亚《"开水姑娘"与"哲学小伙"》，张立先《重心的位置》，冀丹丹《静静的石板街》，章轲《塔基》，高霜木《贝贝的手绢》。

小说—芳草新绿：段维《花初绽》，江晖《要给人以美感》(评点)。

报告文学/散文：郑明东、夏建国《在有限的时空里》，吉小安《黄继光连新一代》，孙杰然《连心篷》，许淇《李记铁作》。

杂文/随笔：华弓《莫做"陷沙鬼"》，程乡《对一篇小说的"评点"》，易原符《晏殊和范仲淹其人其文》，苑红《"宽容"小议》。

诗歌：王新民《城市之歌》(三首)，石太瑞《驼峰上的歌》(组诗)，胡征《海恋》(二首)，孙友田《橘林曲》(二首)，李道林《奔腾的九平方米》(外一首)，郭良原《小村》，柳沄《小溪，在山口分汊》。

名作欣赏：冼佩《请看不著文字的处所》，叶圣陶《夜》。

评论：王振武《〈晚景〉的回忆》，宋建林《细节描写的典型化》，汤麟《我期待……——油画〈期待〉简介》。

第 5 期

评论：李琳《高举社会主义文艺旗帜，努力提高作品的思想艺术质量》。

小说：兀好民《花鞋垫儿》，喻杉《翠鸟飞》，李辅贵《县机关宿舍区》，金辉《权——秤砣》，谢大立《在这个偏远的通讯站》，李传锋《冬竹》，白水《镇长黄牛牣》。

小说—芳草新绿：雷艳军《进行曲响了》，韦耘《展示人物的内心世界》。

名作欣赏：田中会《奇中有深意》，[美]欧·亨利《警察和赞美诗》。

读者之页：《来自读者的评论》。

名画欣赏：汤麟《悲剧性的序曲——莱勃尔〈编织女工〉简介》。

第 6 期

小说：尹平、叶正亭《古运河上》，余启新《鸭婆》，沈晨光《夜，并不可怕》（儿童文学），刘富道《爸爸考验我》（儿童文学），张征《回归》，易可《先生本姓雍》，[德]海因里希·伯尔著《耍小刀的人》。

小说—芳草新绿：邓明喜《独脚老黑》，三石《生活中的强者形象》。

报告文学：钱五一《"金小丑"奖获得者李莉萍》。

散文：凤紫《瓜妇》，胡天风《湖畔偶拾》。

杂文：张宿宗《会议何妨引进文艺》，卢如《"出口转内销"及其他》，袁符《模仿、抄袭古今谈》。

诗歌：梁必文《乡情》（三首），郑定友《日历》（外一首），董宏量《炉台印象》，张扬《坐在谈判桌前》（外一首），吴烟痕《水文侦察兵》，李幼容、陈官煊、姚振起、江全章、雷子明、刘培青《儿童诗页》（十二首）。

评论：杨江柱《改革浪潮中的芦笛箫笙——漫评〈芳草〉两年获奖小说》，莎蕻《密林深处飞杏花——评〈芳草〉两年获奖诗歌》，程克夷、章绍嗣《先驱者的足迹》（作家在武汉），汤麟《童年·云烟·回忆》（名画欣赏）。

第 7 期

小说：李名英《我心中的地下党员》，沈虹光《踏雪寻梅》，阎俊杰《常木匠结亲》，宋致新《布谷鸟叫了的时候》，杜治洪《末班车》，[美]亨利·斯莱斯著、朱光华译《欢迎惠顾》。

小说—芳草新绿：孙家福《女纤夫的歌》，绍六《写好高潮部分——谈〈女纤夫的歌〉》。

报告文学：涂怀章《爆破家传奇》。

散文：杨羽仪《旋转的乡村》，文大家《心潮滚滚地流》。

诗歌：杨山《怀念二章》，李冰《娇子》，陈有才、曾庆强、周民、崔合美、殷树楷、毛錡、左一兵、陈新洲《芳草小辑》（十三首）。

评论：何国瑞《"异化论"有害于社会主义文艺》，尹均生《时代的脚步声》，杨书案《披沙拣金，往往见宝》，喻杉《在文学的小路上》，汤麟《淡淡的矿泉水》(名画欣赏)。

名作欣赏：熊开国《请听这支忧郁的歌》，[俄]契诃夫《苦恼》。

第 8 期

（城市生活小说专号）

中篇小说：唐镇《新官上任……》。

短篇小说：苏叔阳《生死之间》，胡发云《二楼、六楼》，金石《秋色》，林之《朝雾》，周万年《三岔口记事》，绍周《拍板》，谢大立《车到蜜橘岭》，兀好民《美容》，闻树国《说短道长》。

小说—芳草新绿：黄改新《磊》，甄篪《请摘掉你的灰色眼睛——〈磊〉之得失小议》。

通讯：冯捷《努力抓好反映城市生活的文学创作——记〈芳草〉举办城市生活小说创作班活动》。

名画欣赏：汤麟《紫罗兰的梦》。

第 9 期

小说：冯慧莲《在楼梯口重逢》，王伟举《"文明村"的牌子》，杨育基《采访》，沈嘉禄《晚霞》，四海《燃烧的狐皮褥子》，丁当《年画》，李毓麟《小厂午饭》。

小说—芳草新绿：宋咏海《手之情》，少牛《以小见大，以情动人——读〈手之情〉》。

报告文学/散文：马继红、王宗仁《昆仑山的爱情　孔志毅和徐岚》，王维洲《桂林岩洞和它的导游人》，董宏猷《不宁静的大宁河》。

诗歌：管用和《甜津津的湖水》，叶圣华《仰望日光岩》(外一首)，钟永华《温泉浮思》(外一首)，翼华《嘉峪关》，潘万提《金山七峰亭》，雨田《船，停泊在历史里》(外一章)。

评论：熊开国《性格的复杂化与形象的整体美》，丁永淮《马雅可夫斯基的成熟之路》，苏天生《"得士之喜"与"失士之忧"》，和穆熙《从胡髭说上去》，章绍嗣、程克夷《誓雪江山半壁仇——老舍在武汉》，汤麟《柔情·

火花·薇娜塔》。

第 10 期

评论：本刊评论员《响应祖国召唤，投身到大变革的激流中去》。

报告文学：田贞见《第十五枚金牌》，陈铮《李宁力塔》，郑赤鹰《责任指挥》。

小说：郭明《鸟鸣嘤嘤》，徐世立《雪飘徐夕夜》，舒升《那远处的红云》，雨晴《大山的震颤》，江虹《不能忘却的……》周季胜、吴江《千里求"书"记》。

散文：张良火《武汉，桥的摇篮》，洪洋、温刚《特区 369 姑娘》。

散文—芳草新绿：小飞《龙的腾飞》，苏一《小议〈龙的腾飞〉》。

诗歌：吴于廑、朱祖延、胡国瑞、白雉山《国庆三十五周年喜赋》(诗词四首)，张雅歌《民族篇》，莎蕺《摘自日记里的诗》，石芊《国旗，在春风中飘》，郭良原《致黄鹤楼修建者》，赵丰、王精忠、王新民、贺大群《来自武汉空军的诗报告》(四首)。

诗歌—工厂诗情：瞿晓《你，最后一个夜班》(外一首)，董宏量《自行车进行曲》(外一首)。

评论：管用和《当蒲公英飘散的时候——我与散文诗》，罗守让《人物描写中的对话艺术》，汤麟《心和祖国连在一起》(名画欣赏)。

名作欣赏：冼佩《谴责的力量是怎样产生的》，[美]杰克·伦敦《在甲板的天篷下面》。

第 11 期

小说：喻谦《不应有恨》，野莽《醒悟在哀乐声中》，刘凤阳《你是郁森森的原林》，刘谦《卖车记》，骆烽《无名花的故事》，吕幼安《梯》，[捷]扬·科查克著、林新祯译《白色的种马》。

小说—芳草新绿：张杰《八十五岁的外婆》，袁符《"家庭琐事"中的时代气息》。

报告文学：石治宝《在那桃花未开的地方》，郭宝臣《人与人之间》。

散文：曾卓《航行在黑龙江上》，沈虹光《红安的歌》，丁炜《金斯敦小记》。

诗歌：李冰《楚天行》（三首），黄铁《回故乡》，文丙、王耀东、梁青等《金秋赋》（短诗一束），青勃《观星台》，顾工《我年轻时的旅伴》（外一首），李道林《天女散花》（外一首），李远源《鹧鸪天》（二首），海云《致过江线铁塔》。

评论：杨江柱《漫谈城市文学》，楚良《我的小说创作琐谈》（创作心得谈），绍六《由"江郎才尽"想起的》，《读者之页》。

第 12 期

小小说专辑：野莽《大红重瓣百日草》，李克之《生》，周谟德《特别节目》，刘富道《你的眼神》（外一篇），杨育基《小小旋风》，金辉《父亲的日历》，欧阳玉澄《心花》（外一篇），谭先义《选优》，凡夫《单相骂》，叶大春《还愿》，沈嘉禄《赏画》，马未都《人言》，李江《身价》，吴东《第一次推动》，沈瑞苏《阳台上的遐想》，赵德明《转正记》，潘庭芳《收工路上》，刘敏《秘书改稿》，蔡习超《山顶上的小木屋》，高霜木《本来，应该他先说》，乐澜《忌讳》，刘策《第三个周末》，邹德斌《谜》，〔苏〕沃罗宁著、贾放译《没有爱情的故事》。

报告文学：赵致真《黄鹤百年归》，吴碧莲《起飞，从乡间的小路》。

散文：田野《香港人》，董宏猷《小巷风情》。

诗歌：肖川《阳光下的历史》（二首），刘不朽《五月过瞿塘》（二首），邓先勤《写在纺织厂》（外一首），翼华《大漠风景线》（二首），丁芒《祝酒歌》，夏天《云湖渔谣》，寒星《橄榄坝的小路》，彭岚《林区党委书记》（外一首）。

评论：胡德培《淳朴的民风动人的情愫——读〈鸟鸣嘤嘤〉有感》，易原符《小小说不可小视》，熊开国《时代的雕栏画础》，张厚明《人不老 诗常新》，章绍嗣、程克夷《艺心胜似柏心丹——田汉在武汉》，汤麟《倔强而又脆弱的灵魂》（名画欣赏）。

1985 年

第 1 期

编者的话：《又是一年芳草绿》。

小说：楚良《女人国的污染报告》(附《作者篇末谈》)，毛志成《悔之已晚》(袁符评点)，吕运斌《画里歌中》，张为《八卦炉》(甄篪评点)，柏鸿鹄《一个傣族少女的自白》，

小说—争鸣篇：多少《哈！我们这些杂牌铁路工》，刘志洪《"诸葛赖"们不应作为楷模奉献于读者——评小说〈哈！我们这些杂牌铁路工〉》，田贞见《沉重的笑声——也评〈哈！我们这些杂牌铁路工〉》。

通俗文学：傅荻《少将谍报官》(间谍传奇连载)。

报告文学：王伟举《"摩登"农民》，理由《我们的啤酒——一个厂长谈话的随记》，叶鹏《大学校长》。

诗歌：董宏量《灯光畅想曲》，王果《第一缕晨曦》(外一首)，刘益善《淡青色的翅膀》(外一首)，万强《小镇上走来了一位天使》。

评论：田中全《妙语如珠哲理诗情——读小说〈生死之间〉》，汤麟《枫叶·俗念·人生——戈雅〈穿衣的玛茄〉简介》。

第 2 期

小说：王建琳《新媳妇和她的嫁妆》(附《作者篇末谈》)，陈和春《经理春秋》(附《编稿人语》)，陈新生、周衍荣《败兵归来》，林希《自动电话》，阎俊杰《密友》，傅荻《少将谍报官》(间谍传奇连载)。

小说—芳草新绿：袁先行《瓜棚里的笑声》(附《编稿人语》)。

报告文学：张九经《弄潮人》，钱五一《"保护神"的奥秘》。

散文：杨羽仪《祁连诗意》，杨平《淮北纪行》。

诗歌：李冰《考察》，张宿宗《石螺居诗草》(二首)。

诗歌—聊寄一枝春：瞿晓、王卫平、王文福、刘星明、刘满元、汪诚、李耕《短诗一束》。

评论：杨江柱《文学信息的当代性与历史性》，朱璞《文学如生活一样复杂》，梁青《要寻找生活的亮光》。

第 3 期

小说：英武《火车梦》，郭明《杨柳枝》，徐世立《老屋掘宝记》，楚奇

《卖花女》，彭青《"珍珠港"疑案》，傅荻《少将谍报官》（间谍传奇连载），段儒东《失真》，李荣根《灵光》。

报告文学：曾德厚《他们，在即将消失的红星村》，吴碧莲、林强《中国兵营的"情报队长"》。

诗歌：叶应昌《妈妈是电大学生》，和穆熙《桂林》，石太瑞《两代人》。刘明恒《他，等了很久》，吴芜《打夯》，樊帆《故乡的风车》。

评论：胡德培《无形枪弹下的现实悲剧——评短篇小说〈女人国的污染报告〉》，杨书案《我和历史小说》（创作心得谈）。

评论—关于《哈，我们这些杂牌铁路工》的争鸣：洪源《复杂的性格？矛盾的性格？》，孔楠《诸葛赖们值得讴歌》，陈捍武《不能把落后者当英雄歌颂》。

第 4 期

编者的话：《春风融融，芳草青青》。

小说：张宇光《落伍巷纪事》，陈金堂《啊！上井冈山》，钟如心《冲出死角的人》，［直布罗陀］E.G. 奇普里纳《钻石项链》，傅荻《少将谍报官》（间谍传奇连载）。

小说—争鸣篇：建森《百日县长》，祁炽《反映改革的不成功之作》，边际《一篇引人思考的作品》。

散文：程云《捏龙祈雨撷趣录》，李万福《驼乡童年的怀想》。

报告文学：方方《一种特殊的文字——"女书"》（报告文学），雪垄《荒洲上的年轻人》。

诗歌：胡兰芳《赤壁》，张良火《海的思考》（外一首），彭天喜《预备铃敲响了》（外一首），吴柏松《残阳》（外一首），洪源、白雉山、叶钟华《黄鹤楼应征诗词选登》。

评论：田野《永不消逝的战斗热情》，唐镇《踩下自己的脚印》（创作心得谈），汤麟《春天，起航啦》（名画欣赏）。

第 5 期

小说：谭先义《朱老夫子和县委书记》，徐慎《智斗》，文田《一地书》，张为《毛主席的家事》，李毓麟《自画像》，陈自谦《尴尬》，李加贝《儿子的希望》，傅获《少将谍报官》(间谍传奇连载)。

报告文学/散文：田贞见《格里希的震动波》，汪洋《我们的福尔摩斯》，艾奇《迷人的旅程》。

诗歌：吴于廑、朱祖延、刘树勋、彭介凡《黄鹤楼应征诗词选登》，郭良原《墙》(外一首)，潘大华《汽车渡口》，蒋育德《冷轧厂姑娘》。

评论：苏叔阳《关于〈生死之间〉的几句话》，吴秀明《于严酷史事中觅诗意》。

关于《百日县长》的争鸣：杉沐《荒唐中有真情》，晓晖《还缺乏悲剧的美感和力量》。

第 6 期

小说：映泉《作品第 10 号》，沈睿《白轮船》，蔡习超《渡口》，成亮《一双旅游鞋》，李高《香港表弟》，傅获《少将谍报官》(间谍传奇连载)。

小说—芳草新绿：魏仁田《雨泉》，培青《注重人物命运的描写》(编稿人语)。

报告文学：杨书案、陈冰《十五壮士》，董滨、所国心《在将军的故土上》。

散文：黄钢《她轻轻的一吻——丁玲同志在武汉大学》。

诗歌：胡国端、李格非、涂怀呈《黄鹤楼应征诗词选登》，谢午恒《大山，耸立在他面前》(外一首)，雷子明《神农架遐想》(二首)，梁必文《给江边沉思的姑娘》(外一首)，王剑冰《雨中，一辆手摇车》，丁兴国《写给家乡的小河》。

评论：李尔重《论哭与笑》，冼佩《背景的表现力》，程文超《"女人国"：透视社会、民族心理的棱镜——读〈女人国的污染报告〉》，汤麟《在地中海的岛屿上》(名画欣赏)。

第 7 期

小说：吕运斌《唐寡妇店前》，任捷《走进诗的节奏里》，韩冬《深巷口哨声》，寇云峰《推销员的苦恼》，王大鹏《走向生活》，李传锋《那一扇小窗》，杜治洪《双体船》，李荣根《倒影》，[美]爱德华·霍奇《动物园》。

散文：陈祖芬《创作的激素——记几位日本作家》，杨羽仪《从小摆设想起的故事——秦牧趣事拾零》。

报告文学：王宗仁《三进"将军府"》，胡发云《热土》。

诗歌：秦兆阳、吴丈蜀、李德裕、唐昭学《黄鹤楼应征诗词选登》，邹荻帆《见证——登黄鹤楼》，管用和《清晨，我登上了黄鹤楼》，李道林《写诗的少女》(外一首)，蒋显福《武汉二章》(散文诗)。

评论：尔重《框框写自由》，汤麟《金色的蔷薇》，傅国帆、楚云、程文超《关于〈杨柳枝〉的争鸣》，《意见和建议》(读者之页)。

第 8 期

小说：吕运斌《第五十七尊罗汉》，叶梅、余友三《有声和无声的纪录》，黄灿《灵屋》，金仕善《僵桃》，倪鏞《青泥瓦顶之下》，王石、吴苾雯《在小路的顶端》。

小说—芳草新绿：郑国茂《野猪坳探秘》，亦然《人生价值在于给予——读〈野猪坳探秘〉》。

报告文学/散文：野莽《佩锤将军》，范军昌、李岩《人间自有真情在》，章左声《太湖马山剪影》。

诗歌：张雅歌《沙海军魂》，徐广信《大理石的歌》，刘益善《挡浪墙》(外一首)，陈峻峰《大漠，我的朋友》(二首)，袁泉《初恋的眼睛》。

评论：赵初《作家的"敏感"》，杨江柱《乐园的出走》(小说欣赏)，叶明山《小说拍拍诗歌肩膀》(创作心得谈)，汤麟《山野深处的清泉》(名画欣赏)。

第 9 期

小说：郭襄《玫瑰刺》，吕运斌《蓝铁皮货棚的"老K"》，铭征《那山里有过一幢小屋》，罗时汉《竹溪镇》，赵松泉《蓝套服和红发卡》，金石《黑毛》，答风、成林《奇迹》，王春《波动的坐标曲线》，邓思源《当我在前排就座的时候……》。

小说—芳草新绿：屈平《噢，欧阳……》，田贞见《抓住一个巧妙的视点——读〈噢，欧阳……〉》。

评论：於可训《论方方小说中的诗歌精神》，方方《在否定自己中进步》（创作心得谈），罗守让《情节的突变与意境的创造——小说艺术漫笔》，汤麟《维纳斯的诱惑》（名画欣赏）。

第 10 期

报告文学专辑：陈祖芬《选择和被选择》，郑赤鹰《"科学公园"的开拓者们》，赵致真《高欣荣大夫》，杨世运《冒牌改革家落网记》，傅获《抗战军魂——记抗日名将张自忠》（人物传记）。

小说：卢江林《一个将军的爱情故事》，靖剑《鞋子，那双鞋子》。

小说—芳草新绿：星亮《故乡人》，祁炽《先从基本功练起——读〈故乡人〉》。

评论：和穆熙《风正一帆悬——读赵致真的报告文学集〈黄鹤百年归〉》，《关于报告文学真实性问题的争鸣》（资料），《关于"报告小说"的争鸣》（资料），汤麟《牧笛·幻想·思念》（名画欣赏）。

第 11 期

小说：胡燕怀《山螺》，胡大楚《那一条非圆曲线》（中篇），池莉《恰恰》，吕运斌《过街罗裙》。

小说—芳草新绿：赫舍里荣（满族）《那流逝了的……》，袁符《从人物内心活动中展示现实——读〈那流逝了的……〉》。

报告文学：王石、吴苾雯《一个成功者的忧虑》，董滨《毕业之前的打分》，陈洪、郭建胜《"好乐"人》。

诗歌：蔡纯《川江寻觅》（外一首），钟永华《旅港诗笺》（二首），唐跃生、刘丽娟、万强、胡鸿、蒋文辉《爱的琴弦》（爱情诗一束）。

评论：尔重《论古今时代性》，冼佩《小说欣赏中的期待》（欣赏与美学），汤麟《阿乌加斯金河岸的少女》（名画欣赏）。

小说：李辅贵《唉，女人的眼泪》，蒋杏《在人生的十字路口》，吴雪恼《一个风流女人和一个下作男人的故事》，兆克《匆匆傍晚》，毛志成《文魂》，周震亚《两代环卫工》，林之《老岩和"山鬼"》，潘庭芳《暮归》。

小说—芳草新绿：刘荷生《"司令"的姻缘》，巴苓《写出味道来——〈"司令"的姻缘〉读后》。

报告文学：楚良、武生智《地热》，李铭征《翅膀》。

散文：碧野《黄鹤楼新赋》，王保畲《勾人无限相思味——鼓浪屿散记》，曹建勋《东方——协里克力》。

诗歌：严阵《三个金发女郎的童话——访美诗抄》，王新民《沉甸甸的生活》（二首），吴柏松、陆健、舟恒划、靳良轩、王文福、曾腾芳、施肃中、李德复、魏玉林、黄骏、颖隽、肖剑峰《短诗集萃》，程建学、潘能军、于少新、芬冰、马崇俊、位欣、王志强、潘江《〈芳草〉函授文学院学员诗页》。

评论：熊开国《艺术的守密与泄密——漫谈小说的表达技巧》，赵捷《绘声绘色》，汤麟《恐惧·挣扎·呐喊》（名画欣赏）。

1986 年

第 1 期

（武汉大学作家班作品专号）

编者的话：《新年寄读者》。

小说：陈世旭《三十辐共一毂》，李斌奎《热谷》，王梓夫《侉老陈·女人·牛》，严亭亭《在那遥远的小山村》，郑彦英《留的水·流的水》，谢鲁渤《结婚》，熊召政《68 叔》。

小说—探索篇：朱秀海《月明》。

小说—争鸣篇：晓剑《被切割成两半的太阳正在升起》。

报告文学：谭元亨《一个城市的老人调查》。

散文：王英琦《我遗失了什么》。

评论：於可训《漫评作家班和他们的作品》，汤麟《初夏的蓝色的早晨》（名画欣赏）。

第 2 期

小说：李叔德《生活能否重新安排》，金石《弱者·强者》，王志钦《高三毕业班》，王兆军《绿地》。

小说—芳草新绿：陈仕平《光的折射》，袁符《编稿人语》。

报告文学：崔洪昌《侦察大队长孔见》。

散文：丁炜《巴哈马散记》，李万福《啊，外面的世界》。

人物春秋：张雨生《歧路孤行——张国焘叛党始末》。

武汉大学作家班作品：袁厚春《边境的含羞草》（小说），罗辰生《这丫头》（小说），李延国《拾麦穗》（创作心得谈）。

武汉中青年作家诗歌：管用和《自然·情思》，杨山《钢厂晨拾》（外一首），赵国泰《南国双弦》（外一首），王敦义、源常、舒红琦、魏玉林《江南春》（短诗一束）。

评论：张皓《多维坐标系中的文学研究》，汤麟《彩色的梦》（名画欣赏）。

第 3 期

小说：叶明山《人字棚和金三角架》，野莽《君子兰事件》，张为《巷尾有个垃圾桶》，唐镇《作证》，殷小英《头奖》，杨云峰《许家潭往事》，阎俊杰《冷酷无情的父亲》。

小说—芳草新绿：刘中桥《他在颤抖中清醒》，征剑《编稿人语》。

报告文学：刘不朽《探解三峡千古之谜的人们》，陈复荣《今天，厂长面对"包围圈"》（当代企业家）。

散文：刘真《对父亲的怀念》。

诗歌：谢克强、叶圣华、王果、翟晓、晓舟《都市风情》，袁泉《等待》（外一首），艾宁《神女》（散文诗），吴于廑、叶元章、梅绪馀《诗词七首》，

《芳草》函授文学院学员诗页。

评论：杨蒲林《努力反映四化建设的火热生活》，宁人《叙事角的"明换"与"暗转"》，汤麟《魔笛·诱惑·燃烧》(名画欣赏)。

评论——关于《被切割成两半的太阳正在升起》的争鸣：陈泽群《狼来了?》，熊开国《针砭时弊的警世新篇》。

第 4 期

小说：赵松泉《绿疙瘩》，潘文伟《临街的窗》。

武汉中青年作家：杨书案《宾王归禅》(历史小说)，韩冬《遥远的夜空有一颗星》，郭明《牛角坳》，武生智、刘培玉《无形的锁链》，沈嘉禄《妈妈，你听我说》。

小说——芳草新绿：王卉《柜台上的冷热》，袁符《编稿人语》。

报告文学/散文：成平《在我们的林子里》，周翼南《他想"点燃"一座城市》，吉学沛、楚奇《恰似一道瀑布》，路溪、阿娟《她在想什么》。

诗歌：徐刚《生命抒情诗》(三首)，张良火《路，就在我们脚下》，饶庆年《山女》，胡天风、颖隽、许立志、张莹、赵至坚、傅益明、陶文鹏、雪石、冷静、杨人猛《短诗一束》。

评论/杂文：赵初《发扬认真精神》，徐全利《"马上"的缓慢化》，汝捷《书窗随想——读〈半江瑟瑟半江红〉》，汤麟《悄悄的呼唤》(外国美术作品欣赏)。

评论——关于《被切割成两半的太阳正在升起》的争鸣：晓晖《"芝麻，开门"的魔咒》，晓弘《把握作品的整体基调》。

第 5 期

报告文学：石治宝《春天的风》，高伐林《多事之秋》，冯捷、金珊《一个女钢琴家的命运交响曲》，董宏猷《蝴蝶迷》，熊熊、周元镐《余笑予和〈弹吉他的姑娘〉》，刘益善《城北传奇》。

微型报告文学：韩章《在码头上》，刘汉春《桥》，张正平《"文学嗜好症"患者》，祝彬《先生，您错了》。

当代企业家：成平《炭黑厂的女帅》。

作家专访：胡发云《海的梦》。

人物春秋：肖志华、张雨生《"华中王"梦想的破灭——记白崇禧在武汉败退前夕》。

评论：和穆熙《报告文学在中国的产生和发展》，汤麟《严峻·孤独·寂寞》（名画欣赏）。

第 6 期

小说：郑宜《菊花园之喜》，李名英《谜》。

武汉中青年作家：吕运斌《"面窝西施"与"现代诗人"》，兀好民《毛活》，李贺明《Q 大学某班班干部发展壮大纪实》，春城《老途轶事》。

小说—芳草新绿：李志红《煤炭大王》，陈世旭《关于〈煤炭大王〉》。

报告文学：肖复兴《童车与 X》，潘建国《一等于无穷大》。

散文：田野《捕鱼人》。

诗歌：熊明泽《中国潮》，黄东成《越野赛》（外一首），吴于廛、陈帆、王精忠《诗词五首》，彭天喜、桂良华、李隽、刘建农、尚建国、谢午恒《芳草小辑》。

评论：罗守让《风情人物时代——读吕运斌汉正街风情小说》，汤麟《走向成熟的少女们》（名画欣赏）。

评论—关于《被切割成两半的太阳正在升起》的争鸣：赵初《写出旧事物冒烟中新的火苗》。

第 7 期

小说：吴瑛《女孩的怜悯》，曾卓《在"怜悯"的背后——读〈女孩的怜悯〉》，曾平《太阳花》，林希《慢国一日游》，明蕾、高晶《没有你，哪有我……》，李毓麟《翠姑的悲哀》，陈金堂《一个男记者的画外音》。

小说—芳草新绿：武夫《无价的古币》，袁符《编稿人语》。

报告文学/散文：谭元亨《韶山，历史的断层与新绿》，王伟举《吴元举和他的旅游车》，王天明《当他五十一岁的时候》，杨羽仪《长安一片月》。

诗歌—纪念碑下的花束：莎蕻《时代的回答》，瞿晓《梅园情思》（外一首），郑定友《题朱总司令画像》（外一首）。

诗歌—武汉中青年作家：张雅歌《龙门泉》（外二首），江柳《情事理的浑成——〈龙门泉〉小议》。

评论：李叔德《我之小说观》（创作心得谈），赵国泰、张琼《执意追求着诗美》，汤麟《大海·归帆·思念》（名画欣赏）。

第 8 期

小说：毛志成《在绿色植物的温室里》，雨晴《烟味》，吉学沛、楚奇《平民代言人》，金仕善《落衣山趣事》，白火《男人的惶惑》。

小说—芳草新绿：蔡艳萍《火·水·红星·红星》，玉笋庵人《编稿人语》。

报告文学：任宗景《一个日本人的中国心》，刘益善《水产大学生》，王建辉、辛舟《美国将军史迪威的故事》。

诗歌：罗炳林、龙彼德、萧俊峰、王英、曾阳超、韩雨、吴秾、储晓声、胡伟《芳草小辑》，梁和平、秋池、钱伯琼、童江虹、芳冰、徐永、舒红琦、肖国兴、熊明修《〈芳草〉函授文学院学员诗选》。

评论：周迪苏《人间悲喜有人怜》，朱璞《看似平常非寻常》，祁炽《满目青山夕照明》，汤麟《童话般的少女年代》（名画欣赏）。

第 9 期
（小说专号）

小说：雨晴《湖雕》，楚良《一个女人和她的四个丈夫》，仟宗景《苦竹萧萧》，叶明山《掼鹅》，李国胜《蜡炬成灰泪难干》，冬至《一句话的风波》，关德全（满族）《最后一缕霞光》，［美］艾萨克·巴什维斯·辛格著、吴德安译《奥利和特鲁芳》，解北川《交易》。

小说—芳草新绿：张青《野樱花》，袁符《编稿人语》。

评论：程文超《圆圈——人的足迹》，联光《大洋彼岸的琴声》。

第 10 期

纪念鲁迅先生逝世五十周年：李蕤《沿着鲁迅开辟的航道前进》，陆耀东《鲁迅是怎样对待外国文艺流派的》，李冰《追魂曲》，莎蕻《大山的回声》，管用和《火把·丰碑》，白雉山《贺新凉》。

武汉地区中青年作者小说选辑：吕运斌《奇异的蜜月》(中篇)，唐镇《临时工》，简兆麟《县志办公室纪事》，陈卓乾《"洋绊"》，王石《"老滑头"秘传》。

报告文学：杨世运《背井离乡之歌》，姜天民《祝你幸运》。

诗歌：李道林《人生的航程》，刘辉考、袁泉、吴芜《散文诗》(四章)。

评论：江岳《审美之外》，汤麟《玫瑰吐艳时的哀怨》(名画欣赏)。

第 11 期

小说：山海《幽怨的山野》，刘思《不响的铜钟》，张法德《柏木棺材》(中篇)，柏原《古窑洞》。

小说—芳草新绿：吕红《一个终未发出的声音》，梁青《编稿人语》。

报告文学/散文：湛有恒、姜锋青《武昌鱼的故乡》，杨光治《京华二瓣》，涂光群《树的遐想》。

人物春秋：曾德厚《他的铜像在龟山》，萌什(蒙古族)《他就是他》。

诗歌：王家新《朝圣路上的札记》，蔡健、刘满元、徐鲁、鲁萍、颖隽、周斌、许士通、刘帮明、吴晓珍、肖玉喜《芳草小辑》，朱祖延、胡国瑞、陈帆、王启荣、李南方、周冰《旧体诗词九首》。

评论：邓斌《绿柳新黄半未匀》，熊开国《迷人的"半遮面"》，汤麟《绿色的沉思》(名画欣赏)。

第 12 期

报告文学：田天(土家族)《中国有个葛洲坝》。

小说：朱榕《乞食弦阿三》，罗维扬《白天鹅在怀抱中死去》，王成启《平淡的轨迹》，王富杰《一个姑娘的遭遇》，龚义成《河岛轶事》，邓思源

《"万岁村长"与牛科长》。

诗歌：董宏量《望乡》(外二首)，王新民《丘陵的故事》(三首)，谢午恒《乡韵》(外二首)，刘明恒、李德复、李恒瑞、陈祖华《爱的琴弦》，吴于堃、戴国家、陈彩霞《旧体诗词五首》。

评论：何镇邦《历史小说创作的新探求——浅谈〈长安恨〉的艺术特色》，汤麟《等待着知音》(名画欣赏)。

关于《女孩的怜悯》来稿摘编：何正秋《嘉许和商榷》，扬帆《遗憾的断裂》。

1987 年

第 1 期

纪实文学：李叔德《恩人》，梅宝恒《一个新闻记者的新闻》，王伟举《罗汉果》，朱忠运《在那遥远的黑梁村》。

小说：吴瑛《你是男子汉》，毛志成《隔岸涛声》，尹卫星《高速公路上的马》，吴雪恼《今晚有电影——校园短曲之一》，冯森《牛棚里的故事》。

小说—芳草新绿：甘美金《皆大欢喜》，袁符《编稿人语》。

诗歌：施肃中、和穆熙、王元琴、罗尔《爱的琴弦》，艾宁《蒙娜丽莎自述》，王新民《山民的葬礼》。

评论：易中天《宁静中蕴含着动荡的海——曾卓诗歌的美学风格》，王先霈《诗人之愁由何而来》，任蒙《诗廊漫步》。

第 2 期

小说：何柞欢《养命的儿子》(中篇)，罗时汉《在大溶洞那边》，聂鑫森《天街》，察金《心理互补律》，沈嘉禄《卡门》，傅广典《修鞋》，刘书平《可疑的人》，郑建荣《节约模范》，潘庭芳《变味的粥》，余书林《村里，要修条大路》。

小说—芳草新绿：陈晓天《啊，小镇》，袁符《编稿人语》。

纪实文学：肖复兴《七月的莫斯科》，丁刚《刘亚洲·王亚平？纽约》，管用和《雨后观瀑》。

诗歌：林夕《友情的回声》，王果《绿荫深处》，颖隽《香梦》。

评论——关于中篇小说《柏木棺材》的争鸣：龚绍东《古老的悲怆》，张宇光《破碎的棺材》。

第 3 期

小说：叶雨蒙《再别姚河》，徐锋《野烟孤客路》，未央《余兴》，鲍红志《陪客》，段维《车窗前，那串青葡萄》，刘敬堂《羞》。

纪实文学：祖慰《在旧金山的心理场》，高伐林《三界遨游录》，林戈《从翻日历想到猛峒河》，廖静仁《依江巷》，田野《神农架的"野人"》，金辉《理智的冒险》，刘小伟《帕瓦罗蒂之夜》，绍六《爱的凝聚——与沙市电冰箱总厂厂长傅清章的一次交谈》。

诗歌：华姿《回声》(外一首)，曾静平《拾蘑菇》，赵英华《三月雨》，陈惠芳《雪国》，吕雪《小荷》。

评论：袁符《应该尊重谁》，宏卿、安海、区扬《读者之页》。

第 4 期

小说：野莽《水仙子》，赵松泉《归巢》，李华韦《在那遥远的小山村》，胡燕怀《假钞》，叶大春《猎王》，杜治洪《黑色的枫叶》。

纪实文学：杨江柱《一手捧起莹澈的乡愁》，石治宝《在鸽哨满天的日子里》，张正楷《故乡桃花情》。

诗歌：赵俊鹏《大学生和小村庄》(三首)，万强《一位老人的罗曼史》，王军《答案》(外一首)，江莱《湖边的夜晚》(外一章)，张华《卖莲蓬的姑娘》，叶晓武《古井》，王厚林《春》。

评论：陈深《文学批评方法的论辩与自省》。

第 5 期

小说：王志钦《高三女学生》，善良《"镜头"外的故事》，甘美金《"万元户楼"里的秘密》，羊羿《星期天》，张冀雪《大云》，任光椿《印》，袁先行《袋子》。

纪实文学：杨羽仪《"公关"小姐轶事》，胡大楚《陌生的交流》，曾腾芳、钟星《"土财主"的成功之路》。

诗歌：李冰《飞驰的星》，黄铁《延河之歌》，莎蕻《五月的火》，李发模《天空蓝蓝的瞳孔》(外二首)，舒红琦《祖母的印象》。

评论：汴生《不可磨灭的思想光辉》，周正《重读〈讲话〉二论》。

第 6 期

纪实文学：杨羽仪《中国"魔水"之谜》，李传锋《八仙过海的地方》，陈卓乾《香港黄灯箱》，张记书《垂钓者》。

小说：喻小光《淘金梦》，映泉《偏方医怪病》，黑孩《傻马驹》(外二篇)，温兴阶《支客师世家》，仲戈《龙烟箐纪事》，董宏猷《渴望》。

诗歌：曾卓《我和你们在一起》，圣野《战士的血型》(外一首)，姚振起《请客》(外一首)，刘倩倩《夜之思》。

评论：曾镇南《清秋的枝柯——读〈傻马驹〉》(外二篇)，晋江杰《文学评论园地的新开拓》。

第 7 期

小说：吴晔《葫芦壕》，杨世运《两个大学生和一个守林人》，周昕《夏日最后的黄昏》，[美]杰·魏德曼著、吴德安译《父亲坐在黑暗中》。

纪实文学：董滨《高原人》，陈卓乾《玻璃球与黄包车》，亦然、禾民《沉重的起飞》，王维洲《鼓浪清风》。

评论：於可训《小说的探索与传统》，邹贤敏、黄鹤《为当今中国的亚当与夏娃立传——试论周翼南的新追求》。

第 8 期
(纪实文学专号)

纪实文学：祖慰、义晓《属皮球的曹群——戏剧般冲向世界的青年歌唱家》，东升《省长与女人》，徐加义《玫瑰梦》，海燕《最强和最弱，不仅仅是音符》，杨羽仪《八面来风鸟如何》，程云《柳之歌》，陈卓乾《新高楼与老"差骨"》，杨平《敦煌中秋月》，刘义超、冯捷《冲浪人》。

评论：刘纲纪《马克思主义与文艺——新时期文艺的一个根本问题》，田中全《道是无情却有情——读小说〈天街〉》。

第 9 期

小说：郑赤鹰《那天，我们告别军旗》，胡发云《高层公寓》(小说三题)，聂鑫森《人物三题》，竹子《海岛与人》。

纪实文学：晓宫、虎徽《保卫大武汉》，于光、江丽琴《人鼠之战》，杨世运、熊熊《本厂招聘美男美女》，张英《黄鹤楼下今昔情》。

评论：张啸虎《映日荷花别样红——绍六画笔下的女性美》，老竹《〈恩人〉谈片》，李道荣《圆形、复杂及其他》。

第 10 期

小说：张兴元《怪胎》，毛志成《隐情》，刘学林《两个卖黄兜肚儿的女子》，吕志青《蓝色背带裙》，张斌《女孩子男孩子，他们长大了》，楚奇、李永朝《一个土匪的忏悔》，肖矢《死神与解脱》，张正平《晚年不平静》。

纪实文学：陈卓乾《自动存款机及其他》，孟国庆、范良斌《不凡的肖凡》。

诗歌：张雅歌《斗牛》，鄂琪《呼唤》(外一首)，杜昕生《黄果树瀑布》(外一首)，朱荣宽《牧鹅的少女》，毛地《初春》。

评论：王家新《读〈听笛人手记〉的手记》，陆耀东《寻觅、发掘灵魂的美——李德复的〈爱情，正在诞生〉读后》，赵国泰《"宣叙长调"辩》。

第 11 期

小说：俚平《大妻变奏曲》，谭先义《文凭》，刘小伟《贫血》，张宇清《花醉侯家坞》，刘玲娅《精兵简政》，袁文辉《趣事撮录》，舒红琦《冬天的小屋》，[苏]德·叶夫多基莫夫著、彭德扬译《魔鬼》，邱攻文《登高，摆脱阴影》。

纪实文学：汪洋《微笑的中国》，程云《人与鸟儿的欢乐》，刘麟丰、晓红、邹虎《路，在他们脚下延伸》。

诗歌：李圣强《神》(外四首)，袁昆《没有文凭的女诗人》，钟星《你不属于我》，李卫东《南海，有一群种植橄榄的少女》，杨枫《你走来》，张奕《月》，姚玉民《雕塑女郎的笑》。

评论：王先霈《语言的痛苦》，罗守让《小说艺术的空间感和时间感——谈为人物性格设置环境》。

第 12 期

小说：刘成思《游离》，王绯《空白》，骆强《篮下》，李辅贵《黄昏的闲话》，白火《眩梦》，江林《连长在演习中"阵亡"》，(满族)赫舍里荣《蜜月变奏曲》，黄河清《龙船》，唐镇《三叔》。

报告文学：张德宏《泉神》，陈智远、张家良《冲浪人》。

诗歌：方向君《默默的山峦》，王文福《地下林》(三首)，王瑜《八月的故事》，李先法《夜，在军营》，陈松叶《写在彩照后面的诗》(二首)。

评论—关于"都市文学"的对话：曾镇南《"都市文学"琐谈》，於可训《城市人与"城市文学"》，王又平《"都市文学"随想录》，邹德清《"都市文学"呼唤着新的审美意识》，《本刊召开都市生活小说创作对话会》(消息)。

1988 年

第 1 期

小说：何祚欢《轮回》，施莉莉《街口》，王松《苏二流放过的小岛》，梁必文《游戏》，张征《异乡惊魂》，齐岸青《梦魇》。

纪实文学：祖慰《严家其的"海马区"》，秦牧《果林攀枝录》，陈卓乾《吃在香港》，田野《大山寄来的诗篇》，刘久和《这里的"白银"变"黄金"》，董晓宇《沙漠的梦》。

诗歌：刘益善《天山风情》(二首)，郭良原《黑夜》，谢克强《雨夜》，华姿《孤寂的怀念》，胡鸿《少女的忧伤》。

评论：曾镇南《论刘西鸿小说的时代意义》，陈池瑜《灵感与艺术构思》。

第 2 期

小说：刘西鸿《苦苦哋、甘甘哋、甜甜廿四味》（三则），胡燕怀《洞火》，叶雨蒙《红酸枣》，焱淼《星光，在那紫红色的幕后》，任光椿《鹤人》，吕幼安《女人无泪》（两题），李建纲《开玩笑》，林汉秋《黑蝴蝶》，南子《小站上，那个梦……》。

散文：陈卓乾《住在香港》。

诗歌：康平《山野之魅》（二首），张良火《土地·泉》。

评论：宋致新《姜天民小说的"断裂"与嬗变》，李道荣《创造：艺术的本色》。

第 3 期

小说：唐镇《迟到》，黑孩《我嗅到松树的气味》，李清亮《今天的情侣》，闻波《鳏夫》，叶明山《绝路一里长》，哲夫《畜牲》，董宏量《响街上的西西叔》，高清明《旷野》。

纪实文学：陈卓乾《香港的警察》，姜仁华《海南考察散记》，牛耕《它为祖国织锦绣——记南漳县丝织厂》。

诗歌：蓝菱《在饭桌前》（外一首），林夕《北大荒的歌与梦》，檐月《夜思》。

评论：杨江柱《蓝菱的诗境》，易中天《苦涩而酸甜的山楂果——胡鸿〈初恋的情绪〉及其心理分析》，熊开国《生命悸动的辉煌瞬间——读〈无风的窗口〉》，范明华《在时代的深处捕捉诗情——组诗〈大学生与小村庄〉读后》。

第 4 期

纪实文学—"中国潮"报告文学征文：罗高林、姚玉民《中国：活力28》，於可训《英雄·时势·活力精神——〈中国：活力28〉读后》，朱纯林

《脆弱的少女们——发生在武汉钢铁公司的婚前人工流产纪实》，万瑞雄《香烟笼罩的大陆——吸烟现象的透视与反思》。

小说：安文江《明天的太阳》，昌言《殉情的和幸存的——香溪的故事之一》，钱家璜《离婚照》。

诗歌：金辉《呜嘟·楚魂》，刘明恒《黑眼圈女人》，李道林《夜航》，蒋育德《海星三首》。

评论：王先霈《充实的闲暇》，李运转《翱翔于心理世界的艺术精灵——读祖慰的两篇报告文学新作》。

第 5 期

小说：施晓宇《猫祸》，王丽萍《两个女兵》，张征《我是一只小麻雀》，金仕善《古巷风情》，林希《消失的小山村》，赵小柯《针头》，舒红琦《明灭不定的红烟头》，王一武《冤家》，刘建军《小站·雨中》。

纪实文学：陈卓乾《香港的交通》，王鲁夫《他是一片土壤》，刘久和《蔡伦的后来人——记南漳县造纸厂厂长邹臣宪》。

诗歌：乔迈《星星索》(外一首)，王敦义《出嫁》，杜宣《溜冰场印象》，左一兵《橘乡》(二首)，林夕《北大荒的歌与梦》，欣原《蜜桃街》，鲁文胜《致D》。

评论：江岳《人的烦恼与美的升华——评中篇小说〈烦恼人生〉》，阮加文《小说的韵味和叙述结构——兼说新时期小说的一种倾向》。

第 6 期

小说：魏秋星《倾斜的海滩》，刘向阳《老人院》，善良《河边有条七彩桥》，安文江《甲肝效应》，吴瑛《哭泣的黑眼睛》，张斌《错误》，崔洪昌《白云深处》，李国胜《信不信由你》，李明《厂长的脏衣服》。

纪实文学：杨之江《"法兰西街区"的奇特魅力——访美探奇纪实》，刘久和《"窗户"打开之后》。

诗歌—献给孩子们的诗：圣野《梦邮》(外一首)，江全章《扬子江边的儿童诗》(三首)，周代《眷恋》，黄东成《日蚀》(外一首)，郑定友《弄潮曲》(组诗)。

评论：童志刚《模仿：暂时的最佳选择》，程文超《王大鹏的灵性与力度》，万文武《改革者之诗——读郑定友〈弄潮曲〉》。

第 7 期

小说：竹子《破碎的日月》，汪洪《白皮鞋》，刘玉顺《迷离谷》，谢铁云《祖传老鼠药》，舍之《乡谚缘生录》，李正庆《山的儿女》，李英《万能电话》。

纪实文学：陈卓乾《香港的老人》，南子《黄土地上大转移》，周家柱《奋力拼搏的冲浪人》。

诗歌：莫西芬《海·帆·星》(三首)，艾涓《","之旅》。

评论：李道荣《谈"内省"》，袁符《要有选择的余地》。

第 8 期

小说：方方《黑洞》，郑雨红《人活着，人死去》，金仕善《戴姥姥"省亲"儒学巷》，王鲁平《三人行》，赵祖才《地沉》，徐望爱《贷款》。

纪实文学——"中国潮"报告文学征文：魏强《"救难"厂长》。

散文：娅子《在桂花飘香的日子里》，野莽《朝武当》。

诗歌：舒红琦《无姓氏妇人》，黄荆《黄土地》(外一首)，杨枫《武汉写意》，邱红《汽车城》。

评论：程文超《文学观念变革的一个环节的标志——〈心理现实主义小说选〉序》，李运抟《对一次筛选的沉思——同论湖北近年小说创作景观》，纪伟《高层次对话与诗歌的一次交流——任蒙诗歌的剖白》。

第 9 期

小说：田瑛《龙脉》，叶大春《阿细妹的困惑》，杨耐冬(台湾)《牛拐先生》，田晓菲《苹果季节》，陈应松《铁掌》，顾存德《带血的存折》，郭慎娟《过客》。

纪实文学：胡彬《梦的回旋——海南人才大潮的观察与思考》，梁青

《周氏定理》，陈卓乾《到香港居留的人们》，王碧光《情系大枣树》，廉正祥《楚国风雨行》，黄厚文《灯》。

诗歌：王中朝《致 C. L.》(二首)，刘敬堂《诗二首》。

评论：王先霈《人物性格的多重性》。

第 10 期

小说：董碧波《红豆俱乐部经理的一天》，刘益善《相术大师》，半岛《自救者》，凤群《古宅》，[捷]海伦娜·斯玛海洛娃著、代玲芝译《征婚》。

报告文学：万瑞雄《性爱大变奏》，庶民《初到台湾》。

散文：程云《酸柳、痴潘二恩师》，夏禹《当代校园平常事》。

诗歌：克亮《思念·淘米》，黄福高《映山红》，王果《普通一猃》，赵俊鹏《牧女》(外一首)，田士宝《年轻的建筑》，李更《我在等你》(外三首)。

评论：江岳《论文学的可读性》。

第 11 期

小说：刘玉顺《骚动》，刘醒龙《女性的战争》(二题)，王志钦《我不想活我要活不得不活》，靖剑《乡村，二十岁的色调》，张征《有谁知道你的心》，安文江《触电》，沈嘉禄《错乱》，马云洪《丧旅》。

纪实文学：许先云《祭咪娜》，李明、李皓《一颗亮星在江汉平原升起——记湖北省潜江制药厂》。

诗歌：鄂元平《城市》(二首)，杨止曳《月亮》，齐超《诗人老 P》，胡广《女工的深夜班》，黄平辉《白杨与候鸟》。

评论：谭元亨《历史与文学批评的广角镜》。

第 12 期

小说：姜天民《黄昏》，科夫《老街闲录》(三篇)，张兴元《我家的故事》，徐军《最后的露天浴场》，邓一光《人蛇》，魏艳《蹈》，山海《山里朝霞红》。

散文：碧野《云贵高原上有一棵药草》，林戈《在加德满都的日子里》，单新元《中国人，你为什么不生气？——龙应台旋风》，陈卓乾《香港文化漫步》。

诗歌：周代《春的信息》（外一首）。

评论：杨耐冬（台湾）《泛自由社会的写作机器与收买的书评家》。

1989 年

第 1 期

小说：罗来勇《赌场》，韶华《四次死亡》，刘兆林《支农》，黄康俊《海菇》，胡燕怀《古铜色》，严平《归宿》，黄献国《夜遗症大偏方》。

报告文学：李斌《在成功与失败的交叉地带——记汉口港埠公司经理宋汉生》。

诗歌：伊蕾《在白衣庵住所》（二首），李发模《隐秘》。

评论：莫言、刘震云、叶文福等青年作家就文坛热门话题一席谈《谁轰动了？谁浮躁了？》，何镇邦《浮躁：当今文坛的一种流行病》。

第 2 期

小说：谭先义《厂长的社会档案》，毕刻、徐贵祥《走出森林》，张征《巧克力大厦之练》，晓宫《盲城》，巴兰兰《探视》，陈宏灿《老鳖》，李永芹《潇洒》。

纪实文学：祖慰《10+0＝100 的于志安等式》（"中国潮"征文），谭元亨《失落与追求——炎帝陵纪胜》，冯炜《黄昏之羡》，周翼南《身后，一片灿烂的灯火——武汉二七铝合金装潢厂厂长范再琪》，劳鸥《红玛瑙手镯》，陈泽群《反侧辗心录——感屑而已》。

诗歌：鲁黎、马竹、晓舟、刘倩倩、邹原、宋葵红、涂亮秀《如约而来》（诗辑），吕宋《基隆港之夜》，符阳春《青春路》。

评论：蔡桂林《英雄从垂死到必然的新生》，邱胜威《现实景观传奇笔法——漫议〈"父母官"传奇〉》。

第 3 期

纪实文学：高伐林《哥拉巴院、蝴蝶夫人及其他——东方岛国启示录》，林戈《海外华侨的赤子之心》，胡鸿《最后的黄昏》。

纪实文学—"中国潮"报告文学征文：肖思科、王燕萍《报复在 21 世纪——来自中国"第二代流失生"的公开内参》，杨建章《钢锉矿长——记湖北省宜昌县桃坪河磷矿矿长王志全》。

小说：叶明山《山里山外》，刘谦《第五个是天使》，李叔德《内疚》，尤中《职称传奇》，谷川《花手绢》。

诗歌：李明《服装市场》，叶爱霞《邂逅》。

评论：王先霈《烦恼的职业》，李道荣《房子，一个凝重的文学意象——读小说〈纸床〉〈黑洞〉》，卫遵慈《重新认识报告文学的"典型"论》。

第 4 期

小说：沈虹光《大收煞》，高越《主席·猴儿·猴儿他爹》，刘富道《死亡设计》，何祚欢《巷口琐闻》，王绯《变调》，金仕善《晒"棉花"》，晓苏《老家》，张步真《艳遇》，胡威夷《老安东尼和他的儿子》。

报告文学：崂子《百炼之钢》。

评论：周迪荪《方方创作中的平民"自审意识"》，於可训《〈枭雄吴佩孚〉散论》。

第 5 期

小说：高小林《狼尝尝》，李叔德《神志健全者》，庄杰孝《红章鱼》，傅蜀亮《铁哥们》（外一篇），天宝《麻婆》，王兆新《龙》，申力雯《白纽扣》，郭金龙《"老出差"出差》，谷川《价值规律》，李爱琼《吞噬》。

纪实文学—"中国潮"报告文学征文：桂喜、宝贵、金赋《春蕾赋》。

纪实文学：起早《光明的使者》，黄厚文《故乡，那一条小河》。

诗歌：立之《乡情》（二首），周民《唐三彩》（外一首），舒红琦《单身汉的卧室》，叶晓武《夜书》（外一首），向天笑《黄昏之窗》，桂良华《七弦琴》

（二首），吴柏松《清江吟》。

评论：王家新《札记二章》。

第 6 期

小说：毛志成《印迹》，绍六《鬼宅》，刘小伟《银圆的诱惑》，曾成章《磨坊之夜》，晚道《干塘》，官玉洪《晨雪》。

散文：管用和《浅草四章》，大鹰《〈志愿军战俘纪事〉诞生记》，赵国泰《论诗散文》（三章），陈卓乾《香港的"天使"们》，圣泉《人生咏叹调》。

报告文学：王旻、吴瑛《雪水滋润干渴的大地》。

诗歌：谢克强《岸礁》（外一首），江全章《我掉进大海》（外一首），星寒《梦的色彩》，俣伍拉且（彝族）《大凉山梦幻曲》（三首），姚振起《搭积木》。

第 7 期

关于报告文学的报告文学：高伐林《请看〈戏外之戏〉》，杨匡满《被夏季所遗忘的——〈发生在那个夏季〉的前因后果》，蒋巍《从哪里来？向何处去？——〈人生环行道〉问世后所感》，尹卫星《我听到暂停的哨声——〈中国体育界〉与"方便面"》，张桦《关于沉思的谐谑曲——〈京华建筑沉思录〉面世记》。

小说：鲍昌《小说三题》，高洪波《绿色聊斋——军营新世说三则》，常新港《寻找父亲》，张欣《斑马线》，张曼菱《迷人的廊柱》，陈应松《江上轶闻》（二篇），董天柚《金王》，付汉勇《溪》。

散文/报告文学：曾卓《克拉特博士》，周代《妈妈百岁》（外一章），肖运堂、杨从贤、胡德开、木石《冲刺，当晚霞燃烧的时候》。

诗歌：蔡纯《鸡公山写意》，叶文福《掌心的几粒石头》，韩作荣《表现情感的几种方式》，董宏量《故乡》（外一首），李道林《小城春秋》（二首）。

第 8 期

纪实文学—"中国潮"报告文学征文：罗来勇《面对美丽的裸体——油

画人体艺术大展纪实》。

评论—文坛四十年(1949—1989)反思录：於可训《论1949—1976年中国文学的文化检讨——当代艺术文化批判论略》。

小说：章毅《我是一匹狼》，聂鑫森《老鼠》。

报告文学：罗来国、雨虹《水神》，江雪《歌声，从方向盘上飞出》。

诗歌：谢明洲《未竟之旅》(三首)，柳火生《秋日的私语》，张华林《寻找故乡》(外一首)，韩兴贵《八月，月亮又圆了》，王庆红《老窖》(外一首)，王竹立《梦》(外一首)。

第9期

纪实文学—"中国潮"报告文学征文：田天《律师没有沉默——一个众所周知的困境》。

小说：映泉《芸儿》，善良《天痴》，梁必文《野湖》，朱家兵《癌病》。

评论：李岩《四项基本原则是繁荣文艺之本》，本刊记者《总结经验 着眼未来》，陈明刚《从"售货亭"到"白门楼"——"白门楼印象"的印象》。

纪实文学：董士真《神州精神——记湖北轻型摩托车厂厂长王先礼》，熊熊《风流人物正反说》。

第10期
(武汉青年作家作品专号)

小说：沈虹光《时差》，姜天民《孤独的骚动》，邓一光《红孩子》，唐镇《秋天的故事》，成平《她的背囊有九个袋》，董宏量《围城之战》，刘益善《一支梅》。

散文/报告文学：王新民《丘陵雕像》，夏日晖《独韵》，周俊《知天命的罗老板》。

诗歌：董宏猷《建国四十周年献辞》，陈应松《骡子》，谷未黄《你的电话》，马竹《这是一个过程》(外一首)，晓舟《沙滩》(外一首)，舟桓划《道路》，熊红《致故土》(外一首)，柳火生《慌乱》。

评论：赵国泰《艺术秩序中的乡土诗坛》。

第 11 期

小说：李传锋《灵屋》，叶大春《凡夫篇》(三题)，毕淑敏《非正常包装》，张衍荣《拍卖"大江南"》，刘嘉陵《祝君一路平安》，田晓菲《初恋》，闻树国《一九九零年的寻找》。

散文/报告文学：王建琳《冲浪者》，覃全《黄家杞——不沉没的故事》，卢苇《巫山觅奇》，舟舟《又见背影》。

诗歌：伊甸《戈壁老人》(外一首)，梁志宏《城市人》(二首)，叶延滨《美丽瞬间》)。

第 12 期

评选："芳草小说、报告文学佳作奖"获奖篇目(1988 年 6 月—1989 年 10 月)。

小说：刘小伟《戴家凼的呼声》，斯妤《惑》，张征《怪味人生》，顾守智《二十四岁无烦恼》，梁必文《孤山》，半岛《易水寒》，董士真《颤抖的土地》，江雪《踏三轮车的姑娘》。

散文/报告文学：涂光群《忆萱》，王石《不做不知道》，乔天佑、吕书臣《汉口，一条"龙须沟"的消失》，杨世运《饮酒者必读》。

诗歌：曾阳超《你们这些大兵》，娅子《秋天的童话》(外一首)，张志平《故乡的河》，谢克强《校园，那片相思林》。

1990 年

第 1 期

小说：刘建军《他妈的老鼠》，李英《山与山之间》，韶华《外调》，可可《小说二题》，黄卫平《鸽恋》，王丛桦《藕池老张》，白龄《上省城》。

散文：杨成武《战地情趣》，刘敬堂《海恋》。

报告文学：江涛《虎将》，柳火生《没有文凭的"学者"》。

评论：张居华《毛泽东文艺思想在新中国文学中的地位和作用》。

诗歌：周易《蛇纪年》（二首），舒红琦《七色花》，李长英《雕塑与诗》（外一首），蒋文辉《一个人的雨夜》，叶贤恩《旧体诗二首》。

第2期

小说：谭先义《古巷道》，楚良《钥匙》，刘醒龙《黄龙》《黑爹》，徐杰《人味》，魏永贵《老匆》，荒岛《走出草原》，荆歌《北戈桥的夜曲》，郭其田《三有》，龚耘《大理河纪事》，杨世运《有奖游戏》。

散文：吴国平《寻找》，刘书平《父亲》。

报告文学：刘吉海《厂长心中的春雨》，胡泊、韵平《红颜竞健美　玉容数风流》，张正望《明星在这里闪耀》。

评论：李运抟《小说世界中的绚烂霞光——新写实主义小说今论》，周代《十年辛苦不平常——读〈山与海的相思〉》。

诗歌：张志平《致巴河船夫》，严迪《月季花》（二首），钟永华《深圳写意》（二首），向天笑《我的家园》，龚冠军《李四光一百周年诞辰祭》，尹松林等《短诗一束》，朱华弢、童冰《那一晚》（外一首），高柳《幽默世象》，周平琳《江南情深》（二首），梁志宏《城市人》（二首），王文福《冬天，我走向北方》。

第3期

小说：宫妮妮《人活着》，侯义谟《你不能完全属于我》，周震亚《那夜月正圆》，孔羽《笔游二章》，王琦《浪漫的都市》，马平《河滩》。

诗歌：了了《神曲》，胡晓光《歌者的故乡》（外一首），潘大华《祖母的季节》（外一首），徭晗《鸟儿》（外一首），陈太顺《我的周末》（外一首），易海贝《金鱼魂》（外一首），元平、娅子、陈一航《短诗一束》。

评论：黄鹤、邹原《风雨人生自在写——关于周翼南创作的随想》。

散文/报告文学：竹子《海歌·白瀑布》，罗维扬《有时候》，何长顺《梅花欢喜漫天雪》，陈洪《南湖的笑声》，水共《挹江亭畔精英录》。

第4期

评选：武汉市首届优秀小说评选揭晓。

小说：沈石溪《诱雉》(中篇)，李叔德《公关变奏曲》，刘益善《暗洞之光》，崔立民《听装罐头》，费力《美丽的忧伤》，晓苏《小孩和路》，江雪《车票》。

评论：李尔重《贯彻"两为"方针的一点想法》，邓斌《航塔·路标·警钟——学习〈邓小平论文艺〉》。

诗歌：天宝《无季节》(二首)，张良火《弦外音——致武汉长江二桥》，赵俊鹏《书签》(三首)，田士宝《寻求力量》，南野《秋天就是这样》(外一首)，王慧《一间木屋》(外一首)，叶爱霞《反刍》(外一首)。

报告文学：萧斌臣《葛藤，葛藤——记湖北利川烟厂雪茄分厂厂长葛希江》，孙振佳、梁青《拔箭港的新传说——关于秦汉章》。

第 5 期

小说：林深《冷山》，杨晓升《男人·女人》(二题)，王杰《眩惑》，荆歌《大祸临头》，杨贤耀《车棚》，沈嘉禄《七星烟斗》，刘继明《刽子手马三的死》。

评论：曾卓《杂记与札记》，李运抟《象征艺术与读者接受——当代小说象征艺术选择略议》。

散文：周代《作家李德复的酸甜苦辣》。

"楚魂杯"报告文学征文：傅加华、曾祥明《引来金凤凰的人们》，刘书平《在纷繁的世界里——记竹溪县五交化公司王远岁》。

诗歌：罗时汉《遥寄黄河》(三首)，许立志《列车西行》(二首)，金辉《金水河》，陈穆《乡情》(外一首)，乔迈《秋天思绪》(外一首)，周曙光《重逢》(外一首)。

第 6 期

陈应松作品小辑：《刘南复》《河狸出没》《镰刀上的落日》，田天《知道别人怎样活着——谈〈刘南复〉及其他》(编辑随笔)。

小说：毛志成《弱质乔木》，聂鑫森《灵枢》，刘敬堂《龙卷风》，周翼南《三游洞——"万游洞"》。

"楚魂杯"报告文学征文：刘建国《新天一路》，丛葆、遣鹏《爱水篇章恣意写》。

评论：涂怀章、达流《论当前作家的心理调整》，童志刚《现实的解析与梦的意义——〈一百个中国孩子的梦〉读后》。

诗歌：江全章《七色花》，耕夫《写给大别山》，江能成《红玫瑰》（四首），柳火生《乡情》（三首），刘泽生《夏天的云》（外一首），傅炯业《赠》，柳宗宣《输血的职业》（三首）。

第 7 期

善良作品小辑：《赐同进士出身》《鬼才》。

小说：谢湘宁《祝你全家幸福》，黄荔《下一支舞曲是探戈》。

散文/报告文学：唐镇、刘醒龙等《笔会夷陵》，田天《编者插话》（本刊特稿）。

"楚魂杯"报告文学征文：流连、朴实、王剑《白鹭飞向蓝天》，周万年《敲击火花的人——记湖北省沙市农药厂厂长唐逢庚》，丛葆《我是老苏区人——记新洲县农民企业家王域耀》。

评论：易中天《主子、惠子与鱼》，李道荣《中国古代关于人物创作几个问题的思考》。

第 8 期

唐镇作品小辑：《不能远行》《隔壁人家》，李贺明《还是要远行》（编辑随笔）。

小说：刘克英《人流蜜》，刘书平《五婶》，吕志青《跳丧艺术家》，冯绪旋《壁虎忧郁》。

散文/报告文学：胡天风《三笑》，张冀雪《昨夜大海》。

"楚魂杯"报告文学征文：江清明、韩进林《儿度梦归车门冲》，徐望爱《山沟的子孙》，史华《冲出圈的千里马》。

评论：苏渝《我的未来不是梦》（创作谈），绍六《别成熟》（创作谈）。

诗歌：姜天民《苦楝树》，谢克强《独饮》，李道林《山城，有一条小河》(外一首)，韩雨《下班回家》(外一首)，刘希全《山岗》(二首)。

第 9 期

报告文学：田天《爱的魅力》。

散文：叶君健《我和茶》，李华章《好香啊，恩施的茶》。

"楚魂杯"报告文学征文：车延高《状元》，沙舟《地下迷宫巡礼——大湾煤矿掠影》。

刘醒龙作品小辑：《鸡笼》《麦芒》，宝玲《编辑随笔》。

小说：晓苏《两个人的会场》，胡世全《仇杀》，黄燕平《老憨》。

诗歌：曾卓《生命的光辉》，莎蕻《生命的长河》，郑定友《滴血的钥匙》，周易《剪窗花的少女》(外三首)，谢明洲《远山近水》。

评论：李运抟《对生存本相的独特透视》，本刊记者《黄海听涛说文章——〈冷山〉作品讨论会纪要》。

第 10 期

邓一光作品小辑：《院子》《刀斧手》《兄弟》，田天《编辑随笔》。

小说：孙小军《懒龙》，马平《看哨》，陈宏灿《牛殇》，林荣芝《小街上》，杜莲芝《玻璃柜里的西服》。

评论：周迪荪《地域也是一种角色》。

诗歌：叶延滨《雨云韵》，立之《人间烟火》，严炎《云贵行》，耿林莽《猎归》，桂向明《生之恋》。

散文/报告文学：周翼南《楚天之凤——记薛楚凤先生》，白晓萍《雪里行——家庭纪事之一》。

"楚魂杯"报告文学征文：李玉英《大老岭之恋》，车延高、马小援《魅力》，林明、金遣鹏《坚韧与疲软对峙》。

第 11 期

小说：陈世旭《老商的欢乐颂》，彭东明《小说二题》，徐建国《脚担佬》，詹昊《尘世三题》，周万年《猫·儿子·媒人》，夏满满《驳船二哥》。

评论：李蕤《一面历史的明镜——试评〈新战争与和平〉》。

散文：谢璞《回头望》，平青《白烟炮》，凌力《燕邻》，高洪波《鸦与鸽》，王晓莉《缺口·捉月》。

诗歌：张贤亮《献给不存在者》，李冰《西行曲》，董宏猷《魂系大西北》，樊帆《西去鄂西》(三首)，姚永标《时光的枝叶》(三首)，高伐林《关于心——寄友》(外一首)。

"楚魂杯"报告文学征文：张镜《一路平安——武昌火车站速写》，王建平、李本俊《破天荒——记监利县玻璃纤维厂厂长彭炎远》，张璞、谭省三《属马的命运》。

第 12 期

吕幼安作品小辑：《进入角色》《青春素描》，梁青《吕幼安和他的任宝婷》(编辑随笔)。

"楚魂杯"报告文学征文：方楚晶《代价》，崔贤雄《EQ153 车门和它的制造者》。

评论：李岩《抗日战争的壮丽篇章——在纪念抗日战争胜利 45 周年暨〈新战争与和平〉3、4 部出版发行报告会上的讲话》，刘富道《原汤原汁好味道——读唐镇中篇小说〈不能远行〉》。

专辑：企业报刊文学作品选。

小说：郭永宁《于夫子外传》，刘凤阳《斜塔》，吴新义《雪落悄悄》，马辉义《走神儿》，王培静《心愿》，郭华明《静与莹》。

散文：罗时汉《坐喝》，黄平辉《画家与柠檬》，羊长发《山水之间》，杨国晋《银色草帽》。

诗歌：梁云、邹永刚、黎明、王玉素、赵锦琼、吴学峰、聂运虎、孔卓、铁流、达雁、齐超、向天笑、渔夫、喻本赛、黎军阶。

1991 年

第 1 期

叶大春作品小辑：《低着你的头颅》《独眼》，陈应松《编辑随笔》。

小说：许春樵《礼拜》，沈嘉禄《绿荫点点洒小巷》，胡昕《小镇二题》。

散文/报告文学：杨成武《毛主席的召见》（回忆录）。

"楚魂杯"报告文学征文：胡世全、徐东升《男人风格——湖北兴山化工总厂厂长傅承启素描》，林林、敬春《协作启示录》，李贺明《"命"与钱的选择——记武汉市新华帆布厂狠抓产品质量》。

诗歌：彭代雄《乡村二题》，刘倩倩《褐》（外二首），伊酥《一滴鹅黄击退冬天》（外一首），李雯《旅人》，张凯《山脉的手势》（二首），姚海燕《山女》，老渔《胶东速写》（三首），梁必文《无果树》，刘启顺《黄海滨行吟》。

评论：易中天《羊年说美》，李运抟《情节的完成与功能——当代小说情节艺术今论之一》。

第 2 期

张永久作品小辑：《枭》《火祭》，鹏喜《从创作深度中开掘新意》（编辑随笔）。

小说：陈应松《八爷》，吕新《山中白马》，刘书平《秋韵》，马竹《雁儿》，林宕《十七岁少年的短暂秋天》。

散文/报告文学：高伐林《自言自语录》，章敦华《也到沈园旧池台》，谢克强《渡口》。

"楚魂杯"报告文学征文：石治宝、张梅英《为了母亲的微笑》，林明康、周胜辉、罗文珍、林楠《万家忧乐在心头》，杨道金《钢板网上的明珠——记湖北钢板网厂厂长程家清和他的伙伴们》，魏志才、刘碧峰《欧公珠——湖北省第一家出口产品村创建者陈如德小记》。

评论：於可训《论现阶段小说创作中的新写实主义浪潮》。

诗歌：李浔《那年的春天荠菜绿得任性》，董艳琴《夏歌》，陈竟春《奶奶说战争》，谷未黄《响泉》，龙坪《倾听村庄的血液》（外一首）。

第 3 期

小说：孔羽《红日头》，张继《丞水村的两个小人物》，徐建国《铅灰色的情结》，刘继韬《大学事》，卢苇《杀家》，谭先义《校友会》，王丛桦《瀕危者》，封泉生《泥球》。

散文/报告文学：楚奇《在成功与失败之间》，许先云《月夜听瀑》，彭程《总是相逢》，林戈《松花江上》。

"楚魂杯"报告文学征文：陈宏灿《贯虹》，丛桦、江小林《济世者——袁誉平和公安县医药公司》，信真、喻非《峥嵘岁月稠》，胡伯民、周益、金卢涛、陈竞春《力之魂》，张璞、胡建成《沉重的翅膀》，

评选：第一届"楚魂杯"报告文学征文评选揭晓。

诗歌：王家新《一个劈木材过冬的人》（外一首），安民《我的心在远方》（外一首），荒女《送别》，胡鸿《黑夜里的灯》（外一首），摩舒《鸟从天空飞过》（外一首），施恋林《早晨的棕榈树》，郑定友《绿色的太阳》，鞠青《夕阳摆渡》，宋葵红《真实的影子》（外一首）。

评论：王先霈《执着与新变》，卫遵慈《现代主义在中国的历史命运》，王晖《我看〈两个人的会场〉》。

第 4 期

花桥茶座：田天《离现实更近一点，好吗》。

沈虹光作品小辑：《天桥》《尤医生》，鹏喜《编辑随笔》。

小说：彭见明《清河人民医院学雷锋演唱晚会》，叶小平《华盖》。

小说—处女地：祁旸《蚀光》。

散文/报告文学：叶君健《小妞》《老四》（散文二题），刘绪源《我的〈钱笺杜诗〉》《到灵隐买佛经》。

"楚魂杯"报告文学征文：丛葆、遣鹏《容器里的咸血甜泪》，陈少雄《四角星》，蔡桂戊、付金平《窑佬神话》。

诗歌：邹荻帆《在张謇铜像前》，刘益善《土地的呼唤》，杨春《鄂西山情》。

评论：易中天《再说滋味——读〈羊年说美〉》，田野《周代〈晚晴小集〉读后感》，胡卫军《江海诗：传统与超越——论李道林诗歌创作的艺术特色》。

第 5 期

花桥茶座：鹏喜《愿离作者和读者更近一点》。

刘红作品小辑：《红苹果·明信片》《日当正午》，田天《井蛙偏要语于海》（编辑随笔），吴若增《月莲》，赵远智《遥远的卡日曲》，金岳清《花鼓镇人物掠影》，董镜屏《雨中的蓝鸟》，刘雪华《无花果》。

散文/报告文学：周代《文竹》《蒲公英》，季思聪《东边日出西边雨》，舟舟《人生天地阔》。

散文—同题散文：方方《搬家》，池莉《搬家》，唐镇《搬家》。

"楚魂杯"报告文学征文：丛葆《绿苗奇迹》，李玉英《我们生存的这块土地》，杨学清、张璞《"宋玉"兴衰录》，陈实、丛桦《天堑通途有"车桥"》，明金、遭鹏《凝固的音乐》，幽原、敬春《酒在这里是歌》，王树林、王建平《追求》。

诗歌—五月诗会：董宏量《五月》（外二首），李道林《随你奔流》（外二首），田士宝《水手》（外一首），王辉运《藤》（外一首），夏志华《走过庄稼地》。

评论：李运抟《使命的说客——当代小说情节艺术今论之二》。

第 6 期

花桥茶座：郑耘《期待独创》。

胡世全作品小辑：《布族的后裔》《楚歌》，董宏猷《编辑随笔》。

小说：郑因《魏晋风范》《蔡先生》，翁新华《小镇铁闻》。

小说—处女地：金波《菊花奶奶》。

评论：冯牧《关于孔子与〈孔子〉——在杨书案长篇历史小说〈孔子〉研讨会上的发言》，易中天《咀嚼人生——三谈滋味》。

散文/报告文学：曾卓《聂绀弩传》《黄裳论剧杂文》《日记与书简》，高伐林《人在天涯　神在咫尺——美国书简之二》，方楚晶《自行车上的哥哥》。

"楚魂杯"报告文学征文：丛葆、遭鹏《南山的厂歌》，夏满满《东亚雄风——武汉东亚饮料厂纪实》，朱志健《长江的子孙——记鄂州市纸桶厂厂长廖言堤》。

诗歌：晏明《乡恋》，刘章《古句新题》(二首)，苗得雨《海边》(三首)，江全章《心中的歌》，王中举《中国》，易海贝《大自然轶事》，柳火生《情感小屋》(外一首)，邹吉更《枫叶》，邹原《走过冬天》。

第 7 期
(纪念中国共产党成立七十周年专号)

花桥茶座：贺明《寸草心》。

报告文学：周嘉俊《脊梁》，田天《天大的事情》。

小说：孔羽《红尘》，彭东明《路边石屋》，杨卓成《茶圣》。

评论：何国瑞《论社会主义文艺若干问题》。

"楚魂杯"报告文学征文：柴秣《铜灶之星》，倪选明《花之梦》，杨道金、呐申《人生难得几回春》。

诗歌：李冰《旗》，莎蕻《紫丁香》(外一首)，江南《河流》，南竹《我们所看到的共产党员》，李道林《高举铜锣的塑像》(外一首)，张亚铮《历史的见证》，郑定友《说出心里话》，谭仲华《歌乐山纪行》，《王雯初烈士词选》，元平《桥》，赵虹《中国，喜降一场春雨》，胡昕《无字碑》，绿藜《土地与人》，曾腾芳《虎座飞鸟》。

散文：郑远志《敬礼，英雄的观音洲》。

第 8 期

花桥茶座：应松《品味与品位》。

小说：黄灿《腊祭》，韶华《小说三题》，王太吉《莫测》，周百义《功臣》，李浔《秋天的稻草堆又干又亮》，缪益鹏《小说二题》。

小说——处女地：杜逢贵《愿你有朵索萝花》。

散文/报告文学：柏原《腊冬赏梅》，宏达《拿"绿卡"的中国古籍》(外一则)，胡发云《天花板上的童话》。

评论：达流《困惑与期待：近年小说的道德审视》，樊星《再打通一层墙》。

诗歌：王牌《萱草花》(外二首)，龙坪《石磨》，刘洁岷《独立秋野》(外一首)，舒和平《独坐秋天》(外一首)，陶少亮《麦地情人》，刘洁《红漆门前》(外一首)，谢华凤《雾》，陈太顺《黄昏感觉》，时勤《秋》，梁路峰《这一棵酸枣树》，陈航《泊》，孙明庆《水妹》，韩涛《请不要再说》，曹鸿萍《前世》，碧川《编钟》，剑男《八月》。

"楚魂杯"报告文学征文：翼南、张兵《武汉：电话热潮》，林明康、周胜辉、金立明、孙品康《火炬精神》，王东、张晓平《神圣的再塑》，李继尧《无焰的燃烧》，王旻《深圳，有一位年轻的行长》，陈初明《祥云赋》。

第 9 期

花桥茶座：宝玲《呼唤精品》。

小说：路远《鹰祭》，马平《圈》，毛志成《死的试验》，侯义谟《习习凉风不时拂面》，叶明山《过年》。

散文/报告文学：周翼南《人物随笔》(二则)，崂子《崂山之顶观日出》，邓斌《我练减肥气功》

"楚魂杯"报告文学征文：李强《南线·难线》，朱守国、李纪新、张璞《心坝》，石雪峰、聂援朝、周火雄《旋转的世界》。

诗歌：陈宏伟《锚》，邱华栋《情歌》(二首)，阎尤《恒等式》，梁文涛《把手放进风中》，易雯《致远方的情人》，雷世达《收获》，吴晓《红色的蔓草》，吴正茂《故乡的枫树林》。

评论：於可训《叙事话语的戏剧性和非戏剧性——读小说札记》，李运抟《传统·变革·选择——当代小说情节艺术今论之三》。

第 10 期

花桥茶座：田天《短，就是智慧》。

胡鸿作品小辑：《梦恋人生》(诗十五首)，董宏猷《地米菜·鸽子花·山楂树》(编辑随笔)。

诗歌：鲁慕迅《有竹居吟稿》(八首)，余笑忠《遍地风流》(外一首)，郭良原《在深圳》(二首)，孙森《献给画家的诗》，周百黎《空园》(外一首)。

小说：邓一光《挑夫》，祁旸《痴梦》二题，温新阶《菜花飘香》，常新港《残酷的前半部和后半部》。

小说—处女地：谯进华《阿米》。

评论—武汉地区作家作品评论：李运抟《艰难的选择与真诚的寻找》，范步淹《文学为人民服务的理论蕴含》。

散文/报告文学：陈丹燕《散文二题》，高伐林《情人节与情人——美国书简之三》，丛葆、遣鹏《踏遍青山人未老》，舟舟《不负石林》。

"楚魂杯"报告文学征文：徐加义《并非天方夜谭的故事》，风铃、肖湘《人间重晚晴》，李超《在时代大潮中塑造自我》，王建平、刘阳华、王湘城、党群《我问大地一千次》，征途、郭国湘、王泽民、晓剑《不安分的弄潮儿》，张正望、章国鹏、黄鑫才《中国人的骄傲》，肖运馥、陈竞春《绿野上的希望之光》，郑雨虹、吴汉高《展翅的鸿雁》。

第 11 期

花桥茶座：董宏猷《秋天的话题》。

小说：沈石溪《暮色》，詹昊《七呀，八呀，九呀》，少鸿《小说二题》，余启新《乾坤一腐儒》，周立文《砍头》。

小说—处女地：戴羽《黄昏无雨》。

散文诗小辑：黎枝《山水情》(四章)，徐鲁《晚秋之林》(外二章)，华姿《一只手的低语》(五章)，文清《我们这些乡下的孩子》(二章)，刘绪源《书话二题》，秋田草《在墨尔本看鸟》。

"楚魂杯"报告文学征文：李强、田清泉《生存之路》，石雪峰、周火雄《着意青山》，刘不朽《情系橙红橘绿时》。

诗歌：陈松叶《楚纪南故城》，安民《有芦苇有水草的地方》，徐岩《渴望和平》。

评论：易中天《汉味小说三题议》。

第 12 期

花桥茶座：鹏喜《种瓜得豆的编辑们》。

小说：骆强《摆设》，王月圣《新坟》，冯绪旋《小河淌水》，林深《戏客》，胡邱子《东篱下》，杨先运《小小说二题》。

散文：金辉《地花鼓》，钟星《世界的心境》。

散文—同题散文：曾卓《海滨》，刘富道《海滨》，胡发云《海滨》，夏日辉《海滨》。

评论：李运抟《色彩斑斓的传奇——当代小说情节艺术今论之四》，熊开国《"汉味"的文学构成》。

诗歌：刘明恒《村风》(二首)，刘倩倩《水中的人》(外一首)，邹浩《静夜》，流云《石像》(外一首)，陈艺《水库印象》，艾先《还乡印象》(外一首)，符阳春《归期》，贞子《鸟及其他》，阎思《火种在高原成熟》。

"楚魂杯"报告文学征文：余虹、李建华、邹原《回归》，邹启钧、关德全《爱的奉献》，周万年《三星鞋漂洋过海记》，吴舞旌、汪旭明《风雨人生》，朱金珠、刘云龙《圆梦》，文涛、雨虹《第三只眼》，文竹《跃上浪尖更风流》，徐望爱《武士路》。

芳草热线：《〈刘红作品小辑〉发表之后》，杨桦、露锋《来稿摘登》。

1992 年

第 1 期

花桥茶座：应松《瞧，全在这儿》

小说：毕淑敏《妈妈福尔摩斯》，卢苇《血地》，吴泽蕴《桃花落》，张继《鬼活》，喻宝明《夜游神》。

小说—处女地：李兴阳《风流年》。

散文：胡天风《蘼芜萧瑟》，楚良《胜景》，刘耀仑《凉亭》，洪烛《天天如此》。

评论：易中天《猴年论文》，李俊国《叶大青小说的"叙说"与"言说"》。

诗歌：李苏卿《江南蚕歌》(三首)，戴慧玲《爷爷、土地》(外一首)，雷世达《到平原上走走》，吴明兴(中国台湾)《侍读记》，阿拉坦托娅《在浑圆的地平线里》，李雪《黄昏是一个关联词》，汪兴国《雾中村庄》，林中泉

《移栽一棵橘树》，徐芬《春天，和一棵树一见钟情》，刘俊伟《独处的感觉》。

"楚魂杯"报告文学征文：韩进林、陈文明《茆珊和他的故事》，许甲敏《好个"北百精神"》，李昌富《汗洒甘泉路》。

第 2 期

花桥茶座：宝玲《文贵在真》。

小说：池莉《滴血晚霞》，杨东明《人父》，牧铃《梭坑》，王富杰《旧水铺的故事》，万剑声《少年的愤怒》，晓苏《活乞丐死乞丐》，林宕《醉蟋蟀》，邵宝健《空空的乐队》，高波《黑松》。

散文：周翼南《水仙忆谈》，郑远志《周老柳色青——柳直荀与李淑一的故事》。

评论：曾镇南《中国当代文学最大和最根本的特色——在中国、丹麦当代文学研讨会上的发言》，樊星《地域之光——神奇的地域文化之一》，王又平《文学评论术语汇释》(一则)。

"楚魂杯"报告文学征文：王其华《骨科奇医夏大中》，刘波《芦花荡里情》，张晓冰、晓剑《水阔任鱼跃》，张书美、陈贻斌、王建平、易南洋《原野神奇米》。

诗歌：伍培阳《乡土的眷恋》(三首)，冯梅《早春》，木公《短诗一束》，元平《都市情祭》(二首)，牛均富《火山口》(外一首)，王能明《父亲》，江南《河上有条船》，冯清华《看见文字在跳动》。

第 3 期

花桥茶座：鹏喜《春天的感想》。

杜为政作品小辑：《出帖》《槿篱》(小说)，高林《作家与"出帖"》(编辑随笔)。

小说：卢万成《王道》，张世黎《美男子》，岩丽、刘明恒《水帘》。

小说—处女地：李濛《初恋》。

诗歌：周百黎《绿色的期待》，小明《黄玫瑰》，方扬帆《冬天的麻雀》

（外一首），杨云凌《河床上的一片卵石》（外一首），习咏黎《打蛋》。

散文/报告文学：安民《父亲就埋在这里》，蒋育德《海潮》，李声明《海恋》。

"楚魂杯"报告文学征文：湛华国、余晚成《七月骄阳》，杨于泽《关山明天更美好》。

评选：第二届"楚魂杯"报告文学征文揭晓。

评论：易中天《选择的证明——读沈石溪〈暮色〉》，丁永淮《扎根于坚实的大地——读瞿晓的诗集〈抒情的季节〉》，王浩洪《故事的意味》。

第 4 期

花桥茶座：田天《千呼万唤谁出来》。

罗维扬作品小辑：《悼念一位文化局局长》《拜访两位先生》《雨中三游》（散文），董宏猷《谈谈散文》（编辑随笔）。

小说：少鸿《飞狐》，克莘《凸上》，曹琰《十八岁是个很老的年龄》，刘红《风发白》，肖湘《红色雪》，张选《豌豆垛》，乔星明《乡村厨师》。

诗歌：谢克强《人生》，叶昌金《乡村女教师》，陈凯《稻草垛》。

评论：刘富道《西河：刘醒龙开挖的一条河》，樊星《汉味杂记》，赵国泰《论诗小语》。

评选：武汉市首届企业文学评奖优秀作品奖名单。

"楚魂杯"报告文学征文：周翼南《他要扼住乙肝的喉管——记吴松钢》，田天《人就是一切》，丛葆、遣鹏《三级跳远》。

第 5 期

花桥茶座：宝玲《今天的纪念》。

小说：善梁《母亲的世界》，叶兆信《诗人马革》，于斯《博嘎尔的欢乐颂》，刘克英《危桥》，刘汉太《清音》，韶华《小说二题》，赵冬《缘分》，项清《冷水湾》。

小说一处女地：邹贤琳《神秘的歌吟》。

评论：张维麟《生命·根本·翅膀——谈毛泽东的审美理想及其艺术

实践》。

评论—湖北武汉作家作品评论：程树榛《有滋有味的生活本色——读中篇小说〈不能远行〉》。

诗歌：李冰《杨家岭的声音》，莎蕻《五月的风帆》，李道林《他那挥手的姿势——献给伟大领袖毛泽东同志》（外一首），龙坪《声音的纪念碑》，陈白子《火柴》。

散文/报告文学：秦文君《四个梦》，戴箕忠《神农溪上的船夫》。

楚魂杯报告文学征文：鲜名《铸》，田天《写出芦苇满身文章》，宛进、石雪峰《车·路·人之歌》。

第 6 期

花桥茶座：良清《我们所播种和收获的》。

小说：范小青《米象》，刁斗《规则的延伸》，刘醒龙《清明》，荆歌《林家村恩怨》，刘以林《冬天的鼓》，周文《百字小说五题》。

小说—处女地：严迪晟《归土》。

评论—湖北武汉作家作品评论：於可训《渐入佳境：在平实中透着空灵——池莉小说艺术谈》。

散文/报告文学：程朝富《饮食文化四题》。

"楚魂杯"报告文学征文：李超《白云深处的故事》《同唱一首歌》《挚爱南山》《江湾河畔年轻人》，田天《希望的曙色已经升起》，事问、沙泽、敬春《良和佳话》。

诗歌：叶爱霞《相思岛》（外一首），阎思《活着的歌喉从未停止歌唱》，万迎元《欢迎你再来》，高柳、华夏、刘洁岷、朱渝《荆沙青年诗人作品小札》，伍江平《小窗》，易建新《秋天与父亲》，钱锋《雪》（外一首），罗登求《千丝万缕缀串的风景线》（外一首），苏韶芬《让河流告诉你》。

第 7 期

（"云之南"笔会作品专号）

花桥茶座：田天《出门走一走》。

报告文学：鹏喜《江河如歌》。

小说：孙伟《野种》，吉成《秋日无语》，杨卓成《驮道》，李学标《妖河》，唐似亮《风雪夜》，李学祥《剃头匠》，窦红宇《送煤老人》，汤君纯《我不是你的对手》，谢涌《红蝴蝶飞过洗马河》。

散文/报告文学：栅英《茶缘》，尹国春《背姑娘过河》，何晓坤《书柜上的石膏像》(外一章)，许泰权、赵长生《乌蒙山巅弄潮儿》。

诗歌：尹坚《诗二首》，顾树凡《山妹子》，杨艳琼《玫瑰的愿望》(外一首)，张永刚《故乡》，欧俊《我们的方言讲得纯正》(外一首)，宋德丽《喝茶》，邓琼芳《种籽》，刘华《李白》(外一首)，湖冰《乡音》，陈居义《谒聂耳墓》，冯国耀《倾听果园》(外一首)，刘庆舜《走入大自然》，陈灿《冬天的太阳》。

第 8 期

(湖北青年作家作品专号)

花桥茶座：鹏喜《八月的蒸笼》。

小说：方方《金中》，陈应松《民间故事》，余启新《决胜"滑铁卢"》，温新阶《腊狗》，叶大春《高中同学》，祁旸《语梦》。

散文/报告文学：池莉《散文二题》，董宏猷《江南淘书记》，王新民《艾青不老》。

"楚魂杯"报告文学征文：石雪峰《太阳是红色的》，蔡涛、邹涛《铁女人曹德英》，董轩麟、李超《你是属海的》。

诗歌：华姿《今夜我以诗为业》，徐鲁《黄昏星》，胡鸿《背影》，刘益善《远行》(外一首)，田士宝《烛光》，南野《到北极去》，季风《无题》(外一首)。

评论：范步淹《武钢作家群近年创作散论》，樊星《南与北——神奇的地域文化之二》。

第 9 期

花桥茶座：旻子《这是换季的时节》。

小说：王梓夫《拼搏与沉沦》，王立《初冬季节》，牧铃《长年》，石钟山《女兵的故事》(二题)，叶雨蒙《咫尺天涯》，陈宏灿《青青黄土垴》，罗时汉《志愿军轶事》，刘明恒《遗产》。

散文：董宏量《朋友们的书》，楚奇《我的老朋友和"小"朋友》。

评论——湖北武汉作家作品评论：曾卓《董宏猷的童心世界》，易原符《创新随想》，樊星《山与水——"神奇的地域文化"之三》，杨华《新颖、独特与怪谲——略谈谷未黄的诗》。

诗歌：黄瑞云《历史的回声》，胡昕《怀想人生》，李鲁平《柳叶舟》，莫之军《雨城》，陈勇《森林》(外二首)，舒和平《此生》(外一首)，杨兰《对一种意境的诠释》(外一首)。

"楚魂杯"报告文学征文：吕永超《好乐年华》，宛进、胡松生、石雪峰《吴楚风流》，项能运、施从保《崛起》，吕人、王静《但愿晚霞红》，刘平海《烛颂》，肖运馥《金石交响曲》，魏金哲、杨波、绿村《情满深山》。

第 10 期

花桥茶座：田天《变!》

芳草专访：陈应松《啸声中的风景——访方方》。

名家近作：苏童《来自草原》。

中国世象：张世黎《中国人的隐私》，董玮、曾晓燕《金钱魔方——深圳股市走笔》。

小说拔萃：王丛桦《牌怪》，刘小伟《山林女人》，贾劲松《苍生》。

人生况味：韦玲《那夜的幻殿》(外一章)，麦浪《老人》，遣鹏《脚大故事》。

情诗包厢：阿毛《倾听风声》，陈穆《透明的爱》，丁杰《秋日》，向天笑《疯狂的雨季》，刘泽生《怪我》，黎儒璟《海惑》，郝荟芹《等待》，徐岩《思念》，李雪《说声走吧》，周宏《无题》。

笔记小说：阿根《队长牛二》，银颂《养生地》。

幽默小品：秦义《餐馆》，晓麦《餐馆》，任生《夏时制》，谷子《夏时制》。

"楚魂杯"报告文学征文：刘章仪《大将风采》，石雪峰《中星之路》，楚奇《一颗新星正冉冉升起》，傅炯业《"金三角"的设计者》，楚奇《情满三河水》，登长风《当家人》，贺民《锤炼灵魂交响曲》，王建平、杨振华、冉秀峰《热流奔放》。

第 11 期

花桥茶座：梁青《准备出嫁》。

芳草专访：梁青《无法摆脱》。

名家近作：刘震云《土塬鼓点后：理查德·克莱德曼——为朋友而作的一次旅行日记》。

中国世象：谭元亨《中国作家异国打工记》，陈秋中《中国血市》，胡昕《校园情场写真》。

小说拔萃：庄旭清《没意思的小镇》，方原林《蟹异》。

人生况味：田清泉《手表的故事》，李运抟《陋舍装了电话》，李耕《寻觅：草的记忆及其他》(三章)，孔林《木轮车》(外一章)。

情诗包厢：建国、陈静、张脉峰、邓汉姣、陈丰、敬春、徐俊国、李成福、宋葵红、万迎元、张春丽、雪峰、鄢俊、川子、李燕翔、秦新春、李剑魂、王富春。

笔记小说：彭定旺《千脚泥》，梁云《新兵连轶事》二则。

"楚魂杯"报告文学征文：沈剑、遣鹏《宋金生和他的仪表梦》，贺民《成功在于自己》，傅炯业《风光颂》，符胜歌、迟悟子《带"枷"行》，胡世金、魏金哲、龚忠惠《老水手的歌》，周法荣《锅碗瓢盆交响曲》，周万年《地上本无路》，张镜《多梦的汉子》。

第 12 期

花桥茶座：陈应松《酒话》。

芳草专访：鹏喜《一地鸡毛：刘震云印象记》。

名家近作：储福金《乡村生活》。

中国世象：田天《卖文记》，阿涛《农村生育洪水》。

小说拔萃：刘平海《咬》，陈国屏《女人的第二面孔》。

人生况味：洪烛《寻找美丽》(二题)，徐鲁《贺卡上的情思》，刘谦《晚秋》，董宏量《萌萌的〈升腾与坠落〉》。

情诗包厢：田禾、胡鸿、崔士斌、何国涛、魏平平、黄木生、杨红梅、王永华、王传兴、陈黛平、陈清华、胡允栋。

笔记小说：老陈《银鼠》，彭定旺《甘草》，山鬼《在长途班车上》。

"中国脊梁"报告文学：绍六《希望>风险》。

"楚魂杯"报告文学征文：陶煜、月明《为得广厦千万间》，熊丹北《乐园风流》。

1993 年

第 1 期

花桥茶座：鹏喜《元月 1 日早茶》。

芳草专访：洪烛《桥上的老人——访汪曾祺先生》。

名家近作：池莉《与历史合谋》。

中国世象：方楚晶《在这片红色的土地上》，胡发云《我的三个半小阿姨》，刘爱平《中国第一职业》，黄土、天宝《少尼屠僧记》。

小说拔萃：倪牛《老渔》，温新阶《兄妹、兄妹和兄妹》。

人生况味：陈益《冷暖人情》，王晓莉《寂寞的缘》(外一章)，彭建新《绿色的回忆》。

笔记小说：遣鹏《狗宝》，王建福《"出血"考证》。

情诗包厢：胡鸿、田禾、张选、胡鹏、萧萧、魏文彪、祝莉苹、王永华、许建国、刘洪晨、南宫子、章爱胜。

第 2 期

花桥茶座：田天《告别假、大、空》。

芳草专访：罗维扬《欲名其妙——文艺心理学家鲁枢元的文艺与心理》。

名家近作：陈村《散文三题》。

中国世象：沈虹光《急急风——办理出国手续的实录》，马竹《电视草台班》，费爱能《挡不住的诱惑——上海滩房地产市场巡视》。

小说拔萃：刘小传《黑眼圈》，魏永贵《红霞》，谢德辉《高人》。

人生况味：鲁枢元《纵横江河》，吴苾雯《老屋》，辛龙《感谢苦难》，周代《我和哥相聚三天》，楚奇《在这片黄土地上》。

情诗包厢：黄明山、徐蓉、王兆祥、李加全、水工、古川、唐木胜、梁文涛、傅雄杰、王红、张宏、林喻强。

第 3 期

花桥茶座：高林《再谈告别假、大、空》。

芳草专访：范小青《说说苏童》。

中国世象：吴苾雯《走进台湾——首批大陆记者访台实录》，高鹤君《让我们"下海"去!》，李运拮《轮到自己走一遭》，章敦华《盗窃困扰中国》。

小说拔萃：李梦《初三的最后一学期》，饶岱华《我爷》，邵宝健《芳邻》《凤子》。

人生况味：邓一光《生日快乐，爸爸!》，刘红《这些天以及这些年》。

情诗包厢：王永信、尚吾、周文海、蔡克荣、胡俊杜、潜卫、马英。

第 4 期

花桥茶座：鹏喜《说三道四》。

芳草专访：田天《夏雨田一二三》。

中国世象：罗建华《"孔子热"实况剪辑》，左泽荣《书商沉浮录》，李贺明《奇石来》，徐蓉《从熊市到牛市》。

小说拔萃：庄旭清《花姐》，楚良《父亲当年去当丁》，王太吉《苦恋》，纪辉剑《大桥之约》。

人生况味：华姿《回忆东湖》，董宏猷《生命的湖》。

情诗包厢：夏祥光、徐初祥、刘正才、柯文翔、张晓东、舒和平、寒愚、黄河、莫宏伟、张丹枫、罗先仁、夜来香。

第 5 期

花桥茶座：旻子《谈惶惑》。

芳草专访：周翼南《周韶华和"世纪梦"》。

中国世象：鹏喜《第三只眼——〈龙马负图〉之一》、晓弘《脱掉长衫：首都高校教师下海潮》、邓一光《天热好个海》、包荣兰《独身女子追踪扫描》、江清明《中小学校园里的"大款"》、张伟群、张逸《都市"新人类"》。

小说拔萃：才旦《红帽子和绿帽子没有颜色》、牧铃《冲动》、晓苏《村妇》、刘平海《青龙》、鹤鸣《后劲》。

人生况味：南泳《领我走出迷途的人》、王立《不惑之年的疑惑》、刘满园《拥抱你的缺憾》。

情诗包厢：汪长明、张艺馨、许排云、丁莉、丁世林、莫宏伟、胡宜荣、张具宝、郑立谦。

第 6 期

花桥茶座：梁青《一点新意》。

本刊特稿：陈崇华、遣鹏《巡河九歌》。

芳草专访：鹏喜《幕前幕后，一步何遥——访马季》。

中国世象：吴芯雯《女人的故事(上篇)——中国当代女性生存状态透视》、科夫《湖北核电大论证》、周立荣、陈洪《土家山寨选美的幽默》。

小说拔萃：祁旸《老街》、赵小岚《臭女》、刘小伟《动物奇闻》(二则)、抱朴子《犟牛》、陶雯《小小说二题》。

人生况味：毕淑敏《额头与额头相贴》、冯敬兰《邻居老三》、曾令莉《雨祭》。

情诗包厢：李红、徐岩、殷振东、勾信、李荣、飘羽、李忠文、邓天峰、朱华华。

第 7 期

花桥茶座：应松《结实的文学》。

芳草专访：范小青《叶兆言的故事》。

中国世象：邓林《少年总裁》，吴苾雯《女人的故事》（下篇），春晓《选美洪峰过武汉》，易中天《呜呼，学术讲座》，习达元《生意场大拼杀》。

小说拔萃：李兴阳《痛苦的苏格拉底与快乐的猪》，周文《大红花轿来迎娶》。

文坛热点漫议：樊星《神圣的文学将依然神圣》。

人生况味：凌力《途中》，郑明娴《教授的底牌》（二则），韶华《玩乐康》。

情诗包厢：胡远东、谢炳琪、吴尘尘、邓大书、张廷红、富丽、李钧、梨唐、王析、阿曼、唐本年、李德元。

第 8 期

花桥茶座：田天《你的渴望就是我的渴望》。

芳草专访：旻子《且说姜昆》。

中国世象：李运抟《出版潮中"毛泽东热"》，独孤行《中国经理族大写真》，胡昕《七月流火——高考心态面面观》，刘爱平《待业潮·转业风》。

小说拔萃：蒋杏《角色》，何存中《棋道》，李梦《别把梦都做完》，李国胜《挠痒》。

人生况味：高尔品《哀而雅的"四重奏"》，高伐林《废车场沉吟》，陈国屏《怅》。

文坛热点漫议：於可训《作家这顶帽子》。

情诗包厢：寒愚、何国涛、李雪、金云峰、张仲霞、江雪。

第 9 期

花桥茶座：贺明《七嘴八舌》。

芳草专访：田天《"我把父亲当神"——著名笑星侯耀华访谈录》。

小说拔萃：吕幼安《红杏依然》，姜贻斌《棋痴》，张继《明德的自尊》，半岛《门铃》。

中国世象：徐望爱《有这样一片土地》，左泽荣《中国人，请看紧自己的钱袋》，刘汉俊《破烂人生》。

域外走笔：余熙《走向阿尔卑斯……》。

人生况味：黄献国《梅雨情丝》，邢军纪《鱼惑》，滨彬《筷子》，胡鸿《人生二题》。

文坛热点漫议：樊星《潇洒！潇洒?》。

情诗包厢：魏文彪、王永洪、罗艳、吴雪霁、梁文涛、丁世林、白鹤林、尹卫华、陈穆。

第 10 期

花桥茶座：鹏喜《编辑部日志》。

芳草专访：何晓明《冯天瑜素描》。

小说拔萃：刘醒龙《蛙鼓如歌》，储福金《柔姿》，邓一光《生命之约》，余志刚《小说二题》，辛叶《我哥在汉口》。

域外走笔：何启治《五十未必知天命——美国之旅的奇遇和思考》。

中国世象：董宏猷《中国人体画册出版热》，白羽《逸出魔瓶的幽灵》。

人生况味：魏永贵《二伯和二妈》，罗照春《平凡的爹》，李瑜《小号》。

文坛热点漫议：罗维扬《冷眼看热点》。

情诗包厢：黄挺松、党利、徐畅欣、胡长生、邓天锋、喻欣、陈穆、邓汉姣、佘艳玲、胡允栋、王屿、白笑。

第 11 期

花桥茶座：旻子《说东道西》。

芳草专访：邓一光《醒龙沉重》。

小说拔萃：单国荣《父辈的爱情》，马竹《十指尖尖》，郑因《小说二题》。

小小说：初晓《退路》，雪垅《红薯地》，陈友火《狗拉·玉玉·牛哥及婆娘》，蓝森成《王老师》，赵杰《军饷?》。

人生况味：胡发云《宠物的故事》，王英琦《生日遐想》，唐镇《回唐镇》。

中国世象：察今《在城市的屋檐下——中国保姆忧喜录》，梁青《情人风情录》，习达元《外汇黑市探幽》。

文坛热点漫议：罗维扬《行情看涨》。

情诗包厢：李兴果、冰洁、陈穆、陈航、肖万云、于振军、李勋、王征元、周银火、野妹子。

第 12 期

花桥茶座：高林《送灶神》。

纪念毛泽东 100 周年诞辰：田天《毛泽东和他的族戚们》，楚奇《毛主席在井冈山》，金水《毛泽东的文化观》。

芳草专访：鹏喜《可以和圣哲坐而论道》。

小说拔萃：王石《不会没有错失》，娄光《棋魂》，陈宏灿《热门话题》。

小小说：宋光明《春天的悲剧》，傅桂芝《黄昏泪》，杨森军《鹦鹉说》，杨新民《缘分》，秦海荃《旅途》。

人生况味：胡发云《宠物的故事》，马里波《平常日子》(三题)。

中国世象：刘满园、郭润葵《毛家饭店的女老板》，秋实《人血不是晚霞》，牧铃《初涉江湖》，谢湘宁《在国有企业这个部落里》。

情诗包厢：刘洁、尹卫华、汤波、刘昌华、韦文慧、彭家洪、江来、原野、喻荣、陈航。

1994 年

第 1 期

花桥茶座：旻子《呼唤力量》。

本刊专稿：荒煤《"自不量力"的呐喊》。

人生况味：夏雨田《敲墙·今宵·北京的士》，胡发云《宠物的故事》，阿孺《蒙师》。

小说拔萃：陈应松《大苇船》，林荫(中国香港)《永远的樱子》，何存中《魔道》，阿福《小说二题》，高蕾《病毒》。

中国世象：罗建华《中国京剧咏叹调》。

晴川诗帆：董宏量《人在船上》(外一首)，南野《生存》(外一首)，徐鲁《火车》(外一首)，熊明泽《笋衣把时间拧成死结》(外一首)，阿毛《石头的女人》(二首)，谢克强《孤灯》，梁必文《山女子》。

文坛热点漫议：罗维扬《沉雄之气》。

"楚魂杯"报告文学征文：王中华、陈新阶《弄潮人》，清平、苏志强《不朽的丰碑》，斯念《收获而待来年春》。

第 2 期

花桥茶座：陈应松《灰楼·少年·演员及其他》。

芳草专访：冯敬兰《这个素面朝天的人——漫谈毕淑敏》。

小说拔萃：叶宗佩《灰楼秘闻》，石钟山《黄昏情绪》，贾劲松《崩溃》(二题)，李森祥《搭档》，章毅《无常》，邵宝健《噪音的故事》。

人生况味：沈虹光《天凉好个秋》，董宏量《知青》。

中国世象：秋山《少年犯罪忧思录》。

楚风汉魂：绍六《石牛溯源》。

文坛漫议：樊星《矫情矫情》。

晴川诗帆：华姿《对水的诅咒或赞美》(七章)，赵国泰《接受或遁逸》(外二首)，胡鸿《匆匆的你》(外二首)，李道林《大海的黄昏》。

"楚魂杯"报告文学征文：揭长春《忽如一夜春风来》，刘抗美、吴新华《脚印》。

第 3 期

花桥茶座：田天《有奖：如果是好小说的话》。

'94 芳草小说排行榜：胡平《日记》，王兆新《夷蠡轩主》，少鸿《杉林幽径》，祁旸、轶群《美丽家园》，李德复《瓜棚春秋》，刘书平《脚印》，牧铃、吴柱《狼途》，董镜屏《狐狸与少年》，张荣珍《美丑》。

中国世象：吴苾雯《吊在男人膀上的女人》。

大千世界：韦伶《裸鱼》(外二章)，王晓莉《倾听》。

楚风汉魂：绍六《大汉天声》。

文坛热点漫议：於可训《文学无价》。

晴川诗帆：桑贤彬《泉水》(外一首)、鲁溪《我不是弱者》、袁承维《伟大与平凡》、徐蓉《我的爱》、汤波《独行》、张旻《吹箫的女子》、邓汉姣《戏言》、波微《你好吗》、鲜例《灯塔》。

"楚魂杯"报告文学征文：吕幼安《男儿当家作主》、魏志才、曹柏青《乡野明星》、吴浩、魏志才《政通·人和·春意》。

第 4 期

花桥茶座：鹏喜《排行不排辈》。

'94 芳草小说排行榜：刘醒龙《孔雀绿》、唐镇《麻雀》、荆歌《小说二题》、吕黎明《请别多嘴》。

本刊特稿：张小泉、贾劲松《从木匠到国家主席》。

人生况味：弋戈《饥寒读书记》、邓一光《妈妈，我要你活着》、陶兴建《父亲时代》。

楚风汉魂：绍六《金州忧思》。

文坛漫议：周翼南《谈与忆》。

晴川诗帆：王中朝《请饮阳光》(外一首)、徐岩《致里尔克》(外一首)、黄殿琴《让女孩轻轻走下楼梯》、徐忠影《我拾起一派生机》、陈太顺《你的肖像》、冯梅、罗艳、吴浩、杨扬《短诗一束》。

"楚魂杯"报告文学征文：蓝风、丁冬《在人生的天平上》、魏志才《神交》。

第 5 期

花桥茶座：陈应松《时光和阅读》。

芳草专访：张志忠《感觉莫言》。

'94 芳草小说排行榜：楚良《点验》、江茜《新闻岁月》、黄承义《新兵》、田德琳《猎户》、晓苏《病魔》、王冰冰《车过战场坝》。

中国世象：王梓夫《陷阱与法网——海关特大走私案侦破纪实》。

往事悠悠：张斌《海边别墅》，夏武全《演剧轶事》，方一日《难忘，那一株杨柳》，龚仲达《在天上过生日》。

晴川诗帆：贾劲松《怀念》（外一首），戴立《父亲》（外二首），程友玉《无言的夕阳》，习咏黎《无题》。

文坛热点漫议：李运抟《文人还是有名好》，熊辉《张扬五指，还是攥成拳头》。

"楚魂杯"报告文学征文：肖湘《扎根乡土的创业者》，魏志才《机遇，在不断进取中》。

第 6 期

花桥茶座：宝玲《自有好戏在后头》。

芳草专访：张聚宁《也谈朱向前》。

'94 芳草小说排行榜：叶宗佩《狗屎寨事件》，庄旭清《小说二题》，郭宝光《支书金友和贩子二歪》，徯晗《渴望飞翔》，才旦《从此走向无奈》，白水《秀才》，半岛《命里的事》，刘益善《西山有塔》，费慧《福荫镇风情》。

人生况味：单文建《趣忆"文革"》，华姿《操练汤药》，王琴宝《中年情绪》，魏永贵《岁月的回声》，苗莉《我的乡村》。

晴川诗帆：田禾《忘不了的小山村》，潘能军《大地和群山》，曾园《纪念》（外二首），徐泰屏《梅雨时节》（外一首），舟恒划《夸父》，韦锦《秋天写信》。

文坛热点漫议：易中天《批评："明码实价"卖给谁?》。

"楚魂杯"报告文学征文：郭寒《击水八百里——一个人和一条江的故事》。

第 7 期

花桥茶座：鹏喜《清江的清谈》。

'94 芳草小说排行榜：刘继明《六月的卡农》，肖克凡《俗人王河东的俗事》，王中朝《狼天》，李梦《准备上场》，李修文《桃花满天》，牧铃《十九秋》，湘子《绝唱》。

芳草专访：涂光群《冯牧——文苑浇花人》。

中国世象：秋痕《走进汉正街的女人》。

文坛漫议：樊星《新理想主义之旗》。

往事悠悠：林戈《难忘的一次"圣诞节"》。

晴川诗帆：黄蕴洲《汲不渚之歌》(外一首)，远山《拉响二胡》，华夏《空白》，许建国《给她》，袁毅《忧伤的情欲》。

清江笔会：董宏猷《一个人与一条江》，陈应松《土家之源》，王石《面对自然》，刘继明《漫游与倾听》，刘醒龙《想家》，田天《清江这本书》，郭寒《告诉你，你要不要听》，彭建新《清江情话》，邓一光《不舞情结》，鹏喜《清江、土酒和水烟壶》，唐镇《清江，有两个美丽的传说》，李华章《清江，我心中的歌》，叶大春《当惊清江殊》，甘茂华《夷水船歌》，晓苏《清江的故事》，周立荣《男人身边是条河》。

"楚魂杯"报告文学征文：何蔚、汉良《曾宏基：新沟小城的新传说》，刘德润《小厂创大业》，斯念《人生辉煌》。

芳草热线：晓照《让千秋功业百代传——我市召开"王精忠作品讨论会"》。

第 8 期

花桥茶座：田天《来点儿精品》。

'94 芳草小说排行榜：邓一光《老板》，少鸿《裸奔·人羽》，晓苏《黑色窗帘》，李鲁平《沙洲泽地》，万克兴《队长六哥》，林荣芝《小小说二题》。

芳草专访：郭林祥《初识邓友梅》。

人生况味：王石《我与书》，王中朝《千古一梦，今日重来》，弋戈《斗室天地宽·梦非梦》，吴苾雯《丢不下的珍藏》，胡雪芳《尴尬人生》。

文坛热点漫议：罗维扬《长的长，短的短》。

晴川诗帆：董宏量《三月》(外一首)，元平《村主任》，刘倩倩《倾诉》，梁青《听雨的感受》，建明《湘河风景速写》，叶爱霞《人生》，陈航《站在山上》，向武华《琴弦》，王玉萍《忧郁的心情》。

"楚魂杯"报告文学征文：鹏喜《彩虹拱起前夕》，刘焱清《困龙也有上天时》。

第 9 期

花桥茶座：应松《瞩望》。

'94 芳草小说排行榜：何存中《拐棍与老枪》，王书文《收藏家》，黑雪《情殇》，李国胜《把那张床退掉吧》，刘红《一抹游云》，刘国芳《宁的不幸》。

芳草专访：郭林祥《永远始行于初春的早晨——我所认识的周大新》。

文坛漫议：朱向前《文学到底是什么》。

人生况味：柏原《散文二题》，李运抟《生命很脆弱 生命很顽强》，罗时汉《死亡之门》，戴箕忠《巴山背夫》。

中国世象：孙剑云《野鸳鸯》。

晴川诗帆：华姿《时间之惑》，唐跃生《身边的岛屿和海洋》，朱峰《无星之夜》(外一首)，南野《海洋气息》(二首)，袁毅《躺在床上看对面的楼房》，谢克强《童年纪事》(二章)。

"楚魂杯"报告文学征文：梁贤之《蒸水河畔弄潮人》，邓宗仁《开拓前进中的花楼房管所》，施从保《点点滴滴在心头》，梁贤之《引得春风富江口》，远方、刘焱清《警报未响时》，刘焱清《风光在险峰》，涂兴贵、刘焱清、孙兴广《安得广厦千万间》，刘焱清《众人划桨开大船》。

第 10 期

花桥茶座：贺明《给你一片绿》。

'94 芳草小说排行榜：何祚欢《失踪的儿子》，阿毛《星星高高在上》，郭宝光《孬种·项目》，章毅《文联四题》，向背《一个玩笑四十年》。

中国世象：沈虹光《瘦马出洋》。

芳草专访：邱华栋《刘恒访谈录》。

大千世界：王维洲《石林雨》，马云洪《武当地貌》，刘木廷《竹海拾趣》，晓喻《祭奠中堡岛》。

晴川诗帆：雪村《在一个春天的午后》(外一首)，文清《我想带你进入一种幻景》，曾近朱《1994：第一首诗》，鸣钟《秋千》，梁文涛《家燕》（外一首），张德华《放牧》，张仲霞《别人的风景》，李艳《断桥流水》。

"楚魂杯"报告文学征文： 蓝蔚《创新启示录》，沈学军《奋进中的四唯房管所》。

第 11 期

花桥茶座： 梁青《自己的故事》。

'94 芳草小说排行榜： 杜为政《鸽血红》，巴兰兰《贵族》，何祚欢《"白狗子精"传闻》，马竹《声音是方向》，孙亚英《超重》。

芳草专访： 邱华栋《文学应该对当代发言——蒋子龙访谈录》。

人生况味： 刘醒龙《孤独圣心》，叶昌金《未忘的留言》，李毓麟《珍藏在心底的歌》。

文坛热点漫议： 於可训《老调子何妨再弹》。

晴川诗帆： 向武华《邮车》（外一首），周银心《桑椹》，徐泰屏《看一只江南的水鸟立在岸边》，李斗《自从你走后》，聪聪《雷电在峡谷中轰鸣》，安民《惊梦三章》，符阳春《一路顺风》。

"楚魂杯"报告文学征文： 绍六《社会的保护伞 经济的护卫舰》，周万年《"南老虎"诞生记》，张念国《跟我来访长阳》。

第 12 期

花桥茶座： 田天《为小说加油》。

'94 芳草小说排行榜： 邓一光《节日》，王石《遍地夫妻》，叶大春《拈阄儿》，徐世立《举报》，鹏喜《瓦解》。

"楚魂杯"报告文学征文： 王其华《治癫圣手段功奇》，周兴复、斯念《历经沧桑有丹心》。

1995 年

第 1 期

花桥茶座： 应松《不要麻木》。

作家沙龙：范小青《独自去乡下》《平安堂》，阿洱《范小青：走向悟的境界》(座谈纪要)。

小说拔萃：于斯《图案》，陈应松《小说二题》，刘国芳《青青河边草》，谢志强《黄鳝精》。

域外走笔：沈虹光《阿市杂记》。

大千世界：赵国泰《厚爱：通山黄蜂》，刘富道《闻蜂而逃》，谢克强《马蜂不咬我》。

文坛纵横：周翼南《评论家珍重》。

大学生文库：古竹《你究竟有几个好妹妹》(散文)，朱翙《择水而居的日子》(诗)，于呐洋《梦呓》(小说)，卢圣虎《水纹》(诗)，张庆昆《深思》(诗)。

编辑信箱：阿颂《能否当作家只能问自己》《投稿肯定有诀窍》《"专家门诊"综述》，念明等《诗七首》(诗友俱乐部)。

晴川诗帆：刘洁岷《晨》(外一首)，敏子《当月圆时》，张良火《铺轨》(外一首)，朱正学《品味》，刘小平《回乡的山道》，徐慧珍《致 R 生日》。

"楚魂杯"报告文学征文：麦浪《大笔如椽》。

读者之声：黑雪《娄光》。

第 2 期

评选：'94 芳草小说排行榜评奖结果。

花桥茶座：应松《走出编辑部》。

作家沙龙：半岛《关于立交桥》《考验男儿》(中篇)，张均《寻找新的精神》。

小说拔萃：贾劲松《穿长袍的陈老师》，张晓光《乒乓球》，叶宗佩《是喜也是悲》，现明《南方之忧》。

琴台乱弹：刘耀仑《书之慨》，徐鲁《毁书》，李贺明《"饺子"广告》，毛志成《美女原稿》。

文坛纵横：樊星《"我拒绝接受世界的末日"——追思福克纳》。

晴川诗帆：阿毛《诗四首》，剑男《纸鹤》(外一首)，马克《守望诗歌》

（外一首），蒋育德《乐山大佛》（外一首），赫会芹《夕阳又染红了那片山林》，鲜例《访问》。

大学生文库：胡松华《丫丫》（小说），蒋岚《你终将弃我而去》，罗浩《蜀女》（诗歌），方蔚林《午夜之牛奔》（诗歌），吴洪涛《拾风景的男孩》（诗歌）。

群英荟萃：张兆明、章婧《大江之子》。

"楚魂杯"报告文学征文：杨峰《兵缘》，斯念《为民解愁的贴心所》。

第 3 期

花桥茶座：鹏喜《变与不变》。

作家沙龙：董宏猷《黑木耳》《车站》，笔谈　於可训《依旧童心一片》，沈虹光《宏猷多才》，赵怡生《由"仪式"向"样式"的转移：营造"边城文化"》，鹏喜《笔谈初衷·新状态·相同与不同》。

小说拔萃：光焰《家庭教育》，牧铃《佛手》，陈冰《走在边缘》。

文坛纵横：孙子威《艺术的辉煌与艺术家的痛苦》（上）。

往事悠悠：徐鲁《昨天的青纱帐》。

人生况味：华姿《我的梦想》，邹红卫《驿站》。

大学生文库：李先梓《重复周末》（小说），铁流《对于水的回想》（外一首），韩可弟《今夜柳州》（诗）。

晴川诗帆：向武华《朋令十四行》（四首），孛·额勒斯《梅园》。

编辑信箱：阿颂《生活态度与创作态度》，阿颂《克服创作自卑感》。

诗友俱乐部：涂静《多情人》，张呆《空间》，李艳《今夜没有了星星》，思苟《雾霁》，《"专家门诊"综述》。

"楚魂杯"报告文学征文：胡晨钟《情漫金穗》，曾青松《老路需要新开拓》，斯念《重振雄风》。

读者之声：赵国泰《致"花桥茶座"》。

第 4 期

花桥茶座：鹏喜《捂一只耳》。

作家沙龙：胡发云《麻道》《怀念寒冷》，鹏喜《回归生命本原的自由状态——〈麻道〉〈怀念寒冷〉作品讨论会纪要》。

小说拔萃：曹多勇《佛画》，祁旸、宋康《世事》，刘书平《灵牌》，马新亭《小小说二题》。

大学生文库：陈英武《回头是岸》（小说）。

文坛纵横：孙子威《艺术的辉煌与艺术家的痛苦》（中）。

琴台乱弹：邱胜威《享受生命》。

往事悠悠：俞汝捷《梦中的真迹》，刘益善《三个老师与一次采访》。

晴川诗帆：张泽雄《总装线》，黄明山《阳光》，阿毛《我被黑夜的裙创造》，王玉萍《牵挂》，舒和平《钢琴独奏》，杨章池《风筝》。

编辑信箱—专家门诊：《严肃文学与通俗文学》《无高低贵贱之分》。

诗友俱乐部：刘光华《山与雾》，夏朝林《水与火》，蒋泽《傍晚》，杜林武《逍遥》。

"楚魂杯"报告文学征文：许继红《紧贴经济抓党建》。

评选：第五届楚魂杯报告文学征文获奖名单。

第 5 期

花桥茶座：宝玲《关注社会，切近现实》。

作家沙龙：唐镇《小秀》《寒儿》，阿洱《为人生的小说——唐镇作品座谈纪要》。

小说拔萃：张继《乡下游戏》，刘国芳《特写》，杨世运《八连长的故事》，晓苏《醉眼蒙眬》，伊人、吕向阳《灵性》。

文坛纵横：孙了威《艺术的辉煌与艺术家的痛苦》（下）。

琴台乱弹：程云《友话》，南野《黑夜》。

大千世界：贺新安《无言的曾侯乙》（外一篇），卢苇《逆水舟过白帝城》。

大学生文库：於丹《爱情实习》（小说），许宗光《鸽子，到我的心上来筑巢吧》（诗），范秉国《蕙》（诗）。

晴川诗帆：陈应松《农家诗》（四首），谢克强《断章》（三章），李道林

《想起梅花》，赵国泰《表述青春》，贾劲松《鸟音远去》(外一首)。

诗友俱乐部：惠运飞《朋行汉江》，郭志理《路旁，一粒卵石》，胡纬华《写给某博物馆内的马车》，陈长斯《流浪的男孩》。

"楚魂杯"报告文学征文：李继尧《为民真情血样红》，秦松《军营"保护神"》。

读者之声：《陈应松小说创作研讨会》。

第 6 期

花桥茶座：应松《文学的河流》。

作家沙龙：晓苏《乡村同学》《原型》，阿洱《突破的期待——晓苏作品座谈会纪要》。

小说拔萃：女真《金子》，娄光《家事》，郭宝光《画家》，谢志强《颤抖的手》，李国胜《不期而至》。

文坛纵横：黄曼君《人与自然：一曲瑰奇交响乐章——读董宏猷的〈十四岁的森林〉》。

域外走笔：周季胜《旅日三题》。

大学生文库：叶兆言《纪念三午》，张路《小菊》。

晴川诗帆：田禾《雨水》(外一首)，章君《一种倾诉》(外一首)，徐鲁《捉迷藏》(外一首)，袁毅《坐火车经过一片红高粱》(外一首)，蒋模军《端午》，谷未黄《我不能携水而来》(外一首)。

大学生文库：於曼《我是"托派"》(小说)，柳枫《城市行囊》(散文)，程家友《父亲》(诗)，黄海平《未成熟的处世哲学》(诗)，黄立武《水》(诗)，邵勇《奔跑》(诗)。

"楚魂杯"报告文学征文：曾青松《商海横流，方显英雄本色》，斯念《万新事业》，郭月升、张镝《开创空闲房产新局面》。

第 7 期

花桥茶座：梁青《五月的花事》。

作家沙龙：巴兰兰《天籁》《枪手》，梁青《寻找和重建一种秩序——

〈天籁〉〈枪手〉作品讨论会纪要》。

小说拔萃：董宏量《绿岛之夏》，钟法权《转志愿兵》。

文坛纵横：樊星《心灵与文学的平衡》。

琴台乱弹：徐鲁《恋曲与挽歌》，光焰《穿透生命的铁环》。

往事悠悠：周翼南《篆刻及其他》。

晴川诗帆：向武华《麦迪》(外一首)，江来《纯静》(外一首)，林同《结束或者开始》，任蒙《永恒的巨流》，徐岩《心烛》。

大学生文库：但红光《泪水中的回忆》(散文)，周文逸《过去的镯子》(小说)，王海燕《秋天的故事》(散文)，莫吉兵《日子》(诗)，李靖华《回家的路就在不远的地方》(诗)。

"楚魂杯"报告文学征文：王建平、王宁波《绘制宏伟的蓝图》，钟法权《走出一片天》，陈朝谊、思念《创第一的人》。

第 8 期

花桥茶座：邓村《抗日不是故事》。

作家沙龙：王石《老夫少妻》《抗日轶事》，邓村《简洁·微妙·机趣·哲理——王石作品讨论会纪要》。

纪念中国抗日战争胜利 50 周年小辑：唐镇《小巷车夫》，叶大春《逃兵》，邓一光《毒尿》，鹏喜《后王村抗战史》，吕幼安《抗日故事》，石钟山《殉情》，田天《抗日》，梁青《剃头》，程天保《及锋而试》。

文坛纵横：罗维扬《湖北小说研究和研究湖北小说》。

琴台乱弹：李运抟《由闻一多的批评所想起》。

域外走笔：高伐林《自由神·大熔炉·双塔爆炸案》。

人生况味：华姿《听听雪的声音》，于青《草木自己生长》，胡雪芳《家与冢》。

大学生文库：李鲁平《沉船》(小说)。

晴川诗帆：罗声远《今夜》(外二首)，向新华《站立着 被埋葬》(外一首)，脉原《永远的纯真》(外一首)，戴鲜例《访问》，林自勇《汉水人》。

"楚魂杯"报告文学征文：楚奇《向尿毒症挑战》，曾青松《潜身商海搏激流》。

第9期

花桥茶座：宝玲《寻找荆山玉》。

作家沙龙：陈应松《抽怨》《一个，一个，和另一个》，玉笋庵人《我想反映生存的困惑——〈抽怨〉〈一个，一个，和另一个〉座谈纪要》。

小说拔萃：岳恒寿《回眸看那片竹叶》，黄潜平《隔壁夫妻》，雪垅《晚钟》，王书文《挑土》，章宗裕《欲说不清》，晓野《门卫》。

'95"保康之夏"芳草文学笔会散文小辑：董宏猷、凡夫、周才彬、何存中、刘益善、阿毛、何祚欢、李鲁平、吕先觉、郝敬东、晓苏、吕红、李修平、叶大春、田德琳、彭建新、彭宗卫。

琴台乱弹：陈国梁《茶的吃法》。

往事悠悠：鲍风《散文二篇》，王枫《安子》。

晴川诗帆：王启忠《想起阳光和种子》，张执浩《演奏》（外一首），戈雪《诗三首》，赵宗泉《啊，桑椹》，徐晓惠《无题》。

大学生文库：一方《淡淡荷花香》（小说），王治峰《春天：一个偶像出嫁了》（诗），吴华锋《采茶人》（诗），蒲钰《旅伴》（诗），李铭《张若虚》（诗）。

"楚魂杯"报告文学征文：方楚晶《虎将李启龙》，钟法权《海市蜃楼不是梦》。

第10期

花桥茶座：宝玲《精神到处文章老》。

作家沙龙：邓一光《我是一个兵》《酒》，刘醒龙、宝玲《摆一座英雄擂台——邓一光作品笔谈》。

小说拔萃：郭宝光《五月·十年·又十年》，周正藩《大先生》，田德琳《通天大道》，付源《出入下车》。

人生况味：沈虹光《尺素寸心》。

琴台乱弹：华姿《写作者的聒噪与祈祷》，彭宗卫《边唱边走》。

文坛纵横：李运抟《文坛奏起"交响乐"》。

大千世界：郝敬东《沧浪悠悠小三峡》。

大学生文库：韩丽晴《爱情故事》(小说)，古竹《故乡在儿时美丽》(散文)。

晴川诗帆：车间《十一月的爱人》(外一首)，阿毛《异域》(外一首)，闵清《秋》，杨章池《鱼之爱情》，石云《远去的故事》。

第 11 期

花桥茶座：鹏喜《沙龙作家》。

作家沙龙：叶梅《城市寂寞》《春梦秋云》。

作家沙龙—叶梅小说作品笔谈：王先霈《狂热的理想与平庸的现实》，蔚蓝《叶梅近作素描》，江岳《异常、平常与正常》。

小说拔萃：傒晗《不是家园》，牧铃《血色造型》，潘大林《名流》，杜治洪《不惑之惑》，马新亭《断送》。

人生况味：邓玉婵《散文五题》，罗维扬《不时想起那个人》，李专《芳邻》，向祖文《大哥》。

文坛纵横：昌切《非成人化》。

晴川诗帆：韩彬《如果没有春的梦想》，邓小明《越过冬季》(外一首)，伍迁《那年冬天的火焰》，谢夷珊《远山》(外一首)。

"楚魂杯"报告文学征文：何世标《应变出奇无有穷竭》。

第 12 期

花桥茶座：田天《致"大学生文库"的投稿者》。

作家沙龙：邱华栋《空心人舞蹈》《坏妇孩》，刘心武、徐兆淮、王干、徐坤、兴安、洪烛、李少君、刘晖、邱华栋《邱华栋和他的小说》(笔谈)。

小说拔萃：高小林《秋雨、靴了以及一个名叫和子的日本女子》，蒋杏《月光如水》，唐傲《谋杀蝈蝈儿》。

文坛纵横：王先霈、樊星《父辈与这一代人——读邓一光的"红军故事"》。

大千世界：胡世全《沧桑大峡谷》。

大学生文库：李鲁平《追寻祖父的足迹》(小说)。

晴川诗帆：刘益善《送行》，胡昕《母亲的天空》，陈钢《星期五的梦呓》，陈跃超《惊蛰》。

"楚魂杯：报告文学征文：江国庆《园林青探谜》，路平《众"人"成一"行"》。

1996 年

第 1 期

花桥茶座：应松《春韭·腊醅》。

作家沙龙：映泉《老街》《炼狱》，《作家当如牛》(创作谈)，梁青《映泉和他的故事》。

小说拔萃：谢宏《温柔与狂暴》，饶岱华《荷花乡酒事》。

小小说小辑：刘国芳《海芹》《瘦子》，戴涛《芳》《情趣》，郑能新《路灯》。

大千世界：杨帆《客亦知夫水与月乎》，曾宪旺《香溪的美女》。

文坛纵横：鲍风《陈应松小说的生命意识和诗性色彩》。

大学生文库：韩丽晴《何必相识》(小说)，陈一鸣《父亲·书房·我》(诗)，汪文兰《路灯下的女孩》(诗)，迟宇宙《在秋天上行走》(诗)，吴华锋《珠穆朗玛峰》(诗)，吴文尚《太阳之火》(诗)。

晴川诗帆：殷涛《诗六首》，楚亭《雨中的菱》(外一首)，文清《心境》，黛虹《禅说》。

"楚魂杯"报告文学征文：方楚晶《主将封昌玉》，林明康、甘久红、王敬贤《拥抱二十一世纪》。

第 2 期

花桥茶座：宝玲《文学讲究独特》。

作家沙龙：贾劲松《寒儒》《教授与书》，《在城市的喧哗中》(创作谈)，应松《编稿琐记》。

小说拔萃：余国华《山不转水转》。

往事悠悠：骆文《辛酸的幽默》。

大千世界：卢苇《谒闯王陵记》，陈宜波《行走白河》。

文坛纵横：樊星《史诗之魂》。

大学生文库：丁晓平《年轻真好》（小说），李方《苏醒》（诗），陈欣然《黑夜不死》（诗），李庆雷《记住的日子》（诗），陈玉祥《湖》（诗）。

晴川诗帆：谢克强《散文诗三章》，王玲宝《诗四首》，赵国泰《鱼或言词》（外二首），郝荟芹《南风》（外一首）。

"楚魂杯"报告文学征文：伊俊、叶大春《江岸税歌》，赵贤俊《国合商业一杆旗》。

第 3 期

花桥茶座：鹏喜《十步之内　必有芳草》。

作家沙龙：赵金禾《一种状态》，《关注灵魂》（创作谈），邓村《生活是文学唯一的理由》。

小说拔萃：巴兰兰《角儿》，周昕《随缘聚散》，华仔《黑杆》。

武汉首届长篇小说笔会小辑：董宏猷《南湖面壁》，刘醒龙《深沉的童真》，唐镇《我的师兄弟》，陈应松《在南湖的彭建新》，彭建新《昂长》，邓一光《田天吾师》，田天《大春小事录》，叶大春《赤脚绅士》，徐世立《少颖胃疼》，丁少颖《宽宏大量》，董宏量《戏说何祚欢》，何祚欢《钱鹏喜印象》，鹏喜《天天保命是真谛》，程天保《宏猷之面向》。

域外走笔：刘醒龙《异国初遇》。

琴台乱弹：程云《傲骨·傲气》。

文坛纵横：李运抟《透视"个体热"》。

大学生文库：胡兴桥《浮尘》（小说），程少雄《思念》（诗），温文《送别》（诗），詹正凯《人与人之间》（诗）。

晴川诗帆：徐岩《大风》（外一首），彭家洪《春天的花园》，沙克《红衣女儿走在田埂上》，高瞻《秋天片段》（外一首），肖雨《八月的乡村》。

"楚魂杯"报告文学征文：王汉清《山里汉子志难移》，赵贤俊、周善祥、樊卫列《为有源头活水来》，王学文、斯言《马路情》。

第4期

花桥茶座：鹏喜《争取新读者》。

作家沙龙：吕幼安《舞台》《潇洒》，《把我的棉袄改一改给你穿》（创作谈），邓村《〈舞台〉编后》。

小说拔萃：余启新《还魂丹》，晓苏《黑色门房》，牧铃《粉骷髅花》，乔星明《国仁老师》。

往事悠悠：楚奇《思念李冰》。

"咱们老百姓"联合征文：青冈《高压锅传奇》，李鸿谷《挥洒生命》（外一题）。

人生况味：华姿《等待鸢尾》，周翼南《室中随笔》，于青《执子之手》。

文坛纵横—近年长篇小说创作笔谈：陈美兰《长篇小说"创作热"透视》，韩莓《不应忽视人物塑造在长篇创作中的意义》，焦鹏《改革题材长篇小说的新进展》，张均《应该重视长篇小说的精神导向》。

晴川诗帆：阿毛《诗二首》，谷未黄《流行广告》（外二首），江南《仰望城市》（外一首）。

大学生文库：黄震《桃花疯狂》（小说），黄宏《在樊哙墓前的思索》（外一首），汪淑君《站在六楼的窗口》（诗）。

"楚魂杯"报告文学征文：周翼南《"汉商"占领"桥头堡"》。

第5期
（武汉地区青年作家小说专号）

花桥茶座：邓村《呼吁青年作家》。

小说：曾一单《复读生》，赵莎《太阳在窗外》，黄春华《阿慧》，马竹《老牛老不老实》，阿毛《世纪末女人》，刘建农《老家的故事》，樊星《为了武汉文坛的明天》（评论），鲍风《个人化写作与感觉的歧路》（评论）。

"咱们老百姓"联合征文：李贺明《天地良心》，孙洪恩《老伴伴万里骑游》。

第 6 期

花桥茶座：胡良青《换个沙龙》。

本刊特稿—向吴天祥学习：彭建新《仰视制高点》，李道林《离老百姓最近的人》，张良火《平凡人生》，蓝厚群《人民公仆》。

作家沙龙：楚良《故乡是非》，《何苦作"是非"》（创作谈），良青《谈"是非"说楚良》。

小说拔萃：冯慧《蜘蛛人》，女真《童子庙坍塌了》，荆歌《飘零四散》，星天《爱情的支票》。

文坛纵横：李德复《当今诗歌危机和它的广阔天地》。

大学生文库：毕晓华《彼城之旅》（小说），冰洁《穿越雨季》（诗），杨建军《雨季不再来》（诗）。

"咱们老百姓"联合征文：梁华《"老古董"传奇》，徐肇焕《更声悠悠》。

"楚魂杯"报告文学征文：李明祥《谢建国威震南高原》。

第 7 期

花桥茶座：鹏喜《虚席·夺席》。

百家小说：少鸿《革命的岳父》，牧铃《与狗有关的细节》，礼文《日子》，吴虹《测试》。

小小说专辑：谢志强《冲动》，生晓清《喜欢过节日的人》，邵宝健《敬盼赐复》，施修兴《麻雀》。

琴台乱弹：程云《我的〈牛经〉》，赵振宇《与人为善》（外一题），肖萍《说梦》。

文坛纵横：徐涛《艰难跋涉求异创新的成功之作——初评杨书案长篇历史小说〈老子〉》。

大学生文库：董学武《雨中故事》（小说），沙落雁《打碎的玉》（诗），汪淑君《槛》（诗）。

晴川诗帆：杨义祥《一只鸟在秋天消失》，刘大兴《依偎》（外一首），逸西《看海》(外一首)，王钜才《问秋》，沙克《小夜曲》外一首，黄雷《辉煌的工厂及其他》。

"咱们老百姓"联合征文：云海《高龙之舞》，戢太鸿《"穷"曝光后的心灵颤音》，骆光亮《求索》。

第 8 期

（《芳草》改刊200期纪念专号）

《编者的话：感谢、感谢、感谢，以及预先感谢》，《领导及文学前辈的题词》，《全国各地兄弟刊物的贺电、贺信及祝贺单位》。

本刊编辑部《十七岁的〈芳草〉正年青》，周代《昨日风雨昨日情》，管用和《当了一年的编外编辑》，武克仁《欢悦的艰辛历程》，易原符《忆〈芳草〉诞生前后》，周翼南《王振武和〈最后一篓春茶〉》，胡培卿《一个女大学生的处女作——〈女大学生宿舍〉片段回忆》，杨书案《一段往事》，田天《编辑耳语》，邓一光《感谢芳草》。

小说：池莉《毽子》，董宏猷《民间故事》，绍六《证言》，曾德厚《金钱·土地·流亡者》。

《在〈芳草〉发表过作品的部分作家艺术家、名人政要名单》。

《〈芳草〉荣获大奖部分作品篇目》。

《〈芳草〉社友名录》。

第 9 期

花桥茶座：鹏喜《壮行色》。

江汉作家群：陈应松《城市渔人》。

百家小说：邓一光《飘向空中的孩子》，巴兰兰《画谜》，荣子文《乡村警察》，郭宝光《什么季节》。

天涯芳草：徐鲁《沉重的行旅》，华姿《老家不是一个地方》，王石《在初恋的梦中穿行》。

晴川诗帆：谢克强《独白》(组诗)，李磊《大京九》(组诗)。

文坛纵横：黄忠顺《整体的审美的民族的文学批评论——论〈圆形批评

论〉》。

大学生文库：周昕《太阳和尘埃之中》（小说）。

"咱们老百姓"联合征文：傅强《爱情就是生死不变的守候》，罗文发《周末摸彩记》。

报告文学：蒋国铨、刘星明《驾校德馨录》，钟声《奇迹，从"升华"升起》。

第 10 期

花桥茶座：宝玲《不仅仅是为了包装》。

本刊特稿：曾卓《生路——为纪念长征胜利六十周年而作》，莎蕻《石鼓》（组诗），李贺明《新婚日子》。

江汉作家群：刘醒龙《绢纺白杨》。

百家小说：何存中《扶贫大哥大》，阿成《旁观者》，聂鑫森《古城旧事》（二题），白水《野鹤》。

天涯芳草：方方《出门看风景》，程云《"士"的杂说》，孙进《巴基斯坦散记》。

晴川诗帆：董宏量《一个工人和他的铜像》。

文坛纵横：李运抟《从最基本的功课做起》。

"咱们老百姓"联合征文：青冈《胜似亲人》，梁青《乡下大哥》。

报告文学：骆自强、斯言《功铸广厦千万间》。

第 11 期

花桥茶座：宝玲《难忘南清华》。

百家小说：李鲁平《走向秋天》，朱亮《清贫日子》，叶宗佩《官之惑》，陈复荣《小说两章》，陈闯《树上的鸟儿》，程天保《分房》。

天涯芳草'96 夏"南清华"笔会小辑：卢苇《伏颐，万灵之母》，叶宗佩《老河口文学作者的盛大节日》，叶大春《梦见冬子》，晓苏《卢苇你好》，赵金禾《感觉是我的家》，程天保《微醺下武当》，何存中《武当古道》，彭建新《又上武当山》，罗维扬《赵金禾"火"了》，华姿《我在老河口想到的一个问题》，阿毛《再一次与汉江相遇》，礼文《人间有味是清欢》。

晴川诗帆：廖亦冰《诗四首》。

"咱们老百姓"联合征文：魏波《深山奇人》，张显峰《说出来你不信》。

"大江潮"征文：斯言等《路在脚下延伸》，陈朝谊等《为民服务的宗旨不变》，赵祖国《献身"国税"的神农人》

第 12 期

花桥茶座：鹏喜《语惊四座话〈芳草〉》。

百家小说：黄发清《乡村留守》，岳恒寿《纸花》，刘益善《河沙场》，陈冰《鸽哨》，江清明《三达子和柳叶儿》。

天涯芳草：胡榴明《江边·夜·钟楼》，任蒙《佛国趣遇》，傅炯业《品味自然》，金辉《江南柳》，樊枫《旅德两题》，李诗东《我在神农架是个过客》。

晴川诗帆：李南方《渡海》，田榕《秋之场景》(外一首)。

大学生文库：郭永泉《唐诗五行说》(诗)，邓凯《梦幻江南》(组诗)，夏楠《骆驼不哭》(散文)。

"咱们老百姓"联合征文：杨瑞芝《离岗之后》，韩进林《只知责任大》。

文坛纵横：李德复《一道农村无可奈何的风景线》。

"大江潮"征文：斯言《奋进的人生》，吴明照、斯言《坚实的脚印》，朝谊、斯言《开拓明天》。

1997 年①

第 1 期

江汉作家群：邓一光《大路朝天》。

中篇小说：范小青《通俗故事》，彭建新《老鳝》。

短篇小说：张继《绿豆地》，冯慧《幸运的厄运》。

散文：管用和《故乡的红土岗子》(外一篇)，胡发云《何处天涯》。

① 本年度每期刊首均有《编辑寄语》。

诗歌：阿毛《命运怎样拷问一个女人》，鲜例《诗四首》。

大学生文库：於丹《瑄的古典心情》(小说)。

文学批评与对话：本刊编辑部《现实主义冲击波与峡江激流》，《本刊1997 年提高稿酬》。

第 2 期

中篇小说：叶广苓《狗熊淑娟》。

短篇小说：曹多勇《三根的脚脖子事》，晓苏《羞涩岁月》。

江汉作家群：吕幼安《我们的事业》，李鲁平《更客观地写实》(编辑随笔)。

诗歌：罗高林《本该有的长韵——长诗〈邓小平〉节选》。

散文：周翼南《两访大家黄永玉》，卢苇《逍遥斋夜话》。

大学生文库—"一二·九"诗歌大赛作品选：但红华《三月》，亦来《扇面上的水仙花》，王利琼《梦中的银杏叶》，王旺生《写给腊月》，王漠然《无言的青海》。

文学批评与对话：本刊编辑部《关于当前现实主义冲击波的讨论纪要》

第 3 期

报告文学：绍六《甘将风雨作酒酬》，钟法权《铁将军秦克义》。

中篇小说：关仁山《咀嚼疼痛》，关仁山《寻找现实的家园》(创作谈)。

短篇小说：余启新《闻香下马》，张执浩《死无对证》，于艾香《殉情》，麦积仁《路……》。

散文：陈胜乐《守住一片清静》，吴苾雯《飘逝的花伞》，顾柄枢《南方与北方》。

诗歌：邹晓慧、黄思颖、韦城、韦娅、王玉素、罗悠《三月的花絮——女诗人情诗小札》。

文学批评与对话：关仁山、李鲁平《从渤海湾到大平原》。

"百姓百事"联合征文：孙波《亲娘》，刘正权《乡村故事》。

第 4 期

中篇小说：肖克凡《堡垒漂浮》，肖克凡《一种心情》(创作谈)。

短篇小说：余国华《牛年不利》，屹丽《出国》。

江汉作家群：马竹《空中有一棵桑椹树》。

散文：何祚欢《父亲的眼神》，袁毅《鸣沙山夕照》，李传锋《关于闯关东》，袁承维《小溪启示录》。

诗歌：田先瑶《沙漠之歌》，徐鲁《乡愁与恋歌》。

大学生文库：王应平《梦悸》，张永刚《诗四首》，王颖《诗二首》。

"百姓百事"联合征文：陶兴建《老屋》，宋英《急诊病房》。

文学批评与对话：王又平、魏天光《旁观者说：'96 文学批评理论述评》。

评选："咱们老百姓"联合征文获奖名单。

第 5 期

中篇小说：楚良《清明过后是谷雨》，杨晓升《溅血的城市》。

短篇小说：林希《小哥儿——府佑大街纪事》。

小小说小辑：刘国芳《盖楼》，谢志强《微型木筏》，夏之蝉《天书》，施修兴《死之誓》。

散文：普丽华《儒林折枝》(两篇)，祝勇《散文二题》，何秀峰《儿子十岁》。

诗歌：刘益善《致徐迟》(两首)，谷未黄《谷未黄十一行诗页》，魏萍萍《雪》。

文学批评与对话：李鲁平《冷静面对工业题材创作——访肖克凡》。

文学批评与对话—"金黄鹤文丛"六人谈(上)：樊星《"汉味小说"新收获》，赵怡生《一个"仁"字好多滋味》，鲍风《文化风情与散文化笔法》。

内刊文学作品选萃：吕万林《羊角州风情》(散文)。

"百姓百事"联合征文：周万年《胡二先生》，郑顺南《难忘的岁月》。

第 6 期

本刊特稿：杨华《大气豪情颂伟人——喜读长诗〈邓小平〉》。

中篇小说：何申《乡村富人》，何申《富人想啥》（创作谈），礼文《踏空》。

短篇小说：牧铃《说蛇》，熊易《英雄本色》，刘阳春《我要回家》，剑男《离婚驿站》，吕红《老四》（长篇节选）。

诗歌：李华《我在阳光下写诗》。

散文：华姿《在爱上怎样诗意地栖居》。

大学生文库：闻正彬《朋友如峰》（散文），邓汉平《万卷楼》（散文），郑敏《好鞋匠》（散文）。

文学批评与对话—"金黄鹤文丛"六人谈（下）：涂怀章《谈彭建新的长篇小说〈孕城〉》，李鲁平《以一种随意的方式阅读〈家在三峡〉》，鲍风《在说书与小说之间》。

"百姓百事"联合征文：刘富道《爱写长信的人》，葛苓《我为什么爱写长信》。

第 7 期

迎接香港回归祖国特辑：李鲁平《百年期盼》（散文），青冈《"九七"那一天》（散文），胡昕《干杯，香港》（诗），廖亦冰《归来赋》（诗），彭建新《铁马冰河入梦来》（散文），陈芳国《震惊中外的春雷》（纪实文学）。

中篇小说：韩永明《总工会主席》，李叔德《祝你万事如意》。

短篇小说：曾哲《神山落日》，任晓《如愿》，智拾《清亮亮的夜》，江清明《深山写生》。

文学批评与对话：韩敏《熟悉的陌生人—— 我读〈你是一座桥〉》，廖自力《文学的生命原始精神》。

内部刊物作品选萃：邹平《南五洲》（短篇小说）。

"百姓百事"联合征文：清静《左手习字画》，向文慧《四姑》。

第 8 期

中篇小说：谈歌《污染》，谈歌《创作手记》，杨书案《美石》。

短篇小说：抱朴子《预约明天》，叶宗佩《沉重的表态》，陈复荣《小说二题》，熊炜《尴尬瞬间》。

散文：芦苇《古塞杂咀》，赵国泰《美丽的遁逸》，王石《读出一个书呆子》，雪耕《五香牛肉》，罗征久《海南忆旧》。

诗歌：沙克《夏日回乡》。

文学批评与对话：何启治、高洪波等《〈我是太阳〉北京讨论会纪要》。李运抟《虚实交织中的历史思索》。

大学生文库：胡松华《争红斗艳》(小说)，方志翔《春天、老人与海》(散文)

人物采风：王成启《清正廉洁的蕲春国税干部》。

第 9 期

中篇小说：谭先义《袋中人物》。

江汉作家群：赵金禾《红石坡》。

短篇小说：陈爱萍《世事》，崔立民《钢板垛》，罗文发《石竹卖画》，潘艳《雨过天青云开处》。

散文：邵燕祥《汪曾祺小记》，田先瑶《勃起的血柱》，何秀峰《旅欧随笔》，金辉《田野遍是紫云英》，许岳《寒星》。

诗歌：叶延滨《诗五首》，韩彬《坐在水边》。

文学批评与对话：骆文《理念内容和感性形象的渗透融和》，樊星《武汉作家与"哲理小说"》。

报告文学：徐世立《裂变》。

"百姓百事"联合征文：大方《怀念父亲》，游江天《生命，为这片热土而燃烧》。

第 10 期

中篇小说：谢力军《医药魔方》，巴兰兰《赌石》。

江汉作家群：张执浩《车轮滚滚》《一亩三分地》，张执浩《隐秘的乐趣》(创作谈)。

散文：易中天《话说武汉三镇》，刘章仪《武夷山两题》，林戈《漫笔郑州》。

诗歌：谢克强《浥水风情》，王乐元《抒情与怀念》。

文学批评与对话：谈歌、李鲁平《关于小说创作和小说精神的对话》，钱家璜《文美情浓意美韵长》，吴艳、刘安求等《〈儿科医生〉作品讨论会纪要》。

"百姓百事"联合征文：袁兰《深山炼丹江城悬壶》。

评选："鸿亚杯"芳草文学奖获奖作家作品及评委名单。

第 11 期

庆祝党的十五大胜利召开特辑：莎蕻《灯之歌》(外一首)，彭建新《展开世纪的蓝图》(诗歌)，鲁平《思想的声音》(散文)。

江汉作家群：何存中《画眉深浅》，李鲁平《渐入佳境》(编辑随笔)。

中篇小说：吴苾雯《今天不是昨天》。

短篇小说：义晓《三种音色的变奏》，游江天《墙》，程天保《红灯·黄灯·绿灯》，阮红松《怪病》，程云《月照回马坡》(长篇节选)。

散文：于光远《读〈预谋杀人〉想到的几个人》，赵国泰《张家界诗话》，赵家利《关于歌唱》，李瑞洪《天道酬诚》。

诗歌：柳宗宣《在江汉平原》(外一首)。

文学批评与对话：余宗其《法律的尴尬人生的无奈——评谈歌的中篇小说〈污染〉》，马履贞《再造现实——评刘醒龙近期小说创作》。

第 12 期

中篇小说：董宏猷《鸽子树》，绍六《心锁》，邹平《再见了，牛》。

太平山庄笔会小辑：江清明《还厂》(中篇)，张冠《红洞洞黑洞洞黄洞洞》(短篇)，孙剑《梦里桃红》(短篇)，韩进林《潇洒》(散文)，叶晓虹《一棵虬曲的老柏》(散文)，余征征《乡情》(组诗)，刘平海《过桥》(小小说)。

散文：余熙《未能免俗的好莱坞》(外一篇)，鲍风《晚钟》。

文学批评与对话：夏元明《突破和超越——评何存中的〈画眉深浅〉》，段怀清《〈遍地菽麦〉的民间视角和现代审美意识——致邓一光》。

1998 年①

第 1 期

短篇小说：刘玉堂《勾画幸福》，余启新《鹿死谁手》，水东流《岛屿是只蚂蚁》，阿毛《包厢里的男女》，马里波《老麻二题》。

中篇小说：张国志《舞者》。

散文/随笔：徐迟《徐迟先生遗札》，徐鲁《收信人语》，周翼南《顶天楼画记》，王老黑《在冰心的书房里》。

报告文学：傅炯业《从厄运中走过来的强者》，郑佐浩《生命的火花何等辉煌》。

诗歌：北岸《爱情总是这样在折磨你》，刘继明《挽歌》，南野《中午的观点》。

文学院之页：马也等《秋雨潺潺》(五首)。

文学批评与对话：鲍风《为精神立法为文本立法——漫议作家的使命》，黄曼君《从武汉作家的创作看现代化高潮中的文学变革》。

第 2 期

中篇小说：黄发清《阳光普照》，曾一单《哭过的天空》。

短篇小说：少鸿《忌日》，钱家瑛《果塔》，刘阳春《小说二题》，周祥《秋日的阳光》，刘国芳《枯树》，任常《撕布》。

散文/随笔：洪烛《周作人的苦茶庵与鲁迅故居》，陈美兰《穿过尼格拉大门》，徐鲁《书与人絮味》，何蔚《远行者及其旅途》。

文学院之页：邹君君《不辞清瘦似梅花》。

诗歌：谷未黄《春天的手影》，原牧《大平原》。

诗歌—"心语轻诉"联合征文：赵东英等《你的目光邀请我》(诗四首)。

报告文学：傅炯业《命运》，章伟文、高顺林《巨星闪烁》。

文学批评与对话：谢克强《选择与坚守》，刘忠、吴秀明《清风梦谷中

---

① 本年度每期刊首均设《编辑人语》栏目。

的生命质询——读杨书案的长篇新著〈庄子〉》。

第 3 期

中篇小说：叶广芩《到家了》，刘三田《危险的冰川》。

短篇小说：晓苏《黑色披风》，殷慧芬《一个女孩在上海》，曹多勇《跛拉的官事》，甘铁生《重逢》。

散文/随笔：卢苇《古衙三昧》，马云洪《羁旅少年》，李运抟《这里不串门》，李华章《十里车溪》，似平《鱼·网》。

诗歌：陈所巨《家园与风》，王丛桦《夜与昼》，江忠兴《田园诗二首》。

诗歌—"心语轻诉"联合征文：黄时雨等《每晚的感触》（诗四首）。

报告文学：文浪、王永华、孙仁荣《巍巍干堤铸丰碑》。

文学院之页：闲鹤《对门》，少萍《女人》，许岳《老子有钱》。

文学批评与对话：叶广芩、李鲁平《我的叙述越自然，就越逼近真实》，张箭飞《捕风捉影说阿毛》。

第 4 期

江汉作家群：王石《民间》《爱到不能爱》。

中篇小说：傅用霖《少年三友》。

短篇小说：胡海洋《精怪》，袁先行《九曲回楼》。

散文/随笔：涂怀章《高高的柿子树——为怀念李蕤先生而作》，敏敏《亲爱的日子》，沈虹光《母亲的故事》。

诗歌：西篱《三月五月》，雷喜梅《〈离骚〉新译》，贺朝铸《火中的风凰》。

诗歌—"心语轻诉"联合征文：黄明山《又临窗下》（外一首），魏平平《无泪的眼睫如三月草长》。

文学院之页：愚人《谁是儿子》，范茂龙《春景》。

报告文学：李鲁平《霓裳缤纷的世界里有一棵"劲松"》，韩永明《青春无悔》。

文学批评与对话：古远清《九十年代的文学批评特征》，刘萌《思之旅与诗意地栖居》。

第 5 期

（青年作家小说专号）

小说：何存中《醉里挑灯看剑》，陈冰《红羽毛》，邹平《土生土长》，卢进富《边币》，隐芝《造福》，观龙《金刚与小鬼》。

散文/随笔：杨书案《青春忆，最忆是北大》，王石《关于小说的称谓和创作方式的随感》。

诗歌：徐鲁《岁末大雪之夜歌》，张执浩《对号入座》。

金融文学：夏元明《呼唤"金融文学"》，赵金禾《一粒不回家的种子》。

文学院之页：邵龙霞《茶思》，赵文辉《成色》，刘进《爱的悲剧》。

报告文学：文浪《千秋神话与教育情结》。

文学批评与对话：王先霈《闲谈邓一光》，於可训《心有所梦身不老》，刘安海《冬茶的沉重与苦涩》。

第 6 期

江汉作家群：徐鲁《棕叶的旋律》《书房斜阳》。

短篇小说：王松《白牛》，陈闽《歪打正着》，张保良《牛案》，郑维森《股数包》，纪纲《书家局长》。

散文/随笔：洪烛《沈从文：最后一个乡下人》，樊星《美国的地域文化》，吴永平《李蕤评传》（节选），吴衍盛《顾翁三醉》，何秀峰《小巧玲珑丽江城》。

"三楚一镜"联合征文：罗厚《随意徜徉山水间》。

诗歌：李道林《人生广场》，向武华《北方长途》，映雪《寄悔深》。

金融文学：叶向阳《银行家》。

文学院之页：付亚丁《引进鲶鱼》。

报告文学：天马、王永华《税苑风景线》。

文学批评与对话：昌切《"双跨"之后——97 批评观察》，倪立秋《尝试突破》，李鲁平《由一本书推断一个人》。

第 7 期

中篇小说：冯积岐《种瓜得豆》，李鲁平《水到渠成》。

短篇小说：荆歌《有益的错误》，冯慧《有洁癖的女人》，刘书平《浪漫歌》，毛甲申《忘情头发》，郑能新《对手》。

散文/随笔：贺敬之《歌声不会消逝》，石英《"争人"纵横谈》，胡榴明《操琴听琴谁更痴》。

诗歌：胡昕《花朵中的家园》，姚永标《歌唱广场》。

金融文学：杜治洪《入套》。

文学院之页：谢正文《麻将高手》，胡义康《雨之恋》。

报告文学：新平《凯歌行进中创"凯乐"》。

文学批评与对话：关杭君《一个错误的命题》，罗俊华《当代煤炭诗的诗潮与诗美》，彭卫鸿《武汉小说创作：优势之外的思考》，沈永俐《方方的角色意识》。

第 8 期

中篇小说：红柯《水羊》，韩永明《干冬湿年》。

短篇小说：江长喜《中国营地》，张建东《红妮儿》，罗文发《古庙遇羊》。

散文/随笔：李运抟《漂泊南方》，索峰光《美国青年的中文梦》，郭国刚《"挂歪了"的妻》，甘露《学生"大款"》，钱家璜《每欲到荆州》。

诗歌：王乐元等十一位诗人《湖北地县青年诗人诗抄》。

金融文学：袁卫《一诺千金》。

文学院之页：李晓英《借钱》，张光敏《与你同唱》。

报告文学：天马、王永华《春色满园关不住》。

文学批评与对话：陈应松《尘缘的姿态》，於可训《论"武汉作家群"》。

第 9 期

中篇小说：李梦《练摊》，罗时汉《与你同行》。

短篇小说：晃影《追鱼》，孙方友《陈州烈考》。

散文/随笔：古远清《难忘的文学之旅》，蓝纯《一心三瓣》，蓝纯《致〈芳草〉编辑部的信》，刘安海《夜宿星星竹海》。

诗歌：曾卓《题画》。

金融文学：何存中《春草离离》。

文学院之页：王成均《寻找荠菜》(散文)，叶圣华《大焐窑》。

报告文学：傅炯业《啊，百年大计》。

文学批评与对话：高玉《也谈新时期为何未能产生大师级作家》，王美艳《有意味的形式》。

第 10 期

防汛抗洪特辑：莎蕻《长卷上，腾升一轮太阳》，张炳绍《防汛突击队之歌》，傅炯业《武惠魂》，杨贵云、黄典谟《紧急秩序》，鲁艺兵《洪波蓝盾曲》。

中篇小说：马竹《芦苇花》，陈爱萍《动物习性》。

短篇小说：邢卓《校友会变奏曲》，修明祥《黍地里的秘密》。

散文/随笔：廖静仁《故乡啊，我是你永远的向日葵》，任蒙《放映马王堆》，管用和《媚山幽水木兰湖》，朱永山《汉阳门观武汉》。

诗歌：叶延滨《古今三章》，任光椿《我爱在暮色中独坐》(外二首)。

金融文学：杨贵云《钞票的愤怒》，山鬼《四月无故事》。

文学批评与对话：鲍风《解释的可能与艺术的张力》，涂怀章、林华瑜《凸现"湖北精神"的〈'96 湖北抗洪大纪实〉》。

文坛视野：本刊《知青图书误区·"新生代"的质疑·新盛世危言》。

第 11 期

短篇小说：聂鑫森《梅魂酒宴》，胡晨钟《小说二题》，星天《红颜》，徐岩《落红》，孔德峰《又见炊烟升》，海清《阴宅》。

中篇小说：卢苇《天沟》，王兴才《双玉的太阳》。

散文/随笔：樊星《我的外国学生》，程云《乡恋》，韩进林《我不相信命运》，金忠敏《沉重的人生不安的灵魂》，吴钧陶《冥想录》，王斌《谒诸葛武侯故居》。

诗歌：罗高林《防汛纪念碑作证》，孙智《生命的节奏》。

金融文学：冯慧《拒绝关怀》。

文学院之页：照川《农人三唱》，黄华山《阿华回来了》，李忠《我执意留在冬天里》，余萍《四季心》。

文学批评与对话：李玉滑《孤独的魂，行动的人》。

文坛视野：本刊《外国人谈中国作家为何与诺贝尔文学奖无缘》。

第 12 期

中篇小说：梅雨《木秀于林》，陈闯《嬉皮山庄》。

短篇小说：彭东明《阿黄》，钱国柱《谁是吴珊》。

散文/随笔：刘鸿伏《独立空山》，何祚欢《风雨阳明山》，吴绪久《放眼坛子岭》。

诗歌：曹晓岚《水城女子》，谭延桐《一个夜晚的描写》。

金融文学：中跃《推销员日记》。

文学院之页：张光宇、易景华《如醉如痴》，袁梅君《门》，见萍《心安是归处》，彭超鹰《那年，我家有了一头牛》，李庆华《拜佛记》。

文学批评与对话：孙辉《掘进人心的笔》，李永中《权力的背后》，弋冰《首届芳草文学院笔会综述》。

评选：本刊芳草文学院首届优秀作品奖名单。

1999 年

第 1 期

中篇小说：余启新《箭在弦上》。

短篇小说：沈东子《谁是撑竿跳世界冠军》，石钟山《小爱情》，刘久明《失语症者》，刘国芳《城市灾难》，江清明《戏嫂》。

江汉作家群：文浪《断芦苇》。

散文/随笔：曹建勋《山水无言》，贾宝泉《幕海吟》，苏天生《磨难之旅》，李智芬《童年小院》。

诗歌：阿毛《临终之舞》，邹晓慧《天地之间》。

金融文学：孙林《狗的一天》。

文学院之页：张阳光《片长》(小说)，田冰《旅途》(散文)。

文学批评与对话：储昭华、李鲁平《消解与建构：先锋派创作的启示与困境》，赵国泰《真实是品质所在　别致乃魅力之源》，刘国刚《对新生代诗人的一种嘉许》。

第2期

中篇小说：魏光焰《胡嫂》。

短篇小说：陶少鸿《小说二题》，何祚欢《侃》。

江汉作家群：刘继明《刘继明短篇二题》，刘继明《命运以偶然的形式出现》(创作谈)。

散文/随笔：徐鲁《文学书简》，李运抟《在花园酒店"吃饭"》，邓卫华《女人害怕搭错车》(外一篇)，公度《仰慕图式风格的创新者》。

诗歌：陈所巨《边缘地带》，沙克《冉冉升起》，陈有才《酥油花》。

金融文学：管佳莹《邮品》。

'98文学院笔会作品小辑：何济麟《阿五》，吴小东《项链》，惠远飞《弑牛》，彭超鹰《郝校长》，谢文中《醉鬼父亲》，李晓英《零钱》，照川《五月的满月》，朱永山《心中的那片芳草》，刘进《今生》。

报告文学：文浪《高处不胜寒》。

文学批评与对话：曾军、李骞《世纪末的文化关怀——樊星访谈录》。

第3期

中篇小说：肖克凡《演绎小神仙》，赵锋《祖母河》。

短篇小说：程小成《二友》，贾兴安《出乎意料》。

小小说小辑：郑能新《青天》，刘立文《茶仙》，郑成《新年快乐》，林荣芝《猛料劲片》。

散文：林戈《内蒙古纪行》，蓝纯《读不懂的姥姥》，李铁强《五月还乡》。

随笔：邵荣霞《祢衡情结》，杨尚聘《悟不透的晋中大院》，龚仲达《艺术与情感断想》，宋恩厚《开创性的尝试》。

诗歌：饶芬《昙花的爱情》，英英《我是三月的梨花》，冰霏儿《雨后》。

金融文学：张华林《庄家》。

文学院之页：刘公春《兰校长》。

文学批评与对话：王美艳《现代悲剧的双重品格：消解与建构——兼谈方方、池莉、刘醒龙、邓一光》。

第 4 期

中篇小说：邹平《黄昏一梦中》，郭宝光《初雪之前》。

短篇小说：肖仁福《通道》，徐世立《苦艾青青》，乔文学《结局》。

散文：王晓文《沧桑颐和园》，秦景棉《秋日遐想》，周牧《竹也不是无情物》。

随笔：董宏猷《"知青歌曲"漫忆》，赵清宇《金融危机与金融文学》，朱健国《黄鹤知何去》。

诗歌—湖北市县文学工作者诗作小辑：汪光房《走进春天》(外一首)，刘小平《背篓》，韩少君《早晨》(外一首)，赵俊鹏《木头》，刘正权《向我走来》，柳雁阳《焚》，梁文涛《秋天的歌唱》，张明珠《绮梦》(外一首)，王乐元《迷失在秧歌飞来的季节》，欧阳贞冰《书道高手》(外一首)，杨章池《旧信》。

金融文学：朱永山《跳来跳去跳大神》。

文学院之页：罗金佑《藏匿》，李继初《放水》。

文学批评与对话：陈晓明《随意或浮躁的文学批评》，戈雪《试论"武汉作家群"及武汉评论界话语权——兼与陈晓明先生商榷》。

文化视野：本刊摘《哲学·法律·宗教·史学·文学·文字》。

评选：马竹《〈芦苇花〉获奖致辞》，首届"汉商杯"芳草文学奖获奖名单，武汉文艺基金会·芳草评论奖获奖名单，武汉文艺基金会'99 文学评论评奖启事。

第 5 期

中篇小说：吕幼安《我没有错》。

短篇小说：聂鑫森《万笋楼》，王海椿《太阳花》。

散文：刘鸿伏《不可深入的大地奥区》，王仁忠《朱总理和我们一起度除夕》。

随笔：王晓清《范文澜与胡适》，王老黑《老舍恩师情》。

诗歌：殷常青《月光中的玛纳斯》(外一首)，莫之军《流浪的诗情》(组诗)，程康彦《词二首》，丁力《词二首》。

金融文学：刘阳春《边缘人》。

文学院之页：王凤霞《一路平安》，吴守春《公布表》。

迎接国庆 50 周年报告文学特辑：傅炯业《放飞生命的绿风筝》，乔天佑、吕书臣《推着希望前进》。

文学批评与对话：储昭华、李鲁平《文化反思与文化忧歌——对"寻根文学"的询问》。

文化视野：本刊摘《文化缺陷·经济忧患·统考·托福·文学·影视》

第 6 期

中篇小说：翁新华《沧浪之水》。

短篇小说：冯慧《段长王子雄》，中跃《引诱》，刘书平《秋风》。

散文：邓贤《曾经向往当烈士》，水荻《孩子，请听我说》。

随笔：叶延滨《五色札记》，吴亮《最后的闲暇》(外一章)，王石《琢磨旧人旧事的谢泳》。

诗歌—澳门诗抄：陶里《过澳门历史档案馆》，陈颂声《濠江的塑像》，苇鸣《澳门的黄昏》，傅天虹《咖啡座》，路羽《竹湾海滩》，杨泳诗《古声》，胡晓风《捡瓣洋紫荆的相思》，汪浩瀚《相思树》，高戈《梦乡》，淘空了《夏歌》，江思扬《向晚的感觉》。

金融文学：阮红松《喝洋酒的老人》，汝荣兴《某月某日某镇会议纪要》。

芳草文学院：无为作品专辑《山旮旯儿》《过年》，《无为之序》（创作谈），丁一、阿瑟《文学从"零"开始》。

报告文学：欧骁《高原雄风》。

文学批评与对话：李鲁平《翁新华的"三部曲"》，余宗其《刘醒龙〈浪漫挣扎〉的艺术特色》，徐世立《领略恢宏与精妙》，陈胜乐《以状写风景为叙述方式》。

第 7 期

短篇小说：张正《金凤》，冯积岐《留下来的》。

中篇小说：赵金禾《天晴天阴都是心》，刘建农《小心你的钱包》。

江汉作家群：叶大春《Y 城轶事》。

散文：华姿《一个诗人与自己的对话》，索峰光《海外之旅》，胡榴明《夸父追日》。

随笔：陈勤《杂谈钱钟书与张爱玲》，李贺明《给剽窃立一个耻辱柱》。

诗歌：徐鲁《在时光的冰海上》，朱华杰等《湖北省襄阳县青年诗人作品小辑》。

迎接国庆 50 周年报告文学特辑：周涤非《泥土的情怀》，周士华《高山深处，有一颗灿烂的明珠》，文浪《相约一九九九》。

文学院之页：何济麟《宝物》，赵启喜《黛玉冬天里想看雪》，舒均《古栈道·悬棺》。

文学批评与对话：涂怀章《永远拨弹真理的琴弦——评介〈莎蕻文集〉并贺莎蕻从事创作 60 周年》，周雨《文化中的"神秘"与 20 年来文学中的"神秘"》。

第 8 期

中篇小说：陈应松《暗杀者的后代》，江长喜《迷人的椰枣》。

短篇小说：杜鸿《困兽》，郑因《书记二题》，孙劭艺《莲儿》，蔡习超《九风斋》。

随笔：黄荣久《千秋鲁壁》（外一题），李运抟《关于现代民谣》（外一题）。

散文：樊星《父亲》，黄世堂《特殊的风景》。

诗歌：谷未黄《春天的泼水节》（外一首），西马、赤松《欢迎十四行诗》，刘正权等《钟祥诗人诗歌小辑》。

金融文学：中跃《别人的东西与你无关》。

报告文学：姚道满、钟法权《小个子与大个子》。

文学院之页：山鬼《魔谷》。

第 9 期

江汉作家群：晓苏《车上的女人》《校花》。

短篇小说：余启新《毗那夜迦》，程天保《淡泊明志》。

中篇小说：彭建新《麻木的一天》。

散文：管用和《龙池堰一瞥》，罗文发《漂泊诗人》，肖静《我的婆婆》。

随笔：映泉《沉默的力量》，石英《感觉的新意》。

诗歌：鲁西西《鲁西西诗三首》，余述平等《江汉油田青年诗人小辑》。

金融文学：梅雨《别怪我手下无情》。

文学院之页：一湖萍《以为》。

报告文学：任常《曲径通天》。

文学批评与对话：李鲁平《现代主义语境下的后现代情怀——读鲁西西的诗歌》。

第 10 期

国庆 50 周年诗歌特辑：莎蕻《向新世纪放歌》，董宏量《义勇军进行曲》，彭建新《历史，这样对我说》，胡昕《祖国情结》。

中篇小说：薛媛媛《倾斜》，曾纪鑫《黑白人生》。

短篇小说：胡世全《教堂》。

散文：罗时汉《红绿黑的重奏》，郭力《走进圣湖——纳木错》，周声华《昨天·今天·明天》。

随笔：童志刚《漂亮的思想》，张志东《寒剑飘零》，季哲《"法轮功"与邪教种种》。

金融文学：陈丹江《讨债》。

芳草文学院：张静作品小辑《流云老屋》《漠漠的沼泽地》《马在何方》，於可训《虚实并用各擅胜场》(评论)。

文学批评与对话：刘川鄂、邓一光、葛红兵《批评者说》。

第 11 期

短篇小说：程小成《书记要来》，刘彦金、杜桂娥《走进阿里》，殷爱民《家乡的茶园开满花》。

中篇小说：刘祖保《农历七月》。

散文：徐鲁《人在书旅》，刘锋《童年梦和旧城里巷》。

随笔：王晓文《潇湘客》，鲍风《物质时代的文学阅读》。

诗歌：陈俊峰等《河南诗人诗选》。

金融文学：吕志青《酷暑》。

文学院之页：谢文中《蛇王》，邹君君《卷帘天自高》。

文学批评与对话：江岳《赤子心写时代潮——读〈李德复〉文集》，阳燕《世纪末的人文情怀——〈商业原则〉的一种读解》。

第 12 期

短篇小说：陈武《地形》，肖仁福《副科病》，姜贻斌《如果我疯了》，段琼《小小说二题》，钟法权《棋痴阿龙》。

中篇小说：胡晨钟《春节文艺晚会》，廖全国《世道》。

迎接澳门回归祖国诗辑：董宏猷《选择》，谢克强《歌与画》(二首)，罗高林《冬天莲花开》(长诗节选)。

散文：陈应松《小镇逝水录》(节选)，金辉《大别山中未名胜景》。

随笔：邵荣霞《江城溯源》，吴艳《作家的写作立场》。

金融文学：胡飞扬《浮沉》。

文学院之页：阎刚《一种方式的诠释》，彭超鹰《擦皮鞋的小男孩》，洪坚娉《吊脚楼的冬天》。

文学批评与对话：储昭华、曾晓祥《不是抗拒是坚守》。

2000 年

第 1 期

中篇小说：李鸿《山上有个洞》，李元茂《跨国故事》。

短篇小说：裘山山《瑞士轮椅》，聂鑫森《逝波二勺》，尚长文《正月十五》(小小说)。

散文/随笔：邓一光《山的背后》，张俊纶《故乡的野荷》，芦苇《古地独啸》，谢伦《感受徐文长》，李运抟《"家庭意识"与社会腐败》。

诗歌：马竹《新一百年寓言》(组诗)，李鲁平《马竹还能写诗》，王丛桦《划子》(外二首)、《作者说诗》。

金融文学：曹多勇《找事》。

网上文学：弋冰《网上文学开篇》，KiKi《失落的网络》(随笔)，BANLY《藏身网络》(随笔)，佚名《十八岁担不起爱》(散文)。

报告文学：任常《有胆有识"万伯乐"》。

文艺批评：孙辉《童心结，结童心——董宏猷少儿文学创作论》。

第 2 期

中篇小说：刘苹《梦游症状》，常新港《逼你心酸》。

短篇小说：少鸿《空谷足音》，白天光《那年秋天的痞子》，魏黎《守望平凡》。

散文：彭见明《逐目高原》，张三元《槎头鳊》。

随笔：叶延滨《快语三题》，张一弓《时髦的折腾》。

诗歌：阿毛《燃烧的黑雨点》，李鲁平《阿毛的十三行》，刘小平《独爱三峡》《感谢鄂西，感谢生活》。

金融文学：孙志鸣《帮凶》。

网上文学：苇儿《人约黄昏》(小小说)，涂有权《读诗的女孩》(外二首)。

第 3 期

中篇小说：赵峰《危机》，黄发清《较量》。

短篇小说：郭慧明《幺爷》，巴兰兰《爱情杀手》，扈彦伟《一厢情愿》。

小小说小辑：伍中正《哑巴》，文金峰《冷秋》，雨霖《美容》。

散文：周代《遥祭谢冰莹先生》，董玉梅《印度文化拾贝》，叶梅《十三岁的感受》，李丹《阅读的快乐》。

随笔：王石《爱情新辞典》，罗文发《有感当年手抄本》。

诗歌：戈雪《编钟·少女·玉佩》，李鲁平《戈雪的抒情》，刘喆《散文诗三题》《自言自语》。

金融文学：陈冰《一生康宁》。

网上文学：李华新《初孕女人的美丽》（散文），mrcat《石心人》（诗歌）。

文艺批评：李运抟《诗歌创作的情理迷失》，樊星《"汉味小说"的风俗史长卷》。

第 4 期

中篇小说：程小成《生命的叙述》。

短篇小说：牧玲《植物园闲话》，陈丹江《检查》，程天保《报恩》。

散文/随笔：周翼南《画家三写》，苏天生《歪头叔》，江涛《三峡奇石》，董玉梅《失落的古都》，董宏猷《呼唤月光》。

诗歌：鲁羊《鲁羊诗篇》，李鲁平《读鲁羊的诗》，杨波《我看到了甲骨文》（外二首）、《后悔轻信海德格尔》。

金融文学：袁先行《偶然》。

神农架笔会小辑：钱玉贵《雨打浮萍》，刘必奎《乡村残梦》，潘烽《情注鄂西北》。

网上文学：秦歌《古代战士》（散文），朱城乡《小小说二题》，田冰《钟声》（散文）。

文艺批评：杨璿《邓一光长篇小说综述》。

第 5 期

中篇小说：冯积岐《沉默的粮食》，李鲁平《〈沉默的粮食〉与沉重的责任》，星竹《祸害》。

短篇小说：沙舟《小说二题》，卢进富《我的祖父祖母》，刘国芳《姜姜无数》，陈永林《壶殇》。

散文：孟久成《三次"抢救"行动》，李富军《浯溪古巷》。

随笔：王晓文《金谷园记》，余天放《〈死于合唱〉和我的武汉情结》。

诗歌：刘益善《郭小川在湖北——纪念郭小川诞辰 80 周年》，董宏猷《历史不相信"方便面"》，杨中标《江南诗帆》（组诗）、《用心守护》。

金融文学：刘书平《老景》。

网上文学：任为新《送穷》（随笔），臧棣《空中巴士》（诗歌），风三郎《水火之间》（诗歌）。

报告文学：李鲁平《二十年风和雨》。

文艺批评：王美艳《"武汉文学界振兴诗歌创作研讨会"综述》，邹建军《呼唤理论的"原创性"》。

第 6 期

武汉市文联成立 50 周年纪念专辑：李尔重、骆文、曾卓、夏雨田、林戈、周代、李德复、聂成、涂怀章、周翼南、绍六、池莉、刘醒龙、邓一光、祁向东、罗运凯、宝玲。

短篇小说：聂鑫森《英雄的影子》，董海霞《冬天的太阳》，荆歌《陶建的梦》，姚增华《玉手镯》。

中篇小说：晓苏《无语》。

散文：王跃文《亲情散文四章》，张镜《山龟和甲鱼的哀歌》。

随笔：徐鲁《重返经典阅读之乡》，潘烨《诗人坦荡荡》。

诗歌：极光《面对湖与水》，李鲁平《对水的复杂感情》，张静《天堂的私语》《诗告诉我》。

金融文学：张三元《股市人生》。

网上文学：任为新《现代的文人》(随笔)，李圣军《黄昏》(诗歌)，卢志明《白蝶》(诗歌)。

文艺批评：李运抟《揭开权力腐败的遮羞布——新时代官场小说创作探析》。

第 7 期

中篇小说：普利华《女生遭遇》，邹平《茅屋情结》。

短篇小说：孙春平《血淡血浓》，杨瑛《女人的玩笑》，叶倾城《小小说三题》。

散文：骆文《在路上》，邓一光《啊朋友再见》，胡雪芳《生命的耐力》。

随笔：芦苇《鹅湖山别吟》，戈雪《心灵的守望者》。

诗歌：张执浩《越来越荒唐的日子》，李鲁平《读张执浩的近作》，柏东明《柏东明诗四首》《以诗为生命》。

金融文学：吕幼安《詹姆斯教授来 W 大》。

网上文学：金华《陈村眼中的网络文学》(散文)，符科《就当是一场梦》(小说)。

文艺批评：陈晓明《后现代主义：中国当代文坛的迷雾》。

第 8 期

中篇小说：余启新《壶天》，何启明《第五纵队》。

短篇小说：白丁《结果》，蒋杏《水莲改嫁》，欢镜听《穿一双新布鞋走完最后的路》，张保良《老女人和狗》。

散文：谢伦《遥望凡高》，胡榴明《石林》。

随笔：赵振宇《忏悔是一种道德行为》。

随笔—武汉市文联成立 50 周年专稿：黄铁《武汉市文联的童年》。

诗歌：谢克强《芳草萋萋》(组诗)，刘益善《春天很美好》，王顺健《城市梦呓》《我的诗观》。

金融文学：赵金禾《守住一处风景》。

网上文学：李默扬《风景》(小小说)，贾桥《静静地接受局限性》(随笔）。

文艺批评：涂怀章、陈麟《现实主义诗魂的呐喊》，李鲁平《王新民的诗歌主张及实践》。

第 9 期

中篇小说：翁新华《水平面上下》。

短篇小说：杨传珍《穿心白》，孙志鸣《吉米，悠着点》。

散文：董玉梅《世纪爱情》，沈青《金三元之夜》。

随笔：王晓文《赵烈文与曾国藩》。

诗歌：藤家龙《夜半琴声》，阿毛《完成一段荒原上的旅程》，李刚《静夜的钟声》(外二首)、《寻找一种恰当的叙述方式》。

金融文学：赵清宇《特殊的战斗》。

网上文学：贾桥《"疯子"的断想》(随笔)，冯俊杰《哭泣的项羽》(外一首)。

竹山—房县笔会作品小辑：刘书平《竹房散记》，乔星明《美丽的小木屋》，牛孝文《烟雨野人谷》，柏东明《绿色童年》，王洁《寒山杂记》，兰善清《感觉小说》，彭见兵《心茧》。

专题：谢振峰《红土地上的红色卫士》。

文艺批评：吴艳《史传的传奇现代的叙事——论陈应松中篇小说的文体特点》。

第 10 期

短篇小说：牧玲《疯豺》，刘继明《没有睡眠的人》，万喆《际遇》。

中篇小说：刘苹《真爱永存》。

散文/随笔：任蒙《历史深处的昭君背影》，廖新谦《痴鸡》，刘晓静《我家的菜园》，胡榴明《市井与山水之间》，田天《郭寒的清江》。

诗歌：潘能军《十四行诗五首》，李鲁平《自己主持"艺术的盛宴"》，操奇《我热爱的河流》《通过诗歌诉说疼痛》。

金融文学：刘会刚《进军花领市场》(小说)，付晓静《镏金的风景——

简评〈芳草〉刊发的金融小说》。

网上文学：林怀溪《都市安魂曲》(小说)，赵沙《遭遇情敌》(散文)，风儿《精灵的黎明》(诗歌)。

文艺批评：李运抟《关于"骂派批评"的新思考》，鄢莉《呼唤人间真情——魏光焰小说论》。

第 11 期

中篇小说：何存中《沧浪之钓》。

短篇小说：俞苏青《武器》，山重《强盗蚂蟥》，蔡家园《我知道你的秘密》，刘祖保《黄月亮》，江河《小说二题》。

散文：甘茂华《记忆红酥手》，沈青《我的生日与王洛宾的遗韵》，流云《香妃墓遐思》，陈勇《满月的情思》，付源《落叶飘飘》。

随笔：施索华《哲学宗教随想录》，陈应松《邹平的美文》。

诗歌：柳宗宣《内心之歌》(外一首)，阿毛《柳宗宣的诗》，方凤媛《永照心头的灯光》《寻找诗的真谛》。

金融文学：胡晨钟《如水情怀》。

网上文学：刘抗美《杨柳飘时》(小说)，Fuyanshan《故乡的腌韭》(散文)，雍青云《日子》(诗歌)。

文艺批评：马兵、於可训《真纯的歌者——胡鸿和她的诗》。

第 12 期

短篇小说：少鸿《迟归》，赵原《远去的雷鸟》，陈武《父亲和母亲，他们的一生》，程小成《永远的月亮》，曹军庆《赶集》，彭一钦《纸上的房子》。

中篇小说：陈爱萍《吊颈》。

散文/随笔：李丹《在水之湄》，金桂云《沈园的秋晨》(外一题)，李华章《陌生人的崇拜》，杨征宇《村巷》，艾云《责任与审美》，赵国泰《无限倒影》。

诗歌：叶延滨《当下的诗意》(三首)，古远清《开放的现实主义》，袁利荣《短诗十三首》《有关语言》，李金荣《往事》(外一首)、《诗魂慰灵魂》。

金融文学：乐渭琦《六叔其人其事》。

网上文学：斑斑、蓝莓《边界》(小说)，艾静莲《语花渐开》(散文)，路上行走《外面，阳光灿烂》(诗歌)。

报告文学：江河、宋文华《满园桃李报春晖》。

文艺批评：袁毅《行动散文：跨世纪散文发展的新潮》，余艳波《对生命的终极关怀——读邓一光长篇新作〈想起草原〉》。

2001 年

第 1 期

中篇小说：王曼玲《阳光碎片》，叶向阳《死巷人家》。

短篇小说：石荔《同色》，巴兰兰《午夜的栗原纪香》。

小小说：汤礼春《球迷和小偷》(外一篇)，吴守春《带头作用》。

行走文学：董亦频《天河》(电视报告文学·节选)，卢苇《西行短曲》。

阅读平台：樊星《中、法在文化精神上的某种缘分》，刘二刚《画家说画家》。

散文/随笔：刘鸿伏《大唐的民俗文化——长沙窑散记》，沈青《漫步在静泉河畔》。

诗歌：乔延凤《乔延凤近作三首》，韩羽《平白、自然、略带苦味的诗》，胡长荣《生活每天都在变》(组诗)、《坚守一方圣土》，黄文斯《爱的诗章》(组诗)、《诗是浪漫》。

金融文学：雍青云《潮》。

网上文学：天使玫瑰《最后的绝杀》(小说)，冰烛《秋天的冻》(诗)。

文艺批评：本刊编辑部《关于当前"行走文学"的讨论纪要》。

第 2 期

中篇小说：陈应松《乡长变虎》。

短篇小说：少鸿《短篇二题》，李国胜《失之交臂》，牛孝文《绝品》。

行走文学：刘恪《张家视界》，刘书平《走遍青山》。

散文/随笔：华姿《鸟的平原》(外一篇)，董宏猷《江夏情思》，王晓文《日落煤山》，金荣《悲凉的手势》。

阅读平台：阿毛《解读几出爱情悲剧》，刘涓《让生命之水长流不息》。

诗歌：小海《小海近作五首》，贾鉴《小海之于诗》，田翔《2001 年颂歌》《发自心灵真诚的情感》。

金融文学：姜燕鸣《百年之约》。

网上文学：丁叮儿《幸福档案》(小说)，赵彦峰《乡人二题》(散文)，薛明《生命的哲学》(诗歌)。

文艺批评：女岛《将中国新诗进行到底》。

第 3 期

短篇小说：聂鑫森《湘潭名流》，巴兰兰《葡萄的触须》，杨猎《副教授与傻妞》，罗文发《遛马》，程天保《官虫》。

中篇小说：郑洪杰《谁来教我爱》。

小小说：张保良《拜佛》，沙舟《品行》，朱城乡《称呼》，吴守春《评奖》。

散文/随笔：谢伦《武当三记》，彭建新《井冈山听竹》，林玉平《父爱如山》，金辉《重建廉耻观》。

行走文学：向三久《徒步博斯普鲁斯海峡》，肖干才《从格尔木到拉萨》。

阅读平台：赵北湘《当代文学史写作的另类范例》，钟少松《头顶的悬剑》。

诗歌：安琪《甜卡车》，阿毛《明天还将出现什么样的词》，许玲琴《古典美人》《渐近黎明的翅膀》。

金融文学：肖仁福《没有发生的故事》。

网上文学：李师江《去年文坛：动物凶猛，女人当道》。

专题：知隋《跨越世纪之路》。

文艺批评：李运抟《不必牵强附会"一锅煮"》。

第 4 期

中篇小说：元辰《猫·虎·人》。

短篇小说：石钟山《小学》，刘国芳《城市牌坊》，裴建平《屋顶上的水怪》，牧铃《虚拟惊险》，陈蔚文《如果一切都是天意》，王书文《木刺》，段琼《奇事》，余春玉《枕边春秋》。

散文/随笔：温新阶《雨中归州》，傅炯业《春伢》，董玉梅《闲话白鹿洞》。

行走文学：雪生《当一个牧羊人》。

诗歌：张子扬《张子扬诗二首》，胡大楚《关于张子扬和他的诗》，杨弃《歌唱》(组诗)、《让我们选择诗》。

金融文学：林深《退役女兵》。

网上文学：刘殿学《你不生气，我告诉你》，cathy《爱在午夜两点》(诗)。

文学社团：罗为《烟花满天飞》，赵岚《请帮忙系上》，王诗文《林落》。

文艺批评：王庆生等《全球化与中国当代文学》。

第 5 期

湖北青年作家作品小辑：马竹《宋家婶娘》(中篇小说)，程小成《爱情幸福》(中篇小说)，阿毛《玫瑰的歧义》(短篇小说)，晓苏《亲爱的伯妈》(短篇小说)，余述平《夜莺》(短篇小说)，冯积岐《树桩》(短篇小说)，徐鲁《一个人怎样去布拉格》(散文)，华姿《把一条河当成一个人》(散文)，鲁西西《相遇》(组诗)。

散文/随笔：王跃文《王跃文随笔三题》，周翼南《京华人物》，徐桂秋《天门寻根记》。

诗歌：江河《关于人和树的故事》(组诗)，江河《感悟生活的诗意》，陆陈蔚《核》(组诗)、《诗是什么》。

金融文学：孙志鸣《富姐玲子》。

网上文学：心灵故事《品味男女》(散文)，张劲松《九月的母亲》(诗)，玫瑰花《时尚放了一个屁》(随笔)。

文艺批评：葛红兵《文学艺术和身体的关系》。

第 6 期

短篇小说：裘山山《除夕夜》，姜贻斌《幸存者》，袁雅琴《玫瑰指甲》。

中篇小说：少鸿《叶叶知秋》。

小小说：王成启《那一夜好险》，徐明锋《小小说二题》，吴思梓《碑亭》。

散文/随笔：宋致新《父亲生命中的最后一年》，叶延滨《三得意》，张志东《张志东随笔三题》，罗寿良《感谢罗丹》。

行走文学：鹿子《楼兰远去》。

诗歌：袁毅《诗二首》，徐江《袁毅的脚步》，刘成东《西部二十行》《诗歌怎样才能亮丽》，祁文斌《永恒的乡土》《我的诗观》。

金融文学：田德茂《谁为小姐买单》。

网上文学：老鱼吹浪《在美国打官司》。

文学社团：付翼《离别湘西》，至于《窗口》，芰翼《红肩章》，晓翼《缤纷时节》。

阅读平台：沈登峰《孟浩然去扬州干什么》，陈爱国《此处风景情味多》。

专题：鲁平《阿二的汤》，胡札玉《"风筝线"——来自东风汽车公司变速箱有限公司的报告》。

第 7 期

中篇小说：周华山《四重奏》，欢镜听《涉世眼手》。

短篇小说：徐岩《告诉亲人》，墨然《打到天亮》，彭善梁《桃李之死》，孙林《自杀之谜》，韩进林《擂棺》，夏之蝉《谁是小秃》，陈永林《猎》。

散文/随笔：兰干武《神交余光中》(外二题)，曾纪鑫《玩弄上帝骰子的千古奇商》，田澍《大藏若虚》，周克士《同学情深》，林深《蚊帐》。

诗歌：熊召政《生命从八十岁开始——贺曾卓八十大寿》，千叶《灯泡炸裂》(组诗)，阿毛《千叶的诗》，流冬《在夜晚抛下面具歌唱》(组诗)、《我的诗观》。

阅读平台：沉河《生活在哪里》，贾丽萍《穿越历史的文化探询》。

金融文学：陈丹江《为自己买份保险》。

网上文学：海飞丝《小小偷的春天》(小说)。

文艺批评：董宏猷《童心与散文诗》。

专题：王永华、郑俊华《超越与梦想》，理喻《"第二条路"——来自东风汽车公司刃量具厂的报告》。

第 8 期

中篇小说：董宏量《隐形杀手》。

短篇小说：楚良《栖身之地》，杨传珍《疣与二革命》，蔡测海《快乐家园》，卢苇《冤爷》，武歆《夜光杯》，江清明《小小说二题》，胡长荣《你们男人》，代天国《大别山人》。

散文/随笔：徐鲁《叫做回忆的秘密宠物》，聂鑫森《咬文嚼画》，杨征宇《杂感三题》，柳宗宣《生命中的一日：在青海湖》。

诗歌：郁葱《郁葱近作选》，白谷《聆听内心的声音》，康宁《安然的梦语》《用诗歌丰富自己》。

金融文学：陈冰《家是曾去过的地方》。

网上文学：吴秦业《拯救唐丁》(小说)。

阅读平台：樊星《德国民族性之思》，艾云《无处还乡》。

文艺批评：姚原原《九十年代中国小说与政治的关系探讨》。

第 9 期

中篇小说：姜燕鸣《富芩的花园》。

短篇小说：白丁《死亡档案》，陈武《在后来的日子里》，白天光《结局》，李国胜《归心似箭》，杨荣福《第三次申请》，李琳《不开玩笑》，田德政《东归少年》，田永华《布衣丘吉尔》。

散文/随笔：刘鸿伏《凄迷柳三变》，刘孟陶《寻找失落的歌》，王洪震

《陕西黄土》，张俊纶《故乡的野菜》，黄敏《春耕》。

诗歌：叶玉林《奔跑的马》，阿毛《静卧与飞奔》，暮渊《一把伞和博物馆》(外二首)、《诗，崭新语言的艺术》。

金融文学：袁先行《桑树镇的春夏秋冬》。

网上文学：黄培昭《中东漫笔》(散文)。

阅读平台：杨传珍《石榴园文化解码》。

文艺批评：李运抟《"文学畅销书"面面观》。

第 10 期

中篇小说：韩永明《事故》。

短篇小说：中跃《更年期的母亲》，李治邦《城市笛声》，刘书平《小说二题》，邢卓《黑山白水》，范文琼《风雅之士》。

散文/随笔：刘富道《范锴与黄心庵》，衣丽丽《门里和门外》。

诗歌：鲜例《词、伤口及其他》，阿毛《鲜例的诗》，莫之军《心上牧歌》《我对诗歌的认识》，许俊《灯下》《人生的哲理》。

金融文学：李振斌《工程发包》。

网上文学：夜莺《彼岸》(小说)，十六棵树《风月无边红磨坊》(散文)。

阅读平台：周翼南《埠外画家》，陈应松《〈城市沙漠〉读后》。

神农架"文学之旅"小辑：赵金禾等《寻找的意味》(九篇)。

文艺批评：李建纲《骆文和他的长篇小说》。

第 11 期

中篇小说：叶广芩《山鬼木客》，吕志青《屋顶上的男孩》。

短篇小说：蒋杏《失窃》，郭宝光《高新科技城和一棵孤独的梨树》，施修兴《为厕所泣》(外一篇)，游江天《失踪》，程习武《小小说二题》，詹爱兰《珍珠花》，刘丽君《水货》，刘国祥《奇怪的眼病》。

散文/随笔：管用和《晴川阁漫记》，任蒙《草堂朝圣》，郑晓薇《感受死亡》。

诗歌：何来《观沧海》，阿毛《何来的诗》，李明《颂诗三首》《我的诗观》。

金融文学：刘义飞《商人》。

网上文学：慕容雪村《树上的鹰或土里的蝼蚁》(散文)。

阅读平台：兰干武《读书札记两题》。

文艺批评：蔚蓝《边缘写作的意义与限定——论华姿的创作》。

专题：古玉、尚敏《从"开路先锋"到"开发先锋"——来自东风公司重型车厂的报告》。

第 12 期

中篇小说：陈闯《策划幸福》，董宏猷《幸福不会从天而降》(编辑随笔)，冯积岐《西部警察》。

短篇小说：刘国芳《1976 年的爱情》，江河《英雄有悔》，罗文发《古钱》，曹军庆《隐形手术刀》，上官敬东《吃请》。

散文/随笔：石青、田先瑶《平静的高峰》，甘茂华《守望吊脚楼》，黄平辉《生命的风流》。

诗歌：江岳《咏花三题》，陈应松《谁遣花魂赠江岳》，杨中标《化石中的事物》(外四首)、《生命瞬间的诞生》，柳林《恋曲十四行》《诗是什么》。

金融文学：丁力《再婚》。

网上文学：上官小美《"戏"说》(随笔)，最后一支舞《前后左右》(随笔)。

阅读平台：李毓麟《〈拾零集〉上的蝴蝶页》。

秭归作者小辑：梅子等《关于一座小城的随想》(九篇)，李鲁平《深厚沃土上的鲜花盛开》(编辑随笔)。

专题：晓静、天翔《创造》，理瑜《桥：他们的事业、人生和文化——来自东北东桥股份公司的报告》。

2002 年

第 1 期

小说—江汉作家群：余启新《胭脂巷轶事》，何存中《男儿有泪》。

小说—九州作家：曹多勇《兰芝的肚子大了》，董海霞《戈壁雨》。

芳草新绿：雍正青《遭遇麻木》。

小小说：沙舟《文明的尴尬》，阮红松《救人一命》，吴思梓《夜雨到农家》。

散文/随笔：谢克强《断章》，胡榴明《疯狂的达利》，罗时汉《接天莲叶无穷碧》，傅炯业《海清路》。

诗歌：陈所巨《咀嚼人生的简便方式》，张海平《邂逅》（外三首），张代明《红豆伊人》。

东湖行吟：何满子、莎蕻、鲁慕迅、彭建新、范又琪、唐翼明、傅占魁、刘文劭、谢申、汪昌仑、高绣龙、蓝厚祥、范文琼。

金融文学：杨猎《股市高手》。

阅读平台：余艳波《灵魂之钟与生命之痛——读刘醒龙长篇小说〈痛失〉》。

第 2 期

小说—江汉作家群：范国清《没事儿》，李昀《晃荡》。

小说—九州作家：李治邦《从天空看人是什么颜色》（短篇），刘祖保《洪船》，胡炎《平等》（外一篇），吴万夫《适应》。

芳草新绿：孙立山《尿酒》（短篇）。

散文/随笔：李运抟《我们怎样纪念鲁迅》，董玉梅《雅俗茶论》，高维生《唐山地震那一年》，沈青《难忘的金三元之夜》，田志强《一方手帕》，魏光焰《伍子胥与两瓶鲜奶》（外一篇）。

诗歌：徐鲁《徐鲁的诗》，邹赴晓《在四川乡下过年》（外二首），夏帆《我认识的武汉》。

诗歌—东湖行吟：莎蕻、管用和等十首。

诗歌—青春之歌：金梅、陆陈蔚等十二首。

金融文学：周万年《湖边拣了只大王八》。

企业界纪实：陈小中《新世纪的长征——来自东风汽车有限公司车架厂的报告》。

阅读平台：赵金禾《异国芳草》。

第 3 期

小说—九州作家：少鸿《联防队员李小波》，张雨晴《山村二题》。

小说—江汉作家群：程小成《花儿开了》，卢苇《小说二题》，郑保纯《乡村往事》。

小小说小辑：沙舟《销售手段》，张保良《小街故事》（二题），吴德刚《不祥之兆》。

散文/随笔：熊召政《天台山上说寒山》，林玉平《信天游的召唤》，冯积岐《和死亡并肩而站》（外一篇），徐迅《半堵墙》，董立群《清晓号角，生命骊歌》，谷未黄《毕昇故里》（外一篇）。

诗歌：刘松林《春乡》，贾劲松《秋天的感叹》（外四首），张阳球《激情高原》，秦忠俊《活着》（外二首）。

诗歌—东湖行吟：管用和等十一首。

诗歌—青春之歌：王永禄等十首。

金融文学：许明波《爱如刀绞》。

第 4 期

九州作家：王曼玲《二爷三爷都是爷》，牧玲《意外结局》。

江汉作家群：邹厚龙《腊月的记忆》，田德政《血色残阳》。

芳草新绿：子耳《机关愚人节》。

散文：聂鑫森《触摸古建筑》，周翼南《书房画室》，金辉《走马内蒙古》，田友国《"世界之窗"徜徉》，兰干武《作雅》，阎春来《满嘴荤》。

诗歌：柳宗宣《幸存者的备忘录》，彭一田《硕大的海水》，叶笑天《献歌三首》，冰客《草帽》。

诗歌—东湖行吟：管用和等十首。

诗歌—青春之歌：杨海波等十首。

金融文学：木子《喧闹的腰子湖》。

网上文学：新浪网《下半身颠覆上半身》，连谏《谁分享了梅西的牛奶》,《芳草网站原创作品选目》。

三角山笔会小辑:胡洋光《土作家和他的儿子》(小说),胡月琴《四婶》(小说),王建华《怀念》(散文),曾欣《三角山笔会诗记》(诗),万春来《三角山诗情》(诗),王兴作《阿梅》(诗)。

阅读平台:赵艳《开启三重世界的门》,李瑞洪《山水画,不再小桥流水》。

第 5 期

小说—江汉作家群:杜鸿《刁民李梦醒的家庭隐私》,温新阶《血鳝》。

小说—九州作家:郭宝光《红玲的丰收日子》,程多宝《寻找一个叫梅子的女人》。

散文:刘鸿伏《还乡笔记》,程天保《美在塔克拉玛干》,花花公鸟《一只荣获诺贝尔文学奖的猫》,宋唯唯《童年》,刘晓闽《感受冬天》。

诗歌:余笑忠《余笑忠诗抄》,郁兰《歌者》,静风阳《写给幸福》(外四首)。

诗歌—东湖行吟:唐翼明、朱大勋等十首。

诗歌—青春之歌:王品山、李建荣等十首。

金融文学:丁力《高位出局》,周万年《科技之星是这样腾飞的》。

网上文学:我是老师《关于赵大炎》(短篇小说),《芳草网站原创作品选目》。

专题:吕值友《铸造武汉文艺品牌——学习江泽民在中国文联第七次全国代表大会上讲话的体会》。

阅读平台:方亚中《〈苔丝〉中的象征性描写》,邹平《晓青的诗》,晓晓《聆听〈飞驰之歌〉》,李瑞洪《荷的诠释——解读江中潮》

第 6 期

小说—江汉作家群:唐镇《革命婚姻》,晓苏《花梅》,常跃奇《屯头枫树王》。

小说—九州作家:遥远《请你哭出声来》。

一、1980 年 1 月—2005 年 12 月文稿

芳草新绿：阮红松《一个懦夫的自白》。

散文：周迅《写在山水边上》，傅炯业《拜谒神农》，欣儿《关心一只具体的狮子或野猪》，陈本豪《寄居蟹》。

诗歌：田禾《我的山村》，周承强《血源》。

诗歌—东湖行吟：桂林十诗人小辑。

诗歌—青春之歌：李岛、黄少武等十首。

报告文学：索峰光《闯出激光世界一片灿烂天空》。

追思曾卓先生专辑：贺敬之、牛汉、高洪波等悼念诗文。

金融文学：张华林《股市奇人》。

网上文学：风意林《我们都是好孩子》（短篇小说），《芳草网站原创作品选目》。

阅读平台：邹建军《田禾乡土诗的精神指向》，郭春燕《流淌在诗词中的风景》，李瑞洪《世纪风景——冷军油画艺术解读》。

第 7 期

文坛五人行：刘恪《主持人语：文本中的诗意》，聂鑫森《山长水远》，野莽《你的眼睛哪儿去了》，刘恪《博物馆》，阿成《俄罗斯女人》，周大新《美好的单相思》。

小说—江汉作家群：蔡秀词《你的理想让我痛苦不堪》，曹军庆《悦来餐馆的服务生》。

小说—九州作家：胡炎《生之涯》。

小小说：闫刚《老帅》，秦德龙《小小说二题》。

散文：张志东《旷世奇才陈寅恪》，古清生《黄河落日》，鲍风《城市街坊》。

诗歌：方方《关于》，谢克强《赠梅》，刘益善《我们的诗歌父亲》，李功耀《诗五首》，彭家洪《我的日常生活》（外二首），雷喜梅《〈天问〉演绎》。

诗歌—东湖行吟：刘爱书、李旭斌等《旧体诗词一组》。

诗歌—青春之歌：田欣、柳迪等《短诗十首》。

金融文学：包裹《游戏规则》。

阅读平台：沈嘉达《论官场小说》，李瑞洪《永恒与蜕变》。

第 8 期

小说—九州作家：陈武《沙河口小鸡店》，姜贻斌《莫开西的模特生涯》，薛友津《市长今天休息》。

小说—江汉作家群：赵峰《狗案》，冯慧《天赐》，詹爱兰《我的父老乡亲》，王成启《高招》，郑维森《小说二题》。

芳草新绿：周宏友《毕业生》(中篇)。

散文：徐鲁《春天里坐火车去看莱辛》，冯积岐《被毁坏的土桥》(外一篇)，龙霞《母亲是天堂》。

诗歌：红杏《我眼睛的花园》，王征珂《蝴蝶和钢铁》(组诗)，淮河《父亲》(组诗)。

诗歌—东湖行吟：傅占魁等《旧体诗词九首》。

诗歌—青春之歌：陆陈蔚等《短诗十首》。

岳阳作者小辑：朱开见、许亚平等作品九篇。

金融文学：丁力《按揭》。

报告文学：何存中《路比人年轻》。

阅读平台：王石、赛妮亚《王石访谈录》，杨丽芳《诗意的凝眸》，李瑞洪《静静流淌的清江水》。

第 9 期

小说—江汉作家群：陈闯《手边的幸福》，樊星《读〈于边的幸福〉》，徐伯羽《乡间四月天》。

小说—九州作家：陈启文《西方的一个山洞》，但及《放鸭记》，李望生《山不转水转》。

散文：聂鑫森《书林拾叶》，管用和《我的家乡——董永故里》，吴合众《风吹过岁月的河》。

诗歌：杨弃《世界》，心芳《心芳诗抄》，羊羽《采采苤苢》(外二首)，郝俊《市景》。

诗歌—东湖行吟：朱大勋等十首。

诗歌—青春之歌：万燕瑞等十首。

金融文学：《不惑之惑》。

阅读平台：刘恪《黑山世界的含义》，胡慧翼《秋风大地上的飞鸟之魂》。

第 10 期

小说—九州作家：冯积岐《葡萄园》，傅爱毛《海运爷的喜墓》，傅翠萍《莲花》。

小说—江汉作家群：李文《谁相信谁》，叶宗佩《余下的日子》。

芳草新绿：宁默山《南寨》(短篇)。

小小说：谢志强《侥幸》，胡炎《惶恐时代》，吴万夫《女人·鹦鹉》，九盈《等我电话》。

散文：华姿《美丽杨家溪》，叶延滨《两个友人》，彭晓玲《向日葵的生命激情》，张俊纶《西湖的回忆》。

诗歌：杨中标《像棉花一样成长》(外三首)，莫之军《心上牧歌》，亦来《我的故事新编》，周玉《时光》。

诗歌—东湖行吟：刘爱书等《旧体诗词九首》。

诗歌—青春之歌：施维等《短诗十首》

金融文学：陈爱萍《报纸掮客》。

阅读平台：赵国泰《奇异的混合芳香》，易文翔《董宏猷儿童小说创作与楚文化之关系》。

第 11 期

迎接党的十六大胜利召开专辑：武汉市文联《生命在笑声中延续》(报告文学)，莎蕻《大树上的钟声》(诗歌)。

小说—江汉作家群：韩永明《掌握》，刘书平《神农架的冬天》，白水《贞儿》，江清明《机关进人》。

小说—九州作家：中跃《对天发誓》，孙志鸣《小说二题》，吴万夫《心儿的错》。

散文：朱斌《在美国监狱讲课》，马南《天生一个南岸嘴》。

诗歌：马永波《马永波的诗》，许俊《一只蝴蝶》(外六首)，王乐元《我们的言辞》(外二首)，熊明修《走向春天》，罗晖《秋天的物》，徐春芳《云中》，祝尚斌《祖先》(外一首)，郑晓君《自由及其他》。

诗歌—东湖行吟：高秀龙等《旧体诗词八首》。

诗歌—青春之歌：朱有利等《短诗十首》。

金融文学：刘阳春《杀钱》。

随州作者小辑：刘永国、包毅国、黄光明等作品十篇。

阅读平台：王一川等《刘恪短篇小说〈博物馆〉研讨会纪要》，李瑞洪《绿与蓝的咏叹调——品〈冯今松画集〉随感》。

第 12 期

(小说专号)

短篇小说：余启新《你在哪里，伊巴露丽》，谢大立《金沙河畔的女人》，江河《女人下放在山村》，胡晨钟《趋光草》，江长深《家畜二题》。

中篇小说：范国清《阿桑之碑》，欢镜听《"盯"婚》，刘祖保《暗伤》。

小小说：胡炎《成仙之道》，矫友田《打赌的男人》，陈永林《恶人》，王天瑞《娘的唠叨》，徐明锋《结局》。

芳草新绿：田永华《山中，飘过一片彩云》。

金融文学：全雪莲《无话可说》。

校园文学—蕲春理工中专校园文学小辑：曹刚常《小序》，姜文《琴声悠扬》，顾国鹏《选择》，管家明《青春》，彭新芬《蓓蕾初绽》，夏宇轩《生活应多一份经历》，陈媛《夜行》，王美《写给我的山村》，万亮《会哭的树叶》，王晴《自我介绍》。

增刊：《夏雨田相声小品作品选》(2002 年 3 月出版)。

2003 年

第 1 期

学习贯彻十六大精神专题：吕值友《论文艺在弘扬和培育民族精神中

的独特作用》。

中篇小说：何存中《风在蛙声里》。

短篇小说：曹多勇《双雄会》，刘国芳《望远镜》，牧铃《男人怕什么》。

"四小名旦"特别推荐：程静《天真的预示》(中篇小说)。

立场/视野：卢苇《龙眠山唱晚》，李建纲《瑞典森林》。

世相人生：周代《约稿记者》。

闲聊大武汉：金戈《也说吉庆街》。

诗歌：谢克强《世界名画》，陈有才《历练人生》，十一位诗友《芳草诗会》。

金融文学：胡泽光《年关》。

文艺批评：李瑞洪《东方向日葵的气质》。

第 2 期

中篇小说：遥远《流逝或飞翔》，马竹《北风吹》。

短篇小说：程小成《过年》，袁先行《上世纪的爱情》，叶章维《老王》，云阳《铲地皮》，杨明礼《红米饭》，彭超鹰《班长秘书》。

立场/视野：金辉《清高档案》。

世相人生：张炜《北国的安逸》，傅炯业《火洲行》，吴光德《又忆农家红苕香》。

闲聊大武汉：宝玲《我们武汉有什么》。

特别推荐：冯海《冯海的诗》(组诗)。

诗歌：姚振起《梦回高山雷达站》，周玉洁《岩花文学社》(外二首)。

文艺批评：柳宗宣《纸面上的交谈》。

报告文学：石穆海《放飞残缺而美丽的生命》。

第 3 期

中篇小说：陈启文《岁月花白》。

短篇小说：蒋亚林《清明》，刘曼曼《老屋》，程天保《胖头》，胡炎《小小说二题》，林荣芝《劳模》(外一题)。

"四小名旦"特别推荐：晓窗《无羽而飞》(中篇小说)。

世相人生：叶延滨《作案工具》(外一篇)，胡世全《中堡岛的当代传奇》。

专题：楚奇《悼念老诗人莎蕻》。

立场/视野：华姿《白色的黑色的田野》。

闲聊大武汉：刘富道《武汉——一个大写的字母Y》。

诗歌：谭延桐《字典里找不到的注释》(外三首)，林染《在远野》，何炳阳《往事，或飞翔》。

第 4 期

短篇小说：陈武《生命在于运动》，晓苏《春天的车祸》，老土《点击敏感区》，朱永山《历史问题》。

中篇小说：刘太白《循环劫》，刘君辉《天堂的隔壁》。

立场/视野：任蒙《回望罗马》，周翼南《永远的契诃夫》(外一题)。

世相人生：方镇《魂断都庞岭》，陈敬华《跑反》(外一题)。

闲聊大武汉：彭建新《百感交集说"汉水"》。

诗歌：黄葵《大唐才子》，李雁新《秦岭路记》。

"四小名旦"特别推荐：苏省《苏省的诗》。

评选：2002 年度芳草文学奖获奖作品和评委名单。

第 5 期

文坛六人行：刘恪《主持人语：叙述与意识形态》，聂鑫森《紫檀拐杖》，刘庆邦《朋友》，刘恪《饥饿的天空》，彭见明《父亲的房子》，阿成《街曲》，孙方友《小镇人物四题》。

中篇小说：贾劲松《饮食地位》。

世相人生：高维生《时间和语言》，文曙《小镇散记》。

立场/视野：唐镇《走进兴国》，朱杰斌《在细节中感受美国》。

"四小名旦"特别推荐：大卫《大卫随笔三章》。

闲聊大武汉：董宏猷《再说武汉码头文化》。

诗歌：杨弃《低吟》(组诗)，钱刚《致西部、姐姐》(组诗)。

第 6 期

专题：众志成城抗"非典"：欣儿等六人《舞蹈着的郁金香》(共六篇)。

"四小名旦"特别推荐：朱勇慧《幸福女人》(中篇小说)。

短篇小说：白丁《获释》，刘国芳《小雨也是一棵柳》，欢镜听《因果缘》，周宏友《最后一班车》。

中篇小说：沈继安《今夜谁会出事》。

立场/视野：凌梧《想起了那个叫珊珊的女孩》，张灵均《忧郁秦淮河》，张三元《戏说诸葛亮》。

世相人生：熊明泽《寻梦香格里拉》，沈青《我的家在金海湾花园》，陈本豪《母亲的麦酱》。

闲聊大武汉：何祚欢《升级和降级》。

诗歌：田禾《大风口》，程世农《偶然的冷》(外三首)，芦苇岸《诗五首》。

报告文学：吴宝忠《东风神话是怎样创造的》。

文艺批评：蔚蓝《让大地承载心灵飞翔》。

第 7 期

短篇小说：蒋杏《狗眼看人》，姜贻斌《蝴蝶发卡》，丁力《都是电话惹的祸》(外一篇)，沙舟《染血的协议》，秦德龙《夫妻定位》。

中篇小说：子耳《小金库账单》。

立场/视野：周迅《生命的天平需要精神的砝码》，罗时汉《墓碑铺就的石阶》，李功耀《为官与作诗》。

世相人生：程天保《汗血马之歌》，熊文祥《生死一壶酒》，魏启扬《纤夫石吟叹》，柏东明《哦，竹溪》，宋唯唯《一个冬季一所小屋》。

闲聊大武汉：田友国《城市的声音》。

诗歌：韩少君《神曲》(三首)，张作梗《大风携带神的旨意》(外四首)。

"四小名旦"特别推荐：甄蕾《会不会是它》(小说)，唐朝晖《我的古庄，我的城市》(散文诗)。

第 8 期

中篇小说：陈钢《没有声音的叫喊》，活石《道旁田家》。

短篇小说：胡炎《老人与狗》，屹立《大裂缝》，詹爱兰《示范园》。

报告文学：刘书平《破译非猿非人密码》。

立场/视野：金辉《忧患元元》，羽之野《笔墨之厌》，蔡勋建《血火周郎赤壁》。

世相人生：王本道《血泪凝成的美丽》，罗建华《听父亲"讲古"》，彭焕枝《小柏树》。

诗歌：莫之军《向晚的风》，赵丽华《生活空旷，而琐事拥挤》。

"四小名旦"特别推荐：李昀《恋风恋歌》(中篇小说)。

闲聊大武汉：汪瑞宁、刘向昀《武汉的地名文化资源》。

文艺批评：王新民《倾听〈东方之鼓〉》。

第 9 期

短篇小说：少鸿《小说二题》，姜燕鸣《鸡血石手镯》，刘祖保《秀秀》，吴万夫《疯狂者》，彭建兵《陶厌其人》。

中篇小说：蔡秀词《台枪手朱哈巴》。

报告文学：良友《戴着镣铐跳舞的人》。

立场/视野：魏光焰《这里竟是如此安静》，胡发云《珞珈山往事》，周翼南《杜朝辉和"美莲社"》，孟立华《孤独菊》。

诗歌：杨波钟、干松《大学生二重奏》，姚振起《父亲母亲回来吧》。

"四小名旦"特别推荐：贺韬蕙《走过》(短篇小说)。

金融文学：韩永明《河清有期》。

闲聊大武汉：李建纲《热干面精神》。

第 10 期

中篇小说：陈武《二手机》，向鸥《只说结婚不成家》。

短篇小说：水东流《打清墩的挺哥》，谢伦《民间文人两题》，夏艳平《夜色如此美丽》，王齐建《画框》。

报告文学：高绍恭等《撕破黑幕》，徐基建《曹江城的风雨人生》。

立场/视野：胡榴明《墨色精灵之舞》。

世相人生：张俊纶《苦楝堂笔记》，梅子《暗香浮动月黄昏》，秋槐堂《吴头楚尾采茶戏》。

闲聊大武汉：张松柏《商榷〈再说武汉码头文化〉》。

诗歌：刘松林《梦里平原》，方良聘《这时候的倾听多么美丽》。

金融文学：王禹《背景》。

第 11 期

中篇小说：曹多勇《好日子》。

短篇小说：刘太白《自由落体》，王成启《局长请客》，叶宗佩《李"新闻"的新闻》，江长深《飞银》，陈丹江《短信故事》，邹厚龙《刘困的幸福生活》。

纪实文学：牛玉、晓莹《女贪背后的男人》。

立场/视野：邱华栋《两对完美的银幕情侣》，丁明衡《走马观花游韩国》。

世相人生：华姿《田野的女儿》，冯积岐《告诉你这样一段人生》，王仁波《三亩半上色田》。

诗歌—名老诗人小辑：骆文《放牧人》，叶文福《东湖散》，黄曼君《土家"新娘"》，江全章《摇篮曲》，王老黑《汉水船歌》。

金融文学：陈闯《给你洗洗脑》。

文艺批评：魏天真《叙事的冷眼》，李瑞洪《无瑕清如玉》。

第 12 期

中篇小说：张国增《血溅黄昏》，冯慧《我想叫你一声父亲》。

短篇小说：李文《阳光打在你的脸上》，程步涛《薄日》，胡雪芳《蓦然回首》。

报告文学：楚风《让电网作证》，嘉鸿《客死异乡的台前幕后》。

立场/视野：熊召政《川游两记》，王兆胜《黑白情结》，潘刚强《你是否在意一张纸》。

世相人生：江河《李先念和他的木匠师傅》，李道林《遥远的灯光》，楚奇《悼念恩师骆文》，刘湖边《人格的力量》，沈青等《家住国际花园的徐桂秋》，张红华《白马嘶河畔风情》。

诗歌：李勋《蓝色的海潮梦》(外一首)，杨军《鸽子的叙述》。

"四小名旦"特别推荐：张静《警策与温暖》(组诗)。

文艺批评：金立群《关于中国爱情的黑色传奇》，李瑞洪《从〈中国山水〉到〈自然系列〉》。

增刊：《夏雨田相声小品新作选》(2003 年 9 月出版)。

2004 年

第 1 期

中篇小说：余启新《蓝蝴蝶》。

短篇小说：尹全生《送葬》，星天《现代假面爱情》，周俊《老男人，小女人和丑儿子》，晓苏《给父亲过生日》。

报告文学：李振斌《平民教子"神话"》。

立场视野：陈启文《替青山命名》，陈礼荣《古承天寺的尘星梦影》。

世相人生：方镇《闲人张余》，任蒙《滇西高原二题》，黄瑞云《通红通红的辣椒》，陈本才《莎莱的歌——祝莎莱八十华诞》。

闲聊大武汉：罗时汉《诗意笼罩的城市》。

诗歌：泥马度《最后的咽》，鲁西西《牧羊人》，梁必文《鱼游浅水》，刘明恒等的诗作。

金融文学：刘阳春《身份不明》。

江汉大学校园作品小辑：李书萍等《停下脚步》(十八篇)。

评论：李瑞洪《迹象与境界》。

第 2 期

中篇小说：牛维佳《十八星旗，高高的》，周易《零度激情》。

短篇小说：孙志鸣《鬼打墙》，孙禾《血奶》，王贤中《赌妻玩笑》，晓苏《三座坟》(短篇新作)。

报告文学：钟韵《殒殁的朝阳》。

立场/视野：徐鲁《当心！对你的审判正在进行》，邹平《岁月磨砺的旷世杰作》。

世相人生：周翼南《吴伟和"瓷精陶魂"》，李明《心随歌声远行》，九盈《温馨的车灯》。

闲聊大武汉：方方《巴公房子等等》。

诗歌：谢克强《中国画意》，芦苇岸《你是一株风中的芦苇》(外一首)，李雁新《一种情绪的生长》(外四首)。

诗歌—芳草诗会：叶凌云等的诗作。

湖北远安作者作品小辑：朱德友等《深宅大院里的故事》等。

文艺评论：邱红光《平民人生的传奇华章》，李瑞洪《顾蓓和她的水墨画艺术》。

第 3 期

短篇小说：晓苏《侯己的汇款单》。

中篇小说：何存中《一不小心就接近真理》。

小小说小辑：吴万夫《方向》(外一篇)，林荣芝《鹦鹉大王》，吴守春《打铃》，赵清源《副官之死》，王甜《背影》，欢镜听《形象碑》。

报告文学：善良《生命的"代价"》。

立场视野：王成启《仰望燕匍梁》，李我超《越南印象》。

世相人生：张灵均《散文三题》，叶延滨《邮票往事》，姚远芳《母亲的豆豉》(外一题)。

闲聊大武汉：魏光焰《身不由己的城市》。

诗歌：付业兴《幻象》，魏理科《我的兄弟离开家乡》(外二首)，青草山坡《大风吹起红灯笼》(外一首)，郝俊《回收》(外一首)。

诗歌—芳草诗会：李崇权《李崇权旅行诗笺》，《"芳草诗网"3 月号目录》。

金融文学：刘祖保《买码》。

湖北麻城作者作品小辑：缪益鹏等《醉叉》(十三篇)。

文艺评论：魏天无《唯美诗人的象征森林》，樊星《依然如火的激情》，李瑞洪《率真而浪漫的风神》。

第 4 期

特别推荐：晓窗《单双》(短篇小说)，樊星《"小资"生活的速写》，晓窗《单? 或双?》(创作谈)。

短篇小说：谢大立《男人女人》，潘能军《绳子与弯刀》，胡晨钟《关于火烧粑的插曲》，晓苏《人情账本》(短篇新作)。

中篇小说：刘书平《告别爱情》。

报告文学：子川《落马贪官的遁路》。

立场/视野：周迅《独语》，王新华《怜爱、亲爱与情爱》。

世相人生：谢伦《文友三题》，杨建章《三峡奇石王》，丁明衡《北疆纪行》。

诗歌：江非《雪夜回平墩湖》，袁利荣《披黑戴白的结局》，严冬《居住到耳朵里的大海》(外一首)，于艾君《土豆的故事》，云中帆《调整一盆水的姿势》。

诗歌—芳草诗会：魏平平等《中秋夜赠友人》(三首)，《"芳草诗网"4 月号目录》。

文艺评论：谢克强《深入生活深处倾听》。

第 5 期

短篇小说：岳恒寿《士兵二题》，吕幼安《表弟·堂弟》，孟大鸣《为哥们干杯》，刘友华《千古之谜》，李旭斌《窗里窗外》，晓苏《乡村母亲》(短篇新作)。

中篇小说：宋唯唯《浮花浪蕊》。

报告文学：石穆海《跨越血缘》。

立场视野：赵莉《读婺源》。

世相人生：流云《格尔木城》，陈应松《话说"二老"》，魏启扬《孤守忠魂的老人》，邓贵环《屈子庙里的井水》，杨斌庆《只把老年当童年》。

诗歌：李华《人·物·事》，贾劲松《桥》(外三首)，彭卫华《城市抒情》，宋尾《穹顶》(外三首)，关瑞《午后》。

诗歌—芳草诗会：刘昌福等的诗作，《"芳草诗网"5月号目录》。

金融文学：罗文发《鬼市》。

湖北宜昌市夷陵区作者作品小辑：渐渐等《偶然程序》(共六篇)。

文艺评论：屠莲芳、詹国民《台港文学在中国当代文学史上的地位》，李瑞洪《远山的呼唤》。

第 6 期

特别推荐：刘恪《卡布其诺》(中篇小说)，刘恪《创作手札》，王干《拼贴一只花蝴蝶》(评论)。

短篇小说：孙方友《陈州笔记》(三题)，付汉勇《女房东》，抱朴子《婚姻是一条凶险的河流》，周宏友《复仇的春天》，周声华《日本老太婆》，陈丹江《酒祸》，陈强《小脚的主人》，晓苏《光棍村》(短篇新作)。

报告文学：黑子《步入炼狱》，李立新、卢自成《问渠那得清如许》。

立场/视野：卢苇《白水河漫笔》。

世相人生：杜元铎《阿山雪》，张冠《故园之石》。

精彩文案：管康平《〈大洋彼岸·假日群岛楼书文〉节选》。

诗歌：梁玲《断想七章》，游离《父亲》(外一首)，郭雪强《室内风景》(外一首)，心芳《回乡的那个夜晚》(外一首)。

诗歌—芳草诗会：罗芹等《母亲湖》(三首)，《"芳草诗网"6月号目录》。

湖南岳阳作者小辑：张立人等《拜记柳庄》(十二篇)。

文艺评论：林琳《〈西厢记〉、〈牡丹亭〉的写情描写》，李瑞洪《论陈孟昕工笔画艺术》。

第 7 期

短篇小说：姚鄂梅《致乡村少年》，少鸿《湘女》，张正《路上》，张国增《小说二题》，晓苏《替姐姐告状》(短篇新作)。

中篇小说：丁力《父亲的喜事》，桢理《我们可不可以不做》。

立场/视野：董宏猷、胡世全《约会三峡》。

世相人生：韦启文《美丽的姑娘是人家的》。

闲聊大武汉：周承水《武昌鱼记事》。

诗歌：艾龙《艾龙的诗》，杨弃《用花的心情生长你》，张作梗《草绳》(外一首)，辰水《我写到过家乡的高粱》(外一首)，田士宝《镜子照着》。

文艺评论：黄知秋《苦铸中西笔墨魂》。

第 8 期

纪念聂绀弩百年诞辰专辑：许嘉璐《中华民族的富贵遗产》，殷增涛《荆楚文化孕育了他的文学理想》，邵燕祥《义愤出诗人》，严家炎《才气纵横难能可贵》，彭小华《不应忽略聂绀弩》，朱正《弥足珍贵的材料和手稿》，方瞳《功德无量的好事》，邹德清《追寻聂绀弩的生命轨迹》，张隽《文坛奇才聂绀弩档案材料首度公开》。

中篇小说：程天保《山长之死》。

短篇小说：海桀《无色辉煌》，阎志《小说二题》，晓苏《嫂子改嫁》(短篇新作)。

报告文学：巴山、夷水《富人出炉》。

立场/视野：彭建新《漂泊的诗魂》。

世相人生：黄明山《歌声的旅途》，任捷《梦幻雁荡山》。

诗歌：胡一刀《胡一刀的诗》，杨华仁《乡景》，一度《村庄》(外三首)，沈鱼《1998 年》，雪鹰《你偎在床上织毛衣》(外一首)。

文艺评论：樊枫《以情入画畅情达意》。

第 9 期

短篇小说：阿福《信骚扰》，刘太白《阳光普照》，阮红松《被野人劫持》，陈永林《别再让我儿子当村长》，曾锋《最后一个红包》，巴图尔《老宅子》，钟法权《望着河的北岸》，晓苏《没有孩子的母亲》（短篇新作）。

中篇小说：武歆《马秀英的恋爱史》。

报告文学：卓力《撼天关爱》。

立场/视野：周迅《写在书海边上》。

世相人生：戴箕忠《三峡人家》（二题），杨眉《流浪艺人》，羽玉《四月清明话人生》。

闲聊大武汉：周翼南《往事和"汉烟"》。

诗歌：苏瓷瓷《平安夜之水》（外二首），刘汉通《3月27日，朱蒂日记》（外一首），彭家洪《老房子》（外二首），王冬冬《冬夜》，川木《深入阿霞的睡眠》，陈炳森《冬晨》（外一首），柏东明《小巷》，尚建国《美妙的幻影》。

诗歌—诗歌现场：李以亮《向我的身体道歉》（组诗），苏白《慢车去上海》（外二首）。

文艺评论：李瑞洪《董长发工笔花鸟画漫议》。

第 10 期

短篇小说：陈启文《短篇二题》，阎刚《鹊儿》，和军校《回家的路》，邹君君《家里来了一只狗》，晓苏《九味酒》（短篇新作）。

中篇小说：姜贻斌《跟老鼠说声拜拜》。

报告文学：杜元铎《戈壁沙漠大搜救》，海巴子《翡翠赌货》。

立场视野：杨四海《药的火焰》，程宝林《旅美两章》。

世相人生：陈霁《天国入口》，蒋天径《穿越关陇》，王仁波《海之韵》。

诗歌：谭延桐《红色株连了白色》，徐学《身在河西》，林忠成《发育》（外一首），三米深《深夜手记》（外一首），凡妮《狂乱》，史质《日记：夜晚或虚无》（外一首）。

文艺评论：程巍《互文的迷宫——析刘恪〈城与市〉》。

第 11 期

文坛五人行：刘恪《主持人语：故事及其讲述方式》，聂鑫森《陈大毛喊口号》，聂鑫森《关于〈陈大毛喊口号〉》，刘恪《双叶树》，储福金《雪夜静静》，星竹《五姑》，星竹《写点人性》，冉正万《水为什么会流》。

短篇小说：晓苏《粪王传奇》。

中篇小说：杜元铎《成吉思汗与北屯》。

立场/视野：徐鲁《芦花在风中飞舞》（外二题），傅炯业《佛罗伦萨：一个历史的惊叹号》。

世相人生：陈冰《烛光之照》，黄平辉《圣湖纳木错》，宁晓敏《家乡》，任蒙、余元兵、陈本豪、斐高才《作家眼中的武汉》。

诗歌：小米《小米的诗》，胡弦《成语》，许典祥《湿地》（外一首），莫之军《长歌短笛》，刘敦《沉船》，谭永茂《手》，尹著岭《西北边境的歌谣》。

文艺评论：文红霞《疼痛的深处竹林中的家园》，李瑞洪《草木泉石亦关情》。

第 12 期

短篇小说：邓一光《杀掉板儿》，刘书平《神秘的女人》，召唤《牛轭湾轶事》，陶木子《梦游》，魏汉成《劳模之死》，晓苏《糖水》（短篇新作）。

中篇小说：普玄《疼痛难忍》，贾劲松《寻访扁竹岩》。

立场/视野：谢伦《凤凰思绪》，丁明衡《雕塑王国》。

世相人生：蒋建伟《今晚鸟》，温新阶《江北江南》，未人《当我走过那条街》。

闲聊大武汉：习培素《车轮上的武汉》。

诗歌：马及时《守望传统》，小古《究竟需要几分钟》，马培松《残片》，江帆《石首的羊》（外二首），一丁《词曲三章》。

文艺评论：蔚蓝《理性：烛照生命的暗河》。

2005 年①

第 1 期

第一阅读：〔美〕罗伯特·布莱《一束玫瑰花》。

小说在线—短篇小说：阿蹦《软骨》，棉被人《告诉潘臣我爱他》，散布的鱼《当男人爱上男人》。

诗歌现场：徐江《杂事诗》，《关于〈杂事诗〉》。

诗论坛：余怒等《不解诗歌》，杨晓芸等《平行诗歌》。

诗共享：阿翔《阿翔作品》，刘脏《刘脏作品》，马小强《马小强作品》。

散文热帖：李公明《革命青年最后的乐园》，辛小鱼《浮生所欠止一死》，一人《倾斜下的一些可能》，superstar《交换幸福》，野麻雀《翅膀，甚至存在》。

原创文学—短篇小说：李澍《云的牧人》。

博客刀：月千川《十大文学小青年批判》（上）。

文学报告——2004 文坛"女秀"：孤云《瞧，这些文坛"作女"们》，老酷《捅捅女作家的马蜂窝》，王晓渔《"玉女作家"与作家的连环套》。

聊天室：邓一光、樊星等《2005' 我们需要什么样的文学》。

网事如风—故事：李轻松《用一天过一生》，鲁子《这个叫轻松的女人会带给我们不轻松的爱》。

杂色 BBS—关键词：沙扬《我爱搜索引擎》。

调侃：佚名《〈十面埋伏〉文人版》。

搞笑：晓寒清《天才学生的天才回答》，krace《笑死人的中国片英文翻译》，小呆《无厘头：各国国名的另类解释》。

闪客：林霞《冲动的惩罚》。

发言：冯骥才等《发言 12 则》。

点击：李师江《谁是最尖刻的专栏作家?》，《延展阅读——"打口"作家论生活》。

---

① 本年从第一期起，改版为《网络文学选刊》。

第一阅读：[墨西哥]奥克塔维奥·帕斯《夜晚的散步》。

小说在线—长篇小说：林长治《沙僧日记》(黄金版节选)。

短篇小说：王富中《蓝缕》，鬼金《什么将照亮我们的身体或爱情》。

奇幻小说：落草火子《落荒》。

短信小说：周新天等《竖笛》(五则)。

诗歌现场：宋尾《肖家河诗稿》，随笔《找鬼》。

诗论坛：沉香木等《中国新诗》，阿斐等《蓝星诗歌》。

诗共享：林何曾《林何曾作品》，小邪《小邪作品》，孙启泉《孙启泉作品》。

散文热帖：邾大可《谁叫你偷窥美眉》，娜斯《记忆中的玫瑰香》，飘飘隐士《风中的碎片》，越南玫瑰《夜了，睡吧》。

原创文学—短篇小说：楚惜刀《清商怨》。

博客刀：月千川《十大文学小青年批判》(下)。

文学报告：《"疑似剽窃案"爆炸后的蘑菇云》。

聊天室：朱大可、李敬泽等《是批评，还是人身攻击?》。

网事如风—故事：阿毛《在文字中奔跑》。

说吧：柳宗宣《在一间自己的屋子里》。

杂色 BBS—关键词：毛毛《革掉你的"格调"》。

调侃：smoles《让二奶三奶们离我远点吧》。

搞酷：blues princ《林黛玉的网上恋情》。

搞笑：佚名《猪八戒的手机短信》，麦兜《对付卖花 MM 的办法》，灰水滴《开心贴》，佚名《经典误会》。

闪客：dapeng_ 911《迷失 HELLO》。

发言：余光中、王蒙等《发言 12 则》。

点击：老沃《谁是最值钱的汉语写手?》。

第 3 期

第一阅读：[美]W·S.默温《巢》。

小说在线—互动小说：白开水 VS 散步的鱼《屋顶上的男女》。

　　短篇小说：梁杨贤《地铁里的狐仙》，绿绿《我们冷酷的身体》。

　　灵异小说：袭羽出尘 ID《美丽的紫色指甲》。

　　武侠小说：晓余《穿过阳光的手指》。

　　散文热帖：深海水妖《S 是一头特别性感的字母》，落叶楼主《用力想起桃花》，绝版蔷薇《平安夜的邪念》，姜弘《一江之隔竟永诀》，芘楚《闭着眼睛的云游》，小树乖乖《云年朝歌，年华似水》。

　　短信散文：韦俊等《年龄》(六则)。

　　诗歌现场：魔头贝贝《魔头贝贝的诗》。

　　诗论坛：黄芳等《女子诗报》，胡少卿等《左岸会馆诗歌论坛》。

　　诗共享：杨弃《杨弃作品》，沈河《沈河作品》，李辉《李辉作品》。

　　博客刀：矮人《大发现：英语起源于中文》，现场直啵《网络诗歌创作讲座教案》，荒原来信《关于名著，狗屎和伤感》。

　　文学报告：天王90等《NBTV 特稿：郭敬明剽窃案》。

　　聊天室：九丹、网友等《"你喜不喜欢我"——九丹做客新浪》。

　　网事如风—故事：田禾《朋克青春》。

　　说吧：茅道《田禾：一个彻底的理想主义者》。

　　我的 BLOG 日志：宁财神《气态瞬间》。

　　杂色 BBS—关键词：特快专递《涩男人：男人圈中新品种》。

　　却尘：调侃《2004 年的难言之隐》。

　　搞酷：午睡的夜叉《悲剧英雄》。

　　搞笑：better《舍不得删掉的经典短信息》，佚名《搞笑的学生生涯》，佚名《世界之最尽在中国》。

　　闪客：醉《断点》。

　　发言：《网友妙论》。

　　点击：陈熙涵等《引起"全民公愤"的〈Q 版语文〉》。

　　外部消息：小罗等《各地媒体强烈关注新〈芳草〉》。

第 4 期

　　第一阅读：[法]克洛岱尔《十月》。

小说在线—短篇小说：王十月《青楼》，孤单色狼《刻舟求剑》，呢喃的火花《妖孽森林画廊酒吧》，风从哪里来《一夜情》。

奇幻小说：幻海《〈仙剑奇侠传〉之东邪西毒版》。

散文热帖：胡呱呱《外婆的"糖果"》，邵江天《女人是什么》，叶耳《简单的深度》，老鼠爱玉米《佛不信》，睡雪吟晨《你我风雨兼程》。

诗歌现场：马知遥《平凡的事件》(都市生活长诗选)。

诗论坛：南野等《北回归线》，李小洛等《行者论坛》。

诗共享：泥马度《泥马度作品》，墨人钢《墨人钢作品》，蔡丽双《蔡丽双作品》。

博客刀：小呆《沦落的九大 BBS 雪耻记》，区野鹤《如何把蚂蚁培养成为武林高手》。

文学报告：佚名《80 后先行者文学少年身家百万》。

聊天室：古远清等《余秋雨封笔：谁在撒谎?》。

网事如风—故事：张悦然《心爱》。

说吧：布拉格之夜《我爱张悦然》。

我的 BLOG 日志：假作真时真亦假，袁毅《E 世代的恐惧》。

杂色 BBS—关键词：蓝色诱惑《COPY 时代的爱情你备份了吗?》。

搞酷：佚名《嫁人要嫁会打 CS 的人》。

调侃：战台风《琼瑶版：当阿朱爱上乔峰》。

搞笑：佚名《名人踩人脚后所说的经典》。

闪客：MEL. J《将爱情进行到底》。

发言：李金华等。

点击：赵鹏等《今年，我们毕业》(书摘)。

第 5 期

第一阅读：[奥地利]里尔克《圣者的诱惑》。

小说在线—短篇小说：李傻傻《蛇皮女人》，画上眉儿《第八十三页序》。

故事新编：王晓英《一只水晶鞋》。

奇幻小说：穿短裤的猫《我的江湖，你只能羡慕》。

悬念小说：那多《坏种子》（长篇连载一）。

散文热帖：浇洁《母女"刀见石"》，樵儿《谁的地铁》，老鼠爱玉米《陈旧的随想》，纸鹤《将春天倒进你的杯子》。

诗歌现场：伊沙《伊沙最新短诗》。

诗论坛：晶晶白骨精等《诗江湖》。

诗共享：王彦明《王彦明作品》，玄鱼《玄鱼作品》，徐乡愁《徐乡愁作品》，吾桐树《吾桐树作品》。

青春文学大赛专栏—小说：好久不曾颓废了《孤独·蜕变·成长》，王文海《我是安多》。

青春文学大赛专栏—散文：莫鼠《做一对幸福的老鼠》，江南行《两条鱼来过我的冬季》。

青春文学大赛专栏—诗歌：梦溪《空间 A、B 卷》，梁文涛《去年》，晓波《他需要安静的睡眠》，布衣《深圳》。

博客刀：王晓渔《诗歌强盗的"身体保卫战"》，北溟有愚《从"老实和尚"到"暴灌党"》，方三道《非典型球评》。

聊天室：贺雄飞《给当红文人"点穴"》。

网事如风—故事：赵赵《爱你就给你》。

说吧：唐大年《躺着读的赵赵》。

我的 BLOG 日志：北京女病人《访谈录：咸鱼 VS 女病人》，张小静《欲望不是欢乐，来不及看清就坠落》。

杂色 BBS—关键词：顾峥《MSN 是个有为青年》。

搞酷：佚名《一封老婆写给老公的计划书》，楼主《坚决不娶 80 年代女》。

调侃：楼主《当慈禧戴上乳罩》，佚名《李白与网络的第一次亲密接触》。

搞笑：佚名《哪家银行缩写最牛》，佚名《想嫁刘翔的七大理由》。

发言：本刊辑《发言 14 则》。

闪客：王毅动画组《千千吻》。

漫画故事：佚名《BONE》。

点击：慕毅飞等《〈天龙八部〉入选语文教材是喜是忧?》。

第 6 期

小说在线—短篇小说：白云鄂博《我和丁小娇的幸福生活》，萧砍柴《背我走十里》，冰火柔情《我爱蝶狼》。

故事新编：莫非我《鲁提辖拳打郑关西》。

科幻小说：荡雪飞霜《南怅》。

悬念小说：那多《坏种子》（长篇连载二）。

散文热帖：向迅《刻骨铭心的爱情谎言》，嚣诶《许小寒》，黑蔷薇《老去的时候》。

诗歌现场：霍俊明《霍俊明的诗》。

诗论坛：陈前总等《漆诗歌》。

诗共享：野川《野川作品》，贾劲松《贾劲松作品》，范小雅《范小雅作品》。

青春文学大赛专栏—小说：雷黑子《出租车》。

青春文学大赛专栏—散文：陈炳森《想起，突然想起……》，北京徐东《以梦为马》，天堂缺角《情人的眼泪》。

青春文学大赛专栏—诗歌：泣弦《大学生活点滴》。

拍砖乱弹：流浪虫《被媒体炒红的十大"丑陋"中国人》。

文学报告：王晓渔等《茅盾文学奖还是"矛盾文学奖"》。

网事如风—故事：安妮宝贝《自序：倾诉的完成》。

说吧：网妖《安妮宝贝：她比烟花寂寞》。

我的 BLOG 日志：王冲《纵然记忆抹不去》，泡泡《奔跑》。

杂色 BBS—关键词：佚名《口香糖男人》。

搞酷：佚名《娶个完美恐龙回家》。

调侃：伍振《考试与作弊之名人篇》。

搞笑：任意键《剥核桃的十种方法》。

幽默短信：佚名《幽默短信8则》。

格言/妙语：本刊辑《格言妙语13则》。

闪客：姚远《考试鸡肉卷》。

漫画故事：曹洋《药》。

降龙十八掌：洪八《为网友支招》。

芳草网选目：本刊《近期作品选目》。

第7期

小说在线—青春小说：尔麦格米《生如夏花》。

短篇小说：邢育森《鲜花盛开在燃烧的火焰》，亦琦《桃花》。

故事新编：阿祖《妖恋》。

悬念小说：那多《坏种子》（长篇连载三）。

散文热帖：佚名《我们的八十年代》，唐山采薇《我的左手》，徐培学《蛇抑或人妖》。

诗歌现场：四分卫《大陆漂移说》（节选）。

诗论坛：大卫等《诗文化》。

诗共享：沈秋寒《沈秋寒作品》，王生《王生作品》，雷黑子《雷黑子作品》，月拉《月拉作品》。

原创文学：叶耳《幻想的月光》。

青春文学大赛专栏—小说：鬼影飘风《殇鸟飞过天空》。

青春文学大赛专栏—散文：刘贤冰《城市是乡村的纪念碑》，刘祖保《一条河流的经典》，苏虹《前世今生》。

青春文学大赛专栏—诗歌：魔头贝贝《提示》，斤己《新生》，涂灵《光芒》，韩建乐《写在海子的天空里》，邱红根《致凡高》，风样男子《火车的声音》，柏东明《错错鸟》。

拍砖乱弹：巫昂《搞搞李师江》，李基滨《"刀郎"综合征症状及治疗方案》。

文学报告：本刊辑《"80后"写手告别"80后"》。

网事如风—故事：恭小兵《挫折是福，有破灭才会有重生》。

说吧：小李肥刀《流氓是怎样炼成的？》。

我的 BLOG 日志：本刊辑《情侣博客精选》。

杂色 BBS—流行进行时：xiao 壤_/《全面解读十大流行网话》。

搞酷：mahai《大学考试前的八个美丽愿望》。

调侃：茹灵《女友吃醋指数排行》。

搞笑：佚名《校园幽默黑板报》。

幽默短信：佚名《幽默短信 5 则》。

格言/妙语：本刊辑《格言妙语 10 则》。

点击：土城《是谁打开了书业的潘多拉盒子?》。

闪客：南晨宇《一直很安静》。

漫画故事：新宝贝漫画社《琉璃》（上）。

降龙十八掌：洪八《如何选购 MP3》（五篇）。

网刊互动：本刊《版主荐稿·网友评刊·芳草网选目》。

第 8 期

小说在线—短篇小说：李榕《寂寞之城》，黄孝阳《青树与石林》，落草火子《燕京以北，湘江以南》，佚名《男孩，女孩》。

散文热帖：树《十年之后，众神黄昏》，novenber《城堡里第 21 个秘密》，佚名《苏格拉底给失恋的人》。

诗歌现场：胡不容易《总是情诗》。

诗论坛：墨人钢等《就是论坛》。

诗共享：宋烈毅《宋烈毅作品》，张之《张之作品》，那勺《那勺作品》。

原创文学：星竹《死里逃生》。

青春文学大赛专栏—小说：轻言笑《我宁愿还是你怀里那只受伤的狐狸》。

青春文学大赛专栏—散文：辛心《笑出个时代》，孤峰皓月《这个窗口，清韵流香》，张志东《走近水浒》。

青春文学大赛专栏—诗歌：李辉《人狼》，熊样《秋风起意月朦胧》，刘川《衣柜里挂满了衣服》，苏小乞《兄弟·诗歌·女人》，灵日《伊人已不见》，乐园成也《列车穿过一片宁静的墓地》，方良聘《悬崖上的玫瑰》（外一首）。

拍砖乱弹：马甲乙《史上最强的马甲》。

网事如风—故事：余可《独活》。

说吧：月千川《被遗忘的悲悯精神》。

我的 BLOG 日志：黄浩《比缓慢还慢》，orangeone《再一次。琐语》。

杂色 BBS—七嘴八舌：童成刚《俺想娶个漂亮女明星》，青年人《最不浪漫的 16 个人生片段》。

乱侃一族：佚名《N 年后咱就这样坐飞机》。

无厘头：梅承鼎《老爸给梁山伯的信：切莫与祝英台举行校园婚礼》，佚名《网游美眉之泡男全攻略》。

光荣榜：sunshine《十大听不懂歌曲排行榜》。

幽默短信：佚名《幽默短信 7 则》。

格言/妙语：本刊辑《格言妙语 13 则》。

闪客：kissmore《温柔》。

漫画故事：新宝贝漫画社《琉璃》（下）。

降龙十八掌：洪八《小贴士》。

网刊互动：本刊《版主荐稿·网友评判·芳草网选目》。

第 9 期

新标榜：信陵公子《蔷薇》。

红舞鞋：红尘梦雨《永远有多远》，佚名《飘雪的日子》，漠沙如雪《蜻蜓的眼泪》。

草样年华：杨柳岸《生为女子》。

行走天下：蔡德林《城里的少年》。

情感流沙：若云《硬着头皮做老婆》，小树大人《一个粉红色船坞里的春末》。

e 文本：大豆《你杀不死月亮》。

80 后写作：秦感《代理男友》。

时尚下载：徐志摩、休斯、帕斯《诗三首》。

拍砖乱弹：tt0459《〈头文字 D〉民间详解》，月无影《三国十大帅哥》。

我的博客日志：许佳《许佳的博客》，俺大嘴巴《俺大嘴巴的博客》。

点击：本刊辑《调查"蔡小飞"：少年作家"自杀"?》。

杂色 BBS：佚名《叫男朋友猪头的四大理由》，佚名《新好男人：娶妻经》，佚名《办公室灭老鼠七法》，青北《老奸巨猾的四十男人》。

第 10 期

新标榜：佚名《提来米苏之恋》。

80 后写作：春树《我们去哪儿》，周慕良《正午偏西的活色生香》。

红舞鞋：雨中的遐想《欠你一滴泪》，佚名《鱼和飞鸟的非爱情故事》，风若吹《玫瑰断袖》。

e 文本：张嘉佳《水饺，女人和独孤七剑》，万年小妖《人在江湖飘，哪能不挨刀》。

情感流沙：夏沫《错过一生缘》。

草样年华：伽西莫多《孕育生命的哲学》，古老鼠《致我神仙姐姐所言之可可妹妹》。

经典下载：[奥地利]特拉克尔、[俄]费·伊·丘特契夫《诗二首》。

拍砖乱弹：马伯庸《哈利·波特非典型性结局》，共同提高《那些疯情万种的岁月》。

我的博客日志：平客《平客的虚无笔记》，小精子《快乐小 V 的水晶骰子》。

杂色 BBS：佚名《年度最佳网名，闪亮登场》，小壶《刘姥姥参赛超级女声》，蛋操鹰《花鸟市场买鱼记》。

网刊互动：本刊《版主荐稿·网友评刊·芳草网选目》。

第 11 期

新标榜：海棠春睡《夜妆》。

红舞鞋：眉子《越爱越疼》。

80 后写作：酱子《带着声响从我身上走过》。

寒武纪：猎手坏坏《我是五百年前你掌心的痣》。

e 文本：伪生活《故事新编之守株待兔》，风生·水起《乱弹西游：猪的西游心路》。

轻轨驿站：我发誓我就这么活着《我可以扁你吗，宝贝》，佚名《一个混蛋的爱情故事》。

情感流沙：山中人兮芳杜若《又拒绝了一名可爱的追求者》，幽梦宝贝《我的零件背叛了思想》。

行走天下：不老拽《一条流淌着酒的河流》。

短诗上传：野川、王妍丁、小如《诗三首》。

拍砖乱弹：茅十七《王母娘娘的少女时代》，北溟有愚《琼瑶笔下的大奶二奶争霸战》，李龟粘《武林配角保命手册》。

我的博客日志：尹姗姗《别让他流走——尹姗姗的生活日志》，北《北方天空下》。

杂色 BBS：佚名《青蛙给天鹅的情书》，佚名《颠覆历史人物的十大谎言电视剧》，佚名《MSN 今日焦点(无厘头版)》，佚名《两个城市娇 MM 到乡下放羊》。

第 12 期

新标榜：五月《闯进东八巷的女人》，朱新云《槐树与爱情》。

红舞鞋：冷莫柔《木棉花记事本》。

80 后写作：叶子《人鱼公主》。

菁菁校园：语笑嫣然《玛格丽特是爱情的神话》。

草样年华：张颠《内核》(散文诗)，韩璐《完美主义》。

似水流年：家雨《那些闪亮的碎片们》，肖筱《油菜花儿开》。

短诗上传：唐本年、夏余才、朱永东《诗三首》。

风中密码：霍尔登的妹妹《年轻，大声，风尘仆仆》，孟静《被攻击的胸围：关于李宇春的审美交锋》。

我的博客日志：猫想《我不做美女很久了》，张凯林《突然难过》。

拍砖乱弹：比牛还牛《如何杀死武侠小说中的主角》。

杂色 BBS：佚名《司马光你干吗砸缸》，小壶《八戒 VS 嫦娥：天宫首例性骚扰》，佚名《如果三国人物的手机被偷》。

网刊互动：编者《版主荐稿·网友评刊·芳草网选目》。

征稿启事：《"美丽校园"封面人物摄影作品大赛》。

二、2006 年 1 月—2020 年 12 月文稿①

2006 年②

第 1 期

主编寄语：刘醒龙

长篇小说：王小天《红香》。

中篇小说：葛水平《连翘》，徯晗《私人经典》。

短篇小说：张阳球《怀念蝙蝠》《就这样过着》。

风范汉诗：梁平《什邡记忆》，林染《十四只绿手镯》（八首）。

修文视线：龙仁青（藏族）《奥运消息》《光荣的草原》《情歌手》（小说），李修文《时间之外的孩子》（评论）。

田野文化：叶舟《花儿：青铜枝下的歌谣》。

批评家传：张炯《我的文学生涯》。

第 2 期

长篇小说：邓燕婷《爸爸不是免费的》。

中篇小说：姚鄂梅《妇女节的秘密》。

龙仁青（藏族）小说特辑：《绛红色的山峦》《牧人次洋的夏天》《遥远的大红枣》《鸟瞰孤独》《小青驴驮金子》、故乡的赞美诗》（创作谈）。

修文视线：徐艺宁《一个少年去救火》（中篇小说），李修文《谁害怕徐艺宁》（评论）。

田野文化：李皖《从地下到地地下》。

批评家传：谢冕《我的学术叙录》。

---

① 以本年度起，《芳草》均为原创版。

② 本年度第 3、4 期的封二、封三分别推介"当代文学名师"王先霈、汤吉夫。第 2、3、4 期封底介绍汉语文学"女评委"大奖主评委何向阳、陈美兰、张燕玲。

长篇小说：张品成《指间太阳——〈长征〉三部曲之三》。

中篇小说：王芸《虞兮虞兮》，宋词《晚妆》，黑子《白水湖》。

苏北小说小辑：苏北《恋爱》《洗澡》。

风范汉诗：阿毛《时间之爱》(组诗)，谈雅丽《疾风山岭》(组诗)。

田野文化：朱向前《毛泽东诗词的一种解读》。

批评家传：於可训《混迹于一代人中间——我所亲历的新时期文学与批评》。

第 4 期

长篇小说：阿来《达瑟与达戈——〈空山〉第三卷》。

阿满小说小辑：阿满《双花祭》《阴阳会》。

风范汉诗：姜天民《致刘华》(九首)，刘华《致姜天民》(书信)，刘向东《白洋淀》，熊明修《鄂东人文雕像》(五首)。

田野文化：杜鸿《峡江号子》。

批评家传：顾艳《让苦难变成海与森林——陈思和评传》。

2007 年①

第 1 期

长篇小说：何存中《沙街》。

中篇小说：陈应松《像白云一样生活》，[法国]鲁娃《爱的最后舞蹈》，傅查新昌(锡伯族)《荒原上的欲望》。

翁弦尉小说小辑：[马来西亚]翁弦尉《昨日遗书》《岛人》。

风范汉诗：杨克《杨克的诗》(七首)，高凯《高凯的诗》(三首)，邹平

---

① 本年度从第 2 期起，每期封二、封三推介"当代文学名师"，依次为：黄曼君、孔范今、陈超、何镇邦、胡平。从第 2 期起，每期封底介绍汉语文学"女评委"大奖评委，依次为：晓华、胡殷红、刘琼、周毅。

《邹平的诗》(四首)。

田野文化：蒋杏《伤心古镇》，华姿《我不晓得我在做什么》。

批评家传：陈骏涛《从一而终》。

第 2 期

长篇小说：陈锟《吴刚捧出桂花酒》。

中篇小说：鲁敏《逝者的恩泽》，川妮《你为谁辩护》，金丽萍《天籁》，姜广平《初恋》。

龙仁青小说小辑：龙仁青(藏族)《人贩子》《陶》。

风范汉诗：臧棣《文丛七种》，吴远目《旅途》。

田野文化：龚文瑞《赣南围屋》。

中国经验：汪政等《中国问题意识与民族叙事伦理》。

批评家传：周勃《劳生杂记》。

第 3 期

第一届汉语文学"女评委"大奖：本刊《获奖作品篇目》《颁奖词》，陈建功《美的颁奖会》，刘醒龙《从来黄鹤伴诗魂》，谢冕等《获奖者感言》。

长篇小说：董立勃《青树》。

中篇小说：徯晗《温暖的平原》。

风范汉诗：鲁若迪基(普米族)《泸沽湖及其他》(十一首)，杨献平《青海的祁连》(六首)，牟洁《像植物一样沉默》(六首)。

田野文化—纪念：姜天民《雪的梦》(遗作)，刘华《女儿的故事》，春雷《请父记》，陈明刚《苍天的花朵——传说姜天民》，本刊《关于纪念》。

中国经验：汪政等《全球化和当代中国社会主义文学资源》。

批评家传：阎纲《五十年评坛人渐瘦》(上)。

第 4 期

长篇小说：杨剑龙《汤汤金牛河》。

中篇小说：善梁《小车无车兀》，陈宏灿《紫蝴蝶》。

王十月小说：王十月《蜜蜂》《夏枯》《透明的鱼》《绿衣》。

姜贻斌小说：姜贻斌《月亮河》《水池叶》。

曹军庆小说：曹军庆《大雪纷飞》《取暖》。

徐枫小说：徐枫《外祖母的阳光》《那个女孩》。

风范汉诗：叶舟《叶舟的诗》。

田野文化：赵焰《徽州人》。

中国经验：李鲁平《当代文学的"中国经验"研讨会纪要》（整理）。

批评家传：阎纲《五十年评坛人渐瘦》（下）。

第 5 期

超限文本：北北《发生在浦之上》。

中篇小说：吕幼安《给点阳光就灿烂》，李治邦《剪纸》，金文琴《春天的狂想》，姜燕鸣《汉口的杜文丽小姐》。

薛荣小说：《剃头匠》《我的第一杯牛奶》《扫盲班》。

何凯旋小说：《马惊了》。

风范汉诗：沈苇《楼兰哀歌》（六首），王明韵《听舒伯特的〈夜莺〉》（三首），剑男《断章》（八首）。

田野文化：赵金禾《退步原来是向前》，丁伯慧《海上岁月：寻找与皈依》。

中国经验：汪政等《现代中国语境下的自然、生态与文学》。

批评家传：徐兆淮《我的文学状态写实》。

第 6 期

长篇小说：俞汝捷《崇祯十六年》。

中篇小说：李焕才《大海》，张鲁《临刑》。

舒飞廉短篇小说：《白天的星星》《仙人洞》《大雪》。

短篇小说：苏北《专案》，徐斌《蝴蝶之乱》。

风范汉诗：谢克强《恩泽》，南子《生日信札》（八首），海男《女人的炼金术》（十七首），余地《余地诗选》。

田野文化/纪念：海容《热血燃烧的青春》，李华章《诗意的生命常在》。

中国经验：汪政等《长篇小说与中国经验的表达》。

2008 年①

第 1 期

汉语诗歌双年十佳：林雪《一首诗有没有前世》（二十三首），韩作荣《语言背后的精神能量》（评论）；臧棣《缺一部宪法的羽毛》（十六首），钱文亮《都市存在与现代诗艺——臧棣访谈录》；鲁若迪基《小凉山很小》（十九首），谢有顺《想念一种有感而发的诗歌》（评论）；杨克《永恒融化钻石》（二十首），洪治纲《柔韧的不是语言，而是缠绕》（评论）；寒烟《去那条河里洗手》（三十四首），张清华《"这几乎使我失明的光……"》（评论）；车延高《眼泪为何不能风干》（九首），朱小如《白发不会改变血的颜色——车延高访谈录》；杨晓民《埋着爷爷的秋野》（十九首），於可训《抗拒异化的诗人》（评论）；小海《格式化无法覆盖的地方》（十一首），汪政、小海《诗的小学地理》（书信）；姜涛《北风也曾狡辩》（十六首），陈超《写得更松弛一些——姜涛访谈录》；郑小琼《一根骨头里的铁》（十三首），何言宏《用四万根断指写来——郑小琼访谈录》，张清华《谁触摸到了时代的铁》（评论）。

长篇小说：路文彬《天香》。

中国经验：汪政等《寻求一个现代汉诗帝国》。

批评家传：丁帆《为了忘却的记念》。

第 2 期

年度精锐：李骏虎《前面就是麦季》，王春林《乡村日常生活的温情展示》（评论）。

中篇小说：[法国]鲁娃《诺曼底的红色风景》，川妮《单行道》，张阳球《空中行走的鱼》，风马《鬼打墙》。

---

① 本年度每期封二、封三推介"当代文学名师"依次为：李运抟、张志忠、吴义勤、孟繁华、刘川鄂、程光炜。

短篇小说：李国胜《金九的发明》，安勇《有凤来仪》，安勇《咱们的烟囱》。

田野文化：汤世杰《高黎贡山西麓的村庄》。

中国经验：杨剑龙、［德国］顾彬《中国当代文学创作的困境与思考》，汪政等《散文的田野与中国经验的生长》。

作家访谈：蔚蓝《没有不生长的树——邓一光访谈录》。

超限文本：张莽《羌塘不落的太阳》。

图画：韩青绘画作品(封底)。

第 3 期

长篇小说：邓刚《绝对亢奋》。

中篇小说：何存中《渔火不眠》，王棵《海峡》，朱子青《最后的疼痛》，

短篇小说：梅玫《魔鬼牌背带裤》，刘静好《对手》。

田野文化：王芸《在楚地的褶皱间转还》。

年度精锐：李骏虎短篇小说《七年》，刘川鄂《暧昧时代的白领情感》(评论)。

中国经验：段崇轩等《三十年文学思辨录》。

批评家传：霍俊明《热爱，是的——诗人批评家陈超小传》。

图画："汉语文学女评委大奖"评委韩青绘画作品(封底)。

第 4 期

汶川震撼：刘颋《遍地生命》(特写)，叶舟、董宏猷等《祖国在上》(诗歌)，华姿《妈妈别哭，我去了天堂》(散文)。

长篇小说：潘灵《泥太阳》。

中篇小说：陈雪菠《蝴蝶》，曹军庆《冬泳的人》，王振武《那引向死灭的生命古歌》(遗作)，周翼南《怀念王振武和他的小说》(评论)，邵孤城《失宠之家》。

短篇小说：曹多勇《年馍》，魏姣《爱情蹦极》。

年度精锐：李骏虎《焰火》(短篇小说)，韩春燕《水墨焰火》(评论)。

中国经验：汪政等《中国经验中的历史缠绕》。

田野文化：王族《胸腔里的苍穹》。

图画：灾难中的北川中学(封底)。

第 5 期

第一届汉语诗歌双年十佳颁奖典礼：《获奖篇目》，《颁奖词》，《获奖诗人代表感言》，陈汉桥《盛夏的诗歌硕果》，本刊《别开生面的文学行动》。

长篇小说：海飞《花满朵》，鲁艺兵《我是警察》。

中篇小说：陈旭红《世界原来如此美丽》。

短篇小说：雨城《画眉鸟》，陈旭红《人间欢乐》。

纪念改革开放三十年专辑：瓦当《路上生涯》，程树榛《我生命的春天》，季红真《下饭馆》，胡钦楚《浮生琐记之一九七九》。

中国经验：汪政等《底层：中国经验和我们时代的文学书写》，杨剑龙等《中国新诗与中国经验》。

批评家传：王先霈《大转折时期一次学术旅行》。

图画：夏无双《出发》(扉页)，《跨越》(封底)。

第 6 期

长篇小说：冉正万《洗骨记》，叶文玲《无忧树》。

作家手记：王必胜《病后日记》，叶梅《行走台港》。

中国经验：汪政等《在世界遭遇和经验中国情感》，阿毛《很残酷的规则——"好诗的标准"研讨会纪要》(整理)。

作家评传：於可训《幻化的蝴蝶——王蒙传》。

2009 年①

第 1 期

哨兵诗歌：哨兵《水立方》。

---

① 本年度第 2 至 6 期的封二、封三分别推介"当代文学名师"：雷达、周景雷、王又平、何锡章。各期封底为"作家藏画"。

陈旭红小说：陈旭红《白莲浦》。

杨静龙小说：杨静龙《遍地青菜》。

中篇小说：陈冲《风吹雨》。

短篇小说：冯慧《天堂鸟》，陈晓雷《冬树的风筝》，强雯《你为什么不害怕》。

长篇小说：黄国荣《城北角》(选章)。

作家手记：何启治《我与陈忠实和他的〈白鹿原〉》。

作家评传：贺绍俊《铁凝评传》。

中国经验：朱小如、张丽军《何以"朦胧"：审美的退化——关于"朦胧诗"的反思》，王春林《方言在二十世纪中国小说中的运用》。

第 2 期

(吉祥青藏专号)

主编的话：刘醒龙《我们为什么需要吉祥》。

白玛娜珍散文：白玛娜珍(藏族)《生活的拉萨》。

万玛才旦小说：万玛才旦(藏族)《草原》《午后》《八只羊》。

冉启培小说：冉启培(土家族)《下午八点》《雨季心情》。

小说：永基卓玛(藏族)《扎西的月光》，班丹(藏族)《温暖的路》。

中篇小说：郭阿利《雪山之上》。

长篇小说：朗顿·班觉(藏族)著，次多(藏族)、朗顿·罗布次仁(藏族)译《绿松石》。

田野文化：梅卓(藏族)《在青海，在茫拉河上游》，辛茜《想念公主》。

作家手记：胡殷红《和工蒙先生"漫谈"》(外几篇)，柳鸣九《啊，他仍活在彼岸》。

中国经验：朱小如、张丽军《寻根文学：走向悠久文化与亘古大地的文学》，段崇轩《"十七年"文学中的短篇小说》。

第 3 期

(长篇小说专号)

长篇小说：谢宗玉《伤害》，刘继明《江河湖》，半夏《铅灰暗红》。

作家传：吴义勤、王素霞《我心彷徨——徐訏传》。

作家手记：王久辛《柳建伟的"关系图"》（外十篇）。

中国经验：汪政等《怎样阐释中国，如何文学批评》，朱小如、张丽军《知青文学：当代作家精神成长的投影》。

第4期

第二届汉语文学"女评委"大奖：《获奖篇目》，《授奖词》，《获奖感言》，张健《文学的立场、视野和情怀》，陈汉桥《文学期刊发展新途径》，陈元生《让美丽的东湖见证友谊》。

次仁罗布小说：次仁罗布（藏族）《放生羊》《阿米日嘎》。

长篇小说：海男《慢生活》。

中篇小说：罗杰《飘雪的伤口》，川妮《一个傻瓜的命运》，雪垅《草木一秋》。

短篇小说：陈离《英语课》（外一篇），林森《春夏秋冬》，张保良《乡鼓》。

风范汉诗：苇子《苇子的诗》。

作家手记：胡殷红《作家印象九章》，王智量《和我的〈叶甫盖尼·奥涅金〉译本有关的一些往事》，余德庄《访韩手记》。

中国经验：孟繁华等《中国经验之问苍茫》，朱小如、张丽军《女性还是女权?》。

研讨会："吉祥青藏"专号研讨会（封二、封三）。

第5期

纪念中华人民共和国成立六十周年特稿：朱向前、柳建伟等《史诗合一——关于毛泽东诗词解读的对话》。

中篇小说：叶舟《什么风把你吹来》，董春水《飞女》，江长深《看灾》，邓元梅《大别山的女人》。

长篇小说：野莽《记恩》。

作家手记：胡殷红《此高洪波非彼高洪波》（外七篇），夏元明《回忆我的父亲》，周凌云《千秋骚坛》。

中国经验：朱小如、张丽军《"先锋"：文学创作活力的崎岖路径》。

第 6 期
（女作家小说专号）

中篇小说：宋小词《滚滚向前》，阿满《花蕊》，丁燕《银狐阿提》，朱勇慧《谎言里的四季》，魏姣《二十四小时约会》。

短篇小说：颜珂《儿子》，李红学《今昔何年》，朱朝敏《岛》，赵剑云《连喜》。

长篇小说：陈雪菠《回望天堂》。

本刊特稿：《从率真遥望浪漫》。

中国经验：朱小如等《新世纪文学如何呈现"中国经验"》。

作家手记：胡殷红《李存葆儿女情长英雄气短》（外七篇）。

作家评传：霍俊明《诗歌"迷津"的引渡者——吴思敬评传》。

2010 年①

第 1 期

作品展：鲁迅文学院建院六十周年作品展。

作品辑：第十二届中青年作家（少数民族）高级研讨班作品专辑。

小说：肖勤（仡佬族）《霜晨月》，韦昌国（布依族）《碑文》，谭自安（毛南族）《一个屋子里的邻居》，红日（瑶族）《动弹不得》，达拉（达斡尔族）《等待被赎的黑羊》，德纯燕（鄂温克族）《我不要老冯走》，罗荣芬（独龙族）《日全蚀》。

散文：蔡晓龄（纳西族）《中国的事物》，阿拉提·阿斯木（维吾尔族）《我最后的老水磨》，伊蒙红木（佤族）《沧源崖石上的精灵》，孙宝廷（阿昌族）《三江并流》。

---

① 本年度第 1 至 5 期的封二、封三推介"当代文学名师"，依次为：蒋述卓、李俊国、杨剑龙、张清华、白描。各期封底为"作家藏画"。

诗歌：羊子(羌族)《痛过怎样》，玖合生(傈僳族)《所触及到的事物》，东永学(土族)《写在青海》，马学武(保安族)《遥远的甘南草原》，马旦尼亚提·木哈太(哈萨克族)《路》，李金荣(怒族)《石月亮》。

第二届汉语诗歌双年十佳：张好好、哨兵、黄礼孩、肖开愚、胡弦、大解、黄梵、刘希全、邰筐、高凯。

中国经验：於可训《"中国经验"：存在与可能》。

第 2 期

作品展：鲁迅文学院建院六十周年作品展。

长篇小说：李学辉《末代紧皮手》，施战军《体会高妙：〈末代紧皮手〉阅读笔记》(评论)。

中篇小说：李忠效《深海》，吕幼安《大学攻略》，伊乐《谁是玛丽》。

短篇小说：唐镇《元宝红》，朱颜《同学不少年》。

田野文化：韩作荣《千秋功罪》，黄毅《新疆时间》。

中国经验：吉狄马加(彝族)等《少数民族文学创作的文化价值》。

第 3 期

作品展：鲁迅文学院建院六十周年作品展。

长篇小说：张好好《布尔津的怀抱》。

中篇小说：刘益善《向阳湖》，谢耀德《那拉提草原云朵》，董春水《小苹果》，楼小楼《端午》，李启发《草伯》。

短篇小说：吕先觉《下河打狼》，王玉珏《假面先锋》，鲍红志《代表》，韩永明《月光沉重》，孟宪琳《曲别针的院校生活轶事》。

田野文化：李晓君《山冈》，杨澄宇《他的城》。

中国经验：朱小如、何言宏《〈废都〉与〈长恨歌〉——关于中国当代十部长篇小说经典的对话之 ·》）。

第 4 期

作品展：鲁迅文学院建院六十周年作品展。

长篇小说：蔡晓龄(纳西族)《蝴蝶》《豹子》，郭艳《雪山灵光中的人性与自然》(评论)，姚蜀平《魂归故里》，敬黎《大洞商》。

短篇小说：姜贻斌《凉亭曲》。

中国经验：朱小如、何言宏《马桥词典——关于中国当代十部长篇小说经典的对话之二》，傅小平等《是"改朝换代"，还是"改变世界"？——关于"重新评估当代文学"的对话》，李强《当代小说的英雄叙事经验——以邓一光的长篇创作为例》。

第 5 期

作品展：鲁迅文学院建院六十周年作品展。

长篇小说：马步升《革命切片》。

中篇小说：曹多勇《家赋》，何庆华《旗袍》。

短篇小说：徐广慧《看花》，唐棣《马河淹死了一只苍蝇》。

长篇散文：徐风《一壶乾坤》。

评论：汪政《我们时代的风土诗人——评徐风的紫砂文学创作》，何镇邦《陶都气场与紫砂兴衰史》。

作家手记：苏炜《阿光和阿光们——关于"失踪者"的另类思考》，刘永红《雪白花红——俄罗斯留学记》。

中国经验：朱小如、何言宏《〈我的帝王生涯〉与〈许三观卖血记〉——关于中国当代十部长篇小说经典的对话之三》。

第 6 期

作品展：大武汉地区小说提名展。

长篇小说：李国胜《螺蛳湾》。

中篇小说：宋小词《天使的颜色》，王小木《代梅窗前的男人》，残雪《吕芳诗小姐——夜总会系列小说》，张慧兰《卓佳的爱情》，宋离人《阀门厂的秘密》，谢大立《红玫、白玫、树》，瞿伯良《绿风》，金戈《狗殇》。

短篇小说：傅博《城里的猫》，钟二毛《谁在黑暗中歌唱》，雪儿《乡村旧事》，赵丽《回家》。

作家手记：张绍锋《雪域高原的文学之旅——中国作家协会赴藏调研采访活动侧记》，刘醒龙《世俗时代的最敬语者——西藏图记》，朱向前《"黄金时代"的文学记忆——我与首届军艺文学系》。

中国经验：朱小如、何言宏《〈尘埃落定〉、〈圣天门口〉、〈白鹿原〉、〈檀香刑〉和〈古船〉——关于中国当代十部长篇小说经典的对话之四》。

研讨会：本刊《"大武汉——城市的文学形象"研讨会纪要》。

评选：第二届汉语诗歌双年十佳颁奖典礼(封二、封三)。

2011 年①

第 1 期

中篇小说：张庆国《如风》。

长篇小说：刘威成《风流云散》。

作家手记：谢克强《怀人九章》，李骏《在文学与文学的边缘游走——从朱向前看文学及其他》，朱汉生《感悟父爱——记我的姑父、作家费枝》。

中国当代隐逸诗人专辑：寒烟，蓝紫，田勇，张民，青海湖，杨北城，张尔，单增曲措，笑嫣，周荣新，张思怡，干天全，王林，尧华，张佳惠，邓万鹏，满娃，刘宝华，姜华，兰紫野萍，马升红，龙泉，刘芝英，王妃，夜子。

深度观察：谭五昌等《"新时期诗歌与新世纪诗歌"五人谈》。

第 2 期

长篇小说：野莽《神鸟——一个匹夫对已故国王说》，李凤群《大江边》。

中篇小说：阿满《女生活》。

短篇小说：李学辉《麦婚》，桂石《二〇一二》。

深度观察：洪治纲等《新世纪文学：命名的合理性与必要性》，赵兴红

---

① 本年度每期的封二、封三推介"当代文学名师"，依次为：朱向前、陈福民、曹文轩、包明德、胡亚敏、李掖平。各期封底为"作家藏画"。

等《鲁迅文学院建院六十周年访谈录》。

第 3 期

中篇小说：江长深《水乡长》，周景雷《精致的叙事 尖锐的力量》（评论），李鲁平《现代化进程中的"乡长"形象》（评论）；向春《走样》，肖勤《返魂香》，张好好《往禾木》。

短篇小说：龙仁青《巴桑寺》《咖啡与酸奶》《看书》，周瑄璞《圆拐角》，黄宗之、朱雪梅《伊莲娜》《钟邱》

长篇小说：舟卉《拨浪鼓》。

诗歌：海男《水渊源》（二十二首）。

新才子书：叶舟《梅花消息》（歌舞剧），徐坤《叶舟：在地为马，在天如鹰》（评论）。

作家手记：董之林《司徒雷登：一处有力的历史标识》，陆令寿《我的秦城岁月》。

深度观察：汪政、晓华《"自文学"时代的到来》，赵兴红等《鲁迅文学院建院六十周年访谈录之二》。

第 4 期

纪念中国共产党建党九十周年特稿：李建纲《我们的淑耘同志》。

新才子书：冉正万《当种子落进时间》（小说），管新福《作家的责任——冉正万论》（评论）。

中篇小说：景宜（白族）《日月合》，董晶《实验室的风波》，陈可非《我的生命如此奢华》，班丹（藏族）《微风拂过的日子》。

长篇小说：赵康林（锡伯族）《喀纳斯湖咒》。

作家手记：戴荣里《无穷的作家》。

田野文化：素罗衣《芳菲令》，赖赛飞《鱼市在野》。

第 5 期

铁凝新作小辑：铁凝《告别语》（短篇小说），《艰难的痕迹——文学与社会进步》(讲演)。

长篇散文:林那北《过台湾》。

新才子书:茂戈《陷入精神病院的诗人》(长篇小说),许明扬《一个诗人的呐喊》(评论)。

田野文化:任林举《十只羊》《金色的多布库尔从森林里穿过》。

第 6 期

周瑄璞新作小辑:周瑄璞《房东》(中篇小说),《故障》(短篇小说),吴义勤《日常生活中的诗性与暖色》(评论),畅广元《关注现实所呈现出的严峻》(评论)。

东紫新作小辑:东紫《好日子就要来了》(长篇小说),李掖平、高方方《如歌行板的文学之旅》(评论)。

中篇小说:张行健《清明上坟图》。

长篇小说:鲍贝《你是我的人质》。

作家手记:高海涛《故园白羽》,李德复《不言放弃》。

2012 年①

第 1 期

评选:大武汉地区小说提名展。

中篇小说:喻镜儿《没有蔷薇的原野》,曹军庆《精神》,宋小词《路在何方》,易飞《梦中的石头》,夏艳平《敬老院的塔》,郭啸文《皮影皮影活起来》。

短篇小说:韩永明《晒太阳》,李云雷评论《极端情境下的伦理冲突及其升华》;映泉《一部分》,杨惠玲《捂脚》,胡守文《转杂》,舒辉波《荞麦花开》,华杉《粮食熟了》。

诗歌:曹树莹《铁流——谨以此向九凤顶礼膜拜》。

---

① 本年度每期的封二、封三推介"当代文学名师",依次为:颜敏、欧阳友权、程金城、郭宝亮、何言宏。每期封底为"作家藏画"。

中国经验：张未民《中国文学与世界文学——从"天下之文"走向"世界文学"的中国化》，余三定等《探寻湖南文学当下的困境与出路》。

作家手记：罗伟章《白云和青草里的痛》，何镇邦《望云斋说之一：湖北三老》。

第 2 期

新才子书：荒湖《炸窑》《草爬子》，李兴阳《社会批判与人性质询》（评论）。

中篇小说：於丹《寻找若小安》。

短篇小说：王玉珏《恐高》，刘平海《第三棵树埋着相思豆》。

长篇小说：马步升《陇东断代史》。

作家手记：程树榛《凄苦的少年时代》，何镇邦《望云斋说之二：鲁院首届文学创作研究生班的前前后后》。

第 3 期

中篇小说：阿满（满族）《陈黎竺的两场麦子》，西佑《在等待中静候心灵的成长》（评论），王倩茜《还你祝福》。

短篇小说：张春燕《不是不知你疼痛》，格尼《锈》，肖江虹《内陆河》，阿航《浮光》，德纯燕（鄂温克族）《亲爱的，这其实和爱情无关》，杨澄宇《董潭夜话》。

作家手记：何镇邦《望云斋说之三：说不尽的汪曾祺》，阿莹《长安往事》，曹建勋《病榻诗记》。

鲁迅文学院第十六届中青年作家高级研讨班—新疆少数民族文学翻译家班作品小辑：狄力木拉提·泰来提（维吾尔族），铁来克（维吾尔族），伊力亚·阿巴索夫（维吾尔族），玉苏甫艾沙（维吾尔族），努尔亚·艾哈满提江（维吾尔族），巴赫特·阿曼别克（柯尔克孜族），郭永瑛（锡伯族），阿曼古力·努尔（维吾尔族），巴赫提亚·巴吾东（维吾尔族），阿依努尔·毛吾力提（哈萨克族），克然木·依沙克（维吾尔族），古丽莎·依布拉英（维吾尔族），木合塔尔·库尔班（维吾尔族），苏德新，郭小平（锡伯族），艾尔肯·热外都拉(维吾尔族)，甫拉提·阿布力米提(维吾尔族)，扎克尔江·米吉提(维吾尔族)，库拉西汉·木哈买提汉(哈萨克族)，索苏尔(蒙古族)，王一之。

中国经验：刘川鄂《世纪转型期的湖北乡土诗》，李清霞等《"甘肃小说八骏"到当下甘肃文学》，张丽军《刘玉栋：年日如草，在现实纵深处潜行——七〇后作家访谈录》。

第 4 期

付秀莹作品小辑：付秀莹《无衣令》《旧事了》，张睿《始于柔软，徐行不止》(评论)。

中篇小说：深海《让我看看你的伤》，王信国《大雪飞扬》。

短篇小说：万玛才旦(藏族)《第九个男人》，李燕蓉《让我落在尘埃里》，何文《今夜》。

长篇小说：宋小词《声声慢》。

中国经验：张丽军《魏微：于庸常中重拾开启生活的情绪——七〇后作家访谈录之二》，张倩《优美的迎风摆动的大纛》。

作家手记：丁燕《黄金之声》，何镇邦《望云斋说之四：文学道路上的"探求者"》。

第 5 期

长篇小说：泽仁达娃(藏族)《雪山的话语》。

张好好作品小辑：张好好《净琉璃》(小说)，《森林及丰满的丘陵》(八章)，《那只喜鹊她从未离开》(十二首)。

中篇小说：韩永明《江河水》，刘小骥《弟子规》。

短篇小说：敖超《獐子》，李妙多《李妙多短篇二题》。

风范汉诗：刘瑜《街心花园》(二十一首)，谢小青《晨读》(十五首)，徐丽玲《徐丽玲的诗》(八首)。

中国经验：李鲁平《许辉：风景与自语——五〇后作家访谈录之一》，周新民《马竹：寻找唯美与温暖的叙述——六〇后作家访谈录之一》，张丽军《金仁顺：以沉静之心建造心灵后花园——七〇后作家访谈录之三》。

作家手记：周景雨《四季芬芳》，何镇邦《望云斋说之五：他们不应被忘却》。

作家藏印：刘醒龙，黄德琳(封底)。

第 6 期

中篇小说：水运宪《无双轶事》，周瑄璞《宝座》，刘建东《愤怒之乡》，于香菊《梨园十二姊》，文扬《手排挡车》。

短篇小说：李学辉《麦女》，华杉《小保姆》，赵燕飞《幸福果》。

风范汉诗：王小妮《在威尔士》(十首)，李继宗《忧思记》(二十七首)，汤养宗《单人校》(二十四首)，张代重、殷增涛等《古风新词》。

田野文化：吉米平阶(藏族)《叶巴纪事——我的山村生活》，刘梅花《风从凉州来》，张灵均《洞庭之上》。

中国经验：李鲁平《姜贻斌："发狠"写出湖南味来——五〇后作家访谈录之二》，周新民《王跃文：向人性深处开掘——六〇后作家访谈录之二》，张丽军《常芳：温情书写与诗意建构——七〇后作家访谈录之四》。

作家手记：何镇邦《望云斋说之六：冰心及福建文坛"三老"》。

访问活动：塞尔维亚作家代表团访问《芳草》文学杂志(封二、封三)。

2013 年①

第 1 期

评选：大武汉地区小说提名展。

中篇小说：温新阶(土家族)《花椒刺》，喻之之《三姐的婚事》，清木居士《时间的灰烬》。

短篇小说：邹君君《爱情原来是请客吃饭》，柳长青《伍房坽凡人纪事》，文朵《不爱，莫为》《沉默的风暴》。

---

① 本年度每期扉页均有刘醒龙手书《主编的话》。各期封一、封二、封三、封四推介"当代文学名家"，依次为：莫言、董立勃、野夫、陈忠实、徐兆淮、高洪波。

长篇小说：王芸《江风烈》。

风范汉诗：梅玉荣《万物向美而生》(二十三首)。

中国经验：李鲁平《肖克凡：在历史和时代中呈现工业的内涵和价值——五〇后作家访谈录之三》，周新民《李少君：我与自然相得益彰——六〇后作家访谈录之三》，张丽军《李骏虎：于传统束缚中开疆辟域——七〇后作家访谈录之五》。

先锋俄罗斯：文吉《俄罗斯当代文学图景》。

作家手记：朱向前《我与同学管谟业——从莫言获诺贝尔文学奖谈起》。

第 2 期

第三届汉语诗歌双年十佳：王粒儿《粒儿诗笺》(二十六首)，朱小如《捧读》(评论)；田禾《今夜的月亮》(三十首)，张清华《在土地的深处和道路的尽头》(评论)；子川《请向右看》(二十一首)，何言宏《寻找这个时代不需要的》(对话)；侯马《众鸟喧哗》(十二首)，施战军《读侯马，我手记》(评论)；张曙光《尤利西斯的归来》(十五首)，霍俊明《从"西游记"到"东游记"》(评论)；东荡子《童年时代》(三十四首)，洪治纲《灼伤的翅膀依然扑向火焰》(评论)；徐俊国《走来走去》(十九首)，商震《守住自己的"精神根据地"》(对话)；冯晏《低处》(二十四首)，马步升《冯晏的节约与忧郁》(评论)；刘涛《野花的野》(二十七首)，马季《诗歌，当一个孩子行走或停留》(评论)；震海《瀚海微澜》(十一首)，林雪《橡皮时代的眼泪》(评论)。

长篇小说：董立勃《八月飞雪》。

田野文化：瑶鹰《母亲石》。

中国经验：李鲁平《董立勃：从开荒的历史到现代化的历史——五〇后作家访谈录之四》，周新民《王开林：谛听历史的心音——六〇后作家访谈录之四》，张丽军《张学东：翱翔在文学天空的"妙音鸟"——七〇后作家访谈录之六》，刘跃进《尊重历史，编好文学所志——王平凡访谈录》。

先锋俄罗斯：[俄]维克多·佩列文著、文吉译《睡吧》。

作家手记：何镇邦《望云斋说之七：两位作家的传奇人生》。

第 3 期

短篇小说：万玛才旦(藏族)《死亡的颜色》，汪彤《四旧书屋的老李》(四篇)。

长篇小说：李骏《穿越苍茫》。

风范汉诗：叶舟《陪护笔记》，吴投文《小春天》(十四首)。

中国经验：李鲁平《叶梅：一个民族生活的叙事，多民族文学的繁荣——五〇后作家访谈录之五》，周新民《艾伟：探询人性的深度——六〇后作家访谈录之五》，张丽军《付秀莹：乡村与城市的抒情与悲歌——七〇后作家访谈录之七》。

先锋俄罗斯：[俄]亚历山大·索尔仁尼琴著、文吉译《年轻人》。

作家手记：吴尔芬《乱世风华——厦门大学在汀州》。

第 4 期

作家手记：李清霞《陈忠实的文学道路》。

中篇小说：万宁《与天堂语》，辛易《长子》，邵瑞义《借丧》。

短篇小说：余德庄《棒哥儿董德崎》，韩永明《看天的女人》，王宏图《破茧》，赵燕飞《赖皮柚》，[美国]沈宁《象棋大师》，王晓燕《艰难的爱》，牛健哲《纸上血》。

风范汉诗：于坚《湄公河印象》(二首)，阿毛《语途》(十九首)，莫小闲《孩子都已长大》(十二首)。

先锋俄罗斯：[俄]维克多·佩列文著、文吉译《蓝灯》。

中国经验：李鲁平《蒋韵：行走于传说、历史与现实之间富有张力的神秘地带——五〇后作家访谈录之六》，周新民《陈先发：在语言的苍穹之下——六〇后作家访谈录之六》，张丽军《文学，是悲悯的果子——七〇后作家访谈录之八》。

作家评传：王必胜《邓拓评传》。

第 5 期

华杉小说：《哭泣的夏天》《五桂河》。

二、2006 年 1 月—2020 年 2 月文稿

付秀莹小说：《小年过》《刺》。

杨晓升小说：《身不由己》。

李学辉小说：《拉太阳》《打春牛》。

李敬宇小说：《有病》《三袁记》。

先锋俄罗斯：[俄]尤里·邦达列夫著、文吉译《河流》。

田野文化：汤世杰《光禄古镇的如银秋夜》，林幸谦《灵性阡》。

风范汉诗：郑单衣《伴奏》（五首），路也《繁茂和盛开》（十首），马叙《浮世集》，唐力《自己的远方》（十三首），韩春燕《风景》（四首），王晖《空镜头》（四首）。

中国经验：李鲁平《李佩甫：写透中原大地——五〇后作家访谈录之七》，周新民《姚鄂梅：回望八十年代——六〇后作家访谈录之七》，张丽军《滕肖澜："只有平视，才能看清人的眼睛"——七〇后作家访谈录之九》。

作家手记：徐兆淮《编余琐忆》。

第 6 期

长篇小说：李骏虎《浮云》。

中篇小说：周瑄璞《小雪回来》。

短篇小说：付秀莹《曼啊曼》，刘荣书《梦游者之妻》，双雪涛《靶》，郑小驴《等待掘井人》，白小云《挂在墙上的孩子》。

先锋俄罗斯：[俄]维克多·佩列文著、文吉译《下冻原》。

风范汉诗：哑石《时光引》（十六首），李成《蒙学课本》（七首），周园园《云朵的影子》（十三首）。

田野文化：刘梅花《河西，渡过时光来看你》。

作家手记：廖静仁《资水纤道》。

中国经验：李鲁平《刘益善：写作与编辑　坚持到底——五〇后作家访谈录之八》，周新民《盛琼：东方神韵与哲理思考的探求——六〇后作家访谈录之八》，张晓峰、王若凡《李骏：穿越历史的苍茫——七〇后作家访谈录之十》。

2014 年①

第 1 期

（吉祥青藏专辑）

中篇小说：朗顿·罗布次仁《冬虫夏草》。

短篇小说：尹向东《河流的方向》，泽仁达娃《盛开的妙音》，觉乃·云才让《无仪式的葬礼》，德乾旺姆《拉萨城》，王小忠《一路与你同行》，扎西才让《消失的阿旺》，阿航《韩剧里的男人》。

班丹短篇小说：《欲》《泣》《心结》。

散文：《久美多杰的散文》。

长篇小说：秦国新《沃甘溪》。

中篇小说：王棵《你在》，周如钢《陡峭》。

先锋俄罗斯：［俄］维克多·佩列文著、文吉译《妮卡》。

风范汉诗：江非《走往何处》（十二首），南杉《布达皇宫及多瑙河》（四首），陈思和《南杉诗序》。

芳草文史：赵钧海《克拉玛依人》（三篇）。

第 2 期

评选：大武汉地区小说提名展。

短篇小说：范春歌《同福里》，朱勇慧《五烈》，韩永明《梳发套的姑娘》，彭丽丽《斑鸠》，周芳《完美舞伴》。

中篇小说：柳长青《娘要回家》，千里烟《梦幻岛》。

长篇小说：何存中《遍地青禾》。

风范汉诗：车延高《一寸狂心》（二十五首），左右等《芳草青》，马凯等《古风新韵》。

---

① 本年度每期扉页均有刘醒龙手书《主编的话》。各期封一、封二、封三、封四推介"当代文学名家"，依次为：何建明、丁帆、刘富道、王跃文、许辉。各期"江汉语录"《主持人语》的作者为朱小如。

先锋俄罗斯：［俄］维克多·佩列文著、文吉译《希腊方案》。

江汉语录：周景雷《孙春平：文学要给人以力量——五〇后作家访谈录之九》，周新民《邱华栋：当代都市文学圣手——六〇后作家访谈录之九》，张丽军《宗利华：寻找五彩斑斓的精神故乡——七〇后作家访谈录之十一》。

第 3 期

周李立小辑：周李立《如何通过四元桥》《八道门》，周新民《碎片化叙述诗学的探索》（评论）。

中篇小说：路远《野马河》。

短篇小说：孙青瑜《记忆中的味道》，阿舍《矫正》，方如《暴雨将至》。

长篇小说：吕幼安《如花似玉》。

风范汉诗：柳沄《越来越平淡的日子》（十首），沈浩波《在冬日的群山中》（八首），韩文戈《寂静》（十二首），俞昌雄《石狮子与父亲》（十三首）。

先锋俄罗斯：文吉《佩列文的幻境》。

江汉语录：周景雷《赵德发：从生存的大地到信仰的天空——五〇后作家访谈录之十》，周新民《安琪：燃烧的诗歌与人生——六〇后作家访谈录之十》，张丽军《徐则臣：在两极之间寻找精神的栖息地——七〇后作家访谈录之十二》。

晴川意志：欧曼《到西藏》。

芳草文史：俞汝庸《追念几位复旦前辈》，荣挺进《回忆梅娘》。

第 4 期

长篇小说：於可训《地老天荒》，龚静染《花盐》。

中篇小说：李骏虎《爱无能兮》，王树兴《移风易俗》。

风范汉诗：谢克强《寻找词的光芒》，张作梗《这么多年》（十三首），韩少君《短篇》。

先锋俄罗斯：［俄］尤里·邦达列夫著、文吉译《铭记——献给第八十九团护士列娜·斯特拉科瓦娅》。

江汉语录：周景雷《素素：写作也是为了某种"告别"——五〇后作家访谈录之十一》，周新民《葛水平：一切都在真实的起点上——六〇后作家访谈录之十一》，张丽军《艾玛：写作，需要一个强大的内心——七〇后作家访谈录之十三》。

第 5 期

剑男的诗：剑男《三重奏》(三首)。

中篇小说：冉正万《楚米镇》，王晓燕《烟柳》。

短篇小说：王啸峰《老周》，赵燕飞《八点开始》。

长篇小说：熊理博《虚野》。

先锋俄罗斯：[俄]维克多·佩列文著、文吉译《薇拉·巴甫洛夫娜的第九个梦》。

江汉语录：何平《范小青：不被"网罗"的作家很难下口——五〇后作家访谈录之十二》，周新民《晓苏：寻找有意思的小说——六〇后作家访谈录之十二》，张丽军《李浩："将军"和他的"部队"——七〇后作家访谈录之十四》。

芳草文史：刘益善《徐迟先生纪事》。

评选：第六届(2010—2013)鲁迅文学奖获奖作家简介(小说类)(封一、封二、封三)，第六届(2010—2013)鲁迅文学奖获奖作品名单(封底)。

第 6 期

长篇小说：李骏虎《中国战场之共赴国难》。

风范汉诗：高洪波《高洪波旧体诗十二首》，陈崎嵘《陈崎嵘旧体诗九首》，胡国璋《胡国璋旧体诗十二首》。

先锋俄罗斯：[俄]尤里·邦达列夫著、文吉译《游戏》。

江汉语录：力行《幸福与名声》。

2015 年①

第 1 期

第四届汉语文学女评委奖：《获奖作品》，刘醒龙《向往高度　坚守底线》(授奖辞)，李敬泽《以江河之胸怀坚守理想》(获奖作家感言)。

中篇小说：王妹英《谈谈时间》，朱宏梅《心草》，徯晗《浮生》。

短篇小说：姜博瀚《我和父亲的过去与现在》《洋河来了马戏团》。

长篇小说：於丹《漂洋过海》。

风范汉诗：吕德安《致远方的主人》(十三首)，张远伦《怀念》(十四首)，安琪《林中路》(九首)，李满强《镜中》(八首)。

先锋俄罗斯：[俄]塔·托尔斯塔娅著、文吉译《你爱，你不爱》。

江汉语录：吴投文《阎真：我的写作原则是现实主义——五〇后作家访谈录之十三》，周新民《欧阳黔森：描绘多姿多彩的贵州——六〇后作家访谈录之十三》，张丽军《计文君：我们都是自己时代的人质——七〇后作家访谈录之十五》。

第 2 期

短篇小说：但及《燕之窝》，陈予《老人边关》。

中篇小说：包光寒《雪春》，阿航《捉贼记》，陈集益《伺候》(外一篇)，华杉《明月几时有》，朱勇慧《一张大字报》，罗布生《遥远的阿勒腾赫勒》。

风范汉诗：杨康《致童年》(十一首)，广子《天边》(十八首)，王琪《中年的邀约》(十一首)。

先锋俄罗斯：[俄]塔·托尔斯塔娅著、文吉译《夜》。

江汉语录：吴投文《张曙光：诗是少数优秀人的事情——五〇后作家访谈录之十四》，周新民《许春樵：先锋小说艺术的迷恋者——六〇后作家

---

① 本年度每期扉页均有刘醒龙手书《主编的话》。各期的封一、封二、封三、封四推介"当代文学名家"，依次为：东西、冉正万、彭建明、王祥夫、马步升、贾平凹。各期"江汉语录"栏目《主持人语》的作者为朱小如。各期篇名书法作者依次为：王臻良、王干、车延高、谢克强、李晓君、李敬泽。

访谈录之十四》，张丽军《梁鸿：游荡在内心的写作——七〇后作家访谈录之十六》。

芳草文史：刘富道《汉口徽商》，金玉良《又见珍珠梅——写在梅志阿姨百年诞辰》。

活动实录：《芳草》杂志二〇一五青年作家新春笔会。

第 3 期

长篇小说：次仁罗布《祭语风中》。

风范汉诗：刘立云《新大陆》（九首），谷禾《雨说》（三首），李强《武汉二〇四九》（十一首），郭金牛《还乡记》（七首），郝炜《小合唱》（十六首）。

先锋俄罗斯：[俄]塔·托尔斯塔娅著、文吉译《和鸟儿的约会》。

江汉语录：吴投文《于坚：诗要向这个世界敞开——五〇后作家访谈录之十五》，周新民《韩永明：紧贴大地的飞翔——六〇后作家访谈录之十五》，杨晓帆《陈旭红：对完好有情的无尽追寻——七〇后作家访谈录之十七》。

芳草文史：剑书《巴杰》。

第 4 期

第四届汉语诗歌双年十佳：桑克《哈尔滨》（十首），施战军《桑克：以智性表达关切》（评论）；刘年《沉默》（十九首），商震《百分之七十的痛源于大地和众生》（评论）；马铃薯兄弟《热爱》（三十二首），朱小如《宁静的诗　朴素的人》（评论）；叶丽隽《颤栗》（十七首），汪政《南方有嘉木》（评论）；杜绿绿《幻术》（十八首），何平《有如神迹》（评论）；叶丹颖《行走在山那边的精灵》；泉子《秘密》（十六首），洪治纲《直面尘世　心怀孤独》（评论）；东篱《唐山风物》（十八首），霍俊明《"故乡"的光芒与阴影》（评论）；周庆荣《预言》（十二首），张清华《关怀一切需要关怀的》（评论）；张尔客《辽阔的寂寞》（十六首），何言宏《"让我独自一人面对这苍穹……"》（评论）；曹有云《梦中昆仑》（二十四首），马步升《陇青对：边缘高地的中心书写》（评论）。

长篇小说：邓燕婷《第十九洞》。

先锋俄罗斯：[俄]尤里·邦达列夫著、文吉译《草原》。

江汉语录：吴投文《张庆国：我在每一次写作中都保持警惕——五〇后作家访谈之十六》，周新民《东西：永远的先锋——六〇后作家访谈录之十六》，张丽军《裴指海：作家是面对黑暗的"受难者"——七〇后作家访谈录之十八》。

芳草文史：昌切《人文山水珞珈——武汉大学现代转型的见证》，杜青钢《威虎山啊威虎山》。

第 5 期

纪念中国人民抗日战争暨世界反法西斯战争胜利七十周年特辑：武汉市纪念中国人民抗日战争胜利七十周年演讲比赛(图文)。

非虚构：陈宏灿《反攻宜昌》。

中篇小说：尹定贤《替身》。

"不能忘却的战争"诗歌小辑：剑男、刘益善、车延高、谢克强、毛子、杨章池、铁舟、熊文祥。

短篇小说：李治邦《爱情这东西》，张涛《小写的人》(三题)，叶雪松《猫眼》。

中篇小说：侯国龙《奔逃的月光》，张剑心《突然寒冷》，霍君《飞》。

先锋俄罗斯：[俄]法济利·伊斯坎德尔著、文吉译《开始》。

风范汉诗：向尧《个人史》(二十六首)，马休《如云》(十三首)，阿门《我有你看不见的疼》(九首)，曾蒙《江河》(十六首)。

江汉语录：吴投文《何顿：我骨子里是个农民——五〇后作家访谈之十七》，周新民《马步升：潜心书写陇东"文学"地理志——六〇后作家访谈录之十七》，杨晓帆《石一枫：我就是一个传统作家——七〇后作家访谈录之十九》。

田野文化：吴克敬《吴克敬散文选》。

第 6 期

短篇小说：付秀莹《找小瑞》，黄梵《什么叫芳邻》。

中篇小说：王倩茜《消失的阳台》，班丹《飘落的袈裟》，符利群《去往松花镇》。

长篇小说：盛琼《光阴渡》。

先锋俄罗斯：刘早《战争中没有女性——二○一五年诺贝尔文学奖获得者阿列克谢耶维奇创作简论》。

风范汉诗：阿信《星群律动》(二十五首)，慕白《我听见有人喊我》(八首)，成君忆《北卡之春及其他》(十首)。

江汉语录：吴投文《杨克："守护一个诗人的语言良知"——五○后作家访谈之十八》，周新民《郭文斌：郭文斌和他的"安详诗学"——六○后作家访谈录之十八》，郭艳《乔叶：时光中的"慢活"——七○后作家访谈录之二十》。

芳草文史：苏北《汪曾祺的书房及其他》。

2016 年①

第 1 期

湖北二○一六诗歌联展：剑男、邱籽、黄斌、韩少君、黄沙子、阿毛、范小雅、沉河、修远、毛子、刘洁岷、康宁、陆陈蔚、龚纯、江雪、向武华、铁舟、张泽雄、许玲琴、杨章池、黄旭升、徐永春、梅玉荣、冰客、向天笑、王进、袁磊、程红梅。

新才子书：甫跃辉《三千夜》(话剧)。

短篇小说：什海《破钱》，贾桐《树后惊》，格尼《睫毛之上》。

中篇小说：胡柏明《心肌梗塞》。

先锋俄罗斯：[俄]法济利·伊斯坎德尔著、文吉译《卡齐姆叔叔的马儿》。

中国经验：扎西达娃(藏族)等《纪念西藏自治区成立五十周年暨中国

---

① 本年度每期扉页均有刘醒龙手书《主编的话》。各期的封一、封二、封三、封四推介"当代文学名家"，依次为：欧阳黔森、李遇春、刘继明、乔叶、李洱、吉狄马加。各期"江汉语录"栏目《主持人语》的作者为朱小如。篇名书法作者依次为：梁必文、刘富道、施战军、汪政、董宏猷。

故事：二十一世纪边地文学的价值与方位研讨会纪要》。

江汉语录：吴投文《吴克敬："文学是我的情人"——五〇后作家访谈录之十九》，周新民《叶舟：大敦煌之鹰——六〇后作家访谈录之十九》，杨晓帆《路内：以小说的方式掀开历史——七〇后作家访谈录之二十一》。

芳草文史：叶文福《比遥远还远》。

第 2 期

活动实录：《芳草》二〇一六大别山采风笔会实录。

新才子书：李遇春《老舍：骚人无复旧风流》。

长篇小说：刘继明《人境》。

先锋俄罗斯：[俄]弗·叶廖缅科著、刘宪平译《海狼》，[俄]法济利·伊斯坎德尔著、文吉译《圣湖》。

江汉语录：吴投文《王家新："当一种伟大的荒凉展现在我们面前"——五〇后作家访谈录之二十》，周新民《路也：郊区激情之旅——六〇后作家访谈录之二十》，杨晓帆《弋舟：以虚无至实有——七〇后作家访谈录之二十二》。

第 3 期

湖北二〇一六小说联展：张慧兰《回梦》（短篇小说），章国梅《鱼的记忆》（短篇小说），丁东亚《风灯》（短篇小说），吕先觉《中药铺》（中篇小说），周以刚《小河》（中篇小说），华杉《我想出本书》（中篇小说），胡晴《三十而剩》（中篇小说），郭正卿《公主，能请你跳支舞吗?》（长篇小说）。

风范汉诗：叶舟《丝绸之路》（三十五首），叶舟《何谓丝绸之路》（随笔），霍俊明《山河故人》（十四首）。

先锋俄罗斯：[俄]亚·特拉佩兹尼科夫著、刘宪平译《最后一个俄罗斯族环卫清扫工人》，[俄]法济利·伊斯坎德尔著、文吉译《良心的折磨，抑或巴依的木榻》。

江汉语录：吴投文《马新朝：我一生爱河——五〇后作家访谈之二十一》，周新民《刘继明：使命与宿命——六〇后作家访谈录之二十一》，桫椤《杨献平：时代的个人经验和个人的时代经验——七〇后作家访谈录之二十三》。

第 4 期

中篇小说：欧曼《胭脂路》，彭兴凯《全娱乐》，李少华《两个老头》。

短篇小说：张允《新疆是个好地方》，西洲《请为这良夜取个美好的名字》，王小忠《做珠记》。

风范汉诗：林莽《阳光下的里程》（十一首），严彬《我们的时代》（十五首），颜笑尘《背叛》（二十首）。

先锋俄罗斯：［俄］法济利·伊斯坎德尔著、文吉译《作家的一天》。

田野文化：蔡家园《松垮纪事》。

江汉语录：吴投文《大解：我当用心感知和度化——五〇后作家访谈之二十二》，周新民《孔见：思想的独舞者——六〇后作家访谈录之二十二》，桫椤《王小王：我就是每一个人——七〇后作家访谈录之二十四》。

陈忠实先生纪念小辑：吴克敬、李遇春、李清霞、周瑄璞。

全国中文核心期刊（文学类）主编论坛暨《芳草》改版十周年座谈会实录。

第 5 期

短篇小说：朗顿·罗布次仁（藏族）《葡萄树上的蓝月亮》，震杏《海滩》，钱爱康《一只手的理发师》，青梅《十只羊》。

中篇小说：潘小楼《南风吹过露台》，洪忠佩《叶脉》，莫·哈斯巴根著、哈森译《再教育》。

风范汉诗：瓦当《途中》（二十三首），李建春《嘉年华与法庭》（十首），王学芯《经受的风雨在呼吸中回旋》（二十一首），亚楠《悲悯的大地》（十三首）。

先锋俄罗斯：［俄］法济利·伊斯坎德尔著、文吉译《牧人和狍》，李运抟《俄罗斯文人的伟大与悲伤》。

江汉语录：吴投文《汤养宗："诗歌给了我一事无成的欢乐"——五〇后作家访谈录之二十三》，周新民《苏北：向汪曾祺致敬——六〇后作家访谈录之二十三》，桫椤《张楚：我刚刚度过了虚无主义阶段——七〇后作家访谈录之二十五》。

田野文化：舒飞廉《糍粑》。

芳草文史：蓝博洲《寻找祖国三千里》，郭宝亮《师生缘》，王素蓉《六十年弹指挥间》。

第 6 期

长篇小说：陈武《蓝水晶》。

风范汉诗：人邻《今夜以后》（二十二首），徐南鹏《春天里》（十四首），姚辉《陌生人》（十四首），张战《在那里有我一个编号》。

先锋俄罗斯：［俄］法济利·伊斯坎德尔著、文吉译《在乡间别墅》，［白俄罗斯］斯韦特兰娜·阿列克谢耶维奇著、杨振同译《最后的亲历者》。

江汉语录：吴投文《李琦：写作特别像擦拭银器的过程——五〇后作家访谈录之二十四》，周新民《刘向东：走出"影响的焦虑"——六〇后作家访谈录之二十四》，杨晓帆《周洁茹：我们当然是我们生活的参与者——七〇后作家访谈录之二十六》。

芳草文史：谭元亨《山歌中国》，刘益善《民间收藏纪事》。

2017 年①

第 1 期

第五届汉语文学女评委奖：《获奖篇目》，吕兵《坚守、倾情、追求》，《授奖辞》，《获奖作家感言》。

---

① 本年度每期扉页均有刘醒龙手书《主编的话》。各期的封面、封二、封三推介的"当代文学名家"依次为：叶舟、熊育群、许春樵、雷平阳，欧阳江河、关仁山。各期"江汉语录"栏目《主持人语》的作者为朱小如。篇名书法作者依次为：梁必文、黄斌、管用和、汉流。

2017 年湖北小说联展：刘平海《大河》(长篇小说)；柳长青《南瓜》(中篇小说)，宋离人《钢铁童话》)(中篇小说)，万雁《两地分居》(中篇小说)，谭岩《脸面》(中篇小说)，付小平《晕城》(中篇小说)；程文敏《覆宅记》(短篇小说)，贺洲《归途》(短篇小说)。

先锋俄罗斯：[俄]法济利·伊斯坎德尔著、文吉译《爷爷》。

江汉语录：周新民《吉狄马加：民族之根与世界之眼》，杨晓帆《李宏伟：来自永恒的临时垂青》，汤天勇《宋小词：创作有尊严的小说》。

第 2 期

中篇小说：叶舟《尖锐的主角》，春华《风控》。

短篇小说：谢方儿《寻找王桂花》，张英《肤如凝脂》，杨遥《像他们一样笑吗?》。

长篇小说：陈仓《小上帝》。

先锋俄罗斯：[俄]法吉利·伊斯坎德尔著、文吉译《北方的金合欢》。

风范汉诗：陈先发《横琴岛九章》，起伦《等风来》(二首)，田禾《天眼》，梁小斌、吴投文《中国新诗百年高端访谈》。

江汉语录：周新民《关仁山：做新时代的柳青》，桫椤《薛舒：把最好的部分送给这个世界》，汤天勇《周李立：文学能"消除肿胀或者让内心更肿胀"》。

芳草文史：郭海燕《在那美丽的宝岛》。

第 3 期

中篇小说：甫跃辉《五陵少年》，华杉《城里来的大学生》，罗望子《木兰辞》。

短篇小说：但及《端午》，周荣池《大淖新事》，鱼丽《折叠》。

长篇小说：杜文娟《雪莲》。

风范汉诗：剑南《独木桥》(二十六首)，包苞《春天纪事》(十九首)，王太文《孤独与荒凉》(十七首)，林莽、吴投文《中国新诗百年高端访谈》。

先锋俄罗斯：[俄]法济利·伊斯坎德尔著、文吉译《夏日》。

江汉语录：周新民《侯马：写一段就复活一段》，张丽军《周瑄璞："因为热血的流动去爱"》，汤天勇《欧曼：写作已成为我的世界观与方法论的基石》。

芳草文史：林那北《蒲氏的背影》。

第 4 期

长篇小说：陶纯《浪漫沧桑》。

中篇小说：王树兴《无底洞的底》。

风范汉诗：李少军《西山如隐》（十九首），陈离《证明》（十首），王晖《窗外》（九首），莲叶《风吹》（二十一首），王小妮、吴投文《中国新诗百年高端访谈》。

先锋俄罗斯：［俄］法济利·伊斯坎德尔著、文吉译《从瓦良格人到希腊人的路途》，［俄］谢·亚·沙尔吉诺夫著、刘宪平译《祖母和新闻系》。

江汉语录：周新民《冉正万：作家是看见鸟儿就追山的孩子》，桫椤《肖江红：作家应该写出万物平等》，汤天勇《文珍：写作就是一种舟渡，小乘度己，大乘度世》。

田野文化：刘梅花《刘梅花散文小辑》。

第 5 期

风范汉诗：欧阳江河《祖柯蒂之秋》，欧阳江河、吴投文《中国新诗百年高端访谈》。

先锋俄罗斯：［俄］法济利·伊斯坎德尔著、文吉译《山羊与莎士比亚》，［俄］谢·亚·沙尔吉诺夫著、刘宪平译《最后一个农民》。

江汉语录：周新民《曹军庆：以"回望"之名前行》，桫椤《黄咏梅：文学就是我的"逃跑计划"》，汤天勇《蔡东："一次又一次地爱上小说"》。

田野文化：陆春祥《一日面遇七十毒》。

芳草文史：黄传会《海峡》。

第 6 期

贺党的十九大召开特邀作品：苏北《大湾村漫笔》，唐诗云《柏林寺村的"取经"路》。

长篇小说：肖克凡《旧租界》。

中篇小说：李敬宇《七个人的火车》。

短篇小说：王小忠《铁匠的马》，李世成《白天不熬夜》。

风范汉诗：牛庆国《火堆与月夜》（十五首），向迅《致父亲》（十一首），袁磊、马迟迟、蒋佳成、王国全、胡超、余昆《年轻的风》，谢冕、吴投文《中国新诗百年高端访谈》。

先锋俄罗斯：［俄］亚历山大·伊里切夫斯基著、文吉译《白马》。

江汉语录：周新民《朱辉："小"中自有大乾坤》，杪椤《东君：对自己有期待才能让读者有期待》，汤天勇《王威廉：到内心和存在的层面上去理解并构建现实》。

2018 年①

第 1 期

湖北二〇一八小说联展：何存中《在河之洲》，冯慧《贪心的风儿》，朱朝敏《辣椒诵》，阿毛《一只虾的爱情》，欧曼《一念之间》，盛莉《东风破》，王国全《等》，唐启意《坤二爷》。

风范汉诗：邹汉明《二〇一七年的自画像》（十一首），黄海兮《吾乡》（十一首），虫虫《春天不同去年》（十二首），吴投文《中国新诗百年高端访谈——唐晓渡先生访谈》。

江汉语录：周新民《叶弥：我崇尚朴素喜爱自然》，杪椤《陈集益：写下我亲历的时代》，汤天勇《毕亮：做　个有"负担"的作家》

第五届"汉语诗歌双年十佳"颁奖暨采风活动：吕兵《颁奖典礼致辞》。

---

① 本年度每期扉页均有刘醒龙手书《主编的话》。各期的封面、封二、封三推介的"当代文学名家"依次为：裴山山、曹有云、西川、鲁敏、李敬泽、黄咏梅。各期"江汉语录"栏目《主持人语》的作者均为朱小如。篇名书法作者依次为：谢有顺、雷平阳、刘益善、马步升、霍俊明、魏瀚邦。

第 2 期

中篇小说：阿满《彩绫坊》，姜博瀚《红麻地》，黄朴《一起摇摆》。

长篇小说：李学辉《国家坐骑》。

风范汉诗：孙文波《午后画像》(二十首)，芦苇岸《一个怀乡者的病情》(二十一首)，卢圣虎《风吹过来》(二十一首)。

江汉语录：周新民《龙仁青：来自天籁的声音》，秒椤《鲁敏：谁都是风里雨里不一样的树叶》，汤天勇《陈再见：希望自己成为那种完整的作家》。

南北无双：林那北《主持人语：我住嘴，你们继续》，南帆、夏无双《大辫子与蝴蝶结(一)：卡通语言背后的距离》。

第 3 期

短篇小说：尹向东《隔窗相望》，李云雷《我与新娘的一天》，刘梅花《野棠花街》，何炬学《静静的午后》，杨明《龙儿细节》。

中篇小说：傅泽刚《崖上读书声》，鬼金《白色上的白色》，虽然《散如烟云》。

风范汉诗：西川《论读书》(十二首)，谢克强《在生活的背面》(八首)，黄灿然《变形记》(十六首)，西川、吴投文《中国新诗百年高端访谈》。

一带一路：[俄]法济利·伊斯坎德尔著、文吉译《我的叔叔从不负人》。

江汉语录：周新民《次仁罗布：温暖与悲悯的协调》，杨晓帆《张忌：我的小说是写人的》，汤天勇《喻之之：文学是爱的语言》。

南北无双：林那北《主持人语：时光太浅，好奇太深》，南帆、夏无双《大辫子与蝴蝶结(二)：我们生活在机器中》。

芳草文史：蓝博洲《高唱欢喜的青春之歌》。

田野文化：胡江霞《边疆那些往事》。

第 4 期

中篇小说：韩永明《我们歌唱》，裘山山《卤水点豆腐》，若非《码世界》，萨娜《腾克之恋》。

短篇小说：叶牡珍《痛词》，宋离人《迎风飞翔》。

一带一路：［俄］法济利·伊斯坎德尔著、文吉译《奇克和白鸡》。

风范汉诗：柳沄《周围》(十一首)，黑陶《丁蜀镇》(二十五首)，敬文东《十年》(三首)，翟永明、吴投文《中国新诗百年高端访谈》。

江汉语录：周新民《剑男：我从没有借着胆子粗暴地对待过生活》，杪椤《曹寇：我反对异口同声》，汤天勇《马金莲：用敬畏演绎生命的珍贵的苦难的坚硬》。

南北无双：林那北《主持人语：你在那么近，隔得那么远》，南帆、夏无双《大辫子与蝴蝶结(三)：玩具与游戏》。

田野文化：张好好《老和田玉札记》，文扬《女儿十五岁》。

第 5 期

中篇小说：马南《寂寞如雪》，林那北《蓝衫》，甫跃辉《新生曲》。

长篇小说：於可训《特务吴雄》，董立勃《河谷》。

一带一路：［俄］法济利·伊斯坎德尔著、文吉译《在科多里河上游钓鳟鱼》。

风范汉诗：商震《冬天已经深了》，古马《落日谣》(十二首)，林典刨《人间游客》(十五首)，小西《在火车上》(十四首)。

中国经验：李清霞、马步升、刘俐俐、杨光祖《精准扶贫背景下的乡村文本》。

第 6 期

长篇小说：叶舟《敦煌本纪》。

一带一路：［俄］法济利·伊斯坎德尔著、文吉译《男孩与战争》。

风范汉诗：袁伟《田间实验手》(十三首)，车延高《诗话李青莲》(十三首)，朱零《纯洁之人》(十九首)，杨献平《在成都》(二十三首)，孙文波、吴投文《中国新诗百年访谈》。

南北无双：林那北《主持人语：七卦太少，九卦太多》，南帆、夏无双

《大辫子与蝴蝶结(四)：当八卦扑面而来》。

中国经验：桫椤、周兴杰、刘佳、陈涛《精准扶贫背景下的乡村文本(之二)》。

2019 年①

第 1 期

第六届《方草》女评委奖：《获奖篇目》，《颁奖辞》，《获奖作家感言》，於可训《用女性的眼光去评选有温度的作品》。

长篇小说：叶舟《敦煌本纪》(第二部)。

中篇小说：柳长青《文化站长》，李鲁平《对文化的尊重与文化的新农村》。

风范汉诗：孙文波《随手记》(十五首)，李浩《远游》(二十八首)，叶舟《片段》(八首)，刘洁泯《箴言》(十二首)。

一带一路：[俄]法济利·伊斯坎德尔著、文吉译《长逝》。

南北无双：林那北《主持人语：教得那么苦，育得那么累》，南帆、夏无双《大辫子与蝴蝶结(五)：装进校园的时光(上)》。

中国经验：《精准扶贫背景下的乡村文本研讨会会议纪要》。

第 2 期

甘南作品小辑：扎西才让(藏族)《达珍》，王小忠《五只羊》，完玛央金(藏族)《多吉的赛马》，李鲁平《甘南草原诗篇》。

长篇小说：叶舟《敦煌本纪》(第三部)。

风范汉诗：臧棣《北方笔记》(十五首)，谷禾《我不轻易赞美这世界》(二十一首)，桑子《湛蓝色的披风》(十三首)，午言《吞噬与被吞噬》(十八首)。

---

① 本年度每期扉页均有刘醒龙手书《主编的话》。各期封面、封二、封三推介的"当代文学名家"或名人依次为：李修文、张执浩、周新民、张富清、韩爱萍、邱华栋、陶纯。第一至四期"江汉语录"栏目《主持人语》的作者均为朱小如。篇名书法作者依次为：汪政、魏翰邦、刘醒龙、王干、谢有顺。

一带一路：[俄]伊里切夫斯基著、文吉译《狮门》。

南北无双：林那北《主持人语：青春有价 校园无边》，南帆、夏无双《大辫子与蝴蝶结(六)：装进校园的时光(下)》。

中国经验：贺仲明、李勇、杨晓帆《精准扶贫背景下的乡村文本(之三)》。

第 3 期

长篇小说：叶舟《敦煌本纪》(第四部)。

风范汉诗：第朗《远山》(十七首)，张作梗《单行道》(十五首)，卢卫平《成长史》(十五首)。

一带一路：[俄]法济利·伊斯坎德尔著、文吉译《可怜的巧舌》。

第 4 期

中华人民共和国成立 70 周年特稿：刘益善《中国，一个老兵的故事》(诗歌)，李鲁平《诗歌如何构建英雄的平凡》(评论)，张好好《东方风羽——韩爱萍传》(报告文学)。

中篇小说：张艳荣《深雨巷》。

芳草文史：蓝博洲《寻找美浓烈魂傅庆华》。

中国经验：刘艳、赵俊涛、颜水生《精准扶贫背景下的乡村文本(之四)》。

第 5 期

中篇小说：熊湘鄂《蓝色四叶草》，李鲁平《一个听得见生活心跳的文本》(评论)，白丁《温柔乡》。

短篇小说：王树兴《传家宝》。

长篇小说：麦然《昆仑奴的盛夏》。

风范汉诗：车延高《回到七岁》(三十六首)，第广龙《辽阔》(十首)，喻伟华《隧道》(十五首)，向尧《登山》(十二首)。

一带一路：[俄]法济利·伊斯坎德尔著、文吉译《父亲》。

南北无双：林那北《主持人语：宇宙很小　大脑硕大》，南帆、夏无双《大辫子与蝴蝶结(七)：大脑里的宇宙》。

中国经验：汤天勇、马晓雁、邱婕、郭伟《精准扶贫背景下的乡村文本(之五)》。

田野文化：商震《一瞥两汉》。

第 6 期

湖北二〇一九小说联展：韩永明《酒是个鬼》，李鲁平《情感与家庭在脱贫中的价值》(评论)，王雅萍《晚来风急》，刘红《桃花潭》，陈刚《血豆腐》，兰云峰《落气纸》，蔡秀词《冬日惊雷》。

风范汉诗：世宾《交叉路口》(十七首)，宋晓杰《荒野之远》(八首)，刘将成《太平洋漂流记》(十一首)，袁磊《少年》(九首)。

一带一路：[俄]法济利·伊斯坎德尔著、文吉译《钟表时间》。

南北无双：林那北《主持人语：时不我待　尚在路上》，南帆、夏无双《大辫子与蝴蝶结(八)：当时与尚包裹我们》。

田野文化：段怀清《寺在深山》。

2020 年①

第 1 期

中篇小说：马南《破浪》，李鲁平《写出变与不变的变奏》(评论)，黄海兮《戏台》。

短篇小说：李嘉茵《钟灵街》，许玲《向阳粉馆》。

长篇小说：初日春《一号战车》。

风范汉诗：柳沄《虚构》(十五首)，徐俊国《深呼吸》(二十三首)，杨献平《对面》(十首)，胡超《风力发电机》(十一首)，霍俊明《现代汉语诗歌

① 本年度每期扉页均有主编刘醒龙手书《芳草新语》。各期的封二、封三推介的"当代文学名家"依次为：徐则臣、陈怀国、宗仁发、刘玉栋、陈先发、田天。篇名书法作者起依次为：商震、雷平阳、程绍武、刘阳、胡弦、李浩。另出版长篇小说专号与战疫作品专号。

的关键词——小说家与诗人》。

一带一路：[俄]法济利·伊斯坎德尔著、文吉译《最爱的叔叔》。

新才子书：剑男《读诗札记》。

第 2 期

中篇小说：谢国兵《穿风者》，张锐强《炮兵之恋》，洼西彭措《眼睛的星空》。

短篇小说：李学辉《喇叭》，王玉珏《妹妹的明信片》，华杉《歌声嘹亮》，章国梅《书法家的爱情》。

江汉语录：刘艳《徜徉于"小说"与"散文"之间的散文的叙事艺术——也谈严歌苓〈穗子的动物园〉》。

风范汉诗：雷平阳《诗两首》，李樯《此刻就像从未出现过》，马骥文《诗人酒吧》，霍俊明《现代汉语诗歌的关键词——诗人与生活》。

一带一路：[俄]法济利·伊斯坎德尔著、文吉译《赫拉克勒斯的第十三项壮举》。

作家评传：耿占春《穆旦的诗：作为一部传记》。

田野文化：严彬《家族史》。

第 3 期

新才子书：徐则臣《虞公山》(短篇小说)，《〈虞公山〉之所从来》(创作谈)，季亚娅《鬼魂、家谱、脚踝：一次认祖归宗》(评论)，李遇春《打造中国风味的"原小说"》(评论)，马步升《有一种荒诞是被事实验证的荒诞》(评论)，编辑手记《从〈聊斋志异〉到〈虞公山〉》。

中篇小说：赵志明《路口》，才旦《羊皮画》，张杰《发卡》。

短篇小说：郭晓琦《最后一次裁剪》，柏蓝《银色的岔道》。

田野文化：徐兆寿《寻找昆仑》。

一带一路：[俄]法济利·伊斯坎德尔著、文吉译《夜间列车》。

风范汉诗：杨森君《暮色深沉》(二十一首)，天界《人间烟火》(十六首)，熊曼《未名之树》(十七首)，朱光明《江河诗篇》，霍俊明《现代汉语诗歌的关键词——诗歌与乡愁》。

第 4 期

庆祝中国共产党建党九十九周年特稿：贺捷生《元帅的女儿》，刘立云《像春蚕吐丝那样向你倾诉》（评论）。

新才子书：刘玉栋《芬芳四溢的早晨》（短篇小说），《变与不变》（创作谈），叶立文《走马灯、离心力与向心力》（评论），刘大先《一个或者无数个清晨》（评论）。

中篇小说：韩永明《我们跳舞》，李骏《成长如蜕》。

短篇小说：白小云《第十二遍》，谷春华《雪中的八哥》。

田野文化：马步升《乱说乱动》。

一带一路：[俄]法济利·伊斯坎德尔著、文吉译《幼儿园》。

风范汉诗：臧棣《圣物简史》（十首），吴投文《宁静》（二十二首），风言《虚掩之门》（十二首），楚子《有些沉默》（二十五首），霍俊明《现代汉语诗歌的关键词——"元诗"：伟大元素与范本语言》。

第 5 期

林那北小辑：林那北《床上的陈清》（中篇小说），《在岁月中春暖花开》（创作谈），贺绍俊《一首英雄赞歌或一次英雄祭奠》（评论），王春林《命运感与精神分析》（评论），季亚娅《移步换景："床"的来路与去处》（评论），编辑手记《生活、命运与历史》。

短篇小说：谷禾《皮皮》，张伟东《蓝眼睛》。

中篇小说：刘梅花《栎树街》，黄朴《丫丫的城》。

长篇小说：刘江《落日与少女》。

田野文化：马步升《苍天大地》。

一带一路：[俄]法济利·伊斯坎德尔著、文吉译《舞台上的受难者》。

风范汉诗：于坚《便条集》，徐南鹏《每一次花开都是还愿》（十四首），阿毛《当故乡成为景区》（十四首），师飞《驱蚊记》（十四首），霍俊明《现代汉语诗歌的关键词——诗人之死："从黑暗中递过来的灯"》。

第 6 期

新才子书：邱华栋《普罗旺斯晚霞》《哈瓦那波浪》《圣保罗在下雨》(短篇小说)，《中国故事》(创作谈)，李云雷《新时代的中国故事及其世界图景》(评论)，李蔚超《邱华栋地图上的中国与世界》(评论)，季亚娅《远行者必有风景：邱华栋的世界地理学》(评论)，编辑手记《日暮乡关何处是》。

短篇小说：平凡《香樟树》，石野《村旗》。

中篇小说：宋离人《麻雀寓言》。

芳草文史：蓝博洲《寻找台湾第一才子吕赫若》。

风范汉诗：清平《好事近》(十八首)，王学芯《改变》(十六首)，王晖《车站》(十首)，康雪《天蒙蒙亮》(二十二首)，霍俊明《现代汉语诗歌的关键词——总体性诗人：长诗与终极文本》。

第 7、8、9 期合刊
(2020 长篇小说专号)

长篇小说：商震《出水莲——萧统别传》，刘益善《大明经略熊廷弼》，陈本豪《京剧第一世家》(节选)。

第 10、11、12 期合刊
(2020 战疫专号)

现场：寒青《打造生命的方舟》，邱匡、哨兵《卓尔时速：阎志的 1032 个小时》，刘益善《感动我的众生》，吴福生《风雨相依》，刘桂英《四十三天》，沈延春《重生》，王建生《大花山不会忘记》，甘鹏程《一个警察的故事》，林山《神农架林区战疫英雄谱》，陈婉清《回家》，郭海燕《当浪花跃上峰尖》。

记录：何存中《黄州记》，柳长青《社区记》，邓鼐《一手记》，舒位峰《封城记》，孔帆升《众生记》，程文敏《同袍记》，石野《小城记》，王倩茜《双城记》，李鲁平《辗转记》。

凝视：刘小骥《童之眼》，楚小影《深呼吸》。

诗歌：杨建仁《撕开面具，让春天如期盛开》，李皓《我想坐车再去一趟武汉》，鲁若迪基《非常时刻》，易飞《这些空白都是我的》，李培刚《武汉，开门大吉》，谢春枝《武汉，我是春天》，孙振佳《你真美》，袁磊《美》。

图片：虞小风抗疫漫画选，雷波摄影作品选。

编年卷（二）

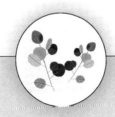

一、专　　号

1980 年第 10 期　短篇小说专号

1980 年第 11 期　翻译作品专号

1981 年第 3 期　爱情·婚姻·家庭专号

1981 年第 5 期　青年文学专号

1981 年第 10 期　短篇小说专号

1982 年第 8 期　小说专号

1983 年第 3 期　女作家专号

1983 年第 10 期　小说专号

1984 年第 8 期　城市生活小说专号

1986 年第 1 期　武汉大学作家班作品专号

1986 年第 9 期　小说专号

1987 年第 8 期　纪实文学专号

1989 年第 10 期　武汉青年作家作品专号

1991 年第 7 期　纪念中国共产党成立七十周年专号

1992 年第 7 期　"云之南"笔会作品专号

1992 年第 8 期　湖北青年作家作品专号

1996 年第 5 期　武汉地区青年作家作品专号

1996 年第 8 期　《芳草》改刊 200 期纪念专号

1998 年第 5 期　青年作家小说专号

2002 年第 12 期　小说专号

2009 年第 2 期　吉祥青藏专号

2009 年第 3 期　长篇小说专号

2009 第 6 期　女作家专号

2014 年第 1 期　吉祥青藏专辑

2020 年战役专号

2020 年长篇小说专号

二、个人或地区作品小辑

1990 年第 6 期　陈应松作品小辑

1990 年第 7 期　善良作品小辑

1990 年第 8 期　唐镇作品小辑

1990 年第 9 期　刘醒龙作品小辑

1990 年第 10 期　邓一光作品小辑

1990 年第 12 期　吕幼安作品小辑

1991 年第 1 期　叶大春作品小辑

1991 年第 2 期　张永久作品小辑

1991 年第 4 期　沈虹光作品小辑

1991 年第 5 期　刘红作品小辑

1991 年第 6 期　胡世全作品小辑

1991 年第 10 期　胡鸿作品小辑

1992 年第 3 期　杜为政作品小辑

1992 年第 4 期　罗维扬作品小辑

1999 年第 2 期　'98 文学院笔会作品小辑

1999 年第 4 期　湖北市县文学工作者诗作小辑

1999 年第 7 期　湖北省襄阳县青年诗人作品小辑

1999 年第 10 期　张静作品小辑

2000 年第 9 期　竹山——房县笔会作品小辑

2000 年第 4 期　神农架笔会小辑

2001 年第 5 期　湖北青年作家作品小辑

2001 年第 12 期　秭归作者小辑

2002 年第 8 期　岳阳作者小辑

2002 年第 11 期　随州作者小辑

2004 年第 1 期　江汉大学校园作品小辑

2004 年第 2 期　湖北远安作者作品小辑

2004 年第 3 期　湖北麻城作者作品小辑

2004 年第 5 期　湖北宜昌市夷陵区作者作品小辑

2004 年第 6 期　湖北岳阳作者小辑

2006 年第 2 期　龙仁青小说特辑

2006 年第 3 期　苏北小说小辑

2006 年第 4 期　阿满小说小辑

2007 年第 1 期　翁弦尉小说小辑

2007 年第 2 期　龙仁青小说小辑

2011 年第 5 期　铁凝新作小辑

2011 年第 6 期　东紫新作小辑

2011 年第 6 期　周瑄璞新作小辑

2012 年第 3 期　新疆少数民族文学翻译家班作品小辑

2012 年第 4 期　付秀莹作品小辑

2012 年第 5 期　张好好作品小辑

2014 年第 1 期　吉祥青藏专辑

2014 年第 3 期　周李立小辑

2019 年第 2 期　甘南作品小辑

2020 年第 5 期　林那北作品小辑

三、江汉作家群

陈应松　1996 年第 9 期

刘醒龙　1996 年第 10 期

邓一光　1997 年第 1 期

吕幼安　1997 年第 2 期

马竹　　1997 年第 4 期

赵金禾　1997 年第 9 期

张执浩　1997 年第 10 期

何存中　1997 年第 11 期

王石　　1998 年第 4 期

徐鲁　　1998 年第 6 期

文浪　　1999 年第 1 期

刘继明　1999 年第 2 期

叶大春　1999 年第 7 期

晓苏　　1999 年第 9 期

四、《芳草》改刊 200 期纪念专号

《芳草》1996 年第 8 期

十七岁的《芳草》正年青

——《芳草》200 期回眸

本刊编辑部

《芳草》200 期了。折合芳龄，她刚满二八，岁在十七，正是年轻时。

记得，十七年前，当她还没有脱胎转世的时候，她的前身是《武汉文艺》。《武汉文艺》诞生于 1974 年，那是一花独放、百花凋零的岁月，但是，创始者们——吕西凡、周代、刘烈诚、胡培卿、朱子昂、祁向东等一班人，冒着风刀霜剑，硬是在我们这块"惟楚有才"的地方开出了这一角文艺苑。

《武汉文艺》为改刊《芳草》奠定了坚实的基础。她招兵买马，聚集了一大批精兵强将；又审时度势，看准了文学界春风吹又生的大好时节，于是，人杰地灵加上清风和畅紫气东来，改刊势在必行。80 年代的第一春，如人世间一个可爱的灵婴呱呱坠地，如鹦鹉洲头一株鲜嫩的小草破土而出，《芳草》便亭亭玉立了起来。小小的《芳草》一出世，就少女般地广泛承接了人间的甘露。一批批慈祥的老者，一批批文坛的宿将，譬如王蒙、秦兆阳、严文井、臧克家、胡风、萧军，直至当今文坛泰斗巴金老人，都曾经爱抚和呵护过她；一大批著名的中青年作家，如贾平凹、王安忆、叶文玲、张抗抗以及方方、池莉、刘醒龙、邓一光、董宏猷等，也都在《芳草》初试过身手，把《芳草》作为他们的发轫地之一。《芳草》得了天时、地利、人和，很快健步地走进了自己的辉煌：她有幸连中三元，于 1981 年、1982 年、1984 年相继荣膺全国优秀短篇小说奖。她无意自誉，却"路上行人口似碑"，文学界曾经认同她为全国文学刊物中的"四小名旦"之一；人缘广结时，她仅订户读者就拥有十几万。

有宋人叹：知音少，人间何处寻芳草。我们不叹。我们还是和普天下的文人朋友一样，认同宋人东坡大学士流传千古的佳句：天涯何处无芳草。不能忘，陆文夫、王愿坚、高晓声、苏叔阳诸公，都莅临我们这里讲过学；武汉大学(也是全国)第一个作家班的成员，悉数来我们这里做过客；王朔、刘震云、郑万隆、叶兆言、范小青、储福金各位，应邀参加过我们的神农架笔会；邓刚、刘兆林曾把《芳草》当过"临江驿"；蒋子龙在北戴河也与《芳草》的小说班有过"风云会"；还有一大批作家、评论家、编辑家，也曾跋山涉水，从四面八方云集武汉，参加过《芳草》举办的有关都市文学的大讨论。我们的朋友是广泛的，真的是："多情芳草，年年处处相逢。"

作为文学的驿站，《芳草》从自身的编辑队伍中为武汉、湖北乃至中国文坛熔炼和输送了一批实力不弱、成绩斐然的作家，他们中如杨书案、池莉、董宏猷、邓一光、陈应松、周翼南、绍六、曾德厚诸君，都早已通过《芳草》这个接转站走进了专业作家、专业编剧的队伍，而有的如田天、钱鹏喜等也同样是身兼二任，以职业编辑、业余作家的身份活跃于文坛。

当然，编辑终究是不能忘的。编辑家们也终究是以默默无闻的编辑工作为本的。正因为如此，才有可能从在校学生的自由来稿中遴选出《女大学生宿舍》，才有可能帮刚刚走进文学之门的作者朋友采摘到《最后一篓春茶》，才有可能同心协力捕捉到那令人荡气回肠的《生死之间》。尤其是从《芳草》起步、或浸润着《芳草》的芳香而事业有成的年轻作家们，以及长期阅读《芳草》，从中获得过某些愉悦、感悟、启迪的读者，相信是终生不会忘记《芳草》的编辑们的。他们将永远记得："风情何处，画栏愁倚，天涯芳草。"

有先哲云：海不纳川，水将倒流。九九归一，《芳草》之所以能够一直健康地蓬勃地生长和发展，总归说来，是得益于党的春风。正因为十几年来始终有着党的"两为"方向、"双百"方针的正确引导，正因为《芳草》在每一个舒茎拔节的关键时候都有着中共武汉市委宣传部和市文联党组的精心培育，同时，自改刊之日起，又长期自觉地坚持了出作品、出人才的正确道路，于是这才能够使得细雨润物，滋滋有声；鹦鹉洲头，芳草萋萋。

至今，《芳草》十七岁了，虽年已及笄，但仍是一棵小草。她方兴未艾，蓬茸在望，正值青春期，不唯十七、十八无丑女，深信前程也是不可限量的。

昨日风雨昨日晴

周　代

　　《芳草》的前身是《武汉文艺》。我是《武汉文艺》创始者之一。那是1973年夏秋之间，"十年浩劫"后期，"四人帮"的丑恶表演登峰造极之时。当时想恢复点"文革"前的举措也被视为"复旧"，更别说做点创造性工作了。偏偏在这节骨眼儿，林戈等几位同志却想要办一个综合性的大型文艺刊物。我随林戈到省里有关部门办登记注册手续，一位老领导听到这个消息连连叹气："这种时候办文艺刊物，就是增加一个犯错误的机会!"虽然他最后还是热情地帮助我们把手续办好了，但当时我们确实还不能充分理解他这句话的含义。由此可见我们是何等天真无邪、一窍不通。

　　关于办一个怎样的大刊物，大家心里确实没谱，只是想这个世界也真太寂寞了，不是说"不破不立"吗？破了七八个年头了，难道不该立点什么？难道从今以后就不再需要文学和艺术了？

　　当时全国少数几个城市中也有一些傻头傻脑的文化人蠢蠢欲动，有几个地方甚至出现文艺刊物了。那时这种文艺刊物都有一个千篇一律的名字"××文艺"。这个"××"就是省名市名。自然，我们的刊物就只能叫《武汉文艺》。这就是《武汉文艺》名字的由来。

　　刊物由谁写刊名？大家不约而同地想到郭老。他是一位大文豪，又是一位大书法家，一位硕果仅存的文艺大家。于是，我便以编辑部名义写信到北京请他老人家题字。两张信笺写了一张半的字。不久，便收到他的回信，打开一看：怎么，信被退回来了？仔细一看，原来他在信的后半页题了好几个"武汉文艺"的毛笔字。那时人们还不明白，郭沫若当时的处境并不妙，他手头上连一小块宣纸也拿不出来。

　　万事开头难。一般情况下大多莫不如此，而《武汉文艺》的创办就是"难中难"了。所谓"编辑部"，其实没正规的办公室，没愿意承印的正规印刷厂，没有正式配给的纸张，就连公用的自行车也很少。

　　当时市文联也早被彻底砸烂了。刊物隶属于刚成立的市文化局领导下的文艺创作室。所谓编辑部起初就只有五个人：我和刘烈诚担任正副主任，正式编辑就只有胡培卿、朱子昂、祁向东。老刘长年有高血压，很难出门，由他主内；我则和其他几位负责外勤，忙于四处组稿。记得那时我们外出组稿，不是一个人出门，而是"倾巢出动"，如当时武汉军区组织了一次全区的创作学习班，基层的兵哥哥们创作了一批新作品，我们便集体去看稿。创作组负责人（应为文艺科长——编者注）骆峰慷慨地拿出全部来稿，我们分头细读后，一致看好一个短篇《铿锵的锤声》。大家便觉得如获至宝，不虚此行。

记得我和朱子昂一起找到了夏雨田的家。他住在汉口清芬剧场附近的一栋集体大宿舍的深处，我们好不容易找到了他，希望他给创刊号写篇相声。我和他相识于60年代初，"文革"后便不往来。久别重逢，他很是高兴，一口气便答应下来了。不久，便收到他的相声新作《一架照相机》。

记得为了创刊号上能发表一篇由工人作者写工人阶级中先进人物的报告文学，我和胡培卿去到"二七"风暴发源地的江岸车辆工厂，和当时在这个厂里深入生活的作家楚奇共同帮助新作者刘章仪，数易其稿，写成了一篇关于老模范范忠志的作品。

创刊号终于凑齐了稿件。平心而论，那时能一口气拿出这些作品来，今天看来也许微不足道，而在当时却是使许许多多后来成为新时期作家的写作者们感到兴高采烈的事情。它无异于武汉文艺界在黎明前的深夜里的一声啼鸣，冬日泥冻里的一片萌芽，新生婴儿坠地时的第一声啼哭，给沉闷了七八年的武汉文坛带来了一个似有若无的春的消息。不管别人怎么评价它，当时的我们却是满怀收获的喜悦的。

《武汉文艺》没有安排主编，市文化局领导者之一吕西凡——这位来自解放区的文坛老将，是全部稿件的终审人。我记得他看到创刊号上全部稿件时，在每篇稿件上都写下了自己的意见，或长或短，或详或略。而他在刘富道、方志民两位新作者的稿件《铿锵的锤声》上则写了很长的一段话，大意是：这篇未必合乎"三突出"创作原则的小说，却是一篇难得的作品。他的评价，让人们乐不可支，仿佛那就是我们自己的作品受到了一次极大的表扬。

当时我们找不到很多订户——大约"文艺危险"的可怕影响太深入人心。为我们喝彩的人几乎除了我们自己几个人，就只有一批不怕鬼的年轻的文艺爱好者们。他们毕竟在人群中为数寥寥，微不足道。

创刊号出来后，我们最初得到的是老作家吉学沛写来的一封信。他在信中写道：

> 我一拿到手，几乎是一下读完的，有一种欣喜的心情，使我很想写信给你们。整个看来，封面设计、装帧，以及发表的画都不错，比较大方，编排也好。
>
> 我最喜欢的是《铿锵的锤声》，虽然它收尾仓促了一些，但我仍然觉得它是目前不可多得的作品，语言好，人物比较有个性，故事也生动有趣，使人在阅读中既受到了教育，也得到了享受，除此之外，我们还能要求什么呢？
>
> 另外，夏雨田的相声《一架照相机》也使人喜欢。

吉学沛的这封热情洋溢的信无疑是一针强心剂，确确实实使我们编辑部同仁以及文艺创作室的几位领导信心倍增，相信自己的劳动没有白费。"开弓没有回头箭"，看来，我们只有在"高天滚滚寒流急，大地微微暖风吹"的天地间匍匐前行了。

万万没想到的是，1974年冬天，刊物出到那年的最后一期时，北京频频传来许许多多扑朔迷离的消息，刚刚复苏的文艺界又是一片杀机：文艺黑线回潮，"批林批孔"铺天盖地而来。看来我们已经基本组织就绪的所有稿件，全都派不上用场，拿出来就只能被当作活靶子。我们全都感到了迷惘，不知这是怎么一回事。

在一个滴水成冰的寒冬，编辑部全班人马到医院请示正在卧床治病的吕西凡。他考虑再三，紧锁眉头，还是一筹莫展；最后指示我们将全部稿件，包括美术编辑中流费尽心血多次推倒重来的封面画一律报废。稿件全部要配合来势凶猛的"批林批孔"运动。除此以外，他还能有什么锦囊妙计呢？

这里，我不能不特别提到老作家姚雪垠。这时正暗中忙于长篇小说《李自成》创作的他，向我们伸出援助之手。1975年新年第一天，我正一筹莫展百般无奈地空坐在编辑部里犯愁，他来了，终于给我们送来了一条"锦囊妙计"：递给我一封信和一份写得满满8页的《辅导工作方案》。他建议开年后立即举办一个"'批林批孔'业余作者学习班"。我读着他用极为工整的毛笔楷书写的那封信和8页方案，从内心深处深深地感激他慷慨的帮助。我们按照他的意见，邀请了十来位业余作者办起了一个创作班。

1976年，每一个中华儿女都难以忘怀那一长串天崩地裂的日子。那年，我们先后失去了周恩来、朱德、毛泽东三位开国元勋。祖国啊，你将走向哪里？我们都倍觉迷惘和惆怅。

对于我们，最现实的问题莫过于上面连一张纸也不能供给了。我和胡培卿、朱子昂和作者陈振唐先后两次被派往南方广州、江门等地，空着双手请求那里的纸厂和报社大发慈悲，施舍我们一点边角余料，让我们度过因缺纸而面临的被迫停刊的难关。谢天谢地，我们的愿望总算得到了小小的满足，刊物总算还能勉强度日，刊物能坚持到那年"胜利的十月"一直没有"断炊"，算是万幸。

就这样，我们终于度过了自创刊至新时期这一长串艰难而又漫长的岁月。

事隔20来年，往事历历，如在目前。当我写下这些，很惭愧，这里没有任何可以值得大书特书的内容，不过是艰难时世中一大堆琐琐碎碎的小人物的悲欢而已。

1980年，《芳草》文学月刊正式出版。我原来工作了整整20年的《长江日报》调我回去，当时我是在"十年浩劫"中离开那里的。最初萌发回报社的念头，心中一直很平静。临到告别，我却心乱如麻，惶惶然不可终日；我才知道自己和这个刊物竟是这么骨肉相连，难舍难分。离别前数日，我以业余时间写了近万言的总结，交代了我几年来的工作情况和关于刊物今后的工作建议，亲手交给了分管有关工作的林戈和陈曙窗二位。我想，他俩是能理解我此时此刻复杂纷乱的心绪的。

《芳草》自创刊以来，每期我都能及时收到。对于她，我一直怀着别人难以理解的深挚的感情。我不知道别人如何评价她，但她在我的心中，从她问世的那天开始，我一直暗暗地注视着、关怀着她的成长。这十五六年来，因病魔困扰，我无法出门，未能重返一次编辑部，会会我的旧友新知们，向他们道一声"你好!"我永远不能解开属于我一人的这个"芳草情结"。

欢悦的艰辛历程

武克仁

1979 年，全国文艺界代表大会将在北京召开，我市文联的一些领导成员都将参加文艺春天的盛会。文联已决定筹办《芳草》文学月刊，就把筹办出刊的任务交给了我。刊名是对众多的提名中比较研究后，选出了易原符提出的"芳草"。我们的刊名用了鲁迅的书法。从一开始我们就实行民主办刊的原则，组成了筹办班子，以原《武汉文艺》编辑成员为基础予以调整，又吸收新的成员，充实、加强办刊力量。其成员计有刘烈诚（编辑部主任）、易原符、戴绍泰、胡培卿、朱子昂、朱淑、黄河清、杨书案、周翼南、曾德厚、祁向东诸同仁，后又增加了李绍六，是一个强有力的编辑班子。

如何才能办好《芳草》？经过反复思考、研究这个问题，我们认为：我国文学的"三言"说，即"警世""喻世""醒世"说，是有道理的。因此，我们提出了真、善、美三字，作为我们的共识和信念，确信现实与理想相结合的创作论，十分注重作品的社会性、地方性、民族性的发展特色。当时市一级的文学期刊纷纷出版，形成了竞争中互访互学的联谊新风。适时就势，便由《广州文艺》、南京的《青春》、杭州的《西湖》、武汉的《芳草》诸刊发起，组成了全国市级文学期刊定期联谊学术研讨会，每年召开一次，以推动期刊的互助发展。首届由杭州作东道主，在西湖召开。首次会议开得很成功，与会者还访问了绍兴、上海、苏州和南京，对市级文学期刊的发展起了促进作用。集众家办刊经验，互学互补的借鉴是十分有益的，得到各市领导的关心。上海市文联还特意举办了交谊座谈会，算是由期刊组织的一次盛会，促进了期刊间友谊竞争关系的建立。这种势头带来了新风格的发展。这时，文艺界有"四大名旦"之说，即上海的《收获》、北京的《十月》《当代》、广州的《花城》，由此引出"四小名旦"之说，即《广州文艺》、南京的《青春》、武汉的《芳草》、沈阳的《芒种》。美籍华人作家聂华芩访问大陆后说，有人说大陆的文学期刊没有风格，她看《芳草》办得就很有风格。这些鼓励之事，对《芳草》的发展很有促进作用，在发展中保持和充实自己的外观美、内容实的风格，发行量也年年增加。

忆《芳草》诞生前后

易原符

筹备改刊之前，在五月里，编辑部主任周代离开文联，回到他过去工作过的《长江日报》。这是使人感到遗憾的事。随后，领导上派文联党组成员武克仁同志来主持刊物的方针大计。日常工作由刘烈诚负责。

刊物改什么刊名，不仅编辑部人员在动脑筋，文联中一些关心这事的同志也来帮忙取名，最后将收到的刊名集中起来，由编辑部研究议定。当时提出的刊名有几十个，其中带有"花"字的刊名较多，如"江汉花""心花""江城之花"……看到这些"花"，我突然想：为何不想想"草"呢？一闪念间，立时想起"芳草萋萋鹦鹉洲"的诗句，于是我提出了以"芳草"作为刊名，随后获得大多数人的赞同，顺利通过。

把改刊的有关材料报到邮局发行部门之后，到1979年11月底，邮局通知1980年第1期《芳草》的数字是39735份(据我当年的记事本)，比《武汉文艺》的最后一期，上升了16000多份。接着，第二期邮局要数是40324，第3期是43533，每月发行数都在上升。到第4期，印数已过5万。原印刷《芳草》的新华印刷厂的综合车间，用的是平板机，难以承担5万以上的印数，从第四期就转到了7218工厂，用卷筒机印刷。到第12期，邮局要数达到93705份，1981年则突破10万大关，最高接近15万份。

1980年第8期的《新华月报》上，转载了《芳草》的3篇作品：程云的《温哥华奇遇》、贾平凹的《夏家老太》和西来的《说"鉴"》。

祝愿《芳草》常绿！

一段往事

杨书案

由于一些政治运动的影响，大学毕业后我被分到报社，接着又被该报社退回市组织部门重新分配。于是，直到"文化大革命"以后，我才得以圆了编辑、作家一身二任的梦。

等到 70 年代末，我当了《芳草》文学月刊的编辑后才发现，编辑部的工作制度和我想象的"五四"以及"左联"时代的刊物编辑部相去甚远。原来，中华人民共和国成立以后，我们照搬苏联的一套，作家已经专业化。如果刻板地按原则办事，编辑部只会承认有编辑，不承认有需要特殊照顾的作家编辑。编辑如果搞创作，可以说你是不务正业，在"文化大革命"前是可以开会批判的。

当然，我当编辑的时候，政治环境已宽松多了，对于我的创作，领导和同事们都给了很多照顾。但这牵涉体制、制度，不是主持编辑部工作的某个人的问题，因而编辑部一些兼搞创作的人，对那种机关化的坐班制度，总有些想法，觉得本可以编辑、写作兼任，但由于制度刻板而无法兼顾。

1984 年，组织让我筹建武汉市文学创作所，并任所长。1986 年年底，组织又要我同时主持《芳草》编辑部的工作。我感到作家、编辑很难一身二任，一再坚辞，组织不准辞；我心里私下盘算：能否做到编辑、写作兼顾，有没有两全其美的办法？

这时，我又想到了二三十年代一些前辈作家的办刊传统。要进行编辑部工作制度的改革，首先，编辑部要有一定的自主权。于是，我向市文联党组提出，如实在要我兼任编辑部的工作，为了创作所和编辑部两边的任务都不误，请求《芳草》首先实行主编制和党组领导下的主编负责制。

此前，《芳草》只有编辑部主任，另由一位老作家分管刊物工作，他们实际上是主编，但无主编之名。现在，老作家们都离休了，中年人一上来就要主编之名，合不合适？老作家们会怎么想？党组书记们理解我的请求，却颇为踌躇。

党组请老作家、老领导们与会，向他们汇报情况，请求支持。我作了说明：当前各刊都实行主编制，我们的负责人如称"编辑部主任"，将来刊物间开展工作交往时，恐多有不便，难免产生误解。对方或因你身份不对等而不予接待，或以为你不以身份对等的人接待他而误认我方不恭，给工作造成影响。老作家们听了汇报，终于给予支持。党组向市委宣传部汇报后，市委宣传部的领导也大力支持编辑部这一改革。《芳草》的主编制，以及党组领导下的主编负责制得以确立。

我被正式任命为《芳草》主编，开始制定编辑部的弹性工作制和目标责任管理制，党组和市委宣传部很快批准，并正式在编辑部组织实施。

编辑部工作制度的这一改革，首先使我能勉为其难地一身二任，我的诸子系列长篇历史小说的第一部《孔子》，就是1987年我兼任《芳草》主编的同时开始着笔的；对当时正在编辑部当编辑的青年作家池莉、田天等，或许也有些便利。

以后，陆续有一些青年作家调入编辑部，如董宏猷、钱鹏喜、陈应松、邓一光等，编辑部的弹性工作制或者对他们不无吸引力。而他们加盟《芳草》后，对《芳草》质量的提高、编辑部工作的开展，无疑带来很大活力。

当了一年的编外编辑

管用和

1978 年，我从汉阳县文化馆调到武汉市文联，担任专业创作人员，但来了以后，领导上安排我到办公室协助清理档案的工作。我如期地做完了一切，正想着可以安心地做本职工作了，文学部的领导人刘烈诚同志又找我谈话，说是市文联的刊物《武汉文艺》要更名为《芳草》，要求我参加筹备工作，具体的事情是协助诗歌编辑戴绍泰同志约稿、看稿，时间为一年。

之所以要我协助诗编戴绍泰同志，是因为我是诗歌作者，好以我的名义找些名家约稿，人熟好说话嘛。我这人心眼太死，老是想，何不从这么多来稿中选些好稿件，反而要舍近求远去另行约稿呢？若约来的稿子不好，不用，我如何向人家交代呢？对于越是出名的名人，越不好退稿。于是，我对老戴讲，多给些稿子我看，沙里总能淘出金子来的。老戴每天都拿一大摞来稿给我，我再将自己满意的稿件交给老戴过目，当他点头并交代我通知作者准备采用时，我感到莫大的宽慰。

初生的《芳草》，要想能产生些影响，当然还是需要一些知名作家的支持。当约稿信寄出后，自己总惴惴不安，心想，那些名家现在是门庭若市，对我们这样的小刊物小人物的约稿会放在眼里吗？但事情的发展却出乎我的意料。

像公刘同志，他寄来稿子不久，又寄来修改稿。数十天后，他又再次寄来再修改的诗稿。其时，作品早已刊出，他大概太忙，没见到我们邮寄的样书，故又将多次修改的稿子寄来。严阵、沙白等名诗人，都寄来了上乘作品，周良沛同志还特地为我们推荐了别人的诗作。他们对新创刊的《芳草》，都给予了深切的关怀与厚爱，使我这个编外的编辑也备受鼓舞。现在回想起来，初创的《芳草》，当时的确是生机勃勃欣欣向荣，不久就在全国产生了相当的影响，至今令人难以忘怀。

《芳草》荣获大奖部分作品篇目

王振武《最后一篓春茶》(1981 年第 3 期)，荣获 1981 年全国优秀短篇小说奖。

喻杉《女大学生宿舍》(1982 年第 2 期)，荣获 1982 年全国优秀短篇小说奖。

苏叔阳《生死之间》(1984 年第 8 期)，荣获 1984 年全国优秀短篇小说奖。

何祚欢《养命的儿子》(1987 年第 2 期)，改编成同名楚剧后获文化部"文华奖"。

唐镇《不能远行》(1990 年第 8 期)，荣获湖北省第二届"屈原文艺奖"。

注：在本省的市以下以及在外省市获奖的篇目未予收录。

《芳草》改刊 200 期纪念专号

祝贺单位：《人民文学》《昆仑》《中国作家》《作品与争鸣》《读书》《当代》《十月》《诗刊》《青年文学》《北京文学》《传记文学》《新华文摘》《收获》《散文》《鸭绿江》《作家》《春风》《北方文学》《小说林》《草原》《五月风》《散文百家》《长城》《女子文学》《山西文学》《山东文学》《青岛文学》《当代小说》《传奇传记》《作家天地》《清明》《钟山》《雨花》《东海》《西湖》《福建文学》《厦门文学》《散文天地》《青年月报》《语文教学与研究》《写作》《今古传奇》《企业家》《知音》《中国故事》《爱情婚姻家庭》《少年世界》《三峡文学》《艺术明星》《少年文学报》《武汉宣传》《幸福》《微型小说选刊》《星火》《花城》《随笔》《广西文学》《延河》《美文》《读者》《四川文学》《大家》《滇池》《边疆文学》《山花》《花溪》《朔方》《红岩》《天涯》《椰城》

全国各地兄弟刊物的贺电贺信摘编

《小说选刊》：《芳草》200期之际，谨祝芳草天涯涌现更多优秀作品。

《小说月报》：愿文学的芳草地更加欣欣向荣。

《中篇小说选刊》：请接受我们诚挚的敬意！

《上海文学》：你们的成绩有目共睹！愿我们的友谊地久天长！

《中华文学选刊》：《芳草》，文学青年的摇篮。

《天津文学》：愿我们携起手来，为繁荣人民的文学事业而不懈努力！

《小说家》：文苑芳草碧连天。

《山花》：祝贺芳华正茂，草色宜人。

《飞天》：《芳草》200期，馨香扑面。远在敦煌之土的《飞天》，向辛勤播育芳草的朋友们表示诚挚的祝贺。愿天涯处处有芳草。

《小小说选刊》：《芳草》芳菲满文坛。

《当代作家》：祝《芳草》遍地！

《黄河》：天涯何处无《芳草》。

《散文选刊》：《芳草》是有着广泛影响的文学杂志，多年来，培养出一代又一代作家；多年来，我们友好而愉快地合作。

《三月三》杂志社：天涯何处无《芳草》。

《莽原》：《莽原》上《芳草》常青，《芳草》为文坛增辉。

《黄河文学》：天涯处处芳草青。

《芒种》杂志社全体同仁：贵刊坚持"二为"方向和"双百"方针，立足武汉，面向全国，为繁荣文学创作，服务经济建设，推出文学新人，做了大量艰苦细致的工作，开拓进取，辛勤耕耘，取得了令人瞩目的成就，赢得了广泛的赞誉。

《百花》：艺苑百花洲，文坛芳草地。

《少年文艺》：芳草大地二百长卷，草绿鹦洲再展宏图。

《长江文艺》：《芳草》杂志创刊200期：新人迭出，名家荟萃；风格典雅，清新宜人。欣闻近期又将改版改刊，堪称文坛又一盛事，可喜可贺！

《传奇文学选刊》：又是一年芳草绿，依然十里杏花红

《芳草》(《武汉文艺》)

社友名录

吕西凡、周代、刘烈诚、胡培卿、朱子昂、祁向东、中流、戴绍泰、朱淑、周远贵、周玲玉、曾德厚、黄河清、易原符、周翼南、杨书案、李绍六、武克仁、李蒾、洪源、索峰光、李曼、刘宝玲、胡良清、田贞见、罗高林、李贺明、傅荻、李俐、池莉、董宏猷、钱鹏喜、陈应松、张德华、管用和、戴丽丽、杜治洪、夏日晖、高小林、邓一光、刘醒龙、李鲁平、毛菊珍、郭海燕、王倩茜、胡晴、张睿、龙娜娜、王少兵、张浩、陈婉清、李娟、彭新、晏慧、田野、雷江、王群。

编

务

卷

一、稿约、公告

本刊改为《芳草》文学月刊启事

本刊于 1974 年 1 月创刊以来，已出满 36 期。为了迎接 80 年代第一个春天的到来，使我们的刊物从内容到形式都能有所革新，以适应全党工作重点的转移，从 1980 年 1 月起，《武汉文艺》改为《芳草》文学月刊。

（1979 年第 2 期）

本 刊 启 事

本刊 10 月号将出版短篇小说专号，适当地扩大篇幅，请读者及早到邮局办理预订。本刊不办理邮购，请勿寄钱及邮票到编辑部。

（1980 年第 9 期）

本 刊 启 事

本期原载报告文学《啊，父老兄弟》，因故抽换。因此 18 页至 24 页之目录应为小说《哥哥》。特此补正，并致歉意。

（1980 年第 9 期）

本 刊 启 事

接姚雪垠同志来函：近来因忙于《李自成》第三卷的发稿工作，《七十述略》一稿须等忙过这一段时间后才能继续，只得暂停。敬请读者鉴谅。

（1980 年第 10 期）

设立外国现当代短篇小说专栏

从今年第一期开始，本刊准备每期发表一篇外国现当代短篇小说，有选择、有批判地陆续介绍以现实主义为主、兼顾各个流派的作品，同时也适当选登儿童文学作品、推理小说、科幻小说及其他通俗文艺作品。从各方面提供材料，帮助读者了解外国文学与资本主义社会，扩大视野，提高认识，实行拿来主义，坚持洋为中用，促进文艺创作。深望广大读者、译者支持帮助，共同努力，办好这一专栏。

（1982 年第 1 期）

本刊第 10 期小说专号要目预告

《大路通向远方》姜天民，《尼龙滑雪衫》（外一篇）沈虹光，《好事》金石，《大年三十》兀好民，《鲁秀》陈祖国，《大街上，白浪滔滔》赵致真，《亚妮》沈晨光，《毕业文》胡大楚，《追悔》杜为政。

（1983 年第 9 期）

《芳草》文学月刊征订启事

《芳草》高举社会主义文学旗帜，反映时代风貌，发表思想、艺术兼优的作品，为作者提供多方面的精神食粮。

《芳草》发表各类体裁的文学作品，而以小说为主；提倡题材多样化，而以反映城镇生活为主；面向广大人民群众，而以青年读者为主。努力办出中心城市文学月刊的特色。

《芳草》明年增加中篇小说、小小说等新品种，辟有"芳草新绿"栏，选发青年作者习作；并辟有作家谈创作、名画欣赏诸栏。内容丰富多彩，形式生动活泼。

（1984 年第 1 期）

本刊预告

《芳草》明年将锐意革新，办活刊物，为读者提供精美可读的文学作品。明年第一期，我刊将发表几篇既有时代风貌，又富有生活情趣的小说佳作。其中有全国短篇小说获奖作者楚良的《女人国的污染报告》，读后可使人掩卷长思；有北京作者毛志成写盆景师的小说《悔之已晚》，生动刻画了现代生活中的一位女强者；有青年作者吕运斌的《画里歌中》，写了一对有时代特点的青年夫妻；此外还有写退休老干部生活的《八卦炉》、表现边疆风情的《一个傣族少女的自白》等值得一读的小说。在报告文学方面，将发表著名报告文学作者理由的《我们的啤酒》、王伟举的《摩登农民》。

《芳草》从明年起将开辟"中外通俗文学"的专栏，以满足更多读者的需要。另外还选发可能引起争议的小说，开辟"争鸣篇"一栏，务求丰富多彩，雅俗共赏。

(1984 年第 12 期)

芳草函授文学院招收创作学员

芳草文学院不是一般性质的刊授或函授，而是一家面向全国，旨在提高文学青年作者写作水平，培养创作人才的咨询、辅导机构。

曾三次荣获全国短篇小说奖的《芳草》文学月刊，为广大爱好文学的青年成才铺路搭桥。在学习期间，学员的优秀作品将在《芳草》和文学院院刊《芳草地》(双月一期)上选发。学员的作品专门聘请作家或编辑批改。在满一年结业时，将选拔优秀学员来文学院创作，并召开学员代表大会，交流创作经验。此外，将为学员编辑六本观点新颖、实用性强的写作参考书(每本 10 万字左右)。

文学院暂设叙事性文学课(小说、纪实文学、戏剧等)、抒情性文学课(诗歌、抒情散文等)、理论课(文艺评论、创作研究、杂文等)。有意者请将作品(不管发表与否)一篇，报名费壹元壹角陆分(只收邮汇)，寄至武汉市解放公园路 44 号《芳草》编辑部。录取后即发通知。报名截止日期：

1985 年 10 月 1 日。

（1985 年第 8 期）

重 要 启 事

据邮电部邮政总局 1986 年邮通字第三号通告，今后稿件必须按"信函"邮寄、交费。本刊已无力负担来稿和退稿的邮资。故此，自 10 月 1 日起，所有来稿均请自付邮费。来稿五千字以下者，一律不退，请作者自留底稿，3 个月内无回音，即可自行处理。五千字以上稿件，作者如要求退稿(打印、复印、复写稿一律不退)，请附足退稿邮票(与寄稿相等数额)。敬请鉴谅。

（1986 年第 9 期）

《芳草》作家班启事

1.《芳草》作家班不是普及性的刊授，而是面向有创作潜力、发表过作品又苦于难以突破、渴望提高的人员。

2. 对象：湖北省内地、市、州、县创作骨干，文化局、文联、文化馆创作辅导干部，厂矿企业宣传干部。每县限额 3—5 名，主要由各县主管部门确定名单，推荐人员。

3. 分班：按学员专长分为小说班、诗歌班、报告文学散文班、评论班。可以兼学两班，学习时间为一年。

4. 收费：每人缴纳管理费、辅导费、书籍杂志费、邮费等项计 120 元整。一律不减免学费。

5. 待遇：(1)创办《芳草》辅导版，全部用于发表学员作品。(2)《芳草》辟出版面刊登学员作品，稿酬照付。(3)赠阅《芳草》12 期。(4)赠送作家签名书籍 3—5 册。(5)学员作品由作家、编辑署名批阅，给每位学员固定安排一位指导教师。(6)《芳草》编辑深入各地与学员见面，具体指导。(7)组织一次学员笔会。(8)印发学员通讯录。(9)向高等院校推荐有深造愿望的学员。

6.《芳草》杂志社成立以管用和(湖北省作协副主席、武汉市文联副主席、武汉作协主席、本刊主编)为主任,胡培卿、朱子昂、祁向东(本刊副主编)为副主任的作家班指导委员会,著名作家、本刊第二编辑室主任董宏猷任教务长。

7. 报名:有志于参加作家班学习的,既可与当地文联(文化馆)联系,也可直接与《芳草》杂志社联系。报名时间:即日起至1991年5月底。

联系人:田天、钱鹏喜

(1991 年第 4 期)

《文学乐园》约稿启事

《芳草》为了向广大文学爱好者提供参与的机会,为有志于创作的各界人士开辟言志咏怀、一试笔力的园地,已于本期起增设《文学乐园》栏目,欢迎踊跃投稿。

投稿办法:1. "情诗包厢"来稿附寄参赛费 10 元。来稿来款一律不退,款项用于登记、评奖、发奖等活动开支。2. "情诗包厢"投稿的同时,从邮局汇款至本刊编务室,将汇款凭证粘贴在来稿首页。

(1992 年第 8 期)

《芳草》文学月刊 1993 年大动作

《芳草》越变越好看了!

《芳草》从内容到版式进行了大幅度的革新和改进,各种栏目绚丽多彩。

《名家近作》每期一篇,专发国内走红作家的新作品。苏童、刘震云、王朔、池莉、方方等脍炙人口的名家依次亮相。

《芳草专访》每期访一位社会文化名人,独家推出本刊专稿。

《中国世象》是纪实文学重头戏,把读者渴望了解的纷纭世相整盘端出，内容真实而严峻，写法却活泼又轻松。

《小说拔萃》只发新颖、精致、优美的小说。

《人生况味》是人情味的汇展，每期二三篇，篇篇都是独特的体验。

《文学乐园》是读者参与办刊的园地，专发读者写作的情诗、幽默小品、笔记小说等。

（1992 年第 10、11、12 期摘编）

推出"编辑信箱"专栏

全国公开发行的《芳草》文学月刊自 1995 年第一期起增设"编辑信箱"栏目，为广大业余作者和文学爱好者提供参与、交流和发表作品、展示才华、以文会友的机会：

1. 凡来信提出与文学有关的任何问题，我们将在此栏目中综合解答或个别解答，免收一切费用。

2. "编辑信箱"开设"专家门诊"分栏，凡指明投寄本栏的来稿，小说限 1 万字内一篇，散文限 3000 字内一篇，诗歌限三首。凡达到发表水平的，在《芳草》上发表；未发表者，均由作家编辑在一月内亲笔回函并挂号退稿；阅稿中发现有较好章节和诗句的，在"编辑信箱"综述中摘登（并署篇名、作者名），摘登后向作者寄样刊，不再回函。本栏要求作者汇款 20 元作为聘请作家回信退稿费。

3. 成立"诗友俱乐部"并开设此分栏，凡会员分批在本刊上发表诗一首（编者有权修改），限 10 行以内，发表时刊登作者地址。

有兴趣参加者寄诗稿的同时自拟简介和赠言寄来，会员费 40 元，用作活动经费和聘请工作人员费用及通联开支。

（1994 年第 11 期）

大学生文库约稿信

21 世纪中国文学事业的兴衰，很大程度上将取决于今日文坛是否重视大学生的文学创作。我们有义务、有责任给校园文学的作者们提供发表作品的机会，提供一片成长的沃土。因此，《芳草》文学月刊决定，自1995年第1期起，开辟《大学生文库》专栏，每期以2—3万字篇幅专发在校学生作品，推出校园文学新人。

（1994 年第 12 期）

严正声明

《芳草》文学月刊是武汉市文联主办的公开发行刊物，创刊15年来，一直以严肃办刊方针著称于世，已成为读者信赖和欢迎的刊物。近来不少读者来信反映，有人利用《芳草》知名度，混淆视听，采取移花接木的方式出版发行《芳草文学》《芳草文学杂志》《芳草××》等报刊，并以大量发展通讯员、收费发稿和举办笔会等多种方式进行非法牟利。

本刊再次提醒读者：《芳草》园地公开，欢迎自由来稿。本刊不设有偿服务项目，谨防上当受骗。

（1995 年第 12 期）

联合举办"咱们老百姓"征文启事

为进一步贴近时代，贴近生活，贴近读者，反映市井人家的传奇，表现普通百姓的风采，长江日报《长江周末》与《芳草》文学月刊、湖北电视台《时代 TV》节目、湖北电台新闻部联合举办"咱们老百姓"征文。

（1996 年第 3、4 期）

本刊 1997 年提高稿酬

为吸纳好作品，切实实行优稿优酬，本刊决定从1997年元月号起将大幅度、有梯度地提高稿酬标准。具体做法如下：

一、尊重名家。重人更重作品。保底标准不低于千字40元，视具体作品相对应地将付到千字 50 元、千字 60 元……直到达到或超过国内同类刊物已经实行的、肯定可观的高标准；作品被作为重点选载、改编的，或以其他形式产生了较大影响的，还可视情况重发一次稿酬。

二、不薄新人。为培养和扶植文学新人，本刊坚持保留新生作家初试身手的发表园地。对于略显稚嫩的作品，稿酬仍不低于千字 30 元；确实优秀的，与名家的待遇一样，付给高稿酬。

三、非名家亦非新手而又热心支持本刊的新老作家、作者的作品，适用于稿酬从优的总原则，具体办法参照以上两款实行。

（1997 年第 1 期）

"百姓百事"联合征文

每个人，其实都是有故事可说的。无论是自己的事、亲人的事，还是他人的事，人们一般都有表达、倾吐和传播的欲望，都有彰善瘅恶的正气在心中。然而，不是每个人都有表达、倾吐、传播的机会和条件，因此，由《武汉晚报》周刊部与武汉《芳草》杂志社联合举办的"百姓百事"征文，便给人们提供了这样一个机会和条件。

（1997 年第 2 期）

芳草杂志社理事会章程

第一章：一个民族不能没有文学。一个民族的繁荣离不开文学的繁荣。振作民族精神、提高民族素质、繁荣文学事业，已成为各界有识之士的共识。《芳草》杂志社理事会由湖北武汉地区一批文艺家和企业家首倡成立。

第二章：理事会以繁荣湖北武汉地区文学创作，推动湖北武汉地区文艺进步为宗旨。

第三章：凡湖北武汉地区愿意资助理事会开展各种文艺活动的企业事业单位和各界有识之士，均可成为本会单位理事或个人理事。

第四章：改刊扩版后的《芳草》月刊将在每期的封二彩色版辟出《湖北武汉地区文学艺术社团组织成果选介》专版，宣传本省和地、市、县及中央在汉单位、文联、各文艺协会、文化局(馆、站)、文学社、文艺演出单位的创作、演出、展览的成果，开展各种文学艺术活动的先进经验以及企业文化的介绍。

第五章：《芳草》杂志社作为理事会发起单位，负责理事会的组织工作，主持理事会各项活动，定期向理事会报告工作。

第六章：志愿加入理事会的单位或个人，每年缴纳会费，时限一年。《芳草》月刊将在每期的扉页连续刊登单位理事或个人理事的名称，每家单位或个人理事都享有某一期封二或封三整版的刊登权。

第七章：封二或封三刊登内容为《湖北武汉地区文学艺术社团组织成果选介》专版，原则上不做企业广告宣传。

第八章：理事会向理事颁发证书，邀请理事参加各种文艺社交活动。《芳草》杂志社负责利用本刊并通过新闻媒体积极推介各位理事。理事还享有在《芳草》优先推介作者、作品等相应待遇。

第九章：理事会依据贡献大小设会长、副会长若干名。

第十章：《芳草》月刊刊登理事名单原则上以加入先后为序。

（1997 年第 4 期）

"三楚一镜"联合征文启事

《芳草》文学月刊和湖北电视台《文化纵模》栏目决定举办"三楚一镜"联合征文。要求征文来稿以湖北各地风景名胜为题材，视角独特、立意新颖，行文诗情画意而又不落白套，字数限在 1500—3000 字之间。《芳草》自今年第 6 期辟出专栏刊登征文来稿，湖北电视台《文化纵横》栏目于今年 6 月起从《芳草》发表的征文作品中选精彩文章拍摄成电视散文播出。

（1997 年第 7 期摘编）

芳草文学院招生简章

为发现和培养文学新人，满足广大文学爱好者的要求，《芳草》文学月刊开办的芳草文学院面向全国公开招收学员。

一、不收报名费、不收学费、不收资料费，凡报名入学者，只需将本人订阅 1998 年全年 12 期《芳草》的当地邮局订阅收据，连同本人有效证件复印件及两张登记照寄至本刊，并附简函写明本人详细通信地址，经我刊审核认可后，即成为芳草文学院 1998 届学员，由本刊颁发学员证书，享受学员待遇。

二、芳草文学院采取本刊编辑阅稿和聘请作家、诗人、评论家专题讲授、阅稿相结合的函投教学方式。《芳草》从 1998 年第一期开辟"芳草文学院"专栏，刊登专题讲授文章、学员习作的点评意见。

三、学员优秀习作在 1998 年各期《芳草》的"芳草文学院"专栏和其他栏目发表。发表作品均付稿酬，并可参加《芳草》文学奖评奖。为了让更多学员有发表作品的机会，学员的成熟习作在《芳草》增刊发表。根据教学进度和学员来稿情况，适时组织优秀学员召开改稿笔会。对特别优秀的学员，奖订 1999 年全年《芳草》。

四、文学社团集体订阅达 20 份，厂矿企业集体订阅达 50 份，本刊将组织作家、编辑面授。边远地区的读者或投递不方便的订户，也可将全年订费寄至本刊函订。

五、学员于 1998 年内每月可向芳草文学院投寄习作一篇，散文 2000 字以内，诗歌两首(限短诗)，小说 5000 字以内(欢迎小小说)；随信附足回函邮资。对每个学员每次来稿都将写出阅读意见寄返作者。早报名入学者，可提前从今年年底投寄习作。

(1997 年第 9 期)

"咱老百姓"征文启事

《芳草》杂志社、《小说选刊》及北京电视台决定联合全国多家兄弟文学期刊，共同发起"咱老百姓"主题征文活动，征集以贴近百姓生活为素材特征的短篇小说佳作，进行一次繁荣短篇小说创作的尝试。

（1998 年第 7 期）

五家文学杂志联袂开展中学生读名著讨论

《北京文学》《芳草》《短篇小说》《滇池》《青春》五家文学杂志将联袂开展"青少年要不要阅读文学名著"和"青少年如何正确阅读名著"的讨论，发挥文学期刊的纽带作用，将文学名著引进校园。组稿过程中即收到了来自学生、家长及教师方面的不同意见。随着讨论的深入，该活动将更加引起瞩目。

五家文学杂志还打算于今年 8 月联袂举行全国性中学生征文大赛活动。

（1998 年第 6 期摘编）

《芳草》与金融界联手研讨"金融文学"

《芳草》文学月刊、湖北黄冈市农行金融文学促进会、江西赣州地区工行金融文学协会三家于 6 月上旬聚会研讨"金融文学"，来自鄂、赣、陕、浙、津等地的作家编辑和专家学者 20 余人到会，对方兴未艾的"金融文学"进行了热烈的探讨，并一致看好其在未来中国文学格局中的前景。

为使"金融文学"蔚成大观，《芳草》与黄冈金融文学促进会联手，已从今年第五期起推出"金融文学"栏目。

（1998 年第 8 期）

本刊重要启事

一、本刊已从今年第 4 期开始，授权"长江在线"网站，在网络上推出《芳草》电子版。欢迎广大网友上网进入"芳草文苑"，网址详见本刊版权页。

二、为了满足广大网络文学爱好者的要求，也为了通过网络推介向《芳草》投稿的作者，本刊编辑将陆续从投给本刊而未被采用的来稿中，挑选一部分稿件推荐给"长江在线"网站的文学栏目"芳草文苑"上发表。凡本刊推荐上网发表的作品，目前暂无稿费。今后在网上发表作品是否有稿费，视国家有关明确规定，由发表作品的网站自行处理，本刊编辑只负责推荐稿件。今后凡投给《芳草》的稿件（包括邮寄、传真、送达、电子信箱投稿等），均视为作者同意本刊向网上推荐，除非作者投稿时事先声明不同意向网上推荐。

（2000 年第 6 期）

芳草杂志社新网站开通启事

http：//www.fangcao.com.cn——打开此网址，您即登录了一个全新的、真正意义上的芳草网络世界。在本刊电子版中，您可以了解芳草的历史背景、当前的动作方向、以及更加前瞻的发展远景。这里有"在线投稿"和"网上园地"——以最快捷的方式审阅并推出您的大作；有 BBS 在线交流系统——搭一座您与编辑部与作家以及与编辑本人最便利的心灵沟通之桥；有当期《芳草》以及往期《芳草》供您阅读欣赏及检索；有各位编辑个人信箱公之于众供您"点菜下饭"；有"在线订阅"为喜爱本刊又不方便订购的朋友提供热忱服务；还有……

现将编辑部各位同仁 E-mail 予以公布：（略）

（2001 年第 8 期）

实践"三个代表"报告文学征文启事

征文内容：采写各界与时俱进、实践"三个代表"的集体和个人，报告采写对象贯彻落实"十六大"精神，开创中国特色社会主义事业新局面的感人事迹，塑造典型人物和先进人物群像。

征文要求：内容健康，积极向上。真人真事，视角新颖，文学优美，万字以内。

（2002 年第 12 期）

征求《芳草》可读好看的中短篇小说

征稿题材：题材只要独特、新鲜，一般不局限题材范围。侧重征求贴近当今社会现实的题材和城市题材，具体侧重反映当前下岗和再就业职工生存状态、打工仔打工妹的人生经历、商界的激烈竞争和白领阶层的生活方式、反腐打黑扫黄缉毒斗争、影视娱乐圈现状等题材的中、短篇小说。

征稿要求：要求主题正确，格调健康，有一定质量水准和艺术品位。特别要求小说可读好看，强调作品情节紧凑，叙述精彩，读来必须有吸引力。

稿酬按质论价。最佳作品按每千字百元计酬，并列为芳草年度文学奖候选篇目，如获奖另发奖金。

（2003 年第 7 期）

第一届汉语文学"女评委大奖"颁奖

2007 年 3 月 31 日，在黄鹤楼上经百余位现场嘉宾见证，汉语界有史以来由女性评委评审的文学大奖——第一届汉语文学"女评委"大奖终于尘埃落定。陈建功、雷达、吴秉杰、阎晶明、叶延滨、王必胜、潘凯雄、白烨、贺绍俊、李师东、杨斌华、朱小如、施战军、南帆、洪治纲、张未名、李国平、王俊石、秦万里、马季、北北、刘富道、王先霈、管用和、樊星、李遇春、魏天真、聂运伟、刘川鄂、梁艳萍、蔚蓝、彭公亮、周新民、吴艳、刘益善、梁必文、陈应松、江岳、田禾、晓苏、朴鸿、李叔德、赵金禾、干芸、董宏猷、徐世立、张执浩、阿毛、杨耕耘、刁世凤等嘉宾，中宣部文艺局文学处长梁鸿鹰，湖北省委宣传部副部长孙永平，武汉市委顾问殷增涛，武汉市委常委、纪委书记车延高，武汉市委常委、宣传部部长朱毅，湖北省作协党组书记、副主席黄运全，湖北省新闻出版局副局长黄国钧、武汉市文联党组书记陈元生等领导应邀出席了颁奖典礼。

（2007 年第 3 期）

《芳草》被评为全国中文核心期刊

《武汉晨报》2015 年 9 月 17 日报道　据了解，2015 年中国(武汉)期刊交易博览会将于 9 月 18 日，在武汉国际会展中心正式拉开帷幕。《芳草》文学杂志受刊博会组委会特邀，由该杂志主编、著名作家刘醒龙领衔，将亮相刊博会，并将在刊博会上向市民免费赠送 2000 册《芳草》杂志(武汉保卫战专号)。

《芳草》杂志 10 年来坚持"汉语神韵，华文风骨"的文学品格，坚守"经典文学"的理念，弘扬气韵优雅、风骨大气的经典汉语文学传统，被评为全国第七版中文核心期刊，全国仅有 13 家文学期刊获此殊荣。刘醒龙昨日(9 月 15 日)接受本报记者采访时说："如果说文学重在表现人的命运，办杂志则是体现文学的命运。只要做出自己的风格，无论是天涯何处无芳草，还是芳草萋萋鹦鹉洲，都能呈现出一派美景。"《芳草》杂志发现并重点推出一批作家，如湖北的张好好、陈旭红、宋小词，甘肃的叶舟，山西的李骏虎，西藏的次仁罗布，青海的龙仁青，贵州的冉正万等，这些作家已经成为各地的实力派作家，有的甚至成为领军人物。对边地作家的发掘和推介也让《芳草》杂志赢得了业界瞩目。在第五届鲁迅文学奖评奖中，《芳草》杂志刊发的中篇小说《前面就是麦季》(作者为山西作家李骏虎)、短篇小说《放生羊》(作者为西藏作家次仁罗布)同时获奖，与《十月》并列成为获奖小说最多的杂志。刘醒龙说，很高兴为武汉文坛、中国文坛推出一批优秀的作家，"真正的文学的意义在于经典，文学一旦失去经典，就毫无意义。我更欣赏中西部作家能扛得住寂寞，他们从生活中获得营养，从经典中获得启迪，写出真正优秀的文学作品"。在《芳草》杂志的"中国经验"栏目中，邀请评论家汪政、何平、张光芒等专家，就"中国文学的种种特质和可能"等话题，以多人对话形式、单人专文形式，梳理新时期文学 30 年以来的文学思潮变迁，探讨中国文学叙事与中国经验的问题，在文学批评界引起巨大反响，被列为当年中国文学界重大理论热点问题之一。《芳草》杂志专注于文学理论探讨的"批评家自传""作家手记"等栏目，也受到了文学界的肯定。"批评家自传"中刊发的谢冕的《我的学术叙录》、阎纲的

《五十年评坛人渐瘦》、於可训的评传《幻化的蝴蝶——王蒙传》、贺绍俊的《铁凝传》等都获得了较好的反响。为在武汉打造出全国一流的文学期刊品牌，《芳草》杂志在向优秀中长篇小说倾斜，开辟短篇小说、中篇小说、长篇小说等栏目的同时，还倾力推出"田野文化""风范汉诗""批评家自传""中国经验""作家手记"等品牌栏目。在杂志的头条位置推出了甘肃青年诗人叶舟和湖北青年诗人哨兵、剑男等的诗歌，引起诗坛强烈反响，这些栏目均已成为国内文学刊物的品牌栏目。2012 年 5 月，《芳草》杂志推出"江汉语录"栏目，每期邀请 50 后、60 后、70 后作家各一位与国内著名的文学批评家对话，对不同年代作家的文学创作进行探讨和研究，3 年来已与 50 多位不同年代作家进行对话，该栏目被湖北省评为优秀栏目设置奖。面对今日的成绩，刘醒龙颇为感慨地对记者说："当年坚持的杂志定位看来是非常正确的，坚持文学的经典性，坚持文学不向市场低头，宁可清苦一点，宁可寂寞一点，才是文学杂志所要走的正道。"

主编寄语(2016 年发刊词)

刘醒龙

亲爱的朋友：

从本期开始，改版后的《芳草》文学杂志(即《芳草》原创文学版)正式问世了！

在未来互动过程中，我们将兼容并蓄，在热情关注各种艺术风格的前提下，追求气韵优雅、风骨大气的经典汉语文学品格。在文学样式上，我们尤其欢迎并会优先选发长篇小说和中篇小说；短篇小说以发个人小辑为主。需要特别就"田野文化"告知朋友们的是，本栏目会郑重推出那些描写有浓郁民间文化背景的二万至五万字的大散文。为了更透彻地展示当今诗歌真相，"风范汉诗"一栏，会在每期力推一位或者两位诗人的最新力作。至于"修文视线"，则是一次全新试验，意图通过正处在青春年华的李修文，与同样年轻的青年人的良好沟通，快捷地发现和推出能够体现文学未来走向的新锐；还有一个很重要的"批评家自传"栏目，每期将刊发一部批评家的自传体文章，字数在二万至五万字，内容要求为批评家所亲历的文学事实，以及其时自己之思想、提出、著述、影响与波及，希望以此方式，真切地剖析并展开那些正在成为文学史的文学隐秘，将一些有可能发生谬误的文学真相留传未来，为汉语文学树一块个性之碑。

在此我们还要真情承诺，本刊虽然人力有限，也一定要坚持做到所有来稿均在三个月内，通过电子邮件进行回复。不过，请不要寄给本编辑部的某个人，并务必留下方便联系的有效电子邮件地址。还有，投稿时，请寄打印文本。如选用，请再按通知发来电子文本。另外，本刊今年为自办发行，需购买者请直接汇款到本刊编辑部邮购。

亲爱的朋友，春天里总会生长出许多故事！苦诣精心打造一份当今汉语文学领域的出色杂志，不仅要成为五月里的一簇文学新香，更会是我们共同的理想！

二、座谈会、研讨会、笔会

武汉市文联和本刊召开诗歌创作座谈会

武汉市文联和本刊编辑部于(1980年)4月23日至25日，召开了诗歌创作座谈会。本市部分老、中、青专业和业余诗歌作者以及报刊诗歌编辑等40人参加了这次会。座谈会由武汉市文联副主席李冰主持。到会同志敞开思想，各抒己见，畅所欲言，分析了武汉地区诗歌创作的状况，肯定了成绩，讨论了目前诗歌创作中存在的问题。

一些同志认为，当前社会上流传的诗歌"危机"、群众不喜欢看诗歌的说法是片面的、缺乏具体分析的。但也不可否认，新诗离人民群众的要求和时代需要还相差甚远，那些受"四人帮"的"帮腔帮调"影响的，假、大、空的标语口号"诗"，以及那些脱离生活、专写个人哀怨，无病呻吟的"诗"，是不受群众欢迎的。

座谈会上，还讨论了诗歌的形式、风格与流派以及诗歌语言的民族化、大众化等问题。特别提到，随着诗歌创作的发展，要求评论工作也跟上去。

(1980年第6期摘编)

本刊召开短篇小说座谈会

(1980年)7月29日至31日，本刊召开短篇小说创作座谈会，到会的有武汉地区的专业作家和业余作者共50余人。武汉市文联副主席武克仁就繁荣本地区短篇小说创作的问题讲了话，接着，曾卓、刘富道、张祖慰、杨江柱、姜弘、李德复、金宏达、俞汝捷等同志，分别就当前国内短篇小说创作情况，国外现代短篇小说的新流派，作家修养，湖北、武汉短篇小说创作形势，如何繁荣本地区短篇小说创作、提高创作水平，农村形势等问题，在会上作了重点发言。大家一致肯定了粉碎"四人帮"三年多以来，短篇小说创作的重大成就，但是，也存在许多不足之处。有的同志尖锐地提出：中国小说向何处去，中国文学向何处去？认为我们现在的作品，在粉碎"四人帮"以后，恢复和继承了革命现实主义传统，比较地能说些真话了，但总的来说，思想还比较浅薄，没能进一步探索现实生活中更深刻的问题，没能揭示人物更丰富、复杂的内心世界，没能反映更广阔的社会生活，简单化、模式化的作品还比较多，和现代精神相距甚远。大家普遍赞扬，这次会议摒弃了以往那种谈政治多，谈艺术规律少，划定框框，统一认识等僵硬的做法，让大家畅所欲言，自由讨论，因而，开阔了眼界，活跃了思想，收获很大。大家认为，这次会议一定会对我市今后的短篇小说创作产生有益的影响。

（1980 年第 9 期摘编）

全国十七家市办文学期刊小说编辑工作座谈会在长春召开

根据杭州首次市办文艺期刊座谈会的提议，全国 17 个城市文学期刊的代表，（1980 年）7 月 13 日至 19 日，在长春市举行了小说编辑工作座谈会。《郑州文艺》《邕江》《西湖》《哈尔滨文艺》《青春》《长安》《希望》《海燕》《江城》《山丹》《济南文艺》《芳草》《广州文艺》《太原文艺》《花溪》，以及这次会议的东道主《芒种》和《春风》，共计 31 名代表，参加了座谈。

会议期间，代表们对当前短篇小说创作和编辑工作中大家普遍关心的问题，如文学作品反映四化建设和塑造社会主义新人、文学作品的社会效果和作家的责任、短篇小说创作题材和表现手法多样化，以及文学作品干预生活、文学和政治的关系等，敞开思想，进行了热烈的讨论。

与会代表普遍认为，近三年来短篇小说创作的繁荣局面，是中华人民共和国成立 30 年来所没有过的。许多市办文学期刊就是在这样的大好形势下应运而生的，并且发表了不少在全国有影响的好作品。代表们表示，注意社会效果是每个作者、编辑义不容辞的责任，但是文学作品的社会效果，只能靠社会实践去检验，由人民群众去评论，往往不是短时间内可以论定的。大家一致认为必须继续解放思想、坚决贯彻双百方针，努力培养年轻作者，要保护和促进各种不同风格的创作，竭力避免凭个人兴趣决定作品的重要意义，只有不断地提高文学作品的质量，只有真实地、形象地反映社会生活，表达人民的心声，文学作品才有生命力。（刘克治）

（1980 年第 9 期）

本刊举办短篇小说创作班
"浪花青年文学小组"正式成立

为繁荣本地区短篇小说创作，本刊编辑部继 7 月下旬召开短篇小说座谈会之后，又从 8 月 2 日起举办了一期短篇小说创作班。参加这次创作班的除少数专业创作人员之外，大多是来自武汉地区各条战线的业余作者，共计 15 人。他们各自带着新近创作的小说初稿，在创作班里一边学习，一边修改作品，经过 3 周时间的刻苦努力，分别完成了 1 至 3 篇作品，其中不少作品突破了作者原有的创作水平。这一期短篇小说专号上发表的《雨露》《雾》《被埋葬了的爱情》《外汇》《谁摘这朵"黑牡丹"》等小说，就是这次创作班的部分成果，还有部分作品将陆续在刊物上发表。

参加创作班的青年作者，为了加强联系、相互学习、共同提高，自愿结合成立了"浪花青年文学小组"，今后将定期开展活动，并制订了创作计划。

（1980 年第 10 期）

全国部分市办文艺刊物举行诗歌座谈会

金秋十月，谷黄果坠，云贵高原一片丰收景象。在中共贵阳市委和昆明市委的关怀下，由贵阳市《花溪》和昆明市《滇池》两刊共同邀请，在贵阳、昆明两地举行了全国部分市办文艺刊物诗歌座谈会。参加会议的有《江城》《芒种》《科尔沁》《海燕》《山丹》《济南文艺》《太原文艺》《长安》《郑州文艺》《希望》《芳草》《西湖》《广州文艺》《邕江》《个旧文艺》《滇池》《花溪》17 家市办文艺刊物的诗歌编辑和诗作者。诗刊《星星》和贵州省《山花》、云南省《边疆文艺》以及两地的报刊编辑部、电台、电视台、出版社都派代表列席了会议。

座谈会上，与会同志交流了诗歌编辑工作的情况和经验，一致认为：粉碎"四人帮"后，老诗人焕发了青春，中年诗人精力充沛，青年诗人如雨后春笋。诗歌从内容的深刻性、形式的多样性、题材的丰富性上都有很大的发展，新诗已进入新的发展时期。大家对未来充满了希望和信心。为了扫清前进道路上的障碍。各家刊物都谈了当前诗歌编辑工作中存在的一些问题。会上就培养青年诗人和多出好诗的议题进行了热烈讨论，大家一致认为：青年是我们的未来，文学事业发展和繁荣的重担落在他们肩上，面向青年，已成为市办文艺刊物的共同特点，应为青年作者的成长创造条件，提供园地。

座谈会还对当前新诗创作中的一些问题进行了讨论。

(1980 年第 12 期)

本刊召开短篇小说创作座谈会

(1981 年)4 月 6 日至 8 日，本刊召开短篇小说创作座谈会，到会的中、青年作者 30 余人，就如何提高当前短篇小说创作的质量所遇到的一些问题，交换了意见和交流了经验。

有同志发言说，文艺上"左"的流毒之一，就是将文艺的社会功能理解得过于片面和狭隘，认为文艺作品要表现人的心灵美，要写出一点生活的情趣，充分发挥文艺的多种社会功能，要寓教于乐。也有同志说，历来的优秀作品，不少是反映当时重大的社会问题的，这就与政治相联系，因此要抱着高度的政治热情和强烈的爱憎感情进行写作。还有同志说，现实生活是千姿百态、丰富多彩的。由于作家感受生活、捕捉形象的途径不同，作品中反映的内容、表达的方式也就各异，不能仅用主题和题材的重大与否来衡量一部作品的价值，也不能用个人爱好、个人偏见来对待不同风格、不同流派的文艺作品。

同志们发言说，当前文艺创作中要解决的一个重要问题是，怎样把作品写得深一些，艺术感染力强一些。一篇好的文学作品，往往可做多种解释，内蕴极其丰富，具有立体感和透视感，多层性和多义性，不要写得过于直白和浅露。要站得高，看得远，对当前中国的社会现状进行深入、切实的了解，力求反映得准确、深刻一些。

大家联系自己的创作实践，结合具体的作品，畅所欲言，各抒己见，座谈会开得热烈、活跃。

（1981 年第 5 期）

本刊举办小说创作学习班

8 月 4 日至 25 日，本刊在美丽的东湖之滨举办了一期小说创作学习班，共有 22 人参加。他们中间不仅有近年来在创作中颇有成效的业余作者，也有未曾发表过作品、但有发展前途的初学写作者。

学习班以培养人才、繁荣创作为目的，坚持四项基本原则，贯彻"双百"方针，结合作者的具体创作实践，采取了个别辅导、自由讨论、积极引导、反复修改的办法，创作出了一批反映四化建设、讴歌人民群众美丽心灵和创造精神、揭示现实生活矛盾和斗争的较好的作品，其中一部分已发表在本期小说专号上，还有一些本刊将陆续发表。参加学习班的同志反映，这次学习班时间抓得紧、作品抓得深，对本地区的文学创作将起到一定的促进作用。（绍六）

（1981 年第 10 期）

武汉市作协召开小说创作座谈会

为了繁荣我市小说创作，武汉市作协于 8 月 11 日至 13 日召开了小说创作座谈会。参加会议的有小说作者、评论工作者和文学编辑共 30 余人。会议联系武汉市近年来小说创作的成果和当前创作的实际，围绕小说创作如何反映时代特点，塑造社会主义新人形象和提高创作质量等问题，交流了经验，开展了热烈的讨论。中共武汉市委宣传部负责同志到会并讲了话。

会议通过民主选举，成立了由刘富道等 11 位同志组成的武汉市小说创作委员会。

（1982 年第 9 期）

市作协、《芳草》编辑部召开小说、散文、报告文学座谈会

武汉市作家协会和《芳草》编辑部，于去年 11 月 29 日至 12 月 1 日，召开了小说、散文、报告文学的座谈会。到会的文学工作者有 60 余人。会议由武汉市作协主席李蕤主持，中心议题是研究讨论如何在小说、散文、报告文学等领域，贯彻党的十二大精神，肩负起文学在新的历史时期的光荣任务。

讨论分小说和散文、报告文学两组进行。大家一致认为文学是精神文明建设的重要组成部分，要义不容辞地担负起用共产主义思想教育人的光荣任务。因此，作家应扩大生活视野，尽可能投入沸腾的群众生活，熟悉了解四化创业者的光辉事迹，塑造社会主义新人的典型。

报告文学组讨论时，强调了报告文学应起到轻骑兵的作用，迅速地及时地反映时代的变革、武汉地区的变革，反映现实生活中已经出现的新事物新人物。有的同志提出，报告文学在绝对忠于事实的基础上，要调动一切可以运用的文学手段，使报告文学更富于艺术感染力。

会议期间，为了促进报告文学的进一步繁荣，成立了以马国昌同志为组长的筹备小组，筹备作协报告文学委员会的建立。（天启）

（1983 年第 1 期摘编）

武汉作家协会召开诗歌工作会议

武汉作家协会于 5 月 16、17 日，在汉召开诗歌工作会议，到会的诗歌作者近 60 人。老诗人曾卓、莎蕻、黄声笑、老作家李蕤、马国昌、杨平和市文联党组副书记周克士参加了会议。市委宣传部部长李珠到会并讲

了话。

诗人们联系武汉地区 1982 年青年诗作者的获奖作品，就如何繁荣诗歌创作，提高诗歌质量的问题，展开了热烈讨论。

会议开得生动、活泼。老、中、青诗人互相勉励，要奋力为开创诗歌的新局面作贡献，写出无愧于我们时代的优秀诗作。会上还具体研究了有关活动，决定于 6 月初举行歌颂张海迪和朱伯儒的大型诗歌朗诵会。

这次会议经过民主选举，产生了诗歌创作委员会，管用和为主任。

（1983 年第 7 期）

武汉作协召开文学评论工作会议

6 月 10 日至 11 日，武汉作协召开了文学评论工作会议。参加会议的有武汉作协的专业作家、大专院校的文艺理论教师、报刊的文艺评论编辑，以及来自工厂和其他战线上的业余文艺评论写作者，共 40 多人。会议由武汉作家协会主席李蕤主持。市委宣传部部长李珠出席了会议并讲了话；市文联党组副书记周克士、市作协副主席莎蕻、管用和出席了会议。

会上，大家围绕着"怎样做一个坚定的、清醒的、有作为的马克思主义文艺评论家"这个中心议题，进行了热烈的讨论。不少同志还联系当前文艺创作和文艺评论的实际，谈了文艺评论工作面临的任务。在讨论中，有的同志还就目前理论界正在讨论的"人道主义""人性论""异化"等问题，谈了自己的看法。不少同志还就如何进一步搞好文艺评论工作提了很好的意见和建议。

会议最后经过民主选举，产生了武汉作家协会文学评论工作委员会。杨江柱为主任，易竹贤、刘烈诚为副主任。

（1983 年第 8 期）

武汉作协文学评论委员会召开文学评论工作座谈会

为了学习和贯彻中共中央宣传部有关文艺问题的指示精神，加深对文艺现状的认识，研究文艺评论工作，促进社会主义文艺的繁荣，武汉作家协会文学评论委员会于1983年9月22至23日召开了评论工作座谈会。出席会议的有专业和业余文学评论工作者近40人。市委宣传部部长李珠、市文联党组副书记周克士到会并讲话。市作协主席李蕤、副主席李冰、莎蕻、曾卓出席了会议。

会上，大家还着重就当前理论界、文艺界正在讨论的人道主义、现代派、中国现代作家的历史评价等问题，进行了热烈的讨论。

（1983年第11期摘编）

《芳草》举办城市生活小说创作班

5月10日至6月5日，《芳草》编辑部在武汉举办了反映城市生活的小说创作班。学员以武汉地区涌现出的中青年作者为主，还有来自宜昌、沙市、襄樊、十堰，以及来自湖南长沙，河南陕县等城市的作者共25人。

为了较深入地探讨反映城市生活的创作问题，创作班举行了"城市文学"讨论会。作家、文学评论家、中青年作者欢聚一堂。北影编剧、作家苏叔阳，江汉大学副校长杨江柱，武汉师范学院中文系副教授邹贤敏，武汉部队作家刘富道，长江文艺出版社一编室主任田中全等同志参加了讨论会。

通过学习和讨论，作者以高昂的热情投入了创作，共写出中、短篇小说28篇。

会议期间，编辑部组织中青年作者到武昌青山石油化工厂参观。创作阶段结束后，作者们又到宜昌葛洲坝参观访问。（冯捷）

（1984年第8期摘编）

陈祖芬同志与武汉报告文学作者座谈

6月11日下午，武汉作家协会和《芳草》编辑部联合举行座谈会，邀请著名报告文学作家陈祖芬同志谈报告文学创作问题。会议由武汉作协主席李蕤同志主持。近 30 位专业和业余报告文学作者参加了会议。会上，陈祖芬同志热情地回答了大家提出的有关报告文学创作的种种问题。

陈祖芬同志于 5 月 12 日来汉采访和写作，6 月 13 日离汉回京。

（1985 年第 7 期）

本刊召开企业家、作家、编辑联谊会

1986 年元月 14 日，本刊召开了一次别开生面的企业家、作家、编辑联谊会。

武汉市文联副主席夏雨田主持会议，并发表了热情洋溢的讲话。他说，文学要反映现实生活的伟大变革，这是时代的召唤。为促进企业家与作家的相互了解与友谊，编辑部搭起鹊桥，召开了这次联谊会。

"改革者是后方最可爱的人。"夏雨田的这句话，表达了人们对新时期改革者的高度评价和赞誉。企业家表示在新的一年里，在党的政策指引下，迈出新的步伐，创造新产品。他们热切期望在文艺作品和电影、电视中，更多地反映改革的生活和矛盾，并且要反映得更有深度、广度，不回避矛盾，要真实而丰富。既写改革的成功，也要写他们的苦闷，情愫与抱负。作家杨书案、赵致真和编辑部的负责同志也希望企业家打开自己的心扉，企业家、作家要心心相印，并向作家和编辑部提供方便和条件。

会上，市委副书记谢培栋热情鼓励企业家说，改革有了成绩，树大招风，会有某些非议，但树大会吸收更多的阳光雨露，因此，要不怕风浪，勇于开拓。他要求作家深入改革第一线，更好地塑造四化创业者的形象，在精神文明的建设中作出新贡献。

参加会议的共 50 余人，市委宣传部、市文联党组和市作协的负责同志也参加了会议。（冯捷）

（1986 年第 2 期）

武汉市文联文艺理论研究室召开曾卓诗歌创作研讨会

武汉市文联文艺理论研究室于 1986 年 5 月 7 日召开曾卓诗歌创作研讨

会。会议由市文联党组书记林戈主持。武汉地区作家、诗人，大专院校教师和文学评论工作者近 40 人参加了会议。

大家发言指出，曾卓同志的创作态度极为严肃、认真。他从 1937 年开始诗歌创作活动，至今写诗不足 300 首。他的诗都是从内心深处流出来的，从某个方面留下了我们国家、民族在一个特定时期的历史印记。他的诗在艺术上的一个突出特点是用极为平淡、朴素的形式表达出一种非常深切、真挚的感情。

（1986 年第 6 期摘编）

武汉作协与本刊联合召开报告文学创作座谈会

武汉市作协和本刊编辑部于 6 月 12 日在汉口联合召开了报告文学创作座谈会。到会的有武汉市文联副主席夏雨田，老作家李蕤、李冰、曾卓、马国昌、莎蕻等以及中青年作者、评论工作者共 40 余人。

会上既有专题发言，又有作家互相对话，主要就报告文学与时代、与新闻的关系以及《芳草》近一年发表的报告文学作品进行了讨论。这次会议特邀了市经济工作部有关同志出席，从而密切了作家与经济战线的联系。

对《芳草》近一年所发报告文学作品，大家作了充分肯定：题材多样，内容丰富，贴近生活。但同时感到作品没有接触到现实生活大漩涡，"露天煤矿"比较多，希望今后能增加辐射面和容量大的作品，不拘泥于一人一事，冲破传统的写法，增添更新的色彩。《芳草》坚持小说与报告文学两翼起飞，以一定的篇幅发表报告文学，是一条路子，将形成自己办刊的独特风格，会对促进报告文学创作的繁荣作出贡献。（苏一）

（1986 年第 8 期摘编）

杨书案历史小说创作座谈会在张家界召开

8 月中旬，武汉市文联文艺理论研究室、武汉市文学创作所，在张家界召开杨书案历史小说创作座谈会，来自京、津、沪、鄂、汉的专家、教授、作家和编辑共 30 余人参加了会议。同志们在发言中说，杨书案已经发表和出版《九月菊》《长安恨》《秦娥忆》《半江瑟瑟半江红》四部长篇历史小说和《风雨黄鹤楼》等中篇历史小说，它们在当前历史小说创作中均是优秀或比较优秀的作品，在思想艺术上取得了一定成就。他的历史小说在主要人物和重大事件上都有历史根据，但并不拘泥于事实，而是进行了较多的艺术想象和虚构。他的历史小说表现出有较强的文化意识和悲剧意识。他善于把金戈铁马和儿女之情结合起来描写，作品有情致。小说语言典雅，文学性强。

同志们也发言指出，他的有些小说概括的历史内容还不够深广；有的主要人物形象不够丰满、动人，不及某些次要人物；震撼人心和精雕细琢的章节还少了一些。同志们热切希望他今后能写出历史小说的精品来，认为他有这样的功底和素养。

会议期间还探讨了历史题材创作观念的更新，历史小说如何进一步提高与突破等问题，交流了文艺信息。

会议由武汉市文联党组书记林戈主持。张炯、何镇邦、宋文郁、腾云、孙健忠、陆行良、张啸虎、王先霈、邹贤敏、田中全、杨世伟、陈本才等同志在会上发了言。

(1986 年第 10 期)

本刊召开都市生活小说创作对话会

随着改革、开放的不断深入，这几年来我国城市迅速发展，都市在我国社会生活中的地位和作用越来越重要和突出。反映都市生活文学创作的兴起，已经不是一两个作家的倡导，而是适应我国政治、经济、文化发展的一个必然文学现象。为顺应时代的发展趋势，促进都市文学创作的发展与繁荣，本刊于 1987 年 9 月 25 日至 26 日召开"都市生活小说创作对话会"。会议以全国反映都市生活的小说为参照，结合武汉市的文学创作实际，与会的作家、评论家、编辑就都市生活文学创作中一些大家关心而又颇感困惑的问题，展开了热烈的讨论与对话。

讨论与对话较集中地谈到了"都市文学"的概念问题，以及近几年来"都市文学"再度兴起的客观现实依据和文学自身发展的因素，正确认识我国城市的特点和"都市文学"自身的特点，促进"都市文学"的创作和提高创作水平问题，等等。

对话会由《芳草》主编杨书案主持。出席对话会的有来自北京的《小说选刊》副主编肖德生、编辑部主任傅活，文学评论家曾镇南，《文艺报》编辑邵璞，工人出版社《开拓》丛刊副主编牟志强，山西《城市文学》副主编哲夫，广东青年作家刘西鸿以及武汉地区的评论家、作家王先霈、陈美兰、汪洋、方方、绍六、姜天民、曾德厚、成平、於可训、王又平、周翼南、吕运斌等近50人。

武汉市委副书记谢培栋、宣传部部长李岩出席了会议并讲了话。（朱璞）

（1987年第12期）

陈应松小说和陈泽群杂文讨论会分别召开

5年来，湖北、武汉青年作家陈应松在全国各种类型的文学刊物上发表了十余篇中篇小说和30多篇短篇小说。4月13日，武汉作家协会、武汉市文联文艺理论研究室、《芳草》杂志社联合召开陈应松作品讨论会，武汉地区的作家、评论家共30余人参加了讨论会。座谈会上，大家就其人物塑造、艺术追求等问题发表意见，展开讨论，会上气氛热烈。

4月18日，武汉作家协会、江汉大学中文系等单位联合召开陈泽群杂文讨论会。陈泽群同志从事杂文写作40年，发表杂文600余篇，1987年曾结集出版《当代杂文选粹·陈泽群之卷》。与会的作家、评论家就"陈泽群杂文的时代感""陈泽群杂文的哲理性、抒情性与幽默感"等问题展开了热烈的讨论。（本刊记者）。

（1990年第6期摘编）

《冷山》作品讨论会纪要

本刊于 1990 年 7 月初在北方渔港石岛举行了《冷山》作品讨论会。武汉市文联副主席管用和、知名评论家王先需和於可训、作家林深、中共石岛镇委代表毕可伟、本刊负责人及编辑一行，参加了讨论会。

中篇小说《冷山》在我刊今年第 5 期发表后，广大读者和各地作者反应甚好。由《冷山》改编的电视剧已在黄海边开拍。林深近年创作势头旺盛，会议对他的《冷山》等作品展开热烈而深入的讨论。

讨论会认为，《冷山》颇有特色，一是丰富的内涵和多义主题，二是奇特的地域风情和文化意味。作品将人物置于历史变迁的时间跨度中，从内在的、人性的方面把高一等人物刻画得深刻而逼真，韵味别致而引人思索。从 1985 年以后，小说创作直接接触现实的作品甚少来看，《冷山》的作者以很高的热忱和勇气直面现实写改革，这是很可贵的。

我刊这次远行山东，召开作品讨论会，受到荣成市、石岛镇和马道、落凤、大渔岛、南车等渔业公司及石岛海带育苗场等单位的热情欢迎和支持。

（1990 年第 9 期摘编）

刘醒龙作品讨论会

1990 年 10 月 8 日，由《长江》丛刊发起，联合《长江文艺》《芳草》编辑部，在武昌东湖湖滨客舍举办刘醒龙作品讨论会。作协湖北分会副主席、《长江》丛刊主编刘富道主持会议。作协湖北分会党组书记毕志伦，在汉多所大学教授、专家，黄冈文联主席丁永淮等 40 余人与会。一天时间的会议，与会者对刘醒龙的创作成果予以充分肯定，并对其未来走向进行热烈讨论。讨论会开得生动活跃，十分成功。

（据《长江文艺志》摘编）

唐镇小说创作讨论会

《芳草》杂志社与"我们共有一个年轻"文化系列活动组委会，于 1990 年 12 月 10 日，联合举办了唐镇小说创作讨论会。60 多位作家、评论家、编辑相聚一堂，对唐镇近年来小说创作的成绩予以充分肯定，同时提出了殷切希望。

唐镇是武汉市文学创作所青年作家，多年来勤于笔耕。特别是 1989 年以来，他在小说创作上不仅篇目丰厚，质量上也有明显飞跃。他的短篇小说《地下舞厅》获《广州文艺》奖，他在 1990 年本刊第 8 期发表的中篇小说《不能远行》，得到了与会者比较一致的赞赏和肯定，这篇小说已被《中篇小说选刊》选载。

（1991 年第 2 期）

武汉地区社会主义文艺理论研讨会和邓一光作品讨论会

中共武汉市委宣传部、武汉市文联等单位于 6 月 11 日至 12 日联合举办了武汉地区社会主义文艺理论研讨会。来自大专院校、宣传文化单位的 70 余位文艺评论家、作家和有关方面负责人参加了会议。会议联系实际，总结正反两方面的经验，深入研讨了社会主义文艺本质的规定性、如何创造有中国特色的社会主义文艺等问题。中共武汉市委副书记李岩出席了开幕式并讲了话。

我省青年作家邓一光近两年来小说创作十分活跃，已引起读者和文学界的关注。《芳草》《长江文艺》《长江》丛刊编辑部于 6 月 27 日联合举办了邓一光同志作品讨论会。

（1991 年第 9 期）

《芳草》神农架笔会

"共架天梯会神农。"'92《芳草》神农架笔会，可谓群星灿烂。刘震云、王朔、范烛青、储福金、叶兆言、卢之灼和池莉与会。武汉市文联党组副书记陈本才和《芳草》副主编朱子昂全程陪同。

（1992 年第 9 期）

"行走文学"讨论会

2000 年 9 月 28 日，《芳草》文学月刊与武汉市文艺理论研究所联合举办了关于当前"行走文学"的座谈会。李正武、徐鲁、董宏猷、田天、鲍根喜、陈晓明、李鲁平、袁毅以及《芳草》全体编辑参加了座谈会。《芳草》执行副主编钱鹏喜、副主编刘宝玲和市文研所负责人李鲁平主持座谈会。

（2001 年第 1 期）

挪步园笔会综述

2002 年 6 月 19 日，芳草杂志社、黄冈金融文学促进会联合召开的笔会在中国佛教文化圣地黄梅县挪步园农行宾馆召开。19 日下午，来自北京、天津、湖北、深圳 4 个省、市的作家、编辑共 20 余人相逢挪步园。黄梅县佛家文化、儒家文化源远流长，文化底蕴深厚，民皆"能诗作对"，改革开放后被誉为全国的"诗词之乡""楹联之乡""刺绣之乡"。来自北京的著名作家、教授刘恪对小说创作中的题材分类、汉语小说、诗意小说以及小说创作中的技巧进行了讲授。深圳作家丁力对创作中现实生活素材与历史文化的融合作了具有独特见解的发言。天津百花文艺出版社的王俊石先生就商品经济条件下"文学与金融"的课题作了精辟的探讨。黄冈市金融文学促进会会长赵清宇为与会者介绍了黄冈金融文学促进会 10 年来所走过的足迹和为金融文学所作的努力，并对金融文学的含义和创作问题作了发言。笔会历时 4 天，由《芳草》副主编刘宝玲主持。（袁先行）

（2002 年第 9 期）

'96之夏南清华笔会

'96之夏南清华笔会，在老河口市举办。李柯、董宏猷、刘醒龙、罗维扬在笔会期间举办文学讲座。参加笔会的作家有卢苇、叶宗佩、叶大春、晓苏、赵金禾、程天保、何存中、彭建新、华姿、阿毛、礼文。本刊编辑部的朱子昂、刘宝玲同志与会。笔会期间，全体人员参观了李宗仁的第五战区司令部旧址和丹江口大坝。

（1996 年第 11 期）

三峡笔会综述

1996 年 11 月 9 日至 16 日，《芳草》文学月刊与《三峡文学》月刊联合举办了三峡笔会。著名作家何申、谈歌、关仁山、肖克凡、刘玉堂、叶广芩、刘醒龙、邓一光和著名编辑周介人（《上海文学》执行副主编）、王俊石（《小说月报》编辑、百花文艺出版社党委书记、副社长）、姚淑芝（《中华文学选刊》编辑部主任）、李师东（《青年文学》副主编）、袁毅（《武汉晚报》文艺编辑）参加了笔会。

9 日下午，三峡笔会开幕式在武汉市文联大会议室举行。

《芳草》主编管用和发表了热情洋溢的讲话。与会作家、编辑以及文艺理论研究专家畅谈了以《大厂》《年前年后》《分享艰难》《大雪无乡》等作品为代表的现实主义创作给文坛带来的新气象，分析了现实主义创作的现状，探讨了现实主义创作未来的走向和前景。

10 日上午，三峡笔会队伍启程，由《芳草》原执行主编朱子昂和现执行副主编钱鹏喜、副主编刘宝玲带队。《芳草》编辑李鲁平任随行记者。下午抵宜昌。

13 日，笔会队伍移师秭归。作家、编辑们参观了屈原祠。14 日，一行继续沿江而下返回宜昌。15 日，笔会人员参观了三峡工程坝区，并游览了黄陵庙。

笔会在 16 日结束。与会作家、编辑带着对三峡美好的记忆、带着对纯文学事业兴旺发达的祝愿、带着《芳草》和《三峡文学》的深厚情谊依依惜别。

（1997 年第 1 期摘编）

美丽乡愁　锦绣河山

——《芳草》2016 大别山采风笔会纪实

（通讯员李娟）1 月 21 日，来自北京、上海、宜昌、黄冈、武汉等地的作家和评论家们参加《芳草》2016 大别山采风笔会。此次笔会以"美丽乡愁，锦绣山河"为主题，以中国当代农村的发展变化为题材，认知乡土中国新常态，交流文学切入社会生活的新路径。

采风中，作家和评论家们实地探访了罗田县精准扶贫重点项目——湖北名羊农业科技发展有限公司、锦秀林牧专业合作社黑山羊养殖基地。目前，锦秀林牧专业合作社已成为大别山区首家集山羊育种、科研、培训、养殖、加工、销售为一体，由 7000 多户农民组成的专业合作社。湖北名羊农业发展有限公司以锦秀林牧为纽带，构建了"公司+合作社+农户"的黑山羊产业化发展模式，形成了鄂东地区最大的牛羊现代化深加工基地。锦秀林牧专业合作社社长刘锦秀女士讲述了自己历经磨难不弃阳光的传奇经历。小学未毕业便外出谋生的刘锦秀，2009 年带着不多的血汗钱回乡创业，在高山上搭草棚牧羊，几年后便建起国内第一条牛羊自动屠宰生产线，并制定了牛羊屠宰卫生环保标准，填补了国内牛羊屠宰卫生环保标准空白。这种带领乡亲共同致富、艰苦创业的精神深深地鼓舞和感染了大家。

《芳草》杂志 2015 年将目光聚焦在以许村、余村、大余湾、姚家山、二堰淌为代表的当下中国僻远农村，组织作家采风创作，在此基础上编辑出版了年鉴类散文集《美丽乡愁 2015》，把对中国乡村的关注、探索，置于广阔的城市化背景下，重视对美丽乡村的发现、体验和书写。《芳草》杂志的这种探索和实践，是对习总书记提出的"看得见山，看得见水，留得住乡愁"主题的探索和践行。

（摘自通稿）

全国中文核心期刊(文学类)主编论坛
暨《芳草》改版 10 周年座谈会在汉举行

2016 年 3 月 28 日至 30 日，全国中文核心期刊(文学类)主编论坛暨《芳草》改版十周年座谈会在江城明珠豪生大酒店举行。

参加会议的有全国中文核心(文学类)期刊《人民文学》《上海文学》《当代》《收获》《钟山》《芳草》《十月》《北京文学》《花城》《中国作家》《民族文学》《诗刊》《解放军文艺》《小说界》《芙蓉》《小说月报》《世界文学》《文学评论》《新华文摘》《当代作家评论》《小说评论》《南方文坛》《新文学评论》《小说选刊》《中篇小说选刊》《中华文学选刊》《文艺报》《文学报》《人民日报》《光明日报》等报刊的主编和负责人。

出席会议的中宣部、中国作协和湖北省、武汉市的有关领导有吉狄马加、吴义勤、刘新风、梁伟年、邓务贵、李述永、陈汉桥、朱训集、吕兵等，参加会议的各地作家评论家还有朱小如、马步升、王春林、李骏虎、刘益善、周新民、杨晓帆等。

（摘自会议通稿）

《芳草》聚焦大悟文学采风活动

大悟县新城镇金岭村为湖北省直机关精准扶贫点。2016 年 9 月 19 日至 20 日，芳草杂志社《芳草·潮》编委会组织了聚焦大悟文学采风活动，实地考察金岭村古建筑修复工程，以及旅游设施建设。2016 年第 6 期《芳草·潮》刊登聚焦大悟特稿：刘醒龙《因乡喜而乡愁》、李鲁平《有故事的金岭》、刘益善《乌桕火红金岭秀》、刘富道《大悟其实不远》、亚楠《金鸡岭》、陈予《到小张湾看大喜鹊》、张好好《大悟，一个美好的地方》、周芳《大悟山的灶》、万雁《金岭村的乌桕树就要红了》、张睿《乡土温柔》、王倩茜《一生只怀一种愁》、哨兵《金岭的格桑花》、梅玉荣《乡愁缭绕》。

（摘自新闻通稿）

坚守艺术理想、勇于创新创造

——《芳草》在汉举行第五届汉语文学女评委奖颁奖典礼

2016 年 12 月 18 日，由《芳草》杂志社举办的第五届汉语文学女评委奖颁奖典礼在武汉隆重举行。

经初评和终评两轮投票，共评选出 8 部作品，分获第五届汉语文学女评委奖大奖、汉语文学女评委奖最佳审美奖、汉语文学女评委奖最佳抒情奖、汉语文学女评委奖最佳叙事奖。

藏族作家次仁罗布曾在《芳草》杂志上发表短篇小说《放生羊》，并获鲁迅文学奖。其长篇小说处女作《祭语风中》，获得本届汉语文学女评委奖大奖。同获大奖的长篇散文《寻找祖国三千里》是宝岛台湾作家蓝博洲的心血之作。朱小如的评论《江汉语录·主持人语》和朗顿·罗布次仁的短篇小说《葡萄树上的蓝月亮》分获汉语文学女评委奖最佳审美奖，付秀莹的短篇小说《找小瑞》和欧曼的中篇小说《胭脂路》分获汉语文学女评委奖最佳叙事奖。获过鲁迅文学奖的叶舟的诗歌《丝绸之路》与剑男的诗歌《大雪封山》同获汉语文学女评委奖最佳抒情奖。

（摘自新闻通稿）

《芳草文库》第二辑出版

《芳草文库》是由《芳草》杂志社编辑的当代作家个人文集，该文库第二辑推出了《刘富道文集》《李绍六文集》，由武汉大学出版社出版。这两部文集分别收录了两位作家从 20 世纪 70 年代开始陆续发表的各种义学体裁的作品。近日，《芳草文库》第二辑首发式在武汉举行，30 余位作家、专家学者参加。王先霈、蔚蓝、李俊国、樊星等评论家说，刘富道、李绍六的作品曾经引起较大影响，但在研究与出版上关注得不够。他们的文集是文学化的历史备忘录，他们的作品至今仍然有很大的价值，值得不断去研究。长远来看，《芳草文库》的出版很有意义，希望《芳草文库》能细水长流地出版下去。《芳草》主编、《芳草文库》总策划刘醒龙说，武汉有一大批在全国声名卓著的作家，但是在追求日新月异的今天，有些作家和作品在喧嚣背后悄然尘封，希望《芳草文库》能够把他们重新推到前台。《芳草文库》选择的作家作品密切关注现实，希望能唤起大家对文学与现实关系的思考。（陈婉清）

（摘自新闻通稿）

《芳草艺典》第二辑与《芳草文库》第三辑首发

湖北日报讯（记者熊唤军、通讯员陈婉清）：《芳草艺典》第二辑与《芳草文库》第三辑首发式12月25日在武汉市文联举行，王先霈、刘醒龙、蔚蓝、李俊国、李遇春、杨彬等30余位作家、专家在首发恳谈会上指出，两套丛书的编辑出版，对于梳理彰显武汉市文脉、塑造城市文化形象将起到重要作用。《芳草文库》第三辑推出《李传锋文集》《刘章仪文集》。《芳草艺典》第二辑推出《闻立圣写花百感》《管用和画梦录》。

《芳草文库》第四辑出版

长江日报融媒体4月24日讯："他们的作品具有地方文学史史料的意义，能看到武汉文学的传承、温暖、情怀和担当。"24日，在武汉市文联举办的《芳草文库》第四辑首发仪式上，与会评论家王先霈、李俊国、蔡家园等高度评价《芳草文库》的出版价值。

第四辑《芳草文库》由《周翼南文集》《陈美兰文集》《李华章文集》《叶梅文集》组成。

《芳草文库》第五辑出版

长江日报—长江网12月19日讯（记者周满珍　通讯员陈婉清）：近日，《芳草文库》第五辑《萧国松文集》《善良文集》出版座谈会在湖北长阳举行。湖北省文联主席、著名作家刘醒龙，武汉大学资深教授、湖北省文艺评论家协会主席於可训等近40人参加了座谈会。

《芳草文库》由芳草杂志社编辑出品，武汉大学出版社出版。此次推出的两部文集中，80多岁的萧国松是长阳民间故事家，以长诗《老巴子》《寓言》而为文坛所知。作为《芳草文库》总策划，刘醒龙在研讨会上说：萧国松一辈子扎根土家族发祥地长阳，其文学作品既是对中国当代文学宝库扎扎实实的贡献，更忠实地传承和记录了中华民族生生不息的文化传统和经久不衰的文化精神。老人以八十三岁高龄，坚守在美丽的清江河畔，用一万三千多行的长诗，描写生活在这片山水间的土家族儿女，其写作过程就是一种了不起的奇迹。

乡愁为什么美丽——
《美丽乡愁2016》首发式暨鄂皖赣三地作家大别山采风在红安、金寨举行

4月21日，由武汉市文联、武汉出版集团、《芳草》文学杂志联合举办的《美丽乡愁2016》首发式暨鄂皖赣三地作家大别山采风活动在革命老区安徽省金寨县举行。著名作家、《芳草》文学杂志主编刘醒龙，武汉出版集团党组书记、董事长朱向梅，安徽省作家协会主席许辉，金寨县有关领导等出席仪式。该书本着贯彻落实习总书记关于"望得见山、看得见水、记得住乡愁"的讲话精神，由《芳草》杂志社和武汉出版社盛邀刘益善、梅卓、刘阳、叶舟、马晓丽等22位著名作家、诗人，继《美丽乡愁2015》出版之后，实地深入西藏、青海、新疆等15个中西部省份的22个村庄采访而成。

结合该书首发，与会的专家、作家们自4月20日开始，在革命老区湖北红安县七里坪和安徽金寨两地进行了为期3天的采风。在七里坪镇柏林寺村精准扶贫项目建设现场，与会的作家、诗人们实地探访了红安县富安生态农业有限公司的养殖和种植基地。

在安徽省金寨县石花乡大湾村，恰逢习近平总书记到该村探访一周年。在习近平总书记亲自探访过的村民陈泽申家中，作家们深切领受精准扶贫政策带给中国乡村的巨变。在习总书记坐过的小院里，作家们和陈泽申拉起了家常。

首发式现场，刘富道、许辉、许春樵等来自鄂皖赣三省的20余位专家学者一致认为《美丽乡愁2016》的出版发行，是中国文学关注现实和生活现场的有益尝试。（通讯员：陈婉清）

（摘自新闻通稿）

20位作家共写《美丽乡愁2017》首发

长江日报融媒体4月16日讯（记者周满珍　通讯员陈婉清）：日前，由武汉市文联、《芳草》文学杂志、湖北五峰县委宣传部联合举办的《美丽乡愁2017》首发暨《美丽乡愁2018》作家下村采访在五峰县启动。

著名作家、《芳草》杂志社主编刘醒龙介绍，从2015年开始，"美丽乡愁"系列已连续三年出版。每年春天伊始，全国各地作家分赴20个美丽村庄，将文学之笔根植在大地之上，书写中国乡村的最基层，用对乡村细微变化的体察，让文学成为时代和人民的回音壁。

《美丽乡愁2018》首发

长江日报融媒体4月26日讯（记者周满珍　通讯员陈婉清）：25日，由《芳草》杂志主办的《美丽乡愁2018》首发暨《美丽乡愁2019》作家驻村采风活动启动仪式在湖北省通城县举行。叶梅、刘醒龙、水运宪、刘益善、梁必文、张映勤等来自北京、天津、湖南、广西、陕西等地和省内的20位作家共话乡愁，交流2019采风写作计划。

此次首发的《美丽乡愁2018》汇集了刘醒龙、李传锋、刘益善、刘立云、王祥夫、马步升、耿占春、朱零等省内外18位知名作家，分别写了浙江瑞安柏树村、湖北赤壁葛仙山村、江西井冈山神山村等18个村庄。它们或有文化历史内涵，或有红色履历，或有丰富的现代旅游资源，作家们"望得见山，看得见水，记得住乡愁"，富有内涵的乡村书写，唤醒了沉潜的情怀，读完心头暖暖的。

《芳草》召开新时代乡村书写研讨会

2018 年 11 月 23 日，由芳草杂志社主办的"精准扶贫背景下的乡村文本研讨会"在华中师范大学举行。《芳草》自 2018 年第 5 期开设"精准扶贫背景下的乡村文本"专栏，与会代表各抒己见，探讨如何以文学方式来书写、参与"精准扶贫"时代课题。（郭海燕）

（摘自新闻通稿）

第六届《芳草》文学女评委奖揭晓

第六届《芳草》文学女评委奖颁奖典礼暨新世纪文学期刊的路向研讨会日前在湖北省武汉市举行。此次评委会由中国文学界 10 位知名女性文学评论家组成。湖北省文联主席、芳草杂志主编刘醒龙主持颁奖并致欢迎词。

经初评和终评两轮投票，肖克凡的长篇小说《旧租界》和裘山山的中篇小说《卤水点豆腐》同获《芳草》文学女评委奖大奖。

桫椤的评论《黄咏梅：文学就是我的"逃跑计划"——七〇后作家访谈录之三十一》和吴投文的高端访谈《中国是当代世界诗歌写作最活跃的地区之一——诗人西川访谈》分获文学女评委奖最佳审美奖。

陶纯的长篇《浪漫沧桑》和林那北的中篇《蓝衫》分获文学女评委奖最佳叙事奖。

李学辉的长篇小说《国家坐骑》和朱朝敏的中篇小说《辣椒诵》同获文学女评委奖最佳抒情奖。

（摘自《文学报》2019 年 1 月）

《芳草·潮》举办"中国农民工四十年"专刊座谈会

1 月 22 日，由《芳草·潮》杂志主办的"中国农民工四十年"专刊座谈会在京举行。中国作协副主席何建明、中国人民大学副校长朱信凯、武汉文联党组书记李蓉，评论家贺绍俊、李朝全、刘琼、王国平，以及来自成都、西安、青岛等多地的人力资源和社会保障局农民工办或就业服务管理部门的相关代表参加座谈会。座谈会由湖北文联主席、《芳草》主编刘醒龙主持。

作为《芳草》杂志主办的逢双月出版的期刊,《芳草·潮》创办于 2011 年 3 月,是全国公开出版的大型农民工文学刊物。农民工是杂志的第一主角,每期封面人物都是优秀的农民工代表。杂志主要发表乡村题材和打工题材的作品,其中一半以上的作品都由农民工原创。2018 年,《芳草·潮》第 6 期推出"中国农民工四十年"专题,系统回顾了中国农民工 40 年来走过的不平凡历程,为时代塑像,为历史留痕,受到读者的好评。

与会专家表示,《芳草·潮》始终聚焦农民工,从文学的角度为农民工提供精神滋养。它一直伴随农民工走在路上,体现了一种现实担当和责任感。《芳草·潮》推出《中国农民工四十年》专刊,源于在办刊物过程中,对农民工、农村和农业话题的长期关注。2018 年是改革开放 40 周年,农民工群体对中国改革开放 40 年进程的推动和贡献值得关注。专刊中的这些作品真实反映了我们国家 40 年来的发展情况,表现了中国农民工的优秀品格和时代精神,也真实反映了党中央、国务院对农民工的关心、关爱。

（摘自新闻通稿）

《芳草》杂志举办迎国庆 70 周年
《中国,一个老兵的故事》诗歌朗诵会

6 月 29 日,由湖北省文学艺术界联合会、武汉市文学艺术界联合会主办,芳草杂志社等单位承办的"《中国,一个老兵的故事》诗歌朗诵会"在武汉卓尔书店举行。湖北省文联主席刘醒龙,湖北省文联党组书记、常务副主席邓长青,诗人车延高,武汉市文联党组书记、常务副主席李蓉等参加了本次活动。

《芳草》杂志 2019 年第 4 期"庆祝中华人民共和国成立 70 周年专号"头条推出刘益善创作的 3000 行长诗《中国,一个老兵的故事》,讲述湖北来凤老英雄张富清 60 多年深藏功名、不忘初心、牢记使命的英雄事迹,旨在

喜迎中华人民共和国成立70周年之际，深入学习贯彻习近平总书记重要指示精神，以老兵张富清为榜样，不忘初心、牢记使命，肩负起文学期刊的社会责任和使命担当，并以此激励更多文艺工作者创造有道德有筋骨有温度的文学作品，为人民放歌。6月14日，《光明日报》对此长诗节选部分整版刊发。

《中国，一个老兵的故事》诗歌朗诵会节选长诗部分章节，由18位朗诵艺术家以舞台剧的形式呈现。"序幕"部分交代张富清的基本事迹，第一幕《红布包里的秘密》介绍张富清深藏战功六十年是如何被发现的，第二幕《战火中炼出的英雄》倒叙张富清参军前的生活、参军后经历的战斗和立功过程，第三幕《清风两袖一身廉》通过不同的人物描述张富清为人为官清廉正直的品质，第四幕《老兵的军礼》抒发了老兵感人至深的情怀。在将近一个小时的诗歌朗诵中，现场座无虚席，观众情绪高涨，朗诵艺术家们声情并茂，倾情演绎，激情诠释出老兵张富清淡泊名利、无私奉献、坚守初心的境界，更以老英雄为榜样，鼓舞大家不忘初心、牢记使命、淡泊名利、砥砺前行，努力做新时代的奋斗者。长江云APP面向全球全程直播，截至活动结束已创点击量约63万，引起热烈反响。（张睿）

（中国作家网　2019年6月30日）

《芳草》杂志社送书进军营

为庆祝中国人民解放军建军92周年，8月1日，《芳草》杂志社深入武警湖北总队通信大队，为官兵赠送了200册"庆祝中华人民共和国成立70周年专号"杂志。作为《芳草》向中华人民共和国70华诞的献礼，专号刊发了3000行长诗《中国，一个老兵的故事》，讲述了深藏功名60多年、不忘初心、牢记使命的95岁老兵张富清的感人事迹。

会上，长诗作者刘益善回顾了自己创作这首长诗的过程。在他看来，歌唱祖国、礼赞英雄从来都是文艺创作的主题，也是最动人的篇章。通过深入采访，他切身感受到老英雄那种朴实纯粹、淡泊名利的精神境界，于是满怀激情地创作出了这首长诗。与会者表示，祖国是人民最坚实的依靠，英雄是民族最闪亮的坐标。歌颂英雄、书写英雄是时代赋予作家和诗人的责任使命。作家要深入生活、扎根人民，努力塑造出新时代的英雄形象。（谢定安）

（摘自《文艺报》2019 年 8 月 7 日）

《芳草》年度诗歌奖在汉颁发

湖北日报讯（记者熊唤军、通讯员陈婉清）："作为写作诗歌 40 多年的老诗人，我在 63 岁时得到这样一个严肃、庄重的诗歌奖，对我是一种鼓励和鞭策。"12 月 7 日在江汉大学，著名诗人欧阳江河从颁奖嘉宾手中接过 2019 年度芳草诗歌奖的奖证、奖杯时，很感慨。在当晚的颁奖仪式上，起伦的《等风来》（十二首）、商震的《冬天已经深了》（四十首）和欧阳江河的《祖柯蒂之秋》一起获奖。

芳草诗歌年度奖是《芳草》杂志常设的文学奖之一，本届评奖委员会主任由吉狄马加、刘醒龙担任。

三、广告、有偿服务

关于开展"笔授、面授有偿服务"的重要启事

为满足广大文学青年、业余作者的要求，本刊决定从 1988 年 8 月 1 日起，开展阅稿"笔授、面授有偿服务"。

服务项目分阅稿后的笔授和面授两种：门类暂只限于短篇小说、中篇小说、纪实文学、诗歌、评论、美术。

笔授为每稿必复。必须按下列标准向编辑部交纳服务费：

笔授：短篇小说、中篇小说、纪实文学、评论万字以内每篇 10 元，万字以上按每万字 10 元标准计算。诗歌三首以内（或总数不超过 150 行）10 元，三首以上（或总数 150 行以上）为 20 元。

面授：短篇小说、中篇小说、纪实文学、评论万字以内每篇 20 元，万字以上每篇 30 元。诗歌三首以内为 20 元；三首以上为 30 元；美术作品暂不作具体规定，服务办法可经与本刊编务组协商后进行。

一律谢绝直接向个人交寄稿件，私下收受"好处费"者将予以追究。

（1988 年第 8 期摘编）

友情广告

《芳草》文学刊物的广告业务，始于 1980 年第 2 期，第一份广告是《郑州文艺》双月刊的征订启事。1980 年第 11 期，再次刊登《郑州文艺》史名《百花园》的征订启事。20 世纪 80 年代之初，全国各地的文艺刊物，纷纷更名为文学刊物。也有一些刊物，由季刊改为双月刊，或由双月刊改为月刊。杂志登载这些信息，一般都是无偿的，或者互相交换的，刊登的位置都是利用正文尾的空白处。20 世纪 80 年代，《芳草》成为红极一时的文学月刊"四大名小旦"之一，每年第 10 期刊物上，就有多种外地刊物在此发布次年征订启事，有几种刊物年年在这里做广告。

从 20 世纪 80 年代初到 20 世纪 90 年代末，在《芳草》做过广告的报刊有：《春风》《鹿鸣》《湖北青年》《海燕》《滇池》《百花园》《邕江》《中国通俗文艺》《抱犊》《小说林》《青年文学》《文艺报》《花溪》《文学月报》《文学时代》《莽原》《芒种》《小说潮》《作家》《奔流》《诗人》《飞天》《文学之路》《安徽文学》《山野文学》《青春》《青春丛刊》《作品》《写作》《希望》《散文选刊》《青年人报》《通俗小说报》《长江丛刊》《艺术明星》《税收征纳》《作家报》《三峡文学》《传奇文学选刊》《传记·传奇》《山东文学》《东北经济报》《南方人才市场报》《牡丹》《康乐世界》《文学自由谈》《渝海潮——精短文学》《爱情婚姻家庭》《广州文艺》《武当》《作家报》《中华文学选刊》《中外故事传奇》，等等。

商 业 广 告

《芳草》第一份商业广告始于 1984 年第 11 期，第一次使用封三做广告页，全页面为单色图文，客户是位于武昌丁字桥的武汉市汉江工具厂，广告语为"全国首创独家生产具有八十年代水平的新型扳钳工具"。一直以世界名画作为彩色封底的惯例，直到 1985 年第 2 期才被打破，该期封底刊登了蒲圻绣衣厂真丝双绉绣花女衫展销广告。从此广告在杂志的封三、封底上频现。一般文学期刊的广告位的吸引力远远低于电视和报纸，只有少数客户有兴趣在文学期刊上做广告，大多数客户在这里做的是人情广告，做广告的目的不在广告效应，而在支持刊物生存，支持文学事业发展。譬如1990 年代，云南会泽县矿业、东风牌轮胎、应城市第一制盐厂、武汉市东西湖啤酒厂、蕲春国税，这些客户所做的广告，就属于带有友情性质的商业广告。

2003 年第 5 期，发布芳草文学月刊诚征广告代理商的公告。

《芳草》原创版双月刊于 2006 年问世之后，告别了对商业广告收益的依赖，不再在刊物上做商业广告。

编辑人卷

本卷说明：一般而言，当写作者还处在投稿阶段时，他心目中的编辑就是老师，就是伯乐，甚至就是恩人。写作者一旦成为名家，应约给编辑写稿，就成了赐稿。编辑这个职业，世称为人做嫁衣。手头上的全部快乐，就是眼前新娘子的一身光鲜。从本卷选编的编前语、编后语中，读者不难看到，编辑们辅导作者是怎样的情恳辞切，编辑们为了刊物形象是怎样的呕心沥血。

还是为了战斗

（本刊编辑部改刊辞）

《武汉文艺》从创刊以来，共出版了 36 期。为了满足读者的要求和希望，更好地为四个现代化服务，本刊改为《芳草》文学月刊，继续出版。

我们满怀激情跨进了 80 年代。在这个年代里，我国劳动人民在党的领导下，解放思想，改变贫困，艰苦创业，首先为实现四个现代化的宏伟目标，进行新的长征。在新长征的道路上，我国劳动人民将奋力排除一切困难和阻力，创造一个安定团结、意志统一、心情舒畅、生动活泼的政治局面，以利社会主义事业大发展。有理想、有智慧、善良而又勤奋的我国劳动人民一定有信心完成自己的历史任务。因此，可以说我们迎来了社会的春天、政治的春天，当然，也是文艺的春天。

然而，这是战斗的春天，是丹霞开路、晨风舒情、群芳争艳的春天。"不嫁秋风嫁春风"，《芳草》起步跨进劳动人民的战斗行列里，在祖国神圣的土地上，将添彩增辉，为建设和发展社会主义的精神文明，做出自己微薄的贡献。

人民是创造历史的动力，《芳草》是这个动力的忠诚宣传者。她在人民这个伟大母亲的哺育和抚爱下，在党的正确的思想路线和政治路线指导下，忠诚勤奋地为人民工作，努力成为人民和党的心声。在前进的道路上，她一面实事求是地歌颂真善美，一面实事求是地揭露假恶丑，需要沸腾时是烈火，需要滋润时是雨露，切实地发出体现时代精神的颂世、警世、喻世、醒世的声音。

《芳草》本着面对现实、洞察世态、透视性灵、探索真理的科学精神，尽一切努力把现实生活的真实面貌忠实地、准确地、形象地告诉人民；以人民的爱憎，帮助人民知其是非，明其真伪，辨其善恶；以人民的爱憎，直言忠谏，揭露、批判为害"四化"的主观主义、官僚主义、宗派主义和特权恶习。

《芳草》按照人民的心愿为人民工作。她尊重、继承和发扬优秀的民族文化传统，继承和发扬五四运动和延安时代的精神，坚持党的"百花齐放、百家争鸣"的方针，尊重艺术个性和艺术流派的创新，尊重现实主义和浪漫主义的发展，尊重诗言志、情出理的原理。为劳动人民呐喊，为劳动人民欢歌。

《芳草》本着自己所言明的宗旨，希望能发表更多的具有实际社会意义的作品，发表有利于团结人民、教育人民、撕碎虚伪面纱的作品。她战斗在文艺的春天，发出自己的光和热。

（1980 年第 1 期）

短篇小说专号编后记

这期短篇小说专号，共发表了 13 篇小说。这 13 篇作品的作者，有的是近几年来以优异的创作成果，在文学界和广大读者中产生较大影响的青年作家；少数是 50 年代就登上文坛的中、老年作家；还有些是读者较生疏的，新近开始写小说的中、青年作者。

这 13 篇小说，大部分是面对现实、反映现实生活矛盾的作品。怎样看待我们的社会？人生的意义究竟是什么？是当前全国青年正在热烈探讨的大问题。《愿生活像朵鲜花》和《雾》反映了两代人之间的距离、隔膜，这是现实生活中普遍存在的问题。《失望太多的姑娘》和《他改了口……》，两篇作品在题材上是不一样的，但却共同探索了一个在生活中常见的、人类品质上的一个丑恶的现象——反复无常、"一阔脸就变"、"有奶便是娘"——的产生，作品共同揭示出：人的思想感情总是随着人的地位的改变而变化的。《知音》这篇作品提出了以爱来医治人们精神上创伤，我们不必过分去推敲这"药方"是否行之有效，而应看作是当今一些青年在苦闷中的一种真实思考。

《疯子》是一篇反映 1949 年前劳动人民生活与爱情的作品，作者的表现手法是质朴无华的，而作品中浓郁的生活气息和深沉的感情，却值得读者品读。

（1980 年第 10 期摘编）

关于这一期翻译专号

我们经常收到一些译稿，其中不乏精彩之作，而《芳草》每一期能够发表译文的篇幅有限，所以我们决定出这样一期翻译专号。我们并没有预定的什么计划，这里只是选介了一批在内容和风格上可供读者与作者参考、借鉴的作品。

先来看看《逃亡》。作者斯坦倍克是与海明威、福克纳等齐名的现代美国作家。《逃亡》是他的有名的短篇之一。他这一类的作品常常带着沉重，甚至是悲怆的调子。这与他的世界观是有关系的——在第二次世界大战以后，他有逃避现实的倾向。

苏联青年作家尤利·范金的短篇《告别德利尔》的构思很新颖。今年是这位世界文豪逝世七十周年。那么，这也就算是我们对他一个小小的纪念。

《父亲的出走》和《生活水平》都是反映小资产者的生活。这两篇作品都不长，而且写得平平淡淡，可是在表面的静水下却汹涌着生活的潜流，是耐人寻味的。这样的作品好像信手写来，其实经过认真的构思，值得那些一味追求情节曲折的作者参考。

《布朗少校历险记》并不是惊险小说，而是反映了资本主义社会中的一种光怪陆离的现象，可聊供我们了解西方的生活方式。《阿根廷式的足球赛》反映了足球赛在那个国家的人民生活中的地位，文笔很生动俏皮，但有些漫画化。读来是很有趣的。

《瞬间》的作者邦达列夫是苏联当代著名的小说家，《瞬间》采用的是一种新颖的艺术形式，它用短小的篇幅来表现生活中的一个小故事，一个侧面、一幅速写，或一点偶感。其表现在作品中的思想感情，我们未必能完全同意，但作者所采用的这种形式是可供我们借鉴的。

诗人邹荻帆为我们翻译了几首美国诗人桑德堡的小诗。这几首小诗当然不能算是他的代表作，但也可以看出他的风格。

（1980 年第 11 期摘编）

小议关于创作题材的选取

赵　初

　　××同志，你的来信和稿子收到了。你的来信讲："几年以来，我创作所选取的题材，多半是身边的小事甚至是自己经历过的事情。现在，不少文艺报刊，都在倡导体现时代精神，强调用共产主义思想教育人民，强调塑造社会主义新人，我有些迷惑不解，不知这是否意味着今后又会回到'题材决定论'的老路上去，排斥写凡人小事的作品。"你提的问题很重要，这正是许多青年作者所共同关心的问题。

　　如果我们选择的是第一条路，站在时代的前列而不是站在旁边、后面或者对立面（我相信每一个作者都有这样的抱负），那么，如何扩大自己的生活视野，扩大自己的感情，提高自己的思想境界，用一切方法去接触战斗在第一线的四化创业者，塑造他们的光辉形象，通过艺术的感染力，使人们的心灵中都落入光明力量的种子，在潜移默化中逐渐都成为有理想、有道德、有文化、守纪律的人，同心同德，充满勇气和信心，奋不顾身奔赴四化建设，就是应放在第一位的工作。

　　这种新型的英雄人物有没有呢？多得很，最近在报纸上不断出现的蒋筑英、罗健夫、赵春娥等，就是例子。这些人物，尽管还只是以通讯报告的形式反映了他们的基本事迹，就已经让人们感动得为之落泪，何况再经过作家的精心雕塑，充分展示他们的内心世界呢！

　　然而，这决不等于说，我们的题材，便以这类突出的英雄人物为局限，一般的"凡人小事"便不能写，没有价值，如果这样理解，那就太狭窄了。今天的社会主义四化的建设大业，也和当年的抗日战争一样，每一个人都和它有千丝万缕的联系，每一个人都有站在前面、旁边、后面或者对立面的问题，只要作者细致深刻观察，都会发现新的题材，开掘出积极深刻的主题。从全国范围来说，这些成功作品很多，不在此一一举例，即以我们《芳草》这样一块小园地来说，通过"凡人小事"反映重大主题就很不少，像《女大学生宿舍》，取材只是女大学生宿舍内的日常生活，也没有什么壮烈的事情，但通过整个生活画面，却看到所有人物都在变化成长，充分体现了社会主义制度的优越性。里面的匡筐，便是典型的社会主义新人。

但也有些作品，不属于这一类，写的只是些"庸人俗事"。写它又有什么意义呢？至于有些作品，通过"自我表现"来"自我膨胀"，就更等而下之了。

因此，我们认为，以共产主义思想教育人民，是我们社会主义文学的旗帜，但题材应该是十分广阔的，我们既反对"题材决定论"，也反对"题材无差别论"。

（1983 年第 1 期摘编）

作者的立足点与作品的境界

亦　青

前不久，我们收到过这样一篇稿件，故事梗概大致是这样：（略）。

复述是令人生厌的。这不仅有可能以偏概全，而且也把作品中原有的一些生动描写给冲掉了。复述故事梗概，只是想以此为例，剖析一下这篇作品的毛病所在。

首先应该肯定，作者对社会上的不正之风疾恶如仇，创作的主观动机无疑是积极的。而作品也正是以饱蘸激情的笔触、生动有趣的情节，酣畅淋漓地对那些搞不正之风的人进行了辛辣的嘲弄与鞭笞。我自己在刚接触作品时，就曾感觉痛快、过瘾。因为当人们深感这种走后门的不正之风在侵蚀我们社会主义的机体，而又一时难以根治时，也常寄希望于某种侠肝义胆行为给予其惩罚。因此，如果只是以"生活中是否有这样的事"为衡量作品的标准，回答是肯定的。但评价一篇作品的思想和艺术价值，却并不能单纯地以它是否"如实地"写了生活中某一客观事物为唯一依据（我这里所说的"如实"，是就生活中是否实有其人其事而言，如果就作品所展开的某些情节和细节描写来看，仍有部分编造和失真之嫌）。因为任何艺术创作，它总是客观事物与创作主体的辩证统一。而创作主体(作家的头脑)能不能对客观事物(生活中的人与事)作出正确的思想和审美判断，又常常影响和决定着作品的成败。正是从这个意义上来说，我们在痛快之余，掩卷深思，又似乎感到作者对他所反映的生活现象作出的思想和审美评价，却未必正确，甚至还把不应该赞扬的东西当成了讴歌的对象。因而，作品所可能产生的社会效果，就不一定是很好的——如果我们对社会效果不仅仅理解为痛快、过瘾的话。

自然，我们不应过分夸大文艺的社会作用，以为它可以扭转乾坤，一篇反不正之风的作品，就能立竿见影，使社会风气有根本的好转。文艺总是只能通过将生活中的矛盾斗争典型化，创造各种各样的人物，作用于人们的思想感情，在潜移默化中使人民群众惊醒起来，感奋起来，改造自己的环境，帮助群众推动历史前进。

（1983 年第 2 期摘编）

凝练、再凝练

——由《路，在她脚下延伸》想到的

绍　六

文学青年陈和春将处女作《路，在她脚下延伸》的第一稿寄到编辑部来的时候，是一篇一万二千余字的小说。

这篇作品反映了青年生活中常会遇到的问题，有一定的普遍性和现实性。然而，一万二，委实太长了。这就需要忍痛割爱，而且还要掌握忍痛割爱的方法。

"压缩到多少字合适呢?"作者问。

规定字数不是个好办法。目标应该是凝练到你不能再凝练为止。

修改稿交来了，九千字。

仍然太长。看来，需要研究一下凝练的艺术了。

为此，作者所在的业余文学创作小组开展了一次集体活动，共同分析了第二稿的情况。

作者是用第三人称进行写作的，采取了一一道来的方式。

"如果从周群的角度去写，这三段的意思能够有表现力地传达给读者吗?"有人提出来。

"我试试。"作者回答。

另有三段是从夏华的角度写的，写他对周群和李汉德的看法，同样费去不少笔墨。

"如果仍然从周群的角度去写，写出周群眼中的夏华，这样既不会有损夏华的形象，又加强了对周群的刻画，岂不两全其美吗?"

作者也表示同意这个看法。

不仅如此，还有许多对人物的塑造不那么重要的细节，可以删去，可以省略。

剩下的就是周群了。整个事件就是在她周围发生的，用她的眼光观察到的，通过她的行为、回忆和心理活动展开的，这样一来，如果主要事件和细节选取得当，是否就能达到凝练的目的呢？

小组的成员们，全都陷入紧张的思索之中。

是的，选择角度是很重要的。也许这是个老问题了。从主要人物的角度来展开对某个特定环境中的人和事的描写，包括心理的描写，是小说创作的重要技巧，尽管不一定是关键的技巧。

"我再试试吧。"作者似乎增强了信心。

于是，就出现了今天读者看到的这篇五千余字的《路，在她脚下延伸》。篇幅大大缩短了，然而最重要的是，内容比较集中了，因此人物也比较鲜明了。

（1983 年第 6 期摘编）

分寸·适度

亦 青

在我所接触到的稿件中，缺乏分寸感的现象，大体有这么两种情况：一是如我在另一篇随笔中所提到的，作者主观上确有着"忧国忧民"的真切愿望，作品中也表达了他们疾恶如仇的愤慨情怀，但立足点站得不高，指导思想不正确，在揭露和抨击社会上的不正之风时，却通过作品中的人物与情节，肯定和赞扬了那种"以错反错""以毒攻毒"等不正当的行为和做法。作品所可能产生的社会效果，往往有悖于作者的初衷，在反对特殊化、官僚主义的同时，事实上又助长了无政府主义、个人主义等错误思想。二是一些作者看问题的方法不对，对生活的认识有较大的片面性，一叶障目，只见树木，不见森林。比如，我就看到过这样一篇作品，在它所反映的生活范围内，从党委书记、科长到一般工作人员都是搞不正之风的人。他们上下呼应，左右逢源，几乎织成了一张密不透风的网，把一个在事业上颇有造诣的知识分子挤迫到难以容身的地步。而且，是在党的三中全会之后的社会主义国土上，这样的行为居然还可以畅行无阻，丝毫不受任何约束与掣肘！作品抉摘弊端，意在引起疗救，但作者自己就被这种沉重的精神负荷所压倒，读者自然也就很难从中获得催人奋发、改造环境的信心和力量。

社会主义社会和任何社会一样，不是通体光明的无差别境界，仍然存在矛盾。有矛盾，就有先进与落后、光明与黑暗的搏斗。但它与旧社会存在的矛盾却有着质的不同。从某一个时期或某个局部地区和单位来看，阴暗面可能大，甚或还很肆虐猖獗，但就整个国家，整个社会全局而言，光明面总是占主导地位，特别是三中全会之后，党在指导思想上完成了拨乱反正，尽管前进道路上还有阴影、困难和阻力尚待克服，光明面却始终在不断扩大。这就是生活的真实。

（1983 年第 9 期）

《小大姐和我们仨》读后记

韦 耘

有些小说，简直找不出什么毛病来——内容健康、主题明确、文字圆熟，有人物、有情节，可是却不能感染读者。是什么缘故呢？说起来也简单，它是作者靠文学技巧编造出来的，缺乏真情实感。这种小说犹如一具没有灵魂的躯体，不可能引起读者的共鸣。

《小大姐和我们仨》虽然稚嫩，却是作者怀着真情写出来的小说，有真情才会有实感。真情实感源于作者对生活的感受。这篇小说比较真实地反映了商业学校学生的生活。作者写了厨师班的四个姑娘——刻苦钻研烹饪技术的陆平平、想成为女诗人的小兰、调皮的梅菇和天真的李芬。作者没有企图通过小说来对读者进行一番说教，以说明厨师工作的重要性，他只是给读者展示生动真实的生活画面和这四个姑娘的苦恼和欢乐。这样，这篇不很成熟的作品有了它自身的光彩。

这篇作品的不足之处是结构松散，作者对于材料的取舍、组织缺乏功力，对小说的内容也开拓不深。特别是结尾，显得生硬匆促——这似乎成了一个窠臼：最后出来一位正确的领导，但他却是某某的父亲，于是乎，一切矛盾都得以解决。这种简单化的安排处理，损害了作品的真实性。

不过，这是作者发表的第一篇作品。随着作者生活领域的扩大和对写作技巧的进一步钻研，他一定可以写出更成熟的、有生活实感的作品来。

（1983 年第 10 期摘编）

《常委员》读后

培 青

短篇小说《常委员》写了一个小镇上的各色各样的人物：德高望重的省政协委员，廉洁正直的镇长，满脑子圣人学问的清末秀才，崇尚西方腐朽文化、沾染小市民恶习的青年夫妇，因生活穷而不得不中途辍学的乡村女学生。尽管着墨不多，但是这些人物的性格特征和思想风貌，都表现得不一般，甚至是活灵活现，或多或少都能给我们留下一些印象。

作者善于选择和安排作品中的人物关系，并且在人物关系的发展变化中塑造人物。比如这篇小说的主人公常委员，尽管身处逆境，仍不忘关心他人，终于以其拳拳之心，赢得了"人美，德高"的美名。作者巧妙地让他和周围不同身份、不同遭遇、不同性格的人物发生关系，产生纠葛乃至戏剧性的冲突，让其高风亮节的品质在与这些人物的关系中得以充分的展现。又如百岁老人王秀才和"拜拜"夫妇，他们的性格截然相反，甚至格格不入，一方"古董"得出奇，另一方"崇洋"得可笑，这种人物关系的强烈对比，往往会产生很好的艺术效果。作者写出了这一组人物关系从不和谐到比较和谐的发展变化，反衬出常委员高贵品质对他们的影响和感化，几个不同人物的性格同时得以表现，可见安排和处理好作品的人物关系，对塑造人物何等重要。

但是，这篇小说在处理人物关系上，又存在简单化的毛病，特别是几个关键性的情节和细节，都是一笔带过，没有深入地展开。比如王老秀才在"文革"初期险遭小将们"砸烂"，常委员挺身相救，作者就处理得既简单又抽象，用"大讲"和"大叙"两句话，便斥退了亮出油拳的后生。简单并不等于简练，如果在这些地方，作者再下些功夫，对人物作精细的刻画，那么这篇小说就会更有深度。

（1983 年第 11 期摘编）

写好高潮部分

——读《女纤夫的歌》想到的

绍 六

作为仅有小学文化程度的孙家福，能够写出《女纤夫的歌》这样的作品，确实不是一件简单的事。三年多来，他失败了二十四次，终于在第二十五次破土而出，个中甘苦，可想而知。

这篇作品得以发表，原因自然是多方面，但是，他认真写好全篇的高潮部分，也就是船行到竹笛河三十里十八道弯的第七拐弯处时，由于高压线低于桅杆，需要"落帆灭桅"的时候，男主人公为了在女友面前露一手，朝岸上草丛中的一只野兔开了一枪，将高老头惊落到水中的那一部分，使人物的思想性格得到比较充分的表现，不能不认为是一个重要的原因。

由于写好了这一部分，情节发展在小小的曲折之后来了一个大的波澜，陈白帆的个性，甚至包括着墨不多的她的父亲的个性，得到深化，给人以深刻的印象；郭金与陈白帆的爱情成了一个悬念，也推动着情节的进一步发展，吸引着读者继续看下去。

情节发展中的一环能够起到提升全篇的关键作用，那么这一环便可能是高潮部分，那无疑是重场戏，每一个有经验的导演和演员对这场戏都是慎之又慎，细之又细的，从不敢掉以轻心；美术中讲究一幅画的疏密，疏处可走马，密处不通风，目的是为了突出重点，并给人以想象的天地。油画技法中，特别讲究一幅肖像的高光部分，处理时也是特别谨慎和考究的，稍有不慎，就会出现"高光不高，乱七八糟"的结果，导致创作失败。这一些技巧尽管与小说创作中的高潮处理不完全是一回事，但其"重点论"的原理却是放诸各门艺术而皆准的。

然而从这篇作品的全貌来看，还是比较稚嫩的，语言上自不必说，在情节安排上也有些编造的痕迹，这无疑削弱了全篇的艺术感染力，并不是写好一个高潮部分所能弥补的。

（1984 年第 7 期摘编）

编后寄读者

在中华人民共和国成立 35 周年的大庆日子里，我们给读者送来了《芳草》第 10 期。

本期发表的报告文学《第十五枚金牌》和《李宁力塔》，首先向你报告了我国著名运动员周继红、李宁在洛杉矶奥运会上奋力夺标、为国争光的英勇事迹。作品不仅生动地展现了奥运会上群英荟萃时那种激动人心的场面，而且作者还以大量的材料和深情的笔墨描写了这两位体坛名将的成长过程，你读后，一定会懂得这样一个道理：通往领奖台的路，只能由辛勤的汗水来铺筑。本期的小说《鸟鸣嘤嘤》和《雪飘除夕夜》，在思想和艺术上都有一定的质量。前者塑造了德德和来福两个性格鲜明的形象，反映了农村通过改革变富以后，干部和群众的新的思想境界。作品还描写了湖南的风土人情，富有地方色彩。后者写的是第二次国内革命战争时期红军小英雄牺牲的悲壮故事，作品感情浓烈，布局奇巧，引人入胜。此外，像小说《那远处的红云》、报告文学《责任指挥》、诗歌《民族篇》以及其他各篇，都从各自的角度描写并歌颂了工人、知识分子、空军战士和老一辈无产阶级革命家的业绩，值得大家一读。

今后，我们决心在大家支持下，进一步办好《芳草》，争取有更多更好的作品，献给祖国，献给人民，献给我们亲爱的读者。

（1984 年第 10 期摘编）

"家庭琐事"中的时代气息

袁 符

　　《外婆》这篇作品，其主要人物是一个八十五岁的老太婆，展示的生活属于所谓的"家庭琐事"，乍看来，似乎没多大意义。可是这篇作品却以朴实无华的笔墨，写出了一个生动可感的老人形象。

　　老人的年龄，比 20 世纪现有的纪年还多一年，她的一生，写成长篇小说也是没问题的。在这个短篇里，只把过去最闪亮的一段历史（土地革命时当妇女主任，打土豪分田地）用两百字概述一下，着重写的是她的今天。由于她是 85 岁的老人，身上自然留有旧时代的烙印，而又由于她年轻时参加过革命斗争，所以她的思想也并不全是封建、保守。她思想上的新旧交错，反映出现实生活的新旧交错。她热爱党，热爱新社会，可是她又反对火葬，不愿意外孙媳妇生女孩；她看到家中买洗衣机，先说别人"变修"了，可是经过亲自试用，她也就不再说什么；她反对重孙上幼儿园，而当她看到上了幼儿园的儿童能唱能舞，她心动了……她虽然有点保守，但她并不顽固，她还是愿意接受新的事物。作品的描写使人感到很真实，有血有肉，仿佛她就活在我们身边，这是真正来自生活的形象。

　　人物是普通的人，事件都是些琐碎小事，可是读者会从中感受到时代变化的气息，会得到艺术欣赏上的乐趣。看来，写"家庭琐事"也是不可一概否定的。

（1984 年第 11 期摘编）

编 者 的 话

这一期的"小小说专辑",共编发了 27 篇小小说,作为年终献给读者的一丛小花。花朵虽小,但却也色彩斑斓,多姿多态,希望读者会从中找到自己所喜爱的花朵。

27 篇小小说,虽然各自都是生活的一点一滴,但集中在一起,却为人们展示了复杂多色的大千世界。即使从单篇作品来看,也有一些是可以使人从小中见大的。有的作品意味深长,可引起人们联想,如《大红重瓣百日草》《生》等;有的对机关工作中的弊病给予鲜明的揭示,如《小小旋风》《选优》等;还有以各种人物画出速写像的作品,如《特别节目》《你的眼神》《单相骂》等;也有从正面表露和抒发作者真情的,如《父亲的日历》《还愿》等。

在艺术表现手法上,也各有其特点。有的寓意深长,含蓄有味;有的俏皮幽默,讽喻得体;有的旁敲侧击,发人思索。读者自可从中有所体味。

这期还发了一篇提倡小小说的评论,意在引起作者的重视,使小小说这朵花开放得更加多姿多彩,以满足读者的需要。

(1984 年第 12 期)

小小说不可小视

易原符

在短篇小说创作中，一方面有着对某些短篇过长的不满议论，而另一方面却出现了不少名副其实的"短篇"小说，但人们却不称呼它们是短篇小说，而称之为"小小说""一分钟小说""微型小说"。

"小小说"等名称的产生，可能是与篇幅较长的短篇小说相比较而来。一千字的小说在一万字的小说面前，当然短小得多，于是它们就成了"小小说""微型小说"。这一来，有人把它们视为短篇小说之外的又一品种，似乎它们不是小说的"正宗"，从而不大瞧得起它们，甚至以为这类千把字的小东西比不上那种洋洋万言的大作，这就不免是偏见了。

其实，如追本溯源来看，中国最古的小说，都是很短小的。《汉书·艺文志》说是"小说家流，盖出于稗官，街谈巷语，道听途说者之所造也"。注者说："街谈巷议，甚细碎之言也。"《汉书》所列的小说，都不存在了，而从南北朝到隋代的小说，的确多是些"细碎之言"，篇幅一般从几十字到几百字，涉及的内容很杂很广，过去称之为笔记小说，在今天看来，也可算是"小小说"。它们虽小，但却是中国小说的祖先。如果谁今天对"小小说"抱轻视态度，未免是数典忘祖吧。

（1984 年第 12 期摘编）

不"踩八卦"的好稿

甄 箴

作为编辑，常常会读到这样一类稿件：论题材可谓之"热门货"，谈思想完全正确。加之故事较完整，文字亦通顺。然而，读罢作品，掩稿深思，除了干瘪的人物、单调的环境、似曾相识的事件之外，再也没有可以留给编者(第一个读者)的东西，没有可供人驰骋想象的天地，启发品赏的意境。简言之，作品缺乏情趣。作品没有艺术情趣，如饮白水，似嚼蜡丸。没有艺术情趣的作品很难有引人重读的魅力。

艺术情趣，是作家在创作时应极力捕捉的东西。《八卦炉》的作者，就不只捕捉到了情趣，而且较为完美地表达出来，让读者获得了如品佳茗、呷醇酒的艺术享受。

《八卦炉》远没有"踩八卦"似的复杂情节，写的是一位军医院的戈院长退休后身心上发生的变化，着重写了他对脚鱼涨价的牢骚，以及他不愿高价买脚鱼、"被人敲竹杠"，转而去学钓脚鱼的有趣故事。诗有诗眼、文有文心。《八卦炉》的文心在结尾那淡淡的几笔。贤惠的老伴终于不顾老院长"不准去买高价脚鱼"的指令，买回脚鱼，做出名菜"八卦炉"来款待老战友了。但是卖主却正是老院长不屑一顾的那个小伙子，而这小伙子又正好是昔日送脚鱼来酬谢老伴(军医)的鲁老爹的儿子。这小伙子仅以一元五角一斤的廉价卖给老伴两斤。老战友听说如此便宜，一开口就要代买五十斤带回城去，这使老伴很为难，因为这三元钱也是"硬塞给他"才勉强收下的，"他家钓了脚鱼来卖"(其实也谈不上高价)"为的是攒钱购买一部拖拉机！"这些话，深深地触动了老院长这个怪老头，他一边吃着香喷喷的"八卦炉"，一边在内心暗暗地说：明天，就该按二元八角一斤的差价，如数去补给人家才好……淡淡几笔，不仅反映出当今农民敢于购买拖拉机的雄心壮志，还体现出在所谓"一切都向钱看"的今天，劳动人民身上依然保存着的朴实、重情、重义的优良品质，体现出在"十年内乱"中一度遭到过破坏的"军民鱼水情"的宝贵。

总而言之，《八卦炉》中无论是生机勃勃的集贸风俗画，还是妙趣横生的野沟钓鳖图，作者都写得朴实自然，生动而鲜明，富有艺术情趣。

有志于文的作者，请不要忽视看似平常却富于情趣的生活现象，让我们在大千世界中提取新生活的画意和诗情。

（1985 年第 1 期摘编）

编 稿 人 语

白　竹

　　小说写了在短短的时间里发生在瓜棚中的事——种瓜老人包二爷和新上任的江乡长之间的误会。通过这两个有特点人物之间的接触，从包二爷先以成见看待干部转到后来发自内心地说出"这才是共产党的干部"的短短过程，比较有力地写出了新的干群关系。

　　所谓新的干群关系，实际上是过去革命传统的恢复。新，只是针对近许多年"左"的路线造成的干群关系紧张的态势而言。包二爷已是六十岁的人，一生经历了不少世事，他记得并怀念过去战争年代新四军五师和群众的亲密关系，因而就特别反感那些当官做老爷的干部。小说写他"一见了上面来的干部，心里就有点'那个'，总要像过去对待绅士老爷那样，搞点恶作剧"。所以当江乡长初进他的瓜棚，专挑他留给五保户的西瓜时，包二爷就不由发了拗性，把为民办事的新乡长又当成那种专吃白食的干部。到后来他知道江乡长是为给生了病的连庆叔送瓜，这时他的感情来了个大转折，说话也结结巴巴了。

　　小说篇幅不长，写得较紧凑，事件的发生和发展，还有说服力。生活中也常有这种情况，往往一种成见可以被一个行动所消除。小说的生活气息是较浓郁的，瓜棚中的群众说笑场面、江乡长进棚挑瓜的情景等，都符合特定的环境和人物身份。从一个农村中的初学写作者来看，这个短篇，是他可喜的一步。作品也有其不足之处，如原来结尾较拖沓，我们定稿时删去了一些，文学功大浅了些，还需在今后的写作中去磨炼。

（1985 年第 2 期）

春风融融芳草青青

——编者的话

正当我们进入新的一年的时候，从北京又吹来一股春风：在党中央的亲切关怀下，中国作家协会第四次会员代表大会召开了，这是文学界值得庆贺的一件大喜事。

胡启立同志受中央书记的委托向大会所致的祝词，对这几年来文学创作的成绩和作家的辛勤劳动给予了充分的肯定，对作家队伍表示了极大的信任。应当说没有比这更高的奖赏，更令作家们激奋的了！

胡启立同志在祝词中总结了我们党长时期来领导文艺工作的正反两方面的经验，分析了文艺创作和作家劳动的特点，明确地提出：创作必须是自由的。创作自由本来是马克思主义美学、社会主义文学题中应有之义。列宁早就说过，社会主义文学是真正自由的文学。可是，由于长期受"左"倾思潮的影响，我们不少同志讳言创作自由，划不清创作自由与资产阶级腐朽思想自由泛滥的界限。今天党中央着重提出这个口号来，将使我国的社会主义文学进入一个新的发展时期。我们作家的翅膀，今后可以在社会主义的蓝天里更加自由地翱翔，更加欢畅地奋飞了！创作自由是许多作家渴盼已久的，在这四个字里面，凝聚着党和人民的关怀和信任，期望和厚爱。一方面，我们党、政府、文艺团体以至全社会，要坚定地保障作家的这种自由，另一方面，我们的作家也要倍加珍惜和正确运用这种自由，尽最大努力，使自己真正进入自由创作的境地。

我们的《芳草》文学月刊是在党的十一届三中全会以后破土而出、迎风而长的。我们决心以改革的精神、进取的姿态站到时代潮流的前面来。我们将坚定地保障作家的创作自由和评论家的评论自由，加强编辑的责任感，努力选发、多发各类优秀作品。即令出现了不好的作品，只要不违反法律，也只能通过正常的文艺评论即批评、讨论和争论来解决。

春风吹去了心头的疑虑，吹开了人们的笑脸，也必将吹绿萋萋芳草，吹艳灿灿百花。作家们，评论家们，请同我们一起携起手来，通力合作，耕耘好"芳草"园地，迎接我国社会主义文学的黄金时代！

（1985 年第 3 期摘编）

创作·勇气·胆识

亦 然

这种事在鲁迅身上也发生过,鲁迅当年写《阿Q正传》,不少人认为鲁迅写的阿Q就是他自己。但《阿Q正传》是打不倒的,所以嘀咕了一阵子也就平息下来。看来这种事今天也免不了。我就听说有位在县城工作的业余作者,写了一篇小说,里边有"领导"的形象,而且带着"暴露"的色彩。作者写的事与县城毫无关系,然而作品发表后,作者所在的县城的领导们却勃然大怒,纷纷"对号入座",而且还找上门来,作者再三解释,领导们仍不罢休。这当然是很伤脑筋的事。

这就使得一些在工厂工作的业余作者不愿写工厂,在学校的则不写学校。即便写,也是"宁假毋真",给真实的生活涂上一层虚假的粉红色。在一些作者中流传着这么一句看来是天经地义的话:"兔子不吃窝边草。"意思是,倘写作品,最好离本地区、本部门、本单位远一些,不要"授人以柄"。有的作者因而就"远"到写三百年前的恋爱故事,或写关于二十五世纪的科幻小说。

创作,除了需要生活、素养、技巧,还需要勇气和胆识。一个作家,决不能回避现实生活中的矛盾、冲突、斗争,他只能从现实生活汲取创作的营养和力量,从而写出触动千万人心弦的作品。作家的勇气胆识,对于创作乃至他一生成就的高低,都是十分重要的。当然,这勇气和胆识,来自作家执着的理想和信念,来自作家不懈的探求精神,来自作家对生活强烈的、深沉的爱。

因此,我以为,一个初学写作者,倘想真正进入创作,须从近处着手,从自己熟悉的人或事写起,不应有多的顾忌。不写近处的生活,反而写自己不熟悉的领域或把握不住的、不了解的对象,那是无论如何也写不好的。至少写出来的作品缺乏生活实感,不可信。弄不好就胡编滥造,生拼硬凑了。只有先写自己熟悉的、经历过的、感受深切的生活，一个初学写作者才有可能渐渐成熟起来。开始写出来的作品也许稚嫩，未必马上获得成功，然而却是异常牢靠的基石。

（1985 年第 5 期摘编）

"城市题材专号"编后记

《芳草》的旗帜上曾明确写上"以小说为主，以报告文学为主"。这两个"为主"，是就作品的体裁而言的；如果就题材来说，那还有一个"为主"：即"以发表城市题材的作品为主"。

为了贯彻"以城市题材为主"的办刊方针，我们编辑出版了"城市题材专号"。对这期"专号"，编辑部是比较满意的，因为有几篇作品是有特色的。

本期的头条作品是吕运斌的小说《唐寡妇店前》，这是系列小说"汉正街风情录"中的一篇。

著名报告文学作家陈祖芬同志这次应邀来汉采访和写作，她给《芳草》的读者送来了她的散文新作《创作的激素》。这篇日本作家访问记，是作者访日归来后写的。文章把眼前现实和历史投影、深情的叙事和深刻的议论交融在一起，给读者以深深的启迪。

在我们编发"专号"时，正逢黄鹤楼落成盛典。为了庆祝黄鹤楼的重建，我们选发了老作家秦兆阳、老诗人邹荻帆、中年诗人管用和等人咏黄鹤楼的诗作。这是诗人们参加"黄鹤楼笔会"时创作的。

（1985 年第 7 期摘编）

编 稿 人 语

袁 符

上一期我们曾发表几封读者来信，有位读者建议《芳草》刊登些有"汉味"的小说。吕运斌写的《第五十七尊罗汉》是继上期《唐寡妇店前》又一篇"汉正街风情录"系列小说，大概可以满足这位读者的要求。

当然，一篇作品有没有地方味，并不是文学审美要求必不可少的方面。但如果一篇作品既塑造了生动的人物，又有浓郁的地方味，那就会为作品增添些独特的色彩。

这篇作品的主人公徐绊经，他的命运一直是和汉水及汉正街（汉水边上的一条街）的变化联系在一起的。作品在展示人物的命运时，必然离不开人物生活的天地，"汉味"也就自然而然黏附于人物身上。

小说写得生动、风趣，有"汉味"，还有余味，值得读者品尝一番。

（1985 年第 8 期摘编）

抓住一个巧妙的视点

——读《噢，欧阳……》

田贞见

小说写法问题是一个"永动机"似的命题，谁也无法穷其经纬，止于一端；但是，正如我们读到的《噢，欧阳……》这篇习作所昭示的，某种技巧的运用，可以帮助我们于混乱的生活素材中寻找艺术的断面，得到点石成金的综合效应，写出好小说。

我是说，由于作者抓住了一个巧妙的写作视点，因而把一个平平凡凡的故事里两个也是平凡的形象活生生地塑造成形，从他们身上折射出了作者所以为然的"时代色彩"和"思想内容"。

所谓小说的写作视点，就是作者赖以表达内容的观察角度。这篇小说使用第一人称"我"——红梅姐姐的视点。通过这个视点，首先看见的是因投考研究生落榜而致"失去理智"的红梅，红梅露着"苍白的面颊"昏昏地睡在床上，在她的单身宿舍里；然后，"我"看见了红梅的过去，交代了啧啧人言怎样使她"声名狼藉"；后来，"我"看见与红梅同房居住的另一个主人偕"风度潇洒、衣冠楚楚的新郎"到来，且被人们簇拥，"喧嚷声把整个房间都淹没了"；当这些人涌进另一间房子后，"我"听见了他们对红梅的议论，紧接着，欧阳出现在"我"的视野；最后，当"充满了忧疑、焦虑和绝望的情绪"的琴声响了，"我"看见红梅"挣扎着坐了起来"……

写到这里，我突然想起鲁迅的告诫："如果内容的充实不与技巧并进，是很容易陷入徒然玩弄技巧的深坑里去的。"只要我们为着充实的内容去探索技巧，就一定会逐步向着成功的路迈进。

对于初学写作的屈平来说，《噢，欧阳……》是一篇起点不低的处女作。我们期待他的更好的作品。

顺带说一句，我们这些编辑，总希望从小山般的稿堆里挖出黄金——即使是瑕痕斑斑，我们也会竭力扶植的，像对待屈平一样。

（1985 年第 9 期摘编）

编 后 记

这期"小说专号"，我们编发了十篇小说。

发在首篇的《玫瑰刺》，可称之为社会问题小说。它揭露了在当前现实生活中，某些人如何打着"改革"和办企业的牌子，非法捞取外汇，大发横财。这伙人之中，有的是随时准备坐班房的冒险者，也有的是有着强大后台的非同一般的人物。小说不是单纯揭露问题，而是着力刻画了人物，通过丁囡囡这一具有复杂性格的人物，展示了生活的五光十色。发表这类社会问题小说，引起人们警觉，有一定的现实意义。

《蓝铁皮贷棚的"老K"》是"汉正街风情录"中的又一短篇。它和前两期发表的两篇有共同之处，所写的人物都是从旧社会过来的人物，从他们经历的曲折、命运的变化，使人看到时代浪潮的起伏。这篇小说开头一部分，对汉正街的今昔做了些描述，本应作为"汉正街风情录"的第一篇，我们在发表时没按照次序。

"文革"中"左"的路线，曾给传统的军民关系带来很大破坏。《那山中的一幢小屋》，真实地表现了"左"的路线如何压抑了人的真情，破坏了军民的鱼水关系，终于制造了一个悲剧性事件，读来深切感人。作品展示的生活矛盾不算新，在此之前，有的部队作家的作品中曾涉及过这方面的问题。但这篇作品的作者也长期在部队工作，他有着实际生活的感受，并非向壁虚构。这是一篇虽然产生稍后，也还是值得一读的作品。

《竹溪镇记事》写了在改革年代里，一个小镇的风土人情，它有变化，但也有它古朴的传统。《蓝套服和红发卡》通过人的衣着打扮，让人看到在改革之风下，人们复杂的心理状态。《黑毛》这篇小说，从孩子和狗的感情中，表现了今天生活中某些引人深思的问题，作者保持了他细腻流畅的笔调。

这期的十篇小说，全部是中青年作者的作品，而且十之七八是青年作者所写。整个看来，这期作品是有一定质量的，前面所没提到的一些篇目，也各有其特色。我们祝中青年作者不断创造更多更新的成果。

这期还发表了对本地区有影响的青年作者方方的创作评论和方方自己的创作心得谈。今后，我们将进一步加强对本地区作者创作的评论和研究。

（1985 年第 9 期）

编者与作者胡燕怀的通信

《芳草》小说组

《山螺》已读。小说写出了在今天农村里，人们的生活态度和价值观念开始发生变化，某些传统美德面临挑战和考验。人物心理描写细致、真切，文笔优美、流畅，作品具有较多的情韵和较浓的诗意，只是结尾杏儿的死令人感到突然和偶然了一些，而我们则以为，悲剧的价值就在于反映出造成悲剧的社会必然性。草儿因一时的迷失和彷徨，就造成了那样严重的后果，让她良心上受到那样重的惩罚，是否过于严酷了？如只写到草儿通过一阵内心自省就返身去提醒杏儿，到此收束，又感到平淡和一般化了一些。你能不能改得更好一些？

致 编 辑 函

胡燕怀

在《山螺》里我不想单纯地写草儿身上那种传统的美德，固然那确乎是一种值得称道的美德，但不也正是这种道德规范，束缚和窒息了古往今来多少女子的聪明才智吗？草儿在新生活的潮流中有了朦胧的觉醒，她是应该也完全有可能在生活中表现出自己的作为人本身的价值，这不能说是道德的泯灭，而是思想和道德观念的发展。只可惜这种发展是畸形的，原因在于那闭塞的环境、缺少文化而导致的精神愚昧和千百年来旧的思想观念的根深蒂固的影响。这是一个时代和一个环境的矛盾造成的悲剧。草儿本身固有的美好的东西失去了，而她并没有得到她所追求的。小说结尾的杏儿之死，完全是出于偶然，但也并非是不可避免的，这完全是取决于草儿，但她正因为有如前所说的那种思想基础，她才那么做了。我觉得从人物思想发展的逻辑上看，似还合理，但从她们的亲缘关系上讲(实际上，她们是没有血缘关系的)，不晓得读者是否能接受？正是考虑到这点，所以我写了草儿的回奔，表现她本性的复醒，这也符合人物的思想基础。这种补救也许是无济于事的。对于这个结尾，我实在想不出更高的招儿了。你们能帮帮我吗？

(1985 年第 11 期)

编稿人语

袁 符

这是一篇颇有新意的小说。情节上奇巧独特，不落他人窠臼，带有传奇故事色彩。同时，它并不仅仅以情节取胜，作品在人物性格塑造上，笔墨挥洒活脱，不乏生动传神之处。从人物的行为和情节中，让人感到当前时代生活波浪的起伏变化。

"盆景陈"和"盆景梁"，是两个制作盆景的世家。作家的后代陈苋苋，为了取得"盆景梁"家的技艺，甘愿去梁家充当保姆，而后来她竟打败了有关系、有靠山的梁某，成为盆景市场竞争中的胜利者。这的确是当今生活中的新鲜事儿。

陈苋苋这女子，精明强干，头脑灵活，办事果断利落，颇有现代企业家的魄力。而梁某人，虽有一套祖传的技艺，但他生性优柔，头脑迟钝，加之娶了娇妻，又晋升为艺师，身处安乐窝之中，自我满足，自我陶醉，事业心也随之消失。如此状况，焉能不败？他原来曾有和陈苋苋结合的可能，只因受世俗观念所左右，结果和市长的外甥女结了婚。当后来他感到陈苋苋对他所在的工艺品厂有威胁时，他又不立即采取行动，以为有老婆的后台、关系，就会稳操胜券。不料在日商面前，后台、关系全都失灵，等他想到去寻回秘藏的图样时，陈苋苋却又捷足先登。机会既失，时不再来，梁艺师悔之已晚矣。

但是，世间诸事也难尽如人意。陈苋苋事业有所成就，而她丈夫却是个"经济动物"，如她所说"只有生意气，没有人气"。梁某人十事业不行，夫妻间倒还琴瑟调和。这大概是这种人聊可自慰之处吧。

编完此篇，不禁略书所感，谨向读者同志表示推荐之意。

（1987 年第 1 期摘编）

"善良作品小辑"编辑随笔

晓 池

作为善良小说的责任编辑，我向读者推荐他的作品就是赞赏他的作品。

拨开重重岁月，读者也许还记得那么几个文化人有趣的形象，如清朝吴敬梓的《儒林外史》中的各类士人，如鲁迅先生的《孔乙己》。随着斗转星移，沧桑巨变，生活的主流淹没了一切。许多可歌可泣的工农兵形象星星般地升起在文学艺术的天空里。改革大潮汹涌而起，新兴的企业家改革家以他们横空出世的气魄和雄姿博得了文学的注视和歌颂。我们固然为作家对生活主旋律的敏感而叫好，但是，我们也应该为作家没有遗忘平凡人物而喝彩。实际上主旋律是由英雄人物和平凡人物共同构成。相比之下，平凡人物难写得多。平凡人物之中又以在职进修者和平凡的文化人为最难。那么，写他们的作家就更难。善良选择了这么一条难写的文学之路。所以，我首先就是为他的选择所打动。作家应该走自己的路，和广大读者感受一样，一翻开那些跟人牙牙学语，时髦话儿一串一串的作品，我们就厌恶。

读者，如果您是个成人大学生或文化人，您会在善良小说里看见您的同事或者您自己的影子。如果您不是，同样可以在善良小说里体会到人生的酸甜苦辣。

善良有他自己的语言追求，他的句子简洁、生动，常常不按语言规范，但是有读者一读就懂、忍俊不禁的描写效果。

善良在塑造人物形象和形成语言风格的时候都在竭力向我们——读者贴近。希望读者理解他，多读他的作品。

（1990 年第 7 期摘编）

"刘醒龙作品小辑"编辑随笔

宝 玲

稍微留心些的读者，对于刘醒龙，也许并不陌生。早几年的《小说选刊》《小说月报》就曾不止一次转载过他的作品；本刊去年底评选的"小说佳作奖"，他的短篇《女性的战争》(题一《十八婶》)，以获得普遍赞誉的满票而进入了前三名；今年来，湖北、武汉地区的几家文学刊物，已陆续以显著位置争相刊发了他的华章佳构，可见，影响是有的，势头也是相当不错的。

本期推出的这个专辑，是刘醒龙的新近之作，写得有些离奇，不是寻常套数，甚至会有人觉得费解。反应很可能不尽相同。效果究竟如何，难以预料，我们亦不敢遑论；之所以推举，主要意在展示作者的某种创作动势和现状。姑且算作一番尝试。孰优孰劣，相信大方之家及高明的读者自会鉴赏和品评的。

不过刘醒龙确有灵气，这已为多数熟识者所公认。他思想敏锐，意蕴深长，笔锋矫健，尤其是自觉强化文体意识，不断变换小说的叙述手段，不愿重复别人，也不愿重复自己，故笔下文章很少平板呆滞，而常常进出几分慧敏，几分诡谲，机带双敲，曲尽其妙。只是，话说回来，刘醒龙的"不愿重复"，仿佛多少有些过重地寄望于文体意识的演进和叙述手段的变化了，这似乎值得商榷。集古今中外历代大家创作之通鉴，所谓不重复，更多的还是取决于作品本身的内容，即视野的拓展、思想的跃动、生活的开掘、社会层面的转换等，尤其是笔下具有不同典型性格的艺术形象的不断丰富，然后(至多是同时)，才是考虑选择采用广大读者所乐于或能够接受的新的艺术形式(包括除了叙述手段以外的种种艺术技巧)。这其间的确很容易移人心劲，稍不慎，怕是难免舍本求末了。

(1990 年第 9 期摘编)

"邓一光作品小辑"编辑随笔

田　天

　　我想重点说一说《院子》。发稿前几天，邓一光遗憾地说：这篇东西完全可以写得更棒。这种遗憾当然是明智的，令人钦佩的。但是，我却觉得：这种题材处理成目前的规模和水平，已是难能可贵的事。它并不是讲一个精彩的故事。

　　作者在这里追求的，似乎是营造一种氛围，点染一种既忧郁又沉重的情调。它能给你的，是气氛的悠悠浸濡，而不是情感的大的起落，你可能久久缠绵其间却说不出具体的所思所感。我从篇中总是读出一种黑色幽默的味道。题材涉及的，是社会问题吗？当然是。但作者并非旨在揭示什么社会问题。如果硬说是，那么揭示的是灵魂的寂寞，灵魂的战栗！也不是为几个可敬可爱的人物立传，他们的传记是血与火写的，"我们没有资格为他们送葬"。作者的笔只是轻轻点过，有时甚至太匆促，以致读者只能看到几个蹒跚的影子。作者本人便是生活在这种"院子"里，那些人物是他父亲的战友们的缩影。可以想象，幼小时，孩子心目中的那些人是多么英武伟大；当孩子长成作家，需要用冷峻的眼光注视当年的心中神圣时，将会有怎样复杂的情感汹涌在他的笔端？这种复杂感情在作品的字字句句中都留下痕迹。在这种情感的支配下，作品的思想深度、情感魅力是可以达到一个高度的，这篇作品达到了这种高度。这不单单是另一代人以新的价值观审视过去，而是另一代人用敏感的心灵去与上一代寻觅共振点，寻觅一片大江大河交流处的芳草萋萋的绿洲。

　　读过《院子》，我终于知道邓一光发现了他写作的肥沃土壤。

　　他的优势是敏锐多思，顽强掘进自身占有的独特生活——也就是"院子"的内外古今。我相信他的最优秀的作品必然诞生在这片丰富的土地上。

（1990 年第 10 期摘编）

从创作深度中开掘新意

鹏　喜

案头这成摞的来稿，好多都是一味只在表现形式上琢磨，尤其偏好在语句和叙述方式上标新立异，却忽视在创作深度中求新，读者便觉得似新非新或所得浅薄而空洞。而我们推出的"张永久作品小辑"，则是潜心从创作深度中开掘新意的几部较精湛的短篇。

不必详说《泉》和《火祭》，它是易读好理解的。若以新鲜的程度来比较，《火祭》中的人物，除肖立本之外，以算命先生身份掩护的地下党、日寇军佐、国民党官员等，还是有些老套而简单化，故而整篇不如前篇。《泉》的新鲜，显得更和谐、自然，耐得反复咀嚼。或许是我偏颇了，常言道编辑眼高手低，读近期《读者文摘》，一段文字使我哑笑："编辑就是自己写不出东西，而又不给别人以写出东西机会的人。"虽说这只是揶揄话，却也值得编辑自省，以便加深对作品的新颖及创作深度的理解，更好地与作者沟通。

（1991 年第 2 期摘编）

为凡人立传

田 天

我是在《青年人报》的版面上初识方楚晶的。1988 年那个暑热的夏天里，他整版整版推出 10 篇计 10 万字系列报告文学《人·环境·我们》。他那时是一名说黄陂腔普通话的大学生。他接着写了一篇反映二汽试车场建设的报告文学，两万多字，寄给我看，说要征询我这个"专家"的意见。老实说，写工程建设——且不管工程本身多么宏大壮观——都是一件比较费力而不讨好的事，聪明到一定程度的作家是不愿写的。方楚晶写了，叫《代价》，至少在我看来在同类题材的作品中是不错的，于是，我刊发表了它，并获得本刊"楚魂杯"首奖。颁奖大会上，他留给我的印象是一件漂亮西服，但他穿着并不合身。他激动又谦虚地对我谈他宏伟的创作计划，听到他说还要继续写建设工程时，我简直被他的勇气震住了。

后来，我很少听到他的消息。直到读到他的中篇报告文学《渭沱之光》（载《长江》丛刊）时，我才知道勇敢的方楚晶是真的在继续撰写工程建设的史诗啊。此篇获得"第五届全国铁路文学奖"。

这篇描述向吉铁路的建设者的长文，又是他写大型工程建设的一个收获。他有一支激情的、朴实的，同时也是理解和尊重的笔。他用笔刻画了一群最容易被文学遗忘的形象。他献身似的努力令我感动。

方楚晶执着于为普通凡人立传，因为他自己出身贫苦，多灾多难，也是一个凡人。当然，我，我们，除了神仙和机器人之外，谁又不是一个凡人呢？所以，我们真诚地欢迎为凡人立传的凡人佳作——这就是我们发表这篇报告文学的原因。

（1993 年第 1 期摘编）

说 三 道 四

鹏　喜

第一、二、三期都有读者爱读的文章，这使编辑们深感欣慰，鼓舞我们四处抓线索、找稿源。

坦率说，编辑们的心情是焦虑的。进入新的一年，生活、娱乐刊物更得宠于天下，报纸月末版又如雪片飞来；而文学刊物不景气如故，办刊经费捉襟见肘。于是大家苦思冥想经营之道，有的主张"出嫁"，仿效足球队将刊物投靠财大气粗的企业集团；有的建议"联姻"，让刊物与注册商标"芳草"的几种商品联手；有的鼓动集体炒股票，成为坐享其成的股东。虽然这只是纸上谈兵、文人舞刀，而于半真半假、亦庄亦谐中，却透出编辑们爱护《芳草》的苦心和改革进取精神。

我个人认为眼下"下海热"有点像鸭子过河，而大家认为《芳草》之舟只能下读者之"海"。如果一定要用经营之道说破，则编辑们兜售的这份"文学快餐"，招徕顾客之术是：逼近现实，描绘社会，反映改革，刻画众生。包装精美而高雅，广告醒目，以货真价实取悦读者。

毋宁说我们更愿观海潮、听涛声。譬如本期内容，可以进一步回答编辑们以何种方式"下海"的问题。

"芳草专访"并非只访作家，意在办一个访问大文化范畴人物栏目。所以继访方方、范小青、刘震云、汪曾祺、鲁枢元、苏童之后，本期专访说唱艺术家夏雨田。全国曲艺界知名人士即将聚集武汉，召开夏雨田作品讨论会，届时江城精彩迭出的曲艺演出将好戏连台。我们特别推出此人物专访，共襄盛举。

当今中国社会"热点"甚多，经商热、股票热、房产热、开发区热……这些经济"热点"的实质，说到底，是社会文化思潮、价值观念的热闹。故而我们换个口味编发《"孔子热"实况剪辑》，作者既引经据典，又旁征博引，写法虽欠形象描述，却富有思辨力。读来觉得，火爆热烈不能忘了冷静思索。"下海"人中不可小觑的一族是书商。《书商沉浮录》试图从一个侧面揭示一种突出却又隐秘的社会怪象。

我受编辑部委托，回顾读者及编辑们自己对前三期的反应和看法，谈谈编辑们的"下海"观和第四期发稿情况，权借"说三道四"一词为题。而我们倒真希望读者说三道四，来人来函讨论。

（1993 年第 4 期摘编）

清江的清谈

鹏　喜

本刊不敢自吹眼力和号召力，却敢说，五月的笔会，除池莉、方方接受邀请后确因临时有事而告假外，武汉地区创作队伍中能率前殿后的中青年角色，基本上被我们寻游到清江"一网打尽"。

清江之清，真是清澈纯洁晶亮碧澄，以至有人提议，随便灌一瓶去与充斥市场的真假"矿泉水"比比谁更纯净。寻到这条远离尘嚣的处子河上来泛舟，自然就有清静的心态，好谈清淡的文学，不知不觉渐入佳境。所以我们不胜欣喜，清江笔会上作家们谈锋之健、气氛之活跃、抒臆之坦然，超过近年来在武汉举行的许多创作座谈、作品讨论和文学沙龙。刘醒龙谈作家的使命感，情不自禁，沉重得令人压抑；董宏猷高屋建瓴，纵谈全国创作态势，分析湖北武汉作家的实力；刘继明提出作家"自话自语"和小说"终极关怀"见解，引起针锋相对的辩论；晓苏、王石、彭建新、唐镇、叶大春、邓一光各抒己见；平素很少发言的陈应松这次也谈兴盎然。高谈阔论，话题广泛，涉及解构主义和先锋派小说、新体验小说和布老虎丛书等文坛热点。

于是我们欣欣然深受鼓舞。在不景气的文坛，一家不景气的文学期刊，能高朋满座，对纯文学的坚贞追求一如虔诚的布道。提前赶回家乡、全力操办这次令人满意的笔会的主角是田天，他累得满头大汗地说：足矣。

清谈文学是清江笔会最大收获。我们相信，在好稿源时断时续的现状下，作家们能在本刊发表口头作品，就较易得到他们的笔头作品。尽管满头大汗撒的一网，网住的是作家不是作品，我们却充满希望。岂不闻古训：水至清而无鱼。

但网里也并非空空如也。本期头条郑重推出刘继明的《六月的卡农》，直接来自清江笔会。

（1994 年第 7 期搞编）

作家制造公司

田　天

老实说，我是想当作家才到《芳草》当编辑的，不想当作家，你待哪不好呀——牌子也比这里响亮，权力也比这里大，办个什么事也比这里方便，钱也比这里挣得多。有句话说，你要坑谁，就劝他去当文学编辑。"小编辑"——这就是你的称呼；但是，对作家，人们不管他真大还是假大，一律尊称为"大作家"。一小一大，天上人间！

任何一任《芳草》主编，都可以如数家珍地排出一些如雷贯耳的名字。我来帮主编们数数：老一辈的，李蕤、杨书案、绍六、周翼南；中年一辈的，池莉、董宏猷、陈应松、邓一光；可以这么说，《芳草》过去是现在也是人才济济：鹏喜、宝玲、梁青、贺明，就连司机张德华，常常也抛出一篇小小说让你吃惊。我就多次听到这种说法：《芳草》是作家的摇篮、制造作家的公司。

董宏猷老早就是诗人、作家了，他的调来实际上为刊物带来了大批作者。池莉过去是工厂的业余作者，调来前给《芳草》写过不少作品——我记得曾为她编过一篇平庸的小说——当了几年编辑，她的创作也突飞猛进地轰动文坛了。陈应松，这是一个才情不凡的业余作者。他被当时的主编从一个学术单位"挖"来。邓一光过去是"名记"，在某报当一个不大不小的官，他也是调来之后以一篇《父亲是个兵》名传遐迩的。

然而，他们都走了。他们更喜欢当一个专业"大作家"，而不是"小编辑"。但《芳草》更需要"小编辑"对不对？更需要像鹏喜、宝玲、梁青、贺明这些人对不对？更需要李莉对不对？

《芳草》应该为它制造的作家而自豪，是不是也要向那些守土有责的编辑致敬呢？

（1996 年第 8 期摘编）

关于纪念

在信息时代，打捞起一份记忆，更是需要一种特别的机缘。

姜天民这个名字，重新被注意，完全是一种偶然。那天，一个叫春雷的年轻人在博客上出现时，我们甚至不得不用对密码兼以对暗号的方式，问起关于他父亲的一些问题，要不是他回答得丝毫不差，也就没有随后与姜天民的遗孀刘华及爱女若知以文学名义的重逢。在 20 世纪 80 年代的中国文学界，除去某种来自小地方的个人恩怨，单就才华与才艺，没有不传说姜天民的。记得在他去世后，曾有不少人著文替他抱不平，说是天妒英才，恨那病魔为非作歹。现在看来，"天民不死"当是某种真实。文学中的姜天民是坚韧而优美的，文学之外的姜天民同样如此。这种天分在十几年后得以重现时，已经是假借他妻女和儿子名义。得知他们近况的那几天，我们曾经慨叹，没想到当年被姜天民称为让人怜爱如黛玉般柔弱的刘华，竟也能够在因体弱多病不得不从武汉商场内退后，靠着区区四百元生活费，在清贫的日子里，凭着高洁的精神，独自一人供养女儿从小学、中学，一直到大学，而从不示弱。如果说文学只是姜天民人生的一部分，那么再加上在他大行之后，从他的血脉中延续下来的这一部分生活，谁也不能不承认，往人生的博大处看，姜天民只用短短的三十八年时间，就获得了长久的巨大成功。

实际上，在我们身边，譬如王振武，譬如饶庆年，他们留下来的，值得这个时代深情纪念的，但又早已淡出时代之外的那些有意义和有价值的东西，还有许多。也正是为了这份珍贵与珍惜，才有了这个纪念专栏。

（2007 年第 3 期）

编
辑
人
卷

在全国名编名刊论坛上的讲话

（2015 年 12 月 1 日）

刘醒龙

文学杂志的存世与种庄稼的原理一样，试验来试验去，能够给生命提供健康营养的还是"绿色食品"。《芳草》也曾尝试各种可能，2006 年才痛下决心，不走廉价市场，不迎合低俗趣味，不以经营业绩作为成功标志。这种理念也得到各方面的认可。2015 年《芳草》杂志入选全国中文核心期刊后，中共湖北省委书记李鸿忠同志于 9 月 17 日亲自批示表示祝贺，还在省委常委会上指示并做出安排，计划近期内专门到杂志社进行调研。

一本书或者一本杂志，哪怕只能拯救一个人的灵魂，也远比逗得十万人无聊痴笑来得重要。一万个人写写画画，最终只有一个人的作品被流传，这才叫文学。文学从来就不是用于养家糊口，也不是用来作威作福的。反过来，因为没有立竿见影功效而远离文学，或者表面上装模作样地做着文学的花样，事实上已放弃文学性，而混迹于不问青红皂白的 GDP 之中，就等同于放弃人文品质的构建。

20 世纪 60 年代以前，鄂东大别山区仍流行一种风俗，婴儿出生后，家人会将胞衣(胎盘)埋在自家后门外。孩子长大了要出门远行时，家中长辈就将孩子领到后门外，告诉孩子，母亲生他的胞衣就埋在这里。无论将来走多远，那些孩子都不会忘记自己的血脉在哪里。

文学之所以被称为一切艺术之母，就在于文学承载着我们不能或缺的文化血脉。经典文学会给阅读者接种文化疫苗，使我们不会轻易受到化装成文明符号的病毒的侵害。对社会公众来说，一本好的文学杂志，应当是抵御伪文化的卓有成效的免疫抗体。

2011 年，《天行者》获茅盾文学奖时，我曾经说过一句话："获奖是过年，写作是过日子。"当作家的还有过年的机会，办杂志，当编辑，只有那些没完没了的平凡日子，需要编辑们耐心细致地过下去。要好好过日子，就要深入学习习近平总书记"实现中华民族伟大复兴需要中华文化繁荣兴盛""中国精神是社会主义文艺灵魂"的文艺思想，领会中国作协举办有史以来的第一次文学期刊大会的良苦用心与深邃思考。今年夏天，沿南水北调工程行走，接触到沿途一些省市的青年作家，深感湖北本地青年作家群体在国内文学界处在很弱势的位置。追究起来，其根源在于湖北本地的年轻写作者，大多是从一家经常打着文学旗号，实际上是打着红旗反红旗，干着损害文学勾当，但以高稿酬、大发行量著称，同时也以恶俗著称的杂志上起步的，在他们的作品中，有着明显的劣质文体（被戏谑为"知音体"）的痕迹。文学杂志的有效创新是发现文学新秀，推出文学精品。在现阶段，文学杂志的最大创新，是将"读者是上帝""互联网是上帝"改变为"文学是上帝"。

当下中国正处在一个前所未有的历史阶段，文学工作者有责任为自己祖国所取得的足以自豪的进步倾情讴歌，为历史进步时牺牲奉献的伟大人民树碑立传。让每个国人理解，自己动手做的事情再小，也是历史伟业的一部分；让每个国人明白，实现自己细小梦想的喜悦，或暂时挫折的痛苦，都会融入中华民族的复兴大业。展现在现代化过程中，普通民众对理想的追求、对未来憧憬，以及他们与这个时代一起经受失落、痛苦、迷茫时所迸发、所潜藏的英雄主义与浪漫情怀。10月27日美国拉森号导弹驱逐舰未经中国政府允许，非法进入南沙群岛渚碧礁12海里内航行，在二十一世纪的今天，这种想将八国联军火烧圆明园的屈辱再次强加给中国人民的企图实在令人愤怒。这愤怒让我想起一件事：2010年寒假，南京师范大学的何平教授带几个硕士生到江苏省最富裕的苏南地区进行一个村庄的阅读调查。那天深夜，何平教授突然来电话，阅读调查的统计结果太可怕了，全村庄的人除了阅读湖北一家以低俗闻名的杂志之外，再也没有接触过任何书籍。那晚我们谈了很长时间，共同的感觉是，如果中国人普遍只读这本杂志，"美帝国主义"不用派航空母舰来，不用搞"颜色革命"，只要一个好莱坞，一本《纽约客》，就能轻轻松松将中国彻底颠覆。在面临普遍困难的条件下，文学杂志就像南沙群岛渚碧礁上的高脚屋，哪怕只能容下十几个哨兵也不曾放弃过一寸阵地。一旦时机成熟就将渚碧礁改造成渚碧岛，配备强大的现代化武器与训练有素的精兵，昔日的小小阵地就会变成傲视万顷南海的国防基地。将杂志当作阵地一样坚守，只能是文学事业发展的过程与阶段，最终目的是要成为与"伟大中国梦"同在，有突出创意能力、有强大生命力的文学基地。

　　谢谢。

（摘自新闻通稿）

主 编 的 话

刘醒龙

伪情感会毁掉写作者与读者所有的默契，偏执和滥情都是对文学的可耻背叛。经典文学应当是结实和温暖的，在此基础上对历史和时代的表现，对某个大人物或某个小人物在日常生活中的表现才有可能成为表现对象的一部分。如此文学才会既与表现对象水乳交融，又在表现对象面前坚定自由地独树一帜。

（2014 年第 1 期）

一个作家的诞生是一个人的灵魂出窍，是血肉之躯面对世俗油锅的升华，是日常生活遭遇声色犬马之际挽心防于既倒。作家的天赋就在于自我拯救时迸出的忘我壮美，所以最感动人的人间故事总是一个时代与一个作家的巧遇，正如三十年前此季作为文学青年的我在大别山中的小镇漫水河边巧遇处女作编辑。

（2014 年第 2 期）

用畜生的眼光去看普天之下全是畜生，用人的眼光去看普天之下全是人。人类需要文学，就在于人类有时候很健忘，哪怕是最为血腥悲惨的教训，要不了多久就会当成一般儿戏，哪怕是臭名昭著的恶行，隔一阵就会有人试图重演。所以人类需要用文学形式时刻提醒自己，要成为真正的人，而不是人面兽心的家伙。

（2014 年第 3 期）

不洗澡的人，香水搽得再多也香不起来，同样的瓶子有人非要往里面装毒药，同样的心里有人非要无中生有制造麻烦。这样说话是想提醒人们不经过创伤就成熟不了。天下草木都是悲伤地送别，最美的花朵才能结出果实，不必太在乎以血还血以牙还牙的说法，如果被一只疯狗咬了，难道也要趴下去反咬它一口。

（2014 年第 4 期）

我们这个时代的作家不能主动放弃关注重大事态的能力，或者说不能置身于时代巨变之外，在时代背景之下作家应当放怀山海，独立天地，用个人天赋来证明现实与历史之间的衔接是否有效，必须认识到一个人的创造在被用来鉴别人性社会时，摆在天赐才华面前的则是尘世真相是否可以弃之不顾的天问。

（2014 年第 5 期）

地球人还没有找到比文学更完美的方式来认识自己，也来不及开拓比文学更好的走进心灵的途径，文学让我们有了为有限生命无限抒情的可能，因为文学的辉煌让纵然是极度虚弱之人也会拥有一道拒绝遗忘的最后防线，只有文学的流传，人类才有可能超越死亡的现实威胁，追寻普通生命过程的精神永恒。

（2014 年第 6 期）

文学是黑暗中的一种光明，是平庸中的一种奋进，是无奈中的一种反抗，是残酷中的一种宁静，是迷梦中的一种苏醒，是软弱中的一种坚毅，是世俗中的一种灿烂，宁为玉美的文学虽然从未让高傲的灵魂出现丁点低就，最终却被证实其目的是对猜疑算计虚伪无耻淫荡仇恨恐怖暴力等反价值噩欲的仁爱与和解。

（2015 年第 1 期）

嘲讽作为叙事方式，在社会生活中的应用必须受到节制，正常形态下嘲讽是弱势人群在强势力量面前为了自身尊严而专门保有的文明利器。如果强势力量反过来对弱势人群冷嘲热讽，那些看似普通的叙事就会演变为语言暴力，从而刺激此种暴力的承受人做出极端的表达与行动，也即是伤人的笑料会杀人。

（2015 年第 2 期）

既然来到这个世界就没打算活着回去，在每个人那里，来不是问题去也不是问题，来去之间的日复一日才是伤痕累累的问题。有人用智慧和技巧活出闲适，有人靠灵魂与血性竭诚奋力，日常写作也无例外，由于智慧容易暴露天赋人格缺失，技巧也可能暗示生命质量浅薄，最佳选择当是将血性与灵魂呈献给文学。

（2015 年第 3 期）

史遗所在，宁肯萋萋酤浆作了国色，唯愿离离青蒿是为栋梁，也不让前朝奸佞往日宵小重享一缕阳光。一棵草的未央，于过往是莫大遗恨，对历史则要摛笔穷鞠，人文烝会，瑰异日新，如此芳草如积、嘉木树庭，才有汉华天下长生无极的意义，累累焦土遥遥雁碛，一棵历史的狗尾草、几朵时光的蒲公英都将具备现实力量。

（2015 年第 4 期）

作品是一个作家的气节，文学是一个时代的气节，对文学精神高度的理解，关乎一个人的光荣与梦想。别笑话一块石头愚笨，当我们还是石头，它已经是贤哲；别讥讽一块石头丑陋，当我们还是石头，它已经开过花。中国文学从不缺乏伟大的作家与作品，但在我们这个时代，更需要懂得一块石头的命运的伟大的读者。

（2015 年第 5 期）

阅读是人在旅途偶遇红颜知己，只爱高山流水不闻鸡零狗碎，彼此无上心悦，过去了也就过去，与命运无关。写作则是命运对自身的改变，抑或怀抱命运挑战大千世界，所以阅读是与文学恋一场风花雪月之爱，写作则是与文学白头相伴守候春秋如爱情般阅读，崇尚思想自由与婚姻情义等同的写作唯求独立红尘。

（2015 年第 6 期）

一本书或一本杂志哪怕只能拯救一个人的灵魂，也远比引起十万人无聊痴笑来得重要。文学从来就不是用于养家糊口，也不可以用来作威作福，反过来因为没有立竿见影的功效而远离文学或者装腔作势地做些花样文章，事实上不过是醉心于不问青红皂白的名利，就等同于放弃人之血脉传承与生命质量构建。

（2016 年第 1 期）

文学有责任为历史进步时牺牲奉献的伟大人民树碑立传，清楚记录普通人日复一日所做的小事也是历史伟业的组成部分，那些实现细小梦想的喜悦或暂时挫折的痛苦，都会融入民族的复兴大业，展现普通人对理想的追求与憧憬，以及在此过程中面对失落痛苦迷茫时所潜藏迸发的英雄主义与浪漫情怀。

（2016 年第 2 期）

世界上有几千种语言像汉语这样讲究用叠字叠词叠句的，却没有第二种像汉语叠字书写是以寻寻觅觅冷冷清清凄凄惨惨戚戚等绝对诗意为底蕴的，单纯将书法当成一种技法穷尽一生精力去练习，一鹅一虎一福或一寿当然能达到别出心裁独成雅韵，但也可以断定这是舍本求末，对于叙事文学，此理同为真理。

（2016 年第 3 期）

人非草木却如同草木，这是文学理由之一；生命不能永恒却绝对永恒，这是文学理由之二。文学根本理由是协助芸芸众生在无可把握的宇宙间，在虚与实、神与鬼、灵与肉，甚至是一切冲突与对立之间，寻找适合每一个体的美妙平衡。不以成败对错为目的，也不以卑微尊贵定价值，文学的存世与传承正是超然前二者的。

（2016 年第 4 期）

一个人来到南海不只是做一粒海沙和一朵海浪的旁观者，也不只是做一座海岛和一片海洋的主人，而是为了与海沙海浪海岛海洋成为兄弟。南海之事一天也耽搁不起，南海之美样样都刻骨铭心。海有海的哲学与审美，海有海的叙事与传奇，深入大海去理解一滴水，理解了天边一滴水，才会胸怀祖宗留下的南海。

（2016 年第 5 期）

人都有如此经历，手拿瓶装水站在街边时，就会有拾荒男女在一旁紧紧盯着，焦急地等待人们喝完瓶装水的那一刻。在拾荒者眼里无论是售价几十元的珠峰冰水，还是一张最小面额纸币就能买到的纯净水，都是一块瓶状垃圾。同样道理，当代人如何看当代文学？关键在于持有何种眼界，或者其眼界处在什么境界。

（2016 年第 6 期）

生活不会自动成为文学的第一现场。在新媒体酷毙超炫之际，一些火爆现场往往是人为改变的，甚至蓄意策划的第二、第三现场，还有可能是黑白颠倒人妖不分的伪现场。任何意图以一己之好遮蔽世间真相的所谓生活方式，注定是过眼烟云。那些能发现真相的有效的第一现场，只要深入情怀，就会踏上经典的坦途。

（2017 年第 1 期）

经典是文化自信的产物，对经典的认定更是自信心的表现。不管我们有没有看见，经典一直存在。经典在成为经典之前，与普通事物似无二致。要将经典从看上去一模一样的事物中挖掘出来，必须经过长期积累，并尽可能向事物深处延伸观察，向事物内部深入思索。身为小草必须了解大树，作为江海必须追溯溪流。

（2017 年第 2 期）

编辑人卷

337

人类堕落的原因总是那么几种，拯救人类免于堕落的方式方法层出不穷。这些层出不穷的方式方法，是文学最丰富的资源。文学的拯救使命可以在某些理论中暂时搁置，也可以被降至较低高度。如此时刻，反而让人加倍体会文学必须是有情有义的本质。在冷漠绝望之上，不该是更冷漠更绝望，而应当是温暖的爱。

（2017 年第 3 期）

传统是人类为了生存得更好而逐渐积累起来的日常智慧，人类倘若放弃自身传统，距离毁灭也就剩下半步之遥了。年轻人对传统处处不屑，长辈往往对这样的不屑报以轻轻一笑。千万不要以为那是无可奈何花落去，曾经沧海的长者，都是由虎狼之辈转化而来，应明白这中间存在着每个人都会重复一次的时间差。

（2017 年第 4 期）

曾经有人说，杜甫的诗，后来被人各得其所学成六种模样——孟郊得其气焰，张籍得其简丽，姚合得其清雅，贾岛得其奇僻，杜牧、薛能得其豪健，陆龟蒙得其赡博。果真如此，从幕阜山起源的汨罗江，就是杜甫通向永生的清楚无误的象征。杜甫将灵魂留在高山之上，这也是诗圣与唯满身花影是醉的诗仙诗魔诗人们的大不同。

（2017 年第 5 期）

天地精灵，既不能言说，也无法为文，所能做的也就是将其精粹托付给配得上天地信任之人。所以，天下文章但凡出类拔萃者，必定是贯通天地，气质自然。天有雷霆但不是常态，地有洪暴也不是家常便饭，臭鱼烂虾有必要拎出来警醒世人。即便这些十分必要，最紧要的还是让人懂得，天地间最珍贵的东西是美与审美。

（2017 年第 6 期）

如果将分享艰难当成既往的矛盾，那么十九大提出的要解决人民日益增长的美好生活需要和不平衡不充分的发展之间的矛盾，可以理解为是否分享幸福的矛盾。把握我国当代社会的这种变化，发现新的文学能量，真正从人民二字着手，不因生活的入乡随俗而降低眼界，对文学创作来说这既是机会，又是挑战。

（2018 年第 1 期）

经典物理学曾坚信光速不可超越，然而，量子纠缠的传导速度至少四倍于光速，再有对暗物质和暗能量的认知，使得我们与老祖宗自以为天圆地方的世界观相差不多。实际上，宇宙中还有百分之九十五以上的物质，我们既不知道，更看不见。所幸人类独拥文学，懂得借文学之窗，以图发现亘古纠缠于我的另一个我。

（2018 年第 2 期）

得知雷达先生走了，正好路过一片樱花树林，漫天飞白，遍地落红，让人格外难过。这个春天，从正当盛年的红柯开始，好人一个接一个地走了一群！繁星满天，煞是好看，最管用的却只是一二星斗。正如能读人心的句子，三言两语就行，不必夸夸其谈。天不留英才，说的是不公道，但也是另一种是察，为了让天下人加倍珍惜。

（2018 年第 3 期）

白居易有句子："试玉要烧三日满，辨材须待七年期。"边地长成的张好好也说："如果一个玉料，竟然完美到连肌理都不存在，就要高度警惕了……同理，一个八方温柔圆融的人，也是不可信的。"周公恐惧流言日，王莽谦恭未篡时。文学之道也是这样，表情太艳，就要准备打假。"她虽绝色，能看见的都是平常心而非丽人"者才是正途。

（2018 年第 4 期）

原野所在，遍地温情。只要回到家乡，害羞的滋味便油然而生。此种意义，正如爱得身不由己。就像男子在女性面前无缘由地表现出害羞，如果爱情在手，有一个在自己面前常怀害羞之心的男人，是女人的幸运。回到原野上的害羞，不是滥情，也非暗喜，而是太深的爱，只能默默相对。哪怕多一点动静，也是对这种爱的打扰。

（2018 年第 5 期）

面对具体事物，伟大传统并非事事都锦上添花。受功利之心驱使，一些本来很优秀的传统，被歪嘴和尚念歪了经。文学是不可能一口吃成胖子的，当别人想着撒豆成兵、立竿见影时，还要另辟蹊径，探索如何才能做到立竿而不见影。在别人想着敢作敢为，将利益最大化时，还要从根本上思考，如何让自己敢不做，敢不为！

（2018年第6期）

面对社会高速发展，人的精神层面时刻在发生变化的今天，即便口碑很好的作家，也要用合适的方式行动起来，通过有效的介入，让自身与这个时代水乳交融，与社会公众同舟共济。能走时多走一走，是为了停下来后，内心保有强大动力。能看明白的时候四处看看，是为了在局面混沌之际，可以发现全新的切入角度。

（2019年第1期）

年初一，于泳池中记起，昔日与友游道观河水库，因戏言而入水竞逐，原以为二龙戏水，不料竟独自争先。想来文学也如此，看似天生天赐的狗爬式，只是落水鬼的保命手段。明知水不可驯服，仍在水中做出各种精彩的浪里白条，才是水上真谛。明知生活不可征服，却用特设时光完成对生活的理想，则是文学的真正意义。

（2019年第2期）

太多人愿意把文学创作比喻为登山，以为站得越高成就越大。所谓高山仰止并非文学的目的，文学创作其实是畅游大海。刚开始时，对海洋风暴不适应，会很难受，等到适应了，体会到无边无际的美妙，自己也能在纵横四海之际施展优雅的泳姿，那种感觉才是最真实的。由此方知，登高望远一览众山小，只是短暂的虚构。

（2019年第3期）

纪年性是文学实践无法逾越的关口，也是走向超越的关键。"中华人民共和国成立七十周年"不是简单的定语，也不是随意为之的某种量化。

日常生活中，父辈比我们更懂得历史，我们对历史的领悟，又显得比晚辈深情许多。其区别就在于有没有从粗浅地面对时世，逐步进到对历史有所发现，以及让历史在个人内心有质有量。

（2019 年第 4 期）

少时成名，过早成为专门作家的人，少了文学之外的水火淬炼，尘壤蹉跎，又提前被声名拖累，文字可以精致纯粹，书香气质也明显高人一头，若有较真的想法往往只能以抽象来表达。成名晚的人则不然，会比风流拙一点，比风骚愚一点，比风雅实一点，但又不会彻底与此种种分断，而使作品有了骨子里的宽阔和深沉。

（2019 年第 5 期）

世人好饮，境界常有不同。低端者见佳肴，呼美酒，妙趣之下，疑似奢贪。那无论是甚佐酒，都来上三两二两，其意麻木，有酒无形。又有人一杯饮尽，闭目小梦，醒来再饮，如此去还，不知天地圆缺，是真超然快活。而做得到静观他人浅酌豪饮，每每会心如醉倾城，才是最高胜境。文坛事本当如此，识得浮华高下，或进或退方为造化。

（2019 年第 6 期）

当生命所需自由一天多过一天，为何人生越是不自在？这并非奇谈怪论，而是坚硬事实。因为每一份自由必须有十份责任进行保障，说自由要付出代价有点沉重，若说自由不是免费的，听起来就会心甘些许。天下从无极致好事，想象世界何等美妙，凡尘生活就有等量愁烦。这也是文学真理在于好人一生平安的缘故。

（2020 年第 1 期）

亲爱的读者，在举国助力之下，一千多万武汉人，率先发起关乎人类命运的战疫行动，有悲壮，有英勇，有困苦，有坚强。本刊以文学名义，向所有参与支持战疫胜利的人们致以崇高敬意。顺便报告，本刊人员及家人全部安好。汉语神韵，华文风骨。往后的日子，本刊依然以此文学理念，与大家相伴每一个春暖花开，秋水长天！

（2020 年第 2 期）

毫无疑问，武汉封城战疫是史诗级的义举。追溯起来这样的苦痛惨烈，正是中华文化最为看重的春秋大义。一千多万人身在江南，却在春到江南时，毅然决然地将日子过成没有春天的春天。如何书写这部以没有春天的春天为背景的史诗，正在成为人类文明的一道难题，唯有不用匠心、不怀企图的文字才让人信赖。

（2020 年第 3 期）

疫情是一面很特殊的镜子，照出来的人间百态，没有一样是特殊的。历史何尝不是如此，纵然逆流成河，恶水横天，到头来谁也改不了，大江东去，大业伟成。相比地久天长，中国共产党人诞生虽只有九十九年，仅此庚子一疫，便见其旷世不凡。本期特稿《元帅的女儿》所写壮阔深远繁复曲折之人生，正是这种背景的完美匹配。

（2020 年第 4 期）

写作之事，最容易上手的是选择身边人事。真正动笔写来，难度最大的又是自己耳熟能详的那些。这中间的关键因素无非是一个真字。因为太了解了，太亲近了，一字一句都必须是真的和实的。但凡有丁点伪善与伪装，自己心里这一关就过不去。所以，天下文字中通过私人故事表达公共情愫——而非颠倒过来——最受尊崇。

（2020 年第 5 期）

总有一种事物，一旦相逢，感觉就像向谁处借些别样年华。青春一派，顿觉情怀舒广，岁月悠长，浅笑亦能沉郁。不惑之流，倒转春秋，回味三生三世，重续一段韶华，沧桑也是天真。如此妙趣，偶然一番见识，好不惊喜，赞叹了八九十来回，仍不足表心之惬意。想来一切天赐，无非是使得普通人事与日子，也能杰出得与天赐媲美。

（2020 年第 6 期）

文

论

卷

一、作家创作谈

生活是源泉

王振武

跟生活在现实中的山里人相比，我勾勒牡丹、春、秋、会计以及湘元、评茶员、美云，金姐等人物的笔力，是太弱太逊色了。我刚刚开始学写小说，不能够熟练地掌握、运用这种形式，当然是原因，对于这一点，我有认识，要下苦功夫，另一方面，我仍然以为这不是关键所在。在你有笔力画出一个美的形象之前，这个美的形象必须已经存在、活在你心里，否则，将无用笔之地。若说艺术功力，首先是深入生活、认识生活的功力。

（1981 年第 5 期摘编）

说说《女大学生宿舍》

喻　杉

这篇小说发表后引起的反响，使我吃惊，甚至觉得有些怪。小说写得好吗？不见得，我自己心里有数。它不过是新一些，立意、结构、写法、文笔都新一点儿。但这绝不像一些人说的，是我"匠心独运"。我是得之于无意间的。

正因为我初习写作，还不大懂得小说的写法，只是怎么想，怎么写，反而使小说自然了，有一股子比较清新的生活气息。又因为我不善于编故事，反而使我写的女大学生们，避免了复杂故事的遮挡，形象显得比较鲜明、生动。要说心得，那就是不要人为给自己定框框，笔随意转，听其自然，不做作，不矫饰，这样写出来的作品，会自然、真切得多。

（1984 年第 7 期摘编）

沉思于《女人国污染报告》之后

楚 良

我打开日记，清仓查库。因为我的每本生活日记后面都有个《构思拾遗》，那里按先后次序登记着闯入我写作领域的瞬息灵感，赤裸裸的小说题目，下面记着一个入库的时间、地点，个别有点来由。这是我小说的受孕体态，只有我自己才看得懂的玩意。这些胚胎发育很不均匀，有的两三年了还没个影儿，有的三五天便速产问世。《报告》是孕育期最短的一个。获得印象是头几天与一位同志的闲聊，命题是写稿的头一天。说实话，动笔时我毫无把握，慢慢地写出个王五家的特定环境来。生活救了我的命，我几乎是写的老家的一个河边小村子。"王五家"是真名，按时代的风貌我把它修饰了一番，到过天、沔、潜、洪湖一带的人，只要看我那段文字，大概是会信服真有那么一个特殊的村子。这叫作典型环境。有了这个典型的环境，人物就能典型起来。于是那五个女人就列队而出了，写到三千多字，我才有些把握了。

（1985 年第 1 期摘编）

我和历史小说

杨书案

《九月菊》征订数量可观，第一版就达到 12 万册，书出版之后也受到读者和评论界一定的好评，这使出版社和作者都进一步树立了信心。于是长江文艺出版社催写《九月菊》的续篇《长安恨》，其他出版社也陆续来约写历史题材的小说书稿。这样一来，历史小说的创作就一发而不可收了。

我们的文学作品历来比较强调它的现实意义，有人以为，既然写的是历史题材，一定没有什么现实意义。这是一种误解，或者说是一种偏见。

我以为看一部作品的现实性，首先要看作品本身所体现的时代精神。一个历史文学作者如果能热爱和熟悉现实生活，站在时代精神的高度，把握住生活的脉搏；又能深入历史，熟悉历史生活、人物；然后通过分析、研究历史，发现古代与当代的联系和共性；从而选取题材，提炼主题，进行创作。这样写出来的作品，就会对今天的生活有所借鉴，有所启迪，它也就有了现实意义。

（1985 年第 3 期摘编）

踩下自己的脚印

唐　镇

随着改革形势的不断发展，传统的、人们已经习以为常的道德标准、价值观念、是非界限等都在变化着，有些变得令人欢欣鼓舞，有些则变得令人担忧。对于每一个微小的变化，不同的阶层、不同的年龄、不同的经历、不同的地位的各种各样的人，都有着各种各样千差万别甚至截然相反的反应。只有和他们长期相处，生活在同一个圈子里的人，才能明白他们那各种不同的反应的缘由——而这些，站在"岸"上的人是不可能知道的，偶一下"水"采访也是得不来的。我的中篇小说《新官上任……》（载《芳草》1984 年第 8 期）就尝试描写了工厂中一些"人"对于一场小小的改革的反应。

我觉得，我之所以没能写得好一些，除了我本人的思想水平、思考深度和文学素养、创作技巧以外，主要还在于我虽然没有站在岸上，但是也没有"到中流击水"。由于我的工作性质，从上边看，我是身在生活中了；可是从下边看，我又是"高高在上"者。生活中的"纪中原"曾经不止一次地对我说："你得多下去！"

（1985 年第 4 期摘编）

关于《生死之间》的几句话

苏叔阳

这事已经过去了十几年。然而今天想起来仍旧令我唏嘘。

后来，我记录下我的体味，写了《生死之间》。小说在一夜之间写完，我却不敢投寄。我把这小说给朋友看，赞弹皆有，更有人认为不值一哂。

我更惶惑。我自己知道，这并非作品，唯有一段真情在其中，我怕唐突了这情、这爱，迟迟不敢捧出。

曾有懂汉语的外国朋友喜欢它，我怕他是猎奇，所以不曾给他。今天，这篇小说，居然又被翻译成英语，是我始料所不及的。

我的小说，大约这一篇坎坷最多。

天涯何处无芳草？我把它给了《芳草》，谁知竟发表了，而且竟又得奖了。

（1985 年第 5 期摘编）

我之小说观

李叔德

我倾向于把写小说当作愉快的享受，而不看成是艰苦的探险。

但一旦动起笔来，我只考虑将要写的那篇小说本身。无论何时何地，一旦创作的心弦被拨动，我就要把它弹个不停，或弹出一篇小说，或把丝弦弹断。我不想让拟定的哲理俘虏我的思想，不想让特定的题材缩小我的范围，不想让规定的风格追求使我的语言矫揉造作别别扭扭。我觉得怎样顺手就怎么写，怎么能继续写下去就怎么写。

我之小说观，在《生活能否重新安排》的创作过程中得到充分表现。我写得很轻松，连草稿也没打，一遍成功。这符合我的信条：写小说应该是一种享受，而不应是一种磨难。甚至可以说，写小说是一种索取，而不是一种贡献。面对着千变万化丰富多彩的人类生活，随意剜下几块，然后又把它们变为小说，这一奇妙的过程，令小说家们多么陶醉、幸福啊！难道这还不能称之为"索取"？

（1986 年第 7 期摘编）

关注灵魂

赵金禾

我专事中篇小说，也只是近两年的事。写过一二十部中篇之后，就写出了野心，妄图震撼半壁河山，岂知半壁河山不是那么好震撼的。于是就安分守己，就回到写作的初衷上来：不赶时尚，不玩花样，不眼红人家，不拒绝学人家的长处，朴朴素素写来，实实在在走去，把我感受到的东西，化为形象，化为艺术，再还给社会。我是让我的灵魂找到处所了。

我常常感到一些文人的魂不附体。我目击到许多不愉快的事，不应当发生的事，他们自己并不拿它当回事，更不用说会拿它当教训，因此我的那种"目击"，倒往往是击痛了我自己，我也总是要为他们暗暗伤心一回。他们要别人把他们当人，又不自重，多半染上了痞子气还不知道，还要在那里清高，还要故作深刻，还要做出潇洒的样子，再不就是泡在他们自己酿制的牢骚里，自得于"我行我素"。文人的聪明才智，什么时候能用些在灵魂的修炼上呢？我常常想的话，就变成了这部中篇小说《一种状态》。

写罢了《一种状态》，我以为我是在招魂，让每个人的灵魂都找到处所。我们常常感叹"身不由己"，身是自己的身，己是自己的己，自己怎么就不能把握？那大概就是灵魂的愤然出走，无可奈何地把身躯舍弃给世俗践踏，灵魂只有在痛苦的漂泊里继续着痛苦。

（1996 年第 3 期摘编）

创 作 手 记

谈 歌

我曾经参加过一个文学创作会。会上几个作家张口就是"小说家要超越对应物"，小说是"作家与对应物的灵魂对抗"，小说是"作家不断地对自身灵魂的追问"，"小说家要对自己不断地进行灵魂的拷打"种种。记得当时会场上掌声雷动，我却听得发愣。

这的确是一个浮躁的年代，浮躁的风气越刮越烈。本来是苍白失血的东西，被人冠之以"形而上""对生命的追问"。不要藐视读者，读者眼中有一杆秤。近年来，读者反映我们的创作从外国人身上扒衣服的情况太多了。且不说这种扒来的衣服穿起来合不合身，单单就说这一个扒字，很容易让人想到大街上一种不太好的动作。我们的确太苍白了太无力了，太无病呻吟了。如果我们没有病，何必摆出一副病态。有人说病美人是美的，但是如果这个美人一年到头躺在床上哼哼叽叽，在这个不劳动者不得食的年代是很烦人的。更何况是装病，就更讨厌了。

（1997 年第 8 期摘编）

文学的第一现场

——现实题材长篇小说创作座谈会纪要

刘醒龙（湖北省作家协会副主席、《芳草》杂志主编）

第一现场这个概念大量用于刑事侦查和交通事故勘察之中，对于真相的查证，第一现场是不可或缺的。没有第一现场就没有真相。对文学来说，如果找不到自身的第一现场，也就永远也无法探寻到文学真相。

改革开放近四十年来，中华民族的大发展在人类发展史上是绝无仅有的。以中国之丰富、生动的文学元素漫山遍野，加上不可阻挡的民族复兴气势，作家没有理由不投身讲好这些史诗故事的实践，也更没有理由不去坚定创作史诗的雄心。面对这种影响深远的变化，我们有责任写出中华民族新的史诗，也有责任重现中国文化的高贵境界和伟大传统。

不管我们有没有发现，文学一直存在。文学在成为文学之前，与普通事物的观感毫无二致。要将文学从看上去一模一样的俗务中发掘出来，必须经过长期积累，并尽可能向事物的外部延伸观察，向事物的内部深入思索。身为小草，必须了解大树；作为江海，必须追溯溪流。

文学来自火热的生活，但火热的生活不会自动成为文学的第一现场。特别是新媒体高度发达的今天，一些所谓火爆现场，往往是经过人为改变，甚至蓄意制造的第二现场、第三现场，还有可能是黑白颠倒、人妖不分的伪现场。那些能发现真相的有效的第一现场，只要进入情怀，就会有可能踏上文学的坦途。任何意图以一己之好遮蔽世间真相的第二现场、第三现场等，无论如何言说，也注定是过眼云烟。

身为作家，如果我们不能在第一现场目击到这些，或者理解不到位，甚至盲目听信那些胡编乱造之言，不仅会失去体察文学现场的真正意义，也将失去创造文学的唯一基础！

水运宪（湖南省作家协会名誉主席）：

去年我参加全国第九届茅盾文学奖评委会，阅读了上百部长篇小说。我最大的感想是，长篇小说创作发展到今天，变与不变一目了然。变的是表述形式，不变的是文学主旨。有很多来自西方的写作手法、模仿现代媒介惯用的碎片式表达、引自网红以及社会愤青常用的调侃式的东西大量充斥在小说中，我对此并不排斥，却很难认同。回想起年轻时看过的长篇小说《红旗谱》《青春之歌》等名著，无一不是那样地荡气回肠，给人一种凝神聚气、心潮澎湃的感觉，直注广大读者的心灵深处，引以共鸣，令人震撼。

我创作的《乌龙山剿匪记》里面的人物应该是成功的。二十多年来，读者对作品中的"钻山豹""东北虎""榜爷""四丫头"等人物形象至今仍津津乐道，如数家珍。作品中人物的各种性格以及其中很多细节，读者都过目难忘，印象深刻，我觉得这就是文学的力量与魅力。

刘益善（原《长江文艺》主编）：

去年的诺贝尔文学奖获得者、白俄罗斯女作家阿列克谢耶维奇的五部长篇非虚构小说，我都认真阅读了。这些年来，我们每年出版几千部长篇小说，给我们留下印象的没有几部。这是为什么呢？读阿列克谢耶维奇的作品，我们感到了震撼。《战争中没有女性》写苏联卫国战争时期，将近100万16到20岁的女孩卜战场，这些高中生、大学生在战争结束后，留下了深深的心灵伤害。阿列克谢耶维奇花了四年多的时间，采访了一百多位幸存者，用口述方式记下了她们的故事和感受，极具现场感和震撼力！她的第二部写"二战"的作品《我还是想你，妈妈》，写了100个在战争时6到12岁的孩子，口述他们在战争中看到自己的父母和亲人如何被德国人杀死的惨景，也是震撼人心！《切尔诺贝利的回忆：核灾难口述史》和《锌皮娃娃兵》中，也是写战争与灾难，《二手时间》写苏联解体20年间各种人物找不到方向的恐惧感。阿列克谢耶维奇的写作，用生命进行，全心投入，每本书写作都要用5到10年的时间，所以她的书能给读者留下深刻的印象。我们的长篇小说应该向非虚构学习。学习非虚构花长时间储备资料，学习它的现场感，学习它生发的震撼力，有文学性，有史料性，能引起人们的反思，使得长篇小说的内蕴更加深厚。

朱小如(原《文学报》评论部主任):

在我的新书《和小说家过招》里，我谈到中国作家在叙述经验中，叙事策略是和生存际遇有关系的。就现实题材而言，八九十年代时，叙事是有时代背景的，恰恰是90年代，很多非常好的作品都遭到了批评。其中，最有冲突、作家最愿意表达的那部分，往往会受到批评和抵制。于是，这样一种书写现实的热情被打击后，作家便转为诙谐等各种叙事。

90年代，并没有给现实主义传统，哪怕是有争议的作品予以充分的肯定。但是这是已经过去了的。现如今，又开始提倡现实主义题材。这是一个反复的过程。我认为，题材是决定不了什么的，现实是很简单的，比如刘益善的中短篇小说，他用到了第一人称"我"，这让我感觉作者是在场的。这中间有些技术问题是必须要处理的，也必须给作家更宽容的空间去设计冲突。如今，我们处在大时代当中，一味去唱赞歌并不是好事情。如何去看待现实？每个作家自有尺度，有时候会有偏差，有时候也容易犯错误，但是作家恰恰是一份最容易发现美，最容易发现痛苦，最敏感的职业。

陈应松(湖北省作家协会副主席、文学院院长):

对于文学的第一现场，我的理解是，作家的在场。一是参与长篇小说的建设，二是参与社会变革的建设，直接反映国家、民族、社会和文化的内在变化。在这个野马脱缰的时代，作家该如何去寻找一条缰绳，或者说这条缰绳在哪里，怎么勒住这匹野马。这就要求作家得站在文学的前沿，即文学的第一现场。而长篇小说，就像一场残酷的战役，不同于游击战之类的小战斗，长篇小说是刺刀见红的。作家的使命，就是在最前线的堑壕里，直接向社会报告这儿发生的事情。他有可能被流弹击中，有可能以身殉职，作家这种职业要为自己增添风险，而不是规避风险。

蓝博洲（中华两岸和平发展联合会主席）：

1988年，我写了第一部长篇，是台湾"白色恐怖"时期第一件案子中一个钟姓高中校长的故事。这个校长是作家钟理和同父异母的兄弟。在一年多的采访中，我反复去阅读钟理和的作品，重新理解了他们的那个时代。初稿完成时，我因为它的报道模式很不满意。后来，在与主人公夫人聊天的过程中我偶然得知，钟校长被枪毙前是唱着《幌马车之歌》走出牢房的。这首歌是当时的一首流行曲目。我灵感突现，随即以《幌马车之歌》为题，并以此歌展开叙事，文章就有了不一样的感觉。此文后被收入那一年台湾的年度小说选的第一名，引起文学评论家很大的争论。有评论家认为，这是非虚构的作品，怎么能够称之为小说？支持者则认为，小说一般是虚构的，但没有人规定非虚构的不能成为小说，只要具备了小说的元素，它是可以成立的。也就是对我们今天的主题——"文学的第一现场"的争论。

我后来写了第二部长篇《藤缠树，树缠藤》、第三部长篇《台北恋人》。就我自己的创作经验而言，我认为，文学终是要回到现实的。虽然我是从现代的西方的最前卫的入门，但是年纪越大，我越关注现实主义，越想回到现实主义。它使很尖锐的问题、很复杂的现实，通过简单的文学手法就得以展现。这是很可贵的。现实主义的路还很长，在现在的台湾，一般人不理解，把现实主义等同于写实主义，认为现实主义的方向就是落伍的，就是不会写作的，这是一个误区，也是值得反思的。

熊育群（广东省作家协会文学院院长）：

现实是无比精彩的，但是现实也是非常难以把握的，现实甚至成为作家创作中很焦虑的问题。对现实的认识，我谈三个方面。

首先，我们现在面临着全球化、工业化、科技化、市场化，我们的现实就像原子裂变，更新换代在急骤加速，人类自己有点力不从心了。那么，如何把握现实？譬如中国改革开放三十几年，它的历史定位在哪里？

这也牵涉当今世界的历史定位，想把握，没有高瞻远瞩的眼光，没有历史的回顾，没有对人类文明与发展清晰的思考，这都很难做到。

二是面对纷繁现实，文学的力量何在？我们的文学从 80 年代到现在，从国家主义到集体主义，再到个人主义，一直到身体消费，关注点越来越小。作家基本上不愿意关注哪怕稍微宏观一些的事物，他们失去了兴趣，甚至不愿意去面对，不愿意去思考，自甘边缘化，久而久之也失去了能力。如今，每当社会面临问题之时，发声的往往是经济学家，很少看到作家的身影。对现实观察与思考的缺失，必定影响文学对现实的反映，流于对故事的讲述，显得虚假、肤浅。

三是历史感的问题。中国作家历史感不强，缺少时间的厚度，在面对现实时，我们的眼界可以放远一些。从文化源头来讲，西方文明追寻的是整个世界文明的起源，我们寻求的是对世界的解释。两个不同的路数，西方对应的是世界本性的理论，这种走向是有逻辑有历史感的，天然地适合于长篇小说。而中国的文化，是从日常生活到伦理学说再到政治学说，更适合于诗歌散文。我们写现实问题，比如环保、医疗、教育等问题，这些往往不完全是小说的问题，而是现实的问题；也不一定是文学的问题，文学的问题一定是超越这些问题之上的。我们对现实的把握往往还是局部的、表面的，怎么介入现实，有一种文化问题在里面。文学这条缰绳怎样套住时代这匹烈马，需要在一个大的时空中展开。

李修文(湖北省作家协会副主席、武汉作家协会主席)：

现实主义创作对于我来讲，在漫长的时光当中，可能是一种巨大的折磨。福克纳曾说，即使要描写一千年前的事件，可能也要在当代生活里获得最可靠的情感源泉。于我，是不是走现实主义的写作道路的问题，在十几年前就已经解决了。我是坚决地要走这条道路的。但是，我们又来到了一个如此崭新的时代，一个认真的或者说对这个时代有真正考量的写作者，可能要面临一个复杂的问题，即我们面临的现实究竟是怎样的现实。这个问题对我来讲是个非常巨大的困难，也导致了我这么多年来小说写作的停滞。我从来不觉得反映大量现实素材的小说是真正的现实，反而在我写作之初，我阅读了卡夫卡的作品，这种随着现代的科技和文明的进步，物质的高度勃兴导致物欲对人的种种压迫、扭曲，以及人在这种压迫和扭曲中所发生的变化，对我来说才是真正的现实，是我能清晰地感受到的现实。我是需要从现实生活当中获得极大的热情，找到有力的证据才能够继续写作的人。所以在很长时间里，我干脆退回到现实的日常生活，跟随在日常生活中遇到的每一个个体命运的狭隘的遭际，写了一些散文，希望在将来的某一天能由此靠近我心目中的有含量有向度的现实主义写作。

次仁罗布（西藏自治区作家协会副主席、《西藏文学》主编）：

"文学的第一现场"——我认为就是指当下的现实生活。作为一名小说创作者一定要深入生活，扎根人民群众中，这是获取文学素材、创作养料的唯一途径。这样写就的作品，是有根基，富有生命力的。记得美国著名作家福克纳曾经说过这样一句话："扎根大地的人永世长存。"他在邮票大小的故乡上挖掘素材，为我们人类构筑出一个奇绝而瑰丽的世界。正是这种与故土的亲近，与人民的贴心，使他的作品成为传世之作。如果一个作者脱离现实生活，闭门造车的话，那么创作出来的作品，只能是那种无病呻吟、格局低下之作，这种作者即使著作等身，也是经不起时间的大浪淘沙的。现实生活比作家想象的生活还要更加丰富多彩，我们要带着眼睛和思想，脚踏实地地到现实生活中去，做一名善于发现美、发现高贵品质的人。

文学经历了漫长的发展过程，从浪漫主义到现实主义，再到后来的现代派等，这是一种对叙事可能性的不断探索，是在对文学叙事视域的有益尝试和突破，我们在创作过程中也要不断寻求叙事的多样性，唯有这样，文学才能向前不断发展，不断寻找到最切合的表述方式。我们在创作长篇小说时，在汲取前人好的叙事经验的同时，也要探索新的叙事可能性，这样才能丰富和发展我国文学。

罗布次仁（西藏自治区作家协会秘书长）：

文学的第一现场就是文学创作取之不尽、用之不竭的来源。在文学创作中，只有时刻关注文学的第一现场，才能深刻反映一个时代的真正面貌。

西藏和平解放以来，西藏社会在中国共产党的领导下，发生了翻天覆地的变化，创造了短短几十年，跨越上千年的人间奇迹，完成了从农奴社会到社会主义社会的伟大变迁。作为文艺创作者，我们只有深入到文学的第一现场，深入到人民群众的火热生活中，通过对第一现场真实的体验、细心的观察、精心的提炼，才能创作出无愧于时代、无愧于人民的优秀作品。

人类几千年的发展历程中，留下了浩瀚的故事和无数的经典作品，每当面对那些不朽的作品，总感到自己是多余的，而我们从未停下手中的笔，还在不停地书写，为什么呢？因为生活还在继续，文学的第一现场里还有太多未被解开的谜。文学的第一现场并不等同于生活的第一现场，应该说，文学的第一现场大于生活的第一现场。我们直面的生活大多是表象的，人们太过关注于真相，以及对与错、好与坏的评判，而往往忽视真相背后那些隐藏的秘密，那些善和恶、美与丑。在文学的第一现场，我们不仅看到了生活本身，还窥探到了那些看不见的真相背后的逻辑。文学的第一现场里其实没有确凿无误的真相，绝大多数时候，善的背后掩藏着恶，美的背后包含着丑，而我们只是在提炼其中的真善美，使我们有勇气继续生活下去。

桫椤（保定市作家协会副主席）：

在现实题材作品贴近和融入现实、反映现实生活、呈现生活真相这个角度上，或许可以从网络小说那里得到某种启发。在网络上，《致我们终将逝去的青春》《欢乐颂》《莫负寒夏》等作品深受读者喜爱，这些小说缩小了审美和生活之间的距离，把日常经验审美化，写当下，写身边，写自己；写司空见惯的情节，写熟悉的人和事，写普通人的喜怒哀乐和愿望情怀。在人物形象塑造上，网络现实题材非常善于书写没有显著身份特征的普通人、小人物，写"屌丝"的逆袭，写"废材"的成功。在叙事中，作者和叙述者都不是站在局外，不是站在一个生活和道德的制高点上发声，而是放低身段，成为作品中的角色。网络作家是草根阶层，他们写作前的准备不是体验生活，他们的写作以及里面的人物、情节就是生活本身，而他们对生活的批判不是抽象的，而是更形象、更直接。

在严肃文学中，我们反倒缺乏成熟的城市叙事，而网络"都市流"小说却是一大特色。网络作家笔下的城市书写触及了城市生活的基础和细节，呈现了当下城市生活的真相。网络作家偏低龄化，"八〇后""九〇后"作家居多，他们大部分没有乡村生活经验，天然就是城市的孩子，是"土生土长"的城市人，因此他们的写作不需要处理农耕文明与城市文明之间的矛盾和隔膜，尽管他们的眼光和手法是稚嫩的，但这并不妨碍他们面对生活时的态度和立场。

蔡家园（《长江文艺评论》副主编）：

纵观当下现实题材长篇小说创作，有三个方面值得反思：一是宏大叙事能力的丧失。大量小说热衷于小叙事、微叙事，聚焦杯水风波、鸡零狗碎、小情小调，缺少表现时代大变革的气势磅礴、纵横开阖的史诗之作。关键是作家缺乏介入生活、介入时代的热情和使命感，也缺乏一种总体性把握历史和现实的能力。卢卡奇说过，小说就是现代生活史诗，它可以表达作家对于生活总体性的渴望，当代作家不应丧失这样的渴望。二是思想表达能力的弱化。一方面是思想阙如，大量的小说只热衷于讲一个传奇故事，表达一些流行观念，缺乏独立思考和深刻批判；另一方面是不会表现思想，甚至不敢直接描写思想的交锋，在当下几乎看不到像列夫·托尔斯泰或陀思妥耶夫斯基式的思想表达。三是细致描写能力的退化。作家都市化、职业化之后，丧失了对自然界变化的敏感性和精细观察能力，现在的小说中很少看到细致入微的自然环境、社会环境描写，尤其是对后工业文明时代具有"速度"特性的风景栩栩如生的描写；很少看到直接描写经济生活、金融资本运作的作品，而这恰恰是当下人类最重要的活动，最能揭示人性和时代本质，主要原因是作家缺乏相应的生活经验和社会科学知识。

韩春燕(《当代作家评论》主编)：

现实题材长篇小说创作，首先关涉的是作家与他所处的时代之间的关系。我们一般来讲鼓励作家积极对现实做出反应，即要求作家有社会担当，有使命感和责任感，能够以文学的方式介入当下生活，与所处的时代保持密切的关系。而作家如何对现实做出反应，文本上的社会现实以什么面目出现，这些还涉及另外一个问题，那就是作家对现实的艺术处理和艺术呈现。每个人眼中的现实不尽相同，每个人笔下的现实更是异彩纷呈，这都涉及创作主体对现实的再创造。我这里要讲的是现实题材长篇小说与现实的距离感问题，离现实太近，太逼真是很难产生美学魅力的，照相式的创作很难出艺术精品，当然，一部表现现实的作品，如果离现实太远，看不到一点现实的影子，那也谈不上好的作品。一定有一个最佳的距离，如果我们正好停留在那里，那么它既是现实的，又是文学的，而且是最具审美意义的文学现实。当下现实题材长篇小说创作，还有一个最大的问题，即作家的思想能力的问题，我们的作家面对当下的社会现实往往无法贡献给读者自己的思考，一部作品，剥开层层果肉，我们找不到那个硬硬的果核。

李遇春(华中师范大学教授、青年长江学者)：

如何处理文学与现实的关系是摆在每一个作家面前的一道难题。现实并不等于现场。当我们在思考"现实"和"现场"这两个概念的时候，我们可能容易犯错误。似乎只有面对当下的时候，我们才能进行书写。其实现实中也融会了很多历史的元素，而历史与文化是时时刻刻渗透于现实之中的。正因为我们的文学作品中人为制造的伪现场和纸现场太多了，所以我们要提倡文学的第一现场，提倡文学的真现场！提倡文学的第一现场并不意味着鼓励作家停留在写现象和表象的层次上，恰恰相反，它是为了让作家们能更深刻地沉入现实的生活经验和生命体验中，做到在写小人物小题材的同时，有大视野、大思考、大胸怀。做到与现实不隔不离，血肉相依，从而生长出鲜活而独特的精神艺术之花。当下的中国长篇小说如何面对现实和书写现实，还必须要创造性地转化中国固有的民族文学传统资源，在这方面，我以为贾平凹的《秦腔》、刘醒龙的《蟠虺》、付秀莹的《陌上》等优秀长篇小说都做出了成功的艺术尝试。

杨彬（中南民族大学文学院副院长）：

文学是现实生活的反映，但如何反映现实的方法和角度是不同的。浪漫主义文学是现实过滤的反映，现代、后现代主义文学是现实变形的反映。而现实主义文学则是现实在场的反映。因此回到文学第一现场，是现实题材的长篇小说，也是现实主义文学的基本立场。所谓回到文学的第一现场，就是真正贴近现实，用独立的、真实的眼光看待现实，不能闭门造车，也不能拾人牙慧。只有回到文学的第一现场，小说才能真正贴近现实和反映现实，作品才会有现实的质感。

回到文学的第一现场以后，要想让作品具有高远的情怀和永恒的魅力，其最重要的是具有人道主义情怀。具体说就是用人道主义关怀各类人物的灵魂，因此，人道主义情怀是现实题材长篇小说的灵魂。其中心内涵则是善良情怀，善良情怀是作家成为伟大作家的基石。用人道主义对邪恶进行谴责和痛恨，用善良情怀对弱者实施怜悯和关怀，对迷失者用高贵情怀进行拯救，对人类未来用美好情怀去引领。在座的作家都具有这样的情怀。刘醒龙的小说不仅关怀伟大人物的灵魂，也关怀平常人物的灵魂。陈应松的小说不仅关怀底层人物的灵魂，也关怀迷失者的灵魂。水运宪不仅关怀东北虎的灵魂，也关怀钻山豹和田大榜的灵魂。这种关怀使得他们的小说超出一般小说的水平，成为新时期小说的优秀之作。

李俊国（华中科技大学中文系教授）：

关于"文学现场"，我就谈一下三个问题：

一，什么是"文学现场"？"文学现场"只能是"文学"的现场，不应成为经济学的、政治学的、新闻学的、历史学的现场，也不是哲学的、心理学的现场。回到和强调文学的现场，这涉及对"文学"本体功能的当代理解：文学，是以"非公共性经验"对人及其存在的"发现性书写"，而不是依靠哲学的、经济的、政治的、社会学的、新闻的、历史的"公共知识"，去表达文学现场。

二，怎样做到对于"文学现场"的"非公共性经验"的"发现性书写"？这就要求作家建立并拥有自己的有关人与存在、人与历史、人与自我、人与文学的独特的知识谱系及其经验系统。基于此，才能避免进入和表现"文学现场"时依靠的是"公共经验"与"常识认知"，才能具有对"文学现场"的"发现性呈现"。

三，如何理解"文学现场"？一是文学书写的"在场"；二是"现场"的多义性及其遮蔽性。"文学现场"当然是人与存在的真实性敞开；但，"现场"并不能意味着"真"；而且，并不仅仅只有一种"真"；可能，它还遮蔽了"真"。在此，韩少功提出的"临时建筑"概念是有意义的。作家抵达文学现场，抛弃一切有关"现场"的"共名式写作"，呈现"现场"的"新质"与"新义"。并且，这种"新质""新义"，又只是文学在"发现"之旅中的"临时建筑"。面对"现场"，不断解构不断发现，乃"文学现场"的深层旨意。

（摘自通稿，芳草杂志社 2016 年 12 月 20 日）

二、关 注 作 家

西河：刘醒龙开挖的一条河

刘富道

醒龙完成了《大别山之谜》系列，他的一大贡献在于创造了一条河流。"这条河上下左右许许多多山丘峡谷全都属于大别山。"

刘醒龙用笔开挖的这条人工河，如天然河一样真实，真实得令人陶醉。

《大别山之谜》称得上是西河的文化积淀，是一部西河地理志和一部西河人文史。

现代文明进程与传统文化的冲击，可以说是刘醒龙《大别山之谜》系列小说的总主题。西河的昨天，是一个封闭的世界，却又诞生过革命。西河的今天，虽然有着革命往事的温馨眷恋，却依然是一个封闭的世界。今天的西河，更多地保留着传统文化的影响。当商品经济的潮流冲击这块土地的时候，在西河上激起了前所未有的浪花。

刘醒龙没有简单化地把他认识生活的结论告诉读者，他似乎也处在重新认识传统的价值，探讨现代文明进程的困惑之中。

（1992 年第 4 期摘编）

池莉小说艺术论

於可训

对于池莉来说，由平实入空灵是她的一次成熟，由空灵复归于平实，但在平实中又处处透出一股空灵之气，则使她的小说在成熟的路上渐入佳境。

由平实入空灵以《月儿好》为标志。这篇小说发表于 1982 年 7 月。此前，池莉的小说大多满足于讲述一个完整的生活故事。虽然仍不失初涉此途的女性作者的纯真之气，但毕竟让人觉着有过于老实地做小说的味道。

《月儿好》已不满足于故事了，或者说它根本就无意于讲故事。它着意表达的是一位乡村女子的精神气质。这女子无疑让作者诗化了，她把对于故乡的眷念之情，对于自然真朴的人生境界的向往，都糅合在她身上了，把这位女子当作了真善美的化身。《月儿好》虽然在艺术上远非池莉的成熟之作，但池莉此后的创作渐入空灵之境，却于此露端倪。

（1992 年第 6 期摘编）

武钢作家群创作散论

范步淹

长期以来，我们有一种误解，以为工人文学就是工业战线上工人劳动生产场面和精神境界的写照，而钢铁战线上的工人作家的创作则概括、规范为"钢味""铁味"，甚至用来以为衡量其创作成败得失的标准。其实，这种看法只看到了文学表现的对象一个方面，而忽略了创作主体用自己被现代工业秩序锻造的心理结构去观照生活的多样选择性。工人作家用工人的眼光去打量工业以外的世界，从工人视角去透视更广泛的生活，有时却能达到一种新颖、灵动和深刻。

武钢作家群的创作极典型地说明了这一点。近年来，他们在写工业、工人的同时，较多人跳出身边的生活，而去做更广泛的开采，如杜为政的文化小说，董宏量近期的诗和小说，郑因从医院的故事到市井、校园故事，王志钦的校园小说，罗时汉的纪游散文，都达到了较高水准。

（1992 年第 8 期摘编）

初识邓友梅

郭林祥

一个星期天的清早，我也早早地起床来到陶然亭公园，这是邓友梅集中会友的时辰和地方。每个星期天清晨都是如此，刮风下雨不间断。他们边锻炼边天南海北地聊着，从这个寺院的和尚聊到一代名妓赛金花的葬仪，从这个戏剧名角说到那个时代流行的小说，从那个胡同出过什么奇闻又说到哪家买卖的兴起与败落……谈得津津有味。他们谈得是那么投机，那么亲密无间。这就是他的劳动，这就是他的学习。他就是从这些交谈中，搜寻到了有关北京城、北京人的点点滴滴，也正是在这样的生活基础上，他的民俗小说的创作道路越走越宽广。

他的这些京味小说里写作最顺的是《烟壶》，这样一部几万字的小说，他在不到两个月的时间内就写完了，但他迷恋民间艺术、研究民间艺术、了解民间艺人则是多年的事了。

（1994 年第 8 期摘编）

"文学应该对当代发言"

——蒋子龙访谈录

邱华栋

邱华栋：您的作品好像不具备现代主义作品的特征，是吗？

蒋子龙：我所理解的现代主义精神就是作家应该持续不断地对当代发言，至于纯粹技巧上的操练，我认为都不是现代主义精神实质，以为钻进象牙塔，进行营造梦想就是现代主义？我看不见得。

邱华栋：那么也可以这样说，真正具有现代主义精神的是那些既有早期现代主义技巧，同时又具有对当代现实生活有现实的、深刻的把握的作品？

蒋子龙：这样的作品比象牙塔里的东西要好得多。

邱华栋：那么，您对中国当代文学的发展，有什么样的期待？

蒋子龙：你会注意到，作家的想象力在中国社会现实和历史面前显得多么的渺小。中国是一个事件的大国，正因为如此，中国作家的作品中的想象力远逊于欧美作家的作品。我们的人民，不断地处于各种事件之中，我们用来培育想象力的时间太短了，而对真正历史和现实的文学把握也并不到位。所以，我们的作家在想象力和对现实的深入上都应有更大的拓展。

（1994 年第 11 期摘编）

陈应松小说的生命意识和诗性色彩

鲍 风

陈应松曾执迷于诗的王国，这使他很看重语言的魅力，在陈应松的小说中，无论人物语言还是叙述语言，还是叙述者语言都被作品的"情绪"统摄着。因为陌生化手法的成功运用，使他的小说语言带上了浓厚的感情色彩，加上作者对生活片段的衔接处理，使小说语言从整体上显得神奇而瑰丽。读陈应松的小说，如同阅读一首首深沉而感愤的抒情诗，让人感到灵魂的震动，让人感到抒情主体的生命律动，也许，这便是陈应松暗示给读者的"诗性之栖居"？当读者进入这种"诗性之栖居"便不自觉地将自己的经验世界"悬置"起来，并从而进入作品所营造的"在场"之生命体验中，这是来自语言之便利，也是因为作者主体意识的感染。

（1996 年第 1 期摘编）

再造现实

——评刘醒龙近期小说创作

马履贞

刘醒龙的作品，之所以脍炙人口，是与其作品在艺术表象上和内在精髓上都不乏闪光之处分不开的。从总体上说，刘醒龙及其作品基本上是以坚定的现实主义风格出现的。它们不像先锋派作品那样在历史的某一时间位上，沉浸在想象之中而任思维自由翱翔。刘醒龙始终面对时代、直面人生，去描绘、去反映对于我们所有读者都熟悉得不能再熟悉的现实生活。

在作品表现的题材上，刘醒龙的确是现实的勇士，而在关注大众以及对社会深层次思考和不断挖掘的同时，刘醒龙在艺术手法上和语言感染力方面的苦修也是相当成功的，这些共同组成了刘醒龙作品的创作特色。

刘醒龙作品的另一大特点是语言描述的魅力。他驾驭语言太熟练了，简直达到炉火纯青的地步：从叙事的准确、精到，到白描的自然练达，无不使人赏心悦目，豁然开朗，不禁使人感慨小说语言还有这样别有洞天、引人入胜的妙处。

（1997 年第 11 期摘编）

何存中：突破和超越

夏元明

何存中是一个"笨"人，缺乏那种汪洋恣肆的才气，但唯其"笨"，他才能甘于寂寞地熔铸艺术精品。艺术上的自我完善，便是何存中对"新现实主义"作品的又一超越和突破。《画眉深浅》在艺术上是几近圆满的。人物、主题、情感已如上述，且不再论，其他如语言上，一改过去的晦涩，逐渐平实而流畅起来，并能于平实流畅中继续保持一向凝重厚实的风格。情节上不搞流水账式的琐碎，十分注重提炼，既有浓厚的"戏剧"色彩，又不失原汁生活的鲜活，这方面他真正继承了现实主义的传统！在刻画人物方面，他不是一般地追求形似，而是求"格"求"韵"。他还十分自觉地将时代风情和地域色彩带进小说中，在看似闲逸的笔墨中丰富小说色调。他的小说过去比较滞重，不够洒脱。现在他能做到开阖自如，浓淡有致，庄谐并见，颇有几分"大家"气象，给读者带来了较高的审美享受。这是走向成熟的标志。

（1997 年第 12 期摘编）

晓苏：尝试突破

倪立秋

第三个尝试性的突破表现在语言上。在《重上娘山》之前的大多数小说中，晓苏的小说语言多以故意重复句子的主语见长。像"老别正月初四出门走走。老别一走就走到村中央的会场上来了。老别是在迷迷糊糊中走到会场上来的。老别弄不清他怎么一走就走到会场上来了。老别发觉自己似乎是个怪东西。"(《黑灯，两个人的会场》)在《重上娘山》这部中篇小说集中，晓苏一展自己全新的语言创作风貌，再没有原来小说中那种无谓的故意重复，代之朴实清新的回到生活本真状态的语言，叙述多于对话，简练而不矫饰，这种能充分展示人物丰满充实的性格特征的文学语言，让读者能更加深入地进入小说的特定境界之中，充分理解小说的主旨和人物的深刻性。晓苏这一语言风格上的变化，或许是他改变已有的创作路数，寻求新突破的尝试之举的一部分。这种尝试成功与否，读者还需自己作出判断。

（1998 年第 6 期摘编）

王石的小说世界

李永中

与其说王石是生活世界的体验者与看护者，不如说他是生存境况的勘察者和沉思者；与其说王石是在叙述丰富成熟的人生经验，毋宁说他是在书写自己对这种人生经验的深刻体认。这种洞察是建立在权力、宿命以及历史的基础上，因此，我们可以说，权力、宿命、历史以及叙事结构作为不可分割的整体，构成了王石的小说世界。

王石曾经说过："在写作中，就情绪的控制和行文的节奏，就情节的故事性和可读性，就思想内涵的深化，就语言的运用等叙事艺术方面，做了一些尝试。"在我看来，这些叙事艺术的追求是与反讽对比等手段的运用分不开的。

王石创作的意义并不仅仅在于他在艺术上的刻意追求而在于他的意图，即在一个价值中心散失的世界里对人生意义的执着探寻，并因此聚合起一个精神的整体。

（1998 年第 12 期摘编）

三、作品讨论与争鸣

评论叶文玲的《藤椅》

李蕤：作家是人民的代言人，叶文玲的短篇小说《藤椅》，便是通过艺术形象，向社会发出的强有力的呼声。《藤椅》所蕴藏的主题思想，是深刻而丰富的。读完这篇作品，引起人很多的联想。《藤椅》也可以说是80年代整个知识分子的一声呐喊，对四化是有力的促进。我热烈欢迎《藤椅》的出现，并希望有更多这样的作品破土而出，成为连天的芳草。

杨江柱：《藤椅》有着一种十分明朗的色彩，这使它和契诃夫的以及新现实主义流派的作品显得完全不同。《藤椅》的色调并不低沉，其中没有灰色的忧郁，不会使你失望。这一切，都是新现实主义不可能达到的。我们既要无情地摒弃"瞒"和"骗"的假艺术，忠实于生活真实，又要坚持作家的革命理想，注意作品的社会效果。在这方面，《藤椅》显然作出了可贵的探索，请允许我为它鼓掌。

曾卓：我们的讨论还可以进一步，来看作者写这篇作品时的精神状态。那么，从《藤椅》中，我们所感受到的作者的情绪是怎样的呢？有人说是含泪的微笑。我没有能够感受到这一点。作品所用的是一种开朗、轻松，甚至喜悦的调子。这里没有果戈理似的辛辣，也没有契诃夫似的沉重。"寄沉痛于幽默"也是可以的吧，但在这篇作品中沉痛显然是不足的。我们不反对作者在表面上采用轻松的调子，我们遗憾的是那下面还缺乏更热烈的探索、批判和追求的激情。

姜弘：我觉得，《藤椅》的长处，在于坚持了现实主义，坚持了从生活出发，反映生活的真实；而不是激于一时的义愤，编故事以说明问题，借人物之口或直接出面抨击时弊。同样，它的不足之处，也正是现实主义精神的不足。现实主义并不是一种表现手法、描写手段，而首先是作家对待生活、对待艺术的一种原则精神、根本态度。

367

（1980年第3期摘编）

刘富道：从《眼镜》到《南湖月》

金宏达

刘富道的《眼镜》是勇闯"禁区"的首批作品之一。它破的"禁区"，一是写人们的爱情生活，二是把知识分子作为正面形象来刻绘，这两者都是"帮文艺"的大忌。《眼镜》在思想和艺术上的成绩和不足，一般地说，反映了粉碎"四人帮"后不久，革命现实主义的潮头重新涌来之时，文艺创作上带有的某种共性的现象。他的近作《南湖月》，载于《人民文学》1980 年第 7 期上，《小说月报》作了转载，都是头条的位置，可以说是刘富道小说创作上一个可喜的收获。

"南湖月"对于湖北武汉的读者当格外觉得亲切，作者似乎很愿学习巴尔扎克，注重于风俗画的描绘，其中不乏精致的花边与环境的纹路，情节、人物尽管虚构，而时空却谱定得具体、确定，言言凿凿，使你信以为真。我们可以看到，作者本意并不在只写一个诙谐、轻松的爱情喜剧，他认真地注视着、摹写着我们社会的风俗，所写的都是很实际的爱情和人生。

小说在语言上较好地运用了武汉的地方语言，以及活用了一些文言词语，也使作品的风格特色更为浓郁。

从《眼镜》到《南湖月》，可以看到，作者对生活所取的严肃态度没有变，他仍然把富有积极意义的生活矛盾置于自己的视野中心，力求自己的作品时时透出时代的足音，而另一方面，他在作品的艺术构图中溶入的情趣也更浓厚了。

（1980 年第 3 期摘编）

关于刘心武短篇小说的艺术评价

金宏达

刘心武是打倒"四人帮"后在短篇小说创作方面有影响的作者之一。

继《班主任》之后，刘心武同志又写出了《爱情的位置》《醒来吧，弟弟》《穿米黄色大衣的青年》《面对祖国大地》《等待决定》等作品，他仍然力图保持对生活观察和思考的敏锐性，不断提出和回答为人们所关心的问题，着意于塑造富有时代特征的人物形象，特别是那些带有心灵创痛的人物，以唤起疗救的注意。其中一些作品在读者中仍有相当大的影响，他的小说并因而获得了"思考文学"或"问题小说"之称。但是，某些作品也开始暴露出他的创作上的一些问题。例如议论，在《班主任》中曾经是比较符合人物性格和心理特征，与情节结构融为一体的，在《爱情的位置》中就不是如此了，在孟小羽对爱情的位置的思考中看不出多少热恋中的姑娘的真实心理状态，作品中表达她的情绪感受时的语言有些虽还颇能透出她的某种个性色彩，但往往又淹没在大量的逻辑推理和分析之中。

（1980 年第 8 期摘编）

读小说《最后一篓春茶》

江　晖

《春茶》是注重写人的，它写的是一个"鄂西山地的普通人"，一个名叫湘元的茶山姑娘。作品中所描写的，都是极为平凡、普通的生活和劳动，是人物在初恋阶段的思想和感情活动，而这些均落脚于一点，即表现出人物心灵中一种美的闪光。站立在我们面前的湘元，是一个既有着外在青春美，又有着内在的心灵美，十分逗人喜爱的姑娘。她带着一个山区少女的羞涩和希冀，为把命运掌握在自己手里，为挣得一个比较美好的前途和比较理想的婚姻而等待，而努力。《春茶》没有曲折复杂、引人入胜的故事情节，人物的行为和动作也不多，也没有具体地描写人物的外表，而是把笔深入到人物的内心世界，去透视人物的心灵，着重写她在初恋过程中所经历的揣摩和猜度，期待和思虑，失望和心伤，甜蜜和欣喜。这种写法贯穿在作品的始终。

王振武同志迈出的最初两步是坚实而可喜的，我们希望他沿着目前的路子继续前进。

（1981 年第 6 期摘编）

更高地飞吧

——谈《“美人儿”》

曾 卓

沈虹光是武汉地区较受注意的青年作家中的一个。她发表在《芳草》今年第五期上的《“美人儿”》是她创作历程中的——我的看法是如此——一个新的标志。

对于这篇小说的主题和人物，有些不同的看法，这并不奇怪。作者没有企图通过一个故事去说明一个主题，而是认真地从生活出发，写出生活激流本身。而她过去有的作品，多少还带着解释主题的刀斧的印痕，因而没有达到应有的深度，所反映的生活也减弱了其光彩和丰富性。正是在这个意义上，我说这篇小说是她创作历程中的一个值得重视的突破。因为写出的是现实生活，不同的读者通过各自的个性和各自的角度，就可能对作品的主题和其中的人物产生不同的看法，作出不同的解释。

（1981 年第 8 期摘编）

小说《乍暖还寒天气》播出后反响强烈

发表在《芳草》1980 年第 8 期上的短篇小说《乍暖还寒天气》（作者李建纲），9 月 23 日和 10 月 10 日两次在湖北人民广播电台播出之后，即收到听众来信四十九封，这些听众根据各自的体验与文学鉴赏力，从不同角度给予作品以肯定和赞扬，有一位听众还给电台寄去了两份近万字的申诉他个人遭遇的材料。可见这篇小说在听众中间反响的强烈。作品所描写的人物和事件激起了人们的共鸣，他们在来信中大声疾呼："我们这里也有贾威！"一位农村学校教师在信中写道："9 月 23 日傍晚，我坐在收音机旁收听《乍暖还寒天气》，听着听着，我的心酸了，泪下了，想不到在我心头郁结已久的'寒春曲'由电波传播了！"潜江县水运公司汪承理的来信更说明作品是怎样地扣住了听众的心弦；天门县横林冯庙一队冯炎仿希望作者写第三篇，他们"还等待着继续听到关于贾威的消息，看看他的最终结局如何，因为我们农村中也有不同程度的大大小小的贾威式的人物"。

不少听众热烈希望电台能"再播几次"，"使更多的人能听到这篇好作品"。

（据湖北人民广播电台《文艺广播听众反映》，1981 年第 1 期摘编）

关于小说《哈！我们这些杂牌铁路工》的争鸣

刘志洪：读罢《哈！我们这些杂牌铁路工》（后简称《杂牌工》），我的心情竟是：欣喜交织着一阵遗憾，赞叹也混杂着一片不安。《杂牌工》不是有个别缺点的作品，而是全篇总的思想倾向不好。我为诸葛赖们的今后担心。诸葛赖们不应作为作者笔下"心爱的"主人公，作为楷模奉献于读者。对吗？请教大家。

田贞见：作者是敏感的。他紧紧抓住了一对明明无处不在却又无影无踪的矛盾——这就是压抑与抗争，对青年的压抑和青年的抗争。

凡人离英雄只有一步。谁也无法保证一个安分守己的人就不是狗熊，谁也不敢断定在关键时刻挺身而出的人上班时间就不轮流睡觉。因为生活比文学复杂，尤其是 80 年代这眼花缭乱的生活。

朱璞：有人问我对《哈！我们这些杂牌铁路工》这篇小说的看法：肯定抑或是否定。我一时也颇踌躇。

不十分肯定，是因为作品尽管在一定程度上反映了生活的复杂性，但新意不多。艺术的可贵之处不在重复别人已经发现的真谛，而在对生活的新的开拓和独特发现。

不全然否定，是因为作品虽然未能独具新意，却也并非一味重复别人的创造。不入流的杂牌铁路工，在文学创作中也是不入流的。作品反映了很少为人涉足的生活领域。

由此我又想到对作品中的人物，似乎也不能作简单的肯定或否定。他们是好人、坏人，还是不好不坏的芸芸众生，都不是，他们就是他们自己。

并非只有"楷模"才能进入文学的殿堂。

孔楠：《杂牌工》虽然有不足之处，但我认为全篇的思想倾向还算好的。

文学来于生活，也高于生活。假如文学远离生活而达一个理想境地，那么文学不就失去了她存在的意义吗？一个人应该提倡讲真话，"只有讲真话不讲假话，人才活得有意义。讲真话不一定是真理，但能讲出真话也是不容易的"。我认为作者多少做到了这一点，较真实地反映了现实生活。

陈捍武：不能把落后者当英雄歌颂。生活中，可能有庸碌之辈在关键时刻显出英雄亮色，但文学作品更应反映生活本质的真实。这几位杂牌工的性格和本质是落后的，即使落后者也可能有先进的因素，但有侧重，主要是落后；作者没有侧重点，没有隐去褒贬抑扬的态度，把落后和先进混淆一谈，甚至把落后者当作英雄来歌颂，使作品本身也失真了。

（1985 年第 2、3 期摘编）

关于《百日县长》的争鸣

祁炽：小说有简单化的毛病，分寸把握不好，或露出破绽，或显得过分夸张。如此过分夸张和破绽多处可见的结果，容易把一场深刻的革命简单化，将一次严肃的斗争漫画化。

这篇小说不是没有可取之处，但整体说来，作者的意图实现得并不好，小说反映改革是不算成功的(并非因为它写了一次不成功的改革)。

边际：小说《百日县长》，写了一次失败的改革，刻画了一个改革中的失败者的形象。我认为这是一篇能引人思考的作品。

写改革不应有固定的模式，因为改革的实践就各不相同。只要作品没有说谎骗人，能够帮助人们认识生活，提出问题供人思考，对人们有所启发，它就有存在的价值。小说对有志改革的人，会有其借鉴作用，我觉得这就是作品不可否定的现实意义。

杉沐：倘若说小说有十八品，这《百日县长》也算得上一品。这是一篇运用夸张手法来揭示现实矛盾的荒唐式讽刺小说。

改革不是一帆风顺的，这中间有阻力，有消极面，因而也有可能遭到失败，甚至发生悲剧。《百日县长》就反映了某种改革的失败，其中想进行改革的新任县长胡斗，是带有悲剧性的。百日县长，黄粱一梦，是讽刺，是夸张，也有值得人们深思的东西。

晓晖：倘若《百日县长》仅仅是因为写了某个局部改革的失败就遭到非议，那显然是不妥当的。我认为对问题的争论应该跨过这一步。实际上，这篇作品的症结并不在于写了一场改革的失败，而在于，没有把改革的失败写成一场真正的悲剧，它还缺乏悲剧应有的美感和力量。照理说，一场代表正义的改革失败了。丑暂时压倒了美，这本应属于悲剧的范畴。而作者似乎还没有明确地意识到这一点。悲剧的实质主要在于能否创造崇高，在于能否对暂时被丑恶压倒的美的事物作充分的讴歌，从而激发人们积极向上的精神，而恰恰在这最重要的一点上，《百日县长》是比较薄弱的。

一篇文学作品，倘若写的是丑恶压倒了美，而又不能使失败了的美的事物闪耀光彩，那么，读者的感情将何以适从呢？

（1985 年第 4、5 期摘编）

关于《被切割成两半的太阳正在升起》的争鸣

陈泽群：马克·吐温为了抨击他所处的"镀金时代"中资产阶级的虚伪与荒唐，写过一篇脍炙人口的讽刺小说《败坏了赫德莱堡的人》，靠的是一袋钱，就戳穿了赫德莱堡所有绅士淑女们纸糊的道德假冠。而今天，社会主义天空中的太阳却被一位好心人"切割成两半"，并让它俩高高地"升起"，在这畸形的光谱下，靠一小颗白金镶钻戒指，外加一些劳什子，就能使一个远比赫德莱堡大得多的社会主义城市变色、陷落。我读马克·吐温那篇小说觉得在笑意中有恍然，而读晓剑同志这篇小说，却觉得笑不出来而且感到茫然。但愿天真的读者们不要像天真的作者一般见识，我们这个时代的社会比之马克·吐温那个镀金时代的社会，毕竟光明得多、有为得多、强壮得多，不是一口钱袋或一只戒指所能征服的。

熊开国：这篇小说太冷了，全篇没有一个正面人物，显得正气不足。我不作如是观。"天地有正气，杂然赋流形。""正气"已经融化在艺术的走向之中了，更何况小说的结尾处，市长已经受到"省纪委通报处分"和"严厉批评"，正"缩在书房里写检查"呢。我以为小说结尾是精彩的，作家把实在性与象征性结合起来，把现实主义与浪漫主义结合起来，有力地加强了作品的警世效果。

晓晖：我能理解晓剑同志为什么要塑造白飞这样可憎可恶的人物形象，也理解他为什么使用了如此冷峻辛辣的讽刺笔调。

但我并不因此就认为《两半》是一篇成功之作，我觉得，小说过分夸大"芝麻开门"的神力了。在我们这样一个解放了三十多年的社会主义制度的国家，"芝麻开门"不受到任何抵制是不可思议的事情。而在晓剑的小说中却感觉不到这些。我以为，这正是《两半》的最大缺隐。

晓弘：晓剑的这篇小说就是一篇比较突出的具有现实批判作用的作品。它把"金钱在现代社会的作用正在扩大"这样一个客观存在的重大问题，坦诚地、勇敢地摆在读者面前，并采用夸张、讽刺的手法，层层剥茧似地剥开，让人们识别了那种所谓"势不可挡的趋势"，从而增强了清除时弊、建设四化的信心。

综上所述，对一篇作品的理解和把握要从整体上而不只从枝节上去看，重要的是看作品的整体基调是否真实。晓剑的这篇小说是一篇真正的讽刺小说，只有认识这个前提，我们才能准确地理解作者的用心，不带偏见地欣赏作品。

这样的作品不是太多，而是太少。

读者来稿摘编：陆斌在题为《负起作家的崇高社会责任》的文章中说，作品流于简单化和概念化。一些地方显得格调不高。

王修彦在题为《要看清生活的主流》的来稿中说，在作品中，金钱，这个魔鬼以不可抗拒的力量征服着一切，世界上似乎没有什么东西能与之抗衡。难道这就是当前社会变革的现实吗？这就是作品所反映的生活的主流吗？真叫人难以相信。

刘德兵的来稿认为，这篇小说尖锐地指出现实社会的弊端，以警世人，是恰当的、适时的，很值得引起社会的重视。

（1986 年第 3、4、6 期摘编）

胡鸿《初恋的情绪》及其心理分析

易中天

五年前，也许更早一些，有一个鸽子般的少女坐在开满了鸽子花的山坡上，独自一人默默地咀嚼一颗小小的山楂果。这果子对于她来说，也许熟得早了点儿，难免有些酸，有些涩，甚至有些苦，虽然其中也不乏那固有的甜味。她咬碎了它，咀嚼着，回味着，一种独特的微妙的情绪弥漫于她那小小的心灵，并升华为一种诗的情感。

于是她成了一个小小的诗人，并有了一组小小的短诗。这些小诗曾以《初恋的情绪》等为题，分别零散地发表在好多家报刊上（《芳草》也不止一次地发过她的诗）。诗人很小，小得不见经传；组诗很轻，轻得羞于送人；但它们却给我以很大的震惊——既惊叹于其美丽，更惊异于其忧伤！

（1988 年第 3 期摘编）

评中篇小说《烦恼人生》

江 岳

池莉的中篇小说《烦恼人生》问世以来，在全国文坛引起较强反响，这对于近年来相对沉寂的湖北文坛来说，既为此兴奋，还应由此沉思。

翻开这部小说，一个普通工人一天生活中大大小小的烦恼便流水般涌入眼帘。令人欣慰的是，一口气读毕小说，在心中唤起的却不是烦恼，而是确确实实的审美愉快。

《烦恼人生》的创作实践给我们的文学基础理论也提出了重要启示：日常生活中存在的大量的无所谓美丑的琐事，同样能折射时代的五光十色，同样是高品位的文学富矿，同样是富于艺术魅力的"不美之美"。

当然，《烦恼人生》的问世对于池莉的整个创作来说，无疑标志着一个新的高度。

（1988 年第 5 期摘编）

姜天民小说的"断裂"与"嬗变"

宋致新

姜天民的名字，最早是和他的短篇小说《第九个售货亭》联系在一起的。这是一个多产而具有爆发力的、创作势头很猛的作家。然而1985年，正值当代小说界最热闹的一年，姜天民却比较沉寂，乃至终于辍笔，连早已酝酿好的创作计划也不去完成，他的小说创作发生了"断裂"。姜天民断然宣告，"希望自己一生的创作能在此画一个分号"，"昨日的我已经死去，今日的我重新出生！"

姜天民小说的断裂与嬗变不是偶然的，而是有着一个较为清晰的过程。他创作中的浪漫主义精神是一步一步从现实主义文学形式中发展、分离、蜕变出来的，在这里，作者自身的个性气质、生活本身的复杂变化和文学潮流的影响，三者的作用密不可分。由于姜天民的创新小说是植根于作者自身个性气质和对生活的深切感受之上的，因此它们是属于自己的，联系着自己过去的东西，而不是肤浅的趋时追新。它们的独立出现，使作者的浪漫主义艺术才能得到了充分的发挥和展现，这对于作者确认自我、反思自我，在今后创作中做到扬长避短，或取长补短，都是很有意义的一步。

《一百个中国孩子的梦》读后

童志刚

宏猷虽然骨子里有着浪漫诗人的气质，但他这次所写的梦却充满了浓郁的现实感(作品本质上是完全可以叫作"一百个中国孩子的现实"的)，也许是由于他认为还没有到可以"浪漫"的时代吧。

作品中的这一百个梦，是作者怀着对孩子对人生的强烈爱心(必须指出，这部作品也许确是作者对以往创作的一次超越，但这种强烈的爱心却是一以贯之没有改变的，不过是找到了另一种表达方式罢了)。

所以说到底，这梦不过是现实生活被赋予了另一种存在方式而已。

与作品强烈的现实性密切相关，同时也标明着作品独特的思想价值的，是从这一系列梦幻描述中所体现出来的尖锐的批判性。

（1990 年第 6 期）

王新民的诗歌主张及实践

李鲁平

王新民曾说，"豪情"脱胎于浪漫主义，是诗人使命感和责任感的弘扬，是一种大襟怀，大抱负，具有一种撼动心肺的力之美。这一说法与王新民的诗歌所表现出来的精神品格是极其吻合的。

"痛苦的批判"，我以为是王新民实践他的诗歌主张的另一种方式。对这种痛苦，诗人有自己理解，"诗人的痛苦，应当是渗透于一个民族或人类的超越自身局限性而不断追求生命灵光过程中的痛苦。诗人既是一个伤痕累累、痛苦不堪的自然人，又是一个步入理想境界的超人"。这一理解让我们看到了诗人通过"痛苦的批判"对诗歌主张的实践。它依然指向诗人精神领域的对民族、人类命运的关照，依然有满腔使命与责任。

诗人另一个明显的表达诗歌主张的创作特征是明朗而细腻的真挚抒情。一般以为充满阳刚之美、豪放之情的诗人是很难与细腻、明朗、真挚的抒情统一起来的，从王新民的诗歌里我们看到这二者并不矛盾，它们能够同时出现在同一个诗人的创作之中，王新民的少儿诗当然是这方面的例证，除此外，其他题材的诗歌也同样提供了充分的证据。这些诗歌里可以坚信王新民是"用真心"在写诗，"用真情"在写诗，"用血"在写诗，"用生命"在写诗，这一点比之于许多华丽玄奥的诗作更应得到尊重和钦佩。

（2000 年第 8 期摘编）

三、作品讨论与争鸣

377

田禾乡土诗的精神指向

邹建军

田禾写得最自在的、最有特色的就是乡土诗，抒情性的、意象化的、纯粹的，同时又是土里土气的乡土诗。《田禾乡土诗选》(作家出版社 2000 年版)中有不少精品。我觉得田禾乡土诗中有很强的土地意识、现实意识、民俗意识、民众意识，同时在其艺术观念中也有不弱的精品意识。其乡土诗作首先就是以上这些意识的沉淀，当然也是其长期坚持诗歌艺术探索的结晶。

田禾乡土诗的精神指向主要体现在以下五个层面：(1)指向江南乡村人间的亲情，(2)指向深埋在心底里的初恋情结，(3)指向乡村女性的悲苦命运，(4)指向江南民间的民俗文化，(5)指向目前江南乡村的阴暗。

我们今天来讨论田禾乡土诗的精神指向，就是探讨一个当代诗人的人生态度与创作态度，探讨其整个精神形态。通过以上剖析，我们认为田禾的诗歌在精神指向上是与众不同的，是具有一种独立价值体系的。一是对于乡村的包括爱情在内的人间亲情的关注，集中地表达中国传统文化精神中最明亮的一角，并以诗人自己的人生体验为根基加以烛照，有益于加强中国普通民众之间的亲和力与温暖感，有助于人民的品质建设；二是对于中国自古以来的民俗文化的抒写，集中地将民俗与江南乡村的自然风光融为一体，既是传统文化建设的一个部分，也开阔了、深化了中国当代乡土诗歌的写作；三是对于江南乡村妇女命运的特别关注并以此表现对农民命运的思考，凸显了诗人的乡村情结和自我审视，将中国自"五四"以来的乡村人物诗写作推进到一个新的精神高度；四是对于中国农村基层政权的腐败现象的揭示，虽然有的时候还停留于表层，但同样令人触目惊心和痛心疾首，体现了一个有人类良心的诗人的责任感和身份感。对田禾乡土诗精神指向作这样的价值评估，我认为是不过分的。

(2002 年第 6 期摘编)

四、《芳草》作品综合评论

《芳草》本地区作者小说漫评

金宏达

　　《芳草》自改刊以来，刊载了十多篇本地区作者的小说。这是这块园地上的一个方面的收获。首先，这些作品大都能直面生活，揭藏发伏，触及时弊，大胆抨击那些损害群众利益，阻碍"四化"建设的人和事。刘富道的《分鱼》，为农民呼出了不平之声。唐明文的《套子》给那些处心积虑为自己钻营谋利的市侩勾勒了一幅肖像。李栋的《在调工资的日子里》是对现实生活及时的感应。萧建森的《小杜调到大机关》以较细致、深入的笔触刻画了某些机关的典型的衙门作风和机关工作人员的"铁饭碗"思想——那种和"四化"建设的要求格格不入的怠惰、消极的精神状态。但是，文艺的真实性并不等于揭露阴暗面。生活中有阴暗面，也有光明面；有令人扼腕切齿、必欲除之而后快的丑恶事物，也有使人感动、欣悦、可歌可泣的美好事物。任何一个不抱偏见的人都会承认，作为我们伟大事业的脊梁的社会先进力量是客观存在的，他们理所应当地要求在现实主义中有自己的地位，广大群众也需要具有革命理想主义和求实精神的新人形象来鼓舞自己的斗争。我们不能不重视这样一个课题。可喜的是，我们有些作者正在向这一方面努力，李翔凌的《孙大圣自传》就是力图在复杂的现实关系中描写新人形象的一篇作品。

（1980 年第 10 期摘编）

春的气息　春的脚步
——《芳草》1981 年小说获奖作品巡礼

周迪荪

　　文艺界的 1981 年，是一个进一步发扬革命现实主义传统，努力使文艺跟随时代前进的步伐，更加健康深入发展的重要年头。最近《芳草》又用它这一年"小说奖"的评选结果，充实了这种健康深入发展的实践。获奖的十篇作品，数量不算多，却都是全年发表的近百篇小说中之佼佼者。长于写工业题材的作者李翔凌，继 1980 年发表的《孙大圣自传》之后，1981 年以其续篇《孙大圣新传》获奖。这篇直接描写"四化"建设生活的作品，使我们透过一个大坝建设工地的泥土烟尘，真切地感受到那轰轰烈烈、热火朝天的劳动和生活的气息。

同是写工业题材的王不天的《赴宴》，从另一角度提出了"四化"建设中一个发人深思的问题。作品篇幅短，事件小，却能以小见大，写出工人阶级两代人共有的崇高的精神境界和美好的革命情操，是十分难能可贵的。

《芳草》作为一个以城市为基地的文学月刊，在工业和城市题材以外还能经常发表并认真评选出一批反映农村生活的作品，的确是值得称道的。这里应该特别提到的是王振武的《最后一篓春茶》。这是 1981 年在全国获奖的一篇作品，是本地区描写农村生活题材的一篇力作。以上是从《芳草》1981 年一大批反映新时期人民生活与斗争的作品中评选出的几篇优秀之作。它们体现着本地区小说创作的重心，的确是在迅速转向表现"四化"建设这个重大的时代主题上来。我们盼望这个令人欣喜的趋势在今后能有更大的发展。

（1982 年第 6 期摘编）

评《芳草》两年获奖诗歌

莎 蕻

最近我以欣喜的心情读了《芳草》1982 年到 1983 年获奖的诗歌。这些诗大多出自青年作者之手，写得清新、明快、充满活力，读后给人一种奋进向上的力量。

我很喜欢《采矿二题》。作者张泉河是诗坛的一位新秀。他以诗人锐敏的观察生活的独特眼睛，摄取了矿山的风采，以物寄情，抒发和吟唱了矿工建设四化的赤诚之心。作品以新的角度倾注诗情，言简意深。

青春的诗歌之树，必须从生活的沃土中吸取养料，而激情正如雨露、清风，催诗树苗壮成长。《一枚褐黄色的纽扣》(马合省作)，全诗对军人的赞美，宛如一泓清溪，涓涓流进读者心中，浇开了人们爱恋祖国的崇高情操的花朵。

女青年诗作者虞文琴的、同是描写军人题材的《橘黄色的晚风》，从另一个侧面深情地讴歌了战士的职责。

李武兵近年写了不少反映农村生活的诗，一首《晾衣竿，架满了草坪》，更清秀迷人。在色彩斑斓的农村生活中，他巧妙地把诗的镜头对准了一点：架满草坪的晾衣竿。从这一小点，让人窥视农村富裕的全貌。

王家新是一位较有影响的青年诗人。他的诗含蓄隽永。《纪念碑》是《沿着长江》组诗的一首。这首诗雄劲有力，悲壮、庄严，是一首长江风骨之歌、奋进不屈之歌，是为征服长江的人们唱出的壮丽的歌。工人青年女作者廖秋妹纯真、热情地从心中为张海迪唱出一支歌《玲玲的手抄本》。全诗流露出孩子的童贞，所以在朗诵会上朗诵和电台播出时，均受到欢迎。

（1984 年第 6 期摘编）

漫评《芳草》两年获奖小说

杨江柱

《芳草》1982、1983 两年的获奖小说，正像旖旎春光中唱出的新编杨柳枝，又如改革浪潮中吹响的芦笛箫笙，一齐奏出新生活的赞歌。《女大学生宿舍》《淘金》《月儿好》和《上官婉》，已获武汉作家协会 1982 年短篇优秀文学作品奖，过去已有评论，这次略而不谈。其余十一篇作品的得失，试从几个方面加以探讨。

《社赛》的题目本身，就是作者提炼生活的特殊角度，也是他浓缩生活的艺术焦点，通过一场社赛来反映农村巨变。

《石磙，滚向何方》将艺术构思的焦点集中在两家农户麦收时节争夺石磙的风波上。真实地描绘了社会主义思想的光辉怎样在五保户老爹的心中闪耀出来，抗击了旧思想的冲击。

《好一只出头号鸟》中的刘来香，爽利泼辣，颇有神采，是改革浪潮中涌现的新人，给我们带来了新的时代气息。

《大年三十》和《十五的月亮》，也注意描绘人物在改革浪潮中的心理波动，反映农村和城市两股改革浪潮互相激荡，使人物的精神面貌发生变化。

农村题材之外的《留在毕业照片里的记忆》《大路通向远方》《好事者》，也都将全篇重心摆在人物的刻画上。

《小院人家》是出色的妙文，放在得奖作品里也显得光华璀璨，与众不同。它可以比喻为一幅全息摄影，仿佛是完整的生活本身，爱情不过是它的丰富内涵的一角。

《襄河一片月》是有魅力的，语言清新，乡土色彩绚丽。作者具有相当好的艺术素质，善于融情入景，能够驱使襄河两岸如画的风光渗入人物的精神世界，凝聚成强烈而又执着的乡土之恋。

（1984 年第 6 期摘编）

评《芳草》的两篇获奖散文

杨书案

《灯海，大鹏的眼睛》(1983 年 2 月，杨羽仪)，《千佛洞夜话》(1982 年 11 月，王维洲)，这两篇 1982 年—1983 年《芳草》文学奖获奖散文，正是起了这种迅速反映现实的轻骑兵作用。前者把你带至南海大鹏湾边，后者将远在西陲、闻名中外的千佛洞雕刻，栩栩如生地呈现在你面前。

将深圳的灯海，比喻为大鹏的眼睛，其立意巧矣，其感受、联想是独特的。这样的想象，首先有深圳市屹立于大鹏湾之滨，大鹏湾流传着大鹏美丽的传说作依据，更因为"深圳市的建设，恰如大鹏冲天而起"。

没有到过千佛洞的人，一般都以为其中佛像，一如龙门等处石窟，全是石雕。而作者以实地见闻，纠正这种误解。原来，莫高山全是河沙的冲积层，并非石山；以前一些文章把千佛洞的雕塑说成石雕，实在是一种误解，或者是以讹传讹。其实，这儿全是以沙石为内核的泥塑。

由此，作者甚至引申出一个寓意深刻的、充满哲理的命题：在人生的丰富与万物的丰富中，到处存在着平衡与不平衡。中原的繁荣与西陲的荒漠是不平衡的；而敦煌有了千佛洞这一艺术宝库，又使得它的重量堪与中原抗衡。

（1984 年第 7 期摘编）

绿柳新黄半未匀

——《芳草》报告文学浅议

邓　斌

读毕《芳草》今年第一至八期所发的报告文学，有一种新鲜感。如同看到一片刚拱出地皮的草芽，虽然还有些柔弱黄嫩，那星星点点的叶子上还沾着些隔年的尘土，但却孕育着蓬勃的生机，给人以春天般的喜悦。

这种感觉主要是从其中写改革题材的作品中获得的。在《芳草》今年发的 24 篇报告文学中，有 21 篇是直接反映改革或与此密切相关的。这在全国同类刊物中是少见的。《今天，厂长面对包围圈》等几篇作品反映了工厂经济体制改革中的波折与进展，《韶山，历史的断层与新绿》写了韶山实行生产责任制的"阵痛"过程，《余笑予和〈弹吉他的姑娘〉》描述了文艺舞台改革中的柳暗花明，《探解三峡千古之谜的人们》写了科学工作者所创造的奇迹，此外，还有写在改革年代知识分子大显身手的《一个女钢琴家的命运交响曲》《水产大学生》，反映政工干部和教育工作者感人事迹的《春天的风》《一等于无穷大》以及暴露"阴暗面"，写利用改革之机进行经济犯罪活动的《城北传奇》等。这一幅幅或大或小的描述构成了一幅改革时代的立体画图，给人以放射性的思维活跃的感觉。特别是在这些充满生活气息的作品中，我们结识了那些在时代急流中的有为之士。

写改革的作品只有表现得深切和富有艺术性，才能为人所注意与欢迎。《芳草》报告文学显露了它的不足，其主要问题是肤浅，所谓肤浅，是使人感到不少作品没有摆脱写"先进事迹"的窠臼，或摆脱不大。从《芳草》所发报告文学的整体上看，更明显的问题是缺乏立意新、气魄大的宏观全景式的作品，总感到有些就事论事，反映生活的深度和广度都不够。

（1986 年第 11 期摘编）

五、宏 观 理 论

努力塑造具有"心灵美"的艺术形象

本刊评论员

全国总工会、共青团中央、全国文联等九个群众团体，根据党中央的指示精神、倡议在全国开展文明礼貌活动，并热切地希望广大的文学工作者，要"把'五讲''四美'作为创作和宣传的重要内容，用人民群众中闪烁着社会主义精神文明的火花，去鼓舞人民和青少年向更高的精神境界前进"。

写"五讲""四美"的作品，不仅要求作家积极自觉地投身于群众性的文明礼貌活动中去，而且还需要养成像司汤达尔那样的"观察人心"的职业习惯。作为"灵魂工程师"的作家艺术家，在生活中细心地"观察人心"，在创作中努力塑造具有"心灵美"的艺术形象，并以文学艺术所独具的艺术感染力量，去强烈地影响人们的心灵，这样的文学艺术作品，就不但能推动精神文明的建设，作品本身的价值，也就成了社会主义精神文明大厦中的一笔珍贵的精神财富。

我们热切地期待着有更多的反映"心灵美"而又能强烈影响人们心灵的作品问世。

（1981 年第 3 期摘编）

文艺的春光

武克仁

当我们的文艺回到现实主义时，我们不能停留在旧现实主义上面，而应当开阔革命的现实主义的创作道路，做到如胡耀邦同志所说的，全面、深刻地认识我们的社会，"既有光明面，又有阴暗面，这就是现实，这就是真实"。

如果我们只看到阴暗面，看不到光明面，那就不是现实主义的态度。而且这种作品过多，也会在社会上产生一定的消极影响，有碍于社会主义精神文明的建设。在特定的历史条件下所产生的"伤痕文学"，曾起过积极的社会作用。今后，这样的作品，无疑仍然是需要的，但希望写得更深刻些。当这个特定的历史条件有了转化时，也希望我们的文艺不能老是悲伤而无欢笑，不能只有愤怨而不赞颂。从社会主义精神文明角度来说，欢笑理应多于悲伤，赞颂理应多于愤怨。毫无革命理想的所谓现实主义文艺，会造成人们对革命丧失信念、茫然消沉和厌世的情绪。这当然和社会主义精神文明是不相容的。

（1981 年第 5 期摘编）

"高大全"是站不住的

程　云

这里所说的"高大全"不是指当代某一部作品中的具体人物，而是近年来在探索如何写当代英雄人物时一个否定的代名词。

高明的作家把"神"当成了"人"；我们的作品（在过去若干年中不能说是极少数）却把正面人物——特别是英雄人物写成了"神"。这是个痛苦的教训。

世界观只能统率而不能代替创作方法。这句话从理论上说没有谁反对，但实际上——在创作实践上，特别是在文艺评论中却往往只强调了世界观的作用，甚至只强调写什么，而很少讲写得如何。写什么，当然是重要的，但写得如何则是更加重要的，因为这是关系到这件作品是否算得上是艺术品的重要标志。我们过去不少"作品"中的"人物"实在不成其为人物，只是作者意念的一些笔墨表象而已。可见，只有正确的世界观而没有艺术是不能称为文艺家的。

千万不要因为我们在创造英雄人物、正面人物的文学历程上走过弯路，某些没有生命的作品败坏过人们的胃口便泄气了，搁笔了，观望了（这种情绪不是没有的）。

正确地理解与掌握革命的现实主义与革命的浪漫主义相结合的创作方法，写各种各样的人物，尤其应当努力塑造我们这一时代的理想人物。在当代人物群像中，他们应当是第一排。目前处在一个大变革的时期中，开创新局面的人就在我们身边。奋起啊，同志们。生花之笔在有志于此的奋起者的手中。

（1981 年第 7 期摘编）

谁轰动了？谁浮躁了？
——青年作家就文坛热门话题一度谈

编者按：这一段，文坛也还算热闹。不是为作品或理论命题争得热火朝天，而是为寂寞、为文学被经济的冲击波挤兑到一个冷落的角落里而惶惑。于是文坛开始讨论"文学失去轰动效应以后"，开始讨论作家和文学界存在的"浮躁"问题，许多著名作家和评论家纷纷发表高论，令人耳目一新，文坛也煞是热闹。

在北京的金秋季节，我刊邀请正在鲁迅文学院学习的部分活跃在当今文坛的青年作家开了一个沙龙式的座谈会，他们自然而然地就当今文坛的一些热门话题各抒己见。现将座谈纪要整理如下，以飨读者。

莫言：我从来也没感到轰动，现在也感觉不到不轰动的寂寞。按说写作本来就是自己的事嘛，说得难听点儿，无非就是一种赚钱的方式，或者说就是一种职业。

肖亦农：文学应归到自己的位置上来。文学实际上是一种消遣或者一种宣泄。归到自己的位置，失去轰动效应，我觉得挺好。

邓九刚：批评家们爱搞一窝蜂，"现代派热""寻根热"，批评家们一窝蜂地鼓吹，现在又一窝蜂似地骂，据说现在骂得狠的人就是当年捧得起劲儿的人。我不知道是不是。我以为正在形成的多元化的格局就挺好。

路远：中国人向来是有一种大一统的观念，一直要统一在一种思潮、一种模式底下。实际上多元化开放还是挺好的，作为作家，被冷落也未尝不是一件好事。

洪峰：我觉得，当大家都在讲写小说无足轻重的时候，实际上我们这些人已经是既得利益者了。从这个意义上讲，文学是摆脱不了功利的，包括我们这些在座的写小说的人；小说已经给你带来很多好处，要么就不写了，没必要把我们弄得很崇高，崇高这个词本身就挺叫人厌恶。

余华：浮躁并不是现在的产物，浮躁的人以前就是浮躁的，今后还会浮躁，这些人不是文学的精英，所以根本没必要为他们去多愁善感。

叶文福：说到诗，今天在这儿，就我一个人是写诗的。我刚才很悲哀，说诗在中国已不成为文学现象了。这么个诗国，文学其实就是用诗的概念来解释的，文学就是诗，诗是最高的文学样式。我写诗，确实谈不上什么功利，我在生活中受到委屈，没有什么地方可呼吁，我就到我的诗里来，一种精神上的新陈代谢而已。

刘震云：我不大同意有些朋友说的，文学是没有崇高可言，玩玩而已。我觉得一个时代能产生出真正的优秀作家和诗人就那么几个人。有一种作品，给这个民族提供了一种新的观察世界的思维方式。

徐星：这是头一次在讨论会上发言，我从来没发过言，一发言就比较紧张。我想说说搞评论的这帮人。我觉得搞评论的人比作家本人还要急于独领风骚，其实他们本身的功利目的最强，他们需要得到承认，承认他们评论家的地位等；而且他们急于凑在一个小圈子里，有些人急于捞一把，急于被同行们承认。他们说谁谁特臭，他就赶快把谁谁臭骂一顿，就为了凑到他们的小圈子里，这是个人品格问题。

（1989年第1期摘编）

浮躁：当今文坛的一种流行病

何镇邦

平·凹写了一部长篇小说，题曰《浮躁》，表现的是当今社会上普遍存在的一种浮躁的心态，这种浮躁心态，可以说是一种时代的综合征。其实，只要稍加留意，便会发现，浮躁也已成为当今文坛的一种流行病。无论是创作抑或是批评，也都浮躁得可以。

一些名家忙于出国游历，有那么几位，简直成了出国的"专业户"；各种形式各种规格的评奖活动，近年来，文坛流行的各种"热"，也都多少助长了文学创作中的浮躁之风。还有一种情形，一些作家的自我感觉过于良好，于是也容易产生浮躁的心态；在批评方面，也有若干浮躁心态的表现。创作心态和批评心态，实际上是作家和批评家心理素质在创作过程和批评过程中的具体表现，也是作家和批评家人格的具体表现。

克服浮躁情绪，培养一种健康的创作心态，还有一个如何正确对待自己的问题。当今文坛，创作上时而刮起这风那风，理论上也常有这种热那种热，如何正确对待，也是克服浮躁情绪的一个重要方面。盲目地跟风，是容易产生浮躁情绪的，只有做到既注意吸取人家的，又要坚持自己的，即要有自己对生活的独特理解，坚持自己的创作路数和艺术追求，在坚持中去发展，这才可能有健康的创作心态，也才可能在孜孜不倦的艺术追求中有可观的艺术创造。

（1989 年第 1 期摘编）

论当前作家的心理调整

涂怀章　达流

绝非耸人听闻：近一个时期以来，我国作家队伍面临着某种危机。曾几何时，有的人"下海"了，或办公司，或开馆子，在商品经济的洪流中弃文而去；有的人由"雅"而"俗"，改行写大腿、比基尼之类"行情看涨"的文字去了，有的人暂还未定去处，却迟迟不肯下笔，作犹豫观望状；有的人陶醉在个人营构的小天地，与时代大潮相距遥远。尽管这不是当前作家队伍的全部景观，但由此以为作家队伍出现了严重的危机则是不为过的，甚至可以说，近年创作上日益呈现出来的"疲软"状态，主要源于作家队伍的大幅度滑坡。

作家心理结构的错位主要导源于商品经济大潮冲击下的心理变异。

与作家心理的倾斜和错位相联系又有区别的是作家心理的阻遏，也就是缺乏心理承受力。

有评论家曾开玩笑地说，我们被创新这条狗赶得连停下来撒泡尿的时间都没有了，确也入木三分地揭示出创新途中慌不择路的情状。

因而，在当前提出作家心理结构的调整实属理所当然。

首先，作家的心理结构不是先验地存在着的，它是在创作活动过程中不断培植、完善起来的。因而，作家心理的健壮，只有在艺术活动中才能得以实现。

其次，每一个文学创作者，必须处理好个人、社会和历史的关系。当前，有必要重新强调作家的社会责任心和历史使命感。

再次，在文学活动中，表现理想是天经地义的，这个理想，就是真善美的统一。

最后，目前作家走出心理误区，创造出具有巨大的穿透力和辐射力的为人们所热忱期待的大作品，有赖于艺术修养和人格修养的不断提高。

（1990 年第 6 期摘编）

文学为人民服务的理论蕴含

於可训

读者的审美心理源于两个方面，一是民族文化心理定式，二是时代精神的酿造。前者是相对稳定的，它引申出民族的审美习惯和嗜好，后者则是不断变化发展的，它催生出时代的审美要求和风尚。这两方面交汇、凝聚形成的人民大众的审美心理，总是变中有不变，不变中有变。因而，一味适应读者，实际上永远适应不了读者。文学形式要为人民大众喜闻乐见，要满足民众的审美欲求，唯一的途径就是通过合规律的创造来适应民众的审美心理。

文学真正地为人民服务，实际上要求文学的社会功能的充分地发挥。但又不是强制阅读或灌输，而是人民大众对文学的由衷需要，文学对民众的动人吸引，是民众与文学两情相悦达到的自由契合，即文学传播和读者接受只是一种纯粹的文学行为。而文学功能的现实取决于读者和文学两个方面，归根结底取决于文学作品成功的程度。因而，从根本上说，文学为人民服务这一口号的理论蕴含，是对优秀的文学作品的召唤，是对文学繁荣即大批优秀作品涌现的召唤。这就要求我们的文学工作者，站在人民大众的立场上，捍卫正义，捍卫真理，站在时代的潮头上，放歌真善美，放歌自由与创造；以开放的姿态，本着为人生的精神，继承和发展全人类的文化遗产，智慧地创造有中国特色的新文学。

（1991 年第 10 期摘编）

谈汉味小说

易中天

我读作品不多，很难对汉味小说作具体的评说，但以为有两篇小说或可一提。一篇是唐镇的《不能远行》，写三个北方人和一个武汉人的感情纠葛。要讲风味，不算地道的汉味小说，只能算是加了"椒盐"的汉味小说。但妙就妙在他站在北方人的立场上，用北方人的文化心理看武汉人。有了这个"参照系"，那孤零零一个武汉人的心态反倒凸显出来了。

另一篇是杜为政的《老街》（《当代作家》今年 4 期），不但是地道的汉味小说，而且写出了武汉文化中的不同层面，即我称之为"水陆街文化"和"候补街文化"的冲突与交融。

看来，写汉味小说，亦不妨有两种立场、两种方法。一种自己就是武汉人，完全站在武汉人立场上，用武汉人特有的文化心理去看世界，其观察方式、体验方式、表现方式和语言表达方式都十足地是武汉人的，写出来的自然也就是汉味小说。这种方法，不妨称之为"热处理"。另一种是站在外地人立场上，把武汉人的生活方式和文化心理当作一种客观的、外在的对象来观察，不断发现其与其他地区文化心理的不同之处并强调渲染之，于是同样也能写得汉味十足。这种方法，不妨称之为"冷处理"。但不论何种方法，都必须以武汉人特有的生活方式和文化心理为对象。要言之，所谓汉味小说，就是描写和反映武汉人特有的文化心理及其在社会生活各个方面的表现，因而具有浓郁的武汉文化情调的小说。不知诸君以为然否？

（1991 年第 11 期摘编）

"汉味"的文学构成

熊开国

武汉的作家写武汉的生活，比如方方的《风景》、池莉的《烦恼人生》、唐镇的《不能远行》、吕运斌的《汉正街风情》，这些作品是不是"汉味文学"？要回答这个问题，首先要看这些作品是否写出了"汉味"之"味"。按我的理解，"汉味"的"味"是一种总体的富于武汉特色的气韵，其内涵甚丰。它如盐化水，流布于整个作品中。

总之，"汉味"文学的三个构成要素是缺一不可的。其合成的方式可以归结为如下的公式：

汉味文学＝富于武汉特色的总体气韵＝武汉的精神气质＋武汉的历史风物＋武汉的语言言语。

这是一个恒等式，"＋"号表示化合。若用文字表述，则为：所谓"汉味文学"就是用饱含武汉精神气质的武汉言语表现武汉生活的文学样式。需要指出的是，有志于"汉味文学"的作家，不仅要深入武汉地区的生活，把握武汉人的精神气质及其历史演变，还要体验武汉的语言结构和言语态势，把握它的精义神韵。如果仅仅停留在"汉骂""汉扯"和"汉丑"之上，那是无济于事的。

(1991 年第 12 期摘编)

文学到底是什么

朱向前

那么，本文所指的"纯文学"又是一种什么样的文学呢？简洁地说，它是对时代的普通的重大问题和人类的永恒的生存困境作出深刻的追问和思考并以新颖独特的艺术形式加以尽可能完美地表达的文学。具体一点说，可以做如下的分层表述。

（1）文学是痛苦的产物。这似乎是老生常谈了，古今中外说法颇多。但我所说的还不是具体的一人、一事、一时、一世的痛苦，而是一种形而上的、涵盖了整个人类根本生存困境的永恒的痛苦，它主要指向精神的层面。

正是为了从精神上宣泄痛苦，战胜痛苦，人们才需要文学——在文学中渴望沟通与理解（对抗"孤独"），在文学中让精神传之后世（超越"死亡"）。因此，文学是痛苦也是悲观的产物。

（2）文学是矛盾的产物。我们向来比较强调某种观念对于文学创作的导向以及文学作品对于生活的导向，因此，作家的观念或思想如何，就常常被抬到不仅仅关于创作成败，甚至国家兴亡的不恰当的高度。而事实上呢，很多作品并不能成为生活的指南针和教科书，很多作家也无法提供人生的答案。我们信奉已久的"只有大思想家才能成为大作家"的信条在现实中常常受到质疑与挑战。一种相反的情形是，不少人恰恰是因为陷入了个人的、社会的、时代的和人类的深刻矛盾之中且扯不清理还乱，遂和盘托出从而成为大作家的。从巴尔扎克、陀思妥耶夫斯基、托尔斯泰到曹雪芹，莫不如斯。

（3）文学是一种挽歌，是重温旧梦。这是就它在当今社会愈来愈突出的"心态平衡"的功能而言。因为人类社会的进化发展总是要以自身的"异化"作为其沉重代价的，这异化又主要表现在道德和审美两个方面，这也就是我们在评价社会发展时，历史的、道德的和审美的尺度常常不能相统一的缘故——比如社会的前进进程往往是通过战争（暴力）和经济（金钱）的杠杆来撬动的，而文明的进步又总是通过征服自然，战胜自然同时也不免是破坏自然来实现的。

文学的本质任务就是寻找人类在前进道路上失落的而又永远寻找不到的精神家园。

（1994 年第 8 期）

黄曼君看武汉文论界

从武汉文论界的文学理论批评来看，新时期以来，特别近五年来，文学批评的"现代性"主要表现在批评自觉性的提高上。也就是说，文学理论批评作为一门独立的学科，大大增强了批评的主体性和本体性。批评不再是直接服务于政治的武器或工具，也不是社会学、政治学的演绎，而是更多地关注文学作为人学的精神主体的丰富性和复杂性，也更多地关注文学本身的独立的精神价值和特殊规律。同时，在武汉地区文学批评家的实践和观念中，文学批评固然有着阐释、评价和规范文学现象的作用，但它并不是文学创作的附庸，文学批评观念也不是文学观念的自然延伸。文学理论批评，它的观念、类型、方法等均有自身的学科建构特征。对生动丰富的文学实践来说，它既与之密切相关，又具有抽象性、超越性。正是基于这种批评的自觉，武汉的文学评论工作者已经形成了一个批评群体，或说是一个批评流派的雏形。如王先霈、陈美兰、於可训、樊星、李柯、赵怡声、张洁、俞汝捷、涂怀章、王又平、赖力行、蔚蓝、吴雁等，他们大多是大学或科研机关的教学、科研人员，既是学者又是评论家，既从事系统的理论研究又介入当前的文学评论。他们与省、市文联作协及武汉地区各报纸杂志关系密切，经常开讨论会，发表论文，编辑丛书，出版文集，着力探讨和荐举武汉、湖北作家作品，并放眼全国文艺界形势，关注武汉、湖北文艺发展的倾向和态势，或结合地区实际参与探讨全国文艺、文化界的各种热点问题。他们开始注意在传统与现代、外国与本土的交合点上进行文学理论批评的文体探讨，如有的着力以民族文论传统为基点，融合西方文论话语的特征，建构起圆形批评的理论（王先霈）；有的着力探讨地域文化与当代文学的关系，将古代诗话词话中的感悟或评点加以提炼转移，形成具有现代审美特色的印象式批评特征（如樊星）；有的灌注强烈的文体意识，对中国当代长篇小说进行了富有理论高度的综合探讨（如陈美兰）；有的运用多种西方文化学、文艺美学观点对新时期及其各个发展段落的文学进行及时具有深度的概括，梳理出其间的发展规律，总结其间的特征。除了这些文体实践之外，武汉地区的批评家对文论的反思，本体性的增强还表现在对于文学批评学的探究（如赖力行的《中国古代文学批评学》，王先霈、王又平主编的《文学批评术语词典》，於可训的《对建设文学批评学的思考》等）和文学理论批评史的撰写上（如王先霈、周为民的《明清小说理论批评史》，黄曼君主编的《中国近百年文学理论批评史》等）。上述这些风格各异的文学批评文体探讨和对批评的反思研究，既具有学术品格，又具有实践品格，它们明显地展示出文化自身的理论建构和原理创新意义，对于当前的创作既在微观上进行了较为恰切的阐释、评价，又在宏观上能起到某种规范和指引的作用。

（1998 年第 1 期摘编）

武汉小说创作：优势之外的思考

彭卫鸿

近几年来，武汉地区的作家越来越受到中国文坛和广大读者的关注，这已是不争的事实。武汉小说创作的优势何在？我认为它最大的优势表现在对现实人生的热切关注和对主流文化、文学思潮的认同。无论是 80 年代末"新写实小说"的池莉、方方，还是 90 年代"现实主义冲击波"的刘醒龙以及邓一光等作家的作品，它们被批评家和读者认可很大程度上来源于以上两点，当然还有一些其他优势不一一赘述。在这些优势之外，我们必须正视我们的不足与缺失。

1. 主流与多元化的关系失衡。武汉地区小说创作最大的优势在某种程度上也是它最大的弱势，几乎很难看到"另类"和"异端"的出现。个别的探索性、实验性作品并未获得应有的注重。

2. 形式感的淡漠和探索欲望的薄弱。武汉地区小说创作不缺故事，不缺生活，不缺真实，篇篇几乎可以说是感人肺腑、发人深省的真人真事。小说的叙述策略也大多是传统的线性的故事组接。这种叙述模式并非过错，只是它弱化了小说作为一门叙述的艺术的功能，未能充分体现小说作为有意味的形式的"形式感"。

3. 个性与风格的模糊不清。武汉作家的作品风格大略都具有平实的写实特征，没有苏童式的瑰丽的想象，没有残雪式的神经质，没有马原的对叙述的痴迷癫狂。武汉地区的小说创作四平八稳的姿态，使作家的独自的风格模糊不清。武汉作家缺乏将某一种品质推向极致的激情，而极致几乎等同于个性和风格。

4. 严重的乡村情结和滞后的都市感觉。武汉作家大多立足于乡村观念观望城市，城市被作家们作为一种异己的陌生的客体来描绘，极少以认同的自信的主人姿态与之对话和交流。小说家未能及时调整在旧的经济模式下形成的视角，致使他(她)的作品的人物和品质与 90 年代现实之间有一种隔膜和差距。

5. 新生力量的匮乏和批评家的老化。武汉地区的文艺批评家大多集中在高校，教学、科研任务繁重，年龄也相对偏大，有志于武汉地区小说专题研究的学者和批评家偏少，而新生的青年批评家很难引人瞩目和发挥才华，势必造成武汉地区小说创作批评的缺席或不到位，而没有健全、正常批评的文坛是一个封闭的盲目自信或自卑的文坛，武汉小说创作的繁荣还有赖于武汉批评家的强烈关注和热情投入。

如此评价武汉小说创作的现状似有以偏概全、以瑕损玉之嫌，但是过分乐观地称赞正在茁壮成长中的武汉小说创作，却是揠苗助长之举。至于武汉小说创作何时走向全面繁荣，我们只能热切地呼唤并冷静地等待它的来临。

(1998 年第 8 期摘编)

六、中国经验

在 2007 年第 2 期《芳草》上，"中国经验"栏目首次亮相，主持人汪政提出："应该关注文学在当代中国的命运，关注文学与国家现代化、在当代文化启蒙中的作用。也因为这一点，必须特别关注文学中的中国经验。"这个话题，吸引了中国文学评论界中相当多学者的参与，他们有的在大学担任教职，有的是中国社会科学院文学研究所的研究员。涉及文学的"中国经验"问题研究，从宏观看，是对当代文学史的一次梳理，十多年来累计发表文章超过百万字。如果汇编成书，无疑是中国当代文学研究的一项重大成果。

《中国问题意识与民族叙事伦理》

主持人：汪政。

与会者：何平、张光芒、贺仲明、何言宏、王晖、傅元峰。

要点：一、文学史上的中西之争与国家焦虑。二、从现代性焦虑到"中国经验"意识的复活。三、从"中国问题"出发建构民族的叙事伦理。

（2007 年第 2 期）

《全球化和当代中国社会主义文学资源》

主持人：汪政。

与会者：何平、吴俊、施战军、贺仲明、何言宏、张光芒。

要点：当代中国社会主义文学，一个传统的生成，当下学术视野的中国社会主义文学资源，全球化、中国经验与当下中国社会主义文学的重构。

（2007 年第 3 期）

当代文学的"中国经验"研讨会

特邀主持人：南帆。

2007 年 3 月 31 日，在第一届汉语文学"女评委"颁奖大会期间，同时举办了当代文学的中国经验问题研讨会。各地与会者有陈建功、雷达、吴秉杰、阎晶明、张炯、谢冕、梁鸿鹰、王必胜、潘凯雄、白烨、贺绍俊、李师东、杨斌华、朱小如、张颐武、施战军、南帆、洪治纲、张未民、李国平、王俊石、秦万里、马季、北北。武汉地区的专家学者有王先霈、樊星、聂运伟、蔚蓝、彭公亮、周新民、江岳、李遇春。大家就《芳草》文学杂志发起并已经组织了多次讨论的"中国经验"话题，再次进行深入的讨论。

（2007 年第 4 期）

《现代中国语境下的自然、生态与文学》

主持人：汪政。

与会者：朱小如、王晖、贺仲明、张清华、张光芒、何平。

要点：自然的隐喻，生态文学，当下中国经验下的自然再造能够成为可能吗？

（2007 年第 5 期）

《长篇小说与中国经验的表达》

主持人：江政。

与会者：何平、贺仲明、张光芒、洪治纲、翟业军、朱小如。

要点：长篇小说与民族精神建构：百科全书，还是民族秘史？中国现代长篇小说的成人仪式：叛逃，还是返乡？长篇小说和中国经验在哪里相遇？

（2007 年第 6 期）

《寻求一个现代汉诗帝国》

主持人：汪政。

与会者：傅元峰、何平、何言宏、谭五昌、杨四平。

要点：诗歌精神与审美气质，现代汉语的诗歌可能，现代诗歌存在的中国认证方式，现代诗歌教育与承传。

（2008 年第 1 期）

《散文的田野与中国经验的生长》

主持人：汪政。

与会者：何平、张光芒、贺仲明、王晖、晓华。

要点：当下散文文情反思，回到现代散文书写史，散文的边界，用散文书写当下中国。

（2008 年第 2 期）

《中国当代文学创作的困境与思考——当代作家与中国经验谈》

对话者：杨剑龙、顾彬。

2007 年 11 月 30 日于澳门望夏宾馆。

（2008 年第 2 期）

《三十年文学思辨录》

主持人：段崇轩。

与会者：陈坪、杜学文、傅书华、杨士忠、苏春生、孙钊、李金山。

要点：一、分期与命名，二、相同与相异，三、传统与现代，四、"死亡"与新生。

（2008 年第 3 期）

《中国经验中的历史缠绕》

主持人：汪政。

与会者：何言宏、张光芒、贺仲明、何平、王晖。

要点：大历史与小历史，是否应该重返大历史，小历史的身份与文学价值。

（2008 年第 4 期）

《底层：中国经验和我们时代的文学书写》

主持人：汪政。

与会者：何平、李云雷、张学昕、何言宏。

要点：为什么而"底层"？"底层"是新中国经验吗？"底层"怎样经验？"底层"如何贴近文学？

（2008 年第 5 期）

《中国新诗与中国经验》

主持人：杨剑龙。

与会者：谢冕、孙玉石、骆寒超。

谢冕发言要点：中国现代诗歌最初就不将中国经验当回事，梁实秋就说中国新诗是用中国语言写的外国诗，那时将中国经验当作新诗的对立面，中国古典诗词讲究押韵、平仄、典故等，新诗开创者们在最初新诗的建设中竭力摆脱传统的束缚，认为取消旧的痕迹，越干净越好。我对此有一比喻，中国新诗最初是吸外国的奶成长起来的。（2008 年 5 月 6 日于澳门大学。）

（2008 年第 5 期）

《在世界遭遇和经验中国情感》

主持人：汪政。

与会者：刘志权、王晖、贺仲明、何言宏、何平。

要点：一、世界情感地图的中国疆域；二、告别往事，新"中国情感"的现代生成；三、"中国情感"的简化与异化。

（2008 年第 6 期）

《何以"朦胧"：审美的退化——关于"朦胧诗"的反思》

对话人：朱小如，张丽军。

张丽军：作为新时期文学重要组成部分的朦胧诗则以一种"地下写作"的方式在 60 年代就开始了探索。1978 年 12 月《今天》刊物的出现，使朦胧诗派成员凝聚在一起。1979 年 3 月，《诗刊》发表北岛的《回答》，意味着朦胧诗派终于浮出历史地表，获得了正统刊物的公开承认。然而，在传播过程中，这种具有现代性质的诗歌却被命名为看不懂的"朦胧诗""古怪诗"。

朱小如：对于"朦胧诗"的命名，我是不认同的。"朦胧诗"的命名总觉得有些贬义，存在着一个意识形态层面的打压问题。中国古典诗歌中大都具有朦胧的审美意象，需要细细审美品味的诗词佳句比比皆是，也没有人觉得看不懂。就现代诗歌来说，除了"五四"出来的郭沫若有一种狂飙式的激进明快的风格，李金发、徐志摩、戴望舒的诗歌大多是带朦胧的，诗歌不带朦胧就没有美的意境。所谓的"朦胧"是个低级问题。（2008 年 10 月 26 日，济南泉城银座大酒店。）

（2009 年第 1 期）

《寻根文学：走向悠久文化与亘古大地的文学》

对话人：朱小如，张丽军。

2008 年 12 月 20 日，山东师范大学文学院现代文学教研室。

（2009 年第 2 期）

《知青文学：当代作家精神成长的投影》

对话人：朱小如，张丽军。

2009 年 2 月 21 日 9 点，山东师范大学文学院现代文学教研室。

（2009 年第 3 期）

《中国经验之问苍茫》

主持人：孟繁华。

与会者：汤先红、赵坤、王静斯。

孟繁华："底层写作"已经构成了中国当下文学经验的一部分。自 2004 年以来，对这个文学现象的讨论一直没有停止。我曾说过，这个现象的重要性也许不仅因为这个现象本身，更重要的是，自 1993 年以来，这是唯一能够进入公共论域的文学现象。它持久地被讨论证实了这个看法并非虚妄。曹征路的《问苍茫》发表，在批评界引起了巨大反响，批评和支持的声音此起彼伏。这显然是一个重要的文学文本。那么究竟应该如何判断这部作品，如何判断曹征路创作和立场的变化。这里集中发表了一组青年学者的文章，看年轻一代是如何评价这部作品的。

（2009 年第 4 期）

《史诗合一——关于毛泽东诗词解读的对话》

主持人：朱向前。

座谈者：柳建伟、李西岳、李迎丰、傅逸尘、李萧潇、樊志丽、李墨泉。

朱向前：我讲毛泽东诗词三年以来，公开出来跟我叫板的，只有四次。一次是我在厦门，有个人连写了三张条子过来，其中的主要意思就是说，我神化了毛泽东。我说我就是介绍了事实，如实地把情况告诉大家，如果你觉得我已经在神化他了，那只能说明毛泽东这个人确实有点神。（解放军艺术学院三楼会议室。）

（2009 年第 5 期）

《新世纪文学如何呈现"中国经验"？——关于中国经验叙事的对话》

对话人：朱小如，张丽军。

朱小如：刘醒龙主编《芳草》后主办第一届"女评委"大奖的同时，他问我有无可讨论的热点文学话题，于是，我就说了"中国经验叙事"这个题目。我当时思考的角度还比较单一，也就是想从长篇小说创作如陈忠实《白鹿原》的关中方言、莫言《檀香刑》的"猫腔"、刘醒龙《圣天门口》中的"黑暗传"等，汲取"民族文化叙事资源"方面，总结一些成功经验。那次出席讨论会的专家学者很多，会上的发言就远远超过了汲取"民族文化叙事资源"的单一视角。后来这个题目移到《芳草》杂志上继续讨论。汪政主持的时候加入了当代文学史的概念，把"社会主义十七年"的经验也包括在内。对"中国经验叙事"这个词汇的理解，我是这样考虑的：文学所谓的高深理论，其实都是离不开"为什么写"和"怎么写"这样一个基本问题的两个不同侧面而展开的。

从学术上来讲"中国经验叙事"，应该是指中国文学的叙事经验，它可能包含着对"叙事伦理和叙事策略"等文学观念及历史流变的研究。"叙事伦理"主要研究的对象是"为什么写"，"叙事策略"则是研究"怎么写"。而虽然冠之以"中国经验"这样的限定词，但实际上则又离不开"自身经验"的积累延续和"他者经验"的借鉴利用。

（2009 年第 6 期）

《"中国经验"：存在与可能——评新世纪文学的一种文化理念》

撰稿人：於可训。

要点：一、为什么要提出中国经验问题？二、什么是中国经验，或有纯粹的中国经验吗？三、今天的文学如何表达中国经验，或能表达怎样的中国经验？

（2010 年第 1 期）

《少数民族文学创作的文化价值——叶梅小说六人谈》

参与者：吉狄马加、何西来、崔道怡、何镇邦、李建军、兴安。

（2010 年第 2 期）

《废都》与《长恨歌》——关于中国当代十部长篇小说经典的对话之一

对话者：朱小如，何言宏。

何言宏：我倒不是说"最好"，而是在想这些年来的长篇小说中，对于我们这个民族在现代以来的精神与生存的书写，有哪一部作品最堪重任？如果说最好，也只是在这个意义上而言的。按理说，对文学作品做排行似乎是一件没有道理的事情，有些作品间实际上是难分高下的，我们这样做，也不过是求其大体而已。

（2010 年第 3 期）

《是"改朝换代"，还是"改变世界"？
——关于"重新评估当代文学"的对话》

主持人：傅小平。

对话者：张炯、贺绍俊、洪治纲、张清华、李建军、张柠、葛红兵、贺仲明、汪涌豪、张闳。

贺绍俊：这个问题可以追溯到 20 世纪 80 年代末期一些学者提出的"重写文学史"，从此以后，重写文学史几乎就成为一种最普遍的学术目标。80 年代的"重写文学史"是当时"解放思想"社会思潮在文学史研究领域的必然反应。"重写文学史"的主张从根本上说，就是企图建构起一座崭新的、更漂亮的建筑。

（2010 年第 4 期）

《当代小说的英雄叙事经验——以邓一光的长篇创作为例》

撰稿人：李强。

（2010 年第 4 期）

《我的帝王生涯》与《许三观卖血记》
——关于中国当代十部长篇小说经典的对话之三

对话人：朱小如，何言宏。

要点：帝王伦理与血亲伦理，个人心灵世界与精神的窄门，虚构的热情与叙述的力量，苏童的"热""轻"和余华的"冷""重"。

（2010 年第 5 期）

《尘埃落定》《圣天门口》《白鹿原》《檀香刑》和《古船》
——关于中国当代十部长篇小说经典的对话之四

对话人：朱小如、何言宏。

要点：本土文化资源的现代性激活，家族史与乡土世界的"被现代性"，叙事经验与生存智慧。

（2010 年第 6 期）

"新时期诗歌与新世纪诗歌"五人谈

主持人：谭五昌。

对话者：向卫国、庄伟杰、柳冬妩、杨四平、世宾。

要点：从宏观性的角度与层面探讨了"新时期诗歌与新世纪诗歌"的"问题与经验""新的增长点""反思与重构"三个大的话题，从微观角度来看，这五篇笔谈分别论及了新时期以来诗歌语言及诗歌写作本身的艺术表达的有效性问题、诗歌事件与当代诗歌发展的非正常关系、20世纪80年代校园诗歌与"第三代诗歌"（或"新生代"诗歌）内部的互动性复杂关系、新世纪"打工诗歌"现象的历史演化与理论思考等论题。这五篇笔谈共同涉及中国经验或本土经验的彰显，为新时期诗歌与新世纪诗歌所带来的独特诗学价值与审美文化价值。

（2011年第1期）

《问题与经验：对新时期诗歌的历史性回顾》

要点：80年代的校园诗歌，新世纪诗歌"新的增长点"，反思与重构，从新时期诗歌到新世纪诗歌，对21世纪以来当代诗歌写作的反思及其他。

（2011年第2期）

《"自文学"时代的到来》

对话人：汪政，晓华。

汪政：我们在这儿讨论"自文学"，也难免一厢情愿，而且，真是无法穷尽。今天真的是书写与表达空前繁荣的时代，这在以前是不可想象的。过去看马克思对未来社会的预言，说那是一个人人都是艺术家的时代，当时以为那是梦想，不料这么快这个时代就初具规模了。没有专家，没有了权威，人人可以写，人人可以读。90年代末就有文学边缘化的说法，曾经是领袖的作家不再风光，曾经呼风唤雨的批评家门庭冷落，文学批评成为一种可疑而又可笑的行当，原因就在于文学多样化了，文学的中心被解构了，文学被无数的个体所拥有，他们不需要你的资格认证。面对"自文学"时代的到来，就有这样的正反两方，反方认为文学正走向终结，正方认为文学恰恰走向繁荣，关键在于如何理解。我们是站在正方的立场上的，只不过我们认为此文学非彼文学。百年轮回，文学正在进行新的革命，它的未来是人人得而文学，凡有文字处皆有文学。

（2011 年第 3 期）

《中国文学与世界文学——从"天下之文"走向"世界文学"的中国化》

撰稿人：张未民。

《探寻湖南文学当下的困境与出路》

撰稿人：余三定等。

（2012 年第 1 期）

《从"甘肃小说八骏"到当下甘肃文学》

撰稿人：李清霞、杨光祖、彭青、郭茂全。

（2012 年第 3 期）

文学奖卷

1982—1983 年芳草文学奖

短篇小说：喻杉《女大学生宿舍》，胡大楚《淘金》，池莉《月儿好》，沈晨光《上官婉》，钱五一《光荣》，张英《看不够的浪花》。

诗歌：叶圣华《春江随想录》，雷子明《深山里，倒下一棵大树》。

短篇小说：马凤超《社赛》，曾果伟《留在毕业照片里的记忆》，姜天民《大路通向远方》，王建琳《好一只出头鸟》，韩冬《小院人家》，周元镐《襄河一片月》，兀好民《大年三十》，赵松泉《妯娌》，楚良《石磙，滚向何方》，金仕善《十五的月亮》，金石《好事者》。

报告文学/散文：张九经《冲破老框框的人》，赵致真《耕种在八十年代的土地上》，周翼南、周昌岐《汪益基和"纠偏"》，杨羽仪《灯海，大鹏的眼睛》，王维洲《千佛洞夜话》。

诗歌：张泉河《采矿二题》，马合省《一枚褐黄色的纽扣》，李武兵《晾衣竿，架满了草坪》，王家新《沿着长江·〈纪念碑〉》，廖秋妹《玲玲的"手抄本"》，虞文琴《橘红色的晚风》。

评论：熊开国《真实、典型与文学幼稚病》，杨江柱《时代的风和人物的精神美》，冼佩《对比度》。

芳草小说报告文学佳作奖

（1988 年 6 月—1989 年 10 月）

小说佳作奖：沈虹光《大收煞》（责任编辑：朱璞），科夫《老街闲录》（责任编辑：田天），刘醒龙《女性的战争》题一：《十八婶》（责任编辑：宝玲），陈应松《江上轶闻》（责任编辑：董宏猷），竹子《破碎的日月》（责任编辑：朱淑），善良《天痴》（责任编辑：晓池），姜天民《黄昏》（责任编辑：祁炽），叶大春《阿细妹的困惑》（责任编辑：晓池）。

报告文学特别奖：罗来国、雨虹《水神》，崂子《百炼之钢》，肖运堂等《冲刺，当晚霞燃烧的时候》，熊熊《风流人物正反说》，覃钱《黄家杞——

不沉没的故事》。

(1989 年第 12 期，协办单位 第二汽车制造厂)

《芳草》1990 年度插图作品评奖

佳作奖：孙恩道《诱雉》(第 4 期)，谢智良《车棚》(第 5 期)

优秀奖：易至群《走出草原》(第 2 期)，王祥林《刘南复》(第 6 期)，蔡钦《跳丧艺术家》(第 8 期)，关荫沛《小说二题》(第 11 期)，王贤来《浪漫的都市》(第 3 期)，岭龙《暗洞之光》(第 4 期)，周林一《眩惑》(第 5 期)。

(1991 年第 1 期)

芳草杂志社第一届楚魂杯报告文学征文奖

佳作奖：方楚晶《代价》，刘建国《新天一路》。

优秀作品奖：流连、朴实、王剑《白鹭飞向蓝天》，张璞、谭省三《属马的命运》，周万年《敲击火花的人》，胡世全、徐东升《男人风格》，丛葆《我是老苏区人》，林林、敬春《协作启示录》，江清明、韩进林《几度梦归车门冲》，李贺明《"命"与钱的选择》，徐望爱《山沟的子孙》，石治宝、张梅英《为了母亲的微笑》，李玉英《大老岭之恋》，林明康、周胜辉、罗文珍、林楠《万家忧乐在心头》，车延高、马小援《魅力》，林道金、遣鹏《坚韧与疲软对峙》，杨道金《钢板网上的明珠》，王建平、李本俊《破天荒》，魏志才、刘碧峰《欧公珠》。

(1991 年第 3 期)

芳草杂志社第二届楚魂怀报告文学征文奖

佳作奖：余红、李建华、邹原《回归》，邹启钧、关德全《爱的奉献》，倪选明《花之梦》，陈少雄《四角星》，徐加义《并非天方夜谭的故事》。

特别奖：田天《蒹葭苍苍》。

（1992 年第 3 期）

第三届楚魂杯报告文学奖

方楚晶《在这片红色的土地上》，刘章仪《大将风采》，王其华《骨科奇医夏大中》，周翼南《他要扼住乙肝的喉管》，符胜歌、迟悟子《带"枷"行》，健保、遣鹏《宋金生和他的仪表梦》，胡世全、魏金哲、龚忠惠《老水手的歌》，王丛桦《闻鸡起舞》，宛进、石雪峰《车、路、人之歌》，李超《报告文学四题》，丛保、遣鹏《三级跳远》，辜间、沙泽敬《良和佳话》，石雪峰《太阳是红色的》，董轩麟、李超《你是属海的》，吕永超《好乐年华》，项能运、施从保《崛起》，宛进、胡松生、石雪峰《吴楚风流》，刘平海《烛颂》，肖运馥《金石交响曲》，魏金哲、杨波、绿村《情满深山》，石雪峰《中星之路》，傅炯业《"金三角"的设计者》，登长风《当家人》，贺明《锤炼灵魂交响曲》，王建平、杨振华、冉秀峰《热流奔放》，周法荣《锅碗瓢盆交响曲》，陶煜、月明《为得广厦千万间》，熊丹北《乐园风流》，柴林《一个老模范的追求》，其胜、丁祖《钢铁栋梁》，张书美、王建平《门是从这里打开的》，张镜《多梦的汉子》，李超《不到长城非好汉》。

（1993 年第 3 期）

芳草荣获大奖部分作品篇目

王振武《最后一篓春茶》（1981 年第 3 期）荣获 1981 年全国优秀短篇小说奖。

喻杉《女大学生宿舍》（1982 年第 2 期）荣获 1982 年全国优秀短篇小说奖。

苏叔阳《生死之间》（1984 年第 8 期）荣获 1984 年全国优秀短篇小说奖。

何祚欢《养命的儿子》（1987 年第 2 期）改编成同名楚剧后获文化部"文华奖"。

唐镇《不能远行》(1990年第8期)荣获湖北省第二届"屈原文学奖"。

注：在本省的市以下以及在外省市获奖的篇目未予收录。

(1996年第8期)

《咱们老百姓》联合征文奖

1996年由本刊与《长江日报·周末版》、湖北电视台"时代TV"节目、湖北广播电台新闻部举办的《咱们老百姓》联合征文活动已于1996年第12期结束。

一等奖：李贺明《天地良心》(第5期)。

二等奖：梁青《乡下大哥》(第10期)，罗文发《周末摸彩记》(第9期)，韩进林《只知责任大》(第12期)。

(1997年第4期)

武汉市第二届文艺基金奖

(1994—1996年)

长篇小说：刘醒龙《生命是劳动与仁慈》，邓一光《百年酒楼》。

中篇小说：池莉《化蝶为蛹》，魏光焰《舍不得你的人是我》，陈应松《承受》。

文艺理论：孙子威《艺术的辉煌与艺术家的痛苦》。

(1997年第5期)

鸿亚杯芳草文学奖

一等奖：叶广芩中篇小说《狗熊淑娟》(1997年第2期)

二等奖：余启新短篇小说《闻香下马》(1997年第3期)

三等奖：楚良中篇小说《清明过后是谷雨》(1997年第5期)

(1997年第10期)

芳草文学院首届学员优秀作品奖

（获奖作品均载于 1998 年《芳草》杂志）

一等奖：小说《四月无故事》（云南，欧骁）。

二等奖：诗歌《秋雨潺潺》（贵州，马也），小说《引进鲶鱼》（云南，付亚丁），散文《那年，我家有一头牛》（湖北，彭超鹰），散文《心安是归处》（湖北，见萍）。

三等奖：小说《如醉如痴》（内蒙古，张宇光、易景华），散文诗《农人三唱》（湖北，照川），诗歌《爱的悲剧》（甘肃，刘进），小说《借钱》（湖南，李晓英），小说《成色》（河南，赵文辉）。

（1998 年第 12 期）

首届汉商杯芳草文学奖

小说：一等奖—马竹《芦苇花》（中篇小说），二等奖—张国志《舞者》（中篇小说），三等奖—王石《民间》（短篇小说）。

散文奖：陈美兰《穿过尼格拉大门》，敏敏《亲爱的日子》。

诗歌奖：曾卓《题画》，叶延滨《古今三章》。

评论奖：昌切《“双跨”之后——’97 批评观察》。

（1999 年第 4 期）

武汉文艺基金会·芳草评论奖

一等奖：空缺

二等奖：於可训《论武汉作家群》，樊星《武汉作家与哲理小说》，沈永俐《方方的角色意识》。

三等奖：李玉滑《孤独的魂，行动的人》，刘忠、吴秀明《清风梦谷中的生命质询》，张箭飞《捕风捉影说阿毛》。

（1999 年第 4 期）

第三届武汉文学基金奖

武汉市文联为庆祝中华人民共和国成立50周年，迎接澳门回归，举办第三届(1996—1998年)武汉文学基金奖。

中篇小说：邓一光《远离稼穑》，王石《雁过无痕》，池莉《霍乱之乱》，胡发云《处决》，吕幼安《我们的事业》。

报告文学：岳恒寿《洪流》。

评论：李鲁平《现代主义语境下的后现代情怀——读鲁西西的诗歌》，王美艳《现代悲剧的双重品格：消解与建构——兼谈方方、池莉、刘醒龙、邓一光》。

(2000年第3期)

第二届汉商杯1999年度芳草小说奖

一等奖：吕幼安《我没有错》(中篇小说)。

二等奖：聂鑫森《万笋楼》(短篇小说)。

三等奖：魏光焰《胡嫂》(中篇小说)。

(2000年第3期)

第三届汉商杯2000年度芳草文学奖

一等奖：裘山山《瑞士轮椅》(短篇小说)。

二等奖：冯积岐《沉默的粮食》(中篇小说)。

三等奖：杨传珍《穿心白》(短篇小说)。

佳作奖：何存中《春草离离》(中篇小说)，冯慧《拒绝关怀》(短篇小说)。

优秀作品奖：赵金禾《一粒不回家的种子》(中篇小说)，陈丹江《讨债》，中跃《别人的东西与你无关》(短篇小说)。

(2001年第3期)

2002 年度芳草文学奖

一等奖：刘恪《博物馆》(短篇小说)

二等奖：阿成《俄罗斯女人》(短篇小说)

三等奖：杜鸿《刁民李梦醒的家庭隐私》(中篇小说)

佳作奖：周迅《写在山水边上》，张俊纶《西湖的回忆》，红杏《我眼睛的花园》(散文诗)，田禾《我的山村》，杨中标《像棉花一样成长》。

（2003 年第 4 期）

2004 届新世纪星杯全国少儿作文大赛
参赛集体的辅导老师获奖名单

特等奖：玄秀文、曹家瑚(甘肃)；苗凤华、刘保增(山东)；石巧英(广西)；王琳、李小芳、裴会娟(河北)；陶振彦、李秀超、刘淑艳(吉林)；高斐(江苏)；刘慧旺、郑金玲(天津)；史洁华(浙江)；王晋华(山西)；金新萍(青海)；王春凤(辽宁)；程经邦(安徽)；李培芳(湖北)；王会兰、车凤春(黑龙江)；韩东方、胡丁黎、周晓燕、王川、王琳娟、黄亚丽(四川)。

一等奖：路平、李淑艳、姜秀珍(内蒙古)；董晓军、刘瑞华(黑龙江)；白维敏(甘肃)；李火生(广东)；陈德斌(安徽)；赵东辉、刘晓亚(陕西)；赵清芸(新疆)；姜国琴(辽宁)；吴红英、蔡莉莉(福建)；邹淑、英唐武(四川)。

（2004 年第 6 期）

金陵石化杯"四小名旦·青年文学奖"
获奖名单

特等奖：晓窗《无羽而飞》(中篇小说，原载《芳草》2003 年第 3 期)，荆歌《前妻》(小说，原载《青春》2003 年第 10 期)，李骏虎《流氓兔》(小说，原载《广州文艺》2003 年第 1 期）。

佳作奖：甄蕾《会不会是它》（短篇小说，原载《芳草》2003 年第 7 期），大卫《大卫随笔三章》（散文，原载《芳草》2003 年 5 期），冯海《冯海的诗》（诗歌，原载《芳草》2003 年第 2 期），朱婧《刹那奢华》（小说，原载《青春》2003 年第 11 期），小五《与时光恋爱》（小说，原载《广州文艺》2003 年第 7 期），廖琼《罗群鸟飞过春天》（小说，原载《广州文艺》2003 年第 10 期），衣向东《校长父亲》（散文，原载《青春》2003 年第 3 期），杨邪《瞽者》（散文，原载《广州文艺》2003 年第 1 期），吴义勤《我们该为经典做些什么?》（评论，原载《青春》2003 年第 12 期）

"四小名旦"青年文学奖评审委员会

2004 年 8 月

（2004 年第 12 期）

汉语文学"女评委大奖"

第一届

大奖（并列）：阿来《空山》（第三卷）（载《芳草》2006 年第 4 期），谢冕《我的学术叙录》（载《芳草》2006 年第 2 期）。

最佳审美奖：张炜《我的文学生涯》（载《芳草》2006 年第 1 期）。

最佳抒情奖：叶舟《花儿：青铜枝下的歌谣》（载《芳草》2006 年第 1 期）。

最佳叙事奖：龙仁青《龙仁青小说特辑》（载《芳草》2006 年第 2 期）。

评委：徐春萍、张燕玲、陈美兰、何向阳、晓华、刘琼、胡殷红、刘颋、周毅、韩青。

（2007 年第 3 期）

第二届

大奖（并列）：阎纲《五十年评坛人渐瘦》（批评家自传，载《芳草》2007

年第 3、4 期），北北《发生在浦之上》（长篇小说，载《芳草》2007 年第 5期）。

最佳叙事奖：鲁敏《逝者的恩泽》（中篇小说，载《芳草》2007 年第 2期），韩丽珠《悲伤旅馆》（短篇小说，载《香港文学》2007 年第 11 期）。

最佳抒情奖：王必胜《病后日记》（散文，载《芳草》2008 年第 6 期）。

最佳审美奖：於可训《幻化的蝴蝶——王蒙传》（作家评传，载《芳草》2008 年第 6 期）。

评委：牛玉秋、胡殷红、何向阳、晓华、邵燕君、张燕玲、陈志红、刘琼、朱竞、刘颋。

（2009 年第 4 期）

第三届

特别奖：李骏虎《前面就是麦季》（中篇小说，载《芳草》2008 年第 2期），（藏族）次仁罗布《放生羊》（短篇小说，载《芳草》2009 年第 4 期）。

大奖（并列）：贺绍俊《铁凝评传》（载《芳草》2009 年第 1 期），吴义勤、王素霞《我心彷徨——徐訏传》（载《芳草》2009 年第 3 期）。

最佳叙事奖：（藏族）朗顿·班觉《绿松石》（长篇小说，载《芳草》2009年第 2 期），李学辉《末代紧皮手》（长篇小说，载《芳草》2010 年第 2 期）。

最佳抒情奖：刘益善《向阳湖》（中篇小说，载《芳草》2010 年第 3 期），杨静龙《遍地青菜》（短篇小说，载《芳草》2009 年第 1 期）。

最佳审美奖：胡殷红《作家手记：和王蒙先生"漫谈"》（外九篇）（载《芳草》2009 年第 2 期至第 6 期），徐风《一壶乾坤》（长篇散文，载《芳草》2010 年第 5 期）。

评委：张燕玲、晓华、陆梅、陈志红、邵燕君、刘琼、刘颋、何向阳、牛玉秋、林那北。

第四届

大奖（并列）：铁凝《告别语》（短篇小说，载《芳草》2011 年第 5 期），叶舟《陪护笔记——给母亲》（长诗，载《芳草》2013 年第 3 期）。

最佳抒情奖：李骏虎《中国战场之共赴国难》（长篇小说，载《芳草》2014 第 6 期），韩永明《晒太阳》（短篇小说，载《芳草》2012 年第 1 期），周李立《八道门》（短篇小说，载《芳草》2014 年第 3 期）。

最佳叙事奖：马步升《陇东断代史》（长篇小说，载《芳草》2012 年第 2 期），水运宪《无双轶事》（中篇小说，载《芳草》2012 年第 6 期），张庆国《如风》（中篇小说，载《芳草》2011 年第 1 期）。

最佳审美奖：洪治纲等《新世纪文学：命名的合理性与必要性》（载《芳草》2011 年第 2 期），林那北《过台湾》（长篇散文，载《芳草》2011 年第 5 期），李清霞《陈忠实的文学道路》（载《芳草》2013 年第 4 期）。

评委：胡殷红、何向阳、牛玉秋、刘琼、刘颋、陆梅、韩春燕、刘艳、张燕玲、晓华。

（2015 年第 1 期）

第五届

大奖：次仁罗布《祭语风中》（长篇小说，载《芳草》2015 年第 3 期），蓝博洲《寻找祖国三千里》（长篇散文，载《芳草》2016 年第 5 期）。

最佳审美奖：朱小如《江汉语录·主持人语》（评论，载《芳草》2015 年第 1 期至 2016 年第 6 期），朗顿·罗布次仁《葡萄树上的蓝月亮》（短篇小说，载《芳草》2016 年第 5 期）。

最佳叙事奖：付秀莹《找小瑞》（短篇小说，载《芳草》2015 年第 6 期），欧曼《胭脂路》（中篇小说，载《芳草》2016 年第 4 期）。

最佳抒情奖：叶舟《丝绸之路》（诗歌，载《芳草》2016 年第 3 期），剑男《大雪封山》（诗歌，载《芳草》2016 年第 1 期）。

评委：何向阳、刘颋、刘琼、张燕玲、陆梅、韩春燕、林那北、刘艳、晓华、杨晓帆。

（2017 年第 1 期）

第六届

大奖：肖克凡《旧租界》(长篇小说，载《芳草》2017 年第 6 期)，裘山山《卤水煮豆腐》(中篇小说，载《芳草》2018 年第 4 期)。

最佳审美奖：桫椤《黄咏梅：文学就是我的"逃跑计划"》(江汉语录，载《芳草》2017 年第 5 期)，吴投文《中国是当代世界诗歌写作最活跃的地区之一——诗人西川访谈》(高端访谈，载《芳草》2018 年第 3 期)。

最佳叙事奖：陶纯《浪漫沧桑》(长篇小说，载《芳草》2017 年第 4 期)，林那北《蓝衫》(中篇小说，载《芳草》2018 年第 5 期)。

最佳抒情奖：朱朝敏《辣椒诵》(中篇小说，载《芳草》2018 年第 1 期)，李学辉《国家坐骑》(长篇小说，载《芳草》2018 第 2 期)。

评委：何向阳、张燕玲、刘琼、刘艳、刘颋、晓华、韩春燕、郭艳、陆梅、杨晓帆。

第七届

大奖：叶舟《敦煌本纪》(长篇小说，载《芳草》2018 年第 6 期至 2019 年第 3 期)，林那北《床上的陈清》(中篇小说，载《芳草》2020 年第 5 期)。

最佳抒情奖：贺捷生《元帅的女儿》(长篇散文，载《芳草》2020 年第 4 期)。

最佳叙事奖：邱华栋《普罗旺斯晚霞》(短篇小说，载《芳草》2020 年第 6 期)，徐则臣《虞公山》(短篇小说，载《芳草》2020 年第 3 期)。

最佳审美奖：霍俊明《现代汉语关键词》(评论，载《芳草》2020 年第 1 期至第 6 期)，熊湘鄂《蓝色四叶草》(中篇小说，载《芳草》2019 年第 5 期)。

《芳草》年度诗歌特别奖：刘益善《中国，一个老兵的故事》(长诗，载《芳草》2019 年第 4 期)。

评委：何向阳、张燕玲、刘琼、刘艳、刘颋、晓华、韩春燕、杨青、杨晓帆。

汉语诗歌双年十佳

第一届

　　林雪《一首诗有没有前世》(二十三首)，韩作荣《语言背后的精神能量》(评论)；臧棣《缺一部宪法的羽毛》(十六首)，钱文亮《都市存在与现代诗艺——臧棣访谈录》；鲁若迪基《小凉山很小》(十九首)，谢有顺《想念一种有感而发的诗歌》(评论)；杨克《永恒融化钻石》(二十首)，洪治纲《柔韧的不是语言，而是缠绕》(评论)；寒烟《去那条河里洗手》(三十四首)，张清华《"这几乎使我失明的光……"》(评论)；车延高《眼泪为何不能风干》(九首)，朱小如《白发不会改变血的颜色——车延高访谈录》；杨晓民《埋着爷爷的秋野》(十九首)，於可训《抗拒异化的诗人》(评论)；小海《格式化无法覆盖的地方》(十一首)，汪政、小海《诗的小学地理》(书信)；姜涛《北风也曾狡辩》(十六首)，陈超《写得更松弛一些——姜涛访谈录》；郑小琼《一根骨头里的铁》(十三首)，何言宏《用四万根断指写来——郑小琼访谈录》；张清华《谁触摸到了时代的铁》(评论)。

(2008 年第 5 期)

第二届

　　张好好《张好好的诗》，李鲁平、张好好对话：《从布尔津开始》；哨兵《哨兵的诗》，朱小如、哨兵对话：《活在自己的语言里》；黄礼孩《黄礼孩的诗》，洪治纲、黄礼孩对话：《信息时代：诗歌的境遇与前景》；肖开愚《肖开愚的诗》，钱文亮、肖开愚对话：《现在位于来龙与去脉的连接处》；胡弦《胡弦的诗》，汪政、胡弦对话：《关于胡弦诗歌的通信》；大解《大解的诗》，陈超、大解对话：《诗歌的精神走向及其他》；黄梵《黄梵的诗》，何言宏、黄梵对话：《与黄梵谈诗》；刘希全《刘希全的诗》，商震、刘希全对话：《〈南宋庄〉及其他》；邰筐《邰筐的诗》，施战军、邰筐对话：《在时光的角落里写诗》；高凯《高凯的诗》，马步升《乡土的最后守护者》(评论)。

(2010年第6期)

第三届

王粒儿《粒儿诗笺》(二十六首)，朱小如《捧读》(评论)；田禾《今夜的月亮》(三十首)，张清华《在土地的深处和道路的尽头》(评论)；子川《请向右看》(二十一首)，何言宏《寻找这个时代不需要的》(对话)；侯马《众鸟喧哗》(十二首)，施战军《读侯马，我手记》(评论)；张曙光《尤利西斯的归来》(十五首)，霍俊明《从"西游记"到"东游记"》(评论)；东荡子《童年时代》(三十四首)，洪治纲《灼伤的翅膀依然扑向火焰》(评论)；徐俊国《走来走去》(十九首)，商震《守住自己的"精神根据地"》(对话)；冯晏《低处》(二十四首)，马步升《冯晏的节约与忧郁》(评论)；刘涛《野花的野》(二十七首)，马季《诗歌，当一个孩子行走或停留》(评论)；震海《瀚海微澜》(十一首)，林雪《橡皮时代的眼泪》(评论)。

(2013年第2期)

第四届

桑克《哈尔滨》(十首)，施战军《桑克：以智性表达关切》(评论)；刘年《沉默》(十九首)，商震《百分之七十的痛源于大地和众生》(评论)；马铃薯兄弟《热爱》(三十二首)，朱小如《宁静的诗　朴素的人》(评论)；叶丽隽《颤栗》(十七首)，汪政《南方有嘉木》(评论)；杜绿绿《幻术》(十八首)，何平《有如神迹》(评论)，叶丹颖《行走在山那边的精灵》(评论)；泉子《秘密》(十六首)，洪治纲《直面尘世　心怀孤独》(评论)；东篱《唐山风物》(十八首)，霍俊明《"故乡"的光芒与阴影》(评论)；周庆荣《预言》(十二首)，张清华《关怀一切需要关怀的》(评论)；张尔客《辽阔的寂寞》(十六首)，何言宏《"让我独自一人面对这苍穹……"》(评论)；曹有云《梦中昆仑》(二十四首)，马步升《陇青对：边缘高地的中心书写》(评论)。

(2015 年第 4 期)

芳草杂志 2019 年度诗歌奖

起伦《等风来》(十二首)(刊发于《芳草》2017 年第 2 期),商震《冬天已经深了》(四十首)(刊发于《芳草》2018 年第 5 期),欧阳江河《祖柯蒂之秋》(刊发于《芳草》2017 年第 5 期)。

名家足迹卷

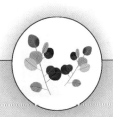

本卷说明：本卷记录芳草地上的名家足迹。所搜集的文章，或为大家、名家在《芳草》杂志发表的作品摘录，或为在《芳草》杂志上发表的写大家、名家的文章摘录，其中尤为珍贵者，是写一些大家、名家曾在武汉活动的历史片断，特别是抗日战争期间，武汉不断有一些大家、名家聚集，还有国际友人在这里为前线将士效力，他们在武汉留下的足迹，将成为武汉永久的纪念。

本卷选收资料截止于2004年。2005年为网络文学选刊。自2006年原创版问世之后，名家、大家在杂志上频频露面，并在四个封面上陆续刊载当代文学名家的图文报道，他们的名字写在了本志编年卷（二）内，本卷不再重复选录。

本卷文章排列，依发表时间为序。

访萧军同志

曾立慧

我怀着复杂的心情，走进北京鼓楼旁的鸦儿胡同。我轻轻地、轻轻地敲开了萧军家的门，我几乎脱口而出："萧军同志您好！"并急切地告诉他："我过去在清理旧书库时，书库里有不少您的书，《五月的矿山》《八月的乡村》，但在'文化大革命'前都被查封了。"萧军同志淡然地笑了，平静地说："我是个当兵的出身，当初就不该挤进文艺界的。"

火炉上的水哧哧作响，室内温暖如春。萧夫人王德芬给我们送来了桉叶糖，随后又不知去取些什么了。趁她不在，我说："您的夫人真好，您最近写的回忆萧红的文章，王德芬同志没有看法？"萧军同志讲："她这点我真佩服，你看我写的《忆长春》就写了我的初恋，我'解放'后的一些文章，几乎全写了我对萧红的感情。她一点也不嫉妒。她真是我的好老伴。在我最困难的时候，那一年，我把《五月的矿山》《过去的年代》《武王伐纣》捆成一大捆，分别给毛主席、周总理写了信，就是她坐三轮车送到中南海的。几十年来她与我同甘共苦。"

我问他萧红墓从香港迁广州后去看过没有？萧军同志讲："我真想去看看！可是从前我没有这个条件。"他仍然沉浸在回忆里："你是武汉人，你刚才讲武昌横头街的旧书店，我也是熟悉的，你知道武昌有条水陆街吗？1937 年 11 月，我和萧红那时就住在水陆前街小金龙巷 25 号蒋锡金同志家。我在那里写《过去的年代》，萧红写《呼兰河传》。我还和胡风一起编《七月》，也写些零星文章。特务绑架了我，扬言要把我装在麻袋里扔进江里去。在警察局，我被绑的消息传到汉口邓初民那儿。他打电话给在武昌的董必武同志，董老找到了国民党当局何成濬交涉，这样才把我放了。我认出了捉我的家伙中有那么两三个是经常出现在水陆街附近那个小饭馆的，我感到在武汉待不下去了。正好这时山西方面有朋友约我们去临汾教书，和萧红商量后就去了临汾。

"你问我和萧红最后一次分别在哪儿？过去有种种说法。实际上是在西安。人嘛，总有悲欢离合的！所以，我未予订正。"

　　望着萧军同志案头上堆着老高老高的稿纸和那一封封来自各地读者的信，这里也有香港的、日本的读者。我在心里祝贺他的"复活"。但愿他再为人民讴歌十年、二十年。

（1980 年第 4 期摘编）

追踪同时代不知名作家的脚步
黄宗英

编者按：今年4月2日，华中师院中文系写作教研室《中国报告文学丛书》作家小传编写组的普丽华同志给黄宗英同志去了信，向她索要小传。黄宗英同志很快给普丽华同志回了一封热情洋溢的信。

普丽华同志：

你的名字挺美，思想和文笔也美。本来，我可以简要地复你一信，附我的出生年月、籍贯、主要作品和经历；并回答《中国报告文学丛书》作家小传编写组，同意你写我的小传。姑娘说得多么好："从时代的记录员到时代的研究员"，这岂止是中听的赞扬，更是深邃的砥砺！

但，此刻，我想对你——也是通过你对大专院校中文系的师生们说："是不是不要花太多的时间和精力去写已经成名的作家的小传。"

如果成名作家的作品，能够在多情却似总无情的历史面前，被选择几篇保留下来，是作家的无上欣慰。如果，作品随时光而贬值，小传也难传了；除非小传本身是精辟的文论。这大半年来，多少省市（广东、四川、天津、徐州、上海、北京……）四面八方向我索小传，这不由得我不迟疑起来。坦白地说，除了被迫"老实交代"外，我还从来没有给自己写过一个较详细的传。入党时，我宣读了自传。支部里有的同志说："像一篇散文。"有的说："难怪。除了演戏、写作，她也没干过别的，只能说说自己的人生观。"去年，为了申请加入中国作家协会，需要填写简历，我填了一首短诗。我想：我演的戏，写的文章，组织上和同志们都知道。不知道的，也就不值得提啦。党给我这支笔，我应该为人民而写。人民了解我，通过我的作品。我不想为自己，也希望你们不要为我多费笔墨。我的出身、籍贯、经历，和当前我们党的伟大的工作重点的转移——四个现代化，没大干系！如果我此刻，去满足各省市大专院校文科编辑作家、艺术家小传的要求，一一为之撰文，明年全国东西南北出版的传记里，都收进我的自述，多么可怕、尴尬、无地自容！而且，这样，也可能会把作家和人民群众的距离推远。"什么了不起的人！这里也是他的传，那里也是他的传！"真的，估计"小传"中的作家，一大半又没死，死了值不值得传之，也很难说哩。

我已经成名了。我的职业——演员和作家，注定了我可能成名，并且，也注定了，盛名可能成为前进的阻力。如果我疏远了使我成名成家的祖国和人民，如果我忘记了那些默默无闻的党的文学组织工作者、那些情同手足的编辑，忘记了美工师、灯光师、印刷工人，他们为我撑开天幕、搭起舞台、打扫文艺园地，任我飞翔，忘记了这一切，那么，我就会飘飘然站在云端，就会重重地跌下来！

我要说的，不仅是这一点。我想干涉中文系"内政"了。当代名作家小传嘛，同志们有三五十字到几百字参考资料，全国有一两本"小传"行啦！同志们无须忙于去写他们并不认识的这些作家的传记，只要有选择地去阅读、欣赏并鉴别其作品就可以啦！而我想建议你们在现代文学课目中，能把编写著名作家小传的时间，用于广泛阅读、探讨当代不知名的青年作家的新作。你们是人数众多的、有组织的、有文学鉴别和评论能力的一群。现在，全国出了那么多的文学刊物，为发表优秀作品、发现文学人才提供了良好的条件。但如果评论跟不上，我们就可能在《报告文学丛书》编委会编辑的作家小传中，让该记录下的新的星座在眼前滑过。

我呼吁：省出纸张、省出注意力来，给新的文场、新的猛将！

1980 年 4 月 5 日远行前

（1980 年第 6 期摘编）

七十述略（连载之一）

姚雪垠

近三年来，我从国内外报刊上读到了许多篇介绍我的文章。这些介绍文章都是出于热情和好意，希望通过他们的笔墨让读者对我有较多的了解。但是说实话，这一类介绍文章写得比较准确的很不多见。有些访问记的作者虽然同我长谈过然后动笔，但因为我所经历的时代，经历的生活，几十年中所走的学习道路和探索的问题，别人没有亲身体会，很难完全明白。去年从海外寄来的两篇访问记，我干脆不看了。

从去年冬天开始，在别人的催促下，我写了一篇回忆录性质的稿子，定名为《七十述略》。又在这篇稿子的基础上加以丰富，成为一部较长的稿子，定名为《学习追求五十年》。这后一部稿子将从今年秋天开始在人民文学出版社的《新文学史料》上连载。至于较简单的《七十述略》，本来已经答应在别处发表，现在改变决定，交《芳草》发表。

武汉是我这一生居住最久的地方，在这里受过挫折，接受过考验，在十分不利的条件下得到了锻炼，也做出了微小成绩。我同武汉人民和广大读者有着较深的历史关系。这就是我改变原来计划，决定《七十述略》首先在武汉发表的区区情意。既然决定交给《芳草》发表，我就挤时间将稿子重写。某些地方省略，某些地方稍详，我都作些斟酌；有些地方，絮絮如叙家常，而减少理论性和学术性的探讨。凡属这些地方，在写法上跟《学习追求五十年》是不相同的。两篇稿子可以起到互相补充的作用。

我写作《七十述略》的目的不同于写一般的回忆录，而着重在写我的学习道路和在创作上的摸索道路，总结一些成功和失败的经验。与上述目的关系不大的生活经历，纵然读者也很关心，谈出来也能引起读者的浓厚兴趣，我都不谈。我实在没有时间写自己的较全面的回忆录，而且也用不着写。据我看来，任何一位被读者承认的作家都在艺术成就上具有自己的特点。形成各作家的特点的因素都是复杂的，研究者可以根据作品和各种资料做客观的分析和探索，但作家如果能够自己在生前做些说明，会给别人的分析和研究提供很大方便。在形成一位作家的特点的各种因素中，他的生活道路、学习道路、写作道路，即艺术上的探索和追求，无疑是最为重要的。我如今写《七十述略》和《学习追求五十年》，目的都是在学习道路和写作道路做一些自我交代，当然也不能不牵涉生活道路，只是不着重去写罢了。

这部稿子决定交给武汉的刊物发表，有些在武汉发生的问题，如何谈得恰当，我一直感到困难。像我这样行年七十的老作家，在文学方面有意识地从事学习和追求，有几十年的经历。很多遇到的事，在当时有一定重要性，究竟无关宏旨，当然可以不谈或一笔带过。但是有些事，或大或小，反映了某一历史时期的思潮、倾向、正确或错误的文艺道路，就应该写出来，通过对历史的忠实回顾，为今后发展党的文艺事业提供历史借鉴。如果在回顾历史时抽掉了这一类事实，历史就空了，就不具备写回忆录的意义和作用了。

（1980 年第 7 期摘编）

悼念李季同志

光　群

李季同志过早地离开我们，正像近一两年某些突然得了不治之症的作家艺术家突然离开我们那样，表面看起来好像是某种疾病导致他们去世，而究其深因呢，不能不说是"十年浩劫"中林彪、"四人帮"对他们残酷迫害的结果。

我想起李季同志在"十年浩劫"中身心所受到的伤害以及在这逆境中他表现出来的坚定纯良的共产党员的党性。

"文革"期间，全国文联和作协的全体干部被"一窝端"地送去了干校。记得我们初去湖北咸宁的一个荒湖边围湖造田，那生活条件是多么艰苦！林彪的党羽甚至卡去了我们干部的食用油，每人每月才发一两油。正是在这时候，李季同志担任我们连队管后勤的副连长。我还没听说过哪个诗人管过群众的伙食，而且干得那样认真、那样出色！李季同志真是拿出了全副精力，千方百计搞好这一二百人（连家属带小孩）的伙食。在艰苦的条件下，蔬菜种起来了，猪养起来了，而且还喂鸡养鸭，大面积种植油菜、芝麻，只不过一两年时间，我们连队的生活面貌完全改观了，肉类、蔬菜自给有余，油料还上缴了几千斤给国家呢。就在艰苦困难的条件下，保护了一大批干部的身体健康，使他们在往后的一些年，在"四人帮"粉碎之后，还能为人民、为党的文学事业做一些工作。而李季同志自己的身心，却在多年折磨、劳损之后，大不如前了。在夏收大忙中，有一次他晕倒在稻田里。

1972 年冬，在周总理和国务院的关怀下，干校的干部有一些开始上调北京。李季同志这时也调往北京人民文学出版社。那时他很高兴，憧憬着再办一个文学刊物。我们大家欢送他，也是兴致很高，相信他办的刊物，会很快出刊的。那时他还是太单纯了，我们大家也太单纯了，我们对"四人帮"的法西斯文化专制主义，对他们的诡谲、阴险、毒辣，还是估计不足，非常估计不足！

1975 年 7 月，毛主席作关于电影《创业》问题的批示的同时，还说现在缺少小说，缺少诗歌，百花齐放没有了。狡猾的张春桥、姚文元装模作样地批复了几件要求《诗刊》复刊的群众来信，张春桥接见文化部的一位拍马文人，说要复刊《人民文学》，并私下告诉拍马文人，《人民文学》复刊的班子"不要原来的人，不要老人"，这就充分暴露了他们的鬼蜮之心。李季同志一而再送去的期刊复刊报告，他们为何根本不批复，从这里可以找到原因。但是当这位拍马文人奉"四人帮"主子的旨意，去医院游说李季同志，要他担任《诗刊》主编时，李季同志义正词严地告诉他："你们这搞的是欺骗毛主席、欺骗党中央、欺骗人民的鬼把戏，我不参加你们的大合唱。"当这位无耻文人说："文艺的春天已经来到。"李季同志愤慨地驳斥他说："那是你们的春天，我们的春天还没到来！什么春天？现在是严冬！"这事被拍马文人向江青告密，江青后来在一个会上点了李季同志的名。在这期间，我同一个同志去看望李季同志，他也是愤慨地指斥"四人帮"搞文艺期刊复刊，制造假的"新气象"的鬼蜮伎俩。李季同志公开指斥文痞姚文元，当初那样多的请示报告，也包括大量的群众来信，要求复刊《诗刊》《人民文学》，他为何不批，怎么这下几封来信就批了？后来因为《诗刊》的领导班子是党中央批准的，李季同志才接受了这一任命。

　　刘少奇同志说共产党员应是富贵不能淫、威武不能屈、贫贱不能移的人，回想起李季同志在"十年浩劫"中表现出的坚定、纯洁的党性，他就正是这样值得我永远学习的优秀共产党员。

（1980 年第 7 期摘编）

访作家孙犁

阎豫昌

我没到过白洋淀，没在故乡河北省这个著名的大湖里划小舟、在荷花丛中穿行，也没乘冰床在冰封的湖面上飞驰。但是，在我脑海里，却常常扬起驶向白洋淀的风帆，对那明澈的湖水寄予了纯真的深情。

我这种对白洋淀的向往之情，是从少年时代就培育起来的，是读了孙犁同志如画地描绘白洋淀风情和人物的作品之后萌生的。

这就是八十年代第一春，虽然气温突然下降，寒流袭来，我却迎着飞沙狂风，冒着刺骨严寒，在天津市多伦道上往返奔波，极其费力地寻找孙犁寓所的动机了。

"这么冷的天，你也没穿大衣，怎么让你找了一个多小时呢?"正在书房里用为时不早的早餐的孙犁同志站起来，同我握手，让我坐下，倒一杯热茶放在我面前，情绪有些激动地说。我向他解释：天津作协的同志，把他家的门牌号码记错了。他立刻把门牌号码讲一遍，嘱咐道："你可要记住啊!"

我望着面前这位身材修长面容清秀的慈祥老人，心中升腾起一股暖流。他的人品，像他的作品一样真诚，亲切。

"我从少年时，就喜爱您的作品! 从您的作品中，能看到真实的人，真实的生活! 因为真，才觉得美。不真实的作品，不可以产生善的力量、美的感受。真善美是统一的。"他正吃着饭，我便抓紧时间坦率地先讲我多年来读他作品的一些感受了。

"有些作品没生命力，就是因为它不真实!"孙犁同志插话说。

我不抽烟。他吃罢了饭，自己取一支抽起来。

"从您的《文学短论》和散文新作中，我知道，您从少年时便刻苦学习，十四岁，考入华北有名的保定育德中学，受过严格的中国古典文学教育。在高中读书时，在北平流浪中，在水乡白洋淀的安新县同口镇任国文教员时，您广泛阅读过莫泊桑、契诃夫、果戈理、高尔基、梅里美、显克微支等世界各国名作家的短篇小说……"我十分敬佩地说。

"我把当时能找得到的外国名作家的中文译本的短篇小说，几乎都找来读了。我不懂外文，不能看原文。我还从上海邮购革命的文艺书刊，阅读中国现代作家的作品和翻译的苏联十月革命以后的文学作品。"

"您最喜欢哪位作家？哪位作家对您的影响最大？"

"鲁迅！我最喜欢鲁迅！"他非常迅速而果断地回答了我的提问，又无限深情地说，"我是认真研究过鲁迅的，还写过两本关于鲁迅的小书。"

"可是，鲁迅作品的风格冷峻，您的作品的风格明丽。"

"这是因为时代不同。"

我有点醒悟了：孙犁对人物的白描手法——虽只有简洁的几笔勾画，却十分传神，这确是取法于鲁迅的。渗透在孙犁作品中的诗意、幽默、隽永，也确是继承和发扬了鲁迅作品的优秀传统的。

我的目光，投向壁上挂的一个玻璃镜框里嵌的书法条幅：

> 作家之名颇美，昔不自量，曾以为不妨滥竽其列，近来稍稍醒悟，已羞言之。
>
> 鲁迅致陶元德书

"这是我请老友陈肇为我写的。鲁迅这话，说得很中肯。"孙犁深沉地说。我心中感到肃然。

"将来有空时，您能把您家壁上挂的鲁迅先生致陶元德书中的那段话，写个条幅给我吗？"我站起来告辞了，怀着依依惜别之情说。

"我的字，写得实在不好。"他谦逊地笑着，"我送你一本书吧！"他一面说，一面打开书橱忙碌地翻检着，颇为抱歉地问："这一本行吗？就是薄一些。"我一看，原来是人民文学出版社重印的文学小丛书中他的名作《荷花淀》。他在扉页上工整地签上他的名字，写上相赠日期：一九八〇年一月二十九日。我望着封面上绿色的图案设计，眼前仿佛又出现了大荷叶下端枪瞄准敌人的战士，像坐在洁白的云彩上编席的女人……

（1980 年第 8 期摘编）

似淡实浓　似冷实热

——高晓声小说的艺术风格

郑祥安

高晓声在不断的创作实践中，与他擅长的题材和熟悉的人物相适应，正在形成似淡实浓、似冷实热的艺术风格。

似淡实浓、似冷实热，首先表现在题材选取上。高晓声的小说不是奔腾怒吼的江河，不是波涛汹涌的大海，而是一条山旁田边的溪水，淙淙流淌，清澈见底。其间有清泉，有泥香，有浊水，有污沙，没有任何掩饰，使人一目了然，孰取孰舍，孰好孰坏，人们自有公论。《李顺大造屋》写造屋，《"漏斗户"主》写吃粮，《周华英求职》写谋生，作者从司空见惯的农村生活中的某一侧面落墨，从衣、食、住、行诸"小"事着手，平铺直叙，娓娓道来。然而，貌似平淡的叙述，蕴藏深刻的内容；表面冷峻的描写，包含强烈的爱憎。读者从富于乡土气息的生活画面中领略到丰富而深刻的内涵。

似淡实浓、似冷实热，还表现在人物塑造上。文学作品离不开写人，高晓声的小说人物有自己的特点，主人公没有一个是叱咤风云的英雄，李顺大和陈奂生都是最常见的农民群众，无权无势，无依无靠，凭双手生存，靠工分温饱。公社书记刘和生、张炳生则是土生土长的基层干部，脚踏实地，任劳任怨。就在这群朴实、忠厚的普通人身上，自然而然地表达出作者对农村生活的独特见识，又生动真实地体现了中国农民勤劳善良、憨厚质朴的美德。

语言的幽默、含蓄，使似淡实浓、似冷实热的艺术风格得到进一步的发挥。幽默、含蓄，既表现于文学语言，也表现在人物语言及对话中。而无论文学语言或人物对话，又融入农民的质朴、憨厚，形成了农民式的幽默、含蓄。

巴尔扎克说过："我以为一个作家，如果能够使读者思考问题，就是做了一件大好事。"高晓声的小说引人入胜，令人深思，给人启示，促人振奋，确是做了一件大好事。希望作者继续保持和发扬。

（1981 年第 2 期摘编）

徐怀中致顾乡

顾乡：

你好！我最近在参加学习，还真够紧张的，抽空读了《失眠者》（载《芳草》1980 第 12 期——原刊编者）。把这篇小说深沉的思想和写作上的成熟，和我熟识的那个瘦弱的小姑娘联系起来，总觉得有些神奇，不可想象。你的文字也是我很喜欢的，短句式，读来有一种质朴的铿锵有声的节奏感，这一点印象很突出，在目前许多作品中语言达到这种水平的不多。这种语言的好处，还在于有时代感，符合现代生活的节拍，既有些欧化，但又是民族的，恰到好处。我唯一感到不足的是，这篇小说结尾部分有点外露了，主要是做梦的那一段，直白地写，实在大可不必。这里要表达的意思，不是在前文都已经有了明确的恰如其份的表达吗？如同你在舞台的各个角度，设置了可以产生各种艺术效果的灯光，虽然有些朦胧，但是创造了一种意境，不想你把大灯打开了，将一切照得惨白，一览无余，这种破坏作用太大了。我想，上帝不能把一切最完美的艺术素养同时给予一个家庭的每一个成员，如果从弟弟(顾城)那里匀出一点朦胧的色彩给姐姐，姐弟两个都会是了不起的。

徐怀中

三月十五日

（1981 年第 6 期）

高 山 景 行

——关于茅盾同志的回忆

胡青坡

茅盾同志逝世，是我国文坛巨星的陨落，是继郭沫若同志逝世后的又一次的巨大损失。

我知道茅盾这名字，是从我的老师李润秋先生的教学开始的。当时是1932年，我只有16岁，在我县简易师范读书。

1933年4月，因故我随同我的老师去天津，润秋先生托我给他买一本《子夜》。到了天津，我们走了好几家书店，问及此书，他们只是用讪笑来回答我们说："没有。"好像是说我们很不懂事，连这书被禁也不知道，或者认为我们是甘愿冒风险的傻子。只有在南洋纸店，遇到一位有年纪的人，他才说："有是有的，但是上头不让卖了，先生。"经过我们多方说明，如果出事，决不连累他们，他才从楼上取出两部，用普通白纸包装起来给了我们，然后我们匆匆辞去。——这本书大大开阔了我的眼界。

我参加工作以后的1939年，看过邓发同志写的《中国职工运动史》。其中提到茅盾同志是中国共产党的创始人之一。这时我才明白他从事文学事业是革命工作的一种方式。

茅盾同志在世的时候，因为工作关系，我听过他的报告。1963年，我在广东的佛山看见他写的条幅，内心羡慕不已，久有求书的想法，但未敢启齿，直到1978年经康濯同志转请才求得一幅，便珍藏起来。他写的是他自己的诗：

> 呼风唤雨寻常事，
> 锥指管窥天地宽；
> 莫道科技关险阻，
> 九亿人民竞登攀。

在我那个小册子重印出版的时候，请茅盾同志题写书名，他不久便写来了。这不仅为书增色，而且他是那样平易近人，使我非常钦佩和感激！

1978 年以后，我曾两次去过他家，虽未深谈什么，但已感到他的朴实、诚恳，工作勤奋。这时他的视力减退，右眼失明，左眼只有 0.2 的视力，然而仍然读书，写作，复信，而且不用秘书。他认为即使有秘书代他起草一些信件，他还是要修改的，省不了多少时间，有些事情由他的亲属做就行了。在一些接触中，我对他崇敬的感情，始终未曾流露过。因为文艺界所有的同志们对他的崇敬是理所当然的，用不着表露的。他那等身的著作，对于文学事业的建树以及对敌斗争的历史，等等，实实在在地令人"高山仰止，景行行止"。

（1981 年第 8 期摘编）

纪念斯诺学术讨论会在汉举行

本刊讯 2 月 28 日上午，纪念中国人民的忠实朋友，美国著名记者、作家埃德加·斯诺学术讨论会在华师大礼堂隆重开幕。

台前鲜花吐艳，台中高悬斯诺先生巨幅画像。新闻、文化、教育、艺术各界知名人士和来自京、沪、穗、豫、陕等省市的代表和华师师生二千余人济济一堂。大会井然有序，气氛热烈而庄严，自始至终洋溢着中美两国人民的友好情谊。

湖北省委领导同志陈丕显、黎韦、胡金魁等出席了大会，由李夫全同志主持开幕式。

筹委会名誉主任傅钟因病未能出席，副主任、国际报告文学研究会副会长黄钢在掌声中宣读了傅钟同志的开幕词。斯诺的夫人洛伊斯·斯诺在热烈的掌声中登上讲台。她从 1972 年年初中国医疗小组去瑞士照料病危中的斯诺先生的动人经过，开始了她热情洋溢的发言。她说，人们之所以记得埃德加，主要是因为他毕生致力于宣传中国人民的民族解放和建设事业。他写《西行漫记》一书，是他一生中最有意义的经历。她说，通过实现斯诺生前的遗愿，中美两国人民跨越空间，进一步把两国联结在一起，如同埃德加·斯诺生前所做的那样。正是首先为了这个原因，我们在他去世十年之后在这里集会，继续发展这种联系，并加强近十年建立起来的新的联系。

华师副院长杨平和青年学生代表周艺平也在会上发言，高度评价了斯诺先生为增进中美两国人民的了解和友谊所做出的卓越贡献，表达了中国青年一代对斯诺的景仰和学习他崇高品格的决心。

作家骆文、徐迟、碧野、李蕤、李冰、曾卓等同志出席了大会。

（1982 年第 4 期摘编）

史沫特莱在武汉活动剪影

郭令炘

"汉口在今天沦入日军之手。"收音机里，一个男中音在用英语广播，"日本军舰停在江心，意大利总领事在码头上恭候着。当第一个海军文官登岸时，总领事恭敬地迎上前去，向他祝贺皇军胜利。"

1938 年 10 月 25 日，岳麓山隐没在朦胧夜色之中。在长沙城郊一幢西式楼房的二层楼上，有五个人正在收听香港电台广播。其中一位有着金灰色的短发，是一个面庞清瘦的外国女人，这就是美国革命作家艾格妮丝·史沫特莱。她是英国《曼彻斯特卫报》记者，又同在座的中国医生——两个男人和两个女人一起，参加了中国红十字会医疗队救护战时伤员，他们每晚回到住地，都按时收听新闻。

武汉沦陷这一沉重消息，无疑的，有如重锤敲打着在场每一个人的心。两个男医生一动不动，活像两尊雕像。两个女医生分坐在史沫特莱两旁，对收音机注目而视，仿佛空气都凝固了。

1937 年，七七事变后的第一个隆冬季节。

沿着江汉关前的沿江大道，一群结队而行的伤兵迎面走来，他们个个步履艰难，有的趑着腿，有的伤口流血，在水泥路面上滴下斑驳的血痕，三个互相搀扶的伤兵落在最后，终于躺在人行道上了，其中一个在痛苦呻吟。

史沫特莱快步迎上前去问道："他怎么了，你们需要帮助吗？"

一个满脸络腮胡的老兵说，他们是在前线向日寇发动的一次进攻中，被敌人埋下的竹桩刺伤的，这位伤兵的伤口已经化脓，现在急于寻找医院。

"前线没有医疗队吗？"

"没有，啥也没有，咱们一挂彩就撤下来。"

"请等一等。"史沫特莱喊来三辆黄包车，交了车费，然后在笔记本上匆匆写了几句英文，撕下来交给老兵说：“请到铁路医院去，把这个交给他们。你们会得到治疗的。”

黄包车拉动了，那老兵急忙回头问道：“先生，您真好，贵姓？”

“我们会再次见面的。祝你们恢复健康，勇敢的士兵们！”

那段时间，史沫特莱的个人生活也正陷入窘境。1928年，她是作为法国《法兰克福日报》特派记者来到中国的，而当希特勒粉墨登场后，这个关系就已中断。她由于拥有同情中国共产党和中国革命的名声，初到武汉时不但就业无门，甚至被所有旅馆拒之门外，她除了身上的制服外一无所有。幸而，她的美国同胞、汉口基督教圣公会鲁迟主教和他的女儿弗兰西丝·鲁迟小姐帮助了她，把她请到他们家中做客，一个当工程师的中国朋友又主动借款，这样她才得以勉强维持生计（她任英国《曼彻斯特卫报》记者是以后的事）。

而她却为中国抗战几乎忘记自己。

她去拜晤美国驻华大使纳尔·约翰逊。她向大使指出，美国人民是热爱和平的，而一心想发财的军火商，却通过政府供应日本军火，帮助他们侵略中国。史沫特莱说：“如果日本用我们供应的军火打败了中国，回头就会对付我们。”

约翰逊大使不以为然地摊开双手说：“到了那时候，他们就会精疲力竭了。”

她向美国红十字会会长写报告，请求为中国伤员提供援助，红十字会副会长回信说：“你提供的资料很有价值，你为伤员争取援助是值得敬佩的。然而，美国咨询委员会现在控制的基金只是用于救济战时平民，而不是用于伤员，我为此不得不深表遗憾！”

于是，史沫特莱接二连三地通过美国、英国以及在中国出版的英文报刊，向全世界发出呼吁：

“中国伤员在抗战中的境遇，与美国独立战争期间的情况完全相同，也与托尔斯泰在《战争与和平》中描绘的1812年战争中俄国伤员的情况相差无几，当时弗罗伦斯·南丁格尔，更得不到医药……”

"停止供应日本军国主义战略物资！"

"赶快给中国以支援！"

"我必须向英国、美国的政府和人民发出呼吁。如果中国士兵由于英美供应日本的战略物资而负伤，却又因得不到医药治疗而死去，你们将受到历史的谴责。"

史沫特莱是从华北抗日根据地来到武汉的外国记者。作为历史的见证人，一来到武汉，她就向中外人士报告八路军在敌后英勇作战的胜利信息。

为了寻求国际朋友援助，鲁迟主教的女儿莦兰西丝小姐同史沫特莱一起奔走呼吁，不久就征集到一万零三百元的捐款交彭德怀同志转给八路军和华北游击队。1938 年 2 月上旬，莦兰西丝又参加了由各国大学教授、记者和音乐家等各方面代表组成的国际代表慰问团，带着两卡车医药、鞋袜等物资，从武汉到达山西中部八路军总司令部。

莦兰西丝对前来欢迎的朱总司令和康克清、丁玲等同志说："我们很感谢史沫特莱女士，因为她把这里的真实情况告诉了我们，使我们知道八路军正在最艰苦的条件下同日本侵略者作战，我们才决定前来慰劳。"朱总司令对他们的到来表示欢迎，并请他们回武汉时向史沫特莱女士转致问候，朱德同志代表八路军表示，一定以更大的胜利答谢国际友人们的援助和关怀！

1938 年的头 10 个月，武汉是全国军民注目的中心——不仅充满国内的进步与倒退、抵抗与投降、团结与分裂两股势力的生死搏斗，国际间的各种势力也在这里争相角逐。

反对史沫特莱者不乏其人。

春天，桃花汛来临的季节，美国扬子江巡逻舰队从上海溯流而上到达武汉，史沫特莱发现舰队司令马奇夸特举起酒杯敬酒时，对她仔细端详了一番。

"上将，您将要说些什么呢？"史沫特莱以犀利的目光面对着他。

"哎，哎，我想说的是……"马奇夸特开始吞吞吐吐，终于佯带醉意地揉了揉他那松弛的眼皮说道，"我想，尊敬的女士，只有那些丑得不能出手的女人才侈谈什么共产主义的玩意儿，女士，您是美丽的，您那逝去的青年时代必然更加富于魅力。请告诉我，您究竟为什么要去到那鸟不拉屎的大西北，与那叫花子一般的中国共产党军队搞在一起，您可是和一位红军将领恋爱上了？"

"什么，叫花子一般的军队，哈哈……哈……哈！"史沫特莱放下酒杯纵声大笑，"尊敬的上将，土耳其有句古老的谚语您可听说过？'谬误一旦泛滥，真理也就成为囚犯。'您虽然战功显赫，素有盛名，却太不了解共产党，太不了解中国红军，甚至对他们在华北敌后的英勇战绩都一无所知，也就不能理解我为什么要去到那里了。"

面对马奇夸特的挑战，史沫特莱的回答使举座皆惊。这次午宴虽然不欢而散，却被史沫特莱作为引子，在英国和美国的报刊上继续发表了一系列介绍中国共产党在敌后领导八路军英勇抗战的通讯报道。这些文章和斯诺的作品相映生辉，在世界人民面前展示了中国共产党在华北领导中国人民开展抗日游击战争的宏伟画卷。

史沫特莱不断发出的正义呼声，继续引起了同情中国的国际朋友们的共同关注。有人建议她去找博克伊克博士，这是一位南斯拉夫卫生专家，由国际联盟派到中国的卫生顾问。

"我们衷心欢迎您的光临！"在汉口德明饭店，博克伊克热情接待，并把夫人介绍给她："您将要寻求什么呢？亲爱的朋友，我们早就读过您关于中国的许多报道了，特别是关于八路军，关于华北，还有那震动全中国的平型关大捷。"

"真奇怪，一支被人们称作叫花子的队伍，竟然把日本人弄得无法对付。"博克伊克夫人是位歌剧演员，说起话来像是朗诵台词。

"夫人，我必须提醒您，那不是叫花子队伍，那是我有生以来所见到的唯一的一支纪律严明英勇善战的部队。"史沫特莱说，"当然，他们的条件十分艰苦，他们面临着我们无法想象得到的许多困难，但也正是这些困难，锻炼了他们的指挥员和战斗员的革命意志。"

"啊，您将成为 20 世纪的弗罗伦斯·南丁格尔?"博克伊克博士幽默地问。

"不。作为现代护理制度的创始人，英国女护士南丁格尔，她在 1854 年克里木战争期间，因为组织了 48 名女护士到战场去救死扶伤而闻名于世，那显然是我无力胜任的。然而，我却愿意为寻找更多的南丁格尔，为改善战时医疗工作竭尽全力。"

"您为了八路军?"

"我为了全中国的抗日部队，当然，也包括他们。"史沫特莱说，"从某种意义上讲，我认为八路军是中国战胜日本的希望，我们更应当向他们伸出援助之手。但目前这里的情况如此严重，却不能不引起我的注意。"

"很好!"博克伊克接着告诉她，两位中国医生即将来到这里，请她和他们就这一问题共同探讨。

这一次在德明饭店的聚会，成为史沫特莱参加中国红十字会医疗队的起点。

为了感谢史沫特莱的无私援助，周恩来同志派王炳南同志到德明饭店专程来看望她。

美国驻华武官史迪威上校接受史沫特莱邀请，和她同往长沙参观了临时急救训练学校，他回汉后，说服美国总领事戴维斯捐了美国红十字会在华积存的资金——六千元法币。

在印度尼西亚的爪哇华侨应史沫特莱要求承担了十一个医疗队的经费。在史沫特莱持续呼吁和各方面支援下，因经费贫乏处于困境的各医疗小分队，终于又活动于前线。

美国和印度应中国共产党领导人和史沫特莱个人邀请而组织的援华医疗队，都是通过史沫特莱的组织奔赴华北敌后的八路军那里的。1938 年秋天，美国医疗队的三位医生来到武汉，其中一位就是加拿大医生白求恩大夫。

五位印度医生组成的医疗队，包括杰出的国际主义战士柯棣华，来到武汉时开始在陆军医院工作，之后几经周折终于到达延安。

有一点我们应当永志不忘。这就是：史沫特莱、白求恩和柯棣华这三位为中国革命事业作出了卓越贡献的国际主义战士，都是在武汉相逢而又分赴不同岗位，为共同的目标而战斗献身的。

随着华中战局的急剧变化，1938 年 6 月徐州沦陷以来，武汉形势变得更加复杂。德国和意大利加紧勾结。意大利大使馆每天通过无线电与日本交换情报，德国盖世太保头目假扮成自由撰稿记者，定期往来于武汉和上海之间，出席每一个记者招待会，代表本国政府秘密会晤国民党军政要员，诱使他们投降卖国。日本人有一次甚至向英国大使承认，他们正在与中国政府中某些最高领导人接触，其中提到了汪精卫。

面对如此复杂的政治形势，史沫特莱毫不畏惧，像一头狮子一样勇敢地进行战斗，她不只以革命的人道主义精神为战时医疗救护工作呕心沥血，同时还挥笔上阵，在英国和美国的报刊上，对法西斯势力的相互勾结和国民党政府中的反共投降活动进行了无情的揭露，为中国共产党领导的抗日救亡运动引吭高歌。她在《汉口的陷落》中写道："在汉口，不论是白天或黑夜，都受到死亡和贫困的包围。死亡以疟疾和血肉横飞的形式交替出现，赤贫是那样根深蒂固，似乎生活本身也是一种疾病。而在这座城市的极端痛苦之上，闪耀着以中国共产党为象征的英雄主义，这与政府中身居要职者的叛变通敌行为形成鲜明的对比。"这些火光般的语言，包含着对中国革命多么深厚的感情和多么强烈的信念啊！

她是在 1938 年 10 月中旬随中国红十字会医疗队从武汉撤退到长沙的，离开武汉前夕，周恩来同志在珞珈山上的寓所里接见了她。

那是个云垂天低的深秋。珞珈山上万木凋零，枯叶满山，只有那火红枫叶和苍劲松柏，显示出旺盛的生命力。周恩来同志满怀激情地通知她，朱德将军前天来汉口参加军事委员会会议，听说她在这里，要周恩来同志代表他向史沫特莱转致问候。

（1982 年第 4 期摘编）

杨耐冬致杨书案书

书案兄：

由书载哥捎来兄六月卅日函敬悉。函中告知兄在武汉文学艺术界占得重镇，且从事创作已出版小说多部，感佩之至。弟则在大学授课之余从事写作，因多年教授西洋文学名著如 Ulysses 等，为利于学生了解均译成中文，故早年即已译书四十余部，论著十余部，小说创作集及诗集较少，后因热爱写作，一度放弃大学教授席位，专心从事创作十余年，致有今日百余部书已出版发行上市，其中包括创作小说、诗、论述、童话、散文，以及翻译世界文学名著(大部分为近十年诺贝尔文学奖作品)，昔常在报纸杂志发表较严肃的文学批评文章，弟这样做乃是想为我中华民族未来有人荣获诺贝尔文学奖催生。想想印度民族有位泰戈尔，日本大和民族出了个川端康成，而我中华民族至今阙如，我们不能责怪他人不公平，应自我省思，急起直追。多观摩，多学习，当然靠翻译介绍，有分量，有风格，自应从多创作中获得，我常以这些话鼓励学子，以期人中有龙，为我中国文学争光。因风写意，未尽所怀，余容后叙。

专此顺颂撰安。

弟杨耐冬敬上

一九八八年七月十六日

P. S. 我在家乡的名字叫杨书佃

（1982 年第 9 期）

生活・人和文

——回答张英

刘　真

　　张英同志在《芳草》上好像是为我而写了那么长、那么好的散文，这使我十分惭愧。从她的散文中，我看出了三层意思：其一是鼓励，鞭策我前进；其二，也是最主要的，是她自己对生活、对葛洲坝水利工程的热爱和热情歌颂；其三她看到同行同辈还能一如既往地到火热的生活中去，她有说不尽的高兴。

　　"多年不见，这个人变成什么样子呢？"当你看到一个老熟人时，不能不有这样一个问号。为什么这样一个问号越来越敏感，越来越大了呢？这是因为在这个大转变的历史时期，不少人都在迅速变化着。由于生活本身的复杂性和来自多方面的因素，有些人的变化是不奇怪的。当你看到一位老同志，不但没有变坏，还坚如磐石似地保持着革命情操，你会感到有点惊奇的，他为什么没变坏，却越变越坚强了呢？这并不奇怪，在如此复杂的情况下，头脑越发清醒的人，还是大有人在。我就看见过这样的老同志，他们宁死也不谋私利，谁想给他送点礼，谋点不合法的私利，那是根本办不到的。但他们对同志、对下级却更关怀了，因为他看到同志间少不了这种关怀互助友爱。他自己却一心扑在祖国建设的事业上，死活不顾。我在葛洲坝，就看见了不少这样纯净的好同志，其中有老有少，也有年轻人。我们文学工作者所谓的向生活学习，去学习什么呢？

　　这家那家，名啊利呀，文艺界有些人闹得最红火、最热闹，似乎我们成了唯一了不起的人了。可仔细一想，没有人民保证我们的衣食住行，我们"家"成得了吗？时至今天，他们付出的劳动最艰苦，而得到的名啊利呀却比我们少得无法计算。

　　看到这些情况，思考了这些问题，我才不能不到生活中去，只此而已。我因为有愧于张英同志的表扬和鞭策，才不得不说出这些心里的话。张英所以鼓励我，安慰我，我想也是和我同样的意思。年轻时在一起的时候，在我的印象中，她还像个黄毛丫头，常陪我一同大笑，一同放声唱歌。可现在我看到她，却是一位很能干的中年编辑了，自己又能写。她唯一没变的是，还是她对我那一往情深。在我精神上受到打击的时候，她陪我一同流泪。而另一位往年和我更好的，却变成市侩式的、心毒手辣的势利眼了。看到了这些变化，我才不可能不有以上这些感想。也正是生活本身正反两个方面的情况对我的教育。

感谢生活，珍视一切美好的事物吧！

（1982 年第 9 期摘编）

二度访萧军

慧　心

我小时候，就常听家里人说起四姑有个女婿，名叫萧军，说他三十年代就是青年作家了，不仅会写文章，还练得一身好武艺。

1977 年 4 月，我去北京，表姐约我去她家玩。我来到表姐和萧军的新居——东郊东坝河的两间乡村小矮屋。表姐见我来了，十分高兴，她拉着我的手就寒暄起来。

"姐夫到哪儿去了？我一直没见过他呢！"

"他挑水去了，就来。"

"什么？挑水去了，他不是都七十多岁了？"

我回头一看：一个身板壮实的老人挑水过来，他步履稳健，放下水桶，笑着与我握手。

"姐夫，您身体可真棒，像个老运动员。"

"是啊，是个老运动员，过去的哪次'运动'也少不了我，哈哈……"

表姐做了香喷喷的打卤面招待我，大家在屋外的小桌上饱餐了一顿。

吃完午饭，萧军姐夫招呼说："小表妹，屋里坐吧。"

我进屋一看，墙上挂着一支宝剑，带着穗。案头上堆着一些稿纸、书籍，还有毛笔、砚台……

"姐夫，我大老远地来看您，又帮着干活，您得给我写点什么。"

萧军爽朗地一笑："哈哈，真会要价，你帮我种植了椒园。我给你写一首《椒园闲咏》吧！"

表姐在一旁插话："他呀，正在重整旧业，挥笔上阵呢！"

"姐夫在写什么？"

"他正在为萧红的信作注释。"

"萧红的信能保存到现在，可真是不幸中之大幸！"

萧军用手理了理头发，带着怀念的感情说："是啊，这些信件是 1936 年萧红从日本寄回的，也有几封是她回国后从北京寄到上海的，共有四十多封。能保存下来，真不容易。我和萧红共同生活了六年，她很有才华，我们是患难中的伙伴，是文学事业上的伙伴啊！萧红于1942年逝世，现在的年轻人不了解她所处的那个时代了。注释这批信是我义不容辞的事，也是对萧红的纪念。"

"三十年代，您和萧红步入上海文坛，鲁迅先生在创作上是怎么指导和帮助你们的？"

萧军笑着说："你不愧当了几年记者，很能提问题！鲁迅对我们的帮助是一言难尽的。先生常说：'肩住了黑暗的闸门，放他们到宽阔光明的地方去。'鲁迅先生对三十年代的文学青年一向是呕心沥血地扶植和培养。他对我和萧红的作品，可说是姑息成分多，很少大杀、大砍。记得《八月的乡村》底稿请他看时，他只给我改了几个错别字，没怎么改动。只记得我的稿子结尾时有一段话叙述孙氏弟兄去投'人民革命军'，一只狗在后面跟着他们，孙氏弟兄用石块轰它回去，狗停止住想着：'他们不久就会回来……'鲁迅先生即在这里眉批了几个字：'狗的心理，你怎么会知道？'于是我就把那狗想的话抹去了。鲁迅先生从来也没有正面指着鼻子教训过我们，还亲自为《八月的乡村》和萧红写的《生死场》作序。他的为人、他的品格、他的作风本身就是一种教育，一种榜样，到现在还时时影响着我。"

当太阳偏西的时候，我与萧军握手道别，他笑着风趣地说："咱们一老一小谈了不少，欢迎你再到椒园来做客。"

我沿着乡村小路走去，不时地回头望着那春田中的两间小矮屋，这一天，我感到自己从小屋里得到了许多许多……

去年金秋时节，我去北京出差，带着发表的电影剧本《萧红》，又去拜访了老姐夫——萧军。这次是在什刹海边的"蜗蜗居"做的客。小楼多年没维修，木楼梯已很破旧，拾级而上，穿过兼做厨房的过道，步入一间斗室，空间几乎被三张床占完了，只给萧军姐夫留下一米见方的小天地。

天地虽小，但来访者络绎不绝，有外国记者、有出版社编辑、有文坛老友，也有慕名而来的文学青年……大家轮流与萧军交谈，我也只好"排队"。

几年不见，萧军姐夫仍然是那么精神矍铄，谈笑风生。他看见我，便从上衣口袋里掏出一块糖，作了个滑稽的动作说："小表妹，请吃糖!"惹得大家都笑了。

我握着他的手问："您都七十五岁啦，身体还这么硬朗，有什么养身之道？"

"有文事者必有武备嘛！我每天早晨都到后海边去打拳、舞剑。"

我们的话题便转到了萧红身上。

萧军姐夫吸了口烟说："现在世界上研究萧红的人不少，美国、日本，以及香港、台湾都有人为萧红著书立说，评介她的作品，我们东北更是有萧红热。"

"姐夫。我写《萧红》剧本的时候，常常为你们的分手感到惋惜。"

"萧红给中国文学留下了丰富的遗产，作为六年的伙伴，我很怀念她，萧红是很单纯的，她在生活上是无知、善良的。但是我和她在性格和思想上不合，人真正生活在一起并不那么美丽，和萧红生活在一起也并不容易，她有她的特性，我有我的特性。人的感情是不可靠的，早晨一个样，晚上又是一回事，感情要通过更改来控制。我要写回忆录，写回忆录等于重新揭自己的疮疤。"

"很想听听您对《萧红》剧本的意见。"

"一个作品，关键是社会效果，一切要用社会效果来衡量，这是个老问题，今天还要强调。拍摄萧红的影片，我赞成，宣传她所代表的一种力量，对中国人民有好处。单纯停留在个人的悲欢离合方面还不够，要有历史的背景、社会的影响，才能闪现出人物的价值。作为一个编剧，历史、西洋史、社会科学、自然科学方面的知识都要有，多看看中国女作家的传记生平。多研究萧红的作品，对哈尔滨要熟悉，尤其是过去的旧景，如欧罗巴旅馆、商市街、列巴圈……多读些书，下点功夫，要比读者高一筹。"

萧军谈起这些来，大有万斛泉源滔滔不绝之势。

面对这位豪爽、勤奋、饱经忧患的老作家，使人想起曹操的诗句：老骥伏枥，志在千里。

（1983 年第 6 期摘编）

"老实"应该比"聪明"先出生

——严文井同志给本刊编辑部的信

编辑部的话：今年 3 月，本刊收到一篇青年作者的小说稿，并附寄一封著名老作家严文井同志的"推荐信"，信里说该作者那篇作品"很有生活气息，觉得作品的人物、结构、语言及思想内容都不错"，并直截了当提出"建议发"。编辑部收到此信后，颇为诧异，感到有些蹊跷，便进一步认真查询，一面写信给原作者问这封信的原委，一面去函问严文井同志是否确有其事，经过反复调查，最后水落石出——这封所谓"推荐信"完全是作者假冒严文井同志的名字，自己编造的。

编辑部同志：

四月十二日信收到。

信中所附的所谓我写的"推荐信"不是我写的。我还没有昏聩到不认识自己的笔迹的地步。

我不懂这位同志为什么对我这样一个人发生了兴趣。

可能他是一个弱者，但我也不是一个强者。

也许他有一些什么幻想，但从编造我的信件这一点来说，他的想象力还不够充分。

从他使用的信纸(河南省××县××创作组的信笺)上透露了他还是老实而且近于笨拙的。

我可能有一种偏见，"聪明"和"老实"是双生兄弟，"老实"应该比"聪明"先出生。

我希望我以上的话对这样一位"作者"说得不是太重。如果他真是一个青年，而又真是想今后从事创作的话，他应该能听得进这样一点不算太刺激的话。

如果这位"作者"的"作品"够发表的水平，对读者有些好处，我想他首先应该审查一下自己的灵魂，老老实实向你们谈谈心，并且根据自己的教训好好改掉"作品"中一切不真实的东西。事情真相明白了，你们自会公正地处理他的作品的。

编谎与创作都需要想象力，但二者毕竟不是一回事，而且水火不相容。从这位"作者"编谎的"艺术能力"看，我的鉴定是：他的想象力很不丰富，主要是不了解这个世界和各种人，庸俗已经统治了他。他要走到正路上来，做一个正直的普通人都得很费一把劲儿，更不用说做什么专门贡献了。但是，我们还是应该欢迎他改正错误。敢于改正错误，就由弱者转到强者的地位上来了。

请原谅，我说得太多了。

以后如有我自认为尚能及格的文章，我会鼓起勇气来向你们投稿的。

严文井

四月十九日，一九八三年

（1983 年第 8 期摘编）

老舍在武汉

章绍嗣　程克夷

1937 年 11 月 15 日，老舍从敌人炮火封锁下的济南逃出，11 月 18 日，在飒飒秋风中来到武汉。来汉后，他仅在一位中学同学的家里住了几天，就应好友游泽丞教授的邀请，搬到了武昌华中大学。在人们的印象里，老舍是以一个温和民主主义作家的姿态步上文坛的，平日似乎不大热心社会活动，"孤高自赏，轻视政治"，是他既往生活的准则。可是，一踏上江城这块热气腾腾的土地，老舍就被武汉人民高昂的抗日热情所鼓舞。共产党人的切实工作，更使他看到了战乱中民族的希望；国破家亡的感受，惊觉于战火的思索，激发了他胸中的爱国热情。他，开始自觉地把自己的文艺活动同民族的命运紧密相连，怀着一颗赤子之心，投身到抗战文艺大军的行列。

战时的武汉文坛，一扫过去沙漠般的沉寂，呈现出抗日文艺运动如火如荼的新气象。1937 年年底，"中华全国戏剧界抗敌协会"成立，公宴于汉口"普海春酒家"。会上，阳翰笙提议从戏剧界扩大出去，筹组一个全国性文艺团体，得到与会者一致赞同，可由于缺少一位众望所归的"领头人"，此事受阻。一天下午，在党组织安排下，周恩来副主席和老舍见面，两人亲切交谈之余，老舍欣然接受在错综复杂的政治环境中组建"中华全国文艺界抗敌协会"（简称"全国文协"）的重任。老舍毅然表示："我不是国民党，也不是共产党，谁真正的抗战，我就跟谁走！我就是一个抗战派！"党和同志们都十分理解老舍说这番话的深刻含义，大家都把希望的目光投射到他的身上。

与周恩来副主席会见后，老舍就一心扑在筹建"文协"的工作上。1938 年元月，"文协临时筹备会"成立，老舍是当选的十四名临时委员之一；2 月 16 日，议定建立正式的"筹备会"，老舍被公推为正式委员；2 月 24 日，"文协筹备会"在汉口两仪街开成立大会，他看到文艺界大团结局面的初步形成，十分振奋。会前，他清唱了自己刚刚脱稿的新京剧《忠烈图》中的几段，一会儿扮须生，一会儿演彩旦，西皮二黄，叫头跌背，一人数角，惟妙惟肖。老舍的多才多艺，使四座皆惊，不时报以热烈的掌声和喝彩。会上，老舍又做了热情洋溢的讲话，指出在中国历史上，文艺作为民族的呼声，作家作为一名战士，去复兴民族，维护正义，这种团结的局面是来之不易的；同时号召作家，应该"各具杀敌的决心，以待一齐杀出"。

"全国文协"的成立，老舍、郭沫若、茅盾、田汉等45人当选为理事。在第一次理事会上，老舍又当选为常务理事并兼任总务部主任，全面主持"文协"工作。从此，"文协"以老舍为轴心，轰轰烈烈地展开了各种活动，这位"文协"的全心全意、勤勤恳恳的"当家人"，一应会务，无论巨细，事必躬亲。

在老舍的领导下，"文协"高张"文章下乡、文章入伍"的大旗，组织作家深入民间，奔赴前线，走上街头，在第三厅组织的抗日"扩大宣传周"活动中做出了不少的成绩。由老舍主持编务的"文协"会刊《抗战文艺》，1938年5月4日在战火中的武汉创刊，组稿、编辑、印刷、发行等工作，都少不了老舍，抗战时期不少有影响的作品，都在这家刊物上问世。《抗战文艺》，五易发行所，由武汉至重庆，坚持抗战八年之久，是唯一贯穿抗战始终的文艺刊物，直至1946年5月才在重庆终刊，在抗战中完成了历史赋予它的重大使命。坚持到抗战的最后胜利，正如茅盾所评价的："如果没有老舍先生的任劳任怨，这一件大事——抗战的文艺家的团结，恐怕是不能那样顺利迅速地完成而且恐怕也不能艰难困苦地支撑到今天了，这不是我个人的私信，而是文艺界同仁的公论。"

尽管会议、来访、编务等社会活动排满了每天的日程，可是自称为"写家"的老舍，仍是笔耕不辍。只要有利于抗战，他什么都乐意写。在六渡桥矗立的抗战宣传画廊里，他写过韵文；在民生路表演的"拉大片"里，他也写过套曲；各地报刊的约稿，他无不应命；武汉出版的十多种期刊，都发表过他的作品。他给自己每天规定了严格的写作量："每天到11点左右，写完我一天该写完的一二千字。"在武汉短短的8个月中，老舍共创作小说、剧本、杂文、鼓书、坠子、数来宝、诗歌达三十多万字。

抗战的洪流，使老舍笔触伸向了更宽广的现实生活。1938年3至7

月，他相继在《抗战文艺》《自由中国》等抗战期刊上发表了三部短篇小说。特别是在通俗文艺《抗到底》上，从第四期开始连载的《蜕》，是老舍在武汉着手创作的一部长篇小说，在长篇几乎绝迹的抗战初期，《蜕》的发表，引人瞩目，显示了抗战文艺的实绩。可惜，由于老舍公务缠身，加之《抗到底》突然停刊，这部勾画抗战时期现实生活的作品，仅写了十六章九万余字就辍笔了，成为一个永远无法弥补的遗憾与损失。

抗战爆发后，老舍一直在思考着文艺如何深入民间，鼓动抗日的问题。还是在千户街冯将军家居住的时候，一日席间，冯玉祥向几位作家提议办一个通俗文艺杂志。话音刚落，老舍欠身离席，拱手笑道："千家之街，群贤毕至，福音堂里，人才济济，麾下此举，善莫大焉!"经大家合计，寓意文艺战士抗战到底的通俗文艺刊物《抗到底》，不久就问世了。老舍自愿撰文组稿，成为该刊的台柱，发表了不少切中时弊的杂文。

1938 年 7 月，武汉形势吃紧，市区遭到日机两次大轰炸，江天硝烟弥漫，街头尸横遍地，三镇沉浸在"保卫大武汉"的悲壮的战斗气氛中。人们纷纷离开武汉，可是爱国的老舍，目击侵略者的血腥暴行，作好了为武汉而死的打算。他曾说："刚到武汉，我以留在武汉为耻；现在疏散人口了，我以离开武汉为耻"；"我不能走，连想也不想一下，好像我是命定地该死在武汉，或是眼看着敌人在这里败溃下去!"后来由于"文协"工作的需要，又在冯玉祥等人的多次催促下，按照"文协"关于老舍必须携印迁会入川的决定，于 1938 年 7 月 30 日，老舍才依依不舍地离开了武汉，冒着敌机轰炸，乘船溯江而上，奔向新的战斗岗位重庆。

（1984 年第 6 期摘编）

茅盾在武汉

程克夷　章绍嗣

1926 年 10 月，北伐军占领了武汉，武汉成了大革命的中心。年底，党中央派遣茅盾到中央军事政治学校武汉分校担任政治教官。茅盾在上海完成了该校两百多名学生的招生任务后，偕夫人孔德沚于年初抵达武汉。他们居住在离学校不远的武昌阅马场福寿里 26 号，这是茅盾第一次来到武汉的住所。

当时，武汉分校本部设在两湖书院，茅盾在这里讲授政治课，课程内容未做刻板的规定，采用的课本是瞿秋白在上海大学时编的社会科学讲义。茅盾的教学任务十分繁重，每备一课，要轮流到军事科、政治科所属各分队去讲授。茅盾以其渊博的学识、潇洒的谈吐，赢得了学生的欢迎。

茅盾在武汉分校任教约两月左右。为了更好地开展革命的宣传工作，党中央又决定派他去主编《汉口民国日报》——名义上是国民党湖北省党部的机关报，实权却掌握在共产党人的手里。社长是董必武，经理是毛泽民，总主笔是茅盾，编辑部除一人是国民党左派外，其余全是共产党员。报纸的编辑方针，宣传内容均由党中央宣传部研究制定；发生了什么问题，茅盾总是向当时在汉主管宣传部工作的瞿秋白请示。所以《汉口民国日报》实际是共产党在武汉办的一张大型日报。茅盾调报社工作以后，家也搬到汉口，住在报社编辑部——歆生路德安里一号——的楼上。

茅盾在报社的主要工作是写作思想评述和社论，每天审定稿件，加上标题，确定版面，然后写一篇千字左右的社论，内容大多是鼓吹革命，或痛骂蒋介石的。当时的消息来得不快捷，特别是"紧要新闻"版，每天几乎都要等到深夜一两点钟才能将稿件发完，有时甚至通宵达旦，彻夜不眠。

后来，蒋介石悍然发动了反共的"四·一二"大屠杀，茅盾也整版整版地刊载上述的消息和文章，声讨蒋介石，号召东征。

1927 年前后的南方各地，特别是两湖、两广，工农运动风起云涌，如烈火燎原。茅盾配合毛泽东同志的《湖南农民运动考察报告》的发表，捍卫毛泽东同志的观点，站在瞿秋白一边，连续发表社论《读李品仙军长来电》《长沙事件》《肃清各县的土豪劣绅》《革命者的仁慈》《扑灭各属的白色恐怖》《整理革命势力》等数篇，义正词严，对"糟得很"派的论调予以驳斥回击。

不久，茅盾主编的《汉口民国日报》引起了党内"左倾"机会主义者和国民党右派的注意和仇视，说报纸"太红了"；陈独秀还提出所谓"在国民党报馆服务的党员，不当使此等报纸变为共产党的报纸"的投降主义主张，还当面指责茅盾："少登一些工运、农运和妇女解放的消息和文章"。茅盾将陈独秀的话气愤地向董必武反映，董必武同志坚定地回答："不要理他，我们照样登！"后来，茅盾又同瞿秋白谈起这些情况，瞿秋白指示一定要按"五大"精神去办；并拟办另一张报纸，要茅盾担任总编辑，堂堂正正地大造革命舆论宣传共产党的政策。后由于时局逆转，大革命流产，办党报的事也就成了泡影。

1927年6月底至7月初，宁汉正式合流，风云突变。茅盾将快要临产的夫人送回上海，自己留下最简单的行李，准备应付突然事变。7月8日，茅盾写完最后一篇社论《讨蒋与团结革命势力》后，随即给汪精卫写了一封信，辞掉《汉口民国日报》的工作，当天就与毛泽民一起转入"地下"，搬到了汉口法租界的一个大商家的栈房里。过了两天，汪精卫虽托人来信挽留，但茅盾根本就没有理睬。7月23日接到党通知他转移的命令，经九江、牯岭，于8月中旬到了上海。

1937年10月初，上海形势吃紧，茅盾决定将两个孩子送至长沙，在去长沙途中的十月八日傍晚，第二次来到武汉，只在开明书店汉口分店与叶圣陶匆匆一晤，第二天就抵长沙。在长沙稍事安顿，在返回上海途中，于10月20日又来到汉口，这是他第三次来到武汉，仍是住在叶圣陶处。一到汉就接到孔德沚上海来电，电云：南京以下不通航，须假道返沪。茅盾原打算在汉口多住几天，翻开报纸又得知上海危在旦夕，只好打消这一念头。在汉口等车几天，与叶圣陶谈了今后的打算，彼此感慨系之，流露出难舍难分之情。这时，前来汉口联系生活书店迁汉事宜的徐伯昕得知茅盾在汉，闻讯来到开明汉口分店，并与茅盾约定，再来武汉办杂志。初拟办一个类似《文学》那样的中型文艺刊物，适应抗战的特点，茅盾欣然同意。这大概就是后来创办《文艺阵地》的初衷吧。接着，茅盾在 24 日从汉口动身，从浙赣路于 11 月 12 日在黄昏的炮火声中返回上海。

上海沦陷后，1937 年除夕，茅盾和夫人从上海动身，取道香港，于 1938 年元月 12 日抵长沙。经再三研究，全家暂不去武汉，由茅盾先到汉口打前站。于是在 1938 年 2 月 7 日，茅盾第四次也是最后一次来到战火燃烧的武汉。

这次茅盾来到武汉，住在汉口交通路一家小旅馆里。茅盾决心在汉开辟新的战斗阵地，来汉当天就找到徐伯昕，着手筹办刊物的事。茅盾最后提议："刊名叫《文艺阵地》，为综合性的抗战文艺半月刊，每期五万字；内容包括创作（小说、诗歌、戏剧、战地通讯、朗诵诗、鼓词等）、论文、短评、书报评述等。"鉴于当时汉口的印刷条件差且比较紧张，更不安全，最后决定在武汉登记，移至广州编辑出版。在研究过程中，茅盾还特地来到八路军驻汉办事处看望了周恩来副主席，商谈了出版刊物的计划和他在社会上活动的方式，得到了周恩来同志的指导与支持。

茅盾在汉历时不到半月，但为抗战文艺作了大量的工作。他每天除忙于接待友人和向友人组稿外，还写了不少推进抗战文艺运动的文章。他走访了老舍，请老舍写新鼓词；走访了楼适夷、叶以群、冯乃超等一大批作家，并委托楼、叶二人为《文艺阵地》在汉继续协助组稿工作。特别值得一提的是，《文艺阵地》是党领导下的文艺刊物，必须花一定的版面来发表反映八路军将士在敌后战斗和活动的作品，可这类作品的组稿较为困难，于是，茅盾就走访了八路军驻汉办事处的董必武同志，请董老鼎力支援。董老十分重视和热情，表示尽力为《文艺阵地》组织这类稿件，并委派吴奚如专门负责这一工作。

这次在汉期间，茅盾还专程看望了"孩子剧团"。回到旅馆，夜不成寐，挥毫疾书，写了散文《记"孩子剧团"》，盛赞"'孩子剧团'是抗战的血泊中产生的一朵奇花！"

（1984 年第 6 期摘编）

田汉在武汉

章绍嗣　程克夷

"五四"以来，在中国现代戏剧的开拓史上，曾出现过一位披荆斩棘的人物，他就是我国著名戏剧家、诗人田汉。

1937 年年底，根据党的指示，由阳翰笙动议成立一个全国性的戏剧界抗日统一战线组织，田汉欣然响应，专程来武汉，担任筹备大会委员，并参与"大会宣言"起草，为其诞生付出了艰辛劳动。12 月 31 日，"中华全国戏剧界抗敌协会"在汉口大光明戏院(今中南剧院)宣告成立，田汉当选为常务理事并任话剧部主任。目睹戏剧工作者为抗日空前团结，田汉十分激奋，曾赋诗祝贺。在此同时，根据对武汉戏剧界的考察，他又写成《武汉剧坛印象》，以"社论"名义在《抗战戏剧》第三期刊出。文章对武汉抗日戏剧活动的开展和整个抗日戏剧运动的推进，均具有深远的指导意义。

抗战初期，田汉在武汉生活了 8 个月，直到这年的 10 月 24 日，在隆隆巨响的炮声中，田汉才依依不舍地离开了战烟弥漫的武汉。著名教育家陶行知十分称赞田汉对抗日伟业的忠贞及其在斗争中表现出的胆识，曾在这年 10 月赋诗两首相赠。其一云："人从武汉散，他在武汉干；练出艺术军三千，田汉毕竟是好汉。"

1937 年 10 月，田汉根据鲁迅名著《阿 Q 正传》改编成的五幕同名话剧，由汉口戏曲时代出版社首次出版，这是《阿 Q 正传》较早的话剧改编本。

1938 年 1 月，田汉创作的四幕话剧《卢沟桥》被列为"抗战戏剧丛书"，由汉口大众出版社首次刊行，不久销售一空。在汉公演时，日夜两场，座无虚席。这部仅用五天时间写成的话剧，之所以如此激动人心，就因为它艺术地再现了军民奋起抗日，死守卢沟桥的悲壮情景，表现了中国人民团结抗日、同仇敌忾的心声。在汉期间，田汉还创作了四场话剧《最后的胜利》，1937 年 12 月下旬由十多个剧团在汉联合演出，第二年又在汉出版。他边写边刻印，分发给各剧团排练，从创作到演出，总共只用了一周时间。剧本再现了军民团结一致，争取抗战胜利的宏伟场面和壮烈情景。

田汉自登上中国现代剧坛，就致力对旧剧的革新改造。仅在武汉的几个月中，从理论到创作，都进行了有益的探索，为戏剧的大众化、民族化、通俗化迈出了坚定的一步，共创作出新京剧《土桥之战》《新雁门关》《渔父报国》《杀宫》等。这些剧本紧密联系抗日斗争的现实，古为今用，以古喻今，宣传不畏强暴、锄奸除害、抗敌救国的民族气节，歌颂中国人民共御外侮、不折不挠的斗争精神。其中《渔父报国》一剧，直接取材于《汉阳县志》所载宋代渔民抗金卫国的故事，在汉口公演时，江城人民凡观之者，无不称道，为之感动。1938 年 10 月，《渔父报国》经作者在桂林修改，写成著名的 36 场京剧《江汉渔歌》，成为抗战戏剧中的优秀作品之一。

自从 1938 年 10 月田汉离开武汉以后，在五十年代中期，田汉作为中国剧协主席，曾来汉参加过一次戏剧观摩演出。他徜徉于扬子江畔，重游于凤凰山下的昙华林，寻觅着自己当年战斗的足迹，吟诗作赋，感慨系之，沉浸在自豪和胜利的回忆中。

（1984 年第 12 期摘编）

曾卓的散文集《让火燃着》

田　野

曾卓是一位诗人，同时又是一位散文作家。他的散文，以感情深沉、真挚，文笔挥洒自如而又优美朴素，构成了自己风格。

曾卓最近出版的散文集《让火燃着》(长江文艺出版社 1984 年印行)"收录的大多是近年来所写的一些短文"，也包括了 1949 年后到"十年浩劫"前留下的两篇作品，和他在 1949 年前所写，早已散失，现经搜集选留的一部分。

作品的数量不多，但正如作者在"后记"中所说，却反映了他"从幼年到现在的几个时期的生活的侧面，留下了在这个壮丽的时代中，在人生长途上探索的一点痕迹"——这是希望与追求的痕迹，是在沙漠中跋涉的骆驼和在蓝得透明的天空中展翅的雄鹰——"重要的是，在心中让火燃着，永远燃着"。这是多么可爱，又是多么可贵啊！

我和曾卓是同时代的人，也是他的许多老朋友中的一个。我们走过的人生道路不尽相同，但目的地则是一致的。而且，在各自的道路上，也都经历过某些艰辛、坎坷。

因此，当我在读到他的有些篇章时，常常就好像在倾听着他无拘无束地袒露自己的胸怀，或诚恳而又直率地回答我所提出的曾经令我苦恼或彷徨的人生和艺术的问题。我承认，当我在读着他的《女孩，母亲和城》，他的《迟来的悼念》，他的《迎接生命中又一个黎明》，他的《新的歌》时，我流泪了——然而，心情却并不是消沉的。

他的散文，写得自由，更写得自然。看来似不着力，其实，是花了很大而又很巧的力气的。他的思想，溶化于真情实感之中，而又像血液一样流贯于全篇之中。

我还特别喜欢曾卓的自成一家的"文艺随笔"。除了收入本集中的几篇，他在《文汇月刊》以"听笛人手记"发表的一系列关于世界名著的评论，也将结集由上海文艺出版社出版。他所评论的这些名著，大多是人所共知，并早已被评论过不止一次了。他的独特之处，在于不仅另具新意，而且或叙或议，都写得生动亲切，文笔优美流利，比某些装腔作势、又长又空的评论文章，其学术性，其艺术性，都强得多了。

（1985 年第 4 期摘编）

丁玲同志在武汉大学

黄　钢

这件事发生在武汉大学。丁玲这次是专门为了参加《史沫特莱在中国》学术讨论会从北京来到武汉的。两天以前(1984年)的十月十一日，她在这次讨论会的盛大开幕式上，充满了丰富的感情而归结说："在我这一生中，我永远无法了结我对于史沫特莱的钦佩。"丁玲用她在白区工作时以及在延安和敌后战斗时认识和遇见的史沫特莱的种种言行，来向那次学术讨论会开幕式上一千一百人的听众同志阐明：艾格妮丝·史沫特莱是一个对进步活动十分热情、对革命伙伴特别忠诚的国际主义战士；她说："史沫特莱(在上海)处理那么多复杂的问题，而我却始终看见她是那样的乐观、那么样的镇定。"丁玲谈到史沫特莱曾经是多么坚定明确地在鲁迅面前说到丁玲自己——而这一节，是丁玲同志在不久以前才间接地获悉的……

说到这里，丁玲极为深沉地回忆道：

"一个人在一生中，会有许多不朽的人物埋藏在他的心里。但是史沫特莱，在我心里的分量，是很重的。"说到这里，丁玲同志的喉音哽塞，开幕式的整个会场，几乎快要觉察到她那极力控制住的呜咽……

"我再也没有机会来报答她了!"丁玲终于抬起头来，大声地说出。这里因为，艾格妮丝·史沫特莱不仅仅在半个世纪以前在上海援救过丁玲出狱，还因为后者曾对鲁迅确证过丁玲的革命行踪，以及与整个革命者的品格密切相关的事情。但是，丁玲说，史沫特莱为他人做了这些好事，后来在当面会见时，史沫特莱对丁玲本人却丝毫也没有提及。

"我和她尽管还有语言上的一些隔阂，但从来却是心心相印的。见了她，我就觉得亲近——她是一团火一样的人!"

这是两天以后丁玲在武汉大学和同师生在广场会见时，她讲话的中心。她说：

"同学们、青年朋友们，我总是劝你们：我们要思索，我们要前进，我们要勇敢!"

会场再一次爆发出暴风雨般的掌声。

这是在丁玲同志八十岁寿辰的第二天。

她就是这样跨进了八十一岁的。她在这一天是穿着鲜红的短毛衫。她最后说："我已经是八十岁了，但是，在我的心里，我好像只有八岁，因为我是跟你们在一起!"这是在会场上的电流畅通以后，她这样补充说时，又引起了又一阵暴风雨似的掌声。

一九八四年十一月廿六日，在北京

（1985 年第 6 期摘编）

名家足迹卷

曾卓诗歌的美学风格

易中天

我读着"老水手"曾卓那海一样博大而深沉的诗作，正如我面对鼓浪屿那宁静而又深邃的港湾。它是那样地使我激动，使我陶醉，使我倾倒，然而它自己却又是那样的宁静，那样的平和，那样的晶莹。宁静得像一颗"带着听不见的声响"坠落的流星（《陨落》），平和得可以"折一支纸船"丢进去，"看它远远地流走"（《海的梦》），晶莹得有如"一棵小草上的一颗露珠"（《位置》）。它甚至不像海，倒"像静谧的湖水，映照彩色的天空"，一如诗人"在古老的又年轻的铃声中"的"沉思"（《风铃——铁马》）。在这里，没有"人的喧嚣，海的波涛"，而只有一位搁浅在滩头的水手，面对一只"搁浅在案头"的海螺，"相互默默地诉说"（《海的向往》）。

这就是曾卓的"海"，这宁静中蕴含着动荡的海啊！它宁静，因为它曾有过太多的风暴，在经历了苦痛的冲突与磨难之后，反倒呈现出圣洁的安详来，正如诗人案头那只灌满了"波涛气息"的海螺，因为听够了风的怒号和海的喧嚣，反倒可能唱一支"无言的歌"。

于是，曾卓的诗便呈现出这样一种美学风格，在单纯中蕴含着丰富，在清淡中蕴含着绚丽，在浅近中蕴含着深刻，在平易中蕴含着沉郁，"端庄杂流丽，刚健含婀娜"，表现着生活的沧桑经历，思想的反复曲尽，艺术的炉火纯青。

《悬崖边的树》，这脍炙人口的杰出诗章，确实是曾卓的代表作。对于它，人们尽可以从不同的角度给予不同的评价和赞赏；而完全不必强求一律。在我看来，它正好集中而典型地代表了曾卓的风格，即音乐般的节奏与韵律，凝固为造型艺术般的静止状态，定格在这欲上欲下、将飞未落之间。

这正是曾卓的独特之处，他似乎总是把内心的激动淡化为静穆的纯净透明的意象，构成他那化动荡为宁静的艺术之海。

（1987 年第 1 期摘编）

艾青不老

王新民

艾青，这位雄踞于中国诗坛、世界诗坛的泰斗，一直是飘扬在我心中的一面为人为诗的大旗。想见一见他，当然是我多年的夙愿。

命运之神似乎读懂了我的心事，终于安排了这个美好的时刻。

那是 1985 年 3 月 27 日上午。

北京车站附近的丰收胡同第二十一号。

坐下后，我把"黄鹤楼笔会邀请信"递给艾老，并向他说明了来意。艾老接过邀请信，摆了摆手说："谢谢你们的邀请，但我人老啦，又有病，远的地方都不敢去。近几年来，有好几个国家邀请我去访问、讲学，因身体关系，我都谢绝了。"高瑛见此情景，忙帮我们做工作："艾青呀，二十多年没去武汉了，还是去去吧。再说，人家又是来函，又是那么老远跑来请你。"艾老指着高瑛孩子般调皮地笑着对我们说："她呀，她除了不愿待在家里，什么地方都想去。"

在一片笑声中，艾老接着说；"今天是我七十五岁生日，外国有些报刊发表了纪念我生日的文章，还有一些国家的文学团体和朋友也发来了贺电，刚才，《诗刊》社等单位，邹荻帆等人还给我送来了生日蛋糕。"听到这里，我激动地说："我们真幸运，第一次见到您，就赶上了您的生日。"艾老笑着说："我本来也不清楚自己的生日，后来别人七考证八考证，给考证出来了，管他是真是假，反正一年有一次能过生日就行了。"

义一阵充满生机的笑浪在客厅里回荡，为艾老机智的幽默。

我们同艾老无拘无束地交谈着。从交谈中得知，艾老近来非常忙：参加人大常委会议和政协会议呀，接见国内外文学团体和报刊记者、友人呀，为一些重大的文学活动和一些报刊的纪念活动题词呀。当然，我们也谈到了武汉，谈到了新建的黄鹤楼，谈到了滚滚东流的长江。艾老一直兴致勃勃地谈着，时而妙语连珠，时而幽默成串。当我和董宏量谈到请他为我们即将创办的《太阳诗报》和由我主编的《武昌报》文艺副刊"江夏"题名时，他笑眯眯地扬起浓眉说："我的毛笔字写得不好，但有很多人又叫我题字，没办法，我也只好认真地写，有时一个晚上写了十几张宣纸，但第二天早晨起来一看，好家伙，大半都被高瑛给枪毙了。"

第三次充满生机的笑浪在客厅里回荡，为艾老那美丽的诙谐。

艾青不老。

（1992 年第 9 期摘编）

"自不量力"的呐喊

荒　煤

前不久，我看到一位记者在报纸上发表一篇报道，标题是"陈荒煤陷于深深的忧虑中"，说道："荒煤老人看上去垂垂老矣，弱不禁风，近年来还出席了不少会议，写了不少文章，看得出是不自量力地拼命做，所为如何呢？原来，他为中国文化事业深深忧虑……。"

我回想了一下，我这个"弱不禁风"的八十岁老人，今年春天，的确"不自量力"地先后写了五篇文章，向社会呼吁，认真研究一下作家怎样走向市场的问题。我们这个 12 亿人口的大国，频频号召建设有中国特色的精神文明，到底还该不该养或怎样养活作家，都似乎有了问题。

我去年首先听到一个信息，我的两个老战友——艾芜和沙汀因四川作协付不起二老的住院费要被赶出医院；然后看到一个消息，山东一位女作家病情严重，号召募捐医疗费，我也捐了点，结果她仍然去世了。接着今年又连续听到路遥、邹志安两位中年作家因病去世，还都负债累累……

同时，又看到有人写文章，痛斥"官养作家"之害；有人则苦心劝作家不要下海，要甘于寂寞；还有人倡导安于贫穷而志不短等。

再就是在中国文坛饱经坎坷，至今耕耘不已的许多老作家，出书难，即使印出来，不过千本左右，在茫茫人海中，真是沧海一粟！……

总之，我这个在旧社会里成长起来的穷孩子出身的穷作家——也还有不少穷作家——30 年代从事革命活动时，都以稿费为生，尽管生活很艰苦，却很活跃。中华人民共和国成立以来，新时期以来，我也很高兴为文学创作繁荣，新人辈出的新气象而呐喊。但我真没有想到，近年来，在商品大潮的冲击下，真正的文学——不论称之为纯文学、严肃文学还是高雅文学，都受到了冷遇，堂堂大国似乎连少数作家都养活不了，要他们为"求生存"而呐喊。

当然，这些现象有其复杂的原因，我的时间和精力都很有限，难以进行深入的研究了。可毕竟在文坛上奔波了 60 多年，尽管饱经坎坷，还不断为我国的文学事业的发展和繁荣而呐喊——其实也是为迎接新世纪文学的新境界而呐喊。

如果说，我今年春天一连写了五篇文章，希望慎重对待把作家推向市场，说我陷于深深忧虑中也好，弱不禁风也好，自不量力也好，也是一种呐喊，那么，我倒有点惭愧和悲哀。

因为我未听到任何反映，或接到过一封信——无论是老战友，还是陌生的读者，或是正在领导岗位上，口口声声强调精神文明建设的同志……反正我没有得到任何回音。

这说明，我的呐喊，老头的呐喊，响声不大，只是一种自不量力、弱不禁风的一声呐喊。

前几年，我在全国政协会议上，还常常喜欢对文艺工作提出意见。可是一位好心的姑娘却真心劝我："你这老头少说几句，说了白说，别自作多情了。"（而当时政协也确实流行过几句话，有人说："说了白说，不如不说。"也有人讲："该说就说，不说白不说。"）

现在，我又不禁发出了几声毫无反响的呐喊，既"弱不禁风"，也更是"自作多情"！

我刚刚写完一篇文章，是年轻人编的一本书，叫作"我与中国二十世纪"，要求写写我们这些七老八十的老人在二十世纪的切身经历和感受。我写了两万字，题名叫"为迎接新世纪而呐喊"。我还是呐喊了，我希望并坚信，我国还会以一个思想解放、创作繁荣、理论活跃、人才辈出的新境界去迎接新世纪。

正好又得到《芳草》的编者催问，要我曾经答应为"人生况味"专栏写的文章能早日寄出。我读过不少"人生况味"的美文，充满了诗情画意，使我觉得我这种老人无从下笔。不料看到那位记者的报道，感慨不已，禁不住就写了这篇"自不量力"的呐喊。

既然芳草地上让我漫游一会，就让我这个垂垂老矣、弱不禁风、不自量力，却又自作多情的老头谈谈我这种可笑可悲的"人生况味"吧。

让我这个1932年在武汉开始参加革命文艺活动的老兵，又是湖北佬，衷心地祝愿芳草萋萋，春光无限好！

（1994 年第 1 期）

访汪曾祺先生

洪　烛

给汪曾祺先生拨电话，他家人告以"赴浙江未归"，一星期后再拨，是汪先生接的电话。我讲述了想写篇采访的计划，他在话筒里笑了："我老了，不太擅长太正式的会谈。"我连忙抬出《芳草》的牌子，说他们从武汉数次来函相托，又强调《芳草》的青年读者尤其想听听汪老的声音，电话那头沉默了片刻，说："明天下午吧。"当时的"明天"指 10 月 15 日。"明天"很快就到了。我处理完办公桌上的事务，走出位于农展馆的中国文联大楼，不巧一场潇潇秋雨从天而降，我考虑到《芳草》应松兄的"催逼"，返身借一件雨衣，就蹬车投奔城南的蒲黄榆一带而去。

《芳草》有相当一部分读者是文学青年。虽然物质社会高速发展，仍有相当一部分年轻人对文学保持着虔诚，渴望能成为作家。我告诉汪先生，在我给《诗刊》担任刊授老师期间，所分管的学员大多是农村或小城市的，他们的有些作业甚至是在油灯下完成的。在贫瘠的文化环境中，他们省下烟酒钱报名参加函授，然而我知道，他们并不是每一个人都能如愿以偿的。我很矛盾，不知该唤醒他们的文学梦还是鼓励他们保持。我请求汪先生通过《芳草》对广大文学青年做一些指点。

汪先生显然被我刚才的描述感动了，"相信吧，总会有人才从这一群落中脱颖而出的。当然首先，要有点艺术细胞才行，如果不是那块料，怎么修理也成不了大器。另外，悟性很重要，机遇很重要"。他说起有一年去辽宁，在《人民文学》面授班上，通过一组粗糙而不乏新意的小说发现了如今已出道的曹乃谦。"乃谦就挺有悟性，点拨一下他就懂了。"汪先生谦逊地一笑。据我所知，这些年汪先生所扶植的青年作家，远远不止乃谦一人。

天色不早了，我合拢采访簿起身告辞。汪先生执意要送我下电梯，他说"顺便买一张晚报"。采访汪先生的经过大致如此。那一个下午对于我很重要。离开蒲黄榆的时候，华灯初上。想起这一带，我就想起一位老人，桥上的老人。

（1994 年第 1 期摘编）

王朔：与历史合谋

池　莉

现在我要做的一件事是一件很难的事：写王朔。

说实话，作家本来就是很难写的主儿，何况写成了名的作家，更何况写正在大红大紫的作家。你走不进一个作家的世界，你千万别写他——我总是这样告诉自己，但人往往身不由己。《芳草》和我关系深厚，他们执意让我写，我就不能不写。好在我事先已经征得了王朔的同意，我告诉他："我要写你了。"

王朔呵呵笑，非常潇洒地说："随便写吧。"

那我就随意写了。我想说明的一点是，我并没有为写此文而专程采访王朔，也不准备写好之后请他过目，我希望读者和王朔都能理解本文所带的主观片面色彩。

对于王朔的小说，单纯从文学艺术上分析，它的确有着许多缺陷。在这一点上，我赞同文坛对他的作品提出的批评。在这里我想说的是对王朔小说的另一种理解。

前几年，我不接受王朔的小说。我认为他在编造生活，故意编造一群现代嬉皮士以表示自己的现代意识。我一翻开那满纸的粗言俚语，那没完没了的男女调侃就倒了胃口。但是后来年轻大学生们对王朔小说的痴迷，引起了我的思考，我想我应该克制自己的阅读欣赏习惯，认真地读一读王朔的作品（我们的许多自以为是的偏见不正是来源于对原著的草率浏览吗？）。

我认真阅读了王朔的一些小说，逐渐发现了自己判断的错误和认识的幼稚。我们怎么能够把自己没有经过的生活当作不存在的生活呢？小说的故事是可以编造的，但细节和作家贯穿在作品之中的气息是编造不出来的，一编造就苍白，就虚浮，就气断息弱。外行虽然不懂这些，但他们知道不好看，不过瘾，假惺惺的，读者喜欢的是那种能够深深打动他们的真情实感。

我原以为王朔在变形,在扭曲,在夸张,在荒诞,在深刻,在玩弄哲学,然而他的小说告诉我事情不是那样的。中国就是有一群王朔,王朔们在我们好好学习天天向上的同时在课桌底下做鬼脸。他们讨厌做作的一本正经,恣意嘲笑正统的虚伪的一切。他们由于受尽轻视和压抑而比同时代人先一步发现了人的可怜、可悲和可笑,所以他们被迫采取了一种与众不同的生活方式,就是那种"一点正经没有"的"顽主"的生活方式。于是,王朔的小说便受到了 20 世纪末年轻人亲兄弟般的认可和欢迎。

　　这正是因为王朔小说的真实。

(1994 年第 1 期摘编)

感觉莫言

张志忠

生活的历练，书本的熏陶，民间文化的潜移默化，加上个人的坚韧意志，都是他登上文坛的必要条件。但话不能拣好听的说，在这纷繁万状的社会中，生存和发展，非得有点尺蠖精神不可。莫言就讲过一些自己的故事，怎样审时度势，怎样哗众取宠。我曾经把这些故事玩味一番，不忍独吞，在此把其中的一二奉诸读者共享，以便知道羊群里怎么会变出个骆驼来。

莫言入伍所在的连队里，战士们一个比一个积极，唯有莫言，既不起早，也不贪黑，不求脱颖而出，只要不显山露水即可。

倒是莫言这样不出头露面、不惹人注意的容易留得住干得长。这是否也是做了一回得利的渔翁？

还有一件事就更滑稽，莫言在保定的一个教导队当教员的时候，还没有提干。为了能给上面造成强烈的印象，他每天晚上睡觉都把他住的外屋的灯明晃晃地开着，自己却在里屋梦周公化蝴蝶。那些顶头上司又有不少属于"印象派"的，看见灯亮着，就夸奖其勤奋学习精神可嘉。

莫言给我讲这些事情是在山东高密县招待所里，晚上乘车回京，本来讲好下午有人陪我到莫言的父母家去看一下的，但不知为了什么原因没有成行，使我不免有扫兴感。说不出莫言是否觉察到我的这种心情，但他一下午的娓娓而谈却使我觉得失之东隅，收之桑榆。在对作家个性的理解上增添了丰富的感性的材料，在某些方面还印证了我凭依作品和他人的介绍对莫言性格的推测，获益匪浅。

比如说，莫言善解人意的一面，和这一席长谈中表现出的那种处世的智慧，或者如马克思所言"农民式的狡猾"，它是本能与经验的叠合而非老谋深算的策略；它是自为性的而不是以嘲弄生活和他人为目的的，生存和发展的异常艰难迫使他们聪明起来，开发自身的潜能；没有这种机智，就不会有今天的莫言。他的机智造成一种幽默感，但幽默之中又含有更多苦涩和悲凉。还是在高密，有人说到"文革笑话"，莫言也讲了一段：收购优种长毛兔，要带着母亲一起去，以证明其是纯种。一老农便带着母兔与小兔到收购站，收购者问："你这兔都没有病吧?"答曰："大的万寿无疆，小的身体健康。"妙语惊四座，我们哄堂大笑，笑毕，莫言补充说，这个老头当时便被活活打死。众皆无言，哑然良久。

（1994 年第 5 期摘编）

冯牧：文苑浇花人

涂光群

提起冯牧，文艺界谁人不知，何人不晓？但人们不一定知道，冯牧是湖北人，原籍夏口（今汉口）。冯牧同我聊起他的家世时说，他的祖籍应该是安徽徽州，但曾祖父已在夏口行医，定居了。父亲留学回国以后，最早也在汉口做事。因为其父会几门外语，在外交司当参事，后来在当时的教育部做佥事（与鲁迅同时同事），全家才迁居北京，所以他的籍贯是湖北。

冯牧的父亲是谁呢？他名叫冯承钧，是一位学贯中西的大学者。他研究兴趣广泛，著译等身，属于多学科的开拓学人，尤其对中西交通、边疆史、元史、蒙古史、佛学等历史、地理、宗教学科等，做过不可磨灭的贡献，又是《马可波罗行纪》最完善的本子的翻译者。在这些学科领域，他可以算是一位大家。近年他的《史地丛考》《西域南海史地考证译丛》等著译，已有出版社重印。在台湾也出版了他的著作的多种版本。他早年留学比利时、法国，最先是研修法律的，回国后由做官走上教书育人和专心致志地研究学问的路。而且使他走上成功之路的那些学科，并非他早年留学时读的专业，可见兴趣爱好，对一个人最终确定从事什么专业和事业有成，起着非常重要的作用。他为了研究学问的需要，除学懂法语、英语，还通晓梵文和蒙古文，这也是极不容易的。今天会数种外语的学者，似不多见。

冯牧虽说在中华人民共和国成立后，一直是个职务不低的文艺官员，如昆明军区文化部部长，《新观察》杂志主编，《文艺报》副主编、主编，副部级文化部党组成员，中国文联党组副书记，中国作协副主席，《中国作家》杂志主编，等等。但他当官不像官，没有丝毫官的做派、官的手腕和官的架子。他是一介书生，保持读书人、文人那清纯自守、单纯、正直的品格，超然于官场和文场上那种势利和你争我夺。从当官来看，有时就有几分"窝囊"。说"冯牧书生"这句话的人，自然是带着某种贬义。冯牧正是这样的人，严守着自己的书生本色、人格尊严、道德信条，即使在其位也不去争权、争名、争利。

中华人民共和国成立初期，在昆明军区文化部部长的任上，他发现、扶植、培育了一大批青年知识分子中的文艺人才：公刘、白桦、公浦、季康、彭荆风、饶阶巴桑、周良沛、林予、郭国甫、吴源植、蓝芒、张昆华……他们很快成为全国知名的小说家、诗人、电影剧作家。

在冯牧的评论中，我们却难以发现那风行一时的"革命大批判"式的"左"调。冯牧始终是怀着爱心、善心和实事求是的精神，对待中国文坛的新、老作家和那来之不易的中国文学创作取得的新成绩。正因为如此，60年代中期"左"的指导思想对中国文艺事业的干扰日趋严重之时，在他便无论如何难以接受了。不论是面对最高领导人的指示，或以正式文件下发的否定革命文艺从 30 年代到 60 年代的成就的《纪要》，他仍然以负责、求是的态度，在一定的组织范围内提出自己的看法、意见。他这种不改书生直言本色、出自善意的意见，却使自己付出了沉重的代价。他先后被认为"老右倾"，随后在"文革"中被打成"恶攻"和"现行反革命"，忍辱负重地劳改，直到"四人帮"被粉碎后，才得以彻底解脱。

我想，冯牧为新时期中国文学创作的兴旺所做的努力，在这篇短文里，是难以叙述完全的。难得的是，冯牧在走向高龄之年仍然一如既往的在中国文学园地里付出其心血、精力，像一个老农民那样，耕耘着、播种着、催生着……这是中国文苑之幸。我祝愿这位辛勤的园丁冯牧精神永健。

（1994 年第 7 期摘编）

思念李冰

楚 奇

老诗人李冰与世长辞了。噩耗传来，深感悲痛。他是位极富于感情色彩的诗人。他1939年奔赴延安参加革命，在几十年的戎马生涯中，驰骋疆场转战南北，从延水河边到晋察冀黄土高坡，又来到了浩浩长江江畔定居。在中南文艺学院文学系他当过教师，培育了很多文学新人，也写出了很多很有分量韵味深厚的诗文。他的长篇叙事诗《赵巧儿》就是在革命圣地延安写的。如果说诗人李季的《王贵与李香香》是中华人民共和国革命诗歌的奠基石，那么，《赵巧儿》就是继《王贵与李香香》后的又一力作。

李冰性格倔直，又很自信。1994年的一个晚上，我得悉他患了重病去看望他。当我问到他的病情时，他双臂扬起，挺起胸膛说："你看我像个害那种病的人吗?"他越是这样自信，我的心情就越感到沉重。因为我已看到医院给机关发来的病情诊断结论。他好像言犹未尽，又说："我只是肺叶上有一小块阴影，很快会好的。我决不会离开你们，因为我还有很多没有做完的事情。"

是的，他确实还有很多事情没有来得及完成。

是的，李冰就是这样一个人。他面孔是冷峻和严肃的，但他的那颗心却永远是滚烫滚烫的。

李冰最近几年还是不断地深入生活，积累创作素材，但他很少动笔。他有个信条：宁肯不写，也决不强求硬挤随波逐流。他始终认为我们伟大民族是个诗的民族、诗的国度，并有着光辉灿烂的诗歌传统。他热望每个诗人都要继承这个传统，为创作出具有新的民族风格，为人民大众喜闻乐见的诗歌而作出贡献。有天我突然收到他的一组诗《山岭的回响》的复印稿。这是他近年来的新作。诗文很有豪情，使人感到那每一行每一个字都是从他血管里流淌出来的，是从他内心深处爆发出来的团团火球，给人以激励，也给人以启迪。这时，适逢《江河文学》约稿，我自作主张地把这组诗给了他们。《江河文学》今年第一期已经发表。发表的时间是1996年1

月 16 日，但他已于 1995 年 12 月 27 日去世了。我默默地想着：我只有用这组诗的发表，寄托我的哀思了！

（1996 年第 4 期摘编）

缅怀夏雨田
——文如其人人如其文
（代序）

从人品、艺品上说，夏雨田是德艺双馨的。他先后两次获湖北省与武汉市特等劳动模范称号，多次获优秀共产党员称号，是党的十三大代表，是连续四届全国文代会代表（第六届还当了全国文联委员），省、市文化厅局曾两次发文号召全省文艺工作者向夏雨田学习。

从八十年代起，夏雨田走上了文化领导岗位，先后担任了十多年省、市文联主席、党组书记、市委宣传部副部长等职。

但从本质上讲，他始终是一个艺术家。

他曾有一副很棒的体格，是国家体委正式发证的国家二级运行员。然而，重任在肩，积劳成疾，终至一病不起。他幽默地调侃自己是：软件发硬、硬件发软。肝是软件，它却硬化；腿是硬件，它又发软。一般人肝硬化腹水一年便生命堪忧，他却整整与病魔抗争了二十年。中央电视台《东方之子》曾做过一期夏雨田的专题，采访记者白岩松十分感慨地说，夏老师这么重的病却依然如此开朗、乐观、豁达，如此淡泊名利、藐视死神，在他身上几乎看不到一点死亡意识。医生坦诚地告诉夏雨田，你的生命已进入了倒计时，切不可掉以轻心啊！夏雨田说："正因为我清楚地知道，我的'来日'并不'方长'，所以更要活得有质量，更要活出个人样来！"因而，他居然在重病中写下了近两百万字的作品。眼前这部作品选，便是他的病床之作。

当他被病魔折磨得死去活来的时候，中央电视台的春节联欢晚会正在播放他创作的小品、相声（《多多关照》《越洋电视》《新名词》等），他自己承担了巨大的痛苦，却给全国人民带来了春节的欢乐。因此，他的首届作品演唱会在杂技厅演出时，北京的一批相声名家马季、唐杰忠、侯耀文、侯耀华……全部云集武汉，为演唱会助阵。一周内媒体发表了五十多篇评论与报道，几乎每天有七八篇文章见报，长江日报的醒目标题是《江城掀起了夏雨田热》。

那年他病得难以下床，便向市委打报告要求辞去市文联主席职务。不曾想群众却再次选举他任下届文联主席，而且是全票当选！大家说，我们不是要你来坐主席这个位子，而是要你来扛主席这杆旗帜。

夏雨田不仅是优秀的作家、演员，也是优秀的报告员。八十年代，他曾以"活着就需要回答""幽默与人生"为题，在各工厂机关、各大专院校作了近四百场报告。他的报告，生动形象，无需讲稿，报告在笑声中进行，思想在笑声中升华。他做报告不仅分文不取，连车子都不用邀请单位张罗，常常是骑自行车往返。他甘守清贫，无怨无悔，不委屈，不攀比，不失落，不遗憾，依然过得乐乐呵呵，活得有滋有味！

在荆门文化公园，热心人为夏雨田塑造了一座高三米多的塑像。像的底座是夏雨田的座右铭：人如其文，文如其人。

这就是我知道的夏雨田，一个普通又不普通的文艺人。我们武汉如果多一些这样的艺术家，我们的艺术百花园地将更加繁花似锦！

最后祝夏雨田早日康复，永葆青春！

（2002 年 3 月增刊摘编）

2003 年《芳草》增刊序

殷增涛

《芳草》增刊编辑部出版《夏雨田相声小品新作选》，雨田同志通过市文联负责人嘱我为书作序。我既感荣幸，又难负其嘱托。

为作为"先进典型"的"名家"的大作作序，自然有责任向读者介绍其人，倡导学习其人。

雨田同志是我市深受广大观众喜爱、德艺双馨的人民艺术家，是"我国新相声的开路人"。去年，中共武汉市委、湖北省委相继发文，号召广大党员干部向雨田同志学习，学习他魂系曲艺、献身曲艺、深入生活、深入群众、紧跟时代、与时俱进、淡泊名利、无私奉献、乐观豁达、笑对病魔的精神，身体力行"三个代表"重要思想，牢固树立正确的权力观、地位观、名利观。雨田同志的先进事迹在全市人民群众中广为传颂。《夏雨田相声小品新作选》的问世，将为大家了解夏雨田同志、学习夏雨田同志提供帮助。

艺术作品植根于生活的沃壤，又接受人民群众的检阅。可喜的是，《夏雨田相声小品新选》中 80% 以上作品，经艺坛大腕精彩纷呈的演绎，已先后在北京、上海、广州等全国十几个省级以上电视台与观众见面，显示了其独具一格的艺术魅力。

伴随《夏雨田相声小品新作选》的编辑出版，雨田同志的作品将会走向更多的读者和家庭。

（2003 年 9 月增刊摘编）

2003年《芳草》增刊编后

去年春天，本刊曾推出《夏雨田相声小品作品选》增刊，受到广大曲艺爱好者和读者的欢迎。

一年多来，夏雨田同志一边与病魔抗争，一边以坚强的意志坚持创作，又写出了许多脍炙人口的曲艺作品。其中有一台戏，十个剧本，是他在医院里用五天五夜为武汉电视台抢写的抗击"非典"主题专场演出节目，节目播出后深深地感动了武汉电视观众。不仅武汉观众喜爱夏雨田的曲艺作品，北京、上海、广州等大城市电视台也先后演播了他的曲艺新作，经曲坛明星大腕精彩演绎，受到各地电视观众的普遍欢迎。

应广大电视观众和读者的要求，本刊再次编辑出版增刊，向广大读者推荐《夏雨田相声小品新作选》。我们的编辑思路是：曲艺剧本属文学样式之一，通过编辑出版夏雨田曲艺剧本，借助曲艺这种人民群众喜闻乐见的形式，拓展《芳草》的文学边界，延伸到整个艺术领域，团结更多更广泛的读者。

由于本刊编辑曲艺剧本的经验不足，加之组稿时间仓促，这期增刊在编辑出版过程中，可能会出现一些差错，欢迎广大曲艺爱好者、读者和行家批评指正。

本期增刊的编辑出版，得到武汉市委副书记张代重同志的关心和支持，得到市委宣传部、省市新闻出版局、市文联领导的指导和帮助，并得到作者亲友和一些企事业单位的协助，在此一并致谢！

编者

2003 年 9 月

（2003 年增刊）

夏雨田友人为增刊题字

雨田：

你的专集出世，使我心慰、心喜、心酸。

为咱事业增添财富，怎不心慰？

给读者(观众)献上一束带刺的玫瑰脍炙人口，敬上一杯香茗清心味厚，谁不心喜？

是你贵恙未愈而完成的专集，我能不心酸吗？

常宝华

2002. 2. 3

春雨润心田，

欢乐送万家。

耕耘数十载，

美夏一枝花。

贺夏雨田老师成就辉煌

姜昆

2002 年春节

夏雨田先生的作品

中国新相声的旗帜

师胜杰

2002 年春

歌颂讽刺并举，

开创一代先河。

冯巩

(2002 年 3 月增刊)

悼念老诗人莎蕻

楚　奇

　　莎蕻是从战火硝烟中铸就的老诗人。他 14 岁参加革命，在抗日熊熊的烈火中，在街头演讲，在街头诵诗。他的《太行山上》就是在街头演讲时朗诵出来的。这些诗都很短，把它写在纸上，贴在村庄路口的墙头上，群众读了扬眉吐气，战士读了义愤填膺。他自己称之为"诗传单"。这是他的首创，很快在游击队推广开来的诗《游击歌》，也是这样"发表"出来的。令他极为惊喜的是，很多青年人读了这首诗，立即满怀激情地参加了游击队，壮大了抗日武装。这些诗传单，他非常珍视，因为他的文学生涯就是从这儿起步的。

　　1940 年 1 月，诗人莎蕻向延安飞奔而去。他曾说过："延河，是我的母亲河。"他经常在延河边走动。有天，他心中一动，似乎一团火焰从他面前飞腾而起，延河在他的视野中化成一条火的河。激情使他张开了想象的翅膀，于是长诗《燃烧的延河》诞生了。

　　　　河，一条火的河，从黄土高坡，

　　　　奔腾而来，燃烧，燃烧，

　　　　烧出一个红色的中国……

　　莎蕻坦诚直率，爱恨分明，是位"人品、文品、诗品"俱佳的老诗人。不幸，1999 年突然病魔缠身，卧床不起。他很坚强，仍不忘写作。2000 年 1 月，在文学期刊《芳草》中，惊喜地读到了他的《东湖吟·山岑》组诗三首。他已经好久不写诗了，因此非常兴奋。去医院看望他，告诉他我读到他的诗了。他笑笑，只说了一句话："诗人沉默就意味着死亡！"接着，在 2000 年 9 月，我又从《湘泉之友报》上读到了他的新作《武当山》。

　　　　是长笛在吹？是铜鼓在响？

轻轻地，柔柔地，

一声声传来，

那是"音乐鸟"婉转啼唱，

武当，武当……

　　读了这首激扬的诗篇，我抑不住内心的阵阵颤动。我又去医院看望他，告诉他我又读到他的新作。那时他已有点不清醒了，但口中还是不断地念道："武当，武当""太阳，太阳"。是呀，这诗人最后一次向人们倾吐他的心声了。那一柱擎天的天柱峰，那迸射着一道道灵光的紫霄宫，那挂在悬崖陡壁上的南崖，都曾使他沉醉过，又使他对生活充满了渴望与遐想。当我最后一次去探望他时，他已神志不清不能讲话了。我站在病房里沉思，不觉热泪盈眶。《武当山》是他生命的最后一刻写出的诗，他正像那巍巍屹立的武当山，永远挺立在人间，永远闪烁着灵光。他已于 2003 年 1 月 11 日去世，《武当山》为他谱写了一首"安魂曲"，伴他远行。

（2003 年第 3 期摘编）

莎莱的歌——祝莎莱八十华诞

陈本才

有人说人生是一首歌。

莎莱的人生就是一首歌，她爱歌，唱歌，写歌。无论是遇到什么样的崎岖坎坷，还是繁忙的社会活动，或者担任院长、文联主席、党组书记等党政领导职务，或者离休以后，她都没有放弃手中的笔，运用七字音符，谱写她心中的歌。我不知道她写了多少首歌，但我知道她写的歌很多很多……

她的歌唱遍了陕北，唱遍了祖国大江南北，唱遍了荆楚大地，也唱遍了武汉三镇。

在解放战争时期，她用歌声为中华儿女争自由、争独立、争解放而歌；在中华人民共和国建设时期，她用歌声为振兴中华而歌；在改革开放时期，她用歌声为中华民族的伟大复兴，为中国人民尽快富起来而歌。她一生都在倾注心血为祖国而歌，为人民而歌，为理想而歌。

她的歌教人爱党，爱祖国，爱领袖，爱英雄，爱劳动，爱生活，爱文明，爱一切美好的东西。无论是谁唱了她的歌，或者听了她的歌，都会受到爱的启迪，都会对生活更加充满信心和希望。

她的歌，不管时间过去多久，过去了 30 年、40 年、50 年，还是更长时间，总是传唱不衰，她的歌声的魅力总是穿越时空，流淌在人们的心中。今天我们无论是唱起《纺棉纱》还是《井冈山》，依然可以产生许多回忆和联想，依然可以获得情感的升华和力量。

可以这样说，莎莱今天满头的银发，是她爱之歌的音符，是她奉献的记录。她一生为武汉文艺事业的发展作出了重大贡献，更为音乐事业的发展作出了重大贡献。

我非常赞同一位哲学家说过的话："人生最美的歌莫过于当你在一种有价值的事业中度过了一生。"莎莱就是在一种有价值的事业中度过了八十载的生活。

我衷心祝贺莎莱的歌继续唱下去，唱到 100 岁，唱到 120 岁，永远用歌声滋润人们的心灵，净化人们的心灵，美化人们的心灵。祝莎莱健康长寿！

（2004 年第 1 期）

读者卷

　　本卷说明：《芳草》杂志是真正视读者为上帝的刊物之一。《芳草》有一个优良的传统：十分注意听取读者的意见，经常拿出一定的版面，刊登来自各方面读者的来信，与读者保持密切的交流。本卷从刊物专设的读者栏目中辑录一部分资料，这些资料应该是刊物历史的组成部分。

一、读者寄语

致《芳草》
读者党元春

在奔流不息的长江之滨，"芳草"将要破土而出了。

至少，可以这样希望——它将给祖国广阔的大地增添一块悦目的绿色。

曾经有这样一句诗："天涯何处无芳草。"

哪里有土地，哪里就是芳草；哪里有人民，哪里就有人民的心愿、需要和希望。

芳草，不就是大地上生长着的希望吗？

它承受阳光的沐浴，它承受雨露的滋润。但更重要的，是它植根于无垠而厚实的土壤；

在深深的地底，那滚动着的炽热的岩浆，给万物以热与力。

离开了土地，芳草也就不复存在了。

土地之所以长出芳草，不是为了招蜂引蝶，也不是为了观赏。

它应该是春天、生命、希望的象征。

它的出现是为了一切热爱美好事物的人，为了一切憎恨丑恶事物的人。

是的，为了人，向未来挺进的人！

人是自为的存在，他不仅实践地改造着自然从而改造着自身，并且还感性地再现着自己，创造出未来的美的生活。

芳草永远忠实于自己的土地，自己的人民，为美的生活作出自己的贡献。

我们就这样期待着《芳草》！

期待着她完成自己的使命：肥沃着大地，为灿烂的春天增添悦目的绿色。

期待着：在生长芳草的土地上，无论是今天，无论是未来，永远散发着生命的芳香！

这是土地的希望！

这是人民的希望！

这是生活的希望！

（1980 年第 2 期）

二、编者与读者之间

《芳草》征求读者意见表

《芳草》发表的作品和文章中，您喜欢哪几篇？

《芳草》发表的作品和文章中，您不喜欢哪几篇？

您希望《芳草》增加一些什么栏目？多组织一些什么样作品？

您觉得《芳草》的编排、插图、封面、封底有何优缺点？应当怎样改进？

（1980 年第 12 期摘编）

我们需要什么样的文学作品
——武汉师范学院汉口分部中文系部分学生座谈

李栋　整理

三月上旬，受《芳草》编辑部的委托，我系召开了一次题为"我们需要什么样的文学作品"的座谈会。老作家和中青年作家们，愿意听一听我们希望你们写些什么吗？亲爱的读者和青年朋友们，你们愿意知道，我们是否说出了你们想说的话？

这一代的"这一个"

胡绪鹃：可以这样说，我们是不同于任何一代的"这一代"，我们需要不同于任何一代的"这一代"文学作品。感谢刘心武为我们塑造了"谢惠敏"这样一个典型。她像一面镜子，照见了一个怪物，一个曾闯进青年一代纯洁心灵的怪物——清教徒式的迷信。"谢惠敏"这个人物好就好在，她不仅反映了我们这一代的某些特点，她又是我们这一代中活生生的"这一个"。我希望文学作品中有更多的像"谢惠敏"这样的"这一个"出现。

唐铁惠：我们这一代青年真是不幸又有幸，从"十年浩劫"、一场噩梦中醒来，我们才发现，世界上除了你死我活的斗争以外，还有那么多人生美好的东西。我们不能不指出，给我们的作品中，"恨"的典型树得太多，教我们如何去爱的典型太少。

游复生：就"引导"而言，岂止是一个爱与恨的问题。比如有这样一部分青年(数量还不算少)，他们是带着明伤与暗伤，背着十多年来积淤的血与泪进入"四化"伟大进程的，他们有一种自卑感，这是以往在"四人帮"的无耻愚弄和欺骗下，盲目自信达到宗教狂热的必然结果。能不能写出这样的作品呢，能不能写出真正的这一代的"这一个"——他们有过理想、追求，有过幻灭，有过迷惘，又是如何恢复了青春，走向人生的春天呢？

李家驹：我生在农村，长在农村，喜欢农村题材，特别是描写农村青年生活的作品。可是，电视、电影、报纸杂志上这类好作品实在是很有限。农村的生活水平和文化水平固然低，但农民对文化生活的要求并不低。为此，我建议《芳草》编辑部，今后适当地多登一些农村题材和描写农村青年一代的作品。

肖咸忠：描写爱情的作品在青年中颇有"票房价值"，可惜目前这类作品质量高的不多，一些作品把丰富多彩的爱情生活，写得简单乏味或把爱情黏附在"思想的结合""理想的一致"上，似乎有了这种爱情的公式，任何爱情的难题都能迎刃而解。还有些爱情作品，不顾民族特点，把外国谈情说爱的方式硬搬到中国舞台和银幕上来。

"十全大补"与"抗菌素"

谢守钧：前不久，北京的剧本创作座谈会讨论了《女贼》《假如我是真的》《在社会的档案里》等几部作品，提出了要注意作品的社会效果问题。

什么叫社会效果？过去有一句话，叫少不看《水浒》，老不看《三国》。试问：有多少人是看了《水浒》便去造反，看了《三国》便去搞阴谋？社会效果有它的客观性。

不过，单纯为了出气解恨，或者赶潮头，争时髦，便不顾文学创作的基本原则，即真实性的原则，采取自然主义的手法，甚至危言耸听，哗众取宠，这样的作品我们也并不欢迎。

刘虎飞：怎样写，就更复杂了。迄今为止，文学作品中的高级干部，要么是"高大全"的神，要么是十恶不赦的鬼。其实，现实中的高级干部，首先是一个活生生的人，有自身独特的经历、爱好、性格等，他们大多数是好的，但也有因"现代迷信"和特权思想所造成的个性上的缺点，我们的作家为什么不按照生活的真实把他们再现在文学作品中呢？

匡从戒：歌颂和暴露是文学基本职能的两个方面，不能偏废。做到了两者有机统一的作品，总是受欢迎的。《乔厂长上任记》在歌颂热心搞四化的乔光朴时，没有忘记还有冀申造麻烦；在暴露"四人帮"留下的堆积如山的积弊时，也没有让人对四化建设的光明前程失去信心，我喜欢这种作品。

肖咸忠：文学作品如何写干部形象？我觉得应该暴露的当然可以暴露，但更要歌颂应该歌颂的。我热切期望，我们的文学作品有更多的"乔厂长"来"上任"。

给艺术以艺术

郑昇："四人帮"时，文学作品的一大弊病是只看它的政治效果，而艺术效果被丢到一边。至今在我们的文学园地上，这种遗风犹存，似乎成为一种"传统"。

刘虎飞：我认为粉碎"四人帮"以来的文学，不少都是"出气文学"。到现在，气出得差不多了，文学发展也就缓慢了，很多作品主题、题材，甚至情节雷同。其中有些作品枯燥无味，人们不爱读。"出气文学"已经不再能满足人们的需要了。我们需要更深刻的思想内容，更完美的艺术形式的作品。

（1980 年第 5 期摘编）

把刊物办活

荆州读者　刘民忠、吴庭欣、殷崇进

我们几位是贵刊的忠实的读者，从《芳草》中，我们看到了生活的再现，初尝了芳草的芳香，吸取了丰富的营养。为了使《芳草》办得有特色，我们建议：

一、发动关心《芳草》的读者开展"怎样把《芳草》办得有特色"的讨论。

二、《芳草》要办成芳草的风格，不能与玫瑰、牡丹和菊花一个样。

三、贵刊要组织自己的作者们重点耕耘某块生活领域，向读者展示真实的社会生活画面，引导人们思考问题。

四、作品要干预生活。编辑要有气魄和胆略，还可有意识地组织专题讨论。

五、要建立读者群。

六、设立芳草奖。

（1981 年第 1 期摘编）

对《芳草》评奖的一点意见

湖北蒲圻读者　曹新民、曹心胜、吴华

得知贵刊设立《芳草》小说奖，我们几位读者感到由衷的高兴，它能促进短篇小说创作的繁荣和发展，提高短篇小说的艺术质量，鼓励广大作者的创作积极性，更好地满足广大人民群众日益提高的对于精神生活的需要。为了搞好这次评选活动，我们希望能积极听取关心这次评选活动的读者的意见，重视读者向你们推荐的作品。当然，读者在推荐作品时要摆出理由，要有自己的见解，不能人云亦云。专家的意见是重要的，但要注意同群众的意见结合起来。另外，通过这次评选活动，要有利于对文学新人的发现和培养，要充分注意他们的作品。

（1981 年第 5 期摘编）

《芳草》的评论文章有"四少"

武汉读者　郭昀

文学创作队伍的发展，不仅需要作者们深入生活，阅读中外名著，而且还需要刊物的辅导。这就要求评论工作了。目睹《芳草》的评论文章，总括有四少：评价具体作品少，评价本刊作品少，评价作品的艺术性少，评价散文、诗歌的少。这样就不利于作者、读者的文学水平的提高。

两点希望

武汉读者　何大江

第一，我们希望看到有新意的作品。这样的作品比起那些四平八稳、毫无特色的作品，要有价值得多，也更能引起读者的兴趣。

第二，我们希望刊物办得活泼一些。形式需要改进（如封面、装帧、插图等），内容更应该多样化，我们希望大兴争鸣之风，多开展严肃的、热烈的问题讨论。

刊物要有自己的个性

武汉读者　李栋

《芳草》的缺点是：艺术上的探讨不足，一些作品有新意，技巧上却不成熟。刊物对有评论价值的，尤其是有助于造成刊物影响和形成刊物风格的作品，评论不及时，不得力。很少有不同观点的争鸣，评论的方式也较老式。

要反映文学创作新的气息

武汉读者　石熙仁

《芳草》创刊以来，基本以发表传统手法创作的作品为主，很少看到有现代派痕迹的小说，这现象很容易使《芳草》的读者产生这样的想法：《芳草》的编辑在选稿上似乎带有个人的喜好，或者是对这类稿件的采用把握不住，还在持观望态度！

一个人的健康是需要多种维生素的，一个刊物岂能例外，大胆些吧，《芳草》！让各式各样体裁的作品以自己特有的养料滋补芳草，使她长得更加茁壮！

（1981 年第 1 期摘编）

心 心 相 印

武汉　郑涛

《芳草》是和我们时代青年心心相印、息息相通的文学刊物。《芳草》无论是报告文学还是中短篇小说、诗歌、散文，都是那样富有时代精神和青春气息，深深地吸引着我们。我们每每从中采撷着精神食粮，寻找自己喜爱的人物，寄托自己的梦想和情怀。作为一个读者，我希望《芳草》能更上一层楼。

芳草天下绿　四处有知音
——部分读者意见综述

《芳草》随刊寄出《征求读者意见表》之后，至元月二十日止，我们已收到数以千计的回件。在这些意见表中，热心的读者对编辑部的工作予以热情的肯定和鼓励，也提出许多极为宝贵的意见和建议。

读者对本刊一九八〇年发表的作品和文章，基本上是肯定的，认为在思想内容上，能面对现实，表达了人民的心声，艺术上也有所追求。其中反应比较强烈、许多读者表示欢迎和赞扬的小说有：陈瑞晴的《家庭喜剧》及续篇、王振武的《谁摘这朵黑牡丹》、严婷婷的《心灵的春天》、贾平凹的《夏家老太》、李翔凌的《孙大圣自传》、叶文玲的《藤椅》、金石的《白菊》、侯桂柱的《说媒》、母国政的《愿生活像朵鲜花》、邹志安的《打赌》、杨菁的《莎草婶》、潘志豪的《诗人，你的七弦琴呢》、刘富道的《分鱼》、萧建森的《小杜调到大机关》、顾乡的《失眠者》、李晴的《心底的阳光》和李建纲的《乍暖还寒天气》，等等。有的读者还写下了他们对以上作品的意见和感想。

也有个别作品在读者中有一些不同的反应，如《愿生活像朵鲜花》《失眠者》，许多读者表示肯定和赞扬，但也有同志对前一篇小说中所表露的某些思想观点和对后一篇小说中的某些艺术表现手法提出了不同的意见和看法。我们认为这是十分正常的。

有的读者在肯定和赞扬我刊小说的同时，也指出了其中一些小说的缺点和不足。武汉工人姜书亨指出：我刊有些小说"挖掘生活的深度不够，面对生活的勇气不够。大凡社会的弊端和丑陋的嘴脸，均落脚于'四人帮'的影响，多少造成了形象的新概念化和新公式化"。

在本刊发表的散文作品中，许多读者对程云的《温哥华奇遇》、王西彦的《浩瀚的长江》、吴奚如的《我所认识的胡风》、羊羣的《峰影》、田野的《见习水手》和杨羽仪的《羊城彩翼》等表示喜爱。湖北读者张建华说："《温哥华奇遇》这篇报告文学以喜悦的笔调描述了'我'和离别几十年的哥哥在加拿大相遇的经过。整个笔调都直抒胸臆，感情炽热而又波澜起伏，充满了兄弟之情，表达了广大侨胞希望祖国统一的强烈愿望。"还有一位读者说："《我所认识的胡风》这篇回忆录能让人窥见过去留下的'足迹'，读后所得甚多。"

读者表示喜欢的诗歌有：《芳草小辑》中一些短小、精悍的抒情咏物诗，胡风的《读陶诗有感》，绿原的《重读圣经》，廖公弦的《东湖放舟》和沈祖棻的词七首，等等。一些读者希望刊物发表经过精选的好诗，少登那些"不痛不痒"和"诗味不足"的诗作。

评论方面，大家表示爱读的文章有：黄宗英的《追踪同时代不知名作家的脚步》、西来的《说"鉴"》、谢宏的《评蒋子龙笔下的铁腕人物》，以及《关于小说〈藤椅〉的评论》，等等。辽宁省海城县 81186 部队邱大成同志说："《追踪同时代不知名作家的脚步》读后使人倍感亲切，格外激动，文学前辈为刊物如何发现和培养文学新人提出了希望，体现了黄宗英同志的崇高的风格。"不少读者对我刊今后的评论工作提出了改进的意见，希望我们多组织"作家谈创作""作家书简"和介绍作家情况的文章，加强对作品的分析和评论，特别是对于有特点的作品和新人新作，要及时地给予评介。

一些读者还迫切期望我刊要注意避免克服当前创作上某些流行的毛病，不断扩大题材范围，力求创新。武汉市硚口区宝善卫生院医生李海清认为：目前文艺创作上流行的一个弊病，"就是虚假、编造情节和雷同，不少作品有'似曾相识燕归来'之感"。湖北咸宁贺胜桥公社高中学生石斌提出："请编者不要选登那些死框框、老套套的作品，要把眼界放开阔一些，要让题材更丰富、形式和风格更多样一些。"

一位没有留下姓名的青年读者认为目前反映青年生活的作品中，"大部分是把青年作为受损害、中毒最深、最坏的人进行刻画的，这种做法是不公平的，也是没有好处的"。他提出："我希望贵刊多刊登一些表现有远大理想的青年对社会进行改革的题材的作品，我希望看到有志青年为祖国富强而努力奋斗的事迹，我希望反映现代青年求学无门、到处碰壁的困难处境，我希望出现与旧势力进行坚决斗争的先进青年形象。"

"天涯何处无芳草？芳草到处有知音！"广大读者除了以认真负责的态度，写下了他们对本刊的意见和建议以外，还用热情洋溢的诗句表达了他们的心情和愿望："异卉奇葩竞娇巧。碧叶葳蕤，馥郁熏芳草。但愿园丁勤育苗，今年《芳草》更繁茂。"翻阅这些从天南海北飞来的"心声"和"知音"，我们心里充满了喜悦和激动之情，我们的心和读者的心是完全相通的！今后我们愿和大家一起，竭尽全力，把《芳草》办得更好、更活，使其花更香，色更艳，为社会主义文艺的繁荣，作出我们应有的贡献！

（1981 年第 3 期摘编）

希望把"芳草新绿"专栏办好办活

监利王堰读者　匡花坛

我是监利县汴河公社王堰大队回乡知青，现在本大队民办小学王堰学校任教，非常喜爱文学，尤其爱好新诗。不知怎的，与《芳草》文学月刊有着特殊的情感，当每期《芳草》来了之后，我都是爱不释手，除了被它那风格的多样、清新而丰富的内容深深地吸引外，最使我激动的是，你们在有限的版面内开辟《芳草新绿》专栏，发表新人新作，并加评点。这对于像我这样在文学上学步的青年来说，无疑是一个鼓舞，也是一种有远见的措施。这种不薄名人爱新人的编辑作风，真是难能可贵，应该大力提倡的。

目前，还有一些刊物，对名家"唯命是从""唯命是颂"的现象是时而有见的。

我举双手赞成你们的做法，希望编者(还有其他一些刊物)将这个栏目办好、办活，坚持下去。

（1983 年第 9 期摘编）

意见和建议（一）

武汉市卫生学校学生　刘世宏

我现年虽只十七岁，却是贵刊的老读者，近日得知贵刊在 1984 年全国短篇小说评奖中第三次获誉，兴奋之际，谈点拙见。

1.《芳草》能大力扶持楚地文学新人，竭力辟出版面发表他们的作品，使我非常感动。

2.《芳草》近几期办起了"争鸣篇"，我为它拍案叫好。

3. 较好地坚持了"以小说、报告文学为主"的原则。

4. 封面设计新颖别致。

5. 名画收集出色。

下面，是我的几点意见和建议：

1.《芳草》不应该添加通俗小说，虽然它也属于文学之范畴。当今通俗小说的数量如泄闸洪水，汹涌高涨，贵刊不要去赶这个潮流，要坚持走自己的路。

2. "芳草新绿"是广大文学青年的知音，是我们最爱看的栏目之一。但是，她仿佛十分"害羞"，并不是每月都同我们见面。希望扩大篇幅，期期都有。

3. 建议每期刊发几篇小小说，它们十分受人欢迎。

4. 贵刊发行宣传不多，说实在些，有许多本地人不知道她。

（1985 年第 7 期摘编）

意见和建议（二）

武汉电机厂　万强

我是《芳草》的一名忠实读者，我认为《芳草》在全国众多的同类刊物中，质量是高的。据我所知，去年《芳草》所发作品中，《生死之间》被《小说选刊》选载，并获得全国优秀短篇小说奖。另外还有六篇其他形式的作品分别被全国其他一些选刊选登。今年第一期上的短篇小说《女人国的污染报告》，又被《小说选刊》选载。所以，我们这些文学青年每每聚在一起，总爱以《芳草》为话题……

但是话说回来，尽管《芳草》较受欢迎，然而细想起来，还有许多不足亟待弥补，还有很大的潜力可挖。我建议：

一、今年以来，本已少得可怜的诗歌阵地被"蚕食"，当然，比起那些将诗歌"斩草除根"的刊物来，《芳草》还稍微开明一点，但这拘谨的诗歌版面，充其量也不过是一种点缀，或者说是一种施舍，无疑地，这种状况与诗歌创作的黄金时代是不相称的。

二、作为武汉市的独一家文学刊物，要尽可能体现出地方特色，勤发、多发城市题材的作品，并多给人一些"汉味"。

三、建议增设"本期新作者介绍"专栏，加强对新人新作的宣传、介绍。

（1985 年第 7 期摘编）

从读者中来(一)

武汉　毛万勇

翻开 1986 年第 9 期《芳草》小说专号，总的印象是耳目一新。

中篇小说《湖雕》确实是一篇很有力度的作品。我总觉得小说里有什么东西在燃烧着。是的，那就是民族感情的火焰。作者以饱满的激情和深切的感受，追求着雄壮的刚阳的美，老渔人和他母亲的禀性，实质上是在赞颂我们民族性中最珍贵的东西。

从读者中来(二)

山西　袁吉发

报告文学作为文学战线的轻骑，在我国革命文艺中着悠久的战斗传统。它以能迅速反映具有迫切现实意义的创作题材，真实描绘人民斗争中不断涌现的优秀人物，尖锐揭示社会生活中为广大群众所关心的重大矛盾，强烈体现新的历史条件下的时代精神而见长。《芳草》突出报告文学，正是注意到报告文学这一长技。"报告文学"专号中的不少篇目是颇值得一读的，甚至会使你产生不少联想。

（1986 年第 1 期摘编）

从读者中来（三）

武汉　郑涛

《芳草》是和我们时代青年心心相印、息息相通的文学刊物。《芳草》无论是报告文学还是中短篇小说、诗歌、散文，都是那样富有时代精神和青春气息，深深地吸引着我们。我们每每从中采撷着精神食粮，寻找自己喜爱的人物，寄托自己的梦想和情怀。作为一个读者，我希望《芳草》能更上一层楼。

（1986 年第 10 期摘编）

打工农民王建勤的信

我是一位长期在外打工的农民。一天下班后，我在朋友家随手翻开《芳草》2003 年第 10 期，读了作者高绍恭写的报告文学《撕开黑幕》，感慨良深。

这篇报告文学列举了大量的事实，揭露了个体矿老板、地方官僚主义者不关心打工者生命安危，只顾自己赚钱，导致矿难事故的内幕。我之所以感慨万分，是因为我的家乡的乡亲们在矿难中伤亡严重。《芳草》敢于伸张正义，为我们广大农民务工者说出了心里话，我们深表谢意和敬佩。

希望《芳草》能继续刊登反映群众呼声、贴近人民生活、敢于伸张正义的好作品。

2003 年 11 月

（2004 年第 2 期）

政协干部王福州的来信

读了贵刊第 10 期的《撕开黑幕》和第 12 期《客死异乡的台前幕后》等报告文学后，心情很激动。《芳草》能够腾出版面发表关于人民群众疾苦的作品，这些作品反映了大众的心声。呼唤着法制，读后让人耳目一新，我深为贵刊能发表这样的文章而高兴！

原先，我是小视了《芳草》的，现在却有些仰视它了。谢谢！

2003 年 12 月 7 日

（2004 年第 2 期）

我们需要什么样的文学

近日，知名作家邓一光、评论家樊星、文学编辑徐玉华、读者宗小满做客《芳草》网站聊天室，就 2005 年文学走向、批评导向、读者趣向等话题，展开了生动活泼的讨论。

杨中标(主持人，本刊编辑)：欢迎各位来到《芳草》聊天室。新春将至，人们对 2005 年的文学充满了期待。在新的一年里，文学将会告诉我们什么？

邓一光(武汉文学院院长、知名作家)：我怀疑"期待"这个词或者这种姿态。消费文化滥觞时代，我们的阅读充满了盲区，"商略督邮风味恶，不堪持到蛤蜊前"(黄庭坚语)，主次不辨，没有期待相反是好事。文学是一种安静的个人朝拜行为，"狭路相逢"和"蓦然回首"的创作和阅读境界由不得大囫囵，占卜和揣测新年爆竹响过之后的文学声音，实在没有太大的意义。

樊星(武汉大学文学院教授、博士生导师、评论家)：从近年的文学发展状况看，有这么几大热点：一是中学生、大学生的青春文学，二是"反贪文学"和"官场文学"，三是历史题材文学，四是海外"移民文学"。可以说四大板块，各显风采。作为一种载体，"网络文学"与四大版块紧密相连。在新的一年里，这样的格局大概不会发生什么大的变化。也许，会有新的文学"增长点"？但愿，但愿。文坛的风云变幻，新人新作流派的出现，常常出人意料。但有的仅仅是旗号新，而缺少实质性的突破。但愿新的一年里会有新的文学奇迹发生吧。

徐玉华(海峡文艺出版社图书编辑)：从出版的角度看，我认为新的一年文学的天空会更加纯净，对于出版界的某些低俗之风会加强抵制。因为自从木子美的《遗情书》在网上大肆传播以及该书出版后，出版总署对此类宣扬泛性爱的书做了点名批评，并召集全国各出版社的领导，对图书出现的格调低俗的问题专门进行了讨论。因此，相信在新的一年里，会有更多清新健康的作品出现。

杨中标：近年来，文坛"小鬼当家"，挤占了大部分文学市场。他们自己写自己，写给自己那批人看。中年以上的人越来越不想读书了，或者只读应用性的书，后现代消费文化，使"文学人口"锐减，这是否意味着传统意义上的文学在向边缘撤退，反之，青春文学是否继续大行其道？

樊星：是的。现在文坛的主力军已经成了 1960 年代以后出生的作家。他们中已经产生出了颇有影响力的作家。所谓"小鬼当家"代表的是一股相当强劲的文学势头：越来越多的青少年文学爱好者正在亲近文学。无论是为了成名的诱惑，还是为了通过文字倾诉人生的体验，或者仅仅是为了"玩一玩"文学，他们那些充满了"王朔气"或者"王小波气"或者"村上春树气"的作品正在大行其道。仅此一点，就足以表明文学没有"边缘化"。更准确的说法是："边缘化"的是那些"曲高和寡"的"现代派文学"和一般化的"载道文学"。真正有深情、有哲理、有深厚文化底蕴的作品，从来就没有"边缘化"过。史铁生、王安忆、莫言、王小波的作品就既得到评论界的一致好评，在书市上也一直卖得很好，可谓雅俗共赏，就很能说明问题。

杨中标：随着网络文学这一文化民主新形式的出现和深入，超越了我们价值观的承受能力和对文学的基本判断。经过时间的过渡，网络写手与普通读者是否可能迎来一个"蜜月期"？

邓一光："超越我们价值观的承受能力和对文学的基本判断"的作品恰恰不大可能随着任何"文化民主新形式"的出现而出现，因为"超越"和"民主"是一对显然的悖论。亨利·米勒的作品大多创作于 20 世纪四五十年代的美国和欧洲，那是数百年来我们这个星球引领文化民主的两个中心，可他的作品仍然被封杀了数十年。大胆和另类如果定位在更为暴露和暴力上，你可以期待那个肮脏的蜜月，但我想那不是你真正想要的。

樊星：在我看来，"网络文学"最初的冲击力已经过去。关于"网络文学"的讨论最热闹的是在几年前。我记得有一年就参加过三个关于"网络文学"的研讨会。

徐玉华：网络需要净化。真正有文学价值的东西是经得起时间考验的，是能打动人性的心灵深处的，所以作为编辑，除了对稿件的市场判断，文学价值的判断同样是不能摒弃的。估计网络文学的窗口越开得大，对网络写手的要求就更高，因此，"蜜月期"不会太快到来。

宗小满：如果作家太把自己当作家，读者就会更偏向那些更像自己人的写手。蜜月需要的是两个人的契合，如今的大胆另类，或许是因为压抑太久，而蜜月里，总是有呼喊有呻吟的，对吗？新鲜的诱惑，是蜜月最直接的刺激，而蜜月之后呢，是变得很疲软还是依然坚挺，则是在之前就应该下足功夫才可以保证的。太过轻率，只会让人在蜜月过后，就觉得腻味，不可能再来回味和珍惜。

徐玉华：现在的读者已经很聪明了，被媒体"误导"多了，自然明白了"狼来了"的道理。我认为读者也是分层次的，猎奇的仅是少数，真正想提高知识品位的还是会挑有价值的书看。从出版社的角度看，就是要树立自己的品牌，不盲从跟风，因为现在图书市场反馈的力度加大，很快，图书的退货率就能让自己明白做书决不能一哄而上，而是要与媒体沟通，将宣传做到位，尽量把最新最准确的图书信息呈现给读者。建议责任编辑自己写书评，为作者和读者间架起一座了解书的虹桥。

宗小满：同等价格，你会去买一瓶更有信誉的洗发水吧？就算用过后，你觉得不好，但也不能退换了，如果文学评论将某部不怎样的作品吆喝成绝无仅有的力作，那把它捧回去的读者或许不会说什么，但在下一次，失去信任的他们，应该不会犯同一个错误了吧？

邓一光："笨下去"的商业文化策略不是本土传媒所创，而是法国知识界的得意之作。人家喜欢吃喝，志向在柜台，要做商家小二，干你何事，要断人家活路？

　　杨中标：我们非常高兴请到几位高手跟网友交流。从今年起《芳草》全面改版，我们期待以后还有更多的这样的机会。谢谢各位。

（2005 年第 1 期摘编）

三、读 者 评 论

喜读《列席委员》

昆明市石坝十四冶运输队　戴永基

发表在 1980 年第 12 期《芳草》上的小说《列席委员》我很爱读。作品一开头就写了一个工人的梦，在梦中有了房子的兴奋。"我们终于有了一个家了!"说明了没有住房的人对"家"的渴望，然而却是南柯一梦。作品中的"我"——一个工人结婚快一年了，即将有小孩，却仍然没有住房，只得夫妻分居，新建中的宿舍也停工待料了。这事被一位老干部袁老太婆知道了，她关心人民疾苦，想人民之所想，急人民之所急，不顾自己有病的身体，"走路一跛一跛的"，为了群众的利益东颠西跑，经历了不少困难。特别是看到她为群众办事，中午又累又饿，在局长家门外的台阶下睡着了时，真是激动人心，使人流泪。袁老太婆是老红军，对革命做出了很大的贡献，可是她一不摆资格，二不图享受，三不搞特权，也不谋任何私利，而是全心全意为人民谋利益，她的品质是多么的崇高!

可是也有另外一种类型的领导干部，遇事踢皮球，不愿承担责任，如院领导你"将"我一军，我"将"他一军。还有郑局长和部里没出面的领导同志，竟然无视人民群众的疾苦，大搞不能发挥作用的 305 工程，挤占了老百姓的住房，浪费了国家大量的资金，这种不切合实际的瞎指挥给国家和人民带来了极大的损害。袁老太婆为了批一张纸条子，竟跑了七八个单位! 这种作风再不纠正，对四化建设是很不利的呀，所以袁老太婆气愤地说："这种作风不消灭他几个，现代化，'化'个屁。"实际上是说出了广大人民群众的心里话，向官僚主义者和搞不正之风的人敲响了警钟。

这篇小说歌颂了为人民谋利益的老干部，揭露和鞭挞了官僚主义和不正之风，为人民群众说了心里话。我一连反复看了六遍，很受感动。

(1981 年第 4 期摘编)

《我的女友》在青年读者中引起热烈反应

本刊今年第三期发表了李利克的小说《我的女友》，在青年读者中引起一定反响。迄至四月十五日止，编辑部和作者共收到十几个省市的读者的许多来信。来信人大多是十八至二十六岁的青年，其中有大学、中专、技校、中学的学生，还有教师、工人、战士、职员和医务工作者。来信大多对小说进行了肯定。

雷州师专中文科学生陈勉在信中说："小说谴责的是当今我们这个社会仍然很得势的那种封建意识和偏见。"北京工业大学的一位女学生来信说："在当今爱情成灾、成患的文艺作品中，小说却赞美比爱情更伟大的友情。"吉林省农业学校的一位学生来信也说："小说反映的情形是生活中普遍存在的。类似的事情在我周围也常常发生，影响着学习和工作。这篇小说是有现实意义的。"

小说在艺术手法上表现出来的某些特点，也受到读者的称赞。湖北省荆州地区的一位读者来信说："我认为这篇小说的结构颇有特色。小说一开头就直接同读者交谈，使人感到小说中的人物正在和自己谈话，非常真切。"安徽省的一位读者来信也说："文中那幽默诙谐的语言使读者不禁会意而笑。"

读者在来信中谈得最多的是对爱情和友谊的看法。他们大多肯定男女之间的友谊，对把男女间的纯洁友谊视为洪水猛兽的封建意识进行了抨击。天津市的一位读者写道："高尚的友谊，纯洁的感情，对学习、工作有什么不利？对社会有什么危害？难道说，几千年来，'男女授受不亲'之道将永远束缚住千万个'胡高'和'陈兰'的手脚吗？"河南省的一位读者在来信中叙述了自己的一段经历后，写道："一系列的事实压得我抬不起头，甚而有轻生和修行之念。我想，世界如此之广漠，难道就没有和我有共同之处的人吗？难道没有一个人敢于承认爱情和友谊毕竟不是同义语吗？"
"我不能理解的是，中国的社会主义制度已建立三十多年了，为什么几千年传统的道德观念如此顽固地禁锢着一些人的头脑！"北京的一位部队读者来信说："过去很多文学作品写了青年男女之间的爱情，但很少写男女之间的友谊。""我们是新中国的青年，应该树立新的社会主义道德观念，正确理解和处理青年男女之间的爱情和友谊。"

从来信反映的情况看，我们觉得下面两个问题值得注意：一，在生活中，一些青年要么对爱情和友谊的看法较为庸俗，要么过于理想化，值得注意和引导。二，一些青年人对文艺的特点认识还比较模糊。来信中以青年女读者最多，她们误把小说中的主人公"胡高"，当成生活中的真人，甚至当成作者自己，对他在爱情、友谊上的遭遇表示同情，或表示要帮他介绍对象，或介绍自己的情况，表示愿与他交朋友，以至结为终身伴侣。这些青年读者读了小说，受到了感染，在思想感情上引起了某些共鸣，这是可以理解的，但要注意不要把小说中的人物和事件同生活中的真人真事当作一回事。（肖力）

（1981 年第 6 期摘编）

文 贵 精 炼

河南省灵宝县大王公社吉家湾学校　牛二宝

每当我呼吸了《芳草》沁人肺腑的芳香时，心中总激起阵阵波涛，此起彼落，久久不能平静。我自己虽不懂文学，但作为一个文学爱好者，也应该及时向编辑部反映自己对刊物的一点意见，这是一种义不容辞的责任！

关于小说的长短问题，"短小精炼"和"鸿篇巨著"都是褒奖之词，但"文贵精炼"这句话却对长、短篇都适用。《芳草》上的小说大多很好，值得几读，但也有个别作品写得太长。我并不反对长，而且爱看一些长篇、中篇小说。这里主要是觉得有些小说似乎很啰唆。《芳草》1981 年第 2 期上表现突出。可能是我的偏见，或因欣赏的要求不同。其中有两篇作品我看了半截，就把它放下了。为什么一些作品越写越长呢？我们的作者为什么不看看《芳草》发表的某些较为优秀而又短小的翻译作品呢？

（1981 年 3 月 1 日）

多为八亿农民着想

浙江德清县读者　苍野

每当我接到盼望已久的《芳草》，总要认真细读、琢磨。特别是今年第四、五期上刊登的《黄面汤叫穷》和《刘二剃头》（作者为兀好民），更叫我为之喝彩，看了两遍还觉得回味无穷。我认为这两篇小说有三条优点：

第一，小说真实，非常符合目前中国农村的特点，对一些事情的叙述始终从生活实际出发，并不任意添枝加叶和生搬硬套，给人以虚的感觉。

第二，小说乡土气息浓厚，很对我们农村读者的口味，读来仿佛置身于小说中似的。

第三，小说的人物刻画细腻自然，把人写活了。

下面，借贵刊向广大作者们提点诚恳的建议：

写农村要有农村的样，不要把城市的东西强加给农民，要反映农村美好的东西，但也不要过于美化今天农村的现实生活。美化是表现不了真实的情况的，反而给人以虚假的感觉。

1981 年 5 月 15 日

喜欢兀好民的故事

上海染料化工五厂　程德培

《芳草》今年四、五期连续发表兀好民的两篇小说，读后自觉有一种清新之感，听说作者才是二十七岁的社员，《刘二剃头》又是处女作，这就更加引人注目。

两篇小说权可当故事读，文笔活脱、流畅、幽默，读来上口，听起来不费神，品尝起来又不是喝白开水，而充满着生活的情趣。读兀好民的作品，自然地令人想起农民对文学作品大众化的要求。我想，农民是会欢迎这类作品的。

说它们是故事，但又不是以编造离奇的故事情节取胜，两篇小说都十分注重人物的刻画。

刘二，一位剃头的手艺人，在农村凭着他那手艺，曾经度过了一段"日日过得油拌面，老婆孩子整天吃香喝辣"的"小康日子"。可这位过惯平稳生活的刘二，也经历了一番"遭遇"和"幸运"。说"遭遇"，是因为他那剃头的行当，在"浩劫"之时被当作资本主义的东西七斗八斗，使得他当场砸了担子，发誓赌咒不再给人剃头了。说"幸运"是因为"大治"之年，刘二不但恢复了剃头行当，而且还发挥了磨刀蘸钢的一技之长，为农机生产作出了贡献。这一落一起，一悲一喜自有其鲜明的对照，听起来颇有点奇特。可它发生在我们国家这段独特的历程中，就显得真实亦自然了。

《黄面汤叫穷》也是写了炉匠一家在这一历程中的经历。不过，这一篇的笔墨并没落在炉匠身上，而是写了他的老婆"黄面汤"。在"割资本主义尾巴""堵资本主义道路""铲除旧土壤"的逆浪中，这位持家精明的"黄面汤"糊涂了，只能按照她一个农民，一个很少出门的"妇道人家"所免不了的皮相之观来总结这次"教训"，得出"这世道兴穷，越穷越吃得开……"的结论。于是她来了个逢人叫穷，以获得生活的"保险系数"。所以当"新生活"给她带来"时来运转"时，她还惶恐不安，处处小心，生怕露出"富的迹象"。黄面汤的"行迹"固然令人感到好笑，但这笑声中又使人有一种揪心的难过。

叙事、写人、对话具有讲故事、说书人所特有那种口头表演艺术的情趣，是兀好民小说的显著艺术特色。例如，最怕人借钱的黄面汤遇到"刀子嘴"来借二百块钱时的回答："'黄面汤'见'刀子嘴'是张飞卖秤锤——真实硬货，心里不由'咯噔'了一下，但旋即从容镇定地'扑哧'一笑，像阿庆嫂糊弄胡传魁那样不露半点破绽：'好我的兄弟哩，你是吃灯草，说得轻巧！开玩笑不怕张扯了嘴，看你嫂子水底有恁大的鱼？……要说十块八块的嘛——'"

这种文字常常使人联想起人物形象那手舞足蹈、神秘诡谲、开怀朗笑的姿态。另外加上小说中对手艺人身份、外貌、身姿、神态的描述，真可谓趣人、趣事、趣话时时穿插，涉笔成趣的地方处处可见。

（1981 年第 8 期摘编）

望多选登这样的好小说

京广线孝子店三四五八二部队　刘居明

你刊第一期刊登的翻译小说《部长的小猪》，全篇不足两千字，语言通畅、文字简练。我读之后认为它篇幅虽短，但意义深刻；它虽没有复杂的故事情节，但却引人入胜。

作者用第一人称的手法，写"我"买了一头漂亮的小猪，准备在圣诞节用。正当全家高兴，忙于别的事情时，小猪却跑了。为了寻找小猪，小说的主人"我"，率领全家出动，跑了三条贝尔格莱德街道，费了九牛二虎之力，一无所获，最后败兴而归。

与此同时，内政部部长的小猪也跑丢了。他只是往贝尔格莱德警察局打了个电话，很快，这位坐在屋里不动的内政部长，就收到了各分区警察先生们送来的五头小猪，不甘落后的帕利卢尔区分局的警察，没找着小猪，抱来了一只火鸡。

《部长的小猪》这个短篇小说，同志们争相传阅，纷纷议论，说那五只小猪和一只火鸡，是对那位滥用职权的内政部长和各位警察先生的绝妙讽刺。也希望今后有更多更好的如《部长的小猪》这样短小精练、带有深刻意义、真实反映现实生活的优秀短篇小说，在贵刊上发表。

读短篇小说《渔家女的高跟鞋》

四川读者　广柱

这篇小说具有鲜明的思想性，艺术上也有很大的特色。在构思上，故事完整、结构严谨。作者是从纵横两个方面着力经营的。从纵的方面看，作者把"高跟鞋"作为贯穿全文的中轴。全文共分四部分，这四个部分，把故事的前后因果、来龙去脉，交代得非常清楚。从横的方面看，作品错落有致、穿插描绘，以"高跟鞋"作为联系的纽带，从而很自然地把两条线索（两代人的不同思想）拧结成一个完整的艺术整体。特别是作者在文中做了大量铺垫之后，紧紧抓住"高跟鞋"的鞋跟被扭断，水秀的脚踝骨被挫伤这一乐极生悲的情节，突出了小说的主题。读者看后，心绪一时难以平静，无不叹气声声，惋惜、埋怨渔家女怎么不入乡随俗？渔家女何必要穿高跟鞋？这样，小说的预期目的就自然而然地达到了。

这篇小说在刻画人物方面也是比较成功的。文章一开篇，渔家妹子就从理发店走了出来，"相互瞅着'波浪化'了的满头黑发，咯咯咯笑着，一会儿横排着走，一会儿拉成一条线，像河港里的白鹅，旁若无人地朝南正街最热闹的百货商店游去。她们要去买高跟鞋。"开门见山地运用轻快而又流畅的笔调把人物托出来了。故事情节也随着铺开，人物的思想情绪也自然地传染给了读者。作品中的水秀父亲——老君山，也是作者所着意刻画的，一个对青年一代既怀有深挚的爱，又严格要求、循循善诱的可亲可敬的形象。

（1982 年第 3 期摘编）

《女大学生宿舍》在读者中引起强烈反响

《女大学生宿舍》在本刊今年第二期发表并经《小说选刊》转载后，引起了读者热烈的反映。截至七月中旬，编辑部和作者就收到来信一千多封。这些信，来自全国各地，从大兴安岭林区到祖国南疆，从新疆的边境哨所到东海中的小岛，不仅有大学生，而且半数以上的信，出自战斗在各条战线、各个行业的工人、农民、战士、教师、医生、护士、营业员、机关干部以及待业青年之手，还有正在国外深造的我国留学生。许多人是在读到小说后，立即动笔给作者写信的。一位守卫在法卡山上的战士，用带着硝烟的铅笔，写下了热情洋溢的信，对作者表示感谢和鼓励。江西萍乡的一位中学生，告诉作者，她因为买不到载有《女大学生宿舍》的杂志，就借来一本，连夜抄下了这篇小说，她的手抄本也被同学们"看"烂了。

许多读者，简直不肯相信人物是虚构的。因为作者从生活中摄取的这一组生动的人物形象，是那样的逼真。

由于小说中的人物写活了，不仅使大学生们以为就是活动在他们身边的同学，觉得亲切、可爱，连自称作者的小弟弟、小妹妹的中小学生们，也非常喜欢他们，把她们当作姐姐。

读者在来信中，还提出了许多中肯的意见，针对作品的不足。主要是：在主题上，开掘不够，因此，小说在反映新一代大学生的精神面貌方面，还嫌不深厚，境界不高。在故事安排上，加上匡筐与辛甘的姐妹关系，有些近于猎奇。作品的结构，还欠严谨，文字也不够洗练。

一些农村读者，为作品中没有农村出来的大学生，表示惋惜。

读者们还对作者提出了善意的告诫和希望："文学的路是漫长的，登了几篇文章，绝不是成功的标志。在文学道路上，有多少一瞬即逝的流星呵！到头来，在那碧蓝的穹窿上闪烁的，毕竟只有稀稀的几颗。努力啊！努力！"

本刊记者整理

（1982 年第 10 期摘编）

何正秋：嘉许和商榷

关于《女孩的怜悯》来稿摘编

《芳草》第七期刊载的小说《女孩的怜悯》的确有魅力，有许多发人深省的地方——应该嘉许的和尚待商榷的。

作者对婚姻爱情的观点是对的，并且阐发得较为清晰：大学生陈少伟与农村姑娘桂兰的婚约是没有爱情基础的。陈少伟那种极富殉道色彩的忠实，是为我们民族千百年来所赞颂的"美德"，小说前半部的精细描述，有力地批判了这种"美德"中的封建愚昧成分。"不伤害人"是陈少伟更为响亮的一个性格主题。由于复杂的社会历史原因，"不伤害人"这种原本美好的道德观念停留在古老的文化基础上，并且被绝对化，因而它今天就常常成了一种桎梏，是愚昧的、不道德的了。因而小说实际上有批判中国传统文化落后方面的意义。

作者的"冲决"却是不彻底的。她精心设计了"桂兰复信"，以极轻松的方式了结了少伟与桂兰间的纠葛，解脱了少伟。而在实际生活中，桂兰是不可能无痛苦的、无受伤之感的，陈少伟也就不可能从"桂兰复信"中轻松解脱。桂兰的幸福结局只能从发展的角度去看，去其漫长的人生中去寻找，勉强构制这一轻松的解脱反而减少了作品的震撼力。

小说是有魅力的，其魅力主要在于张燕玲对陈少伟那别有用心的"爱之纠缠"，也就是所谓"怜悯"。这里既构成了大起大落的情节变幻跌宕之美，又生动地展现出了一个娇娆善良大胆放浪的有一定迷惑力的少女性格。如果说陈少伟曾准备把怜悯变成爱情的话，张燕玲则仅仅只是在用爱情表达怜悯。怜悯的方式，影响深远，所以我不赞成等闲视之的态度。但我赞成反映这样的性格，作历史的记录，供人们鉴赏品评。

读李叔德的小说《长绿岛》

钟法、毛翰

李叔德同志的小说《长绿岛》（载《芳草》一九八三年六月号），为我们塑造了一位勇于执法、维护法律尊严的人物形象，读来使人耳目一新，格外振奋。小说在艺术上，有如下特点值得称道：

话头话尾都是"光明"理发店。琵琶湖镇城建所副所长韩大华，从"光明"理发店一位老师傅口中，得知长绿岛被人霸占，岛上名胜面临毁坏的危险。理发师傅对于全县古八景中最后一景即将被毁而痛心疾首，希望韩大华能够履行他保护环境的职责。小说由此而拉开矛盾冲突的帷幕。后来，当斗争告捷时，韩大华又满面春风地来到"光明"理发店。

小说这样把话头话尾都安排在"光明"理发店，是别具匠心的。首先是以小见大，象征着韩大华执法的出发点是为了人民的利益。同时暗示着，有人民的支持，执法者必将取得胜利。其次，这样安排，使得小说首尾呼应，结构十分严谨。

读《女兵宿舍的秘密》随感

黄金义

发表在第六期《芳草》上的《女兵宿舍的秘密》，笔调风趣，内容清新，从一个特定的角度为我们展示了一位四化建设的新人的精神风貌。作品从主人公辛秋的哭写起。这位自幼丧失父母之爱的孤儿，走过了人生中一段不平凡的崎岖道路，也培养了她具有坚强豁达的性格。平日间，她轻易是不流泪的，今晚却意外地哭了，立即引起了供电班全体男兵的高度关注，不免就有种种的猜测：新兵郭锐则认为辛秋的哭，与杨兰兰的一场争吵有关；志愿兵程维寿则认为在记者召集的座谈会上，她对记者发出许多诘难，通讯站的头儿要追究她"围攻记者"的责任，所以哭了；她的同乡田庆则认为她没被批准加入团组织，或是因为报考军区通讯训练大队的名额被取消了。作品暗伏奇兵，巧布疑阵，从男兵们的种种猜测中设置了一个又一个的悬念，疑云重重，迷雾叠叠，最后拨开疑云迷雾，涌出一颗灿烂夺目的明星。男兵们的猜谜通通打了零分。奇迹让指导员郑耀宽一语道破了，原来今晚女兵辛秋有四喜临门，她是耐不住内心的激动，感到幸福和喜悦而哭了。作者不愧是"画龙点睛"妙手，通篇写辛秋的哭，就是为了写她内心的欢乐，烘云托月，用笔奇巧，引人入胜，确是一篇令人爱读的好作品。

（1983 年第 9 期摘编）

读《手之情》

少　牛

文章的好坏，当然不能以字数的多少来衡量，但是作为短篇小说，提笔就是洋洋洒洒的一两万言，终究不值得称道。

本期《芳草新绿》中选发的宋咏海的《手之情》，全文不足两千字，虽然算不得完美，但义字凝练顺畅，感情真挚动人，值得向读者推荐。

毫无疑问，宋咏海是文坛新手，但他学步伊始便能注意到"以小见大"，即以很短的篇幅，尽力去创造一个完整的艺术世界，尽力去塑造人物和反映生活，这是应该肯定的。文中的女主人公，简洁得连个姓名都没有，但却以她那双"牙雕似的小手"、默默取下失去父亲的孩子头上的一对红色蝴蝶结的手、"留下几道渗有的指甲印"的手，给人留下一个美好动人的印象。通过丁伟医生的眼光和思维活动，作者又将医院外科的夜班场面、人物的关系及其发展、手术过程，较真实、较有层次地表现出来。同时，丁伟医生的形象也不落俗套，甚至病人手术前的惧痛、手术中的忍痛和手术后的感激之情，也写得较为逼真和传神。

这一些，全都容纳在不足两千字的篇幅里，足见短篇小说的"短"，对于作者来说，既是限制，也是优势，其意义如同提高单位面积产量对于农民，是很重要的。

人们喜欢将《手之情》这类小说称之为小小说，或称微型小说、袖珍小说，更有甚者，提出写一分钟小说，五百字小说。其实，这都是短篇小说，不过是比较实在的短篇小说，至少在规模上。

读者是爱读这类小说的，希望《芳草》能拿出一定篇幅，多加刊载。

（1984 年第 9 期）

读《翠鸟飞》

杨柏森

我们在读小说和看由小说改编成电影《女大学生宿舍》时，曾流露过一种遗憾：要是里面有一位来自农村的女同学就好了！现在你瞧，她不就来了吗！这就是喻杉的新作《翠鸟飞》（载本刊一九八四年第五期）中的胡翠翠。

从小说中五彩缤纷的画面上，从翠翠出手大方的举止中，我们可以想象出农村出现的巨变和农村专业户家境的富贵。从某个意义上说，《翠鸟飞》是对党的农村政策的一曲赞歌。

作者的动机和小说的主旨并不止于此。小说中通过这些描写，揭示出了翠翠性格形成和心理变化同环境、背景的一种有机联系。

小说通过有限的时空和不多的情节，生动、细腻而饶有风趣地勾画出翠翠直爽而略嫌幼稚、好强而稍欠谦谨的性格特征，展现了她那经过陶冶而更加纯净的心灵。

小说篇幅不长，情节发展自然而不平淡，结构紧凑，层次清楚。小说的叙述语言虽采用的是第三人称，但其真切、亲近和富于情趣却并不逊于第三人称。作品中的人和事，情和景都是通过翠翠的眼睛过滤了的，通过她的心灵之镜摄下的。小说有感染力，我们很爱读。

读《花鞋垫儿》

张赞昆

写得真，写得美，是我读了兀好民同志写的短篇小说《花鞋垫儿》(载本刊 1984 年第五期)的突出感受。

真，是指小说中对当前农村生活的描写，真实生动，有着一段清新的韵味；美，是指作者对人物心灵刻画十分出色。小说主人公秀梅"不甘沉沦"的心灵之火，是通过其性格的三次"闪光"而耀目的。读起来耐人寻味，给人以力量。

作者先是敏锐地抓住一对夫妻生活的微弱变化，来揭示人物性格的第一次"闪光"——知己不足而不落伍。秀梅性格的第二次"闪光"——进取之光，是在筹办村文化室时闪烁出来的。她的性格的第三次"闪光"——不求出人头地，只求默默无闻地给人间呈献美的东西。

这三次性格"闪光"——使秀梅的心灵之火更加光彩照人，人物性格鲜明而有力量。

胡耀邦同志在一次剧本座谈会上，要求作家进入人的内心世界里面去，"把高尚的、美好的东西发掘出来，赞美它、歌颂它"。青年作者兀好民正是在这条反映人民精神之火的创作道路上前进的，我们希望读到他更多更好的作品。

读《镇长黄牛轫》

牛田耘

在如何处理文学与时代的关系上，近年来有一种错误的看法。某些同志认为：由于政治形势多变，影响了作品的艺术生命，文艺应离政治愈远愈好。在这种错误思潮的影响下，一些作者不去触及当时的社会问题，不反映当前的现实生活，而热衷于写一些政治色彩不浓，远离时代的所谓"永恒"的主题。

白水同志的中篇小说《镇长黄牛牬》(见本刊 1984 年第 5 期)，没有受这股思潮的影响，它通过荷花台镇镇长黄牛牬三十余年的政治生涯，形象地反映了中华人民共和国成立以来的社会生活。作为一个基层领导干部，黄牛牬在工作上的成败得失，个人命运上的吉凶祸福，无不与时代的风云息息相关，无不与社会的治乱紧紧相连。作者敢于面对现实，紧扣时代的脉搏，及时地反映现实的生活和斗争，这是值得称赞的。

荷花台镇镇长黄牛牬是作者全力歌颂的人物。他是一个在革命斗争的风浪中成长，全心全意为人民服务的基层干部。但作者并没有过于钟爱自己笔下的人物，并没有把他写成"完人"和"神人"，而是一个有血有肉、有真情实感的活人。

（1984 年第 12 期摘编）

河北师范大学刘新迎来信

前两天翻阅《芳草》第 10 期上报告文学《背井离乡之歌》，很有感触，我认为，它是一篇难得的佳作。它向我们叙述的是在现阶段，中央、全国大力重视教育的今天，发生在不同地点的几个阴暗面，深刻鲜明地揭示了问题。多年来，许多刊物只登表扬式的报告文学，对真正揭示问题的文章却登得很少或不敢登。《芳草》能登这样的文章确是难能可贵的。最后，衷心祝《芳草》越办越好。

（1986 年第 12 期摘编）

读《不响的铜钟》
宏　卿

《不响的铜钟》，荒诞其表，真实其里，怪而不怪，表现出构思之精妙。作品的主人公于亮是一个内涵丰富、性格丰满的角色。他十八岁进县委大院，由秘书到办公室主任，有权有势，"文革"之前已是劣迹斑斑了。他是县委书记祝文运的得力助手、亲信，按理，于亮应当刻骨铭心地感激老祝才对。但是，这个诡谲而势利的小人，却在祝文运成为全县最大的"走资派"之际，狠狠地捅了一刀，开脱自己，"用人血染红顶子"。进了"牛棚"，他仍发挥充分的想象力，捏造县委宣传部部长李百川的"罪状"，此人非鬼，又是什么？

作品的立意是新的，别出心裁的。文笔虽然粗糙了点，但审视角度良好，作者留给读者的可见度清晰，留给读者思索的余地很广。不是人变成了鬼，而是有些人原本就是鬼。对这种由于我们民族中的劣根性和无休止的政治斗争所产生的畸形儿，这种政治的恶性毒瘤，给以剖析，加以切除，确属十分必要。铜钟不响，但警钟长鸣，我们的事业要取得长足的进步，撕破两面人、人鬼复合体的画皮十分必要。

（1987 年第 3 期）

报告文学《本厂招聘美男美女》反响强烈

报告文学《本厂招聘美男美女》在《芳草》第九期发表之后，在全国各地迅速引起强烈反响。短短的时间内，东风轮胎厂已收到来自黑龙江、云南、四川等省市的读者来信 200 多封。这些来信热情赞扬东风轮胎厂改革、建设的成就；许多读者自我推荐，希望到该厂工作。该厂对每一封来信都认真做了回复，表示谢意。针对招聘"美男美女"的工作已制定了具体办法，正在实施之中。（世运）

（1987 年第 12 期）

《刘红作品小辑》发表之后

刘红是武钢大冶铁矿子弟中学的青年教师，可谓名不见经传，但是，本刊编辑部为扶植文学新人，在许多名作家向本刊要求发表小辑、版面十分紧张的情况下，我们毅然将刘红的两篇小说《红苹果·明信片》和《日当正午》作为"小辑"推出。第5期刊物出版后,在广大读者中引起较大反响。虽然对刘红的作品存在不同评价,但对本刊以高规格奖掖新人的"壮举",读者的反应都是肯定的、一致的。

武钢梁云来信说:"对《红苹果·明信片》,我感兴趣的不是故事本身,而是作品的叙述方式和比较出色的语言。"

湖北松滋阮红松写下几千字的感想:"在我省的文学刊物中,《芳草》一向是很清高的;但是,贵刊五月号刊发了刘红作品小辑和田编辑的文章,也给文学青年'眼一亮''心一热'的感觉。"

中央民族学院汉语言文学系教师晓弘带来另外的信息:"我院学生看《芳草》的很多,它仿佛是专为青年人编辑的。学生们厌恶玩文学的人,喜欢《芳草》这种高格调、又追求现实主义的纯文学刊物;据我所知,《芳草》在北京的高等院校中有很大市场。"

封封信件,情意殷殷,编者愿将读者的鼓励和鞭策视为下一步工作的动力,竭尽全力为广大读者献出丰富的精神食粮。

(1991年第12期摘编)

读《预谋杀人》想到的几个人

于光远

前天收到池莉的两本书:一本散文集《对镜梳妆》,还没有来得及看。另一本中篇小说集《你是一条河》,六篇看了三篇,其中有一篇《预谋杀人》。这个中篇引起我注意,因为书中写到我所熟识的两个人——陶铸和杨学诚。

读了池莉的这篇小说,使我想起自己和陶铸、杨学诚之间的交往。1937年9月,北方局派我到武汉。到武昌后,陶铸、杨学诚和我三人,编成一个小组,陶铸是小组长;这个党小组存在的时间很短。可是1962年在广州与陶铸见面时,他还记得此事。那次聂荣臻要介绍我与陶铸认识时,陶就说不必介绍,我们是老朋友,1937年是一个党小组的。至于杨学诚和我是清华同学,而且都在物理系,只是他比我低两年级。我和他又都是北平"一二·九"运动的参加者。1937 年后重新建立湖北党的时候，我们都是中国共产党武汉临时工作委员会的委员。后来他担任湖北省工委的青委书记，我则改任湖北省工委的农委委员。1938 年成立长江局青委时，我是长江局青委书记，杨兼任委员。1939 年夏天我去广东，杨留在湖北，从此未再见面。我知道在武汉沦陷后，他在武装斗争和建立革命根据地工作中有很大的贡献，也知道他主要在鄂中地区活动。我知道杨在清华求学期间就患有肺结核，在抗战中操劳过度，英年早逝。关于杨学诚，我有不少回忆。他是我的老同学、老战友。他是湖北黄冈人。中华人民共和国成立后为了修建他的坟墓，杨学诚家里的人几次写信到北京要我帮忙，我也几次写信给湖北省委，希望给以照顾。这次看到池莉的小说，小说中有他派人去同王劲哉联系，还有陶和他写给王劲哉的信。王劲哉这个人我不知道，看了池莉的小说才知道。池莉是写小说，但我想也许真会有这个人，也许真有这样一封信。我想陶铸、杨学诚写信给王劲哉这件事恐怕是个真实的故事，因此我想问一下池莉写小说时掌握到的真实情况如何。我想多知道一些杨学诚在湖北的情况，我还是很关心这个老朋友的。下次有机会见到池莉而她又有兴趣的话，我也可以向她介绍一下我所知道的有关杨学诚的一些故事。

有了这个目的，本想写信给池莉，可是我想写成这样一个东西在《芳草》上发表，也不失为一种做法。

（1997 年第 11 期摘编）

异国芳草

赵金禾

我居住的这条街，离匹兹堡大学说不远也不远，步行五十分钟。坐大巴士，十五分钟。我步走。

我是每个星期要去一回图书馆的。在期刊阅览室，我一眼就见到《芳草》了，禁不住"啊"地叫了一声，我这置身于美国人中的老外，把他们吓了一跳。阅览处以英文写着"请安静"，我的一声不安静，让我连连说"烧瑞烧瑞"（对不起）。

那是 2001 年的第 1 至 4 期。我在国内就读过的。我是 7 月来美国的，到了这里，我总想看新到的《芳草》，迟迟没到。已经是 10 月底了，第 1 至 4 期还是第 1 至 4 期。

到了 11 月初的第一个星期六，我一进阅览处，眼睛一亮：放着《芳草》的那一格里，就有一大摞了，显然是新到的。我还没来得及上前与之握手，就见一位美国白人小伙子比我先到，将那一摞《芳草》拿到手，只留下了第 1 至 4 期。

他坐在一旁翻阅起来。

旁边是一格一格的单人桌椅，有木板隔开，不会相互干扰。我也不好去打搅他。我只有拿别的书看。看了的书，有字条提醒"不必放回原处"，有人会给你放。到我该走了，美国小伙子还没走，他的跟前还堆着其他中文书刊。

第二天，女儿带我去参加一个"外事活动"，没想到碰到他。

那是在匹兹堡市的动物园。活动名叫"记忆游行"，是为老年痴呆病人的健康作宣传及筹集研究资金。每年一届，这是第十一届。

在"游行"队伍里，我一下认出了那个美国小伙子。我对女儿说起头天在图书馆的《芳草》故事，将那小伙子指给女儿看，女儿不禁一喜，说，是她的匹大同学，叫简逊。

女儿上前去跟简逊打招呼，用的是英语。当女儿用中文说"这是我父亲"的时候，简逊向我伸出手，也用中文说"你好"，又说："见到你很高兴。"我说："昨天在匹大图书馆见过你，你看《芳草》。"

简逊真的是很高兴，又一次跟我握手。

简逊说他很喜欢《芳草》，尤其是那个"金融文学"栏目，我问为什么，他说他是研究中国经济发展的，"金融文学"从文学的角度给他提供见识。

他在中国厦门的一所大学教了两年英语，自修过中文。他曾经也路过武汉，《芳草》是武汉的，他也想在《芳草》里认识武汉。他的太太是广东人。他邀请我和女儿到他家里去吃饭，尝尝他的中国太太做的中国菜。饭桌上的话题没有离开《芳草》，起因是我对简逊的太太讲到在图书馆碰到简逊的事，简逊说她在国内就是个文学爱好者，也订阅过《芳草》，还给《芳草》投过稿，没选用，退稿时附着编辑的亲笔信，很真诚的。她一九九八年出国时就带过两本书，一部《红楼梦》，一本《芳草》。我说简逊喜欢《芳草》，是受了太太的影响哦。简逊说，是在匹大图书馆知道《芳草》的。我说《芳草》是我的老朋友，他大大的哦了一声。女儿插了一句："我爸喜欢把自己的作品给《芳草》发表。"他笑道，因为是芳草，没有不喜欢的。我懂他的幽默。为了《芳草》，我破例一个星期两次去匹大图书馆。我终于见到那迟来却是新到的《芳草》第5—9期。

老朋友给我带来朋友的信息。第5期冯积歧的《树桩》写尽乡下人的苦涩。王跃文的随笔三题吐露出他的心声。还有湖北青年作家的实力展示。第6期裘山山的《除夕夜》让我感受到善良无敌。第7期周华山的《四重奏》奏出了人间生存的尴尬故事。熊召政的《生命从八十开始》惯常地激扬着生命的"远征"。第8期楚良的《栖身之地》仍显示出他对故土亲人的眷恋。第9期……

我跟东亚图书馆的管理员温大姐有过交谈。她祖籍福建，从台湾来的，有30多年了。我问，你们怎么要订《芳草》杂志？她说是因为读者的喜欢。她说《芳草》杂志订了好多年了。

有天我和女儿应邀到一位美国家庭相聚。

这次相聚有一二十人，除我和女儿，全是美国人。到快散场的时候，来了一个中国人，带着他的孩子，也带着一个菜来了，立即加入边吃边聊的阵营。他的孩子也加入了孩子们的玩耍队伍。

我很想跟这位同胞聊聊。他问及我的工作，当我说是个写作劳动者时，他一下子就说到《芳草》上来了。他说，你知道武汉的《芳草》吧？

这让我吃惊。是不是《芳草》魂在美国附身？

他说他是爱看《芳草》的，上午还在图书馆看了的。当他问到我的姓名，我说出"赵金禾"三个字，他愣了一下，说，《芳草》上好像有你的名字，在封二，还有照片。

我当然注意到《芳草》上我的照片。一是"金融文学"颁奖的，一是"神农架文学之旅"在领养树下合影的。我问他怎么看得这么过细，不可思议。

他说"赵金禾"三个字跟他在国内的亲戚同名，于是跳到他眼前了，就注意看了。

我问那位"赵金禾"是干什么的，他说教书的。我说教书、写书，算是同行。我们哈哈笑，笑声掠过芳草，引来那些美国人的眼光。

"天涯何处无芳草"，还真是个真理啊。

（2001年11月17日于匹兹堡）

（2002年第2期摘编）

附

录

　　在市场的压力下，《芳草》杂志一度以网络文学选刊的面目求生存。2006年，《芳草》回归文学期刊的本位，发表原创文学作品，重新跻身于全国名刊之列。在《芳草》影响力增长的同时，杂志社为文学、为作家、为国家，尽力做了多项值得纪念的工作。

一、创办子刊《芳草·潮》
——全国独一家为"农民工"办的刊物

《潮》的使命
——创刊号卷首语
本刊编辑部

二○○九年统计数据显示：中国农民工总量为两点三亿人。这个数据接近美国全国总人数，相当于日本、德国人口之和。别看这几个国家是牛皮哄哄、财大气粗的世界经济巨人，相信面对中国农民工问题，也只能是"望洋兴叹""目瞪口呆"。

浩浩荡荡的中国农民工大军，已成为中国工业化、城市化进程中最敏感的一个群体。他们四处漂泊，围绕他们的生存、创业、维权，以及居住、医疗、教育等一系列问题已成为社会最关注的"焦点""热点"和"难点"。近几年发生的孙志刚事件、信义兄弟、最酷民工"旭日阳刚"，以及王宝强的《人在囧途》都是社会热炒话题。

一个奇怪的现象是，武汉尽管是一座大都市，但却集中了一批关注"三农"问题的作家，包括《凤凰琴》的作者刘醒龙、《妇女闲聊录》的作者林白、《我忆念的山村》的作者刘益善。我在和他们的交流中，逐步萌发了一个想法：创办一份中国农民工的刊物，作为农民工之友，作为农民工之家，作为城乡交流的平台，和农民工一道，共同追寻梦想，追求幸福，享受生活，创造未来。

二○一○年十一月二十四日，我请东湖开发区管委会副主任沈烈风、武汉市人力资源和社会保障局副局长徐良俊、武汉光谷投资公司董事长黄峰、武汉高农公司总经理张晓玲、《科技日报》湖北记者站老站长阮湘华一起商量筹措资金问题。他们都是研究"三农"问题的专家，又是热心人，倡议很快得到他们的支持，同意出任编委。当然几位老总(包括以后参与的百步亭董事长茅永红)开出的条件也很高：要求该刊物要达到相当的质量。

好在我是外行，糊里糊涂地接受了这些条件，才使各项运作顺利到位。

关于刊号。这要感谢武汉市委宣传部副部长兼市文联党组书记陈汉桥、《芳草》杂志社总编刘醒龙，他们主动提出在不改变《芳草》办刊宗旨的前提下，调整版面，专用于"农民工"刊物。美中不足的是，《芳草》属于文学类刊物，要求以文学作品为主，原来构想的"创业""评论""维权""社会关注""留守儿童""科技顾问"等专栏被挤压在很小空间。这就难为了各位编辑，需要精心策划，尽力为读者奉献一桌能适合各地风味的"鲜美大餐"。

争议最大的还是刊名。很多同志不接受《农民工》《农民潮》的方案，担心引起"歧视"，特别是新生代人群，忌讳这个词；有的同志提出《新生代》《乡亲》，大家又感到太宽泛；反复斟酌，基本认同了《潮》的方案。一是反映了农民工近些年一些大的事件，如农民潮、失业潮、返乡潮等；二是反映了农民工在"都市放牛""都市创业""潮起潮落"的实景；三是反映了新生代农民工追求新潮、开创未来的美好憧憬；四是也反映了今年网络热炒语言"很潮"的意思。

本人也是农民的儿子，八十多年前，父亲只身从贫穷的黄冈农村来到武汉这座陌生的城市打工，从这个意义上讲，我也是农民工的后代。当然和现在不同，我的父辈当时是处在兵荒马乱的年代，他们所经历的苦难和辛酸是我等远远感受不到的。今天我们有幸生活在改革开放的新时代，党中央、国务院十分关心解决好农民工问题，尽管这是一项长期而艰巨的任务，但应该说已经有了一个良好的开端，有了一个好的基础。我谨希望《潮》的问世，能为这项宏伟的事业奉献微薄力量。

二、为建设"美丽中国"做好文学的本职工作

1. 向全国作家组稿，出版《绿是青山　红是生活》。

2. 向全国作家组稿，出版《美丽乡愁 2015》《美丽乡愁 2016》《美丽乡愁 2017》《美丽乡愁 2018》《美丽乡愁 2019》《美丽乡愁 2020》。

《芳草》主编刘醒龙在《美丽乡愁2015》北京发布会上的讲话

置身21世纪这个宏阔的时代背景下，乡愁不仅仅表现在对乡土、乡情的眷恋与记忆，更应该是现代社会可以回得去的精神文化家园。在由乡村和城市共同构建的中国现代社会中，乡愁已不仅仅为村庄独有，更应该是城市文脉续传最直接的体现，是形成城市文明史和积淀城市气质的文化基因。

以习近平同志为核心的中共中央在近日召开的中央城市工作会议上提出："要保护弘扬中华优秀传统文化，延续城市历史文脉，保护好前人留下的文化遗产。""城市建设要以自然为美，把好山好水好风光融入城市。要大力开展生态修复，让城市再现绿水青山。"《美丽乡愁2015》的编辑出版旨在遵循习近平总书记的重要讲话精神："望得见山、看得见水、记得住乡愁"，践行社会主义核心价值观，强化尊重自然、传承历史、以人为本的理念。

基于对当下中国乡村和城市现状的考量，按照"十三五"规划"精准扶贫""全面建成小康社会"和"建设生态文明"的理念要求，2015年春，在武汉市委市政府的关心下，经过多方酝酿，并与国家人力和资源保障部农工司等相关部门筹划，《芳草》杂志社决定，依托面向全国广大农村和农民工群体的大型文学刊物《芳草·潮》，在遵循中国乡村自身发展规律、体现乡贤文化、注重乡土味道、保存乡村风貌的基础上，统筹生产、生活、生态三大布局，首次在中部地区确定20个美丽村镇，组织来自全国各地的20位中青年作家，一对一下村镇实地蹲点采访，深入田间地头，把新时期文学创作和创建美丽乡村、保护传统村落活动结合起来，弘扬以爱国主义为核心的民族精神和以改革创新为核心的时代精神。

2015年8月，杂志社在湖北恩施洲召开了"美丽乡愁2015"的选题论证笔会。20位与会作家中，既有安徽省作家协会主席许辉等著名作家，也有像鲁迅文学奖获得者乔叶等十分活跃的文学中坚，还有几位至今仍生活在"美丽乡村"中的业余文学爱好者。入选的20个村(镇)涵盖中部七省(湖北、湖南、浙江、山西、河南、安徽、江西)。其中，有习近平同志首次提出"绿水青山就是金山银山"科学论断的浙江省安吉县大余村，有南水北调工程丹江口库区移民安置点的湖北团风县黄湖移民新村，有被称为武汉抗战第一村的黄陂区姚家山村，有一个村就有十五处国务院公布的重点文物保护单位的安徽省黄山市歙县许村，有江西婺源、湖南凤凰、安徽岳西县水畈村、河南信阳郝堂村等全国最美乡村(镇)，有被列为全国宜居村庄和第四届全国文明村镇的江西抚州广昌驿前镇姚西村，有被列为"全国文明村镇先进单位""全国农业旅游示范点"和国家 AAAA 景区的湖南宁乡县金洲镇政府关山古镇关山村、湖北嘉鱼县官桥村八组、湖北松滋市刘家场三堰淌村，有被评为首批"中国传统村落"的山西泽州县拦车村，有被评为"全国文明村""全国新农村示范村"的襄樊市保康县尧治河，有被评为"中国最美休闲乡村"的洪湖市清水堡村，有被评为"山西最美乡村"的安泽县和川村与"河南十佳美丽乡村"的焦作市一斗水村，有荣获"十大荆楚最美乡村"称号的武汉市黄陂区大余湾村和宜昌市远安县洋坪镇，特别有以"感动中国十大新闻人物"赵久富为书记的团风县黄湖新城。

诗意栖居，是人类共同的渴盼，"美丽中国"被纳入了"十三五"发展规划。《美丽乡愁2015》一书的出版，历经作家们一年的采写，部分章节已在《芳草·潮》上刊发，收获了较好的社会声誉。继《美丽乡愁2015》之后，芳草杂志社将以新常态方式，着手组织作家创作并编辑出版《美丽乡愁2016》，为建设"美丽中国"，贡献自己的力量。

三、为老作家管用和出版《管用和文集》六卷本

四、出版《芳草文库》

已出版《刘益善文集》《唐镇文集》《刘富道文集》《绍六文集》《李传锋文集》《刘章仪文集》《周翼南文集》《陈美兰文集》《李华章文集》《叶梅文集》《王新民文集》《萧国松文集》《善良文集》《叶大春文集》《胡大楚文集》《何存中文集》。

五、出版《芳草艺典》

　　已出版《刘醒龙笔记书法展作品集》《夏菊花从艺 70 年》《闻立圣写花百感》《管用和画梦录》《董宏猷心影墨香集》《江韵诗城》《梁必文诗书录》《韩爱萍传》《李峰中国画作品集》《黄德琳篆刻选集》《李岩书画集》《叶金生书法集》。